Aux ordres du roi

*

Conquise par un guerrier irlandais

JULIET LANDON

Aux ordres du roi

Traduction française de
HÉLÈNE ARNAUD

Les Historiques

HARLEQUIN

Collection : LES HISTORIQUES

Titre original :
BETRAYED, BETROTHED AND BEDDED

Ce roman a déjà été publié en 2015

HARPERCOLLINS FRANCE
83-85, boulevard Vincent-Auriol, 75646 PARIS CEDEX 13
Service Lectrices — Tél. : 01 45 82 47 47 - www.harlequin.fr
ISBN 978-2-2804-9783-1 — ISSN 1159-5981

Composé et édité par HarperCollins France.
Imprimé en octobre 2023 par CPI Black Print (Barcelone)
en utilisant 100% d'électricité renouvelable.
Dépôt légal : novembre 2023.

FSC www.fsc.org MIXTE Papier issu de sources responsables FSC® C159065

Pour limiter l'empreinte environnementale de ses livres, HarperCollins France s'engage à n'utiliser que du papier fabriqué à partir de bois provenant de forêts gérées durablement et de manière responsable.

Prologue

1536

Durant l'automne, certains jours étaient encore si lumineux que le soleil en faisait mal aux yeux. Même ici, en Angleterre, le soleil de ce matin d'octobre enflammait les champs de ses rayons cuivrés, et le ciel se teintait d'un bleu éblouissant. La lumière était si forte qu'elle obligea la petite troupe de cavaliers à se protéger les yeux pour observer l'horizon, baigné d'un halo flou.

Soudain, Walter d'Arvall ralentit son cheval, les yeux braqués sur un point lointain.

— Regardez, lança-t-il. Les tours sont encore debout, Dieu merci !

Sa fille Ginny, qui chevauchait à ses côtés, mit sa main en visière pour voir l'horizon. En effet, les hautes tours du prieuré de Sandrock se détachaient sur le ciel, intactes. C'était presque un miracle : depuis sa violente rupture avec les préceptes du pape, le roi Henri VIII avait entrepris de détruire tous les prieurés et les clochers d'Angleterre...

À cette vue, Ginny sentit son cœur battre plus vite. Elle avait accepté avec joie d'accompagner son père au prieuré de Sandrock, dans les basses terres du Hampshire. Néanmoins, si cette escapade lui permettait d'éviter sa mère pour une journée, elle n'était pas venue dans ce but. Le vrai prétexte s'appelait Ben : le neveu du père Spenney, qui vivait au prieuré. Elle avait passé toute son enfance avec Ben, mais ils avaient été séparés quatre ans plus tôt, lorsqu'elle était partie compléter son éducation dans une famille noble du nord. Elle était revenue depuis peu, mais n'avait pas encore revu Ben. À la perspective de leurs retrouvailles, elle sentit un mélange de joie et d'impatience l'envahir et se tourna vers son père.

— Est-ce que le père Spenney sait que nous arrivons ? demanda-t-elle.

Elle était surtout curieuse de savoir si Ben les attendait, mais elle préféra éviter de le mentionner. Une pensée angoissante lui traversa soudain l'esprit : et si Ben était entré dans les ordres ? Sir Walter se contenta de secouer la tête.

— Non, répondit-il. Je n'ai pas eu le temps de le prévenir.

Ginny eut l'impression qu'il voulait ajouter quelque chose, mais après une hésitation, son père en resta là.

En effet, sir Walter n'avait pas demandé à sa fille de l'accompagner par hasard. En l'emmenant au prieuré, il nourrissait l'espoir de la présenter à l'un de ses voisins : Jon Raemon, le propriétaire du domaine de Lea Magna. Sir Jon avait hérité de ces terres après l'emprisonnement de son père en France et, à vingt-quatre ans, se retrouvait à la tête d'une propriété considérable. En plus de cela, sir Walter considérait que sir Jon avait toutes les qualités du beau-fils idéal : jeune, influent, énergique… Envié par bien des seigneurs, mais aussi convoité par de nombreux partis. Pour sir Walter, le moment était donc idéal pour lui présenter sa fille. Certes, il ne pourrait pas fournir une dot très importante, mais il comptait sur la beauté et l'éducation de Ginny pour qu'elle surpasse ses rivales : depuis son retour, elle était devenue si belle que peu d'autres damoiselles pouvaient soutenir la comparaison.

Seulement, on murmurait que le jeune seigneur était loin d'être naïf : s'il était aussi pragmatique que sir Walter lui-même, il y avait peu de chances qu'un joli visage lui fasse oublier la dot…

Sir Walter tourna légèrement la tête pour observer sa fille, qui chevauchait à sa droite. Avec sa peau pâle, légèrement rosée par la fraîcheur du matin, ses yeux bordés de longs cils noirs et sa chevelure dorée, Virginia D'Arvall était d'une beauté exceptionnelle. Jusque-là, sir Walter avait toujours été sûr de pouvoir la marier sans rencontrer la moindre difficulté. Aujourd'hui, pourtant, il ne se sentait plus aussi confiant : sir Jon était le parti rêvé, mais ce seigneur n'était pas n'importe qui. Et si, malgré tout, le charme de Ginny n'opérait pas ?

Ginny ne remarqua pas le regard préoccupé de son père : elle n'avait d'yeux que pour le prieuré et, quand ils arrivèrent dans la petite cour, elle fut la première à descendre de cheval. Réprimant à grand-peine son impatience, elle suivit son père jusqu'à la bibliothèque. Ils découvrirent le père Spenney perché au sommet d'une échelle, occupé à distribuer des livres à un groupe de moines à ses pieds. En les voyant, il descendit de son échelle pour les saluer, serrant le dernier livre contre lui.

— C'est une heure bien triste pour nous retrouver, sir Walter, dit-il d'une voix désolée. Jamais je n'aurais cru voir ce jour arriver... Enfin, nous devons faire avec.

Il serra le livre plus fort, comme s'il s'agissait de son bien le plus précieux. Sir Walter hocha la tête avec compassion.

— Je partage votre peine, mon père. Mais qui sait ? Nous trouverons peut-être une solution pour sauver tous vos livres. Vous souvenez-vous de ma fille Virginia ? Elle n'avait que douze ou treize ans lorsque vous l'avez vue pour la dernière fois. Elle a bien changé, n'est-ce pas ?

Il désigna Ginny qui fit un pas en avant, souriant au vieux moine.

— Heureuse de vous revoir, mon père. Nous avons tous changé, sauf vous.

Un bruit de pas détourna son attention du père Spenney. Elle regarda au fond de la salle et vit que les moines sortaient discrètement, les laissant s'entretenir avec le père. Une silhouette plus grande que les autres éveilla soudain son intérêt. Son cœur fit un bond quand le jeune homme qu'elle regardait tourna la tête vers elle. Ginny croisa ses yeux d'un brun profond, et les reconnut aussitôt. En quatre ans, Ben avait changé lui aussi, mais il avait toujours le même regard droit et honnête, le même visage dont la beauté simple lui allait droit au cœur.

Ils échangèrent un sourire mais, très vite, Ben disparut dans le couloir, suivant les moines. Ginny eut un pincement au cœur. Elle aurait aimé lui sauter au cou, lui raconter tout ce qui s'était passé depuis son départ, entendre ses propres histoires. Naïvement, elle avait rêvé de vivre de telles retrouvailles. Hélas ! le contexte changeait tout. Ginny réalisa soudain que, maintenant que le prieuré allait être détruit, Ben et son oncle risquaient de devoir partir… Où iraient-ils ? Et, surtout, quand reverrait-elle Ben ?

La voix du père Spenney la ramena au présent. Soucieux, il caressait le dos de cuir du livre qu'il tenait entre les mains, comme si on allait le lui arracher d'un instant à l'autre.

— Nous essayons de les sauver, dit-il. Vous savez ce que les soldats feront de tous ces ouvrages, s'ils posent leurs mains dessus, sir Walter ? Ils les vendront à des marchands et à des artisans pour que cela leur serve de papier d'emballage ; ou bien, ils les enverront par bateau à des relieurs qui réutiliseront le cuir et les parties métalliques. Les pages, elles, finiront en chiffons.

Il baissa les yeux sur le livre, accablé.

— Celui-ci n'a pas de prix. Il a plusieurs centaines d'années… Le roi se rend-il compte de la perte que cela va représenter ?

L'écho d'une nouvelle voix, grave et assurée, résonna sous la voûte de la bibliothèque.

— Lorsque le roi fait un décret, cela implique obligatoirement des sacrifices. S'il faisait des exceptions à tout va, ce serait le chaos, mon père.

Ginny fit volte-face en même temps que sir Walter et le père Spenney. Une silhouette se découpait dans l'encadrement de la porte. Tout d'abord, Ginny n'en vit que les contours, puis le nouvel arrivant entra dans la salle, gratifiant son père d'un coup de chapeau.

— Sir Walter, c'est un plaisir.

L'homme remit son chapeau avant de se tourner vers le père Spenney. Ginny profita de ce moment pour l'observer attentivement. Il était vêtu d'un mantelet de fourrure et d'un doublé de brocart noir, maintenus par des épingles dorées placées sur sa poitrine. La tenue était visiblement coûteuse, et le personnage lui-même ne passait pas inaperçu. Ginny laissa son regard glisser sur son cou musclé, puis sur ses larges épaules, et revint à son visage. Il avait des traits sculpturaux et une chevelure d'un noir profond. Elle s'attarda sur sa mâchoire carrée, qui conférait à son visage un côté énergique. Difficile de lui donner un âge. Il ne semblait pas très vieux, mais il dégageait une impression de force palpable. Elle n'avait jamais ressenti cela aussi nettement chez aucun homme.

Sentant son regard posé sur lui, l'inconnu se tourna vers elle et ôta de nouveau son chapeau.

— Et cette charmante jeune dame doit sans doute être votre épouse, sir Walter ?

— C'est ma fille, en réalité, sir Jon. Demoiselle Virginia.

Sir Jon. Le nom fut immédiatement familier à Ginny : c'était celui de l'homme qui aidait le roi Henri VIII à détruire les monastères. Le constat lui fit l'effet d'une douche froide. Sir Jon ponctua son coup de chapeau d'une révérence à son intention.

— Mes hommages, demoiselle Virginia, dit-il courtoisement. Je dois avouer que je suis surpris : je pensais connaître toute votre famille. Où avez-vous donc caché cette fille, sir Walter ?

À sa façon de la mentionner, Ginny eut la désagréable impression de n'être qu'un numéro parmi sa nombreuse fratrie.

— Jusqu'à la semaine dernière, elle vivait avec la noble famille Norton de Northumbrie, répondit sir Walter sans remarquer sa réaction. Virginia, je te présente notre voisin : Jon Raemon. Je ne pense pas que vous vous soyez déjà rencontrés, n'est-ce pas ?

— Non, en effet, mon père, répondit Ginny.

À son tour, elle adressa une révérence polie au seigneur. La Northumbrie… Elle n'entendait que ce mot depuis qu'elle était revenue. Son père le répétait à tous les hommes auxquels il la présentait, car quatre années passées dans cette région d'Angleterre constituaient la garantie d'une excellente éducation. Elle avait toujours montré la plus grande courtoisie envers tous ces hommes, se comportant comme une parfaite lady même si aucun ne l'intéressait. Mais, face à sir Jon, et pour une raison mystérieuse, elle fut incapable de garder sa contenance. Peut-être à cause des yeux sombres et perçants de l'homme ? Ou de sa prestance particulière ?

Elle se sentit rosir quand sir Jon l'examina attentivement. Un rayon de soleil tombait à l'endroit où elle se trouvait, éclairant son visage et sa silhouette. Que pensait-il d'elle ? Voyait-il son trouble ? Elle fut tentée de faire un pas de côté pour retourner dans la pénombre, mais sir Jon cessa bientôt son examen pour lui dire :

— J'ai souvent rencontré vos deux frères à la cour. L'aîné, maître Elion, n'assiste-t-il pas votre père dans la gestion de ses terres ?

— En effet, sir. Il espère bien devenir intendant de la maison royale un jour, mais je crains qu'il n'ait encore à attendre longtemps pour cela.

Sir Jon eut un sourire qu'elle trouva désagréablement condescendant.

— La place est très demandée, en effet... Et le plus jeune... Paul, c'est cela ? Qu'espère-t-il devenir ?

— Il désire être l'un des suivants du roi, qui l'apprécie beaucoup.

— Hum ! commenta sir Jon sans s'expliquer. Et vous, demoiselle ? Souhaitez-vous également obtenir une place à la cour ?

Ginny hésita un moment. Sir Walter et le père Spenney les écoutaient, et ce n'était sûrement pas le moment de dévoiler ses projets d'avenir, surtout à un seigneur comme sir Jon. Mais sa spontanéité reprit le dessus et elle laissa échapper comme un cri du cœur :

— Non, sir. J'aime la campagne plus que tout.

Au moment où les mots franchirent ses lèvres, elle sentit l'horreur l'envahir. Qu'est-ce qui lui prenait de dire une telle chose ? Aucune fille noble ne rêvait de passer sa vie à la campagne : c'était là un lieu pour les femmes ennuyeuses et trop peu populaires pour briguer la cour ! Sir Jon allait penser qu'elle n'aspirait qu'à être une maîtresse de foyer sans aucune ambition...

Elle se débattit pendant quelques affreuses secondes, cherchant comment rattraper sa maladresse. La vue des livres entassés dans la salle lui souffla un nouveau sujet de conversation. Elle les désigna du menton, fronçant les sourcils :

— Pour en revenir à notre problème initial, sir... N'y a-t-il donc aucun moyen de préserver les livres de ce prieuré ? Peut-être pourrait-on les entreposer en sécurité en attendant que... eh bien... Je veux dire : n'êtes-vous pas en position de fermer les yeux sur leur existence ? Après tout, s'ils sont détruits, personne ne pourra jamais les remplacer, non ? Vous suivez les ordres du roi, mais cela implique-t-il vraiment la destruction de trésors si rares ?

Sir Jon eut l'air surpris par son avalanche de questions. Toutefois, au lieu de lui répondre, il se tourna vers son père, un sourire aux lèvres :

— Eh bien, sir Walter, vous avez une fille qui prend très à cœur le sort de ces livres ! Qu'est-ce donc, une érudite ?

Ginny le dévisagea, soufflée. Comme la plupart des adultes plus âgés qu'elle, et des hommes en particulier, sir Jon ne semblait pas disposé à prendre son avis en compte. Elle ravala son indignation pour lui signaler d'une voix froide :

— Je ne suis pas une «érudite », sir Jon. Mais je sais reconnaître un objet irremplaçable lorsque j'en vois un, et il y en a des centaines ici. Individuellement, ils doivent valoir...

Les lèvres de sir Jon se pincèrent. Cette fois, il lui répondit directement :

— Demoiselle Virginia, je sais ce que valent ces volumes. Cependant, lorsque le roi me donne un ordre *via* son secrétaire, sir Thomas Cromwell, j'ai tendance à ne pas le remettre en question de peur de perdre mon emploi — et je n'en ai pas l'intention. Ce prieuré doit être vidé, et le père Spenney, lui, comprend que cela doit se faire vite et avec efficacité. Nous n'avons pas le temps de trouver des acheteurs pour tous ces ouvrages, quelle que soit leur valeur. Comme je l'ai déjà dit, si Sa Majesté commence à faire des exceptions, nous n'aurons jamais fini notre travail — et la couronne a besoin d'argent rapidement.

Le père Spenney, en effet, paraissait résigné.

— Je pense que vous luttez pour une cause perdue, demoiselle Virginia, dit-il. Ne cherchez pas à convaincre sir Jon : cela ne sert à rien.

Mais sir Walter ne semblait pas du même avis.

— Est-ce que Cromwell sait exactement ce qui arrive à chaque livre de ce prieuré, sir Jon ? Si ce n'est pas le cas, alors j'aurais une suggestion à vous faire qui pourrait vous convenir autant qu'à notre ami le prieur. Accepteriez-vous de l'entendre ?

Un léger silence tomba. Sir Jon fronça les sourcils, l'air de réfléchir. Il semblait méfiant, mais il finit par hocher la tête, après avoir jeté un nouveau regard perçant à Ginny. Elle eut l'impression d'être jaugée comme si elle était un animal prometteur, une sensation qu'elle trouva extrêmement désagréable. Mais il ne s'attarda pas sur elle et désigna un coin de la pièce.

— Peut-être pourrions-nous en parler là-bas, sir Walter ? Mon père, venez avec nous. Dites-moi, à quoi exactement pensez-vous... ?

Les trois hommes s'éloignèrent, le son de leurs voix baissant jusqu'à devenir inaudible. Ginny resta seule à côté des piles de livres. Elle hésitait à retourner dans la cour quand la porte du fond grinça. En voyant Ben revenir discrètement dans la salle, elle sentit sa contrariété fondre comme neige au soleil. Elle s'empressa de le rejoindre, souriant d'une oreille à l'autre.

Leur différence de milieu les empêchait de se laisser aller à de grandes effusions, aussi se contentèrent-ils de se serrer les mains. Pourtant, ce simple contact réchauffa Ginny jusqu'au fond du cœur. Elle suivit Ben dans le couloir qui longeait la bibliothèque, savourant le luxe de pouvoir lui parler en privé. Son cœur se serra à la vue de ses yeux bruns posés sur les siens : ce moment si attendu serait probablement le dernier... Comment pourrait-elle le revoir lorsque le prieuré serait vidé puis détruit ? Où irait-il ? La seule chose positive qu'elle voyait dans tout cela était que, étant donné le contexte, il ne risquait pas de prononcer ses vœux...

Ils firent le tour du prieuré, penchés l'un vers l'autre. Loin des regards de son père, du père Spenney et surtout de sir Jon, Ginny se sentit aussitôt plus à l'aise. Elle retrouva avec bonheur son ancienne complicité avec Ben. Ils avaient mille choses à se dire, mille confidences à échanger.

Mais elle ne vit pas que quelque chose avait changé chez Ben, qu'il posait sur elle un regard plus profond, plus heureux qu'autrefois. Une part d'elle-même, en effet, peinait à suivre la conversation : le singulier dialogue qu'elle avait eu avec sir Jon tournait et retournait dans sa tête. Elle revoyait en pensée son beau visage fier, entendait de nouveau ses paroles cinglantes. Une telle arrogance avait quelque chose de fascinant...

Mais à quoi bon se soucier de sir Jon ? De toute façon, leurs routes se sépareraient sitôt croisées : fort de ses relations royales et de ses ambitions, Jon Raemon retournerait vivre à la cour dès sa sinistre mission achevée. Et elle, elle retrouverait le quotidien qu'elle avait choisi à Arvall Hall. Leur rencontre ne serait bientôt plus qu'un souvenir...

Et ensuite ? se demanda-t-elle. Elle savait très bien qu'elle n'était revenue chez ses parents que pour mieux repartir : bientôt, elle devrait se marier comme toutes les filles de son rang. Une perspective qui l'effrayait et l'enthousiasmait à la fois.

Elle regarda le beau visage de Ben, et eut un pincement au

cœur. Ben était un vieil ami, sa famille le connaissait, et Ginny avait une entière confiance en lui. Hélas ! il était orphelin et ses origines constituaient une barrière infranchissable. Ginny avait beau espérer, elle savait que son père l'exclurait de la liste de ses prétendants.

Plongée dans ses pensées, elle réalisa soudain qu'ils étaient revenus devant la bibliothèque. Ben ouvrit la porte et s'effaça pour la laisser entrer. Même si leur retour était discret, il n'échappa pas à sir Jon qui les gratifia tous deux d'un regard acéré, comme s'il essayait de déterminer la nature de leur complicité. Il suivit des yeux Ben qui quittait la bibliothèque. Loin de Ben, Ginny sentit toute l'euphorie de ses retrouvailles avec lui disparaître. Sans savoir pourquoi, elle se crut obligée d'expliquer :

— Nous nous connaissons depuis l'enfance, Ben et moi. Il est le neveu du père Spenney. Pour le moment, il l'aide au prieuré, mais j'espère qu'il pourra devenir médecin comme il le désire.

— Vraiment ? répondit sir Jon sans montrer le moindre intérêt.

Il changea d'ailleurs aussitôt de sujet pour lui demander :

— Dites-moi, demoiselle Virginia... Votre père m'a dit que vous avez passé quelque temps en Northumbrie, avec les Norton. Il se trouve que je connais bien cette famille. Est-ce chez eux que vous avez appris à porter des jugements si tranchés sur les livres et les décrets du roi ?

Son ton était léger, mais ses paroles sous-entendaient tout autre chose. Ginny fronça les sourcils : à l'évidence, il n'avait pas apprécié leur précédent échange. Elle se sentit rosir quand il l'examina de pied en cap, détaillant son visage, sa taille, ses mains. Pourquoi avait-elle laissé ses cheveux détachés comme une petite fille, au lieu d'essayer sa nouvelle coiffure française ?

Elle hésita à répondre pendant quelques affreuses secondes : après tout, il était l'envoyé du roi, autrement dit un personnage beaucoup plus important qu'elle. La prudence aurait sans doute voulu qu'elle élude, mais au lieu de cela, elle releva le menton.

— « Butée », sir Jon ? dit-elle froidement. Est-ce toujours le mot que vous employez pour décrire une femme qui s'intéresse à autre chose qu'aux robes à la mode ? Si vous connaissez les Norton aussi bien que vous le dites, vous devez savoir qu'ils encouragent les damoiselles dont ils s'occupent à s'exprimer et à participer à toutes les discussions. Dieu merci, je suis capable d'autre chose que de passer mes journées à coudre des ornements sur des chausses d'hommes !

À peine avait-elle fini sa phrase qu'elle surprit un sourire sur les lèvres de sir Jon : son choix de métaphore pouvait en effet mener à différentes interprétations...

Réalisant sa maladresse, Ginny devint écarlate. Son embarras augmenta quand le sourire de sir Jon s'élargit — visiblement, la situation l'amusait beaucoup plus qu'elle. Quand il reprit la parole, cependant, son ton était de nouveau sérieux.

— Je suis certain que vous avez de nombreuses qualités, demoiselle, dit-il, et que vous saurez les montrer, si vous pouvez rester silencieuse assez longtemps...

— Assez longtemps pour quoi, sir Jon ?

— Pour laisser votre époux parler aussi.

— Les époux et leurs exigences ne me concernent pas pour le moment, répliqua-t-elle sèchement, et je ne suis pas encore prête à me laisser imposer une vie d'obéissance silencieuse. Je préfère profiter du temps dont je dispose pour m'instruire.

— Un appétit intellectuel qui vous fait honneur, demoiselle. Et quels sont les domaines dans lesquels vous souhaitez vous améliorer ?

— Je parlerais plus de valeurs morales à consolider que de domaines proprement dits ; en particulier, être fidèle à sa conscience et ne pas confondre la moralité et le devoir. Il est parfois difficile de faire la différence, sir Jon, ne croyez-vous pas ?

Le visage de sir Jon s'assombrit. Ginny n'avait pas pu s'empêcher de lancer cette dernière pique. Elle désapprouvait la manière dont il exécutait les ordres du roi, et ne pouvait se résoudre à se détourner du sujet sans tenter de le convaincre de changer d'avis, au moins une dernière fois. Mais après un silence, il se contenta de hausser les épaules.

— Non, je n'ai jamais trouvé cela difficile. Pas encore, en tout cas. Puis-je vous offrir un conseil, demoiselle Virginia ?

— Je vous écoute.

— Je vous encourage à réserver vos opinions pour les domaines que vous maîtrisez le plus. Les choses sont rarement aussi simples qu'elles le paraissent.

Il dit cela avec courtoisie, mais Ginny sentit qu'il valait mieux qu'elle accepte son conseil sans protester.

— Je me plierai à votre avis, sir Jon, répondit-elle donc, et je vous en remercie. J'ai en effet tendance à voir le monde suivant mon seul point de vue, sans élargir mon horizon.

— J'étais comme vous, à votre âge.

Ginny réprima un sourire amusé. À l'écouter, on aurait pu croire qu'il était plus vieux qu'elle de plusieurs décennies, et non de seulement huit ans.

Elle resta pensive pendant la plus grande partie du retour. Sa deuxième conversation avec sir Jon s'était mieux terminée que la première, mais elle n'avait pas envie d'en parler avec son père, dont le regard se posait régulièrement sur elle. Sir Walter, de son côté, ne lui raconta pas non plus comment s'était déroulé son conciliabule avec sir Jon et le père Spenney.

Lorsqu'ils arrivèrent au château, le soir tombait. Ginny rejoignit sa chambre avec soulagement, mais peu de temps après, un serviteur vint la chercher : sir Walter voulait lui parler en privé, et l'attendait dans le salon.

Ginny s'y rendit aussitôt, une légère appréhension au creux du ventre. Elle trouva son père assis au coin du feu avec sa mère, dame Agnès. Tous deux avaient les joues rougies par les flammes et les yeux brillants, signe d'une conversation animée. Sir Walter attendit que Ginny ait pris place en face d'eux, puis déclara :

— Ta mère et moi, nous avons pris une décision que tu seras sûrement heureuse de connaître : j'ai proposé au père Spenney et à Ben de venir vivre à Arvall Hall. Ils ont accepté.

— C'est une merveilleuse nouvelle !

— Il s'agit d'un échange de services, dit sir Walter en souriant devant la joie de sa fille. Ben sera l'assistant du père Spenney et, à deux, ils seront en mesure de rouvrir la chapelle et de s'en occuper — et, pourquoi pas, de monter un chœur, comme ta mère le souhaite. Qu'on le veuille ou non, ce genre de chose compte beaucoup en société.

Dame Agnès hocha la tête, mais Ginny savait bien que sa mère avait été consultée par pure formalité : en réalité, sir Walter avait été le seul à prendre cette décision. Ses parents échangèrent un regard, et sir Walter reprit après un petit silence :

— L'autre sujet que nous souhaitons aborder te touche de près, Ginny. J'ai proposé ta main à sir Jon.

Ginny éprouva un coup au cœur.

— Il a accepté d'y réfléchir, nuança son père. Il a également accepté de me laisser acheter les livres du prieuré — et il m'a demandé une somme considérable pour cela. J'espère donc que tu seras contente d'apprendre que ces ouvrages ne risquent plus d'être détruits.

Ginny mit quelques instants avant de se ressaisir. Elle ne s'était jamais attendue à se voir proposer le mariage en même temps que la possession d'une rare librairie. Pourquoi tout cela était-il si important aux yeux de son père ?

— Vous voulez que je me marie, père ? Avec sir Jon ? balbutia-t-elle. Cette union lui convient ?

— Bien entendu, *en principe*, bien sûr. Il y a évidemment encore un certain nombre de choses à discuter : le partage des terres, ta dot, des problèmes de douaire, ce genre de choses. Des affaires d'argent, pour faire court. Il m'a promis une réponse ferme dès que possible — peut-être dans une semaine...

— Et moi, père ? Dois-je aussi répondre aussi vite que possible ?

Les mots étaient partis avant qu'elle puisse les retenir. Ses parents la dévisagèrent d'un air surpris : sans doute s'attendaient-ils à plus de joie de sa part.

— Qu'est-ce qui te prend, Virginia ? demanda sa mère. Ton père travaille à établir ton futur depuis longtemps et tu ferais mieux de le remercier au lieu de protester. D'autre part, si sir Jon accepte ta main, tu devrais t'estimer flattée. Réalises-tu à quel point cet homme est influent à la cour ? Il est loin d'être un parti ordinaire !

Encore sous le choc de l'annonce, Ginny se contenta de hocher la tête. Pour ses parents, tout était dit, mais quand elle alla se coucher ce soir-là, elle eut beaucoup de mal à trouver le sommeil. Elle revécut sa journée au prieuré, se remémorant chaque mot, chaque expression de sir Jon. Leur échange était loin d'avoir été cordial : il lui semblait inconcevable que cet homme envisage de l'épouser !

Mais la première surprise passée, elle se laissa envahir par un sentiment d'excitation croissant : car sir Jon, malgré ses côtés hautains, restait un fort bel homme, et elle n'oubliait pas l'impression qu'il avait suscitée chez elle à sa première apparition...

Hélas ! son euphorie fut de courte durée. Deux semaines plus tard, le père de sir Jon, prisonnier en France depuis trois ans, mourut. En raison du deuil, sir Jon dut différer le moment de sa réponse. Ginny attendit encore un mois avant que tous ses espoirs s'effondrent sans crier gare : sir Jon s'était engagé auprès d'une autre.

Elle s'appelait Magdalen Osborne. C'était une jeune femme riche, de grande beauté, bien connue à la cour et propriétaire de grands domaines. Ginny n'avait rien pour soutenir la comparaison avec une telle rivale. Quand son père lui annonça la nouvelle, elle l'accueillit sans un mot. Elle était sous le choc. Sir Walter paraissait déçu également, mais il prit la chose avec philosophie. Lorsque Ginny voulut savoir pourquoi sir Jon avait changé d'avis, il répondit simplement :

— C'est la politique.

Cette simple explication fut loin de la réconforter. Le réveil était brutal : durant six semaines, elle avait vécu un rêve, oscillant entre l'impatience et la crainte de ce futur mariage. Elle se préparait mentalement au changement de vie que cet événement allait entraîner. Elle s'était laissée aller à rêver à l'intimité qu'elle partagerait avec son futur époux, pensées trop troublantes pour qu'elle ose s'y abandonner trop longtemps...

Et, soudain, une femme plus riche et plus réputée piétinait son rêve et l'humiliait comme jamais. Elle avait été élevée dans l'idée qu'elle était un bon parti pour quiconque. Il ne lui était pas venu à l'esprit qu'un homme pourrait la délaisser au profit d'une autre...

Elle avait rêvé de découvrir l'autre visage de sir Jon lorsqu'il viendrait demander sa main à Arvall Hall, mais à présent, blessée et furieuse, elle n'avait plus qu'un souhait : que le mariage de sir Jon tourne au désastre.

La vie reprit son cours à Arvall Hall mais, pour Ginny, les choses ne furent plus tout à fait les mêmes. Ses parents insistèrent pour lui présenter de nombreux prétendants, mais, meurtrie par le rejet de sir Jon, Ginny les éconduisit tous. Elle n'avait plus le cœur à chercher un nouvel époux, et elle finit par se réfugier auprès de Ben et des livres du prieuré, s'absorbant dans le rangement de la nouvelle bibliothèque.

Trois ans passèrent ainsi, consolidant son amitié avec Ben et son refus toujours plus obstiné d'épouser qui que ce soit. Puis sa sœur aînée se maria, et donna rapidement naissance à un enfant. À la même période, Ginny apprit que la jeune épouse de sir Jon était morte en couches. Elle accueillit la nouvelle sans joie, mais sans éprouver le sentiment de revanche qu'elle avait tant désiré. Son quotidien se poursuivit, inchangé, et elle atteignit l'âge de dix-neuf ans durant l'automne de 1539.

Elle avait été jugée jolie auparavant, mais au sortir de l'adolescence, sa beauté s'était encore affirmée. Elle était à présent considérée comme l'une des femmes les plus remarquables d'Angleterre. Ce fut cette année-là que la vie de Ginny connut de nouveau un grand bouleversement. Jusque-là, elle s'était tenue éloignée de la cour et n'avait jamais souhaité y vivre. Ce fut, contre toutes ses attentes, la cour qui vint à elle. Le roi Henri VIII, en effet, vint séjourner à Arvall Hall, dont les terres regorgeaient de gibier, pour l'ouverture de la chasse. Il y amena ses gens, plusieurs de ses amis et de nombreux courtisans.

Ginny seetrouva plongée dans une atmosphère qu'elle ne connaissait pas, où régnaient le luxe, l'hypocrisie et les rumeurs les plus folles. Bientôt, on commença à murmurer que la simple vue de Virginia D'Arvall suffisait à apaiser le roi et à l'attendrir. Ginny accueillit la nouvelle avec surprise, mais sans y croire : si elle se fiait aux racontars, le roi — coureur de jupons notoire — s'intéressait à toutes les femmes de la cour, et les jeux de séduction y étaient monnaie courante. Elle n'y prêta donc aucune attention... Jusqu'à ce qu'un événement imprévu lui fasse considérer la situation sous un tout autre jour.

Après le départ du roi et de ses courtisans, le château peina à retrouver son ordre habituel. Quelque chose avait changé. Comme si, depuis le départ de sir Walter à Londres, le domaine dépérissait sans son maître. Une quiétude anormale planait sur les couloirs, et au-dehors, la neige du début de l'année 1540 rendait le paysage morne. Ginny se faisait cette réflexion en rentrant s'abriter dans le château, quand une servante vint la chercher : sa mère la convoquait dans le salon.

Dame Agnès l'attendait au milieu de la pièce, une lettre à la main. Elle pinça les lèvres devant le manteau saupoudré de neige de sa fille, qui gouttait doucement sur le sol mais, pour une fois, elle ne fit aucun commentaire désagréable.

— Ton père m'a écrit, dit-elle en repliant soigneusement la lettre. Comme tu le sais, il est parti avec le roi pour passer quelque temps à la cour. Il voudrait que tu le rejoignes.

Ginny, qui ôtait son manteau, suspendit son geste.

— Je préférerais ne pas y aller, mère, dit-elle aussitôt. Vous savez que je n'ai aucune intention de me mêler aux courtisans.

Le visage de dame Agnès s'assombrit. Ginny connaissait bien sa mère, qui était d'une nature stricte et autoritaire, mais elle n'avait pas le cœur à répondre de façon plus diplomatique. Le court séjour du roi au château lui avait amplement suffi.

— Virginia, une fois de plus, nous ne te demandons pas ton avis. Tu es demandée à la cour pour un service particulier. Le roi a pris une nouvelle femme...

— Encore une ? Qui cela ?

— Si tu t'intéressais un peu plus aux lettres qu'envoie ton père, tu le saurais, répliqua sa mère. Il s'agit de dame Anne de Clèves. Le roi l'a épousée pour créer une alliance en Europe. C'est une bonne union, mais le roi désire que tu te rendes à la cour pour aider sa nouvelle femme à refaire sa garde-robe. Elle a aussi besoin de quelques leçons d'anglais. Elle n'a jamais appris la musique ou la danse, ni même le moindre jeu de cartes...

Devant le silence de sa fille, elle ajouta en fronçant les sourcils :

— C'est une grande preuve d'estime et de confiance que le roi te fait là, Virginia. Tu devrais être fière de cette demande.

— De cet ordre, mère.

— Ta présence est requise le plus tôt possible, fit dame Agnès en faisant mine de ne pas avoir entendu. Tu pars dans une semaine.

Et ce fut ainsi que, par une journée particulièrement froide d'hiver, Ginny se rendit à Hampton Court, à Londres. Autrement dit, le lieu qui abritait Jon Raemon, veuf, père et favori du roi — favori de tous, en réalité, à une exception près : elle-même.

1

1540

Devant les écuries du palais royal de Hampton Court, sir Walter vérifia pour la quatrième fois les sangles de la selle de la jument de Ginny.

— Tu devrais arriver à Arvall Hall demain matin, si tout se passe bien. Mais prends garde à n'emprunter que les grandes routes. Et surtout, arrête-toi dès que la nuit commence à tomber. Les journées sont si courtes, en cette saison...

Agacée par ses multiples recommandations, Ginny hocha la tête une nouvelle fois.

— Oui, père, soupira-t-elle.

Le froid lui piquait les mains et la neige crissait sous les sabots de sa jument qui piétinait, sans cesse retenue par son père. Après un premier mois à la cour du roi Henri VIII, elle s'apprêtait à repartir chez sa mère. Mais les adieux avec son père s'éternisaient, et elle désespérait de pouvoir enfin quitter les lieux.

Réprimant un soupir, elle regarda les mains de son père qui vérifiaient la bonne tenue de chaque boucle, chaque courroie, chaque sacoche. En tant que trésorier du roi, sir Walter vivait dans un monde de listes, de mesures et de proportions, et avait par conséquent un souci du détail qu'elle trouvait parfois bien trop poussé. Il releva la tête à ce moment-là et fronça les sourcils.

— J'apprécie tes « Oui, père », ma fille ; mais si les choses tournent mal pendant ton voyage, tu regretteras de ne pas m'avoir écouté.

Ginny se garda de répondre. Son père avait l'air tendu et un peu fatigué, et ce n'était pas le moment de le mettre en colère... Elle ajusta un étrier déjà parfaitement réglé. Derrière eux, les deux écuyers qui allaient l'escorter attendirent, l'air anxieux, l'inévitable critique qui allait s'ensuivre, mais sir Walter se contenta de leur dire :

— Quant à vous deux, n'oubliez pas : arrêtez-vous chez Lady Seymour dès la tombée de la nuit. Elle vous accueillera avec joie. Vous devriez arriver à Arvall Hall demain matin, si vous repartez tôt. Ainsi, vous éviterez peut-être les grandes chutes de neige...

Il leva les yeux vers le ciel gris et les paillettes des premiers flocons qui tombaient doucement.

— Enfin, nous n'avons pas le choix, grommela-t-il avant de tirer un parchemin de sa sacoche.

Il le tendit à Ginny, qui reconnut son sceau officiel imprimé dans la cire verte. Il était rare qu'il lui confie ainsi une lettre fermée.

— Porte ceci à ta mère, se contenta-t-il de dire. Garde-le en sécurité et ne t'en sépare pas avant d'être arrivée : c'est important.

— Oui, père, répondit Ginny, curieuse. Est-ce que cela concerne mes frères ?

Son père avait toujours été très ambitieux pour ses enfants, en particulier ses fils. Le message avait donc de grandes chances de concerner l'un d'entre eux. Son père fronça les sourcils devant son indiscrétion.

— Non, ce n'est pas au sujet des garçons, se contenta-t-il de répondre. Ta mère t'expliquera tout. Allons, Virginia, il est temps de partir.

Elle sentit son cœur se serrer. « Ta mère t'expliquera ». Encore une façon de l'écarter de ses frères, en la cantonnant dans le camp des femmes ! Son père ne pouvait-il pas lui témoigner un peu de confiance, comme il le faisait avec Paul et Elion ? Elle avait presque vingt ans, à présent, et elle avait fait son entrée à la cour sans le moindre faux pas... Si sa mère allait de toute manière lui dire de quoi il retournait, pourquoi jugeait-il inutile de lui en parler directement ? Que fallait-il faire pour qu'il la prenne enfin au sérieux ?

Le problème n'était pas de retourner à Arvall Hall, bien sûr. Au contraire, c'était un véritable soulagement. Ginny avait passé un mois à Hampton Court, et un changement d'air s'imposait. Elle n'était pas habituée à être sans cesse entourée, sans cesse obligée de parler à toutes sortes de gens et de maintenir de parfaites apparences. Certes, le palais était magnifique, et elle côtoyait ainsi les plus grandes personnalités parmi la noblesse. Mais dans cet environnement si particulier, les intrigues de cour se comptaient par dizaines, et il fallait déployer des trésors de diplomatie à chaque instant.

Par chance, Ginny avait été conseillée par son père et ses frères, ce qui lui avait permis de faire une entrée sans anicroche à la cour. D'autre part, sa position auprès de la reine simplifiait beaucoup les choses. En tant que dame de compagnie, elle avait un statut particulier qui lui évitait de se confronter seule aux courtisans du palais. Elle passait donc le plus clair de son temps avec la douce Anne de Clèves, qui cherchait toujours à contenter le plus de monde possible, ce qui rendait leurs relations simples et franches. Lorsque Ginny avait émis le souhait de rentrer quelque temps chez elle, la nouvelle reine lui en avait immédiatement donné l'autorisation. Quel dommage que son querelleur de mari ne lui accorde pas l'attention qu'elle méritait…

Ginny, à son grand déplaisir, ne pouvait en dire autant. En arrivant à la cour, elle avait cru que son rôle se bornerait à conseiller Anne de Clèves, ce qu'elle avait accepté de bon cœur. La tâche était considérable, car la nouvelle reine n'avait aucune connaissance des codes vestimentaires de la cour, et son goût pour la mode allemande commençait à amuser les courtisans et à agacer le roi. Pourtant, malgré son allure un peu démodée, la reine était une jeune femme d'à peine vingt-quatre ans, à l'admirable sensibilité et aux nombreuses qualités. Ginny n'avait pas tardé à s'en rendre compte, et elle avait tout mis en œuvre pour remodeler et valoriser au mieux Anne de Clèves. Malgré la barrière de la langue, une certaine amitié avait commencé à se nouer entre elles. Ginny aurait pu s'habituer à cette nouvelle vie, si une complication imprévue ne s'était pas présentée : Henri VIII lui-même.

Car hélas ! le roi semblait déjà se lasser de sa quatrième épouse. Sa réputation de séducteur, certes, n'était plus à faire. Ses amours passagères, ses tentatives de séduction auprès des servantes les plus jolies et son irrépressible besoin de conquérir étaient connus.

Seulement, Ginny ne s'attendait pas à être sa nouvelle cible. Peu à peu, le roi avait multiplié les attentions à son égard, jusqu'à la courtiser ouvertement. Elle ne savait plus quoi faire pour lui échapper. Elle avait même fini par se demander si le roi l'avait vraiment appelée à Hampton Court pour s'occuper de sa femme… ou si ce n'était pas un prétexte pour se rapprocher d'elle.

Elle avait donc saisi le premier prétexte pour fuir la cour. Cela n'était que temporaire, mais elle espérait qu'en son absence, le roi l'oublierait pour une autre. Car dans le cas contraire, même sir Walter ne pourrait pas la protéger. On ne résistait pas impunément au roi Henri…

Elle frissonna, sans savoir si cela était dû au froid ou à ses sinistres pensées. Elle se tourna vers son père qui la couvait toujours d'un regard indéchiffrable.

— Oui, père, vous avez raison : il est temps de partir.

Une voix au timbre grave retentit soudain derrière elle.

— Permettez-moi, demoiselle Virginia.

Ginny frémit. Cette voix ! Elle avait beau ne l'avoir entendue qu'à de rares occasions, elle la reconnut immédiatement. Une silhouette sombre sortit des écuries et Jon Raemon s'avança bientôt face à elle. Luttant contre son trouble, elle redressa le menton.

— Merci, sir Jon, répondit-elle en mettant le pied à l'étrier. Mais je m'en sors très bien avec l'aide de mon père.

— Vous vous en sortirez encore mieux avec moi, répondit-il. Posez votre pied dans mes mains. Voilà… Et montez !

Sans effort visible, il la hissa si vite sur la selle qu'elle dut se retenir au pommeau pour ne pas basculer de l'autre côté. Une fois installée, elle prit les rênes et lui lança un regard irrité, les jambes découvertes par la violence du mouvement qui avait retroussé ses jupes.

— Merci pour votre aide, sir Jon. Je me demande bien comment j'aurais pu faire sans vous ! ironisa-t-elle.

Sa remarque frôlait l'impolitesse, mais peu lui importait. Elle avait passé un mois à la cour, et sir Jon n'avait pas trouvé le moyen de venir lui parler une seule fois. Un bref salut ou un signe de tête avaient été les échanges les plus intimes qu'ils avaient partagés. Ce soudain accès d'altruisme de la part de sir Jon était destiné à son père, c'était certain. Elle n'avait donc aucune raison de se montrer aimable envers un homme qui l'avait grossièrement rejetée trois ans plus tôt !

Ginny ajusta les plis de ses jupes pour cacher ses jambes, gênée par la présence de sir Jon, beaucoup trop proche à son goût. Il avait bien changé depuis leur première rencontre. À cette époque, il avait vingt-quatre ans, et elle seulement seize. Ces trois années passées l'avaient rendu encore plus séduisant. Il portait désormais une barbe noire bien taillée qui soulignait sa mâchoire carrée, que venaient rejoindre les lignes d'un cou musclé, visible au-dessus des plis du col de sa chemise. Ses cheveux noirs recouvraient son crâne comme du velours. Ses yeux sombres et ses lèvres bien dessinées se détachaient sur un visage aux traits fermes et réguliers.

L'air peu choqué par sa riposte, il la regarda avec un sourire amusé. Son père, lui, fronça les sourcils.

— Virginia, je te prierai de revoir tes bonnes manières pendant que tu seras à la maison, dit-il sèchement.

Ginny pinça les lèvres.

— Mes manières sont tout à fait correctes, père, je vous remercie. Si je n'avais pas porté tout ce bagage à l'arrière de ma selle, j'aurais pu monter seule. Après tout, je sais faire du cheval depuis mes trois ans. Sir Jon a dû me confondre avec ses amies qui prétendent n'être que de faibles femmes dépendantes de ses attentions...

Sir Jon éclata de rire, faisant sursauter la jument de Ginny.

— Puis-je me permettre de vous corriger, demoiselle Virginia ? Je ne peux guère vous confondre avec une autre femme, étant donné qu'aucune n'a votre charmant caractère. En tout cas, je suis ravi d'entendre le son de votre voix, car je ne vous ai presque pas entendue depuis votre arrivée à la cour. J'imagine que vos tentatives d'intimidation valent mieux que rien. Vos manières s'affineront avec le temps !

Piquée au vif, Ginny l'ignora pour se tourner vers son père.

— Adieu, père. Je ne peux me permettre de perdre plus de temps.

— Virginia ! s'écria sir Walter, furieux, en retenant la jument par la bride. Sais-tu bien à qui tu parles ? Sir Jon est...

— Oui, je sais très bien qui est sir Jon, père. Un favori du roi comme un autre, qui a visiblement une très haute opinion de lui-même. À bientôt.

Et reprenant les rênes, Ginny quitta la cour dans un tonnerre de sabots, suivie par ses deux écuyers.

— Je vous en prie, pardonnez à ma fille, dit aussitôt sir Walter à sir Jon. Elle ne s'est jamais montrée aussi grossière auparavant ! Je suis confus, je...

L'air effaré, il regardait Ginny disparaître comme s'il ne reconnaissait plus sa fille. Sir Jon eut un dernier coup d'œil pour la gracieuse silhouette qui s'éloignait vers la Tamise et secoua la tête.

— Il n'y a pas de mal, sir Walter, dit-il, amusé. Vous avez une fille impulsive et nous manquons de ce genre de femmes à la cour. Cependant, je regrette qu'elle m'apprécie si peu.

Il se remémora le visage de Ginny, à peine entraperçu sous un voile et une capuche. Il aurait aimé la revoir telle qu'elle lui était apparue lors de leur première rencontre, avec ses cheveux dorés et sa silhouette fine que des fourrures avaient masquée aujourd'hui. Certes, il la croisait parfois dans Hampton Court, mais toujours sous des voiles ou des coiffes, comme si elle se dérobait aux regards. Et pourtant, même dissimulée, elle gardait une sorte d'aura qui la démarquait des autres femmes. Grâce à cela et à sa grande beauté, elle s'était rapidement fait une place à la cour. Lorsqu'il lui avait dit qu'il serait incapable de la confondre avec une autre femme, il n'avait pas menti. Si elle espérait quitter Hampton Court sans que son absence soit remarquée, elle se trompait totalement...

Il savait très bien pourquoi elle était aussi froide avec lui depuis son arrivée. Il avait renoncé à l'épouser trois ans plus tôt et, visiblement, elle n'avait aucune intention de le lui pardonner. Pourtant, il était fermement décidé à la faire changer d'avis. Lui non plus n'avait pas oublié leur rencontre au prieuré de Sandrock. Ils avaient commencé sur de mauvaises bases, à l'époque. Il avait cherché à la mettre à l'épreuve et, du haut de ses seize ans, elle avait su répondre mot pour mot à toutes ses attaques. Elle n'avait pas changé et se montrait toujours aussi franche et courageuse. Peu de femmes à la cour lui tenaient tête comme elle le faisait. La plupart se contentaient de le flatter et de faire mine d'avoir besoin de lui...

Cependant, il savait que de nombreuses choses avaient changé depuis sa rencontre avec Ginny. Sa vie avait pris un tournant bien différent, et pas toujours pour le mieux. Il n'était plus le même homme et savait que s'il voulait la reconquérir, il devrait faire preuve de beaucoup de tact et de patience. Sans savoir si cela suffirait.

Sur la route qui menait à Arvall Hall, Ginny talonna sa jument jusqu'à en avoir le visage raidi par le froid et les yeux pleins de larmes. La vitesse diluait sa colère, au moins un peu.

Elle savait qu'elle avait pris un risque en s'attaquant aussi frontalement à sir Jon, car le rang de ce dernier s'était encore élevé depuis leur première rencontre. Il avait récemment rejoint le cercle restreint des favoris du roi, ce qui lui donnait un statut supérieur à celui de sir Walter, qu'il continuait cependant à traiter avec déférence. Sa nomination n'avait étonné personne à la cour : sir Jon était jeune et athlétique, bel homme, et il excellait dans toutes les activités mondaines comme la joute, la chasse ou la danse. Le roi aimait à s'entourer de tels hommes et semblait particulièrement l'estimer car, ces derniers temps, on le voyait rarement sans lui à ses côtés.

Et pourtant, malgré le fait qu'ils se croisent souvent, sir Jon ne s'était jamais donné la peine de discuter avec elle. Même lorsqu'ils avaient dansé ensemble, de temps à autre, il s'était montré étonnamment distant. Cela en devenait presque vexant, car il ne traitait aucune autre femme de cette façon. Bien au contraire, il se montrait prévenant et chaleureux avec toutes. Et, depuis qu'il était devenu favori, sir Jon était le parti le plus intéressant pour bien des femmes à la cour…

Grand bien lui fasse ! pensa-t-elle en serrant les dents. Oui, qu'il en choisisse une autre. Qu'elles se battent toutes pour lui ! Elle, elle était déjà tombée dans ce piège une fois. Elle n'avait pas l'intention de refaire la même erreur !

Comme son père le lui avait conseillé, Ginny et ses écuyers s'arrêtèrent à la tombée de la nuit chez sir Edward Seymour et son épouse. Ils repartirent au matin, et arrivèrent à Arvall Hall au milieu du deuxième jour de route. Ginny eut son premier sourire depuis longtemps lorsqu'elle entra sur les terres de ses parents. Loin d'être grise et salie comme à Londres, la neige s'étendait ici à perte de vue, recouvrant les champs d'une couverture. Les parterres du château ressemblaient à un damier, et d'épais nuages de fumée s'échappaient des hautes cheminées de brique. Le son distant d'une hache lui évoqua l'image familière des larges âtres flamboyants, d'un verre d'hydromel chaud et du sourire accueillant de sa mère.

Ginny mit pied à terre, impatiente de se réchauffer, et se dirigea vers les portes du château en se retenant de courir. Un petit groupe de serviteurs qui s'affairaient dans la cour l'accueillit avec des cris de joie et de surprise. Peu après, une silhouette sombre se découpa en haut de l'escalier, et le sourire de Ginny s'élargit lorsqu'elle reconnut le visage austère de sa mère, dame Agnès.

— Mère !

— Rentre te mettre à l'abri, Virginia. Tu vas attraper froid.

Elle tourna les talons sans un mot de plus. Ginny avait toujours trouvé sa mère stricte et sévère. Pourtant, elle éprouva un élan d'affection à sa vue : sa mère lui avait autant manqué qu'Arvall Hall. Elle évoquait tout ce que Ginny aimait ici : la sobriété et une modestie qui faisaient cruellement défaut à la cour. Tout comme elle, sa mère n'avait jamais cherché à vivre parmi les courtisans du roi, car la vie à la campagne convenait plus à son caractère réservé et à ses goûts simples.

Bientôt, Ginny se trouva installée devant un copieux repas de pain, de fromages, de volaille rôtie, de tarte aux pommes, de vin épicé, de fruits secs et de poires au miel. Elle soupira de contentement à la vue de ces mets simples qui lui avaient tant manqué à la cour, mais elle eut à peine le temps de commencer à manger.

— Alors, Virginia ? la pressa sa mère, en s'asseyant face à elle. Comment se sont passés tes débuts à la cour ?

Même si sa mère n'allait jamais à Hampton Court, elle se montrait toujours avide de connaître la plus petite tranche de vie de ses enfants au palais. Mais ce qui l'intéressait surtout, au-delà de la politique et des grandes affaires du royaume, c'était la mode et les intrigues féminines.

— Eh bien, répondit Ginny, ce fut un mois riche en découvertes. Mais je dois avouer que j'ai beaucoup regretté la table d'Arvall Hall…

— Vraiment ? demanda sa mère, incrédule. Pourtant, cela n'a rien à voir avec les mets servis à la cour ! J'imagine que la cuisine de la campagne ne doit pas beaucoup manquer à ton père et tes frères. C'est sans doute pour cela qu'ils reviennent si peu...

Ginny soupira. D'après les rumeurs qu'elle avait pu entendre à Hampton Court, ce qui plaisait tant à ses frères là-bas n'était pas vraiment la nourriture, mais plutôt les femmes, nombreuses, attirantes et faciles à séduire.

— Mère, dit-elle doucement, vous savez aussi bien que moi ce qui les retient à Londres. D'autre part, père pense que si ses enfants évoluent à la cour, il aura une meilleure visibilité et pourra ainsi obtenir une promotion. J'imagine que père pourrait très bien être nommé lord Intendant, un jour ou l'autre.

Sa mère secoua la tête, dérangeant les plis de sa coiffe noire.

— Je ne pense pas qu'une telle chose puisse arriver. Bien sûr, ton père est ambitieux, et je pense sincèrement que le roi l'estime beaucoup, mais la petite noblesse n'atteint jamais de si hautes positions, à l'exception de Thomas Cromwell, bien sûr. Parle-moi plutôt d'Anne, la nouvelle reine. Le roi l'apprécie-t-il davantage, maintenant qu'elle est arrivée au palais ?

— Je crains que non, mère. Il ne lui rend presque jamais visite, sauf la nuit.

— Une telle indifférence après seulement un mois de mariage ? Pauvre femme... Alors, que fait le roi ? A-t-il pris une maîtresse ?

Malgré le ton insouciant de sa mère, Ginny devina que sa question était lourde de sens. Depuis que le roi l'avait rencontrée, durant son bref séjour à Arvall Hall, lady Agnès, aussi ambitieuse que son époux, avait dû deviner où pouvaient mener les attentions soutenues qu'il prodiguait à Ginny. C'était ainsi qu'il avait rencontré ses précédentes épouses, Anne Boleyn et Jane Seymour... Et ce n'était sûrement pas un hasard s'il avait demandé à Ginny de venir à la cour juste après l'avoir rencontrée. La position de suivante de la reine était le prétexte idéal pour l'attacher à la cour royale... Hélas ! la question de sa mère ne pouvait obtenir de réponse claire, car les amours du roi étaient rarement simples.

— Le roi aime jouer à séduire les femmes, mère, rien de plus, répondit-elle prudemment. Mais je pense que cela ne va jamais plus loin. La plupart des femmes de la reine Anne accompagnaient déjà lady Jane, et étaient même au palais avant cela. Le roi s'amuse à les séduire presque toutes, mais c'est pour ainsi dire un comportement attendu de sa part. Tous les hommes de la cour font la même chose...

C'était un fait. À la cour, la séduction faisait partie du quotidien et n'avait aucune importance. Mais il était difficile de cacher les choses à sa mère, qui se pencha vers elle, l'air inquiet.

— Et toi ? Le roi essaie toujours de te séduire, n'est-ce pas ?

Gênée, Ginny baissa les yeux.

— Oui, répondit-elle finalement, et c'est d'ailleurs pour cela que j'avais hâte de quitter la cour pour un temps.

Sa mère recula légèrement sur sa chaise, l'air grave. Ginny s'empressa d'ajouter, pour dévier la conversation sur un autre sujet :

— Mais j'ai appris à connaître la reine et c'est une femme charmante.

— Charmante, vraiment ? J'ai pourtant entendu tout le contraire !

— Les rumeurs sont loin d'être toujours fondées, mère. Certes, la reine a encore beaucoup à apprendre pour évoluer à la cour avec aisance, mais depuis mon arrivée, elle a fait d'énormes progrès. J'espère que cela lui attirera enfin les bonnes grâces du roi...

Il y eut un léger silence. Toutes deux savaient ce qui se produirait si Anne de Clèves ne réussissait pas à renverser la situation en sa faveur. Elle connaîtrait sans doute le même destin qu'Anne Boleyn, la précédente épouse du roi, qui avait vécu un véritable enfer dès qu'il avait cessé de l'aimer, et ce malgré l'estime que la cour lui portait. Ce qui était loin d'être le cas de la reine Anne.

— Le seul défaut de la reine est de ne pas correspondre à ce que le roi attendait, reprit Ginny, décidée à défendre Anne de Clèves. Il ne l'a pas vue en personne avant leur mariage, mais sur un tableau. Or, maître Holbein avait embelli ses traits sur la toile pour mettre plus en évidence sa douceur et sa gentillesse. De plus, la reine est plus grande que ce que la toile donnait à penser, ce qui a déplu au roi. C'est peut-être pour cela que leur rencontre a été une véritable catastrophe... Le roi a voulu aller la voir à Rochester sans la prévenir ! C'était vraiment une chose stupide ! Quelle femme aime être vue lorsqu'elle n'est pas présentable ?

— En tout cas, dit sa mère, je suis heureuse d'entendre que tu l'apprécies. Que pense ton père de tout cela ?

Soudain, Ginny se souvint de la missive qu'elle avait glissée dans sa bourse.

— Oh ! J'ai presque oublié ! J'ai une lettre pour vous de la part de père. La voici. Sans doute vous donnera-t-il d'autres nouvelles de la cour.

Elle posa la lettre devant sa mère, qui chaussa de fragiles lunettes et se pencha sur la missive. Elle resta silencieuse quelques instants, ses yeux sautant d'une ligne à l'autre. Elle ne dit tout d'abord rien mais, à son expression, Ginny comprit que ce qu'elle lisait la surprenait, et elle sentit son estomac se nouer.

— Ton père revient, et de nouveau en compagnie du roi, annonça finalement sa mère. Et... Oh ! Seigneur !

— Le roi ? Où ? Ici ? s'exclama Ginny. Pourquoi ne m'en a-t-il rien dit ?

— Oui, ils viennent passer trois jours ici, pour chasser. Ils ne seront accompagnés que par quelques amis du roi, avant que la cour ne quitte Hampton Court pour s'installer à Whitehall.

— Et la reine ? Est-ce que la reine Anne les accompagnera ?

— Euh... Non, ma chérie. La reine ne vient pas.

Sa mère reprit sa lecture, puis s'interrompit une nouvelle fois avant de relire la dernière ligne.

— « Le roi emmène avec lui un... époux... pour notre fille, Virginia. » Un époux ? Pour toi ?

— Je ne veux pas d'époux, mère, merci bien ! lança fermement Ginny. Et je ne veux en aucun cas passer ma vie avec un homme choisi par le roi ! Renvoyez un message à père, je vous en prie. Dites-lui que je le remercie mais que je refuse.

Sa mère lui jeta un coup d'œil perçant par-dessus ses lunettes, mais ne fit pas de commentaire et se pencha de nouveau sur la lettre.

— « Il a choisi l'un de ses favoris », lut-elle à voix haute avant de se redresser. Oh ! Ginny ! Quel grand honneur... Il veut t'unir à l'un de ses plus proches amis.

— Oh ! Seigneur, mère ! Pas un de ces courtisans ! Je préférerais...

Soudain, Ginny s'interrompit, frappée par le souvenir de la petite scène de l'avant-veille, dans les écuries de Hampton Court. Elle avait été surprise de voir apparaître un certain favori du roi sans raison valable... Du moins, il lui avait semblé que sir Jon n'avait aucune raison de la rejoindre à ce moment-là. Mais peut-être qu'en réalité...

— Qui est-ce, mère ? reprit-elle, le cœur battant. Est-ce que père sait de qui il s'agit ? Et dit-il pourquoi le roi s'implique tant dans mon avenir ?

— Ton père dit que le roi t'estime beaucoup pour ta grâce et ton charme, ainsi que pour ton aide à Sa Majesté la reine...

— Non, je ne parle pas de toutes ces mauvaises raisons, mère. Je n'ai fait que ce qu'on attendait de moi. Quel époux le roi m'a-t-il choisi et qu'attend-il en échange ? Même si je ne suis pas restée à la cour longtemps, je sais que le roi ne donne rien sans attendre quelque chose en retour — et il ne fait certainement aucune faveur à une femme sans contrepartie ! Donc, dites-moi : qui est mon prétendant ?

Sa mère acheva de lire la lettre et, l'air stupéfait, s'affala contre le dossier de son siège.

— Le roi vient avec notre voisin, finit-elle par répondre après un court silence. Sir Jon Raemon ! Ton père écrit que ce mariage avantagera nos deux maisons, et, visiblement, sir Jon a déjà donné son accord. Qu'en penses-tu, ma fille ?

Ginny se figea sur son siège, abasourdie. Une soudaine exaltation l'envahit, puis un sentiment de révolte vint bientôt tout ternir. Sir Jon ! Encore ? Une seule fois n'avait-elle pas suffi ?

— Je vais vous dire ce que j'en pense, mère ! répliqua-t-elle plus violemment qu'elle ne l'aurait voulu. Je pense que le roi n'a pas dû être informé du rejet de sir Jon lorsque mon père lui a fait cette même proposition de mariage, il y a quelques années. Aujourd'hui, dire que sir Jon a donné son accord est absurde ! Nous avons vécu dans le même palais durant quatre semaines et il ne m'a presque jamais parlé. De toute manière, moi, je ne donne pas mon accord ! Je ne supporte pas cet homme.

— Pourquoi donc ? Tu lui en veux toujours de ce qui s'est passé autrefois ? Voyons, Ginny ! De l'eau a coulé sous les ponts... De nos jours, les hommes doivent choisir leurs épouses avec soin, et la première lady Raemon lui a apporté plus d'argent que tu n'aurais jamais pu le faire... À présent, votre mariage peut être couronné par une offre qui peut avantager aussi bien sir Jon que ton père !

Vous avez tous à y gagner : sir Jon est maintenant un veuf et il a besoin d'un héritier. Quant à ton père, il est prêt pour un poste plus important et toi, Virginia, tu mérites une récompense pour tes attentions envers la reine.

— Je crois que nous n'avons pas du tout le même regard sur la situation, mère, répliqua Ginny. Pour moi, cette offre n'est pas une récompense, c'est une humiliation ! Dans cette affaire, je ne suis qu'un pion politique. Alors pourquoi devrais-je être reconnaissante ? On m'offre un époux que je ne désire pas, juste parce que j'ai fait mon devoir ? Les hommes, eux, sont récompensés quoi qu'ils fassent tant qu'ils se plient aux désirs du roi ! Il y a quelque chose que je ne comprends pas dans cette affaire, mère.

Décidée à mettre fin à la conversation, elle se leva.

— Si vous voulez bien m'excuser, reprit-elle, je vais me changer.

— Ginny, ma chérie, j'aimerais que tu voies les choses différemment, insista sa mère. C'est un honneur que nous ne pouvons pas nous permettre de refuser, et tu le sais.

— Au contraire, c'est un honneur que je refuserai sans difficulté. La cour grouille de bons partis pour lui, des femmes qui n'attendent qu'un regard de sir Jon pour se pâmer à ses pieds. Je n'en fais pas partie !

— Ma chère fille, tu es bien difficile. Que te faut-il de plus ? Sir Jon est un excellent parti et, de plus, il est fort beau !

— Mère, coupa Ginny, ils sont *tous* beaux ! Le roi ne s'entoure que d'hommes grands, beaux et virils, qui dansent bien, joutent et chassent bien, savent converser et jouer de la musique pour le distraire. C'est pour cela qu'il les paie. Même la jeune reine les trouve particulièrement stupides.

— Elle a donc appris un peu d'anglais ?

— Bien sûr que oui ! Elle apprend très vite et elle est charmante.

Sa mère soupira, puis plia la lettre.

— Bien, dit-elle en se levant de table. Si j'en crois ton père, le roi arrive dans très peu de temps. J'aurais aimé avoir plus de deux jours pour préparer le château, mais nous ferons de notre mieux. Joan, dit-elle à l'une des servantes qui entraient pour débarrasser la table, je veux que tu fasses préparer les chambres avec notre plus beau linge. Molly, aujourd'hui, tu superviseras les cuisines.

Nous allons avoir besoin d'une montagne de massepain. Ginny, viens avec moi.

Le ton de sa mère n'admettant aucun refus, Ginny se leva à regret pour la suivre dans le large escalier de chêne qui s'élevait dans les étages. Elles longèrent un corridor tapissé de panneaux de bois au milieu desquels s'ouvraient les battants ouvragés de nombreuses portes. Sir Walter avait dépensé beaucoup d'argent pour aménager la demeure et ses efforts étaient à présent grandement récompensés, puisque le roi lui-même la jugeait assez luxueuse pour y passer deux nuits afin de chasser sur le domaine.

Sa mère était peut-être inquiète de n'avoir que deux jours pour se préparer à le recevoir, mais Ginny la connaissait assez pour deviner sa satisfaction. En effet, recevoir Henri VIII une deuxième fois était une marque d'honneur qui agrandirait le prestige de sir Walter et lui permettrait de consolider ses relations avec le roi. Et Ginny n'était pas étrangère à ce soudain rapprochement. Ses quatre années passées en Northrumbie avaient contribué à en faire une jeune fille éduquée et une future épouse exemplaire, ce qui avait beaucoup joué dans sa rapide intégration à la cour… En somme, pour sa mère, tout s'arrangeait. Ginny se retint donc de lui reparler de sir Jon. Sa mère écouterait sans doute ses protestations, mais elle ne la soutiendrait jamais. Pour elle, sir Jon était le gendre rêvé et, surtout, la soumission de dame Agnès aux volontés de son époux était totale. Quelles que soient ses opinions, loin de la routine quotidienne de la maison, sa mère avait appris à les taire. Jamais elle ne s'élèverait contre son époux. Et son père ne l'écouterait pas davantage. Ce projet de mariage était une aubaine pour les d'Arvall : que valaient les volontés de Ginny en comparaison ? Une femme qui désirait faire entendre ses préférences dans le choix de son époux n'était jamais écoutée. Les hommes pouvaient choisir, les femmes non. Les seules qui s'accordaient cette liberté se brûlaient souvent les ailes et finissaient déshonorées, voire pire…

À contrecœur, elle suivit sa mère jusqu'à sa chambre. Sitôt entrée, cette dernière se dirigea vers l'armoire et l'ouvrit en grand.

— Bien, ma chérie, que vas-tu porter pour l'arrivée du roi ? Peut-être pouvons-nous jeter un coup d'œil à ta robe de velours rose et voir si nous pouvons l'agrémenter aux manches de ma fourrure en petit-gris… Est-ce qu'on porte encore ce genre de vêtements, à la cour ? Ou alors, peut-être devrions-nous retailler la robe de ton anniversaire pour la remettre au goût du jour…

Ne l'écoutant que d'une oreille, Ginny s'assit devant la fenêtre et se perdit dans la contemplation du paysage. Le jardin de simples était recouvert d'une fine couche de neige. Au-delà de la haie du jardin, des pommiers et des poiriers élevaient leurs branches nues dans le verger. Plus loin, la roseraie étendait ses fleurs fanées au-dessus du ruisseau gelé. Derrière elle, dans la pièce chauffée, sa mère s'agitait en tous sens, défroissant des robes pour les étaler sur la courtepointe de soie, comme s'il n'y avait rien de plus important que ce mariage dont Ginny ne voulait à aucun prix.

Incapable de trouver le moindre réconfort dans la contemplation du paysage, elle se détourna de la fenêtre et fit face à sa mère.

— Mère… Ne pourrions-nous pas parler de tout cela, avant de nous précipiter ? Vous n'avez certainement pas oublié la réponse de sir Jon quand père lui a offert ma main, il y a quelques années. Il a dit à père qu'il y réfléchirait et, quelques semaines plus tard, il épousait une héritière ! N'avez-vous pas vu à quel point cela m'a blessée ? N'avez-vous pas pensé, vous aussi, qu'il aurait mieux valu qu'il soit honnête avec nous dès le départ ? Comment pouvez-vous vous réjouir autant de sa demande ? Il m'a déjà rejetée une fois. Rien ne dit qu'il ne recommencera pas !

Sa mère soupira et reposa la longueur de brocart vert qu'elle examinait avant de venir s'asseoir près d'elle. Elle tira la lettre pliée de sa bourse et la lui tendit.

— Tu ferais sans doute mieux de la lire toi-même. Quoi qu'il en soit, cela ne fera aucune différence sur le long terme et je pense que tu as le droit de tout savoir.

Soudain inquiète, Ginny déplia le parchemin et parcourut l'écriture claire et efficace de son père.

Le roi a remarqué notre fille… et désire sa compagnie en ces temps troublés… Il veut la savoir à la cour… mais en tant que femme mariée et non en tant que suivante… pour protéger sa réputation… et qu'elle mérite un compagnon fiable déjà engagé au service du roi afin que tous deux puissent le servir comme une seule et même personne…

Surprise, elle leva les yeux vers sa mère.

— Servir le roi comme une seule et même personne ? Qu'est-ce que cela signifie ?

— Eh bien, répondit vivement sa mère, le roi désire que tu continues à servir la reine comme tu le fais depuis quelques semaines, en la conseillant sur ses vêtements et en l'instruisant sur l'étiquette de la cour. Mais il veut que tu vives au palais en tant qu'épouse respectable, car une suivante encore fille peut être la cible de commérages. Sir Jon, lui, continuera à servir le roi comme il le fait actuellement. Ainsi, vous ne serez pas séparés comme cela arrive souvent à la cour. Personnellement, je trouve cet arrangement tout à fait pratique.

— Pratique ! s'indigna Ginny. Donc, ce mariage n'a aucun rapport avec les préférences de sir Jon ? Le roi lui a simplement donné une forte somme pour le convaincre de m'épouser ? En ce cas, il agit pour les mêmes raisons que moi : pour satisfaire le roi... à la différence que lui, il l'a choisi !

— Le roi n'agit pas sur un coup de tête, Virginia, et tu le sais, n'est-ce pas ? Il t'a vue ici l'an dernier et a passé beaucoup de temps avec toi. Il n'a jamais cherché à cacher son inclination pour toi.

— Il a joué à me séduire, mère, mais comme je vous l'ai dit, il fait de même avec toutes les suivantes qui lui plaisent. Anne Basset, Kat Howard, et un certain nombre d'autres femmes profitent grandement de ses attentions. Le roi ne me distingue pas des autres, je vous l'assure.

De nouveau, dame Agnès soupira.

— Il t'a demandée personnellement pour servir sa femme, répondit-elle, et il n'arrange pas de mariage entre ses amis et toutes les suivantes qui lui plaisent. Il te fait aujourd'hui un grand honneur.

— C'est ce que vous dites, mère. Pour ma part, je regrette que les alliances se fassent avant tout entre familles, et non entre individus. Et j'ai l'impression, une fois de plus, de ne servir que de prétexte à une obscure transaction, comme si ce que je pense n'avait pas d'intérêt...

— Ce sont des affaires de descendance et de dynasties, l'interrompit sa mère avec fermeté. Ne crois pas que ton rôle n'a aucune importance dans tout cela. Les hommes doivent penser à l'avenir, aux générations futures. C'est pour cela que sir Jon a épousé Magdalen Osborn, il y a trois ans. Il avait ainsi la garantie d'avoir une dot convenable et une descendance. Seulement, l'épouse de sir Jon ne lui a laissé qu'une petite fille, et il a besoin d'un fils. Il doit à présent se remarier pour assurer sa descendance, c'est tout ce qu'il y a à comprendre. Certes, je ne sais pas les raisons qui l'ont poussé à choisir cette héritière alors qu'il s'était déjà engagé avec toi... mais la seule chose qui me touche désormais, c'est de savoir que cette pauvre mère est morte en couches.

— Peut-être sir Jon l'avait-il déjà mise enceinte lorsque père lui a proposé ma main, répliqua Ginny. Peut-être que ce sont ses parents à elle qui ont insisté pour qu'il l'épouse. Si j'en crois les regards que les femmes lui jettent, à la cour, cela ne m'étonnerait qu'à moitié...

— Tu ne devrais pas dire des choses pareilles. Si le roi et ton père le considèrent à présent comme un si bon parti, c'est grâce à la fortune qu'il a acquise grâce à sa première femme.

— Que l'argent puisse influencer une décision à ce point me révolte ! s'écria Ginny. Je n'oublie pas que, s'il s'est détourné de moi à l'époque, c'est parce que je n'étais pas assez riche, et qu'à cause de cela, je ne présentais aucun intérêt pour lui !

— Ma chérie, ce n'est pas le cas, dit sa mère avec une surprenante douceur. Si sir Jon en avait été capable, il aurait sans doute accepté l'offre de ton père immédiatement. Tu venais de passer quatre ans dans le nord, auprès des Norton, et tu en étais revenue éduquée, adulte, et très belle... Ton père t'aurait trouvé une place à la cour, mais tu ne le souhaitais pas, n'est-ce pas ? Il a respecté tes vœux et tes opinions quant à tes prétendants. Il t'a longtemps laissée faire les choses à ta façon, mais cela ne peut pas durer indéfiniment, Ginny.

Un silence tomba sur la chambre. Ginny regarda sa mère, dont le visage austère contrastait avec son regard : en cet instant, il était posé sur elle avec tendresse. Elle sentit son élan de révolte s'apaiser légèrement. Elle n'avait jamais eu une telle conversation sur le mariage avec sa mère : auparavant, cette dernière se contentait de répliquer que la vie était ainsi faite et ne semblait accorder aucune importance à ses souhaits. Ginny découvrait sa mère sous un autre jour. Elle prenait conscience qu'elle aussi avait eu son âge, et avait dû se marier. L'avait-elle fait avec joie ? Aimait-elle son père, à l'époque ?

— Est-ce que c'est difficile d'être mariée à père ? demanda-t-elle d'un ton plus doux.

— Ton père est un homme strict, mais tant que nous ne tombons pas en désaccord, tout se passe bien. Et si je veux passer quelques moments agréables loin du château, je n'ai qu'à aller voir ta sœur, Maeve.

D'un geste tendre, sa mère réarrangea les longs cheveux de Ginny qui cascadaient sur ses épaules.

— Tu es si jolie, murmura-t-elle. J'ai de la chance d'avoir deux filles charmantes, deux beaux garçons et un époux respecté. D'ailleurs, je dois à tout prix envoyer un message à Maeve et George pour qu'ils viennent ici pendant la visite du roi. Tu sais à quel point ils aiment les fêtes !

Ginny acquiesça, l'esprit ailleurs. Maeve était sa sœur aînée. Contrairement à Ginny, elle avait souhaité vivre à la cour quelque temps. Son joli visage et ses cheveux de miel avaient éveillé l'attention du roi, mais Maeve était tombée amoureuse d'un certain sir George Betterton, qui s'était empressé de l'épouser avant que le roi puisse l'approcher. Un enfant était né juste après cette union, un peu trop tôt peut-être... Personne n'avait jugé bon de dévoiler à Ginny les raisons de ce mariage précipité, mais elle avait aisément compris à la naissance de l'enfant.

— Mère, dit-elle le plus doucement possible, je comprends ce que vous essayez de me dire. Mais je ne vous cache pas que cette union me déplaît au plus haut point. Je n'aime pas l'idée d'être mariée à un homme que je méprise pour que le roi puisse me côtoyer en tout bien tout honneur. Je vous ai dit ce que je pensais de sir Jon, et je ne me fie pas davantage au roi. J'admire beaucoup la reine Anne, je veux la rendre heureuse, épanouie, et l'aider à faire le bonheur de son époux. Recevoir aussi ostensiblement les attentions du roi ne me fait pas plaisir, contrairement à d'autres femmes... Elles y voient un moyen d'accéder à certains privilèges, mais pas moi. Je ne ferai rien qui puisse blesser la reine Anne. Je ne veux pas des stupides lettres d'amour du roi, ni de ses bijoux. C'est sa femme qui devrait les recevoir, pas moi !

Sa mère la dévisagea d'un air surpris.

— Il t'a envoyé des lettres et des bijoux ? Montre-les-moi !

— Je ne peux pas. Je les lui ai renvoyés. Tout cela n'avait aucun sens…

— Tout cela a eu du sens pour Jane Seymour. C'est ainsi qu'elle a pu accéder au trône.

— Oui, elle l'a séduit, répondit Ginny avec mépris. Jeanne, la pieuse, la discrète, a séduit un homme marié pour obéir aux souhaits de sa famille. Et elle n'a rien fait pour épargner les sentiments d'Anne Boleyn ! Eh bien, je n'agirai pas ainsi, mère. Je suis navrée, mais cela va au-delà de mes principes.

— Tu dois pourtant te montrer courtoise envers le roi, ma chérie. Lui refuserais-tu le plaisir de côtoyer une jeune femme belle et bien élevée ? Car c'est ce que tu es…

— Si le roi s'intéressait un peu plus à sa nouvelle femme, il pourrait facilement satisfaire ce désir avec elle. Elle ne veut qu'une chose, lui plaire de toutes les manières possibles. Mais il ne le voit pas.

Sa mère soupira.

— Et le fait qu'il vienne ici sans elle ne risque pas d'arranger les choses… Décidément, la situation me semble compliquée. Mais pour le moment, nous avons d'autres choses à penser. Viens jeter un coup d'œil à ces robes, Virginia. Nous pouvons peut-être en retailler certaines…

Le sens du style et de l'élégance de Ginny ne lui était pas venu par hasard. En effet, sa mère était une couturière d'exception. Jamais elle n'avait considéré la couture comme une corvée, tant qu'elle était épaulée par de bons tailleurs et des ouvrières douées. Son époux, d'ailleurs, lui envoyait souvent des pièces de tissus précieux de Londres. Sa fille aînée, Maeve, avait passé plusieurs années avec son époux dans sa demeure de Westminster et sir Betterton était l'un des tailleurs du roi. Ainsi, les Betterton et les d'Arvall faisaient-ils partie des familles les mieux vêtues de la cour. De toute évidence, lorsque le roi avait demandé à Ginny de conseiller son épouse, il s'était sans doute appuyé sur cette réputation de raffinement…

Dame Agnès se remit à s'affairer devant l'armoire, triant les vêtements et disposant les meilleurs sur le lit. Elle entraîna Ginny devant cet étalage, mais les étoffes, les satins et les soieries se mélangèrent devant ses yeux, la rendant incapable de choisir quoi que ce soit. La lettre accaparait toutes ses pensées. Devinant son trouble, sa mère finit par quitter la chambre. Restée seule, Ginny alla s'asseoir devant la fenêtre et laissa son regard se perdre dans le paysage mais, contrairement à d'habitude, cela ne lui procura aucun apaisement.

Elle était rentrée chez elle pour se reposer, s'éloigner de l'hypocrisie de la cour et de ses intrigues incessantes. Par-dessus tout, elle était partie pour éviter le roi et ses courtisans l'espace de quelques jours. Et voilà qu'elle allait se retrouver au cœur d'une situation encore plus délicate qu'à Hampton Court... Pis encore : le roi avait l'intention de lui faire épouser un homme qui ne voyait en elle que l'opportunité d'améliorer encore sa situation. Voilà pourquoi sir Jon était soudainement venu lui parler aux écuries ! Elle comprenait tout, à présent. Sa visite inattendue, ses flatteries absurdes...

En trois ans, il n'avait pas changé. Comme auparavant, sa première motivation était l'argent.

« Vos manières s'affineront », lui avait-il dit l'avant-veille. Les siennes auraient gagné à être affinées aussi !

Ginny ferma les yeux avec force, mais l'image de sir Jon continua à la poursuivre. C'était comme si elle s'était imprimée sous ses paupières. Une part d'elle regretta que les choses, dès le début, aient si mal commencé avec lui. Il était pourtant très bel homme, et il embellissait encore avec les années. Elle avait été sensible à son charme dès leur première rencontre. Et, lorsqu'il avait dit à son père qu'il envisageait de demander sa main, cela lui avait paru trop beau pour être vrai. Peut-être parce qu'au fond d'elle, elle savait dès le départ qu'il ne l'épouserait pas...

Incapable de rester immobile, elle se leva d'un bond. Trois ans avaient passé depuis cet événement. Elle aurait dû oublier, à défaut de pardonner. Mais elle éprouvait encore un pincement au cœur chaque fois qu'elle y repensait. Elle fit quelques pas et prit son miroir.

— Pourquoi ? chuchota-t-elle à son reflet. Pourquoi lui, alors qu'il me désire sans doute aussi peu que je le désire ? Il a déjà clairement prouvé qu'il ne voulait pas de moi ! Comment pourrais-je vivre avec un homme qui ne m'épousera que pour de l'argent ? De toute façon, personne ne sera dupe. Toute la cour a déjà remarqué que nous ne nous parlions pas. Les rumeurs s'en donneront à cœur joie ! Quant au reste...

Elle s'interrompit, pensant avec horreur aux obligations qu'elle aurait envers son époux, une fois le mariage célébré. Elle resta un long moment face au miroir, pâle, le cœur battant la chamade.

Il n'y avait qu'une seule solution.

D'un geste vif, elle s'empara d'un châle et quitta la chambre. Elle traversa à la hâte les couloirs glacés du château, puis la cour, et se réfugia enfin dans la cuisine. Les fourneaux ronflaient, réchauffant agréablement la grande pièce qui était sûrement, à l'exception du salon, la moins glaciale du château. Comme elle s'y attendait, Molly, l'une des servantes de sa mère, se trouvait là, occupée à broyer du sucre dans un large mortier.

— Tu as fini de préparer les amandes ? demanda Ginny, jetant un coup d'œil aux bancs chargés de jarres et de pots fermés par des feuilles de parchemin glacé. Ce serait peut-être bien de les mettre à blanchir pendant que tu t'occupes du sucre. Je peux le faire pour toi, si tu veux... Contre une faveur.

Molly leva les yeux vers elle et sourit. Elle avait appris l'art de la pâtisserie et de l'herboristerie avec sa mère, que l'on disait sorcière mais qui, étonnamment, était morte paisiblement dans son lit. Molly connaissait les bienfaits de presque toutes les plantes de la région et Ginny avait depuis longtemps pris l'habitude d'aller la voir lorsqu'elle avait besoin d'un remède quelconque.

— Je sais ce qui se passe, dit Molly. J'y ai déjà réfléchi.

— Comment peux-tu savoir ? demanda Ginny, stupéfaite.

Molly reposa le pilon et lança un regard à la fois sage et malicieux à la fille de sa maîtresse.

— Il suffit de vous voir pour deviner ce qui vous fait souffrir, répondit-elle avec douceur. Vous donnez l'impression d'avoir été promise au Diable en personne... Vous voulez que je vous donne de quoi améliorer la situation.

— Améliorer, arranger, je ne sais pas. Il faut que je fasse quelque chose, Molly !

— Cela dépend de ce que vous voulez. L'endormir ? Vous endormir ? L'obliger à vous aimer ? Le rendre impuissant ? Vous rendre… ?

— Molly ! coupa Ginny, choquée.

— J'allais dire : vous rendre mère de jumeaux.

— Et en quoi cela arrangerait les choses ?

Molly lui sourit d'un air espiègle.

— Deux enfants pour le prix d'un ! Après cela, votre époux vous laissera en paix pendant un bon moment, croyez-moi.

Elle continua son travail puis, comme Ginny ne répondait pas, elle leva les yeux une nouvelle fois.

— Est-ce bien ce que vous voulez, demoiselle Virginia ? Qu'il vous laisse tranquille ?

Ginny, le regard perdu à travers la fenêtre embuée, se mordit la lèvre. Que voulait-elle vraiment ? Finalement, elle soupira.

— Je ne sais pas, Molly. Il faut que j'y réfléchisse.

La servante lui sourit.

— Revenez me voir quand vous aurez une idée précise. Je trouverai de quoi faire une potion qui vous aidera, quoi que vous souhaitiez.

Ginny hocha la tête et, plongée dans ses réflexions, regarda la servante mettre les amandes à blanchir et enfourner le plat du dîner, avant de quitter les cuisines, en pleine indécision.

Molly suivit discrètement des yeux Ginny qui traversait la cour en direction du château. Elle s'affaira encore un moment sur les plats du soir, puis s'essuya les mains sur son tablier et se détourna des fourneaux, plissant le front.

Virginia était restée très vague sur les conditions de son mariage, mais les nouvelles allaient vite au château et Molly connaissait déjà le nom de son prétendant : sir Jon, le même homme que trois ans plus tôt. Elle comprenait donc parfaitement le trouble de sa jeune maîtresse. De tous les enfants de sir Walter et dame Agnès, la benjamine avait toujours été sa préférée et, connaissant le caractère de celle-ci, Molly pressentait que l'alliance avec sir Jon risquait de mal se passer si quelqu'un ne lui venait pas en aide.

Molly attendit d'être seule dans la cuisine, puis ouvrit un placard et tâtonna jusqu'à trouver un petit sachet d'herbes séchées qu'elle cachait au fond, et qui mélangeait verveine, gui, rue, thym et laurier. Elle les hacha à coups vifs, puis les versa dans un plat et les lia avec du miel et de l'huile de rose, jusqu'à obtenir une pâte parfumée. Enfin, elle découpa la pâte en petits gâteaux et attendit la tombée de la nuit pour les déposer de l'autre côté du jardin de simples, là où la lune montante jetait des ombres bleutées sur le givre. Elle murmura quelques bénédictions et quitta les lieux.

Le roi avait prévu d'arriver en compagnie du futur époux de Ginny le quatorze février, le jour de la Saint-Valentin. La jeune fille avait sans doute été trop préoccupée pour s'en rendre compte, mais cela n'avait pas échappé à Molly...

Maeve, la sœur de Ginny, arriva avec son époux, sir George, le jour même de l'arrivée du roi. Malgré le peu de temps disponible, dame Agnès avait réussi à faire préparer le château jusque dans les moindres recoins, et ce fut avec un mélange de joie et d'inquiétude qu'elle se précipita dans la cour pour embrasser sa fille et son gendre.

— Oh ! Maeve, ma chérie, tu es enfin là ! Et George, toi aussi, Dieu merci... Quelle journée ! J'ai fait rentrer plus de nourriture et de boisson ces deux derniers jours qu'en un mois complet. J'ai cru que nous ne serions jamais prêts à temps. Cela tient presque du miracle... Hélas ! je viens d'apprendre que le roi vient avec des dames de la cour ! Je ne sais pas si j'arriverai à loger tout le monde au château...

— Ne vous inquiétez pas, répondit Maeve en embrassant sa mère. Il y aura largement la place de faire dormir tout le monde. La cour est habituée à tout cela, vous savez : les palais royaux sont de vrais terriers de lapins. Si nous avons assez de nourriture et de boisson, le reste ne posera aucun problème.

— Oui, les courtisans aiment bien ne pas savoir à l'avance dans quel lit ils vont dormir, ajouta sir George.

Maeve dut réprimer un éclat de rire.

— Mon amour, cela n'aide pas beaucoup ! répliqua-t-elle d'une voix aussi sévère qu'elle le put. Où est Ginny ? Dans votre message, vous avez parlé d'un époux pour elle, mère. Est-ce vrai ?

— Pas ici, ma chérie, se contenta de répondre dame Agnès.

Venez vous reposer dans mon petit salon, vous en avez bien besoin. Nous serons plus à l'aise pour discuter là-bas.

Elle leur fit signe de les suivre à l'intérieur du château, puis convoqua deux serviteurs pour débarrasser ses invités de leurs manteaux. Ce fut seulement lorsqu'elle referma la porte du salon qu'elle répondit avec un soupir :

— Oui, c'est vrai : Ginny va se marier. C'est une longue histoire, et je me demande comment tout cela va se passer. J'imagine qu'à l'heure actuelle, ta sœur est toujours dans sa chambre, en train de bouder.

Maeve secoua la tête.

— Je connais bien Ginny, mère. Elle ne boude jamais. J'imagine qu'elle n'apprécie pas que le roi lui choisisse un époux et j'aurais eu la même réaction à sa place, mais je peux vous assurer qu'elle ne boude pas. Ou alors, c'est parce qu'il s'est passé autre chose. Vous seriez-vous disputées ?

Dame Agnès leva les yeux au ciel, cherchant ses mots.

— Nous avons discuté, oui, dit-elle enfin avec découragement, et nous avons peut-être élevé la voix. Tu sais comment elle est, Maeve, si obstinée... Nous lui aurions trouvé un époux il y a des années, si seulement elle s'était montrée plus conciliante. Oh ! je sais qu'elle aurait épousé sir Jon sans difficulté lorsque ton père lui a fait sa première offre ; mais depuis que ce projet a tourné court, tous les prétendants que sir Walter lui a présentés ont été rejetés sans scrupule. Il a fallu qu'elle se rende à la cour et que le roi lui impose un époux pour qu'elle s'unisse enfin à cet homme, qu'elle en soit satisfaite ou non.

Sir George écoutait la conversation en silence. La dernière phrase de dame Agnès le fit réagir :

— Vous parlez de cet homme comme si vous le connaissiez déjà... Qui est-il ?

— Le même qui a refusé de l'épouser il y a trois ans : sir Jon Raemon. Oui, je comprends que cela vous surprenne...

— Mais s'il s'agit d'un homme qu'elle avait accepté d'épouser auparavant, quel est le problème ? demanda sir George d'un air surpris. Il est veuf, non ?

Dame Agnès parut plus désemparée que jamais.

— Elle l'a revu à la cour et, à présent, elle ne l'aime plus.

— Comment cela, elle ne l'aime plus? demanda Maeve. Pourtant, elle avait été prête à l'accepter, la première fois. Je pense que son refus est motivé par sa fierté, ne croyez-vous pas, mère? George, nous devons parler avec elle.

— En effet, mon amour, concéda-t-il, mais nous ferions mieux de nous changer d'abord. Si le roi arrive entre-temps et nous voit en habits de voyage, il va nous prendre pour des marchands itinérants!

Maeve tenta de lui frapper amicalement l'arrière de la tête, mais il l'évita à temps, en riant. Ce ne fut que lorsqu'ils se retrouvèrent seuls dans leur chambre que leur légèreté fit place à un air plus sérieux.

— Tu sais ce que cette histoire de mariage signifie, n'est-ce pas? demanda sir George à voix basse. Tu te souviens des attentions que le roi a eues pour toi, quand tu étais à la cour?

— Je ne m'en souviens que trop bien, répondit Maeve. Si tu ne m'avais pas épousée, qui sait ce qui aurait pu se passer!

— Chut! Ne parlons pas de cela, mon amour. Le problème, c'est que je doute que Ginny comprenne à temps les intentions du roi à son égard. Elle est si innocente face aux intrigues de la cour, même après avoir vécu là-bas un mois... Et j'imagine que ta mère ne lui a rien expliqué, n'est-ce pas?

Maeve secoua la tête, l'air grave.

— Il faut bien que quelqu'un le fasse! Crois-tu que je doive parler à Ginny?

George soupira.

— Ton père ne lui laissera aucun choix, et Raemon fera sans doute la même chose. Ils l'empêcheront de refuser, trop pressés de conclure ce mariage. Ton père voit sans doute dans cette histoire une chance d'augmenter son prestige, et ta mère fera tout ce qu'il lui demande sans protester. Si tout se passe selon leurs vœux, nous verrons bientôt les d'Arvall à la tête du prieuré de Sandrock, bien installés au sommet de la société, en tant que parents de la nouvelle maîtresse du roi, dame Virginia...

— Je refuse qu'une telle chose arrive à ma sœur, George! s'écria Maeve. Ginny est destinée à de plus grandes choses que cela. Il faut la prévenir d'une façon ou d'une autre!

George lui répondit par un sourire entendu : il la connaissait assez pour la comprendre à demi-mot.

— Peut-être que Raemon la mettra au courant de la situation lui-même, dit-il. Ou peut-être devrons-nous trouver un autre moyen de l'aider...

2

Ginny profita de l'agitation ambiante pour s'échapper. Occupés par les préparatifs de la fête, ni sa mère ni les domestiques ne la virent quitter discrètement le château.

Fidèle à son habitude, elle alla se réfugier dans les jardins du domaine. C'était là qu'elle allait quand elle voulait réfléchir, ou tout simplement être seule. En cet instant, elle avait besoin de l'un comme de l'autre. Elle marcha longtemps dans les allées couvertes de givre, mais ni le froid ni le paysage vide ne lui donnèrent la moindre envie de retourner au château. Une heure plus tard, ses envies de rébellion étaient devenues encore plus fortes, et elle n'avait toujours pas trouvé de plan pour s'élever contre la tyrannie de ses parents. Elle se rendait lentement compte qu'en réalité, elle était piégée. Elle était en âge de se marier et restait sous l'autorité de ses parents. Il en avait toujours été ainsi : les seules fois où ses désirs avaient été un tant soit peu entendus, c'était quand elle avait refusé les prétendants que son père lui avait présentés... Mais cette fois, la donne changeait. Le prétendant auquel la destinait son père n'était pas simplement sir Jon, il était surtout l'homme proposé par le roi. Elle pouvait trouver un moyen de défier son père. En revanche, face au roi Henri VIII, elle n'avait aucune marge de manœuvre...

Lorsqu'elle se résolut à rentrer, l'après-midi était largement entamé. La lumière baissait déjà, bleuissant le givre alentour. Les invités arriveraient dans quelques heures. La mort dans l'âme, elle secoua les cristaux blancs accrochés à sa jupe et ouvrit le portillon du jardin. Un bruit de cavalcade provenant de la cour l'immobilisa soudain, la main sur le loquet. Elle entendit des voix d'hommes, ainsi que celle de sa mère. Le roi était-il déjà arrivé ? Il était encore bien tôt...

Le cœur battant, elle entrouvrit le portail et jeta un coup d'œil à la cour. Deux hommes descendaient de leurs chevaux fumants de sueur. Ils étaient vêtus de capes courtes et de chapeaux de velours ornés de longues plumes.

— Le roi est à une demi-heure d'ici, dame Agnès, lança l'un d'eux. Il désirera du vin, après cette longue journée de voyage.

Ginny se figea. Cette voix, grave et profonde... c'était sir Jon. Instinctivement, elle recula d'un pas : elle ne voulait pas le voir — pas avant de s'y être préparée. Sir Jon ne lui avait pas laissé le choix dans les écuries du palais : il lui avait imposé sa présence sans qu'elle l'ait demandé. Mais cette fois, elle était chez elle, et elle comptait bien aller à son rythme — et à sa manière.

Elle lâcha le portail et retroussa sa jupe pour reculer sans faire bruisser ses habits. C'était compter sans le portail, qui se referma avec un claquement sec. Ginny se figea, espérant que les cavaliers n'avaient pas entendu. Mais, très vite, elle entendit un pas lourd s'approcher. Puis une main gantée souleva le loquet en douceur.

Sans réfléchir, elle alla se cacher derrière un muret, comme une fillette prise en faute. Elle n'eut pas le temps de réaliser le ridicule de la situation : déjà, sir Jon passait la porte. Il l'aperçut immédiatement. L'embarras de Ginny augmenta quand un sourire fendit son visage.

— Demoiselle Virginia ! Je ne m'attendais pas à un accueil si timide... Que se passe-t-il donc ? Regretteriez-vous votre comportement envers moi, il y a quelques jours ?

Il la scruta, comme pour deviner ses pensées, puis son regard dériva sur son mantelet. Il s'attarda plus longuement sur l'arrondi de son corsage, caché sous la fourrure. Il avait de l'expérience avec les femmes, cela se voyait immédiatement : il savait certainement deviner les formes d'un corps sous la plus épaisse des étoffes. Ginny se ressaisit.

— Au contraire, sir Jon, répliqua-t-elle. Si je compare mon attitude à la vôtre, je me suis trouvée d'une courtoisie tout à fait remarquable. Je profitais simplement de mes derniers instants de tranquillité. Visiblement, la fin de la trêve a sonné...

— D'une correction remarquable ? répéta-t-il avec une douceur menaçante. Vraiment ?

Il ferma le portillon et vint se camper devant elle. Il était si grand qu'elle dut basculer la tête en arrière pour le regarder dans les yeux. Il avait une odeur de transpiration et de cheval, mais restait très à son avantage, vêtu d'habits parfaitement coupés en velours brun orné de broderies dorées, et les jambes couvertes par des chausses qui épousaient leur forme athlétique. Néanmoins, Ginny plissa le nez.

— Vous devriez vous laver et vous changer avant le repas, sir Jon. Le rythme soutenu de votre voyage a laissé des traces, ne croyez-vous pas ?

Elle le provoquait volontairement, mais de nouveau, sir Jon sourit. Elle remarqua les fines rides qui s'étiraient au coin de ses yeux. Elles lui donnaient un charme qu'elle n'avait pas remarqué jusque-là.

— Vraiment ? demanda-t-il à mi-voix.

— Sir Jon, ne me dites pas que si vous avez devancé la cour, c'est seulement pour annoncer que le roi aurait besoin de vin, répliqua-t-elle sèchement.

Il haussa les sourcils.

— Dans ce cas, vous saurez la vraie raison de mon arrivée en avance, dame Acariâtre. Je suis arrivé plus tôt pour discuter en privé avec vous, et je suis heureux de voir que vous m'obligez — j'espère d'ailleurs que vous continuerez à le faire.

— Messire, soyez assuré que je ne ferai aucun effort pour vous *obliger*.

— Je devrai m'en contenter, pour le moment...

Exaspérée, Ginny soupira.

— Bref, dites-moi ce que vous avez à me dire et rentrons au chaud. J'ai encore des choses à faire avant l'arrivée du roi.

À ces mots, le sourire de sir Jon disparut totalement. Ginny eut l'impression de se retrouver trois ans plus tôt, lorsqu'elle l'avait rencontré pour la première fois.

— Les choses que vous avez à faire devront attendre, demoiselle

Virginia, répliqua-t-il d'une voix cinglante. Je suis venu pour vous exposer quelques règles en privé, ce qui est bien plus important que vos petits projets. La première règle est que toute infraction aux bonnes manières à mon égard entraînera un châtiment. Est-ce clair ?

Ginny le dévisagea, à la fois choquée et hors d'elle. Comment osait-il ?

— Excusez-moi... un *châtiment* ? Je n'ai pas de problème à comprendre la notion de règles, sir. En revanche, j'ai du mal à voir au nom de quoi vous vous permettez de juger mon comportement ou mes bonnes manières — qui, d'ailleurs, ont toujours été correctes, sans cela...

Les mâchoires de sir Jon se crispèrent.

— Je ne vous parle pas de votre comportement de façon générale, mais bien par rapport à moi, et vous le savez très bien. Vous savez aussi pourquoi je suis ici et vous ne pouvez rien contre cela : la décision du roi est prise. Aucune femme ne pourrait le faire changer d'avis, donc je vous conseille de l'accepter et de descendre de votre piédestal.

— Ou sinon ? répondit Ginny d'une voix moqueuse. Je devrai subir un « châtiment », c'est cela ? Eh bien, laissez-moi vous dire que c'est sans doute le conseil le moins subtil que j'aie jamais reçu. J'imagine que vos menaces sont efficaces avec des chiens désobéissants, des faucons de chasse ou des chevaux, mais avec les femmes ? Cela m'étonnerait ! En tout cas, vous n'avez pas la moindre chance de me faire fléchir d'une telle manière, navrée. Essayez donc autre chose.

Un lourd silence tomba entre eux. Ils s'affrontèrent du regard, le visage crispé. Cette conversation avait réveillé la tension qui grandissait entre eux depuis des semaines. Ginny était à présent incapable de réprimer son exaspération. Sir Jon parut le remarquer, car quelque chose changea dans son attitude. Jusque-là, il s'était toujours montré plein d'assurance face à elle, comme s'il était convaincu qu'elle lui tomberait dans les bras tôt ou tard, comme toutes les autres femmes. Seulement, le contexte particulier de leur mariage, au lieu de faciliter les choses, éloignait Ginny de lui. C'était bien le seul avantage qu'elle voyait dans cette situation : lui compliquer la tâche. Sir Jon parut arriver à la même conclusion car, soudain, il s'avança vers elle, réduisant à néant l'espace qui les séparait. Ginny voulut s'écarter, mais, avant qu'elle ait pu faire le moindre geste, il s'appuya des deux mains contre le mur du jardin pour la bloquer face à lui.

— Que faites-vous ? lança-t-elle. Reculez-vous immédiatement !

— Pas avant que vous ayez écouté ce que j'ai à vous dire, répliqua sir Jon d'une voix basse et menaçante. J'aimerais que cette journée se passe sans éclats, aussi vais-je m'assurer que le message soit bien clair : lorsque je vous parlerai en public, vous aurez la correction de ne pas chercher à me tourner le dos. Vous resterez là, en silence, et vous m'écouterez.

— Certainement pas !

— Si, vous m'obéirez ! Je ne supporterai pas éternellement votre mépris, et surtout pas en présence des autres. Vos manières vis-à-vis de moi resteront respectueuses et polies en toutes circonstances. Une fois en privé, vous ferez comme bon vous semble, je saurai m'en accommoder. Mais en public, vous ne me rabaisserez pas en m'ignorant, comme vous l'avez fait à la cour ces dernières semaines.

— Messire, je peux encore choisir à qui je désire parler !

Il recula légèrement, sans pour autant enlever ses mains du mur. Son regard plongea au fond du sien, empli d'une soudaine gravité.

— Plus maintenant, répondit-il. Aucun de nous ne le peut, à présent. Par les temps qui courent, il vaut mieux rester courtois envers tout le monde de peur de s'attirer les foudres de ceux qui ont le pouvoir de nous faire du mal — vous auriez dû l'apprendre, durant ces dernières semaines...

Devant l'absence de réaction de Ginny, qui le dévisageait toujours d'un air rageur et peu convaincu, il soupira.

— Demoiselle Virginia, vous allez pénétrer dans un monde bien différent de tout cela, dit-il avec un signe de tête en direction du jardin poudré de blanc. Un monde dans lequel s'appliquent des règles bien différentes de ce que vous connaissez. Si vous avez autant de bon sens que le prétend votre père, vous feriez mieux d'accepter d'apprendre ces règles de quelqu'un qui les connaît déjà.

— Par exemple vous, bien sûr !

— Oui, car c'est le souhait du roi et de vos parents.

Révoltée, Ginny ne se contrôla plus et éclata.

— Et combien le roi vous paie-t-il pour vous charger d'une tâche aussi pénible, sir Jon, puisque de toute évidence, ce que mon père a pu vous proposer il y a trois ans n'était pas assez ? Combien d'abbayes notre souverain vous a-t-il promises ? Grâce à quels titres enviables vous a-t-il fait céder ?

Sir Jon ne lui répondit pas immédiatement. Il la dévisagea longuement, laissant ses mots s'évanouir dans l'air glacé.

— Seigneur, murmura-t-il finalement, vous êtes *vraiment* une petite mégère rancunière, n'est-ce pas, demoiselle ? C'est donc pour cela que vous vous montrez aussi odieuse envers moi ? À cause de ce qui s'est passé il y a *trois ans* ?

— Comment cela pourrait-il me ronger à ce point, messire ? dit Ginny de la façon la plus détachée possible. Nous ne nous sommes pas revus jusqu'à mon séjour à la cour.

— Oui, séjour durant lequel vous m'avez royalement ignoré ! Vous m'en voulez, Virginia, admettez-le…

— Mais quelle arrogance ! s'écria Ginny. Il ne vous a pas traversé l'esprit que, si je suis si peu ravie de vous voir, c'est simplement parce que je n'apprécie pas de recevoir l'ordre d'épouser un homme qui a besoin d'être payé pour vouloir de moi ? Tout cela n'a aucun rapport avec ce qui s'est passé il y a trois ans !

Curieusement, sa riposte parut apaiser sir Jon au lieu de le mettre en colère. Un sourire apparut soudain sur ses lèvres.

— Virginia… N'essayez pas de me mentir. Vous avez appris les projets du roi il y a quelques jours et pourtant, vous m'avez ignoré durant tout votre séjour à la cour.

— Je ne vois pas du tout de quoi vous parlez, répondit-elle, soudain mal à l'aise. Nous nous sommes très peu croisés à la cour, puisque je passais le plus clair de mon temps avec la reine. De plus, nous sommes peut-être voisins ici, dans le Hampshire, mais cela ne veut pas dire que nous devons nous côtoyer à la cour. Vous-même, dès le départ, avez su me montrer votre indifférence à mon égard ; pourquoi ne ferais-je pas la même chose ?

— Jamais je n'ai été indifférent à votre égard, Demoiselle Virginia, répliqua-t-il avec chaleur. J'ai seulement été obligé de partager mon temps.

— Oui, bien sûr. Partager votre temps… J'imagine que cette expression a un sens bien particulier à la cour, puisqu'un simple ordre du roi peut changer vos priorités du tout au tout.

L'expression arrogante de sir Jon s'atténua un peu. Ce fut à son tour d'avoir l'air gêné. Ginny devina qu'elle avait touché juste, mais son sentiment de victoire ne dura qu'un instant : il se reprit rapidement et eut un petit rire. Son souffle chaud effleura la peau de Ginny, la faisant frissonner, puis il se redressa et la libéra, signe qu'il désirait voir leur conversation s'achever là.

— Vous avez raison, dit-il enfin. Les ordres d'un roi sont une chose importante, mais n'oubliez pas qui d'autre a quelque chose à gagner à notre mariage : votre famille. Chaque membre de votre famille en sera récompensé. Cela n'a-t-il aucune importance à vos yeux ? Je crois pourtant savoir qu'à une époque vous n'auriez pas résisté face à une telle opportunité.

La pique finale n'échappa pas à Ginny, mais elle prit le temps de rajuster son mantelet et son chapeau avant de lui répondre.

— Essayez de me *comprendre*, messire. Je suis parfaitement consciente du fait que ce mariage avantage autant mes parents que le roi ou vous-même, mais ça ne m'empêche pas de me sentir révoltée ! Dans cette affaire, je suis la seule qui n'ait pas le choix. Si je pouvais trouver la moindre solution pour me sortir de ce mauvais pas, je n'hésiterais pas une seule seconde. Mais la persuasion ne sert à rien, lorsque le consentement n'est pas nécessaire. Le roi me fait honneur en me distinguant, mais je suis fâchée qu'il me dise qui je dois épouser ! Cela n'a rien à voir avec vous, sir Jon : quel que soit l'homme que l'on aurait choisi pour moi, ma colère serait la même.

Elle fit un pas pour s'écarter de lui, mais il la retint par le bras.

— Et *vous*, vous devriez essayer de *me* comprendre, demoiselle Virginia, dit-il d'un ton sévère. J'ai mes raisons pour accepter la proposition du roi, et contrairement à ce que vous vous plaisez à croire, l'argent est loin d'être ma motivation principale. Mais ne nous étendons pas sur ce sujet pour le moment… Souvenez-vous seulement de ce que je vous ai dit au sujet de votre comportement : je ne laisserai pas une femme me ridiculiser une seconde fois.

Sir Jon lui lâcha le bras et s'éloigna d'un pas décidé vers la cour. Le portail du jardin claqua derrière lui. Ginny resta seule, étonnée par la brusquerie de son départ. Elle aurait presque dit qu'il regrettait ses dernières paroles. Elle n'eut pas le temps de s'interroger davantage là-dessus : un bruit de cavalcade se mit à résonner dans la cour, mêlé à des aboiements. Cette fois, il semblait y avoir plus de deux cavaliers. Cela ne pouvait signifier qu'une chose : le roi venait d'arriver.

Elle secoua une dernière fois son mantelet pour en ôter le givre et, prenant son courage à deux mains, elle sortit dans la cour à la suite de sir Jon. Elle avait deviné juste : une troupe de cavaliers richement vêtus et coiffés d'extravagants chapeaux à plumes emplissaient la cour d'un vacarme joyeux. Le plus imposant d'entre eux mettait pied à terre, aidé par plusieurs domestiques du château. Il portait un manteau de fourrure et de laine qui exagérait encore sa carrure, ouvert sur un luxueux pourpoint chargé de pierreries, de dentelle, et surmonté d'un pendentif aussi gros que le poing. Ginny sentit son cœur s'accélérer. Même à distance, il était impossible de ne pas reconnaître le roi Henri, tant il avait atteint un stade d'obésité avancé.

Elle prit une grande inspiration et traversa la cour dans sa direction. De près, la stature du roi paraissait encore plus monstrueuse. À côté de lui, la silhouette malingre de sir Walter ressemblait à celle d'un enfant. Ses bajoues, son ventre, tout était énorme en lui, à l'exception de ses petites lèvres pincées et de ses yeux brillants semblables à ceux d'un rat. Il tourna la tête vers Ginny qui s'inclinait devant lui, et son regard s'illumina.

— Demoiselle Virginia ! lança-t-il de sa voix de stentor. La reine de cette journée !

Ginny se força à sourire.

— Bienvenue à Arvall Hall, Sire. Nous sommes tous heureux de vous accueillir dans notre modeste demeure.

Elle prit le ton le plus neutre possible, tout en ayant soin de ne pas paraître froide. C'était un exercice difficile, car tout le monde savait comment réagissait le roi dès qu'on lui manquait de respect. Mais Ginny ne désirait pas non plus l'encourager à se montrer trop familier avec elle, ce qu'il faisait dès qu'elle lui en donnait la plus petite opportunité. Elle devinait déjà que le séjour du roi à Arvall Hall allait l'obliger à déployer des trésors de ruse pour éviter de se laisser entraîner en terrain dangereux, et la présence de sir Jon n'allait certainement pas lui rendre la tâche plus facile : il la rejoignit dès qu'il la vit dans la cour, ce qui n'échappa pas au roi.

— Raemon ! s'écria-t-il en se tournant vers Jon. Tu n'as pas perdu de temps pour la trouver, hein ? Alors, as-tu fait des progrès avec elle, ou bien est-ce encore trop tôt ?

Ginny eut l'impression que sir Jon se crispait. En effet, profitant de sa position supérieure, le roi se dispensait souvent du tact le plus élémentaire. La seule réponse possible consistait à ravaler sa fierté et à répondre avec humilité. Sir Jon, toutefois, décida de répliquer aussi directement que Henri et répondit en souriant :

— Je suis comme vous, Sire : je n'aime pas perdre mon temps.

Visiblement satisfait de cette réponse, le roi acquiesça.

— Vos frères sont venus aussi, dit-il à Ginny. En un moment pareil, je souhaitais qu'ils soient ici. De toute façon, on ne peut pas les écarter, n'est-ce pas ?

— La fauconnerie est l'un de leurs passe-temps favoris, Sire, répondit poliment Ginny. D'ailleurs, je remarque que vous avez choisi un très bon moment pour chasser : le temps est clair et sec...

Le sourire du roi se fit presque paternel et il se pencha vers elle. Ginny recula légèrement en sentant son haleine sur sa peau.

— Ah, demoiselle, murmura-t-il, vous savez que je ne parlais pas de chasse. J'ai invité vos frères pour qu'ils puissent être témoins de vos fiançailles avec ce charmant jeune homme, à vos côtés. J'imagine que votre mère vous a déjà confié mes souhaits à cet égard ?

Au mot « fiançailles », Ginny eut besoin de toute sa volonté pour réprimer un cri de révolte. Elle venait à peine d'apprendre le nom de celui qu'on lui destinait. Pourquoi les choses s'enchaînaient-elles si vite ? Pourquoi la pousser dans des fiançailles de manière si pressante — presque indécente — comme si elle risquait de s'enfuir ? Si elle avait encore eu un espoir de se libérer de cette obligation, il mourut immédiatement : elle serait liée à sir Jon dans les jours à venir !

— Sire… Souhaitez-vous célébrer nos fiançailles si vite ? chuchota-t-elle pour que seul le roi l'entende.

L'air émoustillé par leur proximité, le roi lui jeta un regard empli de convoitise, mais cette lueur disparut dès qu'il se tourna vers ses parents, qui attendaient non loin.

— Qu'elle est charmante ! dit-il à voix haute. Et quelle humilité… Votre fille vous fait honneur. À présent, dame Agnès, j'avoue qu'un verre de votre excellent vin du Rhin serait le bienvenu après une si longue route.

Dame Agnès s'inclina et lui fit signe de la suivre, ce que le roi fit en s'appuyant lourdement sur un jeune courtisan richement vêtu. Ginny s'attarda dans la cour, regardant l'énorme silhouette du roi boitiller vers le hall. Sa colère redoubla après cet échange avec le roi. Sir Jon lui lança un regard d'avertissement, mais elle n'en tint pas compte et se tourna vers lui.

— Vous le saviez, n'est-ce pas ? lui dit-elle. Vous saviez que nous devions nous fiancer avant le départ du roi ? Pourquoi suis-je perpétuellement la dernière à être mise au courant de choses qui devraient ne concerner que moi ?

— Plus tard, murmura-t-il, nous parlerons de tout cela plus tard…

— Que je sois maudite si je vous parle ! répliqua-t-elle. Ou si je lui parle, à lui !

— Chut ! Bon sang, parlez moins fort, Virginia ! Il n'est pas sourd !

Par chance, le bourdonnement des voix couvrit leur échange houleux. Ginny se força à garder le silence, mais sa conversation avec le roi l'avait tant révoltée qu'elle résolut de ne rien faire pour faciliter la tâche de sir Jon. Il savait que leurs fiançailles allaient être officialisées aujourd'hui, il était même venu assez tôt pour la prévenir… et il n'en avait rien fait. Très bien ! Désormais, qu'il la menace ou non, elle le traiterait comme bon lui semblerait. Il avait peut-être obtenu sa main, mais cela ne signifiait pas qu'elle lui était tout acquise !

Quand elle entra dans le château, la chaleur ambiante l'enveloppa. Ginny cligna des yeux, déstabilisée par la lumière et la foule. Tous les courtisans étaient déjà entrés et s'attroupaient dans la salle de réception. Le bruit des bavardages se mêlait au bruissement des habits. Ici et là, une jupe richement brodée était secouée, faisant tomber de la neige, des manteaux de fourrure traversaient la foule comme d'étranges bêtes d'hiver, transportés par des serviteurs qui ployaient sous leur poids et, de temps à autre, un chapeau à plumes apparaissait au-dessus de la foule comme un oiseau bariolé venu d'une autre saison. Partout, les broderies d'or et d'argent scintillaient dans la lumière. Ginny soupira : même pour voyager à cheval, les courtisans ne renonçaient pas à leurs tenues excentriques, et elle avait l'impression de se retrouver à Hampton Court. Elle se félicita toutefois d'avoir pris soin de se vêtir élégamment : elle portait la robe de velours rose au décolleté carré orné de petit-gris que sa mère avait fait reprendre. Ses manches fendues avaient également été fourrées, offrant un contraste délicat avec le brocart couleur crème qui enveloppait ses bras, et qui rappelait subtilement la couleur de ses cheveux dorés. Elle avait d'abord douté du choix de sa mère, mais un simple regard dans un miroir avait suffi à lui confirmer que la confiance en soi venait avec l'apparence, et ce en toutes circonstances.

C'était en l'habillant ce matin-là que sa mère, sans doute consciente de sa colère, lui avait dit :

— Tu vas avoir besoin d'une suivante, à présent, et Molly te connaît mieux que personne… Je voudrais donc la mettre à ton service. Qu'en penses-tu ?

Ginny avait hoché la tête sans un mot. Toujours en silence, elle avait laissé Molly la coiffer, tressant ses cheveux de part et d'autre de ses tempes pour les rassembler derrière sa tête, créant ainsi une couronne de cheveux d'un magnifique effet. Ginny appréciait Molly mais elle restait méfiante : Molly serait sans doute chargée de répéter ses moindres faits et gestes à dame Agnès, après son mariage avec sir Jon…

Elle émergea de ses pensées et remarqua que tous les regards se dirigeaient vers elle. Elle connaissait au moins de vue tous les hommes qui avaient accompagné le roi à Arvall Hall mais, cette fois, ils la considéraient avec plus d'attention qu'ils ne l'avaient fait à la cour. Combien d'entre eux savaient déjà qu'elle allait se fiancer avec sir Jon ? Était-elle la seule à ne pas avoir été prévenue ?

Les efforts épuisants de sa mère durant les deux derniers jours avaient porté leurs fruits : les tables étaient magnifiques, chargées d'argenterie et de verres scintillants sur des nappes blanches. Partout, on voyait des serviteurs circuler au milieu des invités et, au fond de la galerie, un groupe de musiciens jouait. L'air était chargé d'odeurs alléchantes et les panneaux de bois habillés de tapisseries teintaient de couleurs vives les murs du hall.

Soudain, une voix familière fit sursauter Ginny :

— Alors, petite sœur ? Il paraît que tu vas nous ouvrir les portes du grand monde ?

Elle se retourna et tomba nez à nez avec son frère Paul. Dans un grand geste, celui-ci la serra contre lui, l'écrasant presque contre son pourpoint jaune vif.

— Regarde-toi ! s'exclama-t-il à sa manière habituelle, c'est-à-dire sans aucune discrétion. Tu es tellement plus belle que cette coquette de Kat Howard ou que la fille Basset ! Rien d'étonnant à ce que tu aies gagné le gros lot, sœurette !

Il lui tapota fièrement la joue, comme si elle était un lévrier particulièrement rapide ayant remporté une grande course. Avant qu'elle ait le temps de répondre à cette provocation amicale, sir Jon répliqua d'un ton sec :

— Votre sœur n'est pas en compétition avec demoiselle Kat et ne le sera jamais. Quant à se hisser dans le grand monde, cela ne dépend que de la volonté de Sa Majesté. Vous ferez bien de vous en souvenir, mon garçon, avant de vous faire de fausses idées.

Paul ne répondit pas, mais haussa les épaules avec désinvolture. Ce n'était pas la première fois qu'il se faisait rappeler à l'ordre : durant son année à la cour, les indiscrétions de Paul D'Arvall avaient plusieurs fois failli lui coûter cher, ainsi qu'à d'autres. Si Paul était resté à la cour, c'était uniquement parce que le roi s'amusait beaucoup de ses plaisanteries et de son humour grivois. Grâce à ce rôle de bouffon improvisé, Paul avait été pardonné bien souvent par Henri pour des paroles qui auraient fait emprisonner d'autres hommes à la Tour de Londres. Loin de l'inciter à la prudence, ces indulgences répétées avaient encore aggravé l'insolence et le manque de retenue de Paul, au point d'embarrasser toute sa famille. Son beau-frère, George Betterton, était l'une des rares personnes à parvenir, parfois, à se faire écouter de Paul. Ayant entendu la conversation, il se rapprocha tranquillement de leur petit groupe.

— Tu ferais mieux de garder tes opinions pour toi, D'Arvall, dit-il sévèrement. Un mot déplacé et tu risques d'être renvoyé de la cour avec la queue entre les jambes.

Douché par le ton glacial de George, Paul se figea dans son pourpoint jaune. Sans plus lui prêter attention, George se tourna vers Ginny et reprit plus doucement :

— Bonsoir, chère belle-sœur. Maeve te cherche depuis un bon moment. Tu te cachais ?

Ginny hésita, puis se pencha vers lui pour ne pas être entendue des autres :

— Oui, souffla-t-elle en indiquant discrètement le roi. Que feriez-vous à ma place ?

— Oh ! Je me cacherais certainement aussi de cette grande brute, murmura-t-il en riant. Allons, viens discuter avec ta sœur et moi : nous pourrons t'apprendre comment agir en compagnie du roi.

Il lui offrit galamment son bras et, tout en parlant, l'emmena à travers la salle, abandonnant Paul. Ils n'avaient pas fait dix mètres que Ginny tomba nez à nez avec son autre frère, Elion. Cette fois, elle eut un grand sourire et le serra dans ses bras.

— Mon cher frère ! Quelle joie de te revoir, j'ai l'impression que nous ne nous sommes presque pas vus à Hampton Court ! As-tu le temps de discuter ?

— Bien sûr, ma chérie, dit Elion en lui rendant son étreinte avec plaisir. Mais pas avant le repas, je le crains : voilà père qui arrive avec son regard sévère... Comme lorsqu'il venait nous voir, enfants, en disant : « Maintenant, vous deux, écoutez-moi. »

Ginny ne put s'empêcher de sourire à cette évocation. Elle se retourna à temps pour voir sir Walter fendre la foule, droit dans leur direction. En effet, son expression n'annonçait rien de bon.

— Tu veux que je reste, Ginny ? murmura Elion.

Ginny n'eut même pas le temps de répondre : sir Walter arriva à leur hauteur et, d'un signe de tête, signifia à tout le monde de le laisser seul avec sa fille. Il dégageait une telle sévérité que ni Elion ni George n'osèrent lui tenir tête. Même sir Jon ne put s'interposer et la laissa s'éloigner au bras de sir Walter sans dire un mot. Il l'entraîna dans un recoin de la salle où personne ne pourrait les entendre. Ginny commença aussitôt :

— Père, je sais ce que vous voulez me dire, mais je n'ai jamais donné mon accord pour ce mariage, et...

Sir Walter la coupa avec brusquerie :

— Tu n'as pas donné ton accord ? Oui, c'est bien ce que ta mère m'a répété, Virginia. Mais quel rapport cela a-t-il avec l'affaire présente et, surtout, avec ta froideur qui frise l'impolitesse avec sir Jon ? Moi, j'ai donné mon accord, le roi aussi, ainsi que sir Jon. Cela ne te suffit donc pas ?

— Je le sais, père, répliqua Ginny d'un ton vif, mais ce n'est pas parce que vous avez tous donné votre accord que le mien devient inutile !

— Seigneur, ma fille, si nous commencions à battre la campagne pour demander l'accord de tout le monde, tu serais encore fille au Jugement dernier ! Mon devoir est de te trouver un bon époux et j'estime que j'ai été assez patient avec toi jusque-là ; mais je ne serai pas là pour toujours et le roi ne te fera pas d'offre plus généreuse que celle-ci. Tu dois l'accepter, pour notre bien à tous. Ce mariage est essentiel aux yeux de ta mère et aux miens.

— Que je le veuille ou non ? demanda Ginny, révoltée.

— Oui, que tu le veuilles ou non, jeune fille ! Je te préviens, je n'accepterai plus la moindre incorrection envers sir Jon. Je n'arrive pas à croire que vous ne vous soyez presque pas parlé durant ton séjour à la cour. N'as-tu donc aucun projet pour ton avenir ?

— Bien sûr que si ! répondit Ginny. Seulement j'aurais aimé être informée de ce projet de mariage en même temps que tout le monde ! D'autant que...

— D'autant que *rien* ! aboya sir Walter. Je ne veux plus entendre la moindre protestation, Virginia. Ce sont les hommes qui prennent les décisions, et pas les filles de ton âge. Est-ce bien compris ?

Il la regarda avec sévérité, et Ginny fut contrainte de répondre, la rage au cœur :

— Oui, père.

Furieuse, elle le regarda faire volte-face et disparaître dans la foule. Sir Walter se moquait bien qu'elle soit d'accord ou non : tout ce qu'il attendait d'elle était une obéissance aveugle. Cette fois, les enjeux de ce mariage dépassaient ceux des unions qu'elle avait refusées auparavant. Et sir Walter ne la laisserait pas gâcher sa seule chance de gagner la confiance du roi. Désormais, tous les moyens étaient bons pour cela. Car Henri était peu à peu devenu inconstant, imprévisible. Tout ce qu'il offrait pouvait être repris n'importe quand pour être ensuite offert à d'autres. Les familles s'entredéchiraient, cherchant domination et influence auprès d'un souverain qui n'attendait de ses courtisans que flatteries et soutien pour entretenir son orgueil monstrueux. Ceux qui n'étaient pas préparés à cela n'avaient pas leur place à la cour, et ne participaient pas à la distribution quasi-quotidienne d'honneurs, que ce soit des terres, des titres, ou l'une des huit cents propriétés monastiques qui avaient été saisies durant les cinq années précédentes. Face à tout cela, que valait la volonté d'une jeune femme ?

Néanmoins, quelque chose dérangeait profondément Ginny dans cette affaire. Et cela n'avait rien à voir avec sa répugnance à l'idée d'épouser sir Jon. Sans s'expliquer pourquoi, elle avait la nette impression que toute l'agitation qui tournait autour de sa présence aux côtés du roi en tant que femme mariée avait quelque chose de ridicule. Après tout, il pouvait bien lui ordonner de venir à la cour sans se justifier ! Il l'avait bien fait lorsqu'il l'avait attachée au service de la reine Anne : il s'était mis à la fréquenter sans se soucier qu'elle soit mariée ou non. Elle avait dû l'accompagner dans les jardins, dans ses promenades, dans ses divers loisirs, en attendant que la reine Anne soit assez bien acclimatée à la cour pour remplir ce rôle. Tout cela, elle l'avait fait sans se plaindre, mais cela valait-il vraiment la « récompense » que sa mère lui avait tant vantée ? S'attendait-on à ce qu'elle exécute d'autres tâches dont elle ne savait encore rien ?

À cette pensée, elle fut parcourue d'un frisson terrible. Plusieurs phrases de ses parents, auxquelles elle n'avait pas prêté attention, lui revinrent soudain en tête. Porteuses d'un tout autre sens. Non…

Non, pas cela ! Était-ce possible ? Ses parents étaient-ils assez cupides pour l'utiliser comme la pauvre Jane Seymour l'avait été par sa famille ? Et sir Jon, qu'en pensait-il ? Avait-il accepté que sa femme soit utilisée ainsi, en échange d'une récompense matérielle ? Des centaines de questions se pressèrent tout à coup dans sa tête et elle eut une soudaine nausée. Où étaient Elion et Maeve ? Eux, au moins, accepteraient de lui expliquer ce qui se passait…

Une fanfare de trompettes la tira brusquement de ses pensées. Elle sursauta et réalisa que les convives se dirigeaient vers la salle des festins. Le roi avait beau prétendre qu'il ne se souciait pas de l'étiquette lors de ce genre de visites informelles, il aurait été offensé qu'on le prenne au mot. Sir Jon l'attendait, le visage impassible. Regrettant amèrement de ne pas avoir eu le temps de parler à sa sœur, Ginny prit son bras et tous deux se dirigèrent vers leurs places, suivis par des regards curieux. Parmi les courtisans qui avaient accompagné le roi à Arvall Hall, peu ignoraient la froideur qui régnait entre elle et sir Jon, et certains avaient même lancé des paris sur le temps qu'il faudrait au chevalier pour faire fondre le cœur de sa promise — qui, d'après la rumeur, avait sans doute de bonnes raisons de lui en vouloir. Se remémorant les paroles menaçantes de son père, Ginny fit de son mieux pour cacher ses vrais sentiments. Elle sourit gracieusement à sir Jon et s'assit à côté de lui, essayant de donner l'impression que leur réserve l'un vis-à-vis de l'autre n'était dû qu'à sa timidité de jeune fille, et au fait qu'ils se connaissaient peu. Aux yeux de tous, elle se montra donc aussi discrète et soumise que le voulait son rôle de future épouse. Non, elle ne prendrait pas le risque de faire honte à sa famille ou à sir Jon en public ou devant le roi ; mais ce qu'elle avait l'intention de faire en privé était une autre affaire…

À cette pensée, elle sentit son sourire de façade disparaître, remplacé par une expression déterminée. Cela ne dura qu'un instant, mais n'échappa pas à sir Jon. S'il y en avait un qui n'était pas dupe de ses airs innocents, c'était bien lui. Il n'avait pas perdu une miette de sa discussion animée avec sir Walter, et il devait avoir fait facilement le lien avec sa soudaine docilité. Oui, il devait parfaitement savoir que ce changement n'était qu'un mensonge. Mais les apparences étaient sauves… pour le moment.

Ginny joua son rôle jusqu'à la fin du fastueux repas. Elle demeura muette face aux occasionnels compliments du roi concernant ses talents ou ses remarques au sujet de l'impatience de sir Jon de voir leur mariage célébré, même si, au fond d'elle, elle n'était que rage contenue. Finalement, sous le couvert des conversations bruyantes, sir Jon se pencha vers elle et murmura :

— Bravo, demoiselle. Je sais à quel point votre calme doit vous coûter...

— Vraiment, sir Jon ? répondit-elle avec un sourire forcé. J'en doute fort.

— Croyez-moi, je le sais. Ces gens sont comme des chiens qui rongent un os ; ils finiront par passer à autre chose.

Ginny attendit impatiemment la fin du repas, mais alors qu'elle espérait fuir un moment la curiosité des convives, le roi, sans doute échauffé par son rôle de marieur, invita tout le monde à se rassembler dans la salle voisine. D'un geste solennel, il prit la main de Ginny et la conduisit à l'étage, dans la magnifique galerie lambrissée ouverte sur la salle, et ordonna à sir Jon de les rejoindre. Bientôt, le silence se fit et le roi attira toute l'attention sur lui.

— Demoiselle Virginia, lança-t-il, puisque ce maladroit n'a pas osé venir vous trouver lui-même, je me permets de vous présenter votre promis dans l'espoir qu'il vous plaise. Nous souhaitons, tout comme vos parents, vous voir tous deux échanger vos vœux durant notre visite ici. Sir Jon, j'espère que vous réalisez votre chance : Demoiselle Virginia est un prix de choix !

À ces mots, il se tourna vers Ginny et, s'attardant quelques instants sur sa poitrine, s'humecta les lèvres.

— Sir Jon sera... sera un bon époux, honnête. Et nous vous le recommandons.

— Je vous remercie, Sire, répondit timidement Ginny, mais...

— Sir Jon, coupa le roi, vous pouvez prendre la main de dame Virginia.

Tous les yeux étaient fixés sur eux, rendant toute fuite impossible. Ginny plaça donc délicatement ses doigts dans la paume tendue de sir Jon et lui fit la révérence sous une pluie de sourires et d'applaudissements qui ajouta à la situation un air définitif qui n'était pas du tout à son goût : le filet se refermait sur d'elle et l'entraînait auprès de sir Jon au lieu de la guider sur le chemin qu'elle aurait souhaité prendre. Peu à peu, elle sentait les hommes qui l'entouraient tenter de la modeler en fonction de leurs désirs, la passer de main en main comme un objet, et voyait ses rêves d'amour s'évaporer sous ses yeux. Si elle avait eu le choix, elle aurait immédiatement fui la cour et ce roi dont pourtant elle admirait l'épouse...

En face d'elle, sir Jon porta sa main à ses lèvres et la salua. Sans doute cherchait-il à montrer au roi à quel point il était ravi par cette union. Ginny, elle, se contenta de baisser les yeux, le cœur battant. Ce si bel homme l'avait déjà rejetée et avait sans doute une maîtresse — peut-être même une de celles qui les entouraient à présent. Le cœur certainement aussi lourd que le sien, cette inconnue avait probablement déjà un plan pour se débarrasser de cette rivale...

Sans rien montrer de ses sentiments, sir Jon l'entraîna à sa suite, sourire aux lèvres. Tous deux traversèrent la foule pour répondre aux félicitations, aux sourires et aux baisemains que l'on faisait à Ginny et qu'elle allait devoir apprendre à apprécier. Finalement, emportée par le mouvement des courtisans, elle fut séparée de sir Jon et se trouva brusquement face à son frère Paul entouré d'amis qui riaient à ses remarques pleines d'esprit. Elle se força à sourire et voulut s'éloigner à la recherche de Maeve, mais Paul l'attrapa par le bras. Lourdement appuyé contre elle, il imita le roi dans un murmure :

— Il fera un bon époux, loyal... Et surtout, il ne m'en voudra pas de vous mettre dans mon lit sans craindre de vous déshonorer en public, puisque vous ferez une épouse irréprochable, n'est-ce pas, Virginia ?

Il éclata de rire à sa propre plaisanterie, sans remarquer le silence de Ginny. Maeve traversa soudain le cercle des rieurs et rejoignit Ginny, l'air réprobateur.

— Viens, Ginny. Laisse donc notre frère se pavaner comme il sait si bien le faire.

George non plus ne paraissait pas amusé : il attrapa Paul par le col brodé de son pourpoint et le fit reculer comme on maîtriserait un chien mal dressé.

— Va t'asseoir, D'Arvall, dit-il à voix basse. Le vin te monte à la tête, mon garçon, et un jour tu iras trop loin si tu n'es pas plus prudent.

D'un geste brusque, il le renvoya dans les bras de ses compagnons.

— Je n'ai rien dit ! protesta Paul. Je ne faisais que...

Sir George se tourna de nouveau vers les deux sœurs et leur fit signe de le suivre. Tous trois se frayèrent un chemin jusqu'à un banc isolé à l'extrémité de la galerie, sous un sombre portrait de leur grand-père. Ginny s'assit d'un coup, sous le choc.

— Que se passe-t-il, Ginny ? lui demanda Maeve. Qu'est-ce que Paul t'a dit ?

Retrouvant peu à peu son calme, Ginny prit une profonde inspiration avant de répondre.

— Il a dit... Enfin, il a eu *l'air* de dire que ce mariage n'était là que pour satisfaire les désirs du roi et que sir Jon le laisserait faire. J'avoue que je commençais déjà à le soupçonner... Est-ce que c'est vrai, Maeve ? Est-ce que le roi procède ainsi lorsqu'il prend une maîtresse ? Je n'ai pas vécu assez longtemps à la cour pour savoir comment ces choses-là se passent, mais jamais je n'avais imaginé qu'il ait déjà besoin d'une maîtresse : après tout, il n'est marié que depuis un mois... Je vous en prie, dites-moi que ce n'est pas vrai !

Maeve et sir George échangèrent un regard inquiet. Avec délicatesse, Maeve s'assit à côté de Ginny et lui prit la main.

— Écoute, ma chérie, dit-elle doucement, nous espérions que mère avait pris le temps de te mettre au courant de la situation avant l'arrivée du roi ; ou même père. Ils savent comment se passe ce genre de choses.

— De la situation ? répéta Ginny, hébétée. Tu veux dire que c'est *vrai* ? Le roi attend-il vraiment de moi que...

— Eh bien, oui... Quand le roi désire prendre une maîtresse, il préfère la voir mariée. Comme cela, quand elle tombe enceinte, il y a toujours un époux pour donner un nom à l'enfant afin que ce ne soit pas un bâtard. Les bâtards causent des fois des problèmes, tu sais, si la question de la succession se pose ; c'est pourquoi il a tendance à ne pas reconnaître ses enfants naturels. C'est plus facile pour lui.

Ginny la regarda fixement, muette d'horreur. Maeve tourna la tête vers George comme pour l'appeler à l'aide. Il dut la comprendre, car il prit la parole à son tour.

— C'est comme cela que les choses se sont passées pour Mary Boleyn, la sœur d'Anne. Elle a été mariée à William Carey avant de donner naissance à ses enfants. Tous les deux n'avaient pas le choix et Carey n'appréciait pas spécialement cet arrangement, mais il a dû faire avec. Cela est aussi arrivé avec d'autres femmes : le roi refuse d'avoir des liaisons avec des femmes non mariées depuis plusieurs années. C'est trop risqué.

— Alors... il a réussi à convaincre sir Jon de m'épouser pour que je sois à sa portée ? Et il savait que je serais obligée d'accepter une telle situation parce que père m'y obligerait, si on lui offrait une récompense ? Et mère, dans tout cela ? Ce sont *mes parents* ! Comment ont-ils pu me faire une chose pareille ?

Maeve soupira.

— Henri a essayé de faire la même chose avec George et moi, dans le temps, avoua-t-elle, mais je suis tombée enceinte et, grâce au ciel, je n'ai jamais connu le lit du roi. Il l'a bien pris, mais à présent qu'il t'a rencontrée, Ginny, il s'est arrangé pour que père entre dans son jeu. Il sait à quel point père désire obtenir le prieuré de Sandrock et il s'en est servi pour l'appâter. Je ne sais pas ce qu'il a offert à sir Jon, mais si j'étais toi, je ne serais pas si certaine qu'il ait eu besoin d'être soudoyé.

— Bien sûr que si ! Il a refusé de m'épouser, il y a trois ans, répliqua Ginny. Quelque chose a bien dû le convaincre de changer d'avis !

George répondit quelque chose, mais Ginny baissa les yeux sur ses poings fermés, refusant de l'écouter. Pour elle, il était impossible que le changement d'avis de sir Jon soit uniquement dû à la beauté qu'elle avait acquise durant ces trois années. De même, elle refusait que cette nouvelle étincelle dans les yeux de sir Jon — une expression qu'elle n'avait jamais vue auparavant — soit due à son changement physique. Pourtant, elle savait que Maeve et elle avaient une beauté particulière, un charme indéfinissable qui les distinguait des autres femmes. C'était cela qui avait plu au roi chez Maeve, ainsi que sa nature plus sereine et plus mature, qui avait tant manqué à la reine Anne Boleyn. Quant à elle-même, Ginny savait que sa beauté ne laissait personne indifférent, mais elle peinait à croire que sa seule beauté ait suffi à influencer sir Jon…

— Ginny, écoute, finit par dire George, nous allons t'aider. Tu n'as pas à te soumettre au roi : je suis certain que sir Jon trouvera un moyen de te sauver, comme je l'ai fait avec Maeve.

Ginny eut un rire sans joie.

— Oui, il faut que je tombe enceinte aussi vite que possible, c'est cela ? Merci pour votre conseil, George, je suis certaine que cela partait d'une bonne intention mais, pour être honnête, je ne veux me retrouver dans le lit d'aucun de ces deux hommes.

Maeve lui jeta un coup d'œil soudain curieux, comme surprise par ses paroles.

— Tu parles de ces deux hommes, Ginny… Mais y en a-t-il un autre ? demanda-t-elle. Un autre homme que tu aimerais ?

— Même s'il y avait un autre homme, cela ne ferait aucune différence, non ? répliqua Ginny à voix haute tandis que Jon s'approchait, pour être certaine qu'il l'entende.

Lorsqu'il arriva à leur hauteur, elle se leva, imitée par George.

— Félicitations, Raemon, lança sir George. La journée a été chargée en événements. Est-ce que vous souhaiteriez trouver un endroit plus privé pour discuter avec votre fiancée ?

Ginny n'attendit pas la réponse de sir Jon. Oubliant ses bonnes résolutions, elle lui tourna le dos et rejoignit la foule sans un mot. Elle comptait bien échapper à toute entrevue privée en circulant entre les groupes qui s'étiraient à travers les galeries et les nombreuses pièces en enfilade. Au bout d'un moment, elle jeta un rapide coup d'œil par-dessus son épaule pour vérifier qu'elle l'avait semé et heurta de plein fouet un valet qui portait un plateau de verres vides. Le cristal s'écrasa par terre dans un grand fracas, entourant Ginny d'une myriade d'éclats étincelants, et la foule se recula comme par magie. Elle se trouva sur un îlot isolé au milieu des débris.

— Je suis désolée, murmura-t-elle au valet. C'est ma faute.

— Non, demoiselle, c'est entièrement la mienne, bafouilla le pauvre homme qui se baissa pour ramasser les débris.

Voyant une ombre s'étendre sur lui, il leva soudain les yeux.

— Oh… messire ! Pourriez-vous… Pourriez-vous aider demoiselle Virginia ? Merci beaucoup, sir Jon…

Avant que Ginny ne comprenne ce qui se passait, elle fut soulevée de terre par deux bras forts et emportée à l'écart de la mare d'éclats de verre, la joue pressée contre un col de lin blanc et une mâchoire crispée à la barbe nettement coupée. Avant même de voir le visage de sir Jon, elle reconnut l'odeur musquée de sa peau.

— Alors, murmura-t-il en l'entraînant le long de la galerie, on essaie de me fuir devant tout le monde ? Dommage pour vous, demoiselle Virginia, il semblerait que votre tentative ait échoué… Voyons, où est-ce que vous me conduisiez ?

Ginny vit les motifs du plafond tourner au-dessus d'elle. Elle ferma les yeux, luttant contre le vertige.

— Je ne vous conduisais nulle part, répliqua-t-elle tandis qu'ils passaient une nouvelle porte. Reposez-moi *immédiatement*, messire. Je peux encore marcher !

Mais sir Jon poursuivit son chemin d'un pas vif comme s'il savait exactement où il allait.

— Je ne fais que suivre les instructions du roi : je prends votre éducation en main.

— Je n'ai pas besoin que vous ou qui que ce soit d'autre prenne mon *éducation* en main. Reposez-moi !

Soudain, il ouvrit une lourde porte de fer grinçante et Ginny se trouva enveloppée d'une semi-obscurité. Elle fut emportée dans une antichambre étroite ouvrant sur la chapelle, en contrebas, et jetée sans ménagement sur un banc garni de coussins contre le mur. La lourde porte claqua et, avant qu'elle ait pu protester contre le fait de se trouver seule avec lui dans le noir, sir Jon s'assit à côté d'elle, un bras autour de ses épaules sur le dossier du banc et son genou appuyé contre sa cuisse, l'empêchant presque de bouger. Au-dessus d'elle, l'éclat distant de quelques cierges portés par de hauts chandeliers de bois illuminait l'autel, les panneaux qui l'entouraient, la première marche de la nef, mais rien d'autre.

Incapable de voir clairement le visage de sir Jon, elle mit tous ses sens en alerte pour discerner le moindre de ses mouvements, le moindre changement dans sa présence trop proche. Jamais elle ne s'était trouvée aussi impuissante, enfermée avec un homme dans un lieu aussi exigu. Même lors des bals auxquels elle avait participé, elle avait toujours eu l'occasion de s'échapper dans la foule quand elle le désirait. À présent, elle n'avait plus aucune protection : sa seule défense tenait dans ce qu'elle pourrait dire à sir Jon. Intimidée, elle prit une profonde inspiration, bien trop bruyante dans la pièce fermée.

— Sir Jon, que...

Sans lui laisser le temps de finir sa phrase, il l'attira brutalement contre lui et l'embrassa. Elle sentit sa barbe piquer sa peau, ses lèvres fortes happer les siennes. Il ne l'avait sans doute embrassée que pour la faire taire, mais elle ne put s'empêcher d'éprouver un frisson qui dévala le long de sa colonne vertébrale. Elle aurait dû lutter pour se libérer, mais elle sentit soudain le monde disparaître autour d'elle, aspiré par ces lèvres chaudes contre les siennes, le contact de sa barbe sur sa joue, et la pression des bras forts qui l'enserraient. Sans cesser de l'embrasser, il resserra son étreinte, envoyant en elle une nouvelle pluie d'étincelles ; comme si son corps reconnaissait instinctivement la puissance virile du désir de Jon et sa propre impuissance face à cela. Sous sa brutale étreinte, elle entrouvrit les lèvres et ne put réprimer un petit gémissement effrayé. Immédiatement, il la relâcha et recula légèrement.

Troublée et perdue, Ginny s'éloigna de lui aussi vite qu'elle le put, résistant à la tentation d'essuyer ses lèvres un peu douloureuses : elle ne lui montrerait pas à quel point son baiser l'avait déroutée.

— Alors, murmura-t-elle, c'est comme cela que vous comptez me prendre en main ?

— C'est un début, répondit-il d'une voix essoufflée et un peu rauque. Si vous parlez encore à tort et à travers en public, je vous ferai taire, et cette manière de le faire est aussi efficace qu'une autre...

— Bien sûr, c'est la pire menace que j'aie jamais entendue, sir Jon, reprit-elle froidement en se levant. Maintenant, laissez-moi sortir.

— Asseyez-vous. Nous n'en avons pas fini.

— Dans ce cas, messire, peut-être pourrez-vous m'expliquer tout ce que vous savez des intentions du roi. Il compte faire de moi sa maîtresse. Pensiez-vous m'en informer à un moment ou à un autre ?

Il lui prit le menton et l'obligea à le regarder dans l'obscurité.

— Soyons clairs, dit-il. Nous sommes tous les deux des pions dans ce jeu. Le roi m'a offert une épouse et j'ai accepté. Il a offert à votre père un bon époux pour sa fille, et il a accepté. Aucun d'entre nous n'a vraiment eu le choix, en dépit des récompenses qui semblent tant vous préoccuper. Nous obéissons aux ordres, et il n'y a rien de neuf dans tout cela.

Ginny se dégagea d'un mouvement vif.

— Ce qui me préoccupe n'est pas tant les récompenses qu'on vous a offertes que *mon* rôle précis dans toute cette mascarade ! Vous voyez, *j'aimerais* avoir mon mot à dire quant au choix du père de mes futurs enfants, c'est plutôt une exigence raisonnable, ne trouvez-vous pas ? Sans cela, je ne serais pas vraiment différente d'une jument qui n'a pas à choisir quel étalon la monte, n'est-ce pas ?

— Vous ne considérez donc pas que ce soit un honneur de devenir la maîtresse du roi ? De nombreuses femmes ne seraient pas de votre avis.

Ginny chercha les mots justes pour répondre à une question aussi grossière. Henri avait quarante-neuf ans, était monstrueusement gros, et souffrait d'une douloureuse blessure infectée à la jambe, de sautes d'humeurs et de périodes d'abattement. Il était probablement l'amant le moins attirant que l'on puisse trouver en Angleterre ; mais Ginny savait que de nombreuses femmes de la cour étaient prêtes à s'étendre dans son lit si elles pensaient pouvoir obtenir par là une récompense suffisante... Anne Basset, fille de lord Lisle et à peine âgée de quinze ans, avait bien reçu une monture et une couverture de selle brodée ; ce qui avait d'ailleurs paru enchanter sa mère...

Finalement, comme sir Jon ne la quittait pas des yeux, elle se décida à lui répondre.

— Sa Majesté a une nouvelle épouse que j'apprécie beaucoup, messire. Je serais honteuse, et non honorée, de trahir cette femme en me couchant dans le lit de son époux. Mais de toute évidence, vous voyez les choses différemment : si je devenais la maîtresse du roi, vous gagneriez beaucoup. Et qu'y gagnerais-je, moi ? Le titre de putain du roi ! Cependant, j'imagine que cela ne vous émeut pas vraiment, je me trompe ?

— Croyez-le ou non, demoiselle, je ne suis pas aussi impatient que vous semblez le penser de vous précipiter dans le lit du roi.

Ginny resta tout d'abord bouche bée : la réponse de sir Jon n'était pas ce à quoi elle s'attendait. Elle finit par se ressaisir et répliqua :

— Malgré cela, vous acceptez son offre — moi — sans difficulté. Il a pourtant dû vous faire comprendre de quoi il retournait dès le départ.

— J'ai accepté la proposition du roi car elle sert mes projets. J'ai besoin d'une maîtresse de maison pour mon domaine de Lea Magna, d'une belle-mère pour ma fille, et d'un héritier.

— Merci pour votre honnêteté, répondit Ginny plus froidement que jamais. Seulement, il y a trois ans, la même proposition *ne servait pas* vos projets, apparemment.

— C'est exact, mais les choses changent.

— De toute évidence.

Il prit une profonde inspiration.

— Essayez d'oublier votre colère. Cela n'avait rien de personnel !

— Oui, c'est aussi ce que ma mère m'a dit. Pourtant, c'était bel et bien personnel : je suis une personne, j'ai des sentiments comme tout un chacun. Quand mon père vous a proposé de m'épouser, j'ai dû me projeter dans l'avenir bien plus vite qu'il n'aurait fallu, et votre refus a brisé tous les fragiles repères que j'avais à ce moment-là. Tout cela s'est passé après mon seizième anniversaire et la réalité que j'ai comprise, ce jour-là, m'a profondément blessée. Après tout, cela m'a servi de leçon. Plus encore, le mariage sordide qui se prépare maintenant ne fait rien pour restaurer ma fierté, puisque je ne suis à présent plus qu'un outil dans ce jeu d'hommes. Vous vous trompez, tout cela est *très* personnel.

Sir Jon fit un pas en avant. Jusque-là caché par la pénombre, son visage apparut dans un rai de lumière, plus sérieux que jamais.

— Dans ce cas, écoutez-moi. Bien que je ne puisse pas refuser d'obéir à un ordre du roi, en tant que votre époux, il sera de mon devoir de faire tout mon possible pour retarder ce que vous craignez tant. Essayez de me faire confiance, Virginia, même si cela vous paraît difficile. Je ne suis pas plus enthousiaste à l'idée d'être cocu que n'importe quel autre homme, même si c'est par le roi. Et je n'ai pas vraiment envie que mon épouse devienne sa « putain ». Je peux très bien vivre sans les récompenses de Henri, mais votre père, lui, voit les choses différemment. Et, avant de me rappeler que j'ai pourtant accepté cette offre, essayez de vous souvenir des visages qui vous lorgnaient pendant tout le repas et posez-vous la question : lequel de ces hommes auriez-vous préféré avoir pour époux ? Je n'étais pas le seul auquel le roi a pensé pour remplir ce rôle, vous savez.

— Je pourrais vous retourner la question, mais je crains que vous ne me répondiez pas honnêtement. Laquelle des femmes présentes ce soir auriez-vous préféré, *vous* ? Nous n'avons peut-être pas beaucoup discuté à la cour, tous les deux, mais j'ai des yeux : vous n'avez jamais manqué de compagnie féminine.

— C'est l'une des obligations de ma position, répondit-il d'un air las. Cela n'a aucune signification et vous aurez bientôt à choisir entre fermer les yeux sur ce qui se passe à la cour, ou vous rendre malheureuse à force de jalousie.

— Pour être une femme jalouse, messire, encore faut-il se soucier des affections de son époux — et, étonnamment, je ne pense pas que cela soit jamais mon cas. En tout cas, je vous remercie d'avoir clarifié nos positions respectives. Cette situation me déplaît toujours autant, mais au moins, maintenant, je sais quelle place j'occupe dans la liste de vos priorités. Espérons juste qu'une autre suivante de la reine attirera l'attention du roi avant nos fiançailles. Qui sait ? S'il peut changer d'épouses si rapidement, pourquoi ne ferait-il pas la même chose avec ses maîtresses ?

— Si vous pensez que cela suffirait à me faire changer d'avis à propos de notre mariage, vous vous trompez, dit sir Jon en reculant un peu.

Son profil s'étendit en ombre chinoise sur le mur chaulé, dessinant les lignes classiques de son profil, et Ginny se rendit soudain compte que sa prétendue indifférence ne durerait pas longtemps face à lui. Il était trop beau pour cela, d'une beauté sombre et régulière qui la touchait beaucoup plus qu'elle ne voulait l'admettre. Et elle sut aussitôt qu'elle ne pourrait jamais s'empêcher d'être jalouse devant l'amitié de sir Jon avec toutes les femmes qui l'entouraient en permanence. Son père, lui, ne se serait jamais permis de regarder une autre femme que dame Agnès. Si sir Jon lui était infidèle, elle ne le supporterait pas.

Ils restèrent face à face, leurs souffles se répercutant sous la voûte de la chapelle. Ginny brisa le silence la première :

— Est-ce que vous avez dit tout ce que vous vouliez ? Comptez-vous m'autoriser à retourner près de ma sœur, puis prétendre de votre côté que tout va bien, après que j'aie été « prise en main » par l'expérimenté sir Jon Raemon ? Dites-moi, qu'est-ce que les autres attendent de moi, après un moment pareil ? Que je pleure ? Ou que je tremble, peut-être ?

— Le fait de vous embrasser pour vous faire taire n'a pas été très efficace, à ce que je vois...

Ginny ne répondit pas. Comptait-il recommencer ?

— Et en parlant de votre sœur, reprit-il, que lui racontiez-vous, lorsque je vous ai rejointe ? Vous parliez d'un autre homme. Ne mentez pas, Virginia. J'ai tout entendu et je dois savoir. Est-ce le jeune assistant du père Spenney ?

Ginny vit là une parfaite opportunité pour inventer un bel et mystérieux amant à qui elle aurait donné son cœur, pour montrer à sir Jon qu'elle était aussi capable que lui de jouer au jeu de la séduction. Mais elle croisa ses yeux noirs et le cœur lui manqua soudain, sans qu'elle comprenne pourquoi.

De nouveau, Jon lui prit le menton et l'obligea à soutenir son regard perçant.

— Non, murmura-t-elle les yeux baissés, il n'y a personne.

Lorsque Ginny revint dans la galerie avec Jon, elle fut éblouie par les couleurs et prise de vertige au son des rires et de la musique. Les ménestrels de sir Walter n'étaient peut-être pas aussi doués que ceux du roi, mais le moins que l'on pouvait dire était qu'ils se montraient enthousiastes. La galerie était l'une des plus grandes salles de Arvall Hall, bâtie pour le bal et s'ouvrant sur les pelouses du parc avec vue sur les champs plongés dans l'obscurité. Des centaines de chandelles allumées étaient alignées le long des murs, éclairant les panneaux de bois ornés de tentures colorées. Le roi se dressait au milieu de ce tourbillon, si massif qu'il était impossible de le confondre avec quelqu'un d'autre. Il les vit rapidement et les appela.

— Dame Virginia, vous voilà ! J'imagine que votre futur époux vous a enfin convaincue ; c'est très bien. Est-ce qu'il vous a au moins laissé exprimer votre opinion ? Je sais qu'il plaide d'habitude avec beaucoup de passion.

— Non, Sire, répondit Ginny avec une franchise un peu brutale. Il ne m'a pas laissé parler et, de toute manière, je doute qu'il m'aurait écoutée.

Le roi éclata de rire et donna une grande tape dans le dos de Jon.

— Tu devrais avoir honte ! Venez, demoiselle : je vous promets que je saurai mieux vous écouter.

Aussitôt, il entraîna Ginny jusqu'à un siège chargé de coussins sous une fenêtre et s'assit à côté d'elle, plus colossal que jamais. Brisant immédiatement sa promesse de l'écouter, il se mit à l'assaillir de questions, allant de ses goûts en poésie à son appréhension de la nuit de noces, l'assurant de son affection pour leur couple et de son secours en cas de besoin. C'était à peine si Ginny pouvait glisser un mot chaque fois. Elle se sentit rapidement mal à l'aise sous le regard concupiscent du roi qui caressait le dos de ses mains crispées — une caresse qui n'avait rien de la sollicitude presque paternelle qu'il prétendait lui témoigner. Plus il parlait, plus elle se sentait réduite à l'état de chose, servant uniquement à l'écouter tandis qu'il la détaillait sans vergogne, cachant à peine son avidité sous des compliments mielleux sur sa voix, sa silhouette, ses yeux « d'un bleu d'orage »... Comment répondre aux avances d'un roi marié qui, en théorie, ne pouvait se conduire ainsi mais dont les regards la déshabillaient sans honte ? Finalement, quand sir Jon s'approcha et s'assit à côté d'elle, Ginny faillit l'accueillir avec un sourire de soulagement.

— Mon garçon ! s'écria joyeusement le roi. Tu viens m'arracher ta promise, n'est-ce pas ?

— Oui, Sire, répondit Jon. En ce jour de fiançailles, je tiens à l'avoir tout à moi.

— Vous voyez ? lança Henri à Ginny. Voilà une preuve de mon estime pour lui : j'autoriserais peu de mes courtisans à interrompre un tête-à-tête avec vous, dame Virginia. Pourtant, nous avions une agréable conversation, non ?

— Bien entendu, Sire...

— Ah ! voilà comment on doit me répondre ! Jon, prends donc exemple sur le comportement parfait de ta fiancée, à l'avenir ! Mais nous faisons rougir cette jeune fille…

Il sourit à Ginny et lui tapota doucement la main.

— Nous poursuivrons notre discussion plus tard, n'est-ce pas ?

Son visage gras fut déformé par un large sourire, et ses yeux scintillèrent en s'attardant sur son corsage.

— Votre Majesté me fait trop d'honneur, répondit Ginny, le cœur battant.

Le roi acquiesça, visiblement satisfait de son obéissance, et Jon entraîna Ginny dans la foule. Une demi-douzaine de courtisans s'empressèrent d'aller reformer un cercle autour du roi.

La soirée s'écoula avec une lenteur insupportable. Ginny joua de son mieux son rôle d'hôtesse, circulant entre les invités pour répondre aux félicitations et aux marques d'amitié plus ou moins sincères. Elle profita de ses allées et venues incessantes pour esquiver habilement Paul ou encore ses parents. Elle n'était pas prête à les regarder en face — pas après avoir appris dans quel piège ils l'avaient jetée. Heureusement, ni l'un ni les autres n'eurent l'hypocrisie de venir la féliciter. Elle décida donc de ne leur parler que lorsqu'elle n'aurait pas le choix, et demeura respectueuse mais froide. Ses parents ne relevèrent pas son amertume, probablement persuadés qu'elle finirait par se lasser.

Elion, son frère aîné, se montra bien plus compatissant envers elle, bien qu'il ne puisse pas faire grand-chose pour rendre la situation moins pénible. Lui aussi, d'autre part, s'apprêtait à bénéficier des retombées de ce mariage, car son adoubement allait avoir lieu dans les semaines à venir, honneur qu'il ne pouvait refuser. Lorsque Ginny exprima ses craintes à Maeve et George, Elion se mêla à la conversation et fit de son mieux pour apaiser ses inquiétudes : certes, elle devrait revenir à la cour, mais elle pourrait au moins soutenir la reine Anne et l'aider à gagner l'affection du roi. Si Henri s'intéressait enfin à sa femme, il n'aurait plus besoin de prendre Ginny pour maîtresse… Évidemment, cela ne remettrait pas en cause son mariage avec sir Jon, mais peut-être apprendrait-elle à tolérer son époux, comme bien d'autres femmes le faisaient chaque jour.

Légèrement rassurée par cette perspective, Ginny chassa le roi de ses pensées, et fit dévier la conversation sur un sujet qui la hantait : la première épouse de Jon. Sans vraiment comprendre ce qui la poussait à faire cela, elle leur posa une foule de questions à son sujet. Était-elle aussi belle qu'on le disait ? Était-elle aimée à la cour ? Gracieuse ? Gentille ? N'avait-elle été qu'une femme dévouée à sir Jon, ou bien y avait-il eu de l'amour entre eux ? Elle avait un besoin presque viscéral de savoir à quoi cette femme ressemblait mais, hélas ! les réponses qu'elle reçut ne furent pas réellement satisfaisantes. Ni Maeve, ni George, ni même Elion n'avaient jamais vraiment vu cette femme. Bien sûr, elle était connue, mais n'avait jamais été une amie personnelle : elle avait très peu résidé à Lea Magna et avait eu peu de contacts avec les voisins de sir Jon. Finalement, Ginny abandonna, visiblement à leur grand soulagement.

Sir Jon resta auprès du roi pendant la plus grande partie de la soirée. Il tint son rôle de favori avec impassibilité, malgré la présence de Paul, encore plus survolté et insolent qu'au moment du repas, et de son ami haut placé, Thomas Culpeper. Leur bavardage sans queue ni tête avait au moins le mérite de tenir le roi éveillé et, comme personne ne pouvait se permettre de quitter la fête avant lui, il était bien plus de minuit lorsque Culpeper vint trouver Jon et lui annoncer que ses services ne seraient pas requis au coucher du roi. Les cinq autres favoris s'en occuperaient. Ainsi, si Jon souhaitait profiter de son temps pour s'attarder auprès de sa promise, il le pourrait.

Jon le remercia froidement. Il ne s'était jamais entendu avec Culpeper et s'étonnait de le voir soudain si coopératif. Il savait mieux que quiconque que Culpeper était capable de tout pour atteindre ses objectifs, en l'occurrence profiter de cette fête pour se rapprocher du roi, en l'éloignant lui, le premier favori, sous prétexte de le laisser rejoindre sa fiancée. Conscient qu'il n'avait aucune chance de pouvoir de nouveau se trouver seul avec Virginia, il décida de souhaiter une bonne nuit à ses hôtes et de se retirer. Il apprit avant de quitter la grande salle que Virginia était déjà partie se coucher. Après tout, tout le monde avait besoin de se reposer avant la chasse du lendemain…

Ginny retrouva avec soulagement sa chambre aux environs de minuit. Après une journée entière à supporter les exigences de la cour, elle se sentait vidée de toute son énergie. Sans même se déshabiller, elle s'étendit sur son lit, laissant Molly masser ses pieds las. Sa suivante n'eut pas besoin de lui demander à quoi elle pensait : elle la connaissait assez bien pour le deviner.

Trop fatiguée pour se déshabiller, Ginny resta longtemps étendue sur le dos, les yeux fixés sur le ciel de lit de bois sculpté, tandis que des bribes de conversation lui revenaient. Dans le havre de sa chambre, tout cela devenait agréablement lointain : perdue au milieu d'un labyrinthe de tours et de couloirs ajoutés au château par les différents propriétaires, sa chambre était confortable, chauffée par un feu ronflant, et les murs étaient recouverts de branches séchées en bouquets et de portraits de ses ancêtres dans leurs cadres dorés. De l'autre côté de la porte, dans le couloir, le battement des bottes, le claquement des portes, et quelques rires distants n'en finissaient pas : les invités se retiraient peu à peu dans leurs quartiers. Soudain, quelques coups discrets résonnèrent sur le battant. Ginny, surprise, se redressa : elle n'attendait personne, à l'exception, peut-être, de sa sœur. Mais de quoi pourrait-elle bien vouloir parler ?

Molly alla ouvrir la porte, échangea quelques chuchotements presque inaudibles avec l'intrus — un homme, apparemment — puis referma et rejoignit Ginny, pâle et l'air offusqué.

— À une heure *pareille* ? Et *ici* ? grommela-t-elle en jetant un regard choqué vers la porte comme si le battant de bois était lui-même responsable de sa colère. Je ne peux pas y croire ! C'est invraisemblable !

Ginny attendit qu'elle se calme un peu pour lui demander :

— Eh bien ? Qui était-ce ?

— Un page royal qui portait un message de Sa Majesté : il vous fait appeler.

— Le roi me fait appeler ? répéta Ginny, stupéfaite. Tu n'es pas sérieuse, Molly !

— Hélas ! je suis très sérieuse, maîtresse. Vous savez bien que je ne plaisanterais pas sur quelque chose d'aussi important. Il a dit que le roi désirait avoir le plaisir de votre compagnie et pouvoir boire un verre avec vous, dans sa chambre.

— Dans la maison de mon père ! Molly, à quoi diable pense-t-il ?

— Si vous me le permettez, à quoi pense habituellement Sa Majesté à cette heure de la nuit ? répondit Molly. Il ne faut pas être bien savant pour deviner ce qu'il attend de vous... Vous ne pouvez pas y aller, maîtresse. Pas seule. Ce serait trop risqué...

Ginny porta la main à son cœur. La panique le faisait battre de façon irrégulière, si précipitamment que, la fatigue aidant, elle craignit de s'évanouir.

— Bien sûr que je ne peux pas y aller, mais comment puis-je désobéir ? s'écria-t-elle. Il me faut une bonne raison, Molly : je ne pas seulement dire « non merci, Votre Majesté » !

Durant quelques instants, elles se dévisagèrent en silence, anxieuses. Comment trouver une bonne raison de refuser l'invitation du roi ? Henri n'avait pas l'habitude qu'on lui résiste.

— Disons-lui que je suis malade ! s'écria soudain Ginny. J'ai la peste — il est terrifié par la peste !

— Mais il sait que ce n'est pas vrai.

— Je suis endormie.

— Improbable, avec tout ce bruit dans le couloir.

— Je suis fiancée, et...

— Et avec sir Jon ! répondit Molly, le visage soudain illuminé d'un sourire. C'est cela !

— Mais nous ne sommes pas encore *vraiment* fiancés, n'est-ce pas ?

— Vous pourriez l'être, et cela peut se faire très rapidement. Qu'est-ce qui vous en empêche ? De toute façon, cela finira bien par arriver. Si l'on peut vous sauver ce soir en précipitant un peu les choses, ce n'est pas un bien grand mal.

— C'est ridicule ! coupa Ginny. Nous venons de nous rencontrer, j'ai besoin de temps pour…

— Vous n'avez pas de temps : le roi vous attend. La seule raison convaincante qui pourrait vous éviter de rejoindre le roi est que vous soyez déjà au lit avec sir Jon parce que vous avez échangé vos vœux dans la soirée. Le roi ne pourra pas vous interrompre.

Ginny réfléchit à toute vitesse. L'idée de Molly commençait à faire son chemin dans son esprit. Elle reprit lentement :

— Mais… le roi ne doit-il pas être présent à l'échange des vœux ?

— Pas nécessairement, répondit Molly. Vous étiez pressés, vous avez fait cela devant témoins et le père Spenney a donné sa bénédiction : c'est parfaitement légal. Je vais chercher votre frère aîné et votre sœur. Je suis sûre qu'ils seront d'accord avec moi pour dire que c'est la seule chose à faire. Alors, n'hésitons plus.

— Non… Non, attends, Molly ! Que va dire sir Jon de tout cela ?

Molly, qui avait déjà tourné les talons, ralentit. Hésitant un instant, elle revint s'asseoir près d'elle et lui sourit avec douceur. Elle savait se montrer tellement plus maternelle que dame Agnès, parfois…

— Sir Jon ne va tout de même pas vous ordonner de rejoindre le roi dans sa chambre, n'est-ce pas ? dit-elle. Face au choix qui nous est donné, que pensez-vous qu'il ferait ? Pensez-vous vraiment qu'il vous refuserait son aide ? Sir Jon n'est pas un ogre, maîtresse. Le roi en est un, soit, mais pas lui. Laissez-moi m'occuper de tout, et je vous assure que tout ira bien.

Prise de panique, Ginny enfouit son visage dans ses mains dans l'espoir de reproduire l'obscurité de l'antichambre dans laquelle elle s'était retrouvée enfermée avec sir Jon. L'antichambre dans laquelle ils s'étaient disputés, si près l'un de l'autre qu'elle avait été enveloppée par sa chaleur, son odeur. Dans laquelle elle avait goûté ses lèvres, s'était laissé emporter par la pression indécente de son corps contre le sien. Non, elle ne pouvait pas faire cela ! Elle aurait besoin de semaines pour s'y préparer. Tout allait bien trop vite pour elle…

Hélas ! elle n'avait pas le choix : son destin l'avait rattrapée et, encore une fois, elle se trouvait impuissante à décider de sa propre vie, tiraillée par les désirs d'hommes qui ne se souciaient que d'eux et pas de la douleur qu'ils répandaient dans leur sillage.

— Molly, murmura-t-elle entre ses doigts avant que sa suivante ne quitte la pièce, ne préviens pas mes parents. Ils ne seraient pas d'accord avec mon plan : ils m'emmèneraient eux-mêmes à la chambre du roi. Ils n'hésiteraient pas une seule seconde si cela pouvait servir leur ambition... Ils m'ont déjà prouvé que je n'avais pas d'importance à leurs yeux, ils n'ont pas besoin de savoir ce que nous allons faire. Et Paul non plus. Ne le fais pas venir... Il ne nous créerait que des soucis.

Sans un mot, Molly quitta la chambre et Ginny descendit du lit, oubliant toute envie de dormir. Elle n'avait plus qu'à attendre une aide dont elle avait terriblement besoin, et qu'elle redoutait en même temps.

3

Nerveuse, Ginny fit les cent pas durant une bonne dizaine de minutes avant d'entendre frapper à la porte de sa chambre. Elle se précipita pour ouvrir et Molly entra, accompagnée de Maeve. Sir George et Elion les rejoignirent peu de temps après, suivis par sir Jon.

Les craintes de Ginny concernant la réaction de ce dernier furent rapidement dissipées lorsqu'il lui prit la main, gentiment mais fermement. Il ne la lâcha pas, comme s'il cherchait à marquer une certaine possession. Ce geste était peut-être un peu autoritaire, mais Ginny fut si soulagée de le voir conciliant qu'elle ne résista pas.

Enfin, le père Spenney arriva, aussi calme et discret que d'habitude. Du haut de sa cinquantaine, il avait acquis une certaine sagesse, et n'opposa aucune résistance à l'idée de célébrer une cérémonie de fiançailles en hâte, si c'était pour sauver Ginny du lit du roi. Il leur assura que la permission de sir Walter n'était pas obligatoire : si Ginny et sir Jon l'avaient voulu, ils auraient même pu échanger leurs vœux sans prêtre.

Son arrivée sembla soulager tout le monde, à l'exception d'Elion qui paraissait encore un peu inquiet.

— Et que va dire Sa Majesté ? demanda-t-il à mi-voix. Ne s'attendra-t-il pas à être présent ? Mon père, est-ce que tout cela est vraiment légal ?

Le prêtre posa une main apaisante sur le bras d'Elion.

— Il est parfaitement admis pour deux personnes d'échanger leurs vœux n'importe où et n'importe quand, quelles que soient les personnes présentes, maître Elion. Peut-être que Sa Majesté sera furieuse, ou peut-être s'en amusera-t-elle. Nous n'en saurons rien avant demain, je le crains. Ce qui est certain, c'est qu'il désire voir sir Jon et demoiselle Virginia fiancés pendant son séjour, et c'est exactement ce que nous allons faire. Ainsi, pour cette nuit et la suivante, le roi n'aura pas le droit de réclamer la compagnie de Virginia, et nous sommes bien d'accord que nous faisons tout cela dans ce but.

— Et le roi aura de quoi s'occuper, renchérit sir George. Il voudra sûrement donner son avis sur le lieu où le mariage sera célébré. Cependant, étant donné l'empressement de sir Walter à intimider Ginny pour qu'elle lui obéisse, je comprends qu'elle ne désire pas avoir ses parents comme témoins.

— Eh bien, George, dit sir Jon avec un bref regard en direction de Ginny, voilà une étrange manière d'expliquer les choses, mais vous avez raison. Malgré tout, et avant qu'il ne soit trop tard, je pense que lady Virginia a le droit de dire si elle est réellement consentante. Je ne voudrais pas être accusé d'intimidation à mon tour, même s'il est vrai que nous ne faisons que précipiter l'inévitable.

Ginny hésita un instant sous les regards compatissants posés sur elle.

— Je ne sais pas exactement ce que Sa Majesté a prévu pour moi ce soir, dit-elle enfin. Mais quoi que ce soit, je préfère encore me fiancer qu'aller le rejoindre.

À ces mots, elle sentit la main de sir Jon glisser de son poignet pour serrer ses doigts, comme pour l'approuver discrètement.

— Bien, lança le père Spenney, commençons.

Ginny se plaça au côté de sir Jon, le cœur battant. Beaucoup de choses n'étaient pas normales dans toute cette histoire. Leurs fiançailles précipitées, tout d'abord. Puis sa propre répugnance devant cette union. Mais le plus terrible était son incertitude quant à la réaction du roi, le lendemain. Henri, en effet, était connu pour ses violentes sautes d'humeur. Sous l'effet de l'émotion et de la crainte, elle sentit ses mains se mettre à trembler. Une pression presque imperceptible des doigts de sir Jon sur les siens la ramena au présent. Elle ne devait pas fléchir. Quoi qu'il se passe, ces fiançailles auraient lieu.

Tout fut achevé en quelques instants. Quelques mots chuchotés, des mains jointes, une prière marmonnée par le bon prêtre, et ils furent fiancés. Ensuite, Ginny se laissa envelopper par les accolades et les baisers des autres. On lui murmura qu'elle était en sécurité, on lui sourit comme si tout était désormais arrangé. Enfin, Elion et George proposèrent d'aller porter les excuses de sir Jon et de lady Virginia au roi, et de lui annoncer que les jeunes fiancés étaient au lit ensemble, et qu'ils ne pensaient pas que Sa Majesté désirait les déranger. Car, à présent, ils n'avaient pas d'autre choix que de consommer leur union pour la rendre valide, et par-là même rendre le mariage encore plus inévitable.

Encore troublée par la cérémonie, Ginny répondit distraitement aux félicitations. Tout était allé si vite qu'elle peinait à admettre qu'elle était désormais fiancée. Elle émergea brusquement de son état de choc lorsque, après un dernier sourire, Maeve, sir George et Elion quittèrent la chambre à la suite du père Spenney. Sir Jon et elle se retrouvèrent seuls avec Molly.

— Je vais devoir rester avec Ginny ce soir, annonça Jon à Molly. Si je m'en vais maintenant, je risque d'attirer les soupçons.

— Dans ce cas, répondit-elle, je vais me retirer, si ma maîtresse n'a plus besoin de moi.

Elle se tourna vers Ginny d'un air interrogateur.

— Euh... Non, tu peux partir, Molly. Je m'en sortirai seule, bafouilla Ginny. Bonne nuit et merci encore. Dors bien.

Molly parut sur le point de lui répondre la même chose, mais elle eut le bon sens de ne rien dire. Ginny se retrouva face à sir Jon dans la chambre brusquement désertée. Elle prit soudain conscience que leur antipathie réciproque n'était plus appropriée, à présent qu'ils venaient de s'engager pour un mariage imminent. S'autorisant enfin à se détendre, elle poussa un soupir d'impuissance et s'effondra sur une chaise.

— C'est vraiment ridicule ! murmura-t-elle. Je suis navrée que vous ayez été poussé à faire cela, sir Jon. J'imagine que vous ne pensiez pas que cela se passerait de cette manière. Pas plus que moi, d'ailleurs. Comment un homme se sent-il, lorsqu'il a été forcé de... ?

— Chut ! coupa-t-il dans un souffle. Personne ne m'a forcé à faire quoi que ce soit, Virginia. Si je n'avais pas souhaité vous prendre pour épouse, croyez-moi, j'aurais refusé. Le roi ne m'aurait pas tué pour avoir rejeté sa proposition.

— Peut-être, mais il ne vous aurait pas non plus récompensé, n'est-ce pas ?

Jon s'accroupit devant elle pour se mettre à sa hauteur. La lueur des bougies soulignait ses hautes pommettes et la ligne sombre de sa mâchoire recouverte d'une barbe qu'elle savait douce pour l'avoir caressée quelques heures auparavant. Quelques rides se formèrent au coin de ses yeux et elle comprit qu'il était amusé. Chose étrange, au vu des circonstances.

— Nous n'allons pas nous disputer encore une fois, n'est-ce pas ? dit-il tout doucement. Vous êtes fatiguée et vous avez eu une journée difficile. Peut-être devrions-nous attendre un peu avant de parler d'avenir. De toute façon, il est trop tard pour reculer, n'est-ce pas ?

Ginny sentit son cœur s'accélérer. Que voulait-il dire ? Était-ce une avance ? Comme lorsqu'elle s'était retrouvée avec lui dans la chapelle, elle sut que les paroles étaient son seul moyen de défense. Elle ouvrit la bouche, prête à protester, mais il lui prit les mains pour la faire taire.

— Je sais ce qui vous effraie, Virginia. N'ayez pas peur. Voilà ce que nous allons faire : nous allons faire croire que nous avons partagé notre couche. En théorie, c'est ce que tout le monde attend de nous.

Le cœur battant, elle l'examina, surprise.

— En théorie ? demanda-t-elle d'une voix étranglée. Comment cela, en théorie ?

— Demain, on nous demandera si nous avons consommé notre union et nous devrons répondre oui, car c'est bien dans ce but que nous avons fait tout cela ce soir, non ? Pour vous donner une excuse pour ne pas vous rendre disponible pour le roi...

— Oui, répondit-elle, mal à l'aise.

— Donc, tout ce qu'il nous reste à faire est de partager le même lit cette nuit et de dormir côte à côte. C'est tout. Je vous assure que je n'ai jamais pris une femme de force et je ne compte pas commencer avec vous. Vous serez en sécurité cette nuit, Virginia. Vous ne risquez rien, ni de ma part ni de celle de Sa Majesté.

Ginny s'était attendue à beaucoup de choses, mais certainement pas à cela. Pourquoi ne profitait-il pas de la situation comme n'importe quel autre homme l'aurait fait sans vergogne ? Bien sûr, elle n'avait aucun désir de s'unir à lui, ni cette nuit ni les suivantes. Elle n'avait pas eu beaucoup de temps pour imaginer de quelle manière elle repousserait ses assauts, mais elle se savait en mesure de lui fournir de nombreuses raisons d'être déçu, et peut-être l'éloigner. Après tout, combien de femmes lui avaient-elles refusé leurs faveurs depuis qu'il était veuf ? Aucune, sans doute. S'il ne lui avait pas ôté toute marge de manœuvre avec sa satanée chevalerie, elle aurait été la première femme à le repousser. Or, c'était bien la seule victoire qu'elle pouvait espérer dans cette situation !

Seulement… Était-ce bien ce qu'elle souhaitait, au fond ? Repousser cet homme, au point de lui ôter toute envie de la séduire ? D'une certaine façon, elle aurait aimé qu'il ne s'avoue pas vaincu si vite. Oui, elle aurait préféré qu'il tente de la conquérir, au moins un peu. Comme lorsqu'il l'avait embrassée, dans la chapelle…

— Oui, murmura-t-elle finalement, j'apprécie votre proposition. Je pense que cela nous convient à chacun. Vous n'êtes sans doute pas plus pressé que moi de rendre notre relation intime.

Elle s'interrompit un instant, puis se leva.

— Seigneur, comment vais-je enlever cette robe alors que je ne peux pas atteindre mon dos ? Je vais sans doute avoir besoin de votre aide, sir Jon, puisque Molly n'est plus là.

Ainsi, elle pourrait lui donner un aperçu de ce qu'il venait de refuser.

— Je vais vous aider, ne vous en faites pas, répondit-il. Voyons cela…

Il la contourna, puis fit courir délicatement ses doigts sur son dos, cherchant les agrafes cachées dans le tissu. Ginny soupçonna qu'il avait déjà une bonne expérience en matière de déboutonnage de robes car, sans même lui demander conseil, il commença par les manches et fit sauter les attaches avec autant d'efficacité que Molly. Puis, d'une main ferme, il lui prit la taille et la retourna face à lui pour délacer son corsage, en silence. À voir l'assurance de ses moindres gestes, Ginny songea qu'il avait déjà dû faire ce genre de chose de nombreuses fois.

Elle avait essayé de lui demander son aide d'un ton insouciant, se répétant que, puisqu'ils étaient fiancés à présent, ils allaient bien devoir se côtoyer de façon plus intime. Mais, peu à peu, elle comprit qu'elle serait incapable d'être aussi neutre qu'elle l'aurait souhaité en sa compagnie. Elle sentait par moments ses doigts chauds et fermes sur sa peau, et chaque contact éveillait en elle une foule de frissons aussi délicieux qu'incontrôlables. Pourtant, il ne faisait rien de plus que ce que Molly aurait fait à sa place. Mais sa présence masculine, sa haute silhouette, son odeur, sa respiration, son regard concentré... Tout cela contribuait à éveiller en elle un puissant désir. Une partie d'elle voulait plus que le furtif contact de ses mains. Elle voulait sentir de nouveau la passion de son baiser, comme dans la chapelle. Et, rapidement, elle se rendit compte qu'au lieu de contrarier sir Jon, son stratagème se retournait contre elle. Elle lui avait demandé de la déshabiller dans l'espoir d'exciter son désir, mais c'était le contraire qui se produisait à présent...

— Merci, dit-elle soudain, plus sèchement qu'elle ne le voulait. Je peux m'occuper du reste seule.

D'un geste précipité, elle enjamba le tas de velours rose tombé à ses pieds et s'éloigna de Jon pour se débarrasser de ses jupons et reposer le tout soigneusement sur le dossier d'une chaise. Elle hésita un instant, puis décida finalement de garder la chemise de lin qui la couvrait presque jusqu'aux genoux.

Lorsqu'elle se retourna, elle s'aperçut que Jon se déshabillait à son tour. Bien qu'elle n'ait pas l'intention de le regarder, la chambre était trop petite pour se détourner entièrement de lui, à moins de fermer les yeux. Elle s'assit sur le bord du lit, trop curieuse pour songer à se glisser entre les draps, tandis que Jon ôtait ses vêtements, tranquillement, comme s'il était seul dans la pièce. Elle avait cru un instant qu'il l'épargnerait en conservant, lui aussi, sa chemise, mais avant qu'elle ait pu détourner le regard, il la passa par-dessus sa tête et lui dévoila son corps entièrement nu.

En un regard, Ginny embrassa les muscles de ses épaules, de son dos, l'arrondi de ses fesses, la finesse de sa taille et la force de ses jambes. Certaines parties de sa peau, moins fréquemment exposées au soleil, étaient plus pâles que d'autres, et ses mains et pieds étaient plus sombres que le reste. Ginny fut d'abord incapable de détacher les yeux de ce corps puissant. La dernière fois qu'elle avait vu des hommes nus, elle était enfant et se baignait avec ses frères. À l'époque, Paul et Elion étaient minces et dégingandés, avec une peau pâle et laiteuse. Le corps de Jon, étonnamment musclé, n'avait rien de commun avec eux. Dès leur première rencontre, elle avait deviné qu'il était expérimenté avec les femmes, mais elle n'en avait jamais eu la preuve. À cet instant, elle en fut certaine : son corps si parfait et son assurance le lui confirmaient. Elle le croyait volontiers quand il disait n'avoir jamais pris une femme par la force. Après tout, quelle femme ne serait pas tentée de partager sa couche, en le voyant ainsi ?

Il se tourna vers elle. Troublée par ses pensées, elle se couvrit le visage des mains pour ne pas le voir de face, de peur que cela ne la dégoûte, ou au contraire n'aiguillonne son désir.

Le trouble de Ginny n'échappa pas à Jon. Il enjamba ses vêtements tombés à ses pieds et, sans un mot, alla tirer les draps pour l'inciter à s'allonger. Il se glissa à son tour dans le lit en laissant un large espace entre eux. Enfin, il souffla la bougie. Elle ne bougea pas, ne dit rien. Au bout de quelques minutes, au son paisible de sa respiration, il sut qu'elle s'était endormie. Même s'ils avaient été amis, elle aurait sans doute réagi sans lui montrer davantage d'intérêt. Pourtant, Jon ne s'en formalisa pas. Elle était épuisée, inquiète, et il ne voulait pas que leur première nuit se passe mal.

Il se sentait nerveux, lui aussi, mais pour une raison différente. Quelque chose le dérangeait dans cette histoire. Cela ne ressemblait pas à Henri d'appeler une femme célibataire pour lui tenir compagnie le soir, et encore moins s'il était sous le toit du père de la femme en question. Et cela était d'autant plus surprenant que Henri lui-même avait souhaité attendre que Ginny se marie pour la fréquenter... Pourquoi avait-il changé d'avis ? Et comment pourrait-il la protéger des griffes de Henri, dans ces conditions ?

Comme souvent la nuit, les pensées de Jon le ramenèrent à la belle Magdalen, sa précédente épouse. Le roi avait porté son attention sur elle aussi, durant la grossesse de la reine Jane Seymour. Bien sûr, Magdalen avait aussi partagé le lit de Jon, mais après lui avoir longtemps résisté. Au début de leur mariage, il avait été tenté de faire valoir ses droits d'époux, de force si nécessaire, mais il avait préféré attendre que Magdalen éprouve à son tour de l'attirance pour lui. Il refusait de s'unir à une femme poussée par ses obligations d'épouse, et non par le désir. Aussi utopique cela pouvait-il paraître, il s'en tiendrait à ses principes cette fois encore. Son mariage avec Ginny était peut-être sa seconde chance de voir ses espoirs de bonheur se réaliser. S'il voulait que leur relation s'améliore, il aurait besoin de patience et de temps.

Au cours de la nuit, Ginny se réveilla plusieurs fois, troublée par le poids sur le matelas à côté d'elle, par les plis inhabituels des draps et par la respiration de Jon, si proche d'elle. En se tournant sur le côté, elle put même sentir la chaleur de sa peau. Attirée malgré elle, elle glissa la main vers la chaleur du corps endormi mais s'arrêta avant de l'effleurer. Elle n'avait pas envie de lui faire croire qu'elle avait changé d'avis au sujet de sa virginité. À cette pensée, les paroles de Jon lui revinrent à la mémoire : « De toute façon, il est trop tard pour reculer, n'est-ce pas ? ». Elle se tourna pour se mettre sur le dos, soudain glacée. Son avenir se dessina devant ses yeux, comme esquissé sur le plafond obscurci. Jon avait raison : elle ne pourrait plus reculer. Plus jamais. Tôt ou tard, elle serait rappelée à son devoir d'épouse et de mère, destinée à lui donner des héritiers. Si elle ne parvenait pas à faire autrement, elle serait aussi contrainte de chauffer le lit du roi, entre deux reines… De soudaines larmes d'angoisse se mirent à couler sur ses joues pour atterrir sans bruit sur l'oreiller. Elle plaqua un pli du drap contre sa bouche pour étouffer ses sanglots, seule et effrayée dans la nuit.

Jon se réveilla en sentant le matelas trembler sous les sursauts des pleurs de Ginny. Il entendit sa respiration saccadée et son cœur se serra. Il savait ce qui la rendait si désespérée, mais il hésita à intervenir, ignorant comment elle recevrait une marque de sollicitude de sa part. Finalement, son premier réflexe fut le plus fort. Il se rapprocha d'elle pour la prendre dans ses bras et, sans un mot, caressa ses cheveux humides. Lentement, ses sanglots cessèrent, et seuls les sursauts occasionnels de sa poitrine rappelèrent son accès de chagrin. Au bout de quelques minutes, son corps se fit lourd. Terrassée par la fatigue, elle s'était rendormie.

Lorsque Ginny ouvrit les yeux le lendemain matin, Jon était déjà réveillé. Il était couché à l'autre extrémité du lit, à la même distance que la veille au soir. Elle avait pourtant le souvenir de son corps chaud serré contre elle durant la nuit, mais si vaguement que cela aurait tout aussi bien pu être un rêve. Dans la pénombre du petit jour, elle tenta d'éclaircir ses souvenirs, mais en vain. Comme tant d'autres choses qui avaient pu ou non arriver la veille, elle n'eut pas le temps d'en discuter avec son fiancé, car il quitta rapidement la chambre. Les vrais amants ne se comportaient sans doute pas ainsi...

Perdu dans ses pensées, Jon remonta le couloir à grands pas. Il était encore absorbé par le souvenir du corps endormi de Ginny blotti contre le sien, et il ne vit qu'au dernier moment sir George, le beau-frère de Ginny, qui l'arrêta par le bras.

— Raemon, nous devons parler, dit-il avec une gravité inhabituelle. Il vaut mieux que vous sachiez tout avant que le roi ne découvre vos fiançailles. Voyez-vous, il ne sait toujours pas qu'elles ont eu lieu. Vous allez devoir l'en informer vous-même.

Jon le dévisagea, incrédule. Qu'est-ce que cela signifiait ? Sir George et Elion avaient pourtant été chargés de porter le message à Henri la veille !

— Nous sommes allés à la chambre de Sa Majesté, reprit George, mais il était profondément endormi. Il n'a jamais envoyé le moindre message à Ginny.

— Que voulez-vous dire ? demanda Jon, éberlué.

— C'était une farce, hélas ! Et j'imagine que vous pouvez vous douter de qui est derrière tout cela. Apparemment, Culpeper et Paul d'Arvall ont pensé qu'il serait amusant que Ginny découvre le roi en train de ronfler dans sa chambre. Ils n'ont manifestement pas imaginé qu'elle irait jusqu'à se fiancer pour se protéger... Elion et moi leur avons dit ce qui s'était passé suite à leur comportement honteux, et ils sont à présent terrifiés à l'idée que nous décidions de les dénoncer au roi, car il ne prendrait sans doute pas cela à la légère. Les choses risquent de devenir difficiles à contrôler.

Jon accusa le coup. La nouvelle n'avait rien d'agréable. Cependant, une part de lui se sentit soulagée : il avait eu raison de trouver la requête de Henri suspecte.

— Paul doit vraiment cesser de se comporter ainsi ! pesta-t-il. Ce gamin commence à devenir un vrai poids pour tout le monde. Quant à Culpeper, vous savez déjà ce que je pense de lui : c'est un manipulateur et un fourbe, mais le roi ne l'admettra jamais, même si nous le dénonçons. Nous perdrions notre temps à nous plaindre de lui auprès de Henri.

— Oui, et je pense que nous ne devrions pas en parler à Ginny non plus. Elle ne serait pas heureuse d'apprendre ce qui s'est vraiment passé cette nuit.

Jon acquiesça. Ginny serait mortifiée et humiliée d'apprendre que son propre frère n'avait pas hésité à la mettre dans une telle position.

— J'ai déjà dit à Maeve de ne pas en parler à sa sœur, poursuivit George, et je vais trouver sir Walter pour le mettre au courant.

Il remarqua sans doute l'inquiétude de Jon car il posa sa main sur son épaule, l'air rassurant.

— Ne vous inquiétez pas, je m'occupe de tout. Je connais mon beau-père mieux que vous et je peux lui expliquer pourquoi nous ne les avons pas conviés hier, lui et lady Agnès. J'ai déjà été confronté à ses accès de colère, je sais comment réagir. De toute façon, il n'a pas vraiment le choix, n'est-ce pas ? Après tout, c'est bien lui qui a insisté pour célébrer ces fiançailles au plus vite. Maintenant que c'est chose faite, il n'aura plus qu'à faire semblant de se réjouir.

Jon acquiesça de nouveau sans un mot. Pensif, il regarda sir George s'éloigner avant de partir de son côté. Il ne lui restait plus qu'à aller trouver le roi pour lui annoncer ses fiançailles ; et il n'en avait pas la moindre envie...

De toute évidence, le roi avait eu une nuit agréable et n'avait pas été dérangé par sa blessure à la jambe car, en approchant des chambres qui lui avaient été assignées, Jon entendit le gros rire de Henri résonner à travers les portes. Soulagé, il espéra que le roi était d'assez bonne humeur pour écouter ce qu'il avait à lui annoncer. De fait, la réaction de Henri fut à la fois positive et inattendue. D'un air jovial, le roi lui dit que, s'il était si pressé de se voir uni à Virginia, il ne restait plus qu'à précipiter le mariage. La cérémonie aurait donc lieu le jour même, dans la chapelle de sir Walter. Tout le monde irait d'abord chasser pour profiter de la matinée, ce qui laisserait à dame Agnès le temps de préparer le festin de mariage, puis la cérémonie aurait lieu dans la journée. Jon l'écouta en silence : l'idée de demander son avis à Ginny ou à qui que ce soit d'autre ne semblait même pas effleurer le roi, habitué à voir ses moindres ordres exécutés sans protestation.

Lorsque Jon quitta la chambre du roi, il tomba nez à nez avec Thomas Culpeper. Celui-ci lui fit un grand sourire sans le moindre signe de remords.

— Finalement, il n'y a pas eu de mal, n'est-ce pas ? lança-t-il. Peut-être que je vous ai fait une faveur, en fin de compte.

Jon détourna le regard, préférant ne pas trahir son dégoût pour Culpeper et son irresponsabilité.

— Non, il n'y a pas eu de mal, Tom, répondit-il froidement. Peut-être même que je vous rendrai la faveur, un jour, et vous pousserai à épouser une femme à cause d'une bonne farce, qu'en pensez-vous ?

Le sourire de Thomas s'atténua quelque peu lorsqu'il comprit le sous-entendu. La femme en question était Katherine Howard, l'une des suivantes de la reine. Elle était de la famille du duc de Norfolk et personne ne pouvait se permettre de prendre à la légère son sens de l'humour, à elle...

Ginny apprit qu'elle allait se marier le jour même avec un mélange d'effroi et d'incompréhension. Ce fut Maeve qui lui annonça la nouvelle. Elle ignorait les raisons d'une telle décision, hormis que sir Jon et le roi l'avaient prise quelques heures plus tôt. En entendant cela, Ginny sentit sa peur se muer en colère sourde. Soudain, la courtoisie de Jon ainsi que sa retenue lors de leur première nuit ensemble ne furent plus qu'un beau souvenir. Elle avait cru découvrir un homme plus attentif, plus respectueux qu'elle ne le pensait, cette nuit. Elle s'était totalement trompée. Une fois de plus, le roi et lui décidaient d'avancer son mariage sans juger utile de lui demander son avis ! Une femme n'avait-elle pas au moins le droit de choisir la date elle-même ?

Le soleil se levait, brillant comme un joyau dans un ciel de saphir. L'air piquait comme une pluie d'aiguilles et le givre crissait sous les pieds : toutes les conditions étaient réunies pour un parfait jour de chasse. Ginny aimait la fauconnerie, presque autant que le reste de sa famille, mais aujourd'hui, son plaisir était gâché par l'annonce du mariage et elle monta à cheval sans enthousiasme. Le roi était visiblement d'humeur beaucoup plus festive, car elle dut subir ses plaisanteries concernant sir Jon et l'efficacité avec laquelle il avait su la prendre en main. Heureusement, Henri ne se montra jamais insultant ou vulgaire, car elle dut chevaucher à ses côtés durant presque toute la matinée. Ce ne fut qu'aux environs de midi qu'elle put s'échapper pour rester à l'arrière de la troupe. Son répit, toutefois, fut de courte durée, car son frère Paul profita de ce moment pour venir lui parler.

— Désolé, petite sœur, dit-il à voix basse. Nous ne voulions pas que les choses aillent si loin. Nous pensions que tu comprendrais notre humour. Peut-être devrions-nous être plus prudents à l'avenir, non ?

Ginny le dévisagea, surprise. Que voulait-il dire ?

— Est-ce que tu me parles de tes remarques indélicates d'hier, Paul ? Car si c'est le cas, je préférerais oublier tout cela au plus vite.

— Non, je parle du message que nous t'avons envoyé hier. Aucun de nous n'a pensé que tu déciderais de te fiancer. C'était un choix un peu extrême, non ? Jamais je n'ai cru que cela se passerait ainsi. Après tout, sir Jon et toi ne vous étiez presque jamais adressé la parole jusqu'à présent. En tout cas, après la nuit dernière, vous devez mieux vous connaître !

Ginny le dévisagea, sans oser croire à ce qu'il essayait de lui dire.

— Ainsi, tu pensais vraiment que ton plan marcherait ?

éclata-t-elle, incapable de dissimuler sa colère. T'attendais-tu à ce que j'accoure docilement dans la chambre du roi, comme la putain que père et mère voudraient me voir devenir ? Seigneur, Paul, ne me connais-tu pas mieux que cela, depuis le temps ?

— Chut ! Ne parle pas trop fort, Ginny, ou toute la cour sera au courant !

— Eh bien, je pense que toute la cour se porterait mieux si elle savait quel genre de frère tu es !

— Nous ne pensions pas à mal, petite sœur ! protesta Paul. Nous nous sommes juste dit que ce serait amusant que tu l'entendes ronfler à faire trembler les murs. Honnêtement, je n'avais encore rien entendu de pareil !

S'efforçant de rester calme, Ginny prit une profonde inspiration.

— Paul, je sais que tu espères devenir un jour l'un des favoris du roi, mais penses-tu vraiment qu'il te nommera à un si haut rang, si tu ne te montres pas plus respectueux envers lui ? Si jamais Sa Majesté apprend ce qui s'est vraiment passé, tu sais ce qui va vous arriver, à toi et à Culpeper ?

Paul retint son cheval agité d'un geste insouciant.

— Il ne l'apprendra pas, voyons ! dit-il avec légèreté. Et au final, il y a eu plus de peur que de mal, non ? Cette petite mésaventure t'évite les interminables préparatifs du mariage, et bientôt tout sera oublié !

Sans un mot de plus, de peur de perdre de nouveau son calme, Ginny donna un coup de talon à sa jument et fit volte-face à l'instant où sir Jon approchait. Il attrapa la bride de son cheval à la volée pour la retenir. L'espace d'un instant, elle vit un éclair glacé traverser son regard tandis qu'il dévisageait Paul.

— Si tu en valais la peine, d'Arvall, dit-il d'une voix furieuse mais contrôlée, je te ferais mettre pied à terre et fouetter comme tu le mérites. Si ta propre sœur n'est pas digne de ton respect, alors qui l'est ? Il est vraiment temps de grandir, mon garçon.

Puis, d'une voix plus calme, il reprit :

— Venez, Ginny. Nous avons des choses plus importantes à faire aujourd'hui.

Il maintint sa prise sur la bride jusqu'à ce qu'ils se soient éloignés de Paul, puis la relâcha. C'était la première fois qu'il l'appelait Ginny. Elle ne put s'empêcher de sourire à cette pensée.

— Merci, dit-elle finalement. Je commençais à être à court de mots.

— Je peux comprendre, dit-il d'un air presque malicieux. C'est souvent l'impression qu'on a quand on parle trop longtemps avec votre frère.

Ginny réprima un rire. Elle fut tentée de poursuivre la conversation, mais jugea bien vite que ce n'était ni le lieu ni le moment pour cela. Elle était soulagée d'apprendre que Jon n'était pas à l'origine de ce mariage précipité, mais elle resta amère à l'idée d'avoir été manipulée une nouvelle fois, et par son propre frère. Tandis qu'ils rejoignaient le groupe pour le pique-nique, elle songea que Jon ne l'avait peut-être appelée « Ginny » que pour prouver à Paul que la glace était rompue entre eux et qu'ils étaient prêts à faire face à l'avenir ensemble. Cette pensée lui rappela soudain le souvenir qu'elle avait eu au réveil : celui d'un contact intime avec le corps de Jon, impression aussi vague qu'intense, qui éveilla une étrange chaleur en elle.

Ils rejoignirent le reste du groupe qui s'attroupait autour des mets préparés pour le pique-nique. Maeve et Elion les attendaient un peu à l'écart, et ils profitèrent de l'occasion pour discuter des préparatifs du mariage, de ce que Ginny aurait à faire, ce qu'elle devrait porter, ce qu'elle devrait dire ou ne pas dire, en particulier à ses parents restés au château pour préparer la soirée. Bien entendu, ils avaient mal réagi en apprenant qu'ils avaient été exclus de la cérémonie des fiançailles, mais Ginny n'avait pas éprouvé le moindre remords à ce sujet. À ses yeux, ses parents s'étaient privés eux-mêmes de la confiance de leur fille : puisque pour eux son bonheur importait moins que le prieuré de Sandrock, elle considérait qu'elle ne leur devait plus rien.

Cependant, lorsqu'elle aborda le sujet, Jon refusa d'en discuter.

— Ne repartons pas sur ce terrain glissant, dit-il, cela ne nous ferait aucun bien. Il est trop tard, maintenant, pour se soucier de ces choses-là. Nous allons nous marier ce soir, puis je vous emmènerai à Lea Magna dès demain. Nous partirons tôt, cela nous évitera de subir la curiosité déplacée de tout le monde au matin.

— Quelle curiosité ? demanda Ginny.

Elle était parfaitement au courant de ce dont il voulait parler, mais elle avait besoin de l'entendre de sa bouche.

— Ne vous souciez pas de cela.

— Donc, si je comprends bien, nous ne rentrons pas à Londres avec le roi ?

— Non. Il m'a accordé quelques jours de liberté pour profiter de mon mariage. Nous passerons un jour ou deux chez moi pour que vous vous habituiez à votre nouvelle maison et que vous rencontriez Etta, ma fille. Ensuite, nous rejoindrons la cour à Whitehall et vous reprendrez vos activités auprès de la reine. Est-ce que cela vous convient ?

Un peu surprise par cette question, Ginny haussa les épaules.

— Croyez-le ou non, depuis mon retour chez moi, c'est la première fois que quelqu'un me demande mon avis sur quelque chose qui me concerne.

— Eh bien, arrangeons-nous pour que ce ne soit pas la dernière fois. Maintenant que vous allez porter le titre de lady Virginia Raemon, attendez-vous à voir vos opinions mieux prises en compte.

Malgré son ton courtois, le regard de Jon resta légèrement distant, comme lorsqu'ils s'étaient retrouvés dans le jardin. Intriguée, Ginny le scruta en se demandant comment il vivait véritablement cette union. Était-il aussi assuré, aussi serein qu'il le montrait ? Durant tout le repas, elle l'examina attentivement pour voir s'il trahissait par moments ses vrais sentiments, mais il garda la même façade. Il se montrait aussi affable avec tout le monde qu'avec elle, ni plus ni moins. Il faisait toutefois preuve de plus de prévenance envers les femmes, fidèle à sa réputation de courtoisie qui lui valait tant de succès à la cour. Ce détail, qui aurait laissé Ginny indifférente un jour plus tôt, éveilla en elle un pincement de jalousie. A présent qu'elle avait vu ce que cachaient son pourpoint de velours et sa chemise de lin, elle savait qu'il était encore plus beau qu'il ne le paraissait au premier regard. Lorsque la petite troupe se remit en route, elle ne put chasser de ses pensées le souvenir de ses mouvements gracieux tandis qu'il se déshabillait la veille, des courbes de son corps sous la lumière dansante du feu. Il l'avait prise dans ses bras tandis qu'elle pleurait. Elle se rappela ses doigts chauds qui avaient effleuré sa peau nue, et le désir qui l'avait assaillie à ce contact, la laissant perdue, le souffle court. Elle devait à tout prix rester sur ses gardes si elle ne voulait pas que ce genre de scène se reproduise le soir même.

La journée passa si vite que Ginny eut l'impression de vivre un mauvais rêve. Revenue au château, elle laissa Molly et les autres servantes de sa mère la coiffer, la parfumer et la vêtir de la robe qu'on avait choisie pour elle. De même, elle se laissa docilement conduire jusqu'à la petite chapelle privée d'Arvall Hall, plus remplie que jamais pour la cérémonie du mariage. Sous les regards de l'assemblée, elle fut conduite à l'autel, incapable de contrôler quoi que ce soit autour d'elle, ni même de protester ou de songer à s'échapper. À aucun moment elle n'eut l'impression d'être la personne la plus importante de la cérémonie. Elle fit simplement ce que l'on exigeait d'elle, sans laisser parler ses propres désirs. Ses parents souriaient, le roi souriait encore plus. Tout le monde répéta aux jeunes mariés qu'ils avaient eu de la chance de ne pas avoir à publier les bans puisque Sa Majesté était déjà présente pour donner son accord, qu'ils avaient eu de la chance d'avoir une chapelle privée et les courtisans les plus importants de la cour pour assister à leur union.

La seule chose qui rendit la cérémonie plus supportable fut la présence de Ben. À présent âgé de vingt ans, son ami l'assista avec discrétion et bienveillance, ses beaux yeux bruns se posant régulièrement sur elle, comme pour l'encourager en silence. Ginny savait qu'il était amoureux d'elle et elle avait de la peine pour lui, mais elle ne pouvait rien faire pour le réconforter. Il était plus pâle qu'elle, et reçut un regard courroucé de la part de son oncle lorsqu'il faillit laisser tomber la Bible de ses mains tremblantes.

Plus tard, la main ornée d'un anneau d'or fourni par sa mère, Ginny accepta le léger baiser de son nouvel époux devant la cour en liesse. Un baiser si furtif qu'elle le sentit à peine, comparé à celui du roi qui profita de la situation pour la serrer contre son torse imposant, son visage si près du sien qu'elle fut au bord de la suffocation sous sa puissante haleine. Lors du festin qui suivit la cérémonie, elle ne put savourer le moindre mets, pas même les délicats morceaux de viande que Jon déposa devant elle, devinant visiblement ce qui l'inquiétait.

— Contentez-vous de boire, murmura-t-il, sa voix couverte par le brouhaha des rires autour d'eux. Dès que nous le pourrons, nous nous excuserons et nous nous retirerons. Le roi ne s'en offusquera pas, et même si c'était le cas, cela m'importerait peu.

Ginny saisit le verre vénitien qu'il lui tendait et but une longue gorgée de vin.

— Je ne veux pas qu'on nous suive, dit-elle, incapable de dissimuler sa nervosité. Pensez-vous que le roi va insister pour cela ?

— Non. Il est étonnamment prude sur ce sujet. De toute manière, il sait que nous avons déjà partagé la même couche, rappelez-vous.

Ginny ne put s'empêcher de rougir. Elle attendit avec un mélange d'impatience et de terreur le moment de quitter la table avec Jon. Les traditions du coucher des jeunes mariés pouvaient parfois être vulgaires, assorties des conseils les plus grossiers et les plus embarrassants pour les époux, mais Jon veilla à ce qu'ils y échappent. En fait, ils s'éclipsèrent si discrètement de la grande salle que peu de personnes remarquèrent leur départ. Ils se retrouvèrent seuls dans la petite chambre de Ginny, uniquement éclairée par le feu qui ronflait dans la cheminée, comme deux fugitifs qui se cachent. Même Molly n'était pas là pour les servir. Les seuls indices qui leur rappelèrent que la fête n'était pas finie furent le son étouffé des voix et la musique qui résonnaient dans les couloirs et à travers les murs.

Jon verrouilla la porte derrière eux et remit une bûche au feu, comme s'il cherchait à entretenir la chaleur du vin en eux. L'espace d'un instant, Ginny se laissa hypnotiser par les flammes qui léchaient la mousse séchée sur l'écorce, la faisaient crépiter d'étincelles. Puis elle se força à relever la tête, faisant face à son nouvel époux.

— Nous y voilà, murmura Jon. La journée a été assez longue comme cela, ne pensez-vous pas ?

— En fuyant la fête comme nous l'avons fait, nous avons

empêché le père Spenney de venir bénir notre lit. Était-ce intentionnel de votre part ?

— Non. Je peux le faire appeler si vous le désirez... Je n'ai aucune objection à sa présence, ce n'était qu'un oubli.

Mais, épuisée, Ginny fit non de la tête.

— Cela n'a pas vraiment d'importance. De plus, je suis certaine qu'il comprendra.

Jon sembla hésiter un instant puis reprit la parole :

— Dites-moi : qui est Ben, exactement ?

Soulagée par cette échappatoire qui permettait de repousser l'inévitable, Ginny s'assit près du feu, dissimulant ses pieds froids sous son épaisse robe de brocart.

— Ben est le neveu du père Spenney, dit-elle. Je ne connais pas vraiment les détails de son enfance, et père ne m'en a jamais parlé. Et je doute qu'il en ait l'occasion un jour, ajouta-t-elle avec amertume. Le père Spenney est pressé de retourner à Sandrock, il suivra probablement mon père là-bas, ainsi que ma mère qui se voit sûrement très bien sous les traits de lady Agnès de Sandrock... Un nom bien plus prestigieux que celui de D'Arvall, n'est-ce pas ? Un nom qui fera comprendre à tout le pays que mes parents font partie des proches du roi...

— Et vous ? demanda Jon. Est-ce aussi ce que vous désirez ?

— Moi ? Non. Vous savez bien que mes aspirations sont bien plus modestes.

— Comme devenir la maîtresse de Lea Magna, par exemple ? Cette idée vous avait plu, il y a trois ans.

Ginny ne put réprimer un soupir.

— Cela m'avait plu uniquement parce que j'aimais savoir que je resterais proche de chez moi, au cas où nous ne nous entendrions pas. C'était la seule raison qui me l'avait fait souhaiter, je vous assure.

Jon eut un petit sourire.

— Voyez-vous toujours les choses de la même manière, aujourd'hui ?

— Non, tout a changé.

— Comment cela ? Pensez-vous que nous pourrions... bien nous entendre, en fin de compte ?

— Sir Jon, répondit-elle fermement, je pense surtout qu'après tout ce qui vient de se passer, je n'aurai plus jamais envie de chercher le moindre réconfort auprès de mes parents. Il y a trois ans, je n'avais pas compris l'étendue de leur ambition. Je ne savais pas que le bonheur de leur fille avait si peu d'importance à leurs yeux. J'espère aujourd'hui qu'ils vont recevoir le prieuré en récompense. Ainsi, ils partiront y vivre et Elion pourra revenir s'installer à Arvall Hall. Cela l'encouragera peut-être à épouser une femme avec qui il pourra vivre heureux. Quant à moi, si j'ai besoin du moindre avis ou du moindre réconfort, j'irai les chercher auprès de la reine Anne. Elle me comprendra, elle...

Jon la dévisagea un instant. L'amertume de Ginny n'était certainement pas ce que l'on attendait d'une jeune mariée lors de sa nuit de noces, mais il sentait bien qu'elle avait besoin de s'exprimer. Il fallait mettre les choses au clair entre eux avant d'envisager de construire quoi que ce soit à deux... Beaucoup d'autres choses avaient besoin d'être dites, sans doute, mais pas ce soir. Il ne rompit donc pas le silence qui s'installa entre eux. Ginny avait l'air d'attendre quelque chose, et en même temps de se satisfaire de sa compagnie. À moins que ce calme ne soit de la résignation...

Il s'installa à côté d'elle, par terre, pour commencer à délacer ses manches sans la déranger.

— Peut-être devrais-je faire appeler Molly, dit-elle par-dessus son épaule. Pour qu'elle me prépare...

— À quoi ?

— Eh bien, je ne sais pas... À tout ce que vous êtes supposé me faire ce soir, répondit-elle.

Ginny sentit sa voix trembler en prononçant ces mots. L'espace d'un instant, elle espéra que Jon ne lui poserait aucune autre question à ce sujet. En vain.

— Et que suis-je supposé vous faire ?

Elle demeura obstinément silencieuse, le feu aux joues. Elle l'entendit rire tandis qu'il faisait glisser la manche de sa robe le long de son bras.

— Écoutez votre époux, Virginia, dit-il. L'amour n'est pas une chose qu'un homme *fait* à une femme. C'est une chose que l'on fait à deux. La seule expérience que j'ai eue avec une vierge date de mes quinze ans et, comme je vous l'ai dit hier, je n'ai pas envie de prendre une femme contre son gré. Donc, jusqu'à ce que vous m'annonciez que vous êtes prête, nos nuits demeureront aussi chastes que la précédente. J'imagine que vous n'êtes pas d'humeur ce soir non plus ? À moins que quelque chose ait changé ?

Ginny l'écouta attentivement. Elle se sentit apaisée par son honnêteté, mais éprouva un autre sentiment, plus difficile à identifier. Une certaine déception. Elle aurait aimé qu'il se montre un peu plus insistant. Essayait-il de lui faire comprendre qu'elle ne l'intéressait pas ? Mais pourquoi l'en blâmer, puisque cela allait dans le sens de ce qu'elle désirait ?

— Non, répondit-elle en tendant le deuxième bras pour qu'il défasse ses lacets, rien n'a changé. Cependant, je pensais que c'était une sorte d'obligation, que cela faisait presque partie de la cérémonie du mariage... Personne ne voudra donc vérifier le sang sur les draps ?

Jon retira la seconde manche et secoua la tête.

— Pas du tout. Cette histoire de draps ensanglantés n'est qu'une histoire de vieilles femmes. De toute manière, personne d'autre que Molly ne verra notre lit. Est-ce qu'elle est du genre à colporter des ragots ?

— Elle servait ma mère jusqu'à il y a quelques jours. Je ne serais pas surprise que mère s'attende à ce qu'elle lui rapporte tout ce que nous avons fait ou non dans les moindres détails, mais je ne pense pas qu'elle parlera. Ce n'est pas son genre. Excusez-moi, mais je n'ai pas compris ce que vous avez dit au sujet des vierges. Connaissiez-vous la première lady Raemon lorsque vous aviez quinze ans ? Est-ce ce que vous vouliez dire ?

Lorsqu'elle posa ces dernières questions, sa voix devint plus pâteuse. Peu à peu, la chaleur du feu et le vin qu'elle avait bu lui montaient à la tête.

— Non, ce n'est pas cela, répondit Jon. Magdalen n'était plus vierge lorsque nous nous sommes mariés.

— Oh ! je vois ! dit Ginny dans un bâillement. Elle était...

expérimentée. De nombreuses femmes le sont à la cour, n'est-ce pas ? J'imagine que c'est ce que l'on attend de nous à notre époque. Même certaines des suivantes de la reine le sont. Je dois être l'une des rares exceptions.

— Et c'est cela qui vous donne tant de valeur aux yeux des hommes, acheva Jon. Levez-vous, lady Raemon : je ne peux pas atteindre les derniers lacets, vos cheveux s'emmêlent dedans.

Ginny obtempéra mais à peine fut-elle sur ses pieds qu'elle tituba et dut se rattraper à Jon. Elle dut repousser le bas de sa robe, dans lequel elle se prenait les pieds. Oui, le vin faisait son effet et l'empêchait de se concentrer. Il la rendait maladroite et lui échauffait les joues, mais il repoussait aussi sa tristesse et son angoisse. Au milieu d'un brouillard étrangement agréable, elle laissa les mains chaudes de Jon effleurer la peau sensible de ses bras tandis qu'il dénouait les derniers laçages. Avant même qu'elle ait pu l'arrêter, il lui retira le corsage rigide qui avait limité ses mouvements toute la journée, soulageant ainsi son dos, et offrant sans doute à son nouvel époux une vue privilégiée sur son corps à travers le tissu fin de la chemise. Étrangement engourdie, elle le regarda jeter le corsage baleiné sur une chaise. Puis, d'un geste doux, il dénoua l'attacha de sa chemise, et Ginny sentit ses manches glisser sur ses épaules. La chemise tomba, comme au ralenti, bloquée un instant par la courbe de sa poitrine, avant de finir en petit tas froissé à ses pieds.

Voilà, le sort en était jeté. Elle aurait sans doute dû se couvrir, horrifiée d'être ainsi nue devant lui, mais elle n'en fit rien. Elle se contenta de jeter un coup d'œil à son propre corps, qu'elle-même voyait peu souvent nu, et laissa à Jon un instant pour faire de même. Elle était peut-être ivre, mais elle était encore capable de reconnaître la flamme de désir qui s'alluma dans le regard de Jon. Ses yeux déjà sombres se firent profonds et noirs, détaillant son corps avec une sorte d'appétit et de désespoir. Ce regard n'avait rien à voir avec celui, brut et effronté, qu'elle avait dû subir lors de leur rencontre au prieuré de Sandrock, trois ans auparavant.

Elle attendit encore quelques instants avant de ramasser sa chemise et de se recouvrir, chancelant légèrement avant de retrouver son équilibre. Au fond d'elle, elle sentait pointer une profonde satisfaction. Enfin, elle pouvait se venger de tout ce qu'elle avait dû subir de la part des hommes : ce que le roi avait espéré faire d'elle, le marché que son père avait passé en échange de son avenir, ou encore la farce humiliante de Paul... À présent, elle prenait l'avantage face aux hommes. Elle avait la liberté de leur refuser son corps aussi longtemps qu'elle le souhaitait.

Cependant, elle devinait que ce ne serait pas toujours là sa volonté. Lorsque Jon la prit dans ses bras pour la coucher, elle sentit à quel point il aurait été facile pour elle de lui céder, de s'abandonner à cette force masculine, de se soumettre à tout ce qu'il pourrait exiger d'elle. Avait-elle réellement une bonne raison de s'accrocher ainsi à sa virginité ? Le punissait-elle lui, ou se punissait-elle elle-même ? Finalement, le vin qu'elle avait bu ne l'aidait pas, ce soir...

Elle s'endormit à peine couchée, épuisée par sa longue journée, mais se réveilla de nombreuses fois dans la nuit, hantée par le désir de sentir les mains de Jon sur elle. Pourquoi ne lui avait-il pas volé le moindre baiser ? Au moins, elle aurait pu protester et sauver ainsi son orgueil. Pourquoi, dans son sommeil, n'étendait-il pas une main vers elle ? Une main qu'elle aurait pu prendre sans qu'il n'y paraisse rien. Mais, surtout, combien de temps parviendrait-elle à lui résister ?

Jon demeura immobile à côté de Ginny, sentant monter un violent désir en lui. Malgré tout, il résista, comme il l'avait fait avec Magdalen durant ces années de cauchemar où elle lui avait montré avec tant de brutalité qu'elle ne voulait pas de lui. Finalement, à l'usure, son désir s'était accommodé de quelques périodes d'amour purement physique, dénuées de la moindre tendresse, peut-être encore plus difficiles à supporter que l'abstinence. Pour lui aussi, le devoir avait fini par prendre le pas sur l'attirance. Il avait espéré que les choses seraient différentes avec sa prochaine femme. Mais Ginny n'avait-elle pas affirmé qu'elle ne voulait pas s'unir à lui ?

Seigneur ! Dire qu'il avait été si sûr de lui, quelques années auparavant... À présent, il n'était plus certain de rien.

4

Quand elle se réveilla, Ginny fut gagnée par l'amertume que le vin avait temporairement effacée la veille. Les souvenirs de sa nuit étaient terriblement flous : un délicieux enivrement, la présence si attirante de Jon à ses côtés, son trouble qui l'avait presque amenée à céder à ses avances… À cette pensée, Ginny rougit. Elle avait bien failli rompre sa promesse dès la première nuit. Pourtant, il était hors de question de fléchir de nouveau. Résister était la dernière liberté qui lui restait, et elle allait devoir redoubler de vigilance pour repousser Jon dans ses propres moments de faiblesse…

Les serviteurs avaient déjà préparé ses bagages. Elle quitta sa chambre vide avec un sentiment de perte poignant. Jon voulait regagner Lea Magna dans la matinée, et elle le suivrait donc, sans s'attarder plus longtemps dans le château de son enfance. Pourtant, la peine qu'elle éprouvait n'était pas uniquement provoquée par ses adieux au château. Elle savait que, après ce qu'ils avaient fait, sa relation avec ses parents ne serait plus jamais la même. Elle ne reviendrait pas les voir à Arvall Hall avant un long moment. Aussi, leur dit-elle au revoir d'une voix froide et distante, comme elle l'aurait fait avec des étrangers. Elle ne trouverait sans doute pas la volonté de leur pardonner avant très longtemps…

Le roi Henri, quant à lui, était visiblement trop occupé par son propre départ pour remarquer cette ambiance familiale tendue. Il lui fit des adieux chaleureux, accompagnés de nombreux conseils pour devenir une épouse aimante et obéissante. Mais Ginny n'était pas dupe. Ces conseils avaient surtout pour but de s'assurer qu'elle serait docile au moment de venir dans son propre lit. Elle lui adressa un sourire crispé lorsqu'il exprima le souhait de la voir rapidement à la cour avec son nouvel époux. Elle aurait tant voulu ne plus jamais le revoir ! Son départ lui apporta finalement un véritable soulagement. Elle embrassa avec chaleur Maeve, sir George et Elion, qui affirmèrent être prêts à la soutenir face au roi, une fois à Whitehall. Enfin, Jon et elle quittèrent Arvall Hall.

Le voyage dura moins d'une heure. Ils chevauchèrent le long de routes creusées d'ornières gelées et bordées de plantes raidies par le givre qui attendaient les premières pluies printanières pour s'épanouir. Bientôt, ils dépassèrent quelques maisons de bois et des bâtiments de pierre. Enfin, les contours d'une brasserie, puis d'une forge se détachèrent et, en entrant dans le village, ils aperçurent la maison du prêtre qui flanquait l'église. Derrière la place ornée d'une haute croix, Ginny distingua au loin les murs de la demeure de Jon, nommée d'après le village : Lea Magna.

Ils passèrent les remparts et pénétrèrent dans une vaste cour animée. Partout, des serviteurs portaient des marchandises, nettoyaient, rangeaient. Lorsqu'ils aperçurent les cavaliers, ils se précipitèrent pour saluer leur seigneur, visiblement curieux de découvrir le visage de leur nouvelle maîtresse. Ginny vit fleurir de nombreux sourires approbateurs autour d'elle et, avant même qu'elle ait passé la porte de la demeure, elle sut qu'elle se plairait dans ce village. Cela l'encouragea à mettre pied à terre, en observant avec curiosité ce qui serait désormais son nouveau domaine.

La bâtisse de Lea Magna les dominait de toute sa hauteur, ombrageant presque totalement la cour. Les vieux murs de pierre étaient encore solides, et percés de fenêtres à intervalles réguliers. Ginny les examina une à une, espérant distinguer un petit visage d'enfant, mais en vain. Elle était impatiente de rencontrer la fille de Jon, qui vivait ici, entourée de gouvernantes. En Northumbrie, où elle avait passé quatre ans pour parfaire son éducation en compagnie d'autres jeunes filles nobles, elle avait souvent eu à se charger des enfants : leur apprendre à jouer, monter à cheval, manger correctement, à lire et à écrire. Elle avait effectué ces tâches avec plaisir, songeant qu'il s'agissait d'un bon entraînement pour sa propre famille. À présent, l'idée de devenir la belle-mère d'une fillette ne l'effrayait pas particulièrement. En revanche, elle se demandait comment se passerait le premier contact et, surtout, comment Jon vivrait le fait de voir sa fille unique élevée par une autre femme que sa défunte épouse. Sur le seuil de la demeure, elle se tourna vers son époux et lui sourit, décidée à montrer autant de bonne volonté que possible, en dépit de ses angoisses.

— Je ne crois pas avoir entendu de voix d'enfant. Votre fille doit être très calme... Accepteriez-vous de me la présenter ? J'ai hâte de la rencontrer.

— Très bien, je vais vous conduire à elle, répondit Jon en ouvrant une large porte qui laissa passer un courant d'air glacé. Sa chambre est située dans l'aile la plus éloignée, ce qui explique que vous ne l'entendiez pas.

Ginny le suivit le long d'un couloir, préoccupée. Il était étrange, venant d'un père, d'isoler sa fille à l'autre bout du château, comme s'il ne voulait pas la voir. Avec les longs séjours de Jon à la cour, la fillette savait-elle seulement qu'il était son père ?

Ils traversèrent un long couloir et, enfin, Jon ouvrit une porte, la laissant entrer dans la chambre. Ginny remarqua aussitôt la fillette, haute comme trois pommes, qui les regardait au milieu de la chambre.

— Etta ! appela Jon. Viens nous voir.

Sa voix distante, dénuée d'émotion, fit tressaillir Ginny. La fillette leva les yeux vers son père, sans pour autant l'accueillir avec des cris de joie. Obéissante, elle entreprit d'avancer vers eux, sans attendre l'aide des deux jeunes nourrices qui suivaient sa progression avec attention. Bien qu'hésitants, ses pas étaient énergiques et son visage affichait une petite moue déterminée. Elle semblait posséder déjà un solide caractère...

— Puis-je la prendre dans mes bras ? demanda Ginny à l'une des nourrices.

La jeune femme acquiesça. Ginny s'avança vers la fillette en évitant les meubles disposés au hasard dans la chambre. En observant les lieux de plus près, elle remarqua à quel point la pièce était dénuée de couleurs et de confort. Le mobilier consistait en quelques tabourets, quelques tables et un large berceau. Près de la cheminée où un feu crépitait, il y avait également un coffre et une armoire, mais c'était tout. Un rideau sombre masquait à moitié la fenêtre, embuée à cause de la chaleur du feu. La chambre entière baignait dans une triste pénombre.

Ginny s'arrêta près de la fillette et l'observa un instant. Etta était la plus jolie enfant de deux ans qu'elle ait jamais vue, avec sa chevelure lumineuse et cuivrée, fermement nouée sous un bandeau molletonné destiné à protéger sa tête en cas de chute. Attendrie, Ginny se pencha sur elle, mais à peine l'eut-elle soulevée que la fillette se mit à pleurer à chaudes larmes.

— Psht ! Psht ! cria-t-elle à Ginny en battant des jambes dans le vide.

Elle semblait vouloir n'en faire qu'à sa tête mais Ginny ne comptait pas abandonner si vite. Elle reposa Etta et se pencha vers elle en souriant.

— Allons, dit-elle avec douceur. Un petit effort. Laisse-toi faire.

À ces mots, le visage d'Etta s'illumina. Elle paraissait enchantée de voir cette inconnue lui parler d'un air si compréhensif.

— Psht ! lança-t-elle de nouveau, cette fois avec un éclat de rire.

Elle voulut s'élancer vers Ginny, mais son mouvement fut si brusque qu'elle s'emmêla les pieds et perdit l'équilibre. Elle atterrit dans les bras tendus de Ginny, tiraillée entre de gros sanglots et un éclat de rire excité. Les deux nourrices se précipitèrent pour l'aider, mais Ginny leur fit signe qu'elle n'avait pas besoin d'elles. Souriante, elle remit Etta sur ses pieds.

— 'core ! 'core ! cria-t-elle.

Sans se soucier des regards désapprobateurs de Jon et des deux femmes, Ginny la laissa courir vers elle en titubant, puis tomber dans ses bras une nouvelle fois. Au moins, cela lui permettait d'apprivoiser sa belle-fille sans le désagrément de présentations trop cérémonieuses. Enfin, elle la porta jusqu'à la fenêtre qu'elle entrouvrit pour lui faire sentir l'air froid et lui montra la cour, où s'affairaient des serviteurs. Très vite, la fillette répondit aux questions de Ginny, montrant du doigt avec excitation les bâtiments, les chevaux, tout ce qui retenait son attention. De toute évidence, elle était curieuse et vive. Mais sa joie, chaque fois que Ginny lui témoignait de l'attention, trahissait un terrible manque de tendresse.

Décidée à prendre à cœur son rôle de belle-mère, Ginny posa de nombreuses questions aux nourrices concernant l'organisation des journées de la fillette, mais les réponses qu'elle reçut la déçurent beaucoup. Les deux femmes avaient été choisies parmi les servantes du domaine pour s'occuper d'Etta après la mort brutale de sa mère. Elles faisaient de leur mieux, mais n'avaient visiblement pas les qualités de véritables nourrices. Elles ne racontaient pas d'histoires à Etta, ne lui chantaient pas de chansons et ne partageaient pas avec elle les jeux un peu agités qu'elle semblait pourtant tant aimer. Les femmes avouèrent aussi qu'Etta n'était pas sortie de sa chambre depuis plusieurs semaines, à cause du froid.

Ginny discuta encore un peu avec elles puis, finalement, sous l'insistance de Jon, elle dut se séparer de l'enfant et la laisser dans cette pièce lugubre. De retour dans le couloir avec son époux, elle prit quelques instants pour refouler son émotion.

— Sir Jon, cette chambre a presque l'air d'une prison, lui dit-elle tandis qu'ils retournaient vers le corps de la maison. Il n'y a rien pour l'occuper, et presque pas de lumière... Vous avez vu à quel point Etta a besoin de compagnie et d'air frais. Ne peut-elle pas venir dans la grande salle avec nous ?

— Elle est trop jeune pour passer son temps en compagnie des adultes.

— Elle a *besoin* de la compagnie des adultes. Elle n'apprendra jamais à parler correctement si elle reste enfermée seule dans sa chambre !

— Ses deux nourrices font de leur mieux.

— J'en suis certaine, sir Jon, mais elles ne remplaceront jamais une mère.

— Une mère, vraiment ? demanda son époux avec une pointe de sarcasme. J'ai du mal à y croire, à moins que quelque chose ne change entre nous.

À ces mots, Ginny sentit le feu lui monter aux joues. En effet, pour le moment, elle ne se comportait pas vraiment comme une épouse digne de ce nom, alors de quel droit pouvait-elle se qualifier de mère ? Cependant, quelque chose au fond d'elle s'était éveillé à la vue de la fillette. Un désir profond, incontrôlable, qu'elle refusait d'assouvir pour conserver son faible contrôle sur sa vie. Lorsqu'elle avait pris l'enfant dans ses bras, qu'elle avait senti son poids sur sa hanche, ses petites mains agrippées à son cou, son odeur de bébé, entendu sa petite voix et vu ses grands yeux bruns curieux de tout, elle s'était sentie… différente.

Jon avait raison. Elle ne pourrait rien faire de mieux pour Etta tant qu'elle ne changerait pas d'avis au sujet de leur couple et qu'elle ne lui accorderait pas son droit d'époux. Elle demeura donc silencieuse tandis qu'il lui montrait les nombreuses pièces de la demeure, les bâtiments extérieurs, et la présentait aux domestiques les plus anciens qui dirigeaient la maison en l'absence de leur maître. Cependant, au fil de la journée, Jon parut de plus en plus distrait. Elle se demanda quel effet cela faisait de revenir dans ce domaine au bras d'une nouvelle épouse. Une femme qu'il ne désirait pas et qui avait tout fait pour le persuader qu'elle ne le désirait pas non plus. En voyant son visage grave, elle songea qu'il devait encore avoir beaucoup de tendresse pour son ancienne femme. Elle ne fut donc pas surprise lorsqu'il la laissa seule après la visite. Il lui annonça qu'il devait discuter avec son intendant, son huissier et son secrétaire, tandis que Molly et elle devaient rencontrer la gouvernante. Ginny partit donc de son côté avec sa suivante, pour prendre possession de ses appartements. Elle fit ensuite le tour des lieux importants : la crémerie, la laverie, les entrepôts, le garde-manger et, bien sûr, les jardins. Comme Jon n'était pas avec elle, elle décida de retourner voir Etta.

Laissant Molly dans ses appartements pour s'occuper du reste des bagages, elle alla dans la chambre sombre, et s'arrêta près du berceau où la fillette dormait. Quelque chose commençait à la lier à cette enfant, un sentiment doux et puissant à la fois. Hélas ! elle savait qu'elle ne resterait pas longtemps à Lea Magna. D'ici à quelques jours, elle retournerait à la cour, laissant Etta seule avec ses nourrices. Serait-elle jamais plus qu'une étrangère pour Etta ? Jon pourrait-il un jour s'intéresser à sa fille comme un père le devait ?

Sentant la présence de la plus âgée des nourrices, elle se força à sortir de ses pensées.

— J'ai l'intention d'emmener Etta dehors avec moi, demain, après le petit déjeuner, dit-elle. Assurez-vous de bien la couvrir. Je veux lui faire découvrir le givre et le soleil d'hiver.

— Je ne suis pas certaine que sir Jon l'autorise, milady, répondit la nourrice. Il est très protecteur, vous savez...

— Mon époux sera d'accord, dit fermement Ginny. Je m'assurerai qu'il se range à mon avis.

Une fois qu'il eut quitté Ginny, Jon fit son tour du propriétaire puis revint dans la vieille maison hantée de souvenirs à la fois joyeux et profondément tristes. C'était là qu'il avait grandi, mais aussi là qu'il avait fait venir sa première femme, Magdalen. En hiver, la maison semblait encore plus sombre, plus austère, et y revenir après sa longue absence l'emplissait d'amertume et de chagrin. Tout en arpentant les couloirs, il crut entendre les échos des voix de ses parents, les chants de sa mère avant le départ de son père pour la France. Lorsque la famille avait appris son enlèvement et l'exorbitante rançon exigée pour sa libération, plus personne n'avait chanté à Lea Magna. La mère de Jon avait peu à peu sombré dans le désespoir, la maladie et la mort. Après cela, Jon avait lutté pour maintenir le domaine en bon ordre et accomplir son devoir auprès de deux maîtres exigeants, le roi et son secrétaire, sir Thomas Cromwell. Après la mort de sa femme, il s'était laissé happer par ses responsabilités à la cour, sans envisager de se remarier. En réalité, il avait longtemps évité d'y penser, malgré Etta. Il savait que, très vite, la fillette devrait être élevée par une femme issue de la noblesse, et non par de simples servantes. Sa vie s'était muée en un terrible dilemme, même si, en réalité, la solution était simple et inévitable.

À présent, sa chambre ne lui apportait plus aucun réconfort. Le souvenir de sa première épouse y flottait encore, effaçant les moments heureux qu'il y avait connus. Succombant à un accès de tristesse, il s'écroula sur le lit et ferma les yeux. Aussitôt, des images envoûtantes de Ginny l'assaillirent. Elle venait le rejoindre, douce et docile, pour lui offrir enfin l'amour inconditionnel qu'il espérait tant.

Brusquement, le cliquetis du loquet le fit sursauter et l'arracha à ses pensées.

Ginny passa la porte, un peu intimidée par le regard surpris de Jon. Elle raffermit pourtant son pas et s'approcha, lui effleurant le visage du bout des doigts. Étonnée par son silence, elle lui prit le menton et l'obligea à la regarder dans les yeux. Elle découvrit, stupéfaite, un profond désespoir au fond de son regard. C'était une tristesse brute qui n'avait plus rien à voir avec l'arrogance et l'insouciance qu'il affichait à la cour.

— Sir Jon, qu'y a-t-il ? murmura-t-elle.

Comme il ne répondait pas, elle alla refermer doucement la porte, puis plaça la seule lanterne allumée sur un guéridon, près d'eux. L'espace d'un instant, elle hésita à s'approcher de nouveau, effrayée par la profonde douleur qu'elle sentait en lui. Soudain, comme dans la chambre d'Etta, elle sentit une part d'elle fondre. Pourquoi semblait-il si triste ? Devait-elle lui poser des questions ? L'enlacer pour le réconforter ? Cette pensée, loin de la rebuter comme quelques jours auparavant, éveilla un frisson en elle. Elle savait comment son corps répondait au contact des mains chaudes de Jon, et à quel point l'intimité qu'ils avaient déjà partagée l'avait troublée. Se haïrait-elle vraiment, si elle lui cédait ? Mais, ce faisant, ne risquait-elle pas de devenir un substitut à son ancienne épouse, comme il le souhaitait sûrement ?

Finalement, elle n'eut pas de choix déchirant à faire. Il tendit les bras vers elle et elle n'eut qu'à se pelotonner contre lui, sans un mot. Il la prit alors doucement par la taille et appuya sa tête sur l'étoffe de son corsage. Il ferma les yeux, lui laissant la liberté de parler, de lui ouvrir une porte pour enfin commencer à respecter ses serments d'épouse.

— Cher époux, souffla-t-elle contre ses cheveux, laisse-moi te réconforter.

D'une main, elle lui caressa le front et la joue, comme une mère le ferait pour apaiser un enfant triste. Était-ce ce qu'il attendait d'elle, en cet instant ? Il laissa échapper un gémissement, comme un homme jetait parfois un cri de victoire au terme d'un combat. Dans cette semi-obscurité, il l'imaginait sans doute sous les traits de son ancienne femme, celle qu'il avait aimée. Elle avait souvent imaginé sa première fois dans les bras d'un homme mais, à cet instant, elle sut que cela ne se passerait pas comme elle l'espérait.

Jon ne la traiterait sans doute pas comme une vierge, mais comme si elle était une autre. Et, lorsqu'il l'embrassa avec beaucoup plus de passion que dans la chapelle, elle sut qu'elle avait vu juste.

Les mains de Jon glissèrent sur ses épaules, impatientes. Sans un mot, ils se dévêtirent dans la pénombre et le froid de la chambre, les mains tremblantes, s'aidant pour dénouer chaque lacet, chaque crochet, et s'attardant pour s'offrir quelques caresses furtives. Sa poitrine, qu'elle savait attirante, s'éveilla sous les doigts de Jon et, lorsqu'il la caressa, ce contact fit courir sur son corps une pluie d'étincelles. Ses caresses étaient douces et surprenantes. Ils s'embrassèrent encore et encore, sans parler, de peur que les mots ne détruisent ce rêve dans lequel ils s'enfermaient.

Enfin, ses jupes tombèrent au sol et Jon la fit rouler sur le dos. Elle se laissa faire, incapable de résister devant la force de ses mains et l'assurance de ses gestes. Ici, dans la faible lumière de la lanterne, elle n'avait plus à lutter contre ses émotions. Ils étaient seuls, livrés l'un à l'autre. Elle passa ses bras autour du cou de Jon et l'attira vers elle pour qu'il la recouvre de son corps brûlant. Sous ses baisers et ses caresses qui exploraient son corps entier, elle devint impuissante, incapable de s'enfuir ou même de songer à protester. Aucune partie de sa personne n'était épargnée. Ses doigts glissaient sur chaque parcelle de sa peau, le long de chaque courbe, découvraient chaque détail habituellement caché aux yeux de tous. Il jouait avec ses sensations, éveillait chaque fragment de chair dans une torture de plaisir inassouvi, de désir flamboyant. Emportée par l'extase sous ces mains expertes, elle ne parlait pas, toute à ses pensées désordonnées. Avait-il fait l'amour à sa première femme comme cela ? Ou bien cette tendresse n'était-elle destinée qu'à elle seule, à une vierge ? Comment pouvait-elle le deviner ?

Elle ne savait pas vraiment à quoi s'attendre avant l'amour. Elle ignorait même que quoi que ce soit dût précéder l'acte. Mais, le corps enflammé par les caresses de Jon, elle découvrit que cela durait bien plus longtemps qu'elle ne l'aurait imaginé. Sans se presser, Jon s'attardait tour à tour sur chaque zone sensible de son corps, comme s'il savait déjà comment elle allait réagir. Il l'effleurait, l'embrassait, lui arrachant des gémissements de plaisir incontrôlés. À présent, elle comprenait l'expression de détresse qu'elle avait vue dans les yeux de Jon lorsqu'elle était entrée dans la chambre : il pensait à sa magnifique première épouse. Pourtant, même ce constat ne parvint pas à l'arracher aux délices qu'elle éprouvait en ce moment même. Son corps s'épanouissait au contact de Jon et elle se découvrait un savoir inné, qu'elle n'avait jamais soupçonné : celui du plaisir. Son corps bougeait de lui-même, comme s'il avait toujours su ce qu'un époux pouvait attendre de sa femme. Et, de la même façon, elle n'avait qu'à écouter son instinct pour faire frémir Jon sous ses caresses. Elle sentit alors son sexe dur et tendu contre sa cuisse, et s'arrêta.

— Dis-moi ce que je dois faire, lui glissa-t-elle à l'oreille.

Jon s'arrêta. Elle entendit sa respiration précipitée.

— Non, pas cette fois-ci, ma merveilleuse épouse...

Stupéfaite, elle tenta de croiser son regard dans la pénombre. Que se passait-il ?

— Pourquoi ? demanda-t-elle en laissant tendrement courir sa main sur son torse. Pourquoi pas cette fois-ci ?

— Je ne peux pas accepter ton offre aujourd'hui. Je te l'ai dit quand nous avons prononcé nos vœux : je ne profiterai pas de toi tant que je ne serai pas certain que tu viens à moi pour les bonnes raisons. Tu as vu ma douleur et, sans même en comprendre les raisons, tu m'as offert le réconfort auquel j'aspirais. J'en suis heureux et je t'en remercie. Ginny, tu es tout ce qu'un homme peut désirer.

— Mais, Jon... Je ne comprends pas, dit-elle, abasourdie et encore étourdie de désir.

Elle se redressa sur le lit, laissant ses cheveux couvrir sa nudité, et se tourna vers lui. Dans la pénombre, elle ne voyait que ses yeux rivés sur elle.

— Tu as perdu une très belle femme et je sais que je ne pourrai pas la remplacer, mais je peux au moins t'apporter un peu de douceur, non ? Ou au moins combler ce vide...

Jon eut un petit rire presque inaudible.

— Ta curiosité me réjouit, Ginny, mais...

— Non ! Non, je ne dis pas cela par curiosité. Oh ! Seigneur, je ne sais pas comment exprimer ce que je ressens !

— Dans ce cas, jusqu'à ce que nous soyons plus sûrs de nous, je pense que nous ferions mieux de prendre notre temps. Sois satisfaite : tu as accompli ton devoir d'épouse en réconfortant ton mari lorsqu'il en a eu besoin. Je n'ai pas l'intention d'exiger plus que tu ne peux offrir.

Son devoir d'épouse ? Pensait-il vraiment qu'elle se souciait de son devoir, alors que ses mains la tourmentaient si délicieusement ?

— Je ne vois pas cela comme un devoir, Jon, murmura-t-elle, troublée par ce revirement inattendu.

Tout cela était sa faute et elle n'avait pas le droit aux regrets. Après tout, elle lui avait clairement fait comprendre dès le début qu'elle avait l'intention de se refuser à lui. À présent, elle devait accepter qu'il lui rende la pareille, quelles que soient ses raisons. Jamais elle n'aurait imaginé qu'il pût refréner ses pulsions si facilement, mais il était visiblement discipliné, malgré son membre qu'elle avait senti dressé contre elle. Elle comprit soudain qu'il déciderait de tout et qu'elle ne pourrait rien faire pour l'en empêcher.

Son désir inassouvi la tint éveillée jusque tard dans la nuit tandis que, à côté d'elle, Jon relâchait peu à peu son étreinte. Bientôt, sa respiration profonde lui apprit qu'il avait sombré dans le sommeil.

Le lendemain matin, Ginny sentit une tiédeur nouvelle planer dans l'air à son réveil. Elle se redressa et, par la fenêtre, vit avec étonnement que la glace scintillante avait commencé à fondre. Mal réveillée, elle contempla le spectacle avant de songer qu'il devait déjà être tard. Jon avait quitté la chambre, en silence, et elle ne le retrouva pas à la table du petit déjeuner. Molly la servit, s'abstenant de commenter le silence pensif de sa maîtresse, ce dont Ginny lui fut reconnaissante. Elle mangea rapidement et s'en fut aussitôt voir Etta. Avec les émotions de la veille, elle n'avait pas pensé à demander à Jon la permission d'emmener la fillette en promenade mais, puisque leur relation s'était sensiblement améliorée la veille, elle décida de suivre son idée. De toute manière, où qu'il soit, il ne risquait pas de les voir dehors avant la fin de la matinée.

Ainsi, emmitouflée dans des vêtements chauds et des couvertures, la fillette surexcitée suivit Ginny, l'une des nourrices et Molly le long des couloirs puis dans la cour. Elles explorèrent le jardin, s'arrêtant devant des arbres aux branches dentelées, les haies bleuies de givre et les flaques à demi dégivrées où s'abreuvaient des merles curieux et des rouges-gorges sautillants. Agrippée aux mains de ses guides, Etta trottinait d'un pas mal assuré, l'air émerveillé par tout ce qu'elle voyait. De toute évidence, c'était là la plus grande aventure de sa courte vie...

Ce petit moment de bonheur s'évanouit quand Ginny aperçut, à l'autre bout de la cour, la haute silhouette de Jon. Il se dirigea aussitôt vers elles. Etta ne lui accorda aucune attention, accaparée par le scintillement du givre, mais Ginny s'arrêta, un peu inquiète devant les grandes enjambées de son époux. Il n'avait pas du tout l'air ravi de les voir dehors et, les sourcils froncés, s'adressa directement à la nourrice.

— Je croyais avoir été clair, hier. N'avez-vous pas transmis mes ordres à lady Raemon ? L'enfant pourrait attraper froid, dehors.

Mais la nourrice, visiblement ravie de pouvoir prendre l'air elle aussi, répondit vivement, probablement dans l'espoir d'éveiller chez son maître l'indulgence des jeunes mariés.

— Oh ! si, sir Jon ! J'en ai parlé à lady Raemon hier soir, mais elle m'a assuré qu'elle trouverait un moyen de vous faire changer d'avis. La matinée est si belle...

— Ah, elle a dit cela ? coupa Jon d'un ton sec. Dans ce cas, je ferais mieux de faire semblant d'avoir changé d'avis, en effet. Et vous, milady, vous vous êtes montrée bien rusée, hier... J'aurais dû me douter de vos manigances !

Ginny comprit parfaitement ce qu'il sous-entendait mais, avant qu'elle ne puisse le détromper, il tourna les talons pour rejoindre son écuyer d'un pas lourd. Ginny, un poids sur le cœur, ne put se résoudre à le supplier de revenir pour la laisser s'expliquer. Ce qui s'était passé entre eux la veille n'était pas une ruse de sa part. Elle avait voulu le réconforter, et non lui extorquer des faveurs... Mais comment le convaincre ? Leur lien était encore si fragile qu'elle craignait d'accentuer sa méfiance en voulant l'assurer de sa sincérité. La complicité qu'ils avaient partagée la nuit dernière avait été un premier pas, mais en voyant la colère de Jon, elle comprit que cela était loin de suffire. Elle n'avait fait qu'écouter les désirs de son corps, mais elle ne s'attendait pas à ce qu'il interprète si mal les motivations qui l'avaient poussée vers lui...

Et voilà qu'ils en étaient revenus à leur point de départ, suspectant chaque mot, chaque regard. Parviendraient-ils un jour à briser ce mur de glace ? La nuit qu'ils avaient passée dans les bras l'un de l'autre était une erreur stupide. Une erreur qu'ils feraient mieux de laisser derrière eux sans jamais y penser ou en reparler...

La nuit suivante était la dernière qu'ils devaient passer à Lea Magna avant de rejoindre la cour. Néanmoins, Jon ne la rejoignit pas dans son lit. Elle partagea donc sa couche avec Molly pour rester au chaud, et celle-ci la réconforta d'un air maternel sans lui poser la moindre question.

Le lendemain, Ginny fut réveillée dès l'aube. Une longue route les attendait et Jon devait se rendre au plus tôt auprès du roi. Frissonnante, Ginny descendit dans la cour où Jon l'accueillit froidement. Sans un mot, il lui tendit les rênes d'une superbe jument à la crinière dorée et à la robe lustrée comme un bois ciré, portant une selle de cuir clair et un tapis de velours molletonné. Lorsqu'ils se mirent en route, escortés par leur suite, Ginny voulut remercier Jon pour ce magnifique cadeau, mais il haussa les épaules, amer.

— Ce n'est rien. Bien sûr, j'attendrai quelque chose de ta part en retour, puisque c'est comme cela que les choses se passent entre nous, en ce moment. Nous ne faisons que nous récompenser l'un l'autre...

Choquée, Ginny demeura muette un instant.

— Est-ce vraiment ce que tu penses de moi ? demanda-t-elle enfin.

— Oui, puisque je ne te connais pas assez pour changer d'avis.

— Peut-être, mais ce n'est pas en agissant comme cela que tu me connaîtras mieux. Ce n'est pas non plus en ne passant jamais de temps avec ta fille que tu la connaîtras, d'ailleurs.

— C'est l'inconvénient de ma position à la cour. Du reste, Etta a tout ce qu'il lui faut à Lea Magna : ma présence importe peu.

Ginny ne répondit pas, trop désemparée pour trouver ses mots. Moins d'une demi-heure auparavant, elle était allée, les larmes aux yeux, faire ses adieux à Etta qui s'était agrippée à ses jupes et lui avait demandé quand elle reviendrait. « Aujourd'hui ? », avait-elle dit, sans doute incapable d'avoir une plus claire notion du temps.

— Bientôt, avait menti Ginny. Bientôt, ma chérie…

Elle avait eu toutes les peines du monde à s'arracher à ce petit être dont elle se sentait déjà responsable. Mais elle avait noté avec peine que Jon, lui, n'avait pas pris la peine de dire au revoir à sa fille.

La gorge nouée, elle suivit son époux en silence le long de la route. Sans doute prit-il sa tristesse pour de la colère, car il ne lui parla plus. Les jours et semaines à venir seraient sombres pour elle, à Whitehall. Jon passerait son temps auprès du roi et elle auprès de la reine, et tous deux s'épuiseraient à faire croire aux autres que tout se passait bien.

Jon évita soigneusement de le montrer à Ginny, mais laisser sa fille en arrière l'émut bien plus qu'il ne voulait l'admettre. La complicité immédiate entre Ginny et Etta ne lui avait pas échappé, et l'avait poussé à remettre en question son attitude vis-à-vis de sa fille. Depuis qu'elle était née, il avait été absent très souvent pendant de longues périodes et, trop occupé par sa propre amertume, jamais encore il n'avait songé à la solitude dans laquelle il abandonnait Etta. À présent, pour la première fois, il comprenait que personne, pas même ses nourrices, ne pouvait remplir auprès d'Etta son rôle de père. Sa naissance avait été regrettable, sans doute, mais il n'avait pas le droit de lui faire porter le poids de ses problèmes. Comment aurait-il réagi si Etta avait été la fille de Ginny ? Sans doute aurait-il plus facilement accepté de voir le lien entre elle et l'enfant se renforcer, sans que cela ne pèse sur sa conscience… Il repensa à la nuit où Ginny était venue le rejoindre. Elle affirmait qu'elle n'avait pas agi ainsi par devoir ni par calcul, mais par envie. Avait-il mal compris ses intentions ? Ses propres émotions l'avaient-ils induit en erreur ?

Ils voyagèrent rapidement et parvinrent à Whitehall au coucher du soleil. Les vastes bâtiments étaient déjà illuminés par des torches dans le froid de février. Ginny admira l'ensemble, stupéfaite : elle n'avait vu jusque-là que Hampton Court, et Whitehall n'avait rien de commun avec le palais. En réalité, ce château ressemblait davantage à un petit village. Il était connu que les nouveaux arrivants avaient souvent besoin de plusieurs semaines avant de s'orienter dans le labyrinthe de couloirs et de cours, de galeries, d'antichambres, de bureaux et de salons des différents bâtiments. Ginny comprit pourquoi lorsque, après s'être faufilés entre de nombreux bâtiments, ils parvinrent enfin dans la cour principale. Jon vint l'aider à mettre pied à terre, et l'entraîna à l'écart de Molly et des autres domestiques pour lui parler en tête à tête.

— Je ne suis pas sûr d'avoir le temps de te revoir aujourd'hui, dit-il. Je vais devoir servir Henri jusqu'à son coucher, et il me demandera sans doute de dormir dans sa chambre. Est-ce que tout ira bien pour toi ? Réussiras-tu à trouver la reine ?

— Oui, répondit Ginny, je suppose.

Elle ne put s'empêcher d'être un peu déçue, bien qu'elle n'ait pas vraiment espéré autre chose de la part de son époux.

Jon posa sur elle ses yeux sombres, puis la salua d'un signe de tête. Il tourna les talons, puis parut brusquement se raviser et l'attira dans ses bras pour l'embrasser avec la même fougue que lorsqu'ils avaient dormi ensemble. Prise par surprise, Ginny perdit l'équilibre et s'abandonna entre ses bras. Dans un brouillard, elle se demanda ce que ce baiser signifiait réellement pour lui. Était-ce une marque de tendresse ou, au contraire, une marque de possession ? Elle chassa rapidement cette pensée. Il fallait savourer cet instant qui ne se répéterait sans doute pas avant qu'il ne ressente de nouveau le manque de sa première femme. Lorsque enfin il la relâcha, elle s'agrippa à lui un instant encore, le temps de retrouver son équilibre.

— Ne te fais pas d'idées, ma chère épouse. On nous demande de jouer le jeu : c'est simplement ce que je fais, murmura-t-il brusquement.

Frappée en plein cœur par une telle froideur, elle le regarda droit dans les yeux.

— Même avec cela, je doute que tu dupes grand monde, mon époux.

Il la dévisagea longuement, assez pour qu'elle puisse voir que ses mots, d'une façon ou d'une autre, l'avaient atteint.

Jon recula d'un pas, comme pour mettre de la distance entre lui et les paroles de Ginny. Celles-ci l'avaient blessé, non pas parce qu'elles étaient vraies, mais parce que Ginny, elle, y croyait. Pourtant, il lut autre chose dans son regard : cette passion inavouée qu'il avait déjà surprise dans les yeux de tant d'autres femmes. Une vague de regrets l'envahit et son cœur s'attendrit devant la poignante beauté de son épouse.

— Pardonne-moi, dit-il. Je ne voulais pas être dur. Rentre, maintenant, ne reste pas dans le froid, et transmets mes hommages à la reine. Je pense que le roi lui rendra visite demain et je l'accompagnerai chaque fois que ce sera possible.

Le cœur battant, Ginny acquiesça et le quitta sans un regard en arrière. Elle aurait tant souhaité qu'il prenne le temps de l'accompagner dans ses nouveaux quartiers… Mais il avait aussi un devoir à accomplir, et elle n'avait aucune intention de courir après ses attentions. De toute manière, la reine n'allégerait pas ses tâches sous prétexte qu'elle était mariée, et ce n'était pas plus mal. Rien ne chassait les soucis mieux que le travail.

Suivie de Molly, elle gravit l'escalier du grand hall, surprise par tous ces regards d'hommes qui se tournaient vers elle.

— Je croyais que vous aviez laissé la reine à Hampton Court ? dit Molly derrière elle.

— Oui, répondit Ginny, mais le roi réside la plupart du temps ici, en ce moment. J'imagine qu'il a beaucoup de diplomates à rencontrer et de conseils à présider. La reine suit le roi partout où il va, à de rares exceptions près.

— Il visite toujours sa couche, alors ? Même s'il ne se soucie pas d'elle ?

— Chut ! coupa Ginny. Pas si fort ! Oui, bien sûr qu'il visite sa couche. C'est ce que l'on attend de lui.

— Pauvre femme ! murmura Molly, visiblement émue. Est-elle vraiment aussi quelconque qu'on le dit ?

— Tu verras bien.

Le page qui les guidait s'engagea soudain dans un nouveau corridor.

— Personnellement, je ne la trouve pas quelconque du tout, reprit Ginny à mi-voix. Et je pense que tu l'apprécieras autant que moi. Allons, viens.

Elles traversèrent encore d'innombrables salles aux murs tendus de tapisseries, ornées de meubles luxueux et fermées par des portes richement sculptées. Puis elles passèrent sous de nombreuses arches dorées qui n'avaient pas encore été totalement rénovées. Partout, comme dans une ruche, des pages en livrée et des gardes en armure s'agitaient. Les salles grouillaient de groupes de femmes qui parlaient à voix basse et d'hommes en habits sombres, portant des rouleaux de parchemin ou des pupitres d'écriture. Enfin, Ginny ralentit le pas en arrivant devant une porte gardée par un homme armé d'une grande hallebarde.

— Demoiselle Virginia ! s'écria-t-il d'un air surpris.

— C'est lady Raemon, à présent, rectifia sèchement Molly.

Ginny sourit au garde.

— Sa Majesté est-elle dans ses appartements ? demanda-t-elle. Pouvons-nous... ?

— Bien sûr, milady !

L'homme s'empressa d'ouvrir la porte sur une grande pièce illuminée. Quelques notes de musique et des bourdonnements de conversations résonnèrent dans le couloir. À leur entrée, la musique s'arrêta et des exclamations de joie accueillirent Ginny. Une voix s'éleva alors au fond de la pièce, dominant le brouhaha.

— Demoiselle Virginia ! Enfin vous êtes revenue. Venez donc !

La voix avait un clair accent germanique. Du haut de ses vingt-quatre ans, elle était grande et élégante. Si elle n'avait pas le minois délicat des plus jolies femmes de la cour, sa silhouette à la taille fine se mouvait avec grâce, faisant oublier les imperfections de son visage. Sa coiffe à la française encadrait un visage doux au menton pointu et aux joues rondes, illuminé par un large sourire. Ses sourcils clairs, affinés pour ne plus tracer qu'une ligne au-dessus de ses yeux bruns et vifs, accentuaient l'éclat honnête de son regard, qui, sans cela, aurait peut-être semblé trop ordinaire.

Ginny s'aperçut bientôt que la reine n'était pas au courant de son récent mariage. Henri n'avait apparemment pas jugé utile de lui en parler avant son départ pour le Hampshire. Anne fut donc aussi surprise que ses suivantes d'apprendre que tout s'était passé si vite. Toutes supplièrent Ginny de leur expliquer les raisons d'une telle hâte, étant donné qu'elle n'avait jamais caché, jusqu'à présent, son antipathie pour son nouvel époux. Pourquoi s'étaient-ils mariés si rapidement ? Sir Jon lui avait-il déclaré subitement sa flamme ? Cette union avait-elle été arrangée par sir Walter ? Pourquoi le roi lui-même avait-il interféré dans cette affaire ? Ou bien était-ce elle qui avait souhaité se marier ?

Ginny et Molly racontèrent scrupuleusement l'histoire qu'elles avaient inventée pendant le voyage : l'enthousiasme du roi devant le couple formé par Ginny et sir Jon, l'estime qu'il leur portait à tous deux et sa proposition de les marier sur-le-champ. Au grand soulagement de Ginny, la reine sembla croire aussitôt sa version des faits, car elle avait été, elle aussi, victime de l'impatience du roi. Si elle suspectait l'intérêt de Henri pour Ginny, elle n'en montra rien. De toute façon, Anne était aussi naïve à ce sujet que Ginny elle-même, quelques semaines auparavant, et ne se doutait sans doute pas des machinations qui l'entouraient.

Loin de rassurer Ginny, l'attitude confiante de la reine rendit son cœur encore plus lourd. Bien sûr, elle n'avait jamais voulu épouser Jon, mais le fait de savoir que ce mariage la condamnerait peut-être à trahir la reine la faisait souffrir plus que tout. Anne non plus n'avait pas eu le choix, mais elle se faisait un devoir de plaire à son époux. Elle ne s'attendait certainement pas à ce que sa seule alliée à la cour soit aussi une rivale.

On apporta enfin le dîner mais, trop nerveuse, Ginny fut incapable de savourer le moindre plat. Après avoir grignoté, elle s'excusa et se retira dans sa chambre avec Molly, après avoir promis à la reine de revenir l'habiller avant la visite quotidienne de Henri.

La vie à la cour allait reprendre comme avant. Un vaste jeu du chat et de la souris auquel elle ne pouvait pas se permettre de perdre...

5

Depuis que le roi avait quitté Hampton Court, Whitehall était devenu le nouveau centre du gouvernement et la cour avait été déplacée dans ce cadre totalement différent. Des jardins et des vergers entouraient le château, donnant une agréable impression de dépaysement. On apercevait au loin les tours de l'abbaye de Westminster, mais Ginny ne s'attarda pas sur cette vue imprenable. Elle alla directement dans sa chambre avec Molly, puis se changea rapidement. Le roi n'allait pas tarder à se rendre chez son épouse, et elle devait l'aider à choisir sa robe du soir. La perspective de replonger dans les intrigues de cour ne l'enchantait guère, mais elle était déterminée à rendre la reine aussi belle que possible pour le roi. Il s'agissait là de la seule façon d'échapper à Henri.

Lorsqu'elle revint auprès d'Anne, celle-ci l'attendait, assise devant sa coiffeuse et entourée de ses suivantes. Plusieurs robes avaient été disposées sur un coffre de chêne. Ginny les examina, puis lissa du plat de la main une robe de soie d'un bleu profond.

— Cette robe vous irait à merveille, Votre Majesté, dit-elle. Le bleu marine fait parfaitement ressortir votre teint, et les ornements dorés des sur-manches et du corsage rappellent l'éclat de vos cheveux. Vous plairait-il de l'essayer ?

Elle souleva la robe et l'apporta à la reine, afin que celle-ci puisse l'examiner de plus près. Katherine Howard, l'une des plus jeunes suivantes, était assise à côté d'elle. Elle servait Anne depuis ses débuts difficiles à la cour et, visiblement convaincue que celle-ci peinait encore à comprendre l'anglais, elle ne se priva pas d'exprimer tout haut ce que tout le monde devait penser.

— Pensez-vous que le roi va venir, maintenant que vous êtes là ? demanda-t-elle à Ginny d'une voix lourde de sous-entendus. Il n'est pas venu voir la reine depuis son retour du Hamptonshire, sauf à l'heure du coucher, parce qu'il n'a pas le choix…

Ginny lui fit aussitôt signe de se taire. Elle redoutait une réaction de la reine, mais Anne Basset, une jeune suivante de dix-sept ans issue d'une puissante famille, intervint immédiatement.

— Il a beaucoup à faire avec les affaires de l'État, Kat, dit-elle en souriant. Vous le savez très bien, sans cela, il serait déjà venu rendre visite à Sa Majesté, ajouta-t-elle avant de se tourner vers la reine. Demoiselle… Pardon, lady Raemon a raison, Votre Majesté : l'or des broderies vous sied très bien. Souhaitez-vous porter votre coiffe bleu marine pour rappeler la couleur de la robe ?

Anne examina la robe en silence, puis se tourna vers Kat Howard.

— Peut-être devrais-je y ajouter le diadème de rubis ? suggéra-t-elle en récupérant l'objet des mains potelées de Kat.

Celle-ci resta muette, l'air ébahi par sa parfaite prononciation.

— Je pense, objecta doucement Ginny, que Demoiselle Anne a raison de ne pas mélanger les couleurs, Votre Majesté. Le simple contraste avec le bleu marine de la robe apporte à votre peau un reflet de porcelaine exquis. Et puis, vos cheveux n'ont pas besoin d'ornement pour être admirables.

— Très bien, reprit la reine. Comme vous le souhaitez.

Elle se tourna vers le miroir de sa coiffeuse et sourit devant les reflets dorés de ses cheveux, que ses servantes entretenaient soigneusement avec une décoction de plantes. Les cheveux d'Anne étaient l'une de ses plus grandes beautés, et Ginny lui avait conseillé d'adopter la dernière coiffure à la mode afin de les mettre en valeur. Jusqu'à présent, Henri n'avait fait aucun commentaire à ce sujet, mais de nombreux autres courtisans l'avaient complimentée. Ginny et Anne Basset échangèrent un regard rassuré : la reine n'avait visiblement pas compris le sens des paroles de Kat. La jeune suivante, elle, paraissait toujours aussi désappointée. La reine s'en aperçut et lui tendit le diadème de rubis avec un sourire.

— C'est cela qui vous chagrine, Katherine ? Voulez-vous le prêter pour ce soir ?

— L'emprunter, Votre Majesté, corrigea Ginny avec un regard en biais vers la jeune suivante, visiblement confuse.

— Ah oui, *emprunter*, reprit la reine. Il ira bien avec *vos* cheveux, non ?

Katherine Howard avait d'épais cheveux auburn et les entretenait avec grand soin. Contrairement à la reine, elle n'avait pas besoin de compliments pour savoir comment faire valoir sa beauté.

— Merci, Votre Majesté ! Merci beaucoup ! s'écria-t-elle en retirant sa petite coiffe pour mettre le diadème.

Les yeux brillants d'excitation, elle plaça habilement le bijou sur sa tête, laissant apparaître ses cheveux brillants. Ginny observa la scène, la gorge sèche. La bonne et jeune reine se rendait-elle vraiment compte de l'intense rivalité qui dressait ses femmes les unes contre les autres pour s'attirer l'affection de Henri ? Et si c'était le cas, s'en souciait-elle autant qu'elle l'aurait dû ? Anne semblait toujours aussi naïve qu'au jour de son arrivée, mais il était difficile de savoir ce qu'elle pensait vraiment…

Pendant quelques instants, la reine suivit des yeux Kat qui arpentait la salle avec fierté, puis croisa le regard de Ginny dans le miroir.

— Elle ne pense pas à mal, dit Anne doucement. Elle sait seulement obtenir ce qu'elle désire.

Ginny acquiesça en silence, consciente que la reine avait encore quelque chose à dire.

— J'aurais aimé être présente pour votre mariage, reprit Anne. Lorsque j'ai appris que Henri partait pour Arvall Hall, il était déjà trop tard. Il n'a pas jugé bon de m'informer de ses projets, comme souvent d'ailleurs. Les problèmes de l'État sont-ils vraiment si importants, pour qu'il ne m'accorde pas plus de temps ? Était-il aussi peu assidu auprès des… des autres ?

— Cela arrivait, oui, Votre Majesté, répondit Ginny dans l'espoir de la rassurer. Parfois, les obligations du roi sont pressantes et il n'a que peu de temps pour le reste. Mais je n'étais pas non plus au courant de ses projets pour mon mariage avant que…

— Avant quoi ? Avant qu'il ne soit trop tard ?

Ginny ne répondit pas, les yeux baissés et le cœur serré.

— Ginny, est-ce que vous aimez un peu plus sir Jon, maintenant ? insista Anne, l'air soucieux.

Pourquoi dois-je toujours trouver des excuses au roi et entrer dans son jeu ?

— Nous n'avons pas encore eu le temps de nous habituer l'un à l'autre, c'est tout, mentit Ginny à mi-voix.

— Mais vous dormez ensemble ? Vous aurez des enfants ? Moi aussi, si Dieu le veut, j'aurai bientôt des enfants, dit la reine en passant la main sur son ventre, tandis que Ginny finissait d'agrafer sa robe.

— Vous pensez à un héritier, n'est-ce pas, Votre Majesté ? Le roi est donc... prévenant envers vous ?

Durant son séjour à la cour, Ginny avait tout fait pour ne pas prêter attention aux ragots, mais elle savait que certaines des dames d'honneur de la reine chuchotaient que le roi ne partageait pas réellement la couche de son épouse. Peut-être avaient-elles cherché en vain des taches de sang sur les draps. Ginny avait préféré ne pas poser de questions : cela ne la concernait pas, bien que la reine ne parût pas du même avis.

— Oui, le roi vient me rejoindre tous les soirs, et il se montre toujours courtois. Il me dit toujours : « Bonne nuit, milady » et « Bonjour, ma douce ». Un vrai gentilhomme. Je n'ai pas à me plaindre de lui.

— Et c'est tout, Votre Majesté ? demanda Ginny avec précaution. Il vous souhaite le bonjour et la bonne nuit, rien de plus ?

Leur relation n'avait-elle donc fait aucun progrès après plus d'un mois de mariage ? Les rumeurs étaient-elles donc justifiées ?

Anne quitta le miroir des yeux pour dévisager Ginny d'un air à la fois étonné et interrogateur.

— Oui, c'est tout, répondit-elle. Ah, si : il m'embrasse aussi, juste là, ajouta-t-elle en indiquant du doigt la commissure de ses lèvres.

Après avoir jeté un rapide regard autour d'elle, elle reprit dans un murmure un peu dégoûté :

— Le roi sent l'oignon. Mais que voulez-vous dire par « c'est tout » ? Les hommes doivent-ils faire autre chose avec leurs épouses ?

Stupéfaite, Ginny ne répondit pas immédiatement. Ainsi, c'était donc vrai ! Le mariage royal n'avait toujours pas été consommé et, si elle n'expliquait pas à la reine ce qui se passait lorsqu'un homme et une femme se couchaient nus ensemble, une autre de ses suivantes risquait de le faire avec beaucoup moins de tact... Plusieurs années auparavant, alors qu'elle vivait encore dans le nord, les amies de Ginny lui avaient raconté ce que faisaient les époux pour avoir un enfant. Cependant, il était beaucoup plus délicat de devoir expliquer à la reine un acte aussi absurde et intime ! Comment allait-elle s'y prendre ? Et, surtout, comment la reine allait-elle réagir ? Anne était une femme innocente et pudique. Irait-elle jusqu'à se permettre une telle intimité avec un homme aussi peu attirant que Henri ?

Ginny s'assura que les suivantes étaient assez loin, et se pencha vers la reine.

— Votre Majesté, chuchota-t-elle rapidement, les choses ne sont pas aussi simples. Un homme ne peut pas mettre une femme enceinte simplement avec des baisers ou en partageant son lit. Voyez-vous ce que je veux dire ?

Sans paraître comprendre ce que Ginny essayait de lui dire, Anne lui lança un regard désemparé.

— Autre chose ? Dans ce cas, peut-être pourriez-vous me l'expliquer ? Mon Dieu, Ginny ! Pourquoi semblez-vous aussi bouleversée ? Est-ce donc une chose si terrible ?

Ginny détourna le regard, gênée. Elle n'avait pu s'empêcher de fermer brièvement les yeux pour retenir une larme. La discussion faisait rejaillir les images de sa dernière nuit avec Jon. Elle se souvint du corps musclé de son époux, de son trouble à l'idée de connaître enfin l'amour physique. Un regret poignant la saisit. Elle désirait Jon, au point d'en oublier sa promesse de ne jamais lui céder. Hélas ! il semblait convaincu qu'elle se refuserait à lui pendant de longues nuits, quoi qu'elle dise pour le persuader du contraire...

Elle émergea soudain de ses pensées en sentant Anne la prendre doucement dans ses bras.

— Oh ! ma chère, était-ce si désagréable pour vous ? Je suis vraiment désolée. Pauvre... pauvre...

Ginny se redressa, la gorge nouée. Anne avait mal interprété sa réaction, la prenant sans doute pour une manifestation d'horreur et de dégoût. Il allait être difficile de la détromper, à présent.

— Non, répondit-elle finalement avec embarras, ce n'est pas désagréable, Votre Majesté, mais je pense que vous devriez plutôt parler de ce sujet avec dame Lowe, votre suivante flamande. Elle, au moins, pourrait tout vous expliquer dans votre langue natale. Ce n'est pas mon rôle de le faire, vous comprenez.

— Vous avez raison, acquiesça la reine, je ne devrais pas vous mettre dans une position inconfortable. Je demanderai à dame Lowe de tout m'expliquer.

Ginny s'efforça de sourire, malgré ses propres angoisses. L'aveu que venait de lui faire la reine était catastrophique. Si Henri avait montré si peu d'intérêt à sa femme après tant d'opportunités, alors il allait être encore plus difficile que prévu de rendre Anne désirable à ses yeux.

Comme Ginny l'avait prédit, le roi arriva peu après avec une foule de courtisans pour rendre visite à son épouse. Il la salua la première, mais passa beaucoup moins de temps avec elle qu'avec ses dames d'honneur, dont Ginny elle-même. Jon faisait partie des favoris qui avaient escorté le roi. Cette fois, Ginny ne put se permettre d'ignorer sa présence comme elle le faisait auparavant, mais elle était loin d'avoir oublié leur désaccord de la veille, et elle se contenta d'un salut formel. Toutefois, malgré ses efforts pour rester aussi indifférente que possible, elle sentit son cœur se serrer quand Jon la quitta pour discuter avec d'autres femmes.

Hélas ! elle n'eut pas le temps de s'abandonner à ses émotions, car Thomas Culpeper vint bientôt la rejoindre, le visage illuminé par un sourire qu'elle aurait préféré voir sur celui de son époux. Il fallait pourtant bien avouer que Culpeper était un beau jeune homme, issu d'une noble famille, et ayant une parfaite connaissance de l'étiquette. Il avait tout ce que Henri appréciait chez ses favoris : du charme, une certaine facilité avec les femmes et une arrogance naturelle qui lui attirait la sévérité des hommes plus âgés et les minauderies de leurs épouses. Ginny, elle, ne voyait en Culpeper qu'un homme superficiel, dangereux et trop mielleux pour être parfaitement honnête. Et surtout, elle n'oubliait pas le rôle qu'il avait joué dans son mariage précipité, avec la complicité de son frère Paul. Néanmoins, elle fit de son mieux pour rester courtoise lorsqu'il s'inclina devant elle, ses nombreux bijoux scintillant à la lumière des bougies.

— Quel dommage! dit-il à voix basse en se rapprochant d'elle.

— Dommage ? À quel sujet ? demanda Ginny.

— Quel dommage que la reine ne fasse pas sourire Henri autant que vous ! Mais il est facile d'en comprendre la raison. Votre charme est un don rare, milady, et c'est sûrement cela qui plaît tant au roi. Bien sûr, vous devez vous en être aperçue. Cela n'a pas échappé à votre père en tout cas, n'est-ce pas ?

— Messire Culpeper, vos paroles sont dangereuses, répondit froidement Ginny. Si Sa Majesté passait plus de temps en compagnie de la reine, il saurait découvrir ses nombreuses qualités. D'ailleurs, vous pourriez l'inciter à passer plus de temps avec sa femme, plutôt que d'attirer en permanence son attention sur les autres.

— Parlez-vous de vous-même ? demanda Culpeper avec un grand sourire. Pourtant, milady, je croyais avoir compris que c'était le but même de votre mariage avec sir Jon : permettre à Henri de...

— Cela suffit ! coupa sèchement Ginny. Je suis à la cour à la demande du roi pour assister sa nouvelle épouse et demeurer auprès de sir Jon, c'est tout. Et je n'ai aucune intention de jouer le moindre rôle dans vos petites manigances.

Soudain, un rire haut perché l'interrompit. Tous deux se tournèrent vers le côté opposé de la pièce. Katherine Howard était assise auprès du roi, avec qui elle discutait depuis un moment. Elle éclatait de rire à ses plaisanteries, rejetant joliment la tête en arrière chaque fois. Le mouvement faisait scintiller le rubis de son diadème à la flamme des bougies. Visiblement enchanté de sa compagnie, le roi s'était rapproché d'elle et lui parlait à mi-voix, comme s'ils échangeaient des confidences.

Immédiatement, le sourire de Culpeper pâlit. Ginny surprit dans son regard un éclair de désir et de jalousie rapidement réprimé. Remarquant sans doute qu'elle l'observait, il demanda d'un air faussement insouciant :

— D'où vient cette coiffe de rubis ? C'est un cadeau de Henri, n'est-ce pas ?

— Bien sûr, de qui d'autre voulez-vous que ce soit ? répondit Ginny.

Voilà, messire Culpeper, je vous ai enfin rendu la monnaie de votre pièce !

En entendant son mensonge, Thomas devint encore plus pâle. La satisfaction de Ginny s'évanouit. Cette fois, il n'y avait plus de doute. Culpeper désirait Katherine et, à l'évidence, il était terriblement jaloux de la voir courtisée par Henri. Dans ce cas, il ferait tout pour empêcher sa bien-aimée de finir dans le lit du roi. Et le moyen le plus simple consistait à ramener l'attention de celui-ci sur Ginny. La situation risquait de devenir compliquée et elle n'avait aucune envie de se retrouvée mêlée à ce genre de complot. De nouveau, elle éprouva une peur familière. Elle n'était pas en sécurité à la cour. Sa seule protection était Jon, mais il semblait loin de lui montrer la même attention que Thomas Culpeper à Kat Howard…

Culpeper ne lui accordant plus aucun intérêt, Ginny prit congé pour rejoindre la reine. La pièce était désormais bondée, et elle dut raser les murs pour s'approcher d'Anne, qui se trouvait à quelques mètres de là. Mais, avant qu'elle ait pu la rejoindre, elle sentit une poigne solide se refermer sur son bras et l'entraîner vers une porte dissimulée derrière une tapisserie. Puis la porte claqua dans son dos et tout devint noir. Le souffle court, Ginny se retrouva dans un couloir désert, face à une haute silhouette qu'elle reconnut aussitôt.

— Qu'est-ce que tu…, commença-t-elle.

Sans cérémonie, Jon la plaqua contre le mur du couloir. Ginny sentit son souffle brûlant sur sa peau.

— Je t'ai regardée, murmura-t-il tout près de son visage. Il t'a blessée. Qu'a-t-il dit ? Et ne me réponds pas que ce n'était pas important !

Quelques semaines auparavant, Ginny aurait protesté, se serait débattue pour se libérer de son emprise, mais la présence de Jon était si imposante dans les ténèbres qu'elle perdit toute envie de lutter. Il semblait plus en proie à la rage qu'au désir, et sa poigne lui broyait presque les bras.

— Je n'en avais pas l'intention ! répondit-elle, tressaillant sous la pression de ses mains. Il n'aime pas voir Kat Howard si proche du roi, et il préférerait sans doute me pousser dans les bras de

Henri à sa place. Il est jaloux, c'est tout. Tu vois, il ne m'a rien dit que je ne sache pas déjà.

— Et j'imagine qu'il t'a offert son amitié aussi, n'est-ce pas ?

— Il l'aurait sans doute fait si je lui en avais laissé la chance, dit-elle dans un souffle. Pourquoi ? Penses-tu vraiment que je l'aurais acceptée ? Crois-tu que j'aie besoin de ce genre d'amis ?

— Je ne sais pas de quoi tu as besoin, grommela Jon. Peut-être qu'un jour tu sauras me le dire.

Il relâcha son étreinte, mais ne s'éloigna pas. À présent que les yeux de Ginny s'étaient habitués à la pénombre, elle distinguait son beau visage à l'expression grave. Le cœur battant, elle murmura à son oreille :

— Ai-je vraiment besoin de te le dire ? Avec toute ton expérience auprès des femmes, je pensais que tu devinerais. J'ai dû me tromper. Peut-être es-tu incapable d'éprouver de la tendresse à mon égard, parce que tu penses à quelqu'un d'autre... Est-ce cela ?

Tout en parlant, elle fit glisser sa main libre le long du bras de Jon, puis sur son épaule, avant de l'élever jusqu'à son visage. Du bout des doigts, elle caressa sa barbe soyeuse et ses cheveux, émue. Elle aurait aimé reparler avec lui du soir où ils avaient failli consommer leur mariage, et lui expliquer qu'il n'y avait eu aucun calcul de sa part, seulement du désir. Elle n'en eut pas le temps. Soudain, les lèvres de Jon se refermèrent sur les siennes, lui offrant un peu de ce plaisir dont elle avait tant besoin.

Elle lui rendit ses baisers avec la même fougue que cette nuit où elle l'avait rejoint dans sa chambre. Ce soir-là, ils avaient réprimé leurs désirs. Là, dans le couloir sombre, ils n'avaient plus à se demander pourquoi ils s'enlaçaient. Jon la serra plus fort et elle sentit ses lèvres chaudes se poser sur son front, implacables et pressantes, comme s'il essayait de la marquer de son empreinte.

Au prix d'un grand effort, Jon se força à s'écarter de Ginny. Il resta face à elle, essayant de reprendre sa respiration. L'obscurité du couloir lui rappelait la nuit de leurs fiançailles précipitées. Ils s'étaient retrouvés ainsi, face à face, engagés l'un à l'autre bien plus tôt qu'ils ne l'auraient voulu. Bien sûr, il aurait pu se rendre dans la chambre du roi pour s'assurer que le message que Ginny avait reçu était réel, mais la perspective de s'unir à une si belle femme avait balayé sa prudence habituelle. Cependant, ce soir-là, il avait compris que Ginny n'était pas prête à s'offrir à lui avant un long moment. Il s'était alors armé de patience, sans prévoir que, quelques jours plus tard, elle se déclarerait prête à consommer leur union. Il avait cru qu'elle agissait ainsi par calcul, espérant peut-être une grossesse pour se protéger du roi. Mais à présent qu'il se retrouvait face à elle, il ne savait plus quoi penser. Les baisers de Ginny étaient aussi brûlants que les siens, son corps s'abandonnait dans ses bras avec toutes les marques d'un désir réel. Jon ressentait, plus que jamais, la frustration de leur nuit d'amour interrompue, toute de douceur et d'amertume.

Mais comment savoir si Ginny était sincère ? Comment pouvait-il croire en elle, lui qui avait appris à se méfier des complots de cour et des trahisons, perdant l'habitude de se fier à quiconque ?

Pendant quelques instants, il tenta de retrouver son calme, mais la présence de Ginny rendait son désir incontrôlable. Il prit une profonde inspiration.

— Je viendrai te voir ce soir, dans ta chambre, dit-il. Attends-moi, ma femme. Henri devra se plier à mes projets, pour une fois.

À ces mots, Ginny sentit une pointe d'espoir naître en elle. Allait-il enfin lui souffler un mot tendre ?

— Tu veux bien de moi, alors ? demanda-t-elle dans un murmure.

— J'essaierai du moins de tout faire pour que tu en aies l'impression, répondit Jon d'un ton plus distant. Viens, maintenant. Nous devons revenir auprès des autres avant qu'on ne remarque notre absence.

Ginny le dévisagea un instant, la gorge serrée. Ce n'était pas la réponse qu'elle espérait. Soudain, Jon retrouvait sa froideur habituelle, comme s'il se méfiait d'elle. Elle devrait s'en accommoder pour le moment, en attendant de gagner enfin sa confiance.

Sans un mot de plus, ils se faufilèrent hors du couloir et regagnèrent les appartements de la reine comme deux amants clandestins. Dès qu'ils furent entrés, Jon lâcha sa main. Personne ne semblait avoir remarqué leur absence. Les musiciens du roi avaient commencé à jouer et accaparaient l'attention générale. En sa qualité de favori, Jon fut appelé à chanter, comme c'était la coutume à la cour. Il s'exécuta sans se faire prier. Le cœur de Ginny se serra lorsqu'il entonna les premières notes d'un chant d'amour, emplissant la salle de son beau timbre de baryton. Il se tourna vers elle, déclamant des mots qu'il n'avait jamais prononcés en sa compagnie. La foule, convaincue par cette apparente manifestation d'amour, applaudit à tout rompre. Ginny, elle, fut à peine capable de sourire. Devant les autres, Jon faisait semblant de l'aimer passionnément, mais elle savait que la réalité n'était pas aussi simple.

Heureusement, son frère Elion vint la rejoindre à la fin du chant et l'entraîna à l'écart, l'air préoccupé.

— Je t'ai vue discuter avec Culpeper, commença-t-il à mi-voix. Tu devrais te méfier de lui, tu sais.

— Ne t'inquiète pas, Elion : je peux t'assurer que je me tiens sur mes gardes après ce qui s'est passé à la maison.

— Je ne parle pas que de cela, Ginny. Il est... Je ne sais pas si je devrais te raconter cela.

L'air embarrassé, Elion s'interrompit. Son frère était comme elle : il ne savait pas dissimuler ses émotions. À cet instant, son visage affichait un mélange de peur et de colère qui n'annonçait rien de bon. Ginny posa doucement la main sur son bras.

— Je pense que tu devrais me dire ce qui ne va pas avec Culpeper, murmura-t-elle. Si tu ne le fais pas, personne ne s'y risquera.

— C'est bien le problème, répondit Elion. Il a la faveur du roi, même lorsqu'il commet des crimes... Ginny, tu dois savoir que je ne te dis tout cela que pour te protéger.

— Me protéger de Culpeper ? Elion, j'apprécie tes efforts, mais ce n'est pas nécessaire. Je ne l'apprécie pas et je n'ai aucune intention de me lier à lui. Mais de quel genre de crime parles-tu ?

Elion parut hésiter.

— Le viol, lâcha-t-il enfin dans un souffle. L'an dernier, il a pris la femme d'un garde-chasse par la force pour plaisanter, tandis que ses amis la maintenaient en place pour qu'elle ne puisse pas se défendre. Lorsque l'un des gardes est venu pour les arrêter, ils l'ont tué. Et je crains que Paul n'ait été l'un des hommes impliqués dans cette histoire.

Ginny recula d'un pas, sous le choc. Elion posa furtivement sa main sur la sienne, sans doute pour l'apaiser.

— Comme je n'ai pas de preuve de la culpabilité de Paul, je ne peux pas en parler à père, reprit-il à voix basse. Il le bannirait : tu sais ce qu'il pense de ce genre de comportement.

— Elion ! C'est… *affreux* ! Et tu dis que le roi est au courant ? Comment est-ce possible ?

— Quelqu'un lui a rapporté les faits. Il a fait une remontrance à Culpeper, bien sûr, mais il a finalement décidé de lui pardonner, considérant que ce n'était que le fruit de ce qu'il appelle sa fougue. Est-ce que tu comprends ce que cela signifie ?

Ginny hocha la tête, muette d'épouvante. Oui, elle ne comprenait que trop bien. Le roi pardonnerait tout à Thomas Culpeper, quelle que soit la gravité de ses actes. La cour cachait des secrets encore plus vils qu'elle ne le croyait. Elle repensa soudain à la conversation qu'elle avait eue avec Culpeper au début de la soirée.

— Elion… Est-ce que Kat Howard est au courant de cette affaire ?

— J'en doute, ma chérie. Et même si elle était au courant, je pense que cela ne ferait aucune différence. Vois-tu, j'ai peur qu'un jour Culpeper aille trop loin et qu'elle ne soit pas capable de l'arrêter.

— Pourquoi voudrait-elle l'arrêter ? répliqua Ginny. Elle est folle de Culpeper et aussi écervelée que lui. J'ignorais totalement cette affaire, mais cela ne me surprend guère de la part de Culpeper. En revanche, je n'aurais jamais cru Paul capable d'une telle chose ! Cela me révolte !

— Comme je te l'ai dit, je n'ai aucune preuve de son implication. Seulement, Paul fait partie des admirateurs de Culpeper, et il ferait n'importe quoi pour rester dans ses bonnes grâces. Et puis, tu connais Paul. Ce ne sont pas les scrupules qui l'étouffent, lui non plus…

Elion soupira, puis plongea ses yeux dans ceux de Ginny, l'air grave.

— Mon seul conseil, c'est de te tenir éloignée de Culpeper et de ses admirateurs. Je crains qu'ils n'aillent trop loin, un jour, et que le roi finisse par se lasser de leur « fougue ». Surtout si Culpeper arrache à Henri la femme qu'il désire.

— Alors tout ce que je peux faire, à présent, reprit Ginny, la gorge nouée, est de prier pour que le roi désire Kat Howard plus que moi. Je sais que cela paraît égoïste, mais je ne peux m'en empêcher.

Son frère la dévisagea d'un air éberlué.

— Cela ne te ressemble pas, sœurette, dit-il. Pourquoi vouloir une telle chose ? Raemon ne fait-il donc pas son possible pour te protéger ?

Ginny baissa les yeux, embarrassée à son tour. Pour Elion, il semblait clair que Jon et elle n'étaient plus en désaccord, à présent qu'ils étaient mariés. Elle évita soigneusement de le contredire : ses rapports avec Jon ne concernaient qu'eux deux. Elle préféra donc aborder un autre sujet qui lui tenait à cœur.

— En parlant de sir Jon, demanda-t-elle au bout de quelques secondes, est-ce que tu as rencontré sa première femme ? Maeve et George n'ont pas su me dire grand-chose à son sujet.

Elion haussa les épaules d'un air évasif.

— Je ne pourrai pas t'en dire plus, je le crains. Elle était charmante, mais je ne sais rien d'elle, hormis qu'elle était très riche et que cette fortune a bien servi à Raemon.

Ginny ne s'arrêta pas à ce détail. L'argent ne suffisait pas à rendre un homme amoureux, or c'était bien de l'amour entre sir Jon et son épouse qu'elle voulait entendre parler. Mais à sa grande déception, Elion n'ajouta rien de plus. Lui cachait-il quelque chose, comme Maeve et George ? Ou bien disait-il la vérité ?

Comme Ginny le craignait, la soirée ne s'acheva pas sans que Henri réclame sa compagnie. Elle dut s'asseoir à ses côtés et répondre poliment à ses questions pendant près d'une heure. Il voulait tout savoir de son récent mariage, et plus particulièrement de sa nuit de noces. Embarrassée par ses questions de plus en plus précises, Ginny réussit à détourner la conversation sur la petite Etta, puis sur les enfants du roi, la princesse Elizabeth et le prince Edward. Très fier de ses héritiers, le roi répondit avec plaisir à ses questions et, au grand soulagement de Ginny, en oublia de lui faire des avances. Au moment de prendre congé, il lui demanda simplement de l'accompagner pour une promenade dans les jardins de la reine le lendemain. Ginny aperçut Jon qui les observait d'un air sombre mais, cette fois, il ne prit pas le risque de les interrompre.

Il était minuit passé quand Ginny, épuisée, rejoignit enfin sa chambre. Les bougies qui éclairaient habituellement les lieux s'étaient toutes éteintes. Ginny se coucha à tâtons, entendant le son étouffé des cloches de Westminster au loin. Elle sombrait peu à peu dans le sommeil quand les cloches se turent. Dans le silence, elle perçut alors un autre son, beaucoup plus proche. Quelqu'un entrait dans la chambre sur la pointe des pieds. Aussitôt après, un bruit encore plus léger se fit entendre, celui de vêtements qui tombaient au sol.

Encore alanguie, Ginny se redressa sur un coude. Elle l'avait attendu, bien sûr, mais elle ne s'était pas préparée à l'urgence de son désir. Soudain, le matelas s'affaissa et Jon la renversa sur les couvertures, la dévorant de baisers. Engourdie par le sommeil et par le plaisir de ce contact, Ginny se laissa faire. Était-ce cela, l'enivrement qu'on éprouvait à la naissance de l'amour ? Elle n'en savait rien et il était trop tard pour poser la moindre question. Sans un mot, elle serra instinctivement Jon dans ses bras et enroula ses jambes autour de ses hanches pour effleurer chaque parcelle de son corps qui lui avait tant manqué ces deux derniers jours. Elle frémit quand il fit courir ses mains sur elle, l'embrassant encore et encore. À son contact, elle éprouvait un tourbillon de sensations qui s'entremêlaient avec sa fatigue, donnant à leur étreinte un air de rêve éveillé.

Pendant un long moment, elle laissa Jon la caresser, bercée par la volupté de leur étreinte. Il prenait son temps, et semblait se satisfaire de sa bonne volonté et de sa douceur. Mais bientôt, elle sentit son corps s'enflammer sous ses caresses répétées, réveillant un instinct profondément ancré en elle.

— Prends-moi maintenant, souffla-t-elle en soulevant ses hanches pour sentir la chaleur de Jon contre son bassin. Jon, iras-tu jusqu'au bout, cette fois ?

— Oui, répondit-il. J'aurais pu le faire à n'importe quel moment, ce soir. J'aurais même sans doute dû le faire il y a longtemps. Si jamais *il* t'avait fait appeler, cette nuit...

Ginny prit le visage de Jon entre ses mains, l'empêchant de poursuivre.

— Arrête ! Ne gâche pas tout. Il ne l'a pas fait et je ne pense pas qu'il le fera. Oublions tout cela, s'il te plaît...

— Oui, tu as raison, souffla Jon. Je ne peux pas me permettre de le laisser me concurrencer cette nuit. Sinon, je n'aurais plus aucune chance, n'est-ce pas ?

Ginny n'eut pas le temps de réfléchir au sens de ces paroles. Jon s'immisça soudain en elle, l'emportant dans un flot de sensations nouvelles. Il n'y eut pas de violence, pas de douleur. Juste un coup de bassin plus fort de Jon, et une légère résistance avant qu'elle le sente en elle. Alors, elle se laissa posséder par cette présence brûlante et étrange et s'abandonna à Jon. Elle se sentait à la fois en sécurité et délicieusement vulnérable sous le poids de Jon, envahie par un torrent de bonheur et de plaisir.

Durant trois ans, elle avait essayé de se convaincre qu'il n'était pas l'homme qu'elle voulait, et que sa peine lorsqu'il l'avait rejetée n'était rien de plus que de la fierté blessée. Mais à présent, dans ses bras, elle n'avait plus la force de nier ses sentiments pour lui. Ni même de lui en vouloir pour leur mariage forcé, et l'humiliation qu'elle avait vécue. Elle se contenta de savourer cette première étreinte avec Jon, le poids délicieux de son époux au-dessus d'elle. Au bout de quelques instants, le corps de celui-ci se crispa et elle sentit un changement en lui, une nouvelle urgence. Il gémit doucement et s'agrippa à elle comme s'il n'allait jamais la relâcher. Ginny retint son souffle, guettant le mélange de plaisir et d'étrange souffrance qu'il semblait éprouver et qu'elle attendait de partager. Mais bientôt, il se retira, plus paisible, le corps brûlant et elle sut qu'elle l'avait satisfait. Sans qu'elle ait éprouvé cette chose étrange, intense et hors de portée, qu'elle avait cru frôler.

6

Lorsque Ginny se réveilla le lendemain matin, Jon était déjà parti. Elle se leva à regret, encore frémissante au souvenir de leurs caresses. Elle était tellement accaparée par Jon qu'elle ne se rappela pas tout de suite sa conversation avec le roi. Ce fut seulement lorsque Molly apparut que tout lui revint soudain : le roi l'attendait pour une promenade dans les jardins.

Craignant d'être en retard, Ginny hésita à le rejoindre directement. Mais elle se ravisa et fit un crochet par les appartements de la reine. Elle l'aida à revêtir une robe d'un vert vibrant et un mantelet de fourrure qui mettaient sa silhouette en valeur. Si le roi voulait sa compagnie, il devrait aussi accepter celle de son épouse.

Anne et elle sortirent dans les jardins, à la recherche de la suite royale. Il faisait un temps pur et glacial. Les fleurs d'hiver, crocus, perce-neige et hellébores, parsemaient les parterres de leurs touches pâles et délicates. Partout ailleurs, les haies et les buissons étaient couverts de givre et scintillaient au soleil comme des bijoux éphémères. Pourtant, le groupe de courtisans qui arpentait les allées avec le roi ne prêtait aucune attention à ce décor. Lorsque Ginny et la reine vinrent à leur rencontre, la robe d'Anne jeta une touche vert vif dans l'allée, faisant tourner les têtes dans leur direction.

— Ah ! ma chère épouse ! s'exclama Henri, l'air un peu surpris. Vous êtes là. Et vous aussi, lady Raemon…

Il échangea avec la reine les politesses d'usage, mais Ginny remarqua qu'il l'examinait avec plus d'intérêt que d'habitude. Enfin, la petite troupe se remit en marche. Aussitôt, le roi prit Ginny par le bras pour l'emmener à l'écart, de façon un peu trop empressée à son goût. Ginny chercha la reine du regard, soucieuse de sa réaction, mais croisa à la place les yeux de sir Jon. Elle ne l'avait pas vu, mais il marchait avec les autres favoris, non loin. En le voyant, elle se sentit rassurée.

— Alors, milady ? lança Henri en lui tapotant le bras d'un air paternel. Comment se passe votre retour à la cour ? En tout cas, votre influence sur la reine se fait nettement sentir ! J'avais raison de vous choisir pour la conseiller dans ses choix vestimentaires. Vous avez un sens de l'élégance bien plus poussé que la plupart des femmes de la cour, vous savez ?

Il s'interrompit pour pousser un soupir théâtral.

— J'aimerais en dire autant de la reine mais, hélas ! elle a encore beaucoup à apprendre avant de pouvoir être une vraie lady. Elle est charmante à sa façon, bien sûr, mais je ne vois pas comment je pourrais me comporter avec elle comme un époux le devrait. Vous voyez ce que je veux dire, n'est-ce pas ?

— La reine a de nombreuses qualités, Votre Majesté, répondit Ginny en esquivant prudemment la question. Lorsque vous la connaîtrez mieux, vous vous en apercevrez. Elle ne demande qu'à s'instruire davantage sur notre langue et nos coutumes. Elle a aussi un merveilleux sens de l'humour.

Mais le roi balaya sa réponse d'une grosse main impatiente. Ce n'était pas la première fois qu'elle vantait les mérites d'Anne mais, comme d'habitude, Henri se moquait éperdument des qualités de son épouse. Il semblait de plus en plus regretter son mariage. S'il ne faisait aucun effort pour s'intéresser à Anne, le couple royal n'avait aucune chance de mieux s'entendre...

— Mais ne parlons pas de tout cela, reprit-il en lui souriant. Une jolie femme fraîchement mariée comme vous n'a sûrement pas envie de parler de mes rapports avec la reine. Dites-moi plutôt...

Il se pencha vers elle. Ginny frémit, redoutant la demande qui allait suivre. Au même moment, un éclat de rire et un bruit de course retentirent derrière eux. Kat Howard les dépassa, ses jupes virevoltant derrière elle et les cheveux au vent. Elle rattrapa une balle lancée par une autre suivante et, les joues rosies par l'enthousiasme, la lança au roi. Celui-ci se prêta au jeu de bon cœur, et Ginny saisit l'occasion d'échapper à la conversation.

Elle rejoignit Jon et la reine qui s'étaient arrêtés au bout de l'allée. Ils étaient plongés dans une grande discussion avec d'autres courtisans. La reine se faisait expliquer les différences entre la pavane et la gaillarde, et Jon riait, visiblement amusé par ses maladresses de langage. Dès l'arrivée de Ginny, il lui tendit la main.

— Venez, mon épouse, dit-il, montrons les pas. Regardez, Votre Majesté.

Ginny prit la main de son mari et celui-ci l'entraîna au milieu des jardins gelés. Tous deux esquissèrent quelques gracieux pas de danse sous les applaudissements. Plusieurs courtisans se mirent à fredonner et à frapper dans leurs mains pour rythmer leurs pas. Dans les jardins scintillants de givre, Ginny se serait presque crue dans une salle de bal illuminée. Katherine Howard dut saisir l'occasion de monopoliser l'attention du roi, car elle disparut au détour de l'allée à son bras pendant que Jon invitait la reine à danser. Devant la joie simple de la scène, Ginny se surprit à sourire. Elle n'avait jamais vu Jon si enjoué et, surtout, tous deux venaient de partager un moment de complicité en public pour la première fois. Peut-être commençaient-ils à faire des progrès...

Son sentiment de bonheur s'évanouit dès qu'ils rejoignirent le reste du groupe. Car lorsqu'elle chercha Jon, elle le vit en grande conversation avec une jeune femme brune au décolleté avantageux. Ils paraissaient très bien se connaître. La femme n'hésitait pas à se rapprocher de lui d'un air séducteur, comme s'il était encore célibataire. Et il ne faisait rien pour l'en empêcher.

La première envie de Ginny fut de le rejoindre pour s'interposer, mais elle se retint à temps. Après tout, ne lui avait-il pas dit que ce genre de situation allait se produire et qu'il lui suffirait de fermer les yeux ? Ce conseil semblait simple à suivre alors. Seulement, elle n'avait pas prévu qu'elle pourrait être aussi jalouse...

Elle ruminait ces pensées quand Thomas Culpeper apparut à côté d'elle. Elle sursauta quand il lui prit familièrement le bras.

— Milady, susurra-t-il. Quel plaisir de vous revoir si vite après notre conversation d'hier ! Vous êtes très en beauté, ce matin.

Par réflexe, Ginny amorça un geste pour se dégager, mais elle regarda Jon et la femme, et se ravisa. Si Jon la voyait discuter avec

Culpeper, il deviendrait peut-être jaloux à son tour. Elle se força donc à sourire à Culpeper, masquant l'aversion qu'il lui inspirait.

— J'ignorais que vous seriez là ce matin, sir.

— Où le roi va, je vais, répondit Culpeper d'un air théâtral. C'est là mon rôle, tout comme le vôtre qui est d'accompagner la reine. D'ailleurs, dites-moi, n'a-t-il pas été trop difficile de quitter Lea Magna pour revenir ici ? Je suppose que vous avez eu le temps de rencontrer votre belle-fille ? Une ravissante enfant, dit-on. Peut-être deviendra-t-elle aussi belle que sa mère...

Ginny crut voir un éclat de curiosité dans son regard. Elle se demanda pourquoi Culpeper parlait soudain de la précédente lady Raemon, mais elle avait enfin une chance d'en apprendre plus sur cette femme qui l'intriguait tant. Elle bondit donc sur l'occasion.

— L'enfant est adorable, en effet. Mais je n'ai aucun moyen de savoir si elle ressemble à sa mère, car je n'ai jamais vu Magdalen. La fillette tient peut-être sa beauté de son père. Peut-être pourriez-vous me dire auquel de ses parents elle ressemble le plus ?

— Oh ! Si vous pouviez voir un portrait de Magdalen, vous sauriez tout de suite que sa fille...

Tout se passa alors très vite. Avant même que Culpeper n'ait terminé sa phrase, Jon se rua sur lui et, avec une violence sidérante, l'empoigna par le devant de son habit et le projeta en arrière. Culpeper heurta brutalement le mur de pierre qui longea l'allée. Il resta d'abord stupéfait, puis leva les yeux vers Jon, blême de rage.

— Vous êtes fou, Raemon ? Qu'est-ce qui vous prend ?

— Vous le savez parfaitement, rétorqua Jon d'une voix basse et furieuse. Ne vous avisez pas d'aborder de nouveau ce sujet avec ma femme ! C'est clair ?

— Une menace, Raemon ? répliqua Culpeper en se redressant, ses cheveux jusque-là bien coiffés retombant en bataille sur son front. Vous voulez que je fasse intervenir le roi dans cette affaire ? Vous savez à quoi vous vous exposez en usant de violence à la cour !

Les deux hommes s'affrontèrent du regard avec une fureur égale. Puis, au prix de ce qui semblait un grand effort, Jon recula d'un pas.

— Ce n'est qu'une plaisanterie, répondit-il avec un sourire forcé. Avez-vous donc perdu votre sens de l'humour ? Navré de vous avoir interrompu, mais j'ai besoin de récupérer mon épouse immédiatement. Venez avec moi, Virginia.

Sans attendre, il lui prit le bras et quitta l'allée à grands pas. Sidérée par la scène à laquelle elle venait d'assister, Ginny courut derrière lui en oubliant de protester. Jamais elle n'aurait cru Jon capable d'une telle violence. À l'évidence, Culpeper s'apprêtait à lui apprendre quelque chose de crucial. Elle se libéra de sa poigne au moment où ils s'engageaient dans une galerie déserte, percée de fenêtres.

— Jon, un instant ! lança-t-elle.

Son époux fit volte-face. Ginny eut un mouvement de recul devant son visage fermé. Pourtant, elle se campa face à lui, décidée à entendre ses explications.

— Ce que tu viens de faire n'a rien d'une plaisanterie. Pourquoi t'en es-tu pris à Culpeper de cette façon ? Je sais que tu ne l'apprécies pas, mais tu n'avais pas le droit de nous interrompre aussi violemment ! Notre discussion était parfaitement innocente.

Jon lui lança un regard glacial et Ginny sentit sa détermination flancher. Leur échange n'avait rien eu d'innocent, et elle le savait parfaitement.

— Ginny, je ne peux pas empêcher cet homme de te parler, dit-il finalement. Et je ne peux pas non plus t'empêcher de le fréquenter. Mais n'imagine surtout pas qu'il puisse faire quoi que ce soit d'innocent. Que diable t'a-t-il raconté, cette fois, pour te monter contre moi ?

— Que veux-tu dire ? répéta Ginny, incrédule. Nous parlions simplement de ta première femme. Je ne vois pas en quoi cela pourrait me fâcher contre toi ! Crois-tu que j'ignorais que Magdalen était belle ? Crois-tu que je ne sais pas que, quand nous partageons le même lit, tu imagines que je deviens elle, cette femme que tu pleures encore ?

Jon recula d'un pas, l'air stupéfait.

— Est-ce donc ce que tu penses ?

— Et que suis-je supposée penser ? s'exclama Ginny. En réalité, je ne sais qu'une chose, Jon. Ce mariage ne nous rend heureux ni l'un ni l'autre, et les seules fois où nous agissons réellement en mari et femme, nous le faisons dans le noir et sans prononcer le moindre mot ! Cela te suffit-il ? Est-ce à cela que tu es habitué ? Je n'ai aucun moyen de le savoir. Je ne connais rien de ton histoire, ni de ton ancien mariage. Voilà pourquoi je cherche à te comprendre en parlant aux autres, même ceux qui ne sont pas mes amis !

Elle s'interrompit, hors d'haleine. Depuis des jours, elle le désirait, mais les quelques étreintes qu'ils avaient partagées lui avaient donné l'impression d'une rencontre manquée chaque fois. Quand Jon oublierait-il l'ancienne lady Raemon ? Le pouvait-il seulement ?

Hélas ! le bonheur de leur couple était plus qu'incertain. Elle ignorait encore si Henri déciderait de faire d'elle sa maîtresse. Ou si, lassé de son mariage, il le ferait annuler pour prendre une reine plus à son goût. Si la reine Anne quittait la cour, elle perdrait sa place de dame de compagnie. En ce cas, elle retournerait probablement à Lea Magna, laissant Jon au service du roi. Leur vie ressemblerait à celle de sir Walter et de lady Agnès qui, eux, semblaient s'accommoder de cette situation. Mais Ginny savait que ce choix la détruirait, quel qu'il soit. Certes, la petite Etta avait besoin d'une belle-mère à Lea Magna. Mais supporterait-elle d'être séparée de son époux ?

Les mains de Jon se posèrent sur ses épaules. Elle tressaillit, revenant soudain à la réalité.

— Je sais qu'il y a beaucoup de choses que tu voudrais connaître, dit-il à voix basse. Cependant, je te demande de me faire confiance. J'ai mes raisons et mes secrets, et ce n'est pas Culpeper qui te dira la vérité. Cet homme est une vipère, tu dois te tenir à distance de lui. Il ferait tout pour te pousser dans le lit du roi afin de servir ses propres intérêts. Ne l'approche plus.

Ce n'était pas ce qu'elle désirait entendre. Elle fit un pas en arrière.

— Tu m'ordonnes de m'éloigner de lui ? répliqua-t-elle. Alors, de ton côté, cesse d'écouter les bavardages de cette catin brune !

Jon haussa un sourcil.

— On est jalouse ? répliqua-t-il froidement.

— Tu peux bien faire ce que tu veux ! cria-t-elle, furieuse. Simplement, je constate que tu m'interdis de parler à certains hommes mais que tu...

Avant qu'elle ne puisse finir sa phrase, Jon l'entraîna plus loin dans le passage et soudain, la plaqua contre le mur. Elle se débattit, mais fut incapable de se libérer de son étreinte. Il se rapprocha d'elle.

— Dans ce cas, je ferai ce que je veux, puisque c'est ce que tu désires, milady, dit-il les dents serrées. Peut-être que cela te convaincra mieux que des mots.

Son souffle brûlant frôla son visage. Ginny s'immobilisa. Leurs devoirs respectifs ne leur autorisaient que de furtifs contacts durant la journée, et elle sentait que sa patience était à bout. Sans attendre, Jon dénoua les lacets de son corsage et dégagea la fine chemise qu'elle portait en dessous. Elle voulut l'arrêter, mais il bloqua ses poignets, l'empêchant de bouger. De sa main libre, il ouvrit le col de la chemise et libéra sa poitrine dans la lumière pâle du matin.

Ginny aurait pu être choquée par les gestes brusques et possessifs de son époux. Pourtant, une étrange excitation montait en elle. Jon l'enlaçait étroitement, et elle sentait la puissance de son érection contre elle tandis qu'il l'admirait en silence. En partie soutenue par le corsage entrouvert, sa poitrine semblait s'élever d'elle-même sous ses caresses, ses tétons se durcissant dans l'air froid tandis qu'il les palpait d'une main possessive.

Jon sentit Ginny se détendre contre lui. Soudain, elle gémit et il cessa de la caresser pour la contempler. Ses paupières étaient à demi closes, et ses joues échauffées par le désir. C'était la première fois qu'il la voyait distinctement lorsqu'il la caressait ainsi. Devant le plaisir qu'elle semblait éprouver, il sut qu'elle serait capable d'atteindre l'extase s'il la traitait comme une vraie femme et non comme une vierge fragile. Il attisa donc le désir qu'il sentait monter en elle, osant des caresses plus audacieuses que ce qu'il s'était permis jusque-là. Il embrassa l'un de ses seins, puis l'autre, les mordilla doucement, explora chaque fragment de peau découverte du bout des lèvres, du bout de la langue.

— Voilà, murmura-t-il entre deux baisers. Maintenant, tu devrais être convaincue.

— Convaincue de quoi ? répondit-elle dans un soupir.

— Convaincue que je te désire, toi et pas une autre. Tu aurais dû mieux te renseigner avant de te fâcher. La « catin brune » avec qui je discutais est ma cousine. Nous avons pratiquement grandi ensemble et si elle riait, c'était des prétendants que son père lui proposait. D'ailleurs, sache que je n'ai jamais eu envie de regarder son décolleté.

À ces mots, les grands yeux de Ginny s'illuminèrent d'un éclair de surprise, rapidement remplacé par le feu du désir. Elle baissa les yeux sur ses lèvres, le suppliant sans un mot de l'embrasser. Il la serra contre lui pour lui accorder le baiser long et passionné qu'elle attendait. Enfin, en silence, il relaça son corsage du mieux qu'il put avant de la raccompagner le long du passage, incapable de réprimer un sourire satisfait.

Elle l'avait accusé de ne rien dire pendant qu'ils faisaient l'amour, mais ce n'était dû qu'à l'urgence de son désir pour elle. Il n'aurait jamais imaginé que son silence, pour Ginny, signifiait que Magdalen lui manquait. Soudain, il comprenait beaucoup de choses. La tristesse inexplicable de Ginny, ses mots amers... Il espérait lui avoir fait comprendre qu'il était loin de penser à Magdalen pendant leurs étreintes. Toutefois, il n'avait pas envie de parler de sa première femme avec elle. Pourtant, il le faudrait bien, un jour ou l'autre. Mais, pour le moment, il n'était pas prêt.

De retour au château, Ginny s'empressa de mettre un nouveau corsage avant de se rendre chez la reine. Elle trouva la pièce principale dans un désordre monstrueux. Une armée de tailleurs avait investi les lieux, éparpillant des patrons de vêtements et des morceaux de tissu. Anne se tenait au milieu du fouillis, les bras écartés, tandis qu'un couturier agenouillé devant elle finissait de coudre l'ourlet d'une nouvelle robe. Ginny sourit à la reine et, comme d'habitude, se dirigea vers la garde-robe pour choisir sa tenue du jour. Elle sortit un mantelet de cachemire couleur miel ainsi qu'une robe prune et bleue brodée d'argent. Cependant, lorsqu'elle présenta les vêtements à la reine, Anne ne montra pas son enjouement habituel. D'un geste las, elle congédia les tailleurs et les couturiers. La salle retrouva un calme apaisant, troublé seulement par les murmures des servantes qui cousaient aux fenêtres.

Le visage grave, Anne entraîna Ginny à l'écart, près de la

cheminée. Elles restèrent silencieuses un moment, regardant les flammes danser dans l'âtre. Enfin, Anne poussa un profond soupir.

— Comme si tout ce que je fais ne suffisait pas, murmura-t-elle d'un air sombre. Pourquoi ne m'a-t-on pas tout expliqué plus tôt ?

Ginny, qui l'examinait avec inquiétude, comprit alors.

— Vous avez interrogé dame Lowe ? demanda-t-elle. Au sujet des… devoirs qui attendent un mari et son épouse ?

— Je n'ai pas eu le temps d'en parler avec elle. C'est le comte de Rutland qui est venu me voir pour m'expliquer cela. Voilà qu'à présent je dois me montrer plus… comment dit-on ? Plus séduite ?

— Séduisante, oui, corrigea gentiment Ginny. Mais pourquoi le comte de Rutland vous a-t-il demandé cela ?

Anne haussa les épaules.

— Je l'ignore. Mais c'est lui qui m'a expliqué ce dont vous m'avez parlé. Je pense que le pauvre homme était très…

— Gêné ?

— Oui, soupira la reine. Qu'un homme, mon propre chambellan, soit envoyé pour me dire cela… Oh ! Imaginez comment je me sentais ! Bien sûr, le comte n'avait pas le choix. Il a été envoyé par cet homme, Cromwell.

En entendant le nom du secrétaire du roi, l'étonnement de Ginny augmenta. Pourquoi Cromwell se mêlait-il des rapports du couple royal ? Qu'est-ce que cela cachait ? Elle voulut interroger la reine, mais celle-ci ne lui en laissa pas le temps.

— Je pense que vous auriez mieux su m'expliquer tout cela, Ginny. J'ai peine à y croire. C'est tellement… bestial ! Est-ce ce que vous faites, avec sir Jon ?

Ginny soupira et la reine l'imita, mais sans doute pas pour les mêmes raisons.

— Oui, admit-elle. Je sais que cela semble répugnant, mais quand on le fait, c'est vraiment différent, Votre Majesté. C'est une chose à la fois apaisante et… eh bien, excitante. Au lit, vous ne rencontrerez aucune difficulté de langage, vous savez. On n'a pas vraiment besoin de mots pour cela. Si l'on aime l'homme qui…

La détresse qui emplit les yeux d'Anne la fit taire. C'était là le fond du problème. Encore fallait-il aimer son époux…

— Je sais que je ne pourrai jamais faire cela avec le roi,

murmura Anne. Le pourriez-vous, à ma place ? Ginny, dites-moi, le pourriez-vous ?

Heureusement, Ginny n'eut pas à répondre. Au même moment, un serviteur entra dans la salle, suivi par un homme que Ginny avait jusqu'alors rarement rencontré. Il s'agissait de maître Holbein, le peintre qui avait réalisé le portrait d'Anne à Clèves. Ce tableau avait provoqué le désir, puis la colère du roi qui, en rencontrant Anne, s'était rendu compte qu'elle ressemblait très peu à son portrait. Maître Holbein avait suivi Anne à la cour et, comme elle, était relativement impopulaire car le roi le tenait pour responsable de son erreur de jugement.

L'entendant arriver, Anne se tourna vers lui et, dans la lueur du feu, Ginny vit son visage s'illuminer. Elle reconnut alors la grâce tranquille que Hans Holbein avait peinte : le demi-sourire d'un désir naissant, le regard paisible mais profond, la courbe douce des lèvres. Anne n'en avait sans doute pas conscience, mais son amitié envers le peintre dépassait de loin l'affection qu'elle se forçait d'éprouver pour le roi. Lorsque Ginny se retira pour les laisser s'entretenir en tête à tête, ils ne parurent même pas remarquer son départ.

Ginny remonta les couloirs sans faire attention à ce qui se passait autour d'elle. La dernière image de la reine flottait devant ses yeux. Elle avait eu l'impression de découvrir une femme différente. Anne était peut-être moins sage et sereine qu'elle n'y paraissait. Elle s'était toujours pliée à ce que l'on attendait d'elle, mais sans doute plus par discipline que par docilité...

Ginny ressassa ces pensées tout en remontant à sa chambre. Sa situation ressemblait à celle d'Anne, mais il y avait quelques différences. Elle avait été mariée de force, certes, mais elle désirait son époux, et Jon semblait aussi la désirer assez pour partager son lit. Le souvenir des caresses enflammées de Jon dans le passage couvert lui revinrent, plus vivaces que jamais. Il avait été si audacieux, si spontané... Leur colère avait donné naissance à un désir si violent qu'elle préférait ne pas se demander ce qu'ils auraient pu faire dans un lieu plus intime.

Lorsqu'elle passa la porte de sa chambre, elle eut la surprise de voir Jon allongé sur son lit. Il était plongé dans la lecture d'un papier qu'il plia rapidement à son arrivée. Elle s'arrêta sur le seuil, déroutée. Que faisait-il ici à cette heure ?

— Le roi m'a libéré pour la journée, déclara-t-il en s'asseyant au bord du lit. Il devait parler avec sir Thomas Cromwell. Il n'est pas très heureux en ce moment. Les choses ne se passent pas bien pour lui, si tu vois ce que je veux dire.

Ginny hocha la tête tout en ôtant son mantelet de fourrure. Quelques rumeurs commençaient à circuler à ce sujet. En effet, Cromwell était à l'origine du mariage entre le roi et Anne. Mais l'union ne se passait pas du tout comme prévu, et le roi commençait à le lui reprocher. Elle posa son mantelet et se tourna vers Jon.

— Je vois parfaitement, répondit-elle. Du reste, la reine m'a dit que Cromwell avait ordonné à son propre chambellan de lui donner des conseils pour...

Elle chercha une manière élégante d'expliquer la situation. Jon éclata de rire.

— Pour attirer le roi ? Cromwell doit être réellement désespéré pour envoyer un homme parler de cela à la reine ! De toute manière, je doute que cela fasse changer les choses.

Ginny poussa un soupir.

— Personne ne sait vraiment ce qu'il se passe dans le lit royal, mais d'après ce que la reine m'a dit, Henri la touche à peine. Et la reine ne semble pas le désirer davantage. La situation est inquiétante, en effet.

Jon se pencha vers elle pour lui prendre les mains.

— Apparemment, nous n'avons pas été les seuls à retarder la consommation de notre union, commenta-t-il d'un air malicieux. Mais au moins, le roi et la reine semblent s'accommoder de la situation, ce qui n'était pas notre cas...

— Comment cela ? dit Ginny avec étonnement. Bien sûr que si, tu me l'as dit toi-même !

— Je l'ai fait pour te rassurer. Je ne suis pas resté chaste parce que je le voulais. Allons, viens.

Il l'enlaça et l'attira à lui jusqu'à la faire asseoir sur ses genoux. Il ne portait qu'une chemise, un pantalon et un fin surcot. Nichée entre ses bras, Ginny sentit sa chaleur l'envelopper. Elle eut soudain envie de le faire attendre, pour voir sa réaction, et elle recula légèrement.

— Que compte faire sir Thomas ? demanda-t-elle d'un ton neutre, comme si elle souhaitait poursuivre leur conversation. Penses-tu que Henri irait jusqu'à le bannir pour sa responsabilité dans ce mariage ?

— Personne ne sait ce qui va se passer, répondit Jon en dénouant les liens de la coiffe de Ginny.

Il la jeta à côté du mantelet et entreprit d'enlever les épingles de son chignon compliqué.

— Cependant, Henri a ordonné à Cromwell d'étudier le contrat de mariage pour y trouver une clause qui lui permettrait de se séparer de la reine. Donc, malgré l'intervention du chambellan de la reine, je crains que la décision de Henri ne soit déjà prise.

Ginny se figea à ces mots, atterrée.

— Non ! s'écria-t-elle. Pas cela ! Le mariage a été arrangé avec tant de soin ! Que va dire la famille de la reine ? A-t-il vraiment l'intention de la répudier sous un mauvais prétexte, juste parce qu'il ne la désire pas ?

— Il veut des héritiers, ne l'oublie pas. Mais il n'en aura pas avec Anne...

D'un geste lent, Jon passa les doigts dans ses cheveux encore enroulés sur eux-mêmes. Ils se libérèrent alors et tombèrent sur ses épaules comme un rideau blond. Jon rejeta quelques mèches en arrière, dégageant son visage. Devant son regard brûlant, Ginny sentit qu'elle était sur le point de céder à son désir.

— Et quelle clause peut inventer Cromwell pour satisfaire le roi ? poursuivit-elle, tentant de cacher sa propre impatience.

— Il n'a pas besoin d'inventer quoi que ce soit. Le mariage n'a pas été consommé, ce qui est une raison suffisante. Cela, et le fait que la reine ait déjà été fiancée quand elle vivait à Clèves.

— C'est absurde ! s'écria Ginny, révoltée. La reine n'était qu'une enfant lorsqu'elle a été fiancée pour la première fois. Henri ne peut pas utiliser cela contre elle !

— Ma douce, il est à la tête de l'Eglise anglaise. Il peut faire ce qu'il veut.

Jon prit son visage entre ses mains et l'embrassa alors longuement. C'était presque une manière d'ajouter : « moi aussi, je fais ce que je veux... » Mais elle s'écarta, encore secouée par ce qu'elle venait d'apprendre.

— Il compte vraiment la renvoyer chez elle en disgrâce ? Il ne se montrera quand même pas si cruel ! Elle serait couverte de honte devant sa famille...

Jon fit glisser ses mains le long de son corsage. Il trouva les lacets et les dénoua lentement.

— Henri a besoin de s'assurer du soutien du frère de la reine, le duc de Clèves, répondit-il enfin. Il ne fera rien pour déshonorer Anne, j'en suis certain.

— S'il la répudie, il l'humiliera, quelles que soient les compensations ! répliqua fermement Ginny. Il est impensable qu'il se sépare de sa femme après si peu de temps !

Jon ne répondit pas. Soudain, il fit glisser la robe de Ginny au sol, et la souleva de terre pour la placer à cheval sur lui. Envahie par un frisson, elle s'agrippa à ses épaules et nicha son visage dans le creux de son cou.

— Oublions cela pour le moment, murmura-t-il. Allez, place tes jambes autour de mes hanches et accroche-toi à moi. Je vais te montrer ce que je voulais faire ce matin, petite jalouse.

Il était si fort qu'elle ne pouvait lutter. Et, bien que leurs étreintes, dans le silence du soir, ne fussent pas les plus tendres qui soient, celle-ci fut plus spontanée que jamais. Très vite, Ginny oublia ses soucis et se laissa emporter par la fougue animale de Jon. Il la posséda enfin, lui offrant le plaisir auquel elle avait rêvé durant les dernières heures. Elle s'agrippa à ses épaules, savourant chaque mouvement de bassin qui les unissait plus étroitement. Enfin, elle passa ses bras autour de sa nuque pour le couvrir de baisers. Au bout d'un moment, il gémit, frémit, et s'écroula sur le matelas sous elle. La chambre redevint calme, troublée seulement par le bruit de leurs respirations haletantes. Au bout d'un moment, Jon se tourna vers elle.

— Alors, ma douce ? murmura-t-il en déposant un baiser sur ses cheveux dénoués. Toujours contrariée par mon silence ?

Ginny sourit sans répondre. Elle sentait que Jon, malgré son désir, ne se laissait pas entièrement aller à ses émotions. Avait-il besoin de garder le contrôle ? Ou bien souffrait-il d'une blessure plus profonde, qui l'empêchait de se confier à elle ?

La seule chose dont elle était certaine, c'était qu'il évitait soigneusement de répondre à certaines questions. Il ne voulait pas parler du bien-être d'Etta, ni du danger qui menaçait Ginny. Il ne voulait pas parler non plus de Culpeper, ni de son ancienne femme. Il imaginait sans doute que leur nouvelle complicité la rendrait plus conciliante...

Elle caressa le visage de son époux, pensive. Leur étreinte ne lui avait pas apporté le plaisir qu'il semblait avoir atteint lorsqu'il avait gémi et frissonné. Lui offrirait-il un jour cette joie ? Ou bien, torturée par ses propres doutes, s'empêchait-elle d'éprouver la même jouissance que lui ?

L'hiver s'adoucit peu à peu lors des semaines suivantes. Les jardins du palais quittèrent leur parure scintillante pour se teinter de vert et, au début du mois de mars, le givre disparut définitivement des allées. Ce matin-là, Ginny remontait l'une des galeries ouvrant sur les jardins lorsqu'elle tomba nez à nez avec une personne qu'elle n'avait pas revue depuis Arvall Hall : sir Walter.

— Père !

— Virginia. Comment vas-tu ?

Face à l'accueil distant de son père, Ginny sentit l'amertume remplacer la surprise. Elle savait que son père était arrivé à Whitehall peu après elle et Jon. Cependant, il ne s'était pas donné la peine de prendre de ses nouvelles. Et Ginny, qui n'était pas prête à lui pardonner sa responsabilité dans son mariage, en avait fait autant. Mais à présent qu'elle se retrouvait face à lui, elle n'avait pas d'autre choix que de lui parler.

— Je vais bien, père. Il y a longtemps que je ne vous ai pas vu.

— J'ai été très occupé ces derniers temps, dit sir Walter, toujours aussi froidement. Le service du roi me demande tout mon temps et toute mon énergie. Mais après tout, tu n'as plus besoin de moi, désormais. Tu sembles bien t'accoutumer à ta vie de nouvelle épousée.

Il se rapprocha d'elle pour éviter que la galerie ne répercute sa voix.

— En revanche, tu es trop rarement aux côtés du roi. J'espère que tu n'oublies pas les raisons de ton retour à la cour, Virginia. Il n'est pas si difficile d'atteindre le lit du roi, surtout lorsque lui et la reine font quasiment chambre à part !

— Père ! coupa durement Ginny. Pas ici !

Elle soutint le regard noir de son père, bien décidée à lui tenir tête. Mais il en fallait plus pour intimider son père. Il la prit fermement par le bras et l'entraîna loin de la galerie, clairement décidé à poursuivre leur conversation.

— Tu n'y couperas pas cette fois, Virginia, dit-il sèchement. Tu sais parfaitement quel était l'accord implicite associé à ton mariage. Sir Jon s'y est engagé. Moi aussi. Alors, que se passe-t-il ? Pourquoi n'as-tu toujours pas attiré l'attention du roi ?

Ginny se dégagea de l'étreinte de son père.

— Le roi ne m'a jamais fait appeler à sa chambre, tout simplement, répliqua-t-elle. Je pense qu'il est plus intéressé par Katherine Howard pour le moment. Peut-être en fera-t-il sa maîtresse prochainement...

Son père poussa un soupir exaspéré.

— Virginia, Katherine est la nièce du duc de Norfolk et, surtout, elle est de la famille des Howard ! Son oncle a des plans ambitieux pour se rapprocher du pouvoir, mais pas à n'importe quel prix ! Si Katherine finit dans le lit du roi, ce sera en tant qu'épouse. Or, ce dont Henri a besoin pour le moment, c'est d'une maîtresse. Et il les choisit dans des familles comme la nôtre, pas dans la haute noblesse. C'est l'unique moyen pour que notre famille ait enfin le prieuré de Sandrock, pour que tes frères soient adoubés, et, en somme, pour que notre famille ait ce qu'elle mérite depuis longtemps ! Dois-je tout t'expliquer encore une fois ?

Le visage rouge de colère, il s'interrompit pour reprendre son souffle. Mais cette fois, Ginny n'avait pas l'intention de se laisser dicter sa conduite.

— Si je comprends bien, le roi n'a pas envie que Kat Howard devienne sa maîtresse ? Alors dans ce cas, pourquoi lui rend-il visite chaque soir à sa résidence de Lambeth avant de rejoindre la reine ?

Devant l'expression abasourdie de son père, elle comprit qu'elle avait marqué un point.

— Comment ? reprit-elle. Vous ne le saviez pas ? Allons, pourquoi être aussi surpris, père ? Vous côtoyez le roi autant que moi. Vous devriez savoir qu'il est imprévisible. Il peut désirer une femme pendant un mois et l'oublier le jour suivant. Vous n'auriez pas dû bâtir vos rêves d'avenir sur un pari aussi risqué...

— Je comptais sur toi, Virginia.

Ginny laissa échapper une exclamation incrédule.

— Père, je dois dire que je trouve votre morale assez troublante ! Surtout pour un homme qui prétend être choqué par l'infidélité ! Je suis mariée depuis quelques semaines, et vous venez me demander pourquoi je n'ai toujours pas trompé mon époux... Pire, vous êtes prêt à me jeter, moi, votre fille, dans le lit d'un homme deux fois plus âgé que moi, vous qui prétendez être un homme d'honneur ! Un jour, j'aimerais que vous m'expliquiez votre logique, de préférence en présence de sir Jon. Quoi qu'il en soit, vous serez heureux d'apprendre que mes relations avec mon époux se sont grandement améliorées, dernièrement. À présent, si vous voulez bien m'excuser : la reine m'attend.

Bouillante de colère, elle le planta là et quitta la galerie d'un pas vif. Sir Walter n'essaya même pas de la retenir.

Elle s'efforça de chasser son père de son esprit, mais c'était impossible. Elle se sentait à la fois furieuse et apaisée après lui avoir dit ses quatre vérités. Il pensait visiblement qu'elle n'était encore qu'une jeune ignorante. Pourtant, elle était bien plus lucide que lui sur la situation. Car il y avait une chose que son père avait oubliée : le roi avait déjà choisi l'une de ses maîtresses dans le camp de Norfolk. Et elle n'était autre que Mary Boleyn, la petite sœur d'Anne. Oui, le duc de Norfolk était bien plus ambitieux que sir Walter. Il utilisait ses nièces sans vergogne pour se rapprocher du pouvoir, plaçant ses pions comme un général d'armée. En comparaison, le père de Ginny n'était qu'un petit lieutenant. Déjà, il commençait à perdre l'avantage. Car le duc de Norfolk ne se contentait pas d'attendre. Il siégeait au conseil restreint, aux côtés du roi, et il n'avait qu'à le rapprocher doucement de Kat Howard. Pour que le plan de sir Walter aboutisse, il aurait fallu que sir Jon soit son complice, et pousse Ginny dans le lit du roi. Mais, hélas ! pour sir Walter, ce n'était pas le cas…

Cette pensée la fit sourire. Elle éprouva un sentiment grisant : enfin, elle reprenait l'avantage après son humiliant mariage. Elle revint brusquement à la réalité quand quelqu'un lui attrapa le bras.

— Alors, Ginny, où en sont les choses avec le roi ?

Elle fronça les sourcils en voyant Paul. Ce jour-là, son frère s'était habillé de façon encore plus extravagante que d'habitude, avec un énorme pendentif et un chapeau à plumes vertes. Après son père, c'était bien la dernière personne qu'elle espérait croiser.

— Eh bien ? insista-t-il avec un sourire faussement amical. On espère tous une bonne nouvelle, tu sais ! Le vieux a peur de voir Sandrock lui passer sous le nez, et moi, j'attends toujours mon titre de chevalerie…

— Je suis certaine que le roi te placera sur sa liste au moment de distribuer les récompenses, Paul, répliqua aigrement Ginny. Après tout, les chevaliers sont adoubés après services rendus à la couronne. C'est tout à fait ce que tu fais en jouant le pitre ici…

— Oh ! Arrête, Ginny ! coupa Paul. Ne sois pas naïve, tu sais très bien comment les choses se passent !

Ginny le dévisagea un instant, surprise par ses réactions d'enfant gâté. Paul n'avait rien fait pour mériter le titre de chevalier, et pourtant il le revendiquait avec une arrogance sidérante. Il se pavanait à la cour, vêtu à la dernière mode, et ne s'appuyait que sur son apparence pour naviguer parmi la noblesse. Seulement, on murmurait aussi qu'il s'était endetté auprès de ses tailleurs et joailliers, et qu'il dilapidait chaque mois sa rente dans les cartes. Cela expliquait son impatience à l'idée de gagner un grade plus respectable. Elle croisa les bras avec un sourire moqueur.

— Tu te penses digne d'être chevalier, Paul ? Penses-tu que la femme du garde-chasse sera du même avis ?

Paul recula d'un pas.

— Quoi ? s'étrangla-t-il. Comment sais-tu…

Il n'osa pas terminer. Ginny lui fit un sourire froid et, se dégageant, quitta le couloir pour retourner chez la reine. En approchant, elle entendit un concert de rires et de cris s'échapper des portes. Soudain inquiète, elle pressa le pas et entra. La reine était absente, mais les nouveaux vêtements qu'elle avait fait tailler sur mesure étaient arrivés. Kat Howard et deux servantes s'affairaient autour des habits et les dépliaient avec des cris de ravissement, sous les yeux horrifiés du tailleur.

— Non ! s'écria-t-il. Non, pas celle-ci, l'étoffe est fragile !

Sans l'écouter, Kat Howard déplia vivement une robe de soie cintrée à la taille. Dans un éclat de rire, elle défit son corsage et, seulement vêtue de ses jupons et de sa chemise, ordonna aux servantes d'enfiler la robe sur sa silhouette rondouillarde. Le tailleur étouffa une exclamation lorsque le tissu craqua, et adressa un regard suppliant à Ginny.

— Lady Raemon, je n'ai rien pu faire. Je dois laisser ces habits en ordre avant l'arrivée de la reine, mais miss Howard ne m'écoute pas !

Ginny lui adressa un sourire rassurant et s'avança vers Katherine. Sa discussion avec son père et Paul l'avait échauffée, mais elle se força à se calmer avant de parler à Kat. Après tout, elle était peut-être sur le point de réprimander la future reine.

— Cette robe est trop longue pour vous, Kat, dit-elle en arrachant les lacets des mains des servantes. De plus, la reine peut arriver d'un moment à l'autre. Je vous conseille donc de vous changer rapidement. Vous deux, ramassez ces vêtements et repliez-les si vous ne voulez pas perdre votre travail, lança-t-elle aux servantes.

Kat Howard obéit, le visage déformé par une moue boudeuse.

— Ces robes me vont mieux qu'à la reine, grommela-t-elle. Et le roi dit aussi que je suis plus...

— Nous n'avons pas à savoir ce que le roi vous dit en privé, coupa froidement Ginny. D'autre part, je vous rappelle que vous êtes toujours au service de la reine. Vous devriez vous montrer plus prudente si vous ne voulez pas devenir la risée de la cour.

Des femmes plus intelligentes le sont devenues, faillit-elle ajouter en repensant à Mary Boleyn. Mais Kat, l'air piquée au vif par son conseil, lui lança un regard venimeux.

— Je crois surtout que vous êtes jalouse, lady Raemon, persifla-t-elle en se rhabillant. Vous n'aimez pas que le roi s'intéresse à moi plus qu'à vous.

— Qui peut l'en blâmer ? répondit Ginny en évitant soigneusement de la détromper. Pourquoi voudrait-il perdre son temps avec moi, alors que vous savez si bien le charmer ? Non, en réalité, je ne m'inquiète que pour la reine. Elle est si gentille…

Tout en parlant, Ginny ramassa une robe pour la plier et entendit la porte grincer derrière elle. Anne semblait ne pas avoir entendu la fin de la conversation, mais elle lança un sourire chaleureux à Ginny. De toute évidence, l'air soulagé du tailleur et les lacets encore dénoués du corsage de Kat l'avaient suffisamment informée de ce qui venait de se passer.

La brève conversation que Ginny eut avec Kat acheva de la rassurer au sujet du roi. Cependant, elle fut tout aussi surprise que Kat lorsque, le soir même, Henri vint solliciter sa compagnie après le souper. Comme de coutume, il avait rejoint Anne, mais celle-ci était plongée dans un jeu de cartes avec un groupe de courtisans. Ginny ne put donc se dérober, et suivit le roi à contrecœur pour deviser avec lui à l'autre bout de la salle.

Contre toute attente, elle trouva néanmoins la conversation assez agréable. Le roi l'interrogea sur son passé et ses centres d'intérêt, beaucoup plus curieux que Jon qui ne lui avait jamais posé la moindre question à ce sujet. Elle lui parla avec plaisir de son amour de la nature ou de son don pour les langues, et ils échangèrent même quelques mots en français et en latin. C'était le genre de conversation que le roi ne devait pas avoir avec Kat, car il parut lui aussi se réjouir du tour que prenait l'échange. Bientôt, les inquiétudes de Ginny revinrent, plus fortes. Et si le roi reportait son intérêt sur elle ? S'il lui proposait de le rejoindre dans ses appartements après la fête ? Dans ce cas, elle n'aurait aucun moyen de refuser. Jon n'était pas là ce soir, et la nuit qu'elle espérait passer avec lui deviendrait alors impossible…

Par chance, elle fut sauvée lorsque Kat Howard et Culpeper, les deux favoris du roi, les rejoignirent. Henri les accueillit d'un air jovial et Ginny en profita pour prendre congé. Elle ne s'attarda pas à la fête et rejoignit sa chambre, attendant impatiemment le retour de Jon. Elle veilla jusque tard dans la nuit. Hélas ! au petit matin, la place à côté d'elle était toujours vide.

Furieuse d'avoir été abandonnée sans explication, elle décida de partir aussitôt réveillée. Elle s'habilla rapidement et s'en fut sans avoir aperçu Jon nulle part.

La reine l'avait autorisée à la rejoindre plus tard ce matin-là, et Ginny alla se réfugier chez sa sœur Maeve, qui habitait non loin des ateliers de la garde-robe royale de Westminster où travaillait sir George, son époux. Ils vivaient dans une petite maison isolée des autres bâtiments et entourée par un joli jardin. En entrant dans la demeure chaleureuse de sa sœur, elle eut un pincement au cœur. Les lieux lui rappelaient Arvall Hall, et la nostalgie des moments heureux passés là-bas la frappa de plein fouet.

— Ginny ! s'écria Maeve qui se précipita vers elle pour l'embrasser. Mais... Que se passe-t-il ? Tout va bien ?

Ginny essuya d'un revers de manche ses yeux qui s'embuaient, et serra sa sœur dans ses bras.

— Je voulais te rendre visite. Nous ne nous sommes pas revues depuis le mariage, et tu commençais à me manquer.

Elle se borna à cette explication, et Maeve eut la délicatesse de ne pas insister. Avec un sourire, elle l'entraîna dans son petit salon. Des bouquets de primevères ornaient les meubles ici ou là et, dans un coin, Ginny aperçut un petit cheval à bascule. Elle sourit en entendant des cavalcades et des rires d'enfants au loin. Maeve avait su donner à sa demeure un air de confort et de tranquillité qu'on ne retrouvait nulle part ailleurs à la cour.

— J'aime beaucoup ta maison, dit-elle en s'asseyant face à Maeve. Cela me rappelle nos années à Arvall Hall. Tes enfants seront heureux de grandir ici.

Elle avait fait son possible pour prendre un air enjoué mais, en prononçant ces derniers mots, elle sentit sa gorge se serrer.

— Et qu'en est-il de ta belle-fille ? s'enquit Maeve. Etta, c'est cela ? Où est-elle en ce moment ?

— Elle est restée à Lea Magna. Jon a chargé deux nourrices de s'occuper d'elle. Mais, à vrai dire...

Ginny s'interrompit. Elle se remémora le lit vide et froid de ce matin, puis l'absence étrangement prolongée de Jon. À cet instant, elle imagina avec plus de violence que d'habitude le sentiment d'abandon que devait éprouver Etta, seule à Lea Magna. Maeve posa doucement sa main sur la sienne.

— Elle te manque, c'est cela ?

Soulagée de voir que sa sœur la comprenait, Ginny hocha la tête.

— Je ne sais pas quoi faire, Maeve, avoua-t-elle. J'ai l'impression que Jon ne se soucie pas de cette enfant. Il est trop occupé à servir le roi. Comme si tout le reste était moins important ! Plus les jours passent, plus je me demande quand nous retournerons à Lea Magna. J'ai l'impression que Jon veut éviter d'y aller...

Maeve l'écouta d'un air attentif. Quand Ginny eut fini, sa réponse fut aussi sensée que d'habitude.

— Tu n'es pas liée à la reine comme ses servantes le sont. Tu peux lui demander l'autorisation de t'absenter quelques jours. Je suis sûre qu'elle n'y verra aucun inconvénient.

— Oui, mais...

— Crains-tu que Jon t'en empêche ?

— Je ne sais pas, dit enfin Ginny. Il semble toujours si distant avec sa fille... Je ne sais pas comment il réagira. Mais il n'a pas besoin d'être mis au courant, il part à Greenwich avec le roi pour voir les nouveaux vaisseaux de la flotte. Je peux aller à Lea Magna et en revenir avant leur retour.

Maeve hocha la tête d'un air approbateur.

— Si tu sens que tu dois retourner à Lea Magna, alors fais-le. George te donnera une escorte. De toute façon, la reine n'aura sûrement pas besoin de toi dans les jours qui viennent.

— En es-tu certaine ? Et si elle venait à être couronnée ? Peut-être que...

Maeve secoua la tête.

— Cela n'arrivera pas, Ginny. Le roi et elle sont mariés depuis plusieurs mois, et le roi n'a encore donné aucun ordre pour la couronner. À ce qu'on murmure, Anne ne restera pas sur le trône très longtemps...

7

Ginny quitta Londres dès l'aube avec l'escorte de sir George, mais elle ne fit pas la route d'une traite jusqu'à Lea Magna. Quand le soir tomba, elle se rendit chez la belle-sœur de Jane Seymour, Anne Stanhope. Celle-ci était l'épouse de sir Edward Seymour, le frère aîné de Jane et l'un des bras droits du roi.

Ginny était déjà venue visiter Anne Stanhope une fois ou deux auparavant, mais elle ne put s'empêcher d'être impressionnée en entrant dans le domaine de sir Edward. Situé dans le cœur du Hampshire, Elvetham Hall s'étendait sur des hectares et des hectares, et rendait Arvall Hall ridiculement petit en comparaison. En effet, l'incroyable destin de Jane Seymour avait profité à son frère Edward. Elle avait siégé sur le trône et donné un héritier au roi, qui avait largement récompensé sa famille. Oncle du futur roi, sir Edward avait désormais une influence considérable à la cour, et l'exploitait autant que possible.

Son épouse, elle aussi, était parfaitement consciente de son statut supérieur à celui des autres nobles. Cela avait déjà frappé Ginny, mais elle en refit le constat lorsque Anne Stanhope l'entraîna fièrement dans sa demeure. C'était une femme autoritaire et hautaine, guère populaire parmi les courtisans, et qui gérait le domaine d'une main de fer. Même sir Edward avait appris à l'écouter. Il l'avait choisie pour seconde femme et, très vite, Anne Stanhope avait mis un point d'honneur à protéger sa famille de tout scandale susceptible de rappeler Jane et Mary Seymour.

Malgré tous ses efforts pour blanchir la réputation des Seymour, Anne avait souffert des ragots concernant les deux anciennes maîtresses du roi. C'était sans doute pour cette raison qu'elle vivait à Elvetham Hill, loin des intrigues de cour. Malgré cela, elle était devenue particulièrement aigrie, surtout vis-à-vis des hommes.

— Nous savons la vérité, très chère, dit-elle à Ginny alors qu'elles s'asseyaient devant un souper consistant. Vous avez beau être l'épouse de ce sir Jon Raemon depuis fort peu de temps, vous avez déjà dû le remarquer : les hommes doivent être étroitement surveillés. Si nous ne sommes pas là pour les ramener dans le droit chemin, Dieu sait quelles erreurs ils peuvent commettre !

Ginny hocha poliment la tête. Mais la lady n'attendait pas d'encouragements pour continuer.

— Tenez, sir Edward, par exemple, est toujours méticuleux dans la gestion de ses affaires. Pourtant, j'ai souvent besoin de lui rappeler ce qu'il doit à sa famille en tant que beau-frère du roi ! Même votre père a eu besoin qu'on lui rappelle ses devoirs, autrefois. Certes, c'était il y a longtemps et lady Agnès lui a pardonné, mais cela montre à quel point, malgré les apparences, les hommes...

— Je vous demande pardon, milady ? coupa Ginny, persuadée d'avoir mal compris.

Lady Seymour lui lança un regard vif. Ginny avait toujours trouvé que cette femme ressemblait à un étourneau, avec ses gestes rapides et son habitude de toujours aller droit au but. Mais, cette fois, Ginny ne comprenait pas où elle voulait en venir. Son père avait toujours été un homme de devoir. Il était le premier à condamner sévèrement l'infidélité et, jusqu'à ce qu'il la force à épouser Jon, Ginny l'avait toujours pris pour un modèle. Lady Seymour toussota en feignant l'embarras.

— Comment, ma chère, vous n'étiez pas au courant au sujet de votre père ? Dans ce cas, peut-être devrais-je me taire. Ce ne sont pas mes affaires, après tout. Et cela s'est passé il y a si longtemps... Voulez-vous plus de vin ? La nuit va être froide.

— Non, merci, répondit Ginny, troublée. Mais je vous en prie, dites-moi ce que vous savez. Quels devoirs mon père a-t-il négligés ? Il est pourtant si discipliné...

Une petite étincelle s'alluma dans le regard de lady Seymour. Ginny comprit alors qu'elle avait volontairement orienté le sujet vers son père. De toute évidence, elle savourait par avance le fait de lui révéler un secret qu'elle n'aurait pas dû connaître. Et, en effet, elle ne se fit pas prier.

— Eh bien… Il a eu une liaison tandis que votre mère était enceinte. Rien de bien sérieux, je pense.

— Une liaison ? Vous… vous voulez dire que mon père a eu une maîtresse ?

— Très chère, tous les hommes font la même chose. Le roi en premier ! répondit lady Seymour avec un petit geste dédaigneux de la main.

Les couverts de Ginny retombèrent dans son assiette avec un tintement. Devant son air atterré, lady Seymour se radoucit légèrement.

— Mon Dieu, ma chère ! Je ne vous aurais rien dit si j'avais pensé un instant que vous ignoriez tout cela…

— Non, je ne savais pas, répondit Ginny d'une voix blanche. Qui était cette femme ? Combien de temps leur relation a-t-elle duré ?

— Je pense que vous feriez mieux de demander ces détails directement à votre mère, dit lady Seymour après une hésitation. Après tout, je ne suis pas de celles qui colportent les ragots. On ne sait jamais le mal que l'on peut faire.

Elle saisit son verre et but quelques gorgées, montrant son désir de clore le sujet. Cela ne ressemblait pas à lady Seymour de fuir ainsi. Les commérages malveillants étaient son plus grand plaisir. Qu'est-ce qui la retenait ?

Ginny reprit ses couverts, l'esprit en ébullition. Certes, elle avait subi plusieurs désillusions vis-à-vis de ses parents dernièrement. Toutefois, à ses yeux, son père restait un homme strict, presque austère. Sir Walter, infidèle… Comment était-ce possible ?

Pendant un instant, Ginny fut tentée d'interroger de nouveau lady Seymour, mais la prudence la retint. Après tout, ce n'était pas à cette femme de lui dévoiler les secrets de sa propre famille. Mais alors, vers qui se tourner ? Elle avait décidé de ne plus parler à sa mère. La seule personne qu'elle pouvait interroger était donc Maeve, qui était sans doute au courant.

Ginny ne s'attarda pas à Elvetham Hall et partit dès le lendemain matin. Accompagnée par l'escorte de sir George, elle poursuivit sa route vers Lea Magna. Elle passa près des terres d'Arvall Hall, mais évita soigneusement d'y entrer.

Au bout de longues heures de chevauchée, les bâtiments de Lea Magna se découpèrent enfin à l'horizon, et Ginny talonna sa monture, impatiente d'arriver. Lorsqu'elle entra dans la cour, elle fut accueillie avec joie par les serviteurs. À la vue de tous ces sourires et de la maison de Jon, elle eut l'étrange impression de revenir dans son foyer, alors qu'elle n'y avait passé que quelques jours.

Laissant Molly défaire ses bagages, elle monta aussitôt dans la chambre d'Etta. La fillette jouait seule, surveillée par les deux nourrices. Même si la chambre était désormais éclairée par le doux soleil du printemps, l'endroit lui parut aussi inhospitalier qu'auparavant. Mais elle éprouva un immense sentiment de tendresse quand Etta se tourna vers elle et sourit à sa vue. Visiblement, elle non plus n'avait pas oublié leur dernière rencontre.

La petite tituba vers elle et, dans son babillage d'enfant, s'empressa de lui raconter tout ce qu'elle avait appris durant son absence : comment se servir d'une cuiller ou habiller sa poupée, ainsi que plusieurs nouveaux mots, des noms d'oiseaux ou de fleurs. Une fois de plus, Ginny fut étonnée par ses facilités d'apprentissage. Etta était visiblement ravie de trouver une oreille attentive, et en l'absence de Jon, Ginny se sentit beaucoup plus à l'aise pour s'occuper d'elle.

Il faisait un temps clair et doux, ce jour-là, et elle décida d'emmener sa belle-fille en promenade. Après l'avoir chaudement vêtue, elle l'emmena hors des couloirs sombres de la demeure. Toutes deux passèrent un long moment au milieu des crocus et des jonquilles qui perçaient la terre froide. Etta s'émerveillait de tout : les toiles d'araignées perlées de rosée, les canards et les cygnes, la terre encore figée par le froid qui craquait sous leurs pas. Ginny souriait devant son enthousiasme, attendrie. La fraîcheur d'Etta agissait comme un véritable baume, après l'atmosphère étouffante de la cour.

Ginny l'emmena au bout des jardins, puis explora avec elle les moindres recoins de la maison. Elle prenait tant de plaisir à s'occuper d'Etta qu'elle ne vit pas le temps passer. Le soir venu, elle ramena l'enfant épuisée et ravie dans sa chambre. Soigneusement bordée, Etta s'endormit, le sourire aux lèvres. Elle n'avait pas mentionné le nom de son père, et chaque fois que Ginny en avait parlé, elle s'était contentée de l'écouter en suçant son pouce.

Ginny la contempla longuement pendant qu'elle dormait. La compagnie d'Etta lui procurait une joie immense. Mais en voyant les cheveux dorés de la petite, elle se souvint qu'Etta n'était pas son enfant à elle. Peu à peu, la pensée de Magdalen, la première femme de Jon, revint la hanter. Elle quitta la chambre d'Etta sans bruit et, sa décision prise, alla chercher Molly. La servante parut intriguée lorsqu'elle lui demanda de l'accompagner au grenier, mais ne fit pas de commentaire et la suivit. Éclairées par une bougie, elles montèrent sous les combles. Personne n'y allait jamais et les lieux étaient encombrés de meubles et d'une large collection de vieux portraits, oubliés de tous. À leur vue, le cœur de Ginny fit un bond.

— Les voilà, murmura-t-elle. Je savais que Jon les avait entreposés ici. Il doit sûrement y avoir le portrait de Magdalen. Maître Holbein m'a dit qu'elle avait posé pour lui peu après son mariage avec Jon. Il a même indiqué la date, on devrait le trouver facilement...

— Nous devons chercher une femme aux cheveux clairs, j'imagine, répondit Molly en posant le bougeoir sur une table poussiéreuse. Si Etta ressemble à sa mère, elle devait être blonde.

— Malheureusement, je ne sais même pas à quoi elle ressemble. J'aurais dû poser la question à maître Holbein quand j'en ai eu l'occasion. Tout ce qu'on a bien voulu me dire, c'est qu'elle était riche, très populaire, et qu'elle passait plus de temps à la cour qu'ici. Mais je veux savoir à quel point elle était belle.

Et pourquoi mon époux a tant de mal à l'oublier.

— Approche la lumière, dit-elle soudain. Ce tableau a l'air assez récent. C'est bien cela, regarde le nom. Lady Magdalen Raemon, 1537. La voilà enfin... Oh ! Molly, regarde !

Molly parut aussi stupéfaite qu'elle.

— Elle n'est pas blonde du tout, s'écria-t-elle. Elle est aussi brune que sir Jon !

— Serait-ce la lumière ? Aide-moi à le porter jusqu'à la table.

Toutes deux soulevèrent le lourd cadre doré et le déposèrent sur la table pour l'examiner longuement à la lumière de la bougie. La femme représentée sur la toile était d'une beauté stupéfiante. Elle portait une robe de soie rouge ornée d'une riche fourrure dorée, et son front était rehaussé d'une coiffe à la française posée sur ses longs cheveux noirs retenus par un bijou de perles et de diamants. Ses yeux bruns scintillaient, mis en valeur par des sourcils noirs et fins. Oui, elle était décidément très belle et n'importe quel homme serait sans doute tombé amoureux d'elle au premier regard.

Figée, Ginny ne put détacher ses yeux du portrait pendant un long moment, tandis que la vérité se dessinait peu à peu devant elle, glaçante et évidente. Finalement, elle détourna le regard.

— Repose-le à sa place, murmura-t-elle, la gorge nouée. J'en ai assez vu.

Elle demeura silencieuse tandis que Molly s'exécutait. La servante revint poser une main réconfortante sur son épaule.

— Ce n'est pas forcément ce que vous pensez. Il y a sans doute une autre explication. Allons, venez. Vous êtes fatiguée et vous n'avez pas les idées claires.

Ginny la suivit en silence. Molly se trompait. Elle avait les idées plus claires que jamais. La mère d'Etta avait été une femme magnifique aux cheveux bruns, aussi belle qu'on le disait… et elle avait donné naissance à une fillette blonde, aux cheveux aussi dorés que ceux de la princesse Elizabeth. Il n'y avait qu'une explication possible. Le roi s'était servi de la première femme de Jon comme il voulait se servir à présent d'elle. Et Jon l'avait laissé faire. Ginny avait voulu lui faire confiance, mais comment le pouvait-elle à présent, en sachant qu'il avait déjà sacrifié le bonheur de sa première femme ? Pauvre petite Etta ! Ce n'était pas étonnant que Jon ne veuille pas s'occuper d'elle, l'enfant d'un autre homme…

Soucieuse, Ginny referma la porte de sa chambre lorsque Molly et elle furent entrées. Elle alla s'asseoir sur son lit, les sourcils froncés. Il fallait qu'elle décide de la suite des événements, et elle ne voyait qu'une solution.

— Il ne va pas aimer cela, dit-elle finalement, mais je vais emmener Etta à Londres avec moi. Jon ne peut pas cacher sa fille éternellement, comme si elle ne faisait pas partie de sa vie. Je ne peux pas supporter de la laisser ici une nouvelle fois. J'ai besoin d'elle, et elle est comme ma fille, désormais.

— Mais… Milady, cela ne risque-t-il pas de créer un énorme scandale ?

— Pas plus énorme que celui qui existe déjà. Je trouverai un moyen pour qu'Etta ne vive pas à la cour. Jon pourrait rouvrir sa maison à Westminster, par exemple…

— Maîtresse, dit Molly avec prudence, ne craignez-vous pas que sir Jon, au contraire, soit furieux et refuse de mettre cette idée à exécution ?

Ginny se contenta de hausser les épaules.

— Que puis-je faire d'autre, Molly ? Si je n'essaie rien, il n'acceptera jamais sa fille. Et s'il est vraiment l'homme que je crois après tout ce que j'ai appris, alors je préfère la compagnie d'Etta à la sienne.

Le constat était amer, mais Ginny ne regretta pas ses paroles. Désormais, elle ne croyait plus à la protection de Jon. Il avait laissé le roi posséder sa première femme, et il n'avait rien fait. Pourquoi en serait-il autrement avec elle ?

« Je ne suis pas plus enthousiaste à l'idée d'être cocu que n'importe quel homme, lui avait-il dit, et je n'ai pas vraiment envie que mon épouse devienne sa "putain" ». Dire qu'elle l'avait cru. Il ne s'attendait sans doute pas à ce qu'elle découvre la vérité…

Ginny savait qu'elle prenait un risque en emmenant Etta, mais elle refusa de reconsidérer la question malgré les mises en garde de Molly. Ainsi, Jon verrait Etta plus souvent qu'auparavant. Ce serait un moyen de lui rappeler la perfidie qu'il avait commise. Elle l'obligerait à tout lui raconter enfin. Et, surtout, elle mettrait les choses au clair sur ses absences répétées. Elle ne laisserait pas Jon la négliger comme il négligeait sa fille. Elle avait vécu assez d'humiliations comme cela.

Pourtant, quelque chose la dérangeait dans cette affaire. Jon ne parlait jamais d'Etta, mais il évitait de parler de Magdalen avec le même soin. Avait-il réellement souffert de la perte d'une femme qui n'avait jamais vraiment été la sienne ? Et, surtout, pourquoi Magdalen était-elle morte si jeune ?

Ce matin-là, en descendant l'escalier pour accueillir un visiteur étrangement matinal, Maeve eut la surprise de trouver Ginny. Elle portait encore ses habits de voyage, signe qu'elle arrivait tout droit de Lea Magna. Et, surtout, elle tenait par la main une fillette haute comme trois pommes, dont les boucles blondes brillaient à la lumière du matin.

— Ginny ! s'exclama Maeve, estomaquée. Mais… Qui est cette enfant ? Mon Dieu ! Ce n'est quand même pas…

Sa sœur lui sourit d'un air embarrassé. À côté d'elle, la fillette les examinait toutes les deux avec un immense intérêt.

— Maeve, voici Etta, la fille de Jon. Elle vivait auparavant à Lea Magna, en tant que fille illégitime du roi… comme tu le sais probablement.

Maeve se mordit la lèvre. En effet, sir George et elle connaissaient la liaison de Magdalen avec le roi. Ils avaient essayé de cacher cette information à Ginny le plus longtemps possible. Apparemment, elle avait résolu le mystère par elle-même.

— Je suis désolée de ne rien t'avoir dit, Ginny, commença Maeve. Je…

— Peu importe, dit Ginny en lui prenant la main. Je sais que personne ne parle de cela à la cour. Je sais aussi que Jon cache Etta à Lea Magna pour ne pas ébruiter la relation de Magdalen avec le roi. Cependant, je ne peux pas me résoudre à laisser Etta toute seule pendant que je vis à la cour.

— Mais, Ginny, ton époux ne…

— C'est pourquoi je voudrais te demander un service, l'interrompit de nouveau Ginny.

Elle chercha ses mots, l'air de nouveau embarrassé, mais Maeve savait déjà où elle voulait en venir. C'était évident. Ginny avait emmené Etta à Londres sans demander la permission de Jon. S'il la trouvait dans ses appartements de Whitehall, il risquait de très mal réagir…

— Tu veux que je m'occupe de ta belle-fille en attendant que tu parles à Jon, c'est cela ? demanda-t-elle.

Ginny hocha la tête et serra un peu plus fort la main de la petite. Maeve sourit en voyant l'attachement qu'elles semblaient déjà éprouver l'une pour l'autre. Cela lui rappelait la relation qu'elle avait avec ses propres enfants : Edwin qui avait l'âge d'Etta, et Aphra qui, du haut de ses quatre ans, se montrait aussi rationnelle qu'une adulte. Etta ferait bon ménage avec eux, et côtoyer d'autres enfants lui ferait sûrement beaucoup de bien.

— Je peux difficilement te refuser une telle chose, Ginny. J'accueillerai Etta avec plaisir. Toutefois, parle à Jon dès que possible. Plus tôt il sera averti, mieux les choses se passeront.

Ginny laissa Etta aux bons soins de sa sœur avec un mélange de reconnaissance et de déchirement. Elle ne s'attarda pas et retourna aussitôt au palais. Elle préférait en effet écourter les adieux pour ne pas parler davantage de Jon et Magdalen. Elle sentait que, si elle évoquait ce sujet, elle serait incapable de retenir ses larmes.

Toutefois, elle n'eut pas l'occasion de penser plus longuement à Etta. En revenant au palais, elle découvrit que le roi et sa suite étaient déjà revenus de Greenwich. Ils l'avaient devancée de peu, car en dépassant les écuries, elle croisa Elion qui portait encore ses habits de voyage. Son frère se précipita pour l'embrasser. Il rayonnait de bonheur.

— Ginny, je vais être adoubé ! s'exclama-t-il aussitôt. Oui, tu as bien entendu, je vais être fait chevalier ! Le roi a annoncé la nouvelle à Greenwich !

Ginny eut l'impression de recevoir un coup de poing dans l'estomac. Après des mois de silence, le roi daignait enfin récompenser un d'Arvall. Qu'est-ce que cela signifiait ? Tenait-il sa promesse parce qu'il avait finalement l'intention de la mettre dans son lit ?

— Je suis heureuse pour toi, mon frère, dit-elle néanmoins en l'embrassant sur la joue. Sir Elion d'Arvall… Cela sonne bien. Et père ?

Le regard d'Elion scintilla plus encore, et Ginny sentit son cœur se serrer.

— Sandrock ! répondit-il. Il a été autorisé à l'acheter à bon prix. Il n'a qu'à le demander. Crois-moi, il est fier comme un paon !

Ginny sentit son sourire forcé disparaître. L'adoubement… Sandrock… Oui, le roi tenait ses promesses. Elle n'avait plus qu'à poser une seule question pour en avoir le cœur net.

— Et Paul ?

— Il ne sera pas adoubé, dit Elion en baissant la voix. Cromwell pense que Paul a besoin de se montrer plus mûr.

— Cromwell ? Qu'a-t-il à voir dans tout cela ?

— Il est le premier concerné, pardi ! C'est Cromwell qui suggère au roi à qui il faut distribuer titres, terres ou récompenses. Il a une liste aussi longue que mon bras, et il s'est lui-même placé au sommet : il vient d'être nommé comte d'Essex.

— Comte de… ? répéta Ginny, presque incrédule. Mais je le croyais en disgrâce depuis le mariage du roi !

— Apparemment non. Quoi qu'il en soit, Paul n'a pas été jugé digne de recevoir le moindre honneur. Père, lui, a été récompensé pour ses années de service à la couronne.

— Mais…, répondit Ginny, de plus en plus perplexe. Je pensais que la récompense était liée à ce que je devais faire suite à mon mariage… Tu sais de quoi je veux parler.

— Père comptait là-dessus, répondit Elion en prenant son bras pour la conduire à l'intérieur. En réalité, ce n'était même pas nécessaire. Il était sur la liste bien avant que le roi s'intéresse à toi. J'imagine qu'il a cru que sa promotion viendrait plus tôt si sa fille devenait la maîtresse du roi. Mais ce n'est pas encore arrivé, n'est-ce pas ?

— Non, dit-elle, les yeux fixés sur leurs pieds qui montaient lentement l'escalier. Et, heureusement, le roi semble beaucoup plus intéressé par Kat Howard, en ce moment.

— Elle n'est pas encore dans son lit, Ginny. Reste sur tes gardes. Tu connais le roi.

Oui, à présent, elle le connaissait, et le simple fait de penser à ce qui pourrait lui arriver la faisait frémir.

Jon n'était toujours pas là lorsqu'elle revint dans ses appartements. Ginny ne l'avait pas vu depuis la veille de son départ à Greenwich. Une telle absence l'aurait irritée et blessée quelques jours plus tôt mais, cette fois, elle ne ressentit rien. Elle ne savait plus que penser de son époux depuis la découverte du tableau. Préoccupée, elle aida Molly à défaire leurs bagages, et resta dans sa chambre jusqu'au soir. Ce fut à ce moment-là qu'un page du roi vint la trouver pour lui dire que Henri la demandait dans sa chambre.

Elle réussit à garder contenance et répondit au page qu'elle arrivait au plus vite. Mais, dès qu'il sortit dans le couloir, elle sentit son visage perdre toutes ses couleurs. Elion ne l'avait pas avertie en vain…

Pendant quelques instants, elle réfléchit désespérément pour trouver une aide, n'importe laquelle. Son père ? Non, elle ne lui faisait aucunement confiance. Maeve ? Elle ne pourrait rien faire pour la protéger. Et il était hors de question de prévenir la reine, sa seule véritable alliée. Alertée par son air paniqué, Molly lui prit les mains.

— Maîtresse, voilà ce que nous allons faire, dit-elle d'un ton décidé. Je vais chercher de la racine de valériane et du houblon, ainsi que les autres ingrédients que j'utilise pour faire mon somnifère. Cela marche toujours. Vous allez emporter cette poudre et la verser dans le verre du roi. Elle se dissout très vite et n'a aucun goût. Il s'endormira en quelques instants, et vous n'aurez plus qu'à aller voir Culpeper pour qu'il le mette au lit. Maintenant, laissez-moi vous regarder. Il aura envie de voir vos cheveux, tous les hommes le souhaitent, n'est-ce pas ?

Ginny ne put retenir un rire nerveux devant son évidente connaissance des désirs masculins. Molly recula d'un pas pour l'examiner et hocha la tête. Ce soir-là, Ginny portait une chemise de fine toile blanche au col brodé sous une robe de velours brun doublée de fourrure. Ses longs cheveux d'un blond presque argenté s'étalaient comme une cape sur ses épaules, presque aussi pâles qu'elle devait l'être elle-même.

— Cela devrait aller, conclut Molly.

— Molly, jamais je n'aurais cru que cela arriverait, murmura Ginny avec terreur.

— Cela n'arrivera pas. Je vous assure que vous serez de retour dans l'heure.

— J'aurais cru que sir Jon viendrait au moins me saluer, à son retour…

Molly la prit tendrement dans ses bras, comme une mère.

— Il a sans doute une très bonne raison de ne pas être venu, répondit-elle à mi-voix. Je sais que vous vous sentez perdue, milady, mais je pense que vous devriez parfois lui laisser le bénéfice du doute. En général, on trouve une explication à tout.

— C'est justement l'explication qui m'inquiète.

Molly se contenta de lui serrer les mains avec un sourire compatissant.

Ginny quitta peu après ses appartements, la main crispée sur le petit sachet qui contenait le somnifère. Elle remonta les couloirs à la suite du page, plongée dans un état second. Elle était si apeurée qu'elle n'aperçut pas la haute silhouette qui marchait dans le couloir. Elle ne reconnut Jon que lorsqu'il fut face à elle, le visage plus froid et plus sombre que dans ses souvenirs.

— Retournez auprès du roi, dit-il au page. Lady Raemon n'est pas demandée, ce soir.

— Mais, sir, bafouilla le page, Sa Majesté va...

— Sa Majesté dort. On l'a mis au lit. Partez.

Le page obtempéra à contrecœur, et les laissa seuls au milieu du couloir. Ginny regarda son époux et sentit sa colère et sa déception s'évanouir, balayées par un soulagement indescriptible. Un sanglot lui échappa et les bras de Jon l'enlacèrent doucement. Elle se souvint alors pourquoi elle était fâchée contre lui.

— Tu n'es pas venu à moi ! s'écria-t-elle. Je t'ai cherché partout ! Pourquoi ne m'as-tu pas rejointe plus tôt ? Tu aurais pu...

— Calme-toi, ma douce, souffla Jon en la serrant plus fort contre lui. Je suis là, maintenant. Il ne t'arrivera rien. Le roi s'est endormi comme un loir.

— Mais comment... ?

— Chut ! Je te dirai tout plus tard. Allons, viens. Retournons chez nous.

Jon lui prit la main et tous deux traversèrent les couloirs déserts. Le cœur de Ginny battait à toute allure. Depuis la veille, elle ressassait ce qu'elle comptait lui dire en le revoyant. Elle avait préparé des paroles dures, violentes, peut-être même blessantes pour tous les deux. Mais à présent, à côté de lui, elle comprenait qu'elle n'avait besoin que de sa présence. Tout ce dont elle doutait, ses motivations vis-à-vis de leur mariage, son passé, n'eurent plus aucune importance. Il était là. Et, surtout, il l'avait sauvée du roi. Il tenait assez à elle pour vouloir la garder pour lui seul, c'était évident. Sinon, pourquoi serait-il venu ?

De toute évidence, Molly ne s'était pas attendue à la voir revenir si tôt et ne cacha pas sa surprise.

— Seigneur, c'était rapide !

— Le roi a le sommeil très lourd, ces temps-ci, dit Jon en souriant.

Molly hocha la tête d'un air entendu et leur souhaita une bonne nuit avant de se retirer. Jon ferma la porte de la chambre et se tourna vers Ginny. Les battements de son cœur se firent plus pressants quand elle vit son regard s'illuminer de désir à la lueur des bougies. Le désespoir, la déception et l'amertume l'avaient tellement rongée ces derniers temps qu'elle s'étonna de sentir son corps s'échauffer aussi facilement sous ce regard enflammé. Elle se pelotonna entre les bras de Jon et l'embrassa passionnément, caressant les moindres angles de son visage dans la pénombre, comme si le voir et l'entendre ne lui suffisait pas. Il chassa ses dernières larmes, de son pouce.

— As-tu vraiment cru que je te laisserais aller le rejoindre ? murmura-t-il. Tu es mienne. Oui, ce soir, tu es mienne.

Ses paroles secouèrent Ginny comme un raz-de-marée. Elle ne répondit pas, de peur de gâcher ce moment. Avec douceur, Jon fit glisser son mantelet de fourrure de ses épaules et la souleva de terre pour la conduire jusqu'au lit. Avant même qu'elle s'en aperçoive, il abandonna ses vêtements par terre et, nu, s'étendit au-dessus d'elle. Lentement, il lui fit redécouvrir toutes les leçons d'amour qu'il lui avait données, puis d'autres, rattrapant le temps qu'ils avaient passé séparés. Elle sentit alors que lui aussi n'avait souhaité qu'une chose : retrouver l'intimité de leurs corps.

Jon ne la posséda pas tout de suite. Du bout des doigts, il prit soin d'explorer lentement chaque courbe, chaque creux de son corps, attentif au moindre frémissement de sa peau, au moindre soupir. Il embrassa ses seins, l'un après l'autre, et elle sentit un gémissement monter des profondeurs de son être. Peu à peu, les vagues de plaisir se firent plus intenses, jusqu'à ce qu'elle n'y tienne plus.

— Maintenant, Jon... Maintenant, je t'en supplie... Maintenant ! gémit-elle, s'ouvrant à lui comme une fleur.

À ces mots, Jon sentit son cœur battre plus fort. Il avait tellement attendu de l'entendre prononcer son nom ainsi, d'une voix vibrante de désir… Durant les trois ans d'enfer de son premier mariage, il avait désespéré, persuadé que Ginny ne serait jamais sienne. Il n'avait jamais pu oublier la jeune fille du prieuré de Sandrock, qui lui avait tenu tête du haut de ses seize ans. Puis elle s'était transformée en une belle femme, pleine de rancune et d'orgueil. Elle avait failli lui échapper, mais le destin les avait liés, comblant ainsi ses espoirs. Ginny, elle, n'avait pas souhaité leur mariage, et peut-être n'aimait-elle toujours pas être son épouse. Mais au lit, au moins, elle l'acceptait de bon cœur. Il se redressa au-dessus d'elle, tandis qu'elle explorait son visage de ses mains, comme pour reconstituer son image dans l'obscurité. Il écouta ses profonds soupirs s'élever dans le silence à chacun de ses mouvements, jusqu'à ne plus pouvoir se retenir.

Brusquement, Ginny sentit les muscles de Jon se tendre, ses hanches bouger plus vite, plus fort. Elle éprouva soudain le même plaisir intense qu'elle avait frôlé lors de leurs dernières étreintes. Puis une vague d'extase brûlante la submergea. Elle sentit le plaisir l'inonder des pieds à la tête avant de la libérer, le souffle coupé.

Jon gémit en même temps qu'elle puis, doucement, se retira, dissolvant toute l'amertume qu'elle éprouvait depuis Lea Magna.

Elle s'étendit à côté de lui, plongée dans un état de plénitude absolue qu'elle n'avait jamais connu jusque-là. Elle oublia tout ce dont elle voulait lui parler : le voyage jusqu'à Lea Magna, le tableau, Etta. Elle plongea dans le sommeil avant d'avoir pu se demander comment il réagirait en apprenant l'arrivée de sa fille.

Lorsqu'elle se réveilla le lendemain matin, Jon était à côté d'elle. Elle lui sourit, prenant conscience que, pour la première fois depuis leur mariage, ils se réveillaient ensemble. Elle aurait bien passé des heures blottie contre lui, mais leurs devoirs respectifs les attendaient. Lorsqu'ils se levèrent pour s'habiller, elle retrouva le petit sachet de somnifère de Molly, échoué à côté de ses vêtements. Cette vue lui rappela soudain tout ce qui s'était passé la veille.

— Jon, dis-moi, commença-t-elle en fronçant les sourcils, Henri était-il vraiment épuisé, hier ? Je sais qu'il supporte de moins en moins les grands voyages, mais Greenwich n'est pas si loin.

Jon lui fit un grand sourire. Elle le trouva plus beau que jamais, dans la lumière du petit jour. En cet instant, il ressemblait à un adolescent fier du tour qu'il venait de jouer.

— Non, ce n'est pas loin, mais je dois avouer qu'il a reçu un peu d'aide pour s'endormir. Une aide liquide.

— Tu l'as fait *boire* quand tu as su qu'il m'avait fait appeler ? s'exclama-t-elle, incrédule.

Il éclata de rire.

— Ma douce, inutile de prendre cet air choqué ! Je pense que ton petit sachet d'herbes n'était pas innocent non plus… Mais non, je ne l'ai pas enivré. Je lui ai simplement donné une double dose de la potion que son médecin lui avait préparée pour soigner sa jambe.

Il enfila sa chemise puis se tourna vers elle avec un sourire qui la fit fondre.

— C'était dangereux, murmura-t-elle. C'était très risqué…

Jon posa doucement ses mains sur ses hanches et l'embrassa dans le cou.

— Oui, chuchota-t-il, mais je le referai pour te garder à mes côtés.

— Je suis heureuse que tu m'aies sauvée, Jon, mais je t'en supplie, sois prudent. Ne laisse personne te voir faire une chose pareille.

— Personne ne me verra. Je dois y aller, maintenant. Henri m'attend.

— Est-ce que tu reviendras me voir ? demanda-t-elle timidement. J'ai quelque chose à te montrer…

Son regard s'illumina dans le miroir.

— Vraiment ? Quelque chose d'agréable ? demanda-t-il en lui caressant le bras. Quelque chose de rose et doux ?

— Oui… J'ai ramené ta fille de Lea Magna, hier.

À ces mots, la main de Jon s'immobilisa sur son bras. Il s'écarta, l'air incrédule.

— Tu as fait *quoi* ?

Ginny se tourna vers lui. Elle saurait le faire revenir de sa surprise, elle s'y était préparée. Hélas ! ce n'était pas de la surprise qui assombrissait son regard.

— Oui, dit-elle aussi calmement que possible. Je suis allée voir Etta pendant ton absence, et je l'ai ramenée avec moi. Je veux que tu la voies, Jon. Nous pourrions…

Jon recula d'un pas et jeta un regard dégoûté au lit défait. Ginny se mordit la lèvre. Elle n'avait pas pensé aux circonstances dans lesquelles elle lui faisait cette annonce. Elle aurait dû lui parler d'Etta dès leurs retrouvailles…

— Il semblerait que nous reproduisions les mêmes manigances une nouvelle fois, n'est-ce pas, milady ? dit-il, glacial. Une nuit de tendresse en échange d'une récompense…

— Non ! s'écria Ginny en agrippant son pourpoint. Non, ce n'est pas cela ! Comment peux-tu croire une chose pareille après ce que nous venons de partager ?

Le désespoir l'envahit quand Jon se dégagea brusquement. Son visage était pâle et glacial, comme si elle venait de l'atteindre physiquement.

— Et que suis-je censé croire ? gronda-t-il. Tu pars pour Lea Magna sans me prévenir, et tu ramènes ma fille sans ma permission ! Tu passes la nuit avec moi pour ensuite m'annoncer tout cela, comme si de rien n'était ! Crois-tu que je sois aussi stupide, Ginny ? Crois-tu qu'il suffise de partager ma couche pour agir comme tu veux ? Eh bien, je vais te détromper tout de suite. Tu vas raccompagner l'enfant chez moi. Je ne veux pas d'elle à la cour !

Que suis-je censé croire ? Combien de temps encore allaient-ils se renvoyer cette même question ? Ginny prit une profonde inspiration, luttant contre son désespoir.

— Écoute-moi, Jon. Elle n'est pas à la cour. Elle est chez ma sœur. Je l'ai placée là en attendant de pouvoir la rejoindre et vivre avec elle. Ce serait possible, tu sais. Il suffirait de déménager dans ta maison de Westminster…

— Hors de question, trancha Jon. Tu n'aurais jamais dû impliquer sir et lady Betterton dans cette histoire. Bon sang, Ginny ! Tu n'imagines même pas ce qui peut se passer si Etta est vue à Londres ! Tes actes irréfléchis nous placent tous dans une situation intenable. L'enfant repartira à Lea Magna aujourd'hui !

Il fit un mouvement pour se détourner, mais elle le retint, l'obligea à la regarder dans les yeux. D'une manière ou d'une autre, elle le forcerait à discuter de tout cela raisonnablement.

— Je sais que tu as raison, Jon. Je n'aurais pas dû faire cela sans ta permission. Mais je suis allée à Lea Magna sur un coup de tête, et je n'avais alors aucune intention d'arracher Etta à sa maison. D'ailleurs, je n'en ai même pas parlé à Maeve et George avant mon retour, ils ont tout appris hier. Mon chéri, comprends-moi ! Je ne pouvais pas la laisser là-bas. Je ne pouvais pas !

Les larmes lui montèrent aux yeux, et elle sentit sa voix s'érailler.

— Je ne pouvais pas, reprit-elle. Elle a besoin de nous deux à ses côtés. Elle n'a que deux ans... Tu aurais dû voir son sourire lorsqu'elle a rencontré les enfants de Maeve. C'était touchant. Elle n'avait jamais vu d'autres enfants avant. Elle mérite d'avoir des frères et sœurs, et nous pourrions lui en faire. Tu ne crois pas, Jon ? Toi et moi. Nous pourrions avoir des enfants et vivre comme Maeve et George, en partie à Lea Magna et en partie à Westminster. Leurs enfants n'apparaissent jamais à la cour, tu sais.

Jon l'écouta en silence, son expression toujours aussi dure.

— Je ne céderai pas, Ginny. Tu m'as désobéi. L'enfant repartira à la maison. De toute façon, tes devoirs envers la reine ne te laisseront pas le temps de t'occuper d'elle.

— Au moins, insista Ginny, la voix tremblante, viens la voir avec moi, ce matin. S'il te plaît, Jon. Viens la voir avant qu'elle ne reparte. Pour moi...

Elle le regarda droit dans les yeux. Il serra les mâchoires, mais la fureur de son regard parut s'atténuer légèrement.

— Je viendrai dans la matinée, lorsque le roi siégera à son conseil. Mais n'espère pas me faire changer d'avis. À tout à l'heure.

Il s'écarta et se dirigea vers la porte à grands pas. Avant qu'il ne quitte la chambre, Ginny lança, incapable de se retenir :

— Jon, ma passion de cette nuit n'avait rien à voir avec toute cette affaire. Cette nuit, tu n'as vu que mon désir pour toi. Le désir que j'ai toujours eu pour toi, je crois.

Elle n'osa pas le regarder quand elle lui fit cet aveu. Elle resta tournée vers le miroir, la tête baissée. Il ne répondit rien mais, soudain, elle sentit ses doigts sous son menton. Il lui redressa la tête et l'examina un instant, les yeux sombres et indéchiffrables. Aucun d'eux ne dit le moindre mot. Puis, tout aussi brusquement, il tourna les talons et quitta la chambre.

Jon tint sa promesse. En fin de matinée, il vint la chercher, et tous deux partirent à cheval pour se rendre chez Maeve, près de Westminster. Jon resta distant durant tout le voyage. Il lui dit simplement qu'il la trouvait très belle. Ce jour-là, elle portait une robe vert clair aux manches ornées de fourrure, et ses cheveux étaient partiellement recouverts d'une coiffe blanche au tissu délicat. Au regard de Jon, elle vit que son compliment était sincère. Toutefois, il paraissait méfiant, comme s'il craignait qu'elle utilise sa beauté pour essayer de le faire fléchir.

En mettant pied à terre devant la maison de Maeve, ils furent accueillis par les cris de joie du petit Edwin qui jouait avec Etta, sous la surveillance d'Aphra. Ginny eut la surprise de voir que sir George était présent. Maeve et lui les firent entrer avec le sourire mais, à l'évidence, le visage fermé de Jon les surprenait un peu. Toutefois, ils cachèrent soigneusement leur inquiétude, et les menèrent dans le salon. La pièce était envahie de jouets d'enfants en tout genre et, à cette vue, Ginny se sentit encore plus triste. Etta semblait épanouie ici. Elle avait des enfants avec qui jouer et des adultes qui se souciaient d'elle. Devoir la ramener à Lea Magna allait être un véritable crève-cœur…

Jon s'assit à côté d'elle, encore plus austère que pendant le voyage.

— Veuillez pardonner notre arrivée imprévue, commença-t-il. Je dois dire que tout cela est une surprise pour moi aussi.

Il s'interrompit. Ginny se demanda pourquoi il semblait aussi contrarié. Était-ce à cause d'Etta, ou bien était-il furieux d'avoir à avouer à des étrangers qu'il ne contrôlait pas sa femme comme il l'aurait voulu ?

— Je vous remercie d'avoir hébergé Etta, reprit-il. Cependant, c'était une erreur. Elle ne va pas rester à Londres. Nous sommes venus la chercher pour qu'elle rentre à Lea Magna.

Ginny détourna la tête pour masquer son chagrin. Les enfants les avaient suivis dans le salon, et Etta titubait près de l'entrée, souriant d'une oreille à l'autre. Reconnaissant Ginny, elle tendit ses petites mains vers elle. Ginny ne se fit pas prier pour la prendre dans ses bras, et enfouit son visage dans le cou de l'enfant. Sir George hocha la tête, montrant qu'il acceptait les excuses de Jon.

— C'est une belle enfant, Jon, dit-il, et elle est très vive. Jolie comme un cœur… Ne pensez-vous pas qu'elle a besoin de compagnie, au-delà de ses nourrices ? Ne serait-ce pas une bonne idée de l'avoir avec vous, maintenant que vous avez Ginny pour veiller sur elle ?

Mais Jon ignora la question.

— Vous les laissez vraiment gambader dans la maison ? dit-il en jetant un coup d'œil aux deux enfants de Maeve qui s'étaient mis en tête de courir après un chiot. N'avez-vous pas peur qu'ils se perdent ?

À ces mots, George éclata de rire.

— Vous perdiez-vous, quand vous étiez petit ? Bien sûr que non ! Et puis, ils ont leurs nourrices pour les surveiller. Pourquoi ne laissez-vous pas Etta vivre avec vous, Jon ? Elle serait sans doute heureuse dans votre maison, ici. Et vous y seriez sans doute mieux que dans vos petits appartements à Whitehall.

— Vous savez très bien pourquoi je ne veux pas la voir ici, George, répliqua Jon doucement mais avec un éclat de colère qui n'échappa à personne. Je préfère la savoir à Lea Magna. De plus, Ginny et moi avons tous les deux des devoirs à accomplir.

— George aussi, intervint Maeve avec gentillesse, mais les enfants ont tous besoin d'une mère. Maintenant, Etta en a une. Pouvez-vous encore trouver une bonne raison pour les séparer ? N'aviez-vous pas dit vous-même que vous souhaitiez offrir une belle-mère à votre fille ? Eh bien…

Jon se leva soudain. Sans répondre, il leur tourna le dos et s'éloigna à l'autre bout du salon. Ginny ne pouvait pas voir son visage, mais devant ses poings serrés, elle devina la lutte intérieure qu'il menait.

Etta se mit à gigoter dans ses bras et Ginny la reposa par terre. L'enfant clopina d'un pas mal assuré jusqu'à Jon qui s'était campé devant une fenêtre, le regard lointain. Elle perdit l'équilibre et se rattrapa à sa jambe, attirant son attention.

— Papa ! dit-elle de sa petite voix. Papa. À moi !

Un lourd silence tomba. Tous les yeux se fixèrent sur Jon, dans l'attente de sa réaction. L'air surpris, il se tourna vers Ginny.

— Elle n'avait encore jamais dit cela, n'est-ce pas ?

Sans attendre de réponse, il se pencha et prit Etta par la taille pour la hisser à sa hauteur. Durant un long moment, ils s'examinèrent, prenant le temps de détailler le visage de l'autre pour la première fois. Au bout de quelques minutes, Etta s'installa plus confortablement dans les bras de son père et lui toucha le nez du bout du doigt.

— Quoi ? demanda-t-elle.

— Nez, dit-il.

— Nez ?

— Oui, un nez, c'est cela, répondit Jon avec un sourire. Où est ton nez ?

La fillette réfléchit un instant, puis se toucha le nez.

— Nez, répéta-t-elle avec fierté.

— C'est bien. Maintenant, la bouche. Où est la bouche ?

La fillette tâtonna jusqu'aux lèvres de son père.

— Bouche papa. À moi.

Jon sourit de nouveau.

— Non, à moi.

Mais Etta n'en démordit pas.

— Non... À moi ! insista-t-elle avant de passer ses petits bras autour du cou de Jon et de poser sa tête contre son épaule.

Durant quelques instants, Jon ne bougea pas, sa joue pressée contre la petite tête mal coiffée. Une émotion indéchiffrable traversa son visage, mais elle s'évanouit rapidement. L'instant d'après, il était lui-même de nouveau. Ferme, autoritaire, et résolu à donner l'impression de décider sans se laisser influencer.

— J'imagine que je pourrais rouvrir la maison de Westminster, dit-il. Ginny et moi avons besoin d'intimité et d'espace. Nous pourrions même donner des fêtes. Peut-être devrions-nous aller y jeter un coup d'œil, Ginny.

Sir George sourit.

— Et vous savez déjà ce que vous pourrez fêter. Mes félicitations, lord Raemon de Risinglea. Buvons une coupe de vin à votre nouveau titre !

Ginny, stupéfaite, se tourna vers son époux, qui lui lança un regard un peu coupable. Sans doute avait-il prévu de lui annoncer la nouvelle au matin, sans prévoir qu'ils se disputeraient à cause d'Etta...

Avec un grand sourire, Maeve et George levèrent leur verre à leur intention mais, pour Ginny, seuls comptaient les sourires de son époux, lord Raemon de Risinglea, et de sa petite fille.

8

Ginny et Jon prirent congé peu après. D'un commun accord, ils décidèrent de laisser Etta aux bons soins de George et Maeve. En effet, mieux valait éviter de la montrer à Whitehall, où les mauvaises langues risquaient de la prendre pour cible. Ginny quitta sa belle-fille à regret, mais rassurée de la savoir en sécurité et loin de la cour. Elle suivit son époux sur la route du retour, mais au bout d'un moment, elle se rendit compte qu'elle ne reconnaissait pas les environs. Whitehall n'était visible nulle part, mais Jon continuait à avancer, l'air de savoir exactement où il allait.

— Nous allons à Tyburn House, ma maison de Londres, dit-il en voyant son étonnement. Tu n'y es encore jamais allée, et je pense que c'est le moment idéal pour que je t'y emmène. Ainsi, tu pourras examiner les lieux pour savoir comment aménager les pièces.

Ginny ne répondit pas tout de suite. Son époux était décidément plein de surprises. Le matin même, il lui assénait qu'il était hors de question de vivre avec Etta et, quelques heures plus tard, il annonçait sans sourciller qu'il était prêt à déménager. Et il y avait d'autres motifs d'étonnement. Ginny ne cessait de penser à l'annonce de George : « Mes félicitations, lord Raemon de Risinglea ! » Ainsi, Jon, lui aussi, avait été récompensé par le roi. Mais pourquoi ne lui en avait-il rien dit ? Elle pensait être la seule à cacher un secret lors de leurs retrouvailles, mais Jon aussi avait eu quelque chose à lui annoncer... et il s'était gardé de le faire. Pourquoi ? Lui cachait-il quelque chose ?

Ginny rajusta ses gants, les sourcils froncés. L'attitude agréable de Jon n'avait rien à voir avec son comportement odieux du matin. C'était un autre motif d'étonnement. Elle aurait pu faire semblant d'avoir oublié leur dispute, mais elle ne parvenait pas à s'y résoudre. Elle sentait que, dans toute cette affaire, quelque chose lui échappait.

— Finalement, Jon, nous ne sommes pas si différents, toi et moi, dit-elle enfin. Ce matin, tu m'as accusée de bien me comporter dans le seul but d'avoir une récompense. Au final, tu agis de même, n'est-ce pas ? Il suffit de voir le nouveau titre que le roi t'a donné...

— Que veux-tu dire ?

Elle tira sur les rênes de son cheval pour le regarder en face.

— Jon, s'il te plaît, ne me prends pas pour une idiote. Mon père a eu Sandrock. Elion va être fait chevalier. Ils ont appris tout cela à Greenwich. Et voilà que j'apprends que, toi aussi, tu as reçu un nouveau titre. Pourquoi ne me l'as-tu pas dit ? As-tu quelque chose à te reprocher ?

Tout en parlant, elle regarda attentivement Jon, à l'affût d'un éclat de culpabilité dans ses yeux. Il resta impassible.

— C'est donc ce que tu crois ? Je suis récompensé en même temps que ton père et ton frère, pour les mêmes raisons ?

— J'ai toutes les raisons de le penser, en effet.

Jon se contenta de hausser les épaules. Il talonna son cheval, qui se remit en marche.

— Tu es libre de croire ce que tu veux, ma chère. Toutefois, ce n'est pas le roi qui m'a mis sur la liste, mais le nouveau comte d'Essex. Apparemment, il estime que mon travail, notamment en ce qui concerne les travaux de codage, est digne d'être récompensé. Tout cela n'a rien à voir avec toi.

— Vraiment ? dit Ginny après un silence.

— Vraiment. Tu n'as pas à t'inquiéter pour cette histoire de mariage. Ton père a peut-être passé un accord avec le roi, mais je n'ai pas demandé d'autre récompense que toi. Nous devrions clore ce chapitre, désormais, et aller de l'avant.

Ginny hocha simplement la tête. L'affirmation de Jon lui ôtait un poids de la poitrine. Il ne lui avait jamais dit aussi clairement qu'il n'avait rien à voir dans le complot entre son père et Henri. Pourtant, elle ne se sentait pas complètement sereine. Elle n'oubliait pas le tableau de Magdalen, et la découverte qu'elle avait faite en le voyant. Et, surtout, le comportement de Jon vis-à-vis d'Etta lui semblait toujours étrange. Certes, il l'avait acceptée à Londres, mais après s'être assuré qu'elle n'approcherait jamais de la cour. Quel père agirait ainsi, à moins d'avoir quelque chose à se reprocher ?

Aucun d'eux ne reparla plus de ce sujet. Ils arrivèrent peu de temps après à Tyburn House. La maison de Jon n'était pas très éloignée de celle de Maeve et George, mais elle avait une allure très différente. C'était une demeure imposante qui s'élevait au bord de la Tamise, entourée par des jardins et un verger. D'autres bâtiments plus petits donnaient sur la cour. Ginny suivit Jon à l'intérieur de la grande maison, ravie. Dès qu'elle vit les premières salles, elle sut qu'elle se plairait bien davantage ici qu'à la cour. La maison était belle et vaste, avec assez de pièces pour accueillir une grande famille. Certes, les lieux avaient besoin d'un bon dépoussiérage, et il faudrait probablement acheter de nouveaux meubles, mais elle n'avait déjà qu'une envie : s'y installer.

— Cet étage serait parfait pour la nursery ! s'exclama-t-elle en découvrant un couloir agrémenté de larges fenêtres qui donnaient sur les jardins. Je veux une grande nursery, pleine de lumière. On pourrait aménager ces chambres et en faire une salle de jeux pour plusieurs enfants, qu'en penses-tu ?

Elle se retourna vers Jon et croisa son regard inquiet.

— Que veux-tu dire ? Tu es déjà enceinte ?

— Non, bien sûr ! Mais nous devrions nous y préparer, n'est-ce pas ?

Jon la rejoignit et posa ses mains sur ses hanches.

— Après tout, ta mère a eu quatre enfants. Je ne serais pas surpris que tu puisses faire de même. On dit que ce genre de chose se transmet de génération en génération.

— Et puis, c'était l'une des raisons qui t'ont poussé à m'épouser, répondit Ginny en se remémorant les paroles de Jon, peu avant leur mariage : « J'ai besoin d'une belle-mère pour ma fille et d'un héritier. »

Mais Jon secoua la tête.

— Je l'ai pris en compte, bien sûr, mais je ne t'ai pas choisie pour cela.

— C'est vrai ? demanda-t-elle, étonnée. Mais alors, si tu ne m'as pas épousée pour avoir un héritier, pourquoi l'as-tu fait ? Tu ne manquais pas de maîtresses, pourtant !

Jon sourit devant son ton accusateur.

— Encore une fois, ma chère, tous les ragots de la cour ne sont pas forcément vrais.

— Alors, pourquoi ? insista-t-elle.

— J'ai mes raisons. Je te les dirai quand tu auras appris à me faire confiance, répondit-il sans la regarder.

Ginny serra les dents, contrariée. « J'ai mes raisons. » C'était une façon commode de clore le sujet sans rien lui expliquer. Jon était passé maître dans l'art de répondre tout en évitant les questions fâcheuses. Il lui demandait de lui faire confiance, mais comment le pouvait-elle, quand il lui cachait des pans entiers de son passé ? Pire, quand il refusait de lui expliquer un choix qui la concernait directement ? Il était incroyable de voir à quel point cet homme, qui passait ses journées à décrypter des codes, pouvait être buté dès qu'il devait expliquer ses pensées.

Le quotidien de Ginny changea totalement lors des semaines suivantes. Jon et elle mirent à exécution leur projet de déménagement et se lancèrent dans les premiers préparatifs. Ils engagèrent des serviteurs pour tenir Tyburn House, puis établirent la liste des affaires à acheter. Jon laissa Ginny choisir le mobilier, ce qu'elle fit avec bonheur en compagnie de Maeve. Elle porta son choix sur de beaux meubles de Cheap Street et des entrepôts du port, et les fit acheminer à Tyburn House. Grâce à son goût très sûr, la maison poussiéreuse retrouva bientôt des couleurs et un air accueillant.

Toute à ses préparatifs, Ginny passait moins de temps en compagnie de la reine. Celle-ci, néanmoins, assurait que ses absences ne posaient aucun problème, car elle participait de moins en moins à la vie de la cour. Inquiète pour elle, Ginny venait la voir une fois par jour. Anne lui confia que le roi désertait leur couche tous les soirs, à présent. La reine mettait ces absences sur le compte de devoirs royaux particulièrement prenants. Contrairement à Ginny, elle restait confiante. Après tout, disait-elle, sir Thomas Cromwell avait été nommé comte d'Essex. Cela ne pouvait signifier qu'une chose : le roi l'avait récompensé pour lui avoir trouvé une épouse aimante…

Ginny se garda de contredire la reine. Mais, pour elle, la récompense de Cromwell signifiait tout autre chose. Il avait enfin trouvé un moyen d'annuler le mariage, et le roi, satisfait, lui avait donné le titre dont il rêvait. C'était la seule explication possible. Mais Ginny avait tant de peine pour la reine qu'elle ne fit rien pour dissiper ses illusions. Tôt ou tard, Anne saurait la vérité. Il était inutile de l'attrister avant l'heure.

Jon, Etta et elle s'installèrent enfin à Tyburn House et, malgré toute sa compassion pour la reine, Ginny se mit à éviter la cour de plus en plus souvent. Etta lui prenait la majeure partie de son temps. Elle passait de longues heures avec sa belle-fille dans les jardins, au bord de la Tamise ou chez Maeve. Pour Etta, c'était tout un monde qui s'ouvrait à elle. L'enfant faisait de grands progrès. Elle devenait capable de dire des phrases complètes et de nommer la plupart des animaux qu'elle voyait. Même sa relation avec Jon s'améliora de façon étonnante. Jon allait la voir dès qu'il rentrait à Tyburn House, et prenait son éveil très au sérieux. Il allait voir avec elle les chevaux dans les écuries et les chiots dans la cour. Il évitait soigneusement de se montrer à Whitehall avec elle, mais l'emmenait près du port pour admirer les navires, et souriait avec fierté quand les passants s'attendrissaient sur Etta.

Malgré le bonheur que Ginny éprouvait en les voyant ensemble, elle s'interrogeait sur les secrets qui entouraient la naissance d'Etta. Dans le Hampshire, des parents bruns donnaient rarement naissance à un enfant blond, ce qui signifiait donc que le vrai père d'Etta n'était pas Jon. Néanmoins, elle n'osa jamais aborder ce sujet avec son époux. Elle craignait de gâcher la complicité qui s'installait doucement entre eux, et savait déjà ce que Jon allait lui répondre : la naissance d'Etta ne la concernait pas. La seule personne qu'elle pouvait interroger était donc Maeve qui, de son propre aveu, savait qui était le vrai père d'Etta. Cependant, elle ne voulut pas en dire plus à Ginny. Comprenant ses réserves, Ginny décida d'attendre le bon moment pour aborder ce sujet avec Jon. Mais rien qu'à cette idée, elle sentait le découragement l'envahir. Ils étaient mariés depuis plusieurs mois, et Jon se comportait toujours comme s'il hésitait à lui faire confiance. Lorsqu'elle se confia à Maeve, sa sœur l'écouta avec bienveillance.

— Votre mariage s'est passé dans des circonstances particulières, dit-elle simplement. Je sais que tu aimerais que les choses soient plus simples entre Jon et toi, mais il va falloir être patiente. Votre confiance mutuelle a besoin de se renforcer, mais j'ignore combien de temps cela prendra. Vous avez fait déjà d'immenses progrès, crois-moi. La plupart des autres mariages arrangés ne sont pas aussi heureux…

Ce soir-là, comme à son habitude, Ginny contempla longuement la nuit qui tombait sur les jardins de Tyburn House. Un peu plus loin, la Tamise se changeait en un épais ruban noir, qui scintillait à peine.

Et, comme tous les soirs, une lueur apparut soudain sur le fleuve, l'éclairant progressivement. Ginny appuya son front contre la vitre, les yeux plissés. Là-bas, une barge glissait sur les eaux immobiles, éclairée par une lanterne. Ginny la reconnut sans peine, et son cœur se serra. Ce soir encore, la barge royale descendait en direction de Lambeth où vivait Kat Howard. De nouveau, la reine Anne passerait la nuit seule. Lorsque les lumières de la barge disparurent, Ginny poussa un soupir.

— Je ne sais pas ce qui est le plus triste dans leur mariage, dit-elle à voix haute. Que Henri délaisse sa femme au bout de quelques mois… ou qu'elle soit heureuse qu'il ne l'approche pas.

— C'est ce qu'Anne t'a dit ? demanda Jon, allongé sur le lit.

Ginny se détourna de la fenêtre. Son époux l'attendait, les bras croisés derrière la tête. À la vue de son torse musclé, elle éprouva un mélange d'excitation et de regret. Oui, Anne et elle avaient subi un mariage arrangé, mais elles étaient loin de le vivre de la même façon…

— Non, Anne ne m'a rien dit de tel, répondit Ginny en rejoignant son époux. Mais je devine ses pensées. Si elle l'aimait vraiment, elle vivrait ses absences beaucoup plus mal.

Elle s'allongea à ses côtés et se blottit contre lui. Elle sentit Jon sourire dans son cou.

— Vraiment, milady ? Toi aussi, tu devines les choses ?

— Les femmes ont ce genre d'intuition, paraît-il.

La main de Jon caressa sa hanche, puis vint se glisser entre ses cuisses.

— Alors, voyons si je peux deviner certaines choses chez une femme, moi aussi. Que veut dire ceci, par exemple ?

Comme un harpiste, ses doigts effleurèrent son sexe, lui arrachant un soupir.

— Je ne sais pas, murmura-t-elle. N'es-tu donc pas capable de le déchiffrer par toi-même ?

— Laisse-moi un peu de temps, et je pense pouvoir y arriver, répondit-il en poursuivant son exploration.

— Ne tarde pas trop...

— Au contraire, on ne devrait jamais presser ce genre de choses, reprit-il en ralentissant son geste jusqu'à la torture.

Ginny poussa un nouveau soupir de contentement. Bientôt, elle se laissa emporter par les vagues de plaisir qu'il faisait naître en elle, et ses gémissements devinrent incontrôlables. Elle ne pensa plus, s'abandonnant à l'extase. Elle caressa à son tour le corps splendide de Jon.

Durant son premier mois à la cour, elle n'avait fait que l'observer de loin, attirée malgré elle par sa prestance et son charme. À présent, elle se trouvait là où tant d'autres femmes auraient aimé être. Elle devenait l'objet de ses attentions, le réceptacle de ses baisers. Elle apprenait à lui faire plaisir pour effacer l'incompréhension qui les guettait toujours. Certes, leur confiance n'était pas parfaitement établie et, un jour, ils devraient affronter l'adversité de la vie ensemble. Mais ce soir, tout n'était que plaisir...

Les mois passèrent, et bientôt avril arriva. Cela faisait plusieurs semaines que Ginny et Jon s'étaient installés à Tyburn House, et ils s'accoutumaient peu à peu à leur nouveau quotidien. Jon passait ses journées à la cour pour servir Cromwell et le roi, et revenait le soir auprès de sa famille. Ginny, elle, allait à Whitehall plusieurs fois par semaine pour voir la reine et consacrait le reste de son temps à Etta.

Cependant, à l'approche du mois de mai, cette paisible routine disparut. En effet, le mois était rythmé par de grandes fêtes qui célébraient le retour des beaux jours. Un bal masqué et un tournoi étaient traditionnellement organisés le 1er mai. Le roi Henri était grand amateur de joutes et avait fait bâtir une nouvelle lice à Whitehall. Comme tous les favoris du roi, Jon s'était empressé de commencer son entraînement. Avec d'autres nobles, il passait de longues heures à perfectionner ses talents de jouteur, et revenait avec toujours plus d'hématomes et de contusions. Ses séjours à Tyburn House se firent plus courts et plus rares, à la grande inquiétude de Ginny. Jon était fier et, comme tous ses pairs, il était impatient de briller lors du tournoi. On murmurait que Culpeper s'entraînait aussi dur que lui. Tous deux avaient sans doute l'intention de régler leurs différends une bonne fois pour toutes dans la lice.

Les blessures répétées de Jon, au lieu de le décourager, semblaient augmenter son désir de victoire. Épuisé par son entraînement, il s'endormait souvent à peine couché. Leurs étreintes se faisaient plus rares, mais Ginny n'avait pas d'autre choix que d'accepter la situation.

D'autre part, elle aussi avait fort à faire. Les dames de compagnie étaient chargées de préparer le bal masqué qui allait suivre le tournoi. Elles devaient concevoir les costumes de sept suivantes de la reine, qui allaient chacune devoir se déguiser en incarnant un trait humain. Ginny avait été chargée de trouver des idées de costume et les faire tailler. Cependant, les préparatifs ne se passaient pas comme prévu, car Kat Howard, qui faisait également partie du groupe, était souvent absente. Lorsque enfin elle se présenta dans la salle où Ginny montrait les costumes, elle fit un caprice digne d'une enfant gâtée.

— Qu'est-ce que c'est ? demanda-t-elle d'un ton hautain en prenant la robe que Ginny lui destinait.

Le tissu se déploya, montrant une robe taillée dans une étoffe couleur prune et ornée de voiles translucides. Elle était filée d'or, avec un décolleté plongeant. Il s'agissait de la robe correspondant au Désir. Ginny avait pensé que Kat se montrerait flattée, mais ce fut tout le contraire.

— Je ne porterai pas cette horrible robe prune ! clama-t-elle. Et je refuse d'être le Désir ! Je veux être la Vertu et porter la robe verte. Elle va mieux avec mes cheveux !

— Mais c'est la robe de Ginny, intervint Anne Basset. Elle a été cousue suivant ses mesures, pas les vôtres.

— Dans ce cas, faites-la retoucher, répliqua Kat qui n'en démordait pas. Montrez-moi la robe verte.

À contrecœur, Ginny s'exécuta. Le vert était la couleur qui lui allait le mieux et, en dessinant cette robe, elle s'était assurée qu'elle corresponde à ses désirs et ne soit pas trop osée. Au contraire, la robe prévue pour Kat était bien plus suggestive, en accord avec le caractère de la jeune fille qui aimait attirer les regards. Ginny n'avait pas du tout prévu que Kat puisse se rebeller contre ce choix. Et lorsqu'elle vit le regard appréciateur que Kat lança à la robe verte, elle comprit que les choses allaient se retourner contre elle.

— J'aime beaucoup celle-ci, affirma Kat. Je serai la Vertu. Ginny n'aura qu'à porter la robe du Désir.

Ginny échangea un regard avec Anne Basset, qui, elle, portait la robe bleue de la Bonté. Toutes deux restèrent silencieuses. Quelques semaines plus tôt, Ginny n'aurait pas hésité à remettre Kat Howard à sa place, mais les choses avaient changé. Kat avait gagné en assurance à mesure que la popularité de la reine chutait. Ginny ignorait comment les choses allaient évoluer, mais si le roi répudiait la reine, il la remplacerait certainement par Kat. Ce n'était pas le moment de contrarier celle qui allait peut-être monter sur le trône.

Lorsque le 1er mai arriva, Whitehall s'était métamorphosé. Des tentures et des draperies décoraient les salles principales, et des gradins occupaient désormais l'une des cours où la lice avait été construite. Une foule richement vêtue se pressa hors du château pour occuper les gradins, pariant avec enthousiasme sur les résultats des joutes.

Ginny prit place dans l'une des loges, le ventre noué. En contrebas, les chevaux caparaçonnés galopaient en cercle pour s'échauffer. Leurs cavaliers arboraient leurs blasons sur des étendards colorés. Le grenat, l'or ou le vert se croisaient dans un arc-en-ciel de teintes vives. Ce spectacle avait un air de fête, mais Ginny n'éprouvait pas la moindre joie. Elle essaya de retrouver Jon au milieu des chevaux et l'aperçut enfin, grâce au foulard rouge qu'elle avait noué autour de son bras pour lui porter chance. Il avait fière allure et, lorsqu'il eut suffisamment échauffé son cheval, il quitta la lice la tête haute, comme s'il n'éprouvait aucune crainte.

Ginny ne pouvait pas en dire autant. Elle n'avait jamais assisté à un tournoi, mais elle savait à quel point ils pouvaient être violents. Certains participants n'hésitaient pas à tuer, et de nombreuses rivalités entre nobles étaient réglées sur la lice. Autour d'elle, les gens riaient et s'exclamaient, comme s'ils se trouvaient devant un simple spectacle. Ginny, elle, n'oubliait pas les hématomes que Jon avait après chaque entraînement. Il était doué, certes, mais les autres l'étaient tout autant... Et il suffirait d'une erreur, une seule, pour qu'il coure à la catastrophe. Comment pourrait-elle vivre, s'il mourait aussi sottement ?

Des vivats retentirent, l'arrachant à ses pensées. Ginny tourna la tête et vit le roi et son épouse qui gagnaient leur loge sous les acclamations. Depuis le terrible accident qui, quatre ans plus tôt, avait failli lui coûter la jambe, Henri ne joutait plus. En revanche, il encourageait avec enthousiasme la pratique du tournoi. Sur la lice, les seigneurs pouvaient renforcer leur réputation et s'attirer le respect de leurs pairs. En somme, c'était un divertissement féroce qui parvenait à apaiser certaines tensions et à distraire les nobles.

Ginny reporta son attention sur la lice. Un autre étendard attira son regard. Thomas Culpeper caracolait devant la foule sur un grand cheval bai. Il s'arrêta près des gradins et Kat Howard se leva pour nouer son foulard vert à sa lance. Culpeper la remercia d'un signe de tête et fit volte-face pour quitter la lice à son tour. Ginny ne vit pas son visage, caché par son heaume. Mais, juché sur son cheval et dans son armure étincelante, Culpeper lui parut soudain bien plus dangereux. Il se déplaçait avec assurance, presque avec morgue. À l'évidence, lui aussi brûlait d'envie de se battre. Et il allait sûrement profiter de cette occasion pour prendre sa revanche sur Jon.

— C'est l'heure, sir.

Jon se tourna vers l'entrée de la tente. Son écuyer l'attendait, son heaume sous le bras. Au-dehors, la foule lançait des vivats pour acclamer le vainqueur de la précédente joute. Le tournoi avait commencé depuis un bon moment déjà, et le public devenait de plus en plus avide de sang et de sensationnel. Il allait devoir se montrer à la hauteur de ce qu'on attendait de lui.

— Tu sais le nom de mon adversaire ? demanda-t-il à l'écuyer.

Celui-ci l'aida à mettre son heaume, et au moment où Jon rabattit la visière, il répondit :

— Pour cette première joute, c'est Culpeper, sir.

Caché sous son heaume, Jon crispa les mâchoires. Depuis leur empoignade dans les jardins du roi, Culpeper n'avait pas laissé passer une occasion de le défier durant les conseils ou les mondanités. Il était temps de lui faire mordre la poussière. Cette perspective emplissait Jon d'une joie féroce, mais il garda la tête froide. Culpeper était tout aussi talentueux et décidé à vaincre que lui. Il n'allait pas se laisser désarçonner si facilement...

Sa dernière pensée avant de quitter la tente fut pour Ginny. Il jeta un regard au foulard qu'elle avait attaché autour de son bras et, redressant la tête, entra en lice. Sous les cris de la foule, il se plaça face à Culpeper, de l'autre côté de la barrière. Il y eut un silence, une attente, et, au même moment, tous deux s'élancèrent à l'attaque.

Les lances des deux cavaliers heurtèrent les écus dans un bruit de tonnerre. Jon leva son écu au dernier moment pour se protéger de la lance de Culpeper. Sa propre lance fut déviée sans causer aucun dommage. Son cheval se cabra sous le choc de la collision. Jon le calma avant de jeter sa lance brisée, que son écuyer remplaça par une autre. Puis il fit demi-tour, prêt à repartir à la charge. À l'autre bout de la lice, Culpeper se préparait aussi, le foulard vert flottant à son bras tandis qu'il saluait la foule. Dans les gradins, Kat Howard lui répondit, agitant un mouchoir. Jon sourit devant le spectacle.

Vaniteux comme toujours, Culpeper s'intéressait aux acclamations de la foule au lieu de se concentrer sur le combat. Parfait.

Leur rencontre s'acheva au bout du sixième assaut. Jon profita d'un léger défaut dans la défense de son adversaire pour diriger sa lance vers son épaule. Il avait mis toute sa force dans ce dernier coup. Culpeper essaya de le dévier, mais trop tard. Sous le choc, il fut projeté au sol avec son cheval. Ruisselant de sueur sous son heaume, Jon fit un tour d'honneur pour recevoir les acclamations de la foule. La joute avait été rude et son bras le faisait terriblement souffrir. Mais il repartait avec la satisfaction d'avoir mouché Culpeper et, surtout, d'être vainqueur.

Ginny vint le trouver dans sa tente aussitôt après. En voyant ses yeux rougis, Jon comprit qu'elle avait pleuré, mais elle lui sourit malgré tout. Jon s'écarta de l'écuyer qui lui passait un linge mouillé sur le front, et vint enlacer Ginny de son bras valide.

— Eh bien, ma femme, ai-je enfin vos faveurs ? Vous ai-je suffisamment vengée des mauvaises farces de Culpeper ?

Ginny eut un rire étranglé et lui rendit son étreinte.

— J'ai cru que ce combat ne finirait jamais. Tu vas bien ? Tu n'as pas été blessé ?

Jon posa un baiser sur ses cheveux et recula.

— Je suis en excellente forme, ma douce. Juste un peu fatigué.

Il se tourna vers la bassine d'eau pour cacher son bras blessé. Il avait utilisé son foulard rouge pour bander temporairement la blessure, mais des taches de sang commençaient à se répandre. Hélas ! ce détail n'échappa pas à Ginny.

— Mais... tu saignes ! s'écria-t-elle en le contournant soudain pour examiner son bras. J'en étais sûre ! Laisse-moi voir...

— Non, coupa-t-il en lui prenant les mains. Le chirurgien arrive, il va s'occuper de moi. Ce n'est rien, ne t'en fais pas. Tu ferais mieux de retourner sur les gradins.

Pris d'un vertige, il ferma les yeux et la voix de Ginny lui parvint, étrangement lointaine.

— Comment, tu as fait chercher le chirurgien ? Alors, c'est grave !

— Non, n'aie crainte, dit-il plus faiblement. Ce n'est qu'une égratignure...

Des taches noires commençaient à danser devant ses yeux. Sans en avoir conscience, il perdit l'équilibre. Son écuyer le rattrapa à temps. Une voix retentit derrière lui.

— Apportez de l'eau.

Puis il perdit connaissance.

Lorsqu'il se réveilla, il n'était plus dans la tente. On l'avait étendu sur un grand lit et, derrière la fenêtre, il aperçut la façade d'un bâtiment de Whitehall. La vue était familière : on l'avait ramené dans ses anciens appartements.

En jetant un coup d'œil au ciel assombri, Jon se redressa tout à coup. La journée touchait à son terme. Cela signifiait qu'il avait passé plusieurs heures inconscient. Assise près de son lit, Molly se leva d'un bond.

— Sir Jon ! Grand Dieu, vous vous réveillez à temps ! Comment vous sentez-vous ?

Jon posa prudemment la main sur son épaule. Elle était toujours très sensible, mais on avait nettoyé la blessure et on l'avait bandée pour limiter les saignements.

— Je vais bien, Molly, merci. Quelle heure est-il ?

— Le bal n'a pas encore commencé. Ginny a dû se rendre auprès de la reine pour les derniers préparatifs. Elle m'a chargée de veiller sur vous pendant son absence. Et, surtout, de vous dire que si vous vous sentez trop faible, on trouvera quelqu'un pour vous remplacer ce soir.

— Je me sens suffisamment rétabli pour aller au bal, n'ayez crainte, dit fermement Jon.

Il n'y avait même pas à hésiter. S'il restait alité, tout le monde penserait que Culpeper, malgré sa défaite, avait réussi à lui porter un coup décisif. Sa victoire dans la lice serait alors oubliée et Culpeper en ressortirait avec tous les honneurs. De plus, il était hors de question de laisser Ginny seule pendant le bal. Jon se méfiait de Culpeper comme de la peste, et il craignait qu'il se venge sur elle. Non, il était hors de question de rester à l'écart.

Il se leva sans tarder et autorisa Molly à retourner à Tyburn House pour s'occuper d'Etta. Sa tenue pour le bal l'attendait dans la garde-robe. Il enfila le costume de satin blanc brodé d'argent et d'or, et se coiffa de son chapeau aux extravagantes plumes teintes. Selon la tradition, le bal commençait toujours avec un jeu organisé par les suivantes de la reine. Jon ignorait en quoi il consistait. Il savait seulement que Ginny serait vêtue de vert et qu'elle jouerait la Vertu. Elle le lui avait appris quelques semaines plus tôt et, avec malice, il lui avait promis de la détourner de cette qualité avant la fin de la nuit.

Il quitta enfin ses anciens appartements, impatient de retrouver Ginny. Il arriva juste avant le lancement du jeu. Une foule dense et bariolée se pressait dans la salle de bal, métamorphosée pour l'occasion : un grand château de carton-pâte avait été dressé au centre. Il était orné d'étendards de toutes les couleurs, et les suivantes de la reine se dressaient sur les remparts. Jon aperçut aussitôt Ginny, qui portait la robe verte. Toutefois, son visage était caché, comme celui des autres femmes. Toutes portaient des masques très élaborés, ornés de sequins et de broderies, qui couvraient entièrement le visage et les cheveux. Seuls leurs yeux brillaient à travers les trous prévus à cet effet. De même, leurs silhouettes étaient partiellement dissimulées sous les riches ornements de leurs vêtements. Costumées avec soin et arborant chacune une couleur de robe différente, elles attiraient tous les regards.

Jon rejoignit les favoris du roi, alignés au pied du château. Tout comme lui, ils étaient costumés en chevaliers blancs. Le but du jeu était qu'ils assiègent le château défendu par les allégories, et remportent la bataille. Sous les cris d'encouragement et les rires, les favoris s'élancèrent pour escalader le château, armés de bonbons et de fleurs à lancer aux jeunes femmes jusqu'à ce qu'elles se rendent.

Jon se dirigea aussitôt vers Ginny. Postée sur l'aile droite du château, elle semblait s'en donner à cœur joie et faisait tout pour monopoliser l'attention des assaillants et du public. Une telle extravagance de sa part l'étonna, mais il supposa que le masque devait l'enhardir. Pourtant, alors qu'il arrivait à hauteur des remparts, il fut intrigué par Kat Howard, dont Ginny lui avait dit qu'elle porterait la robe prune. L'étoffe était fine, presque translucide par endroits, et dévoilait des courbes séduisantes qui le troublèrent. Il n'avait jamais été attiré par Kat, mais en la voyant ainsi, il comprit pourquoi Culpeper et Henri avaient été séduits par elle. Il n'aurait jamais cru que ses vêtements puissent dissimuler un corps si beau...

L'assaut s'acheva lorsque les chevaliers atteignirent enfin les remparts. Ginny n'avait pas quitté Jon des yeux et, dès que le héraut annonça la fin du jeu, elle s'éloigna aussitôt pour le rejoindre. Hélas ! son époux se dirigeait droit vers Kat Howard qui paradait dans sa robe verte. Ginny avait essayé de la convaincre de porter la robe prune, mais Kat n'avait rien voulu savoir, et Jon était resté inconscient si longtemps qu'elle n'avait pas eu le temps de le prévenir.

Aidées par les chevaliers blancs, les dames masquées descendirent de leur fort. Les notes de la première danse retentirent et Ginny, impuissante, vit Jon prendre Kat par la taille pour la faire danser. Avant qu'elle puisse faire quoi que ce soit, une main ferme se referma sur son bras et elle fut entraînée à son tour sur la piste.

— Sir Thomas, dit-elle en reconnaissant enfin son cavalier. Vous vous êtes trompé de partenaire, je le crains. Sans doute vouliez-vous...

— Je ne me suis pas trompé, miss Désir, souffla Culpeper à son oreille. Je veux danser avec la femme qui dévoile le plus ses charmes, ce soir. Après tout, je mérite bien cette récompense après mon échec dans la lice, n'est-ce pas ? Vous ne me refuserez pas le plaisir de vous admirer de plus près ?

Il lui sourit et éleva sa main plus que nécessaire pour glisser un regard sous le tissu léger de sa robe. Le décolleté bâilla davantage. La robe avait été coupée pour Kat Howard, plus ronde, et elle dévoilait beaucoup plus le corps de Ginny. Culpeper ne dit rien, mais il la regarda dans les yeux, toujours souriant. À présent, il ne pouvait plus ignorer qui elle était. Tout comme Jon, qui devait avoir pris conscience de son erreur...

Ginny lâcha la main de Culpeper dès que la danse s'acheva. Mortifiée, elle voulut se retirer au fond de la salle, où Jon saluait à présent Kat Howard, mais sa main fut prise par un nouveau cavalier. Elle allait se dégager lorsque, à travers les fentes étroites de son masque, elle reconnut la large silhouette de Henri. Un frisson glacé courut le long de son dos. Le roi, lui aussi, la prenait pour Kat et Culpeper s'éloignait déjà. Il ne fallait pas compter sur lui pour détromper le roi…

Une voix s'éleva soudain.

— Votre Majesté, il est temps pour les mystérieuses jeunes dames de se démasquer. En tant que l'un des vainqueurs de la joute, je demande la main du Désir. Qui est-elle ? Venez, milady, et vous serez mienne jusqu'à la fin de la soirée.

Ginny reconnut la voix de son époux. Le soulagement l'envahit.

— Je suis là, sir, dit-elle. Mais peut-être devriez-vous faire preuve de galanterie et m'échanger contre votre compagne. Ce serait généreux envers Sa Majesté…

Tout en parlant, elle souleva son masque, révélant son visage. Kat Howard, tout sourire, fit de même, et Henri lâcha enfin Ginny pour se tourner vers sa favorite. Ginny surprit un éclair glacé dans les yeux de Culpeper. À l'évidence, il espérait l'humilier pour se venger, et ne s'attendait pas à voir son plan éventé si vite. Avec un sourire forcé, il s'approcha de Jon et lui tapa sur l'épaule.

— Bien joué, *Jon*, lança-t-il. On est possessif avec sa femme, aujourd'hui ? Pourtant, depuis le temps, vous devriez avoir pris l'habitude de la partager…

Jon blêmit. Culpeper avait heurté son épaule blessée, mais Ginny mit sa pâleur sur le compte de sa colère.

— Vous vous trompez, Culpeper. On ne s'y habitue jamais. Bientôt, vous en ferez l'expérience par vous-même.

Culpeper retira sa main, l'air soudain moins assuré. À n'en pas douter, Jon parlait de Kat Howard. Si le roi continuait à la courtiser, Culpeper ne pourrait pas la garder longtemps pour lui seul. Ginny craignit soudain que la conversation ne dégénère, et s'agrippa à son époux.

— Viens, Jon. Partons d'ici.

Jon parut se calmer un peu.

— Hélas ! personne ne peut partir avant Sa Majesté.

Ginny ne répondit pas. Horrifiée, elle regardait l'épaule de Jon.

Une tache rouge se répandait lentement sur son épaule, maculant le satin blanc.

— Jon, tu as besoin de soins ! Vite, suis-moi. Je ferai prévenir le roi, il comprendra.

Elle l'emmena d'autorité hors de la salle. Personne, hormis Culpeper, ne sembla remarquer leur départ. Ils retournèrent sans tarder à Tyburn House. Là, aidée du valet de son époux et de Molly, Ginny lui ôta son costume et son bandage sanglant pour nettoyer la blessure du mieux possible. Jon ne se plaignit pas mais, à sa pâleur inhabituelle, elle comprit que la blessure risquait de s'aggraver s'il n'y prenait pas garde dans les jours à venir. Elle décida qu'ils ne participeraient pas aux autres festivités prévues pour la semaine.

Elle ne le savait pas encore, mais c'était le dernier jour où elle voyait Henri et Anne ensemble.

Durant la semaine qui suivit, les rôles de Jon et Ginny furent inversés. Loin de l'autorité de son père, loin de la cour et du roi, elle devint la maîtresse de Tyburn House pendant la convalescence de Jon. Grâce à sa mère, elle savait déjà beaucoup de choses sur la façon d'orchestrer la vie d'une maisonnée. Elle put enfin utiliser ces connaissances pour finir d'aménager les dernières salles et améliorer ses relations avec ses nouveaux serviteurs. Ayant eu l'autorisation de rester à Tyburn House avec son époux, elle eut aussi beaucoup plus de temps pour s'occuper d'Etta.

Ses inquiétudes concernant Jon disparurent bientôt. Ilresta alité quelques jours, puis, lorsque sa blessure se referma, il put enfin se lever et vaquer à ses occupations. Au grand bonheur de Ginny, il ne fit aucune remarque sur sa façon de diriger la maison. Et, même lorsqu'il fut rétabli, il la laissa faire, manifestement satisfait. Depuis février, c'était la première fois qu'elle retrouvait le contrôle de son existence. Elle n'aurait jamais cru éprouver cela un jour dans sa vie de couple, mais plus les jours passaient, plus elle se sentait épanouie. Mieux encore : elle se sentait libre. Elle se rapprochait doucement de son époux, et elle avait une belle-fille qu'elle aimait tendrement. Avec eux, elle avait enfin un but dans sa vie. Elle faisait de son mieux pour qu'ils soient une famille unie, et cela lui procurait un sentiment d'appartenance et de légitimité qu'elle n'avait encore jamais ressenti.

Malgré les avertissements des médecins, Jon ne se ménagea que quelques jours. En tout cas, sa blessure ne le dissuada pas longtemps de faire l'amour à Ginny. Quand elle le rejoignait silencieusement le soir, la puissance de son désir balayait toute idée de prudence. Et, lorsqu'elle protestait, lui rappelant sa blessure, il la rassurait d'un sourire.

— C'est presque guéri, ma douce, lui dit-il lorsque, un soir de plus, elle s'inquiétait. C'est plutôt le reste de ma personne qui a besoin de soins.

Ginny lui caressa doucement le torse.

— Est-ce que ce genre de soins te convient ?

— Non, je pense que je vais devoir être plus explicite...

Ignorant le bandage qui immobilisait son épaule, Jon l'allongea et la caressa jusqu'à la faire gémir de plaisir, lui faisant oublier toute précaution quant à sa blessure. Il n'avait aucune envie d'attendre une guérison complète avant de l'honorer. Plus il l'initiait aux plaisirs du lit, plus il découvrait en Ginny une amante extraordinaire. Elle apprenait vite, répondait au moindre contact, et devenait de plus en plus inventive lorsqu'il s'agissait d'exciter sa passion. Elle savait l'entraîner là où aucune autre femme avant elle n'avait su le faire.

Il aurait aimé pouvoir lui murmurer les mots d'amour qu'elle méritait, mais il craignait de provoquer une cascade de questions auxquelles il n'avait pas envie de répondre. Ou du moins pas pour le moment. Pour déclarer ses sentiments, il avait besoin de se sentir totalement en confiance et surtout, il aurait besoin de tout son sang-froid pour lui expliquer des sentiments trop complexes pour paraître sensés. Ce n'était pas le bon moment pour cela.

Le corps comblé, Ginny s'allongea au côté de Jon, envahie par une vague de bonheur. Malgré sa blessure, Jon lui montrait la vigueur de son désir avec autant de force que d'habitude. Jamais elle n'aurait pu atteindre cette intimité avec un autre homme.

Elle ne voulait que les mains de Jon sur son corps. Ces mains qui jouaient tendrement avec les pointes de ses seins, et caressaient ses courbes jusqu'à ce qu'elle gémisse de plaisir. Elle avait tenté d'imaginer ces étreintes avant son mariage, mais ce qu'elle avait découvert avec Jon dépassait de loin ses fantasmes. Elle redécouvrait chaque fois les mille sensations qu'il provoquait en elle. Cela allait tellement plus loin que le simple désir qu'elle avait pu ressentir auparavant...

À présent, elle savait que seul Jon pouvait l'emporter dans un tel tourbillon de passion. Plus rien n'avait d'importance pour elle, désormais. Seul comptait son amour pour lui, son désir de remplacer sa première femme, et de le rendre heureux enfin. Elle l'avait haï pendant trois ans pour l'avoir rejetée. Elle l'aimait, à présent, pour l'avoir épousée malgré tout. Et peu importaient les raisons qui l'avaient poussé à revenir vers elle...

Ginny ne revint pas à la cour durant le mois de mai. Jon, lui, y retourna dès qu'il fut rétabli. Hélas ! les nouvelles qu'il en rapporta n'étaient pas des plus rassurantes. Désormais, il était évident pour tous que le roi n'allait pas tarder à répudier Anne. Il se montrait de plus en plus souvent en compagnie de Kat Howard, et certains murmuraient même qu'elle serait sa prochaine épouse. Kat gagnait en assurance à une vitesse folle, et négligeait désormais de servir la reine.

Anne était la seule qui ne voyait rien venir. Aveuglée par sa bonté naturelle, elle semblait continuer à espérer un soudain revirement du roi, sans se rendre compte que Kat Howard l'avait déjà supplantée. Ginny apprit toutes ces nouvelles avec un pincement au cœur. Désormais, il n'y avait plus de doute. Anne allait être renvoyée à Clèves, tôt ou tard. Le seul point positif que Ginny voyait dans tout cela était que, dans ce cas, plus rien ne la rattacherait à la cour.

Heureusement, depuis que son père avait obtenu Sandrock, il cessait de la harceler. Ginny était donc assurée de pouvoir quitter la cour sans subir la moindre remontrance de sa part. Il se montrait presque cordial avec elle, à présent, et lui parlait beaucoup plus souvent, comme s'il essayait de se racheter. Mais, pour Ginny, son père avait commis une trahison impardonnable, et elle restait toujours très distante avec lui. Elle avait aussi reçu une lettre chaleureuse de sa mère. Elle lui racontait avec bonheur l'acquisition de Sandrock et son projet d'en faire le plus beau domaine de la région. Ginny lut la lettre avec un mélange de colère et d'indignation, et n'y répondit pas. Les seuls qui faisaient désormais partie de son cercle proche étaient Jon, Maeve, George, Elion et Molly. Etta, quant à elle, fut rapidement acceptée dans la famille, et partagea ses journées entre Tyburn House et la maison de ses cousins.

Peu à peu, les jours se réchauffèrent et les couchers de soleil se firent plus flamboyants. Mai passa. Juin s'installa, sec et brûlant. La population accueillit avec bonheur les premiers jours d'été mais, hélas ! cette joie ne dura pas. Bientôt, il cessa de pleuvoir. Dans les villages, les puits s'asséchèrent. Ici et là, on commença à murmurer que les récoltes s'annonçaient mauvaises, et que la peste guettait. Chaque jour, les vagabonds qui se pressaient devant Whitehall étaient de plus en plus nombreux. Sur ordre du roi, on distribuait tous les jours les restes des repas, mais cela ne suffisait pas à combler la faim et la soif de la population.

Tout bascula le 24 juin. Un orage brutal et une incroyable nouvelle déferlèrent sur Londres dans un parfait ensemble. Le comte d'Essex, anciennement Thomas Cromwell, principal conseiller du roi, avait été arrêté et enfermé à la Tour de Londres.

Ginny racontait une histoire à Etta lorsque Jon, pâle et sous le choc, revint à Tyburn House. Ce fut lui qui lui apprit la nouvelle. Elle était si inattendue et si invraisemblable que Ginny en resta tout d'abord bouche bée. Comment était-ce possible ? Le comte d'Essex était le premier conseiller du roi. Il épaulait Henri depuis des années, et était devenu un soutien indispensable. Que s'était-il passé pour que Henri change si brutalement d'avis ?

Jon soupira lorsqu'elle lui fit part de ses réflexions. Avec douceur, il souleva Etta pour la faire sortir de la pièce et referma la porte, les laissant en tête à tête.

— Tu es absente de la cour depuis trop longtemps, dit-il. Les choses ont énormément changé depuis le mois de mai. Depuis que Henri courtise Kat Howard, le duc de Norfolk, son oncle, a gagné encore plus d'influence. Cromwell est son ennemi juré, tu le sais. Cela fait des années qu'il attend de prendre sa revanche. Dès qu'il s'est imposé au conseil, il a réussi à mettre le roi de son côté en accusant Cromwell de trahison. Tu connais Henri : il a réagi sans tarder.

Ginny l'écouta, de plus en plus inquiète.

— Mais… Jon, tu es l'assistant de Cromwell ! Et si on t'accuse, toi aussi ? Si le roi s'est débarrassé de Cromwell, alors il n'hésitera pas à faire de même avec ses assistants !

— N'aie crainte, Ginny. Je serai prudent.

— Jon, tu ne devrais pas retourner à la cour, insista-t-elle. Tu as une famille, tu dois penser à nous…

— Cromwell aussi a une famille, répondit fermement Jon, et il compte sur ses gens pour que le bureau continue à fonctionner et faire ce qui doit être fait. On finira par nommer quelqu'un d'autre à sa place, mais en attendant, c'est à moi de le remplacer. Je dois y retourner.

Ginny comprit qu'il ne céderait pas à ses suppliques. Il servait deux maîtres et refusait de les décevoir. Face à sa nouvelle responsabilité, ses propres peurs importaient peu.

— Je comprends, dit-elle au bout d'un moment. Mais que nous arrivera-t-il, à Etta et moi, si tu es arrêté ?

— Rassure-toi, il ne vous arrivera rien. Contente-toi de veiller sur Etta, et évite la cour pour le moment. C'est plus sûr.

— Jon, sois prudent, supplia-t-elle. Ne…

Ses derniers mots se perdirent. Jon avait déjà quitté la pièce. Au bout de quelques instants, le bruit sec de ses pas sur les dalles s'évanouit. Réprimant des larmes de colère et de frustration, Ginny claqua la porte derrière lui. Il ne l'avait même pas embrassée avant de partir.

9

Préoccupée, Ginny alla retrouver Etta après le départ de Jon. L'enfant babillait joyeusement dans la nursery, l'air d'avoir complètement oublié la conversation dont on l'avait exclue. Ginny s'agenouilla pour jouer avec elle, mais le cœur n'y était pas. Elle ne cessait de penser à Jon et au danger qu'il courait. Bientôt, son inquiétude devint insupportable. Elle ne pouvait pas rester là, à Tyburn House, pendant que son époux était à la cour !

Sa décision fut vite prise. Elle ordonna qu'on lui selle un cheval et, peu de temps après, elle se mit en route pour Whitehall. Certes, une fois au palais, elle ne serait pas d'un grand secours à Jon. Mais, au moins, elle serait proche de lui, prête à intervenir si quelque chose se passait mal.

Sitôt arrivée, elle se rendit chez la reine. Elle ne l'avait pas vue depuis longtemps, et s'attendait donc à un accueil chaleureux, mais ce fut tout le contraire. Anne était assise dans un fauteuil, le visage pâle et les yeux rougis, et elle leva à peine la tête à son arrivée. Que s'était-il encore passé ? Se pouvait-il que deux mauvaises nouvelles surviennent le même jour ?

— Votre Majesté, s'écria-t-elle, que vous arrive-t-il ?

La mine défaite, Anne lui tendit la lettre qu'elle avait entre les mains.

— Henri m'ordonne de quitter la cour avant demain. Il...

Sa voix s'étrangla. Ginny prit la lettre et la lut rapidement, le cœur serré.

— Il craint qu'une épidémie de peste se répande... Il vous demande de partir vous mettre en sécurité à Richmond... *Dès aujourd'hui ?*

Anne se tourna vers elle, désemparée.

— Ce n'est qu'un prétexte, n'est-ce pas ? Si Sa Majesté a peur de la peste, pourquoi ne vient-il pas aussi à ce... *Reechmond* ? Et pourquoi suis-je la seule à devoir partir, avec seulement quelques-uns de mes gens ?

— Comment cela ?

— Le roi a ordonné qu'on réduise le nombre de mes serviteurs de cent vingt-six à quinze. Toutes mes dames de compagnie sont libres, à présent. Dont vous, Ginny. Et la fille Howard aussi, bien sûr, ajouta Anne avec amertume.

Ginny resta silencieuse. De toute évidence, Anne avait parfaitement compris ce qui se tramait entre Katherine Howard et le roi. Et elle avait conscience que Henri la chassait de la cour. Tout cela n'annonçait rien de bon. La réduction du personnel de la reine augmentait encore sa disgrâce... Quel monstre d'égoïsme pouvait être Henri, pour traiter si mal une épouse aussi aimante et patiente ?

Ginny regarda le visage défait de la reine et décida qu'elle ne la laisserait pas partir seule. Elle était la dernière alliée d'Anne. Elle ne pouvait pas l'abandonner à son tour... même si la perspective de quitter Etta et Jon lui brisait le cœur.

La reine ne protesta pas, ne se révolta pas. Obéissante, comme toujours, elle prépara son départ dans l'heure. Elle ordonna à ses serviteurs de charger ses affaires les plus lourdes dans des barges qui remonteraient le fleuve jusqu'à Richmond. Puis, avec Ginny pour seule dame de compagnie, elle quitta discrètement la cour.

Ginny eut un dernier regard pour les tours de Whitehall avant de leur tourner le dos. Elle sentait qu'elle faisait le bon choix en accompagnant Anne, mais elle s'inquiétait terriblement pour Jon. Les derniers ordres du roi prouvaient à quel point il était imprévisible. Il emprisonnait Cromwell juste après l'avoir nommé comte d'Essex, il se débarrassait de sa femme avec une excuse bancale... Tout pouvait basculer d'un jour à l'autre. Et Jon, en tant qu'assistant de Cromwell, était en première ligne. Bien sûr, Ginny savait qu'il était aussi favori du roi et qu'il faisait toujours preuve de prudence, mais comment prévoir la prochaine catastrophe ? Henri ne s'embarrassait pas de scrupules. Il ne reculait pas devant les solutions les plus radicales pour se débarrasser d'un problème ou arriver à ses fins. Après tout, n'avait-il pas fait décapiter sa précédente épouse ?

Elles prirent place sur une barge lourdement chargée et se mirent en route. Anne parlait très peu. Ses yeux étaient humides, mais elle faisait de son mieux pour rester digne. Elle s'absorba dans la contemplation du paysage jusqu'au soir, lorsque la barge approcha du château de Richmond. Il se dressait fièrement au bord de la Tamise, comme tout droit sorti d'un conte de fées. Une haute porte s'ouvrait sur l'eau pour conduire à un large escalier près d'un petit débarcadère. Plus loin, on voyait un élégant bâtiment qui se dressait sur la berge. Anne leva les yeux vers l'édifice et sourit.

— Je pense que je vais me plaire, ici. Avez-vous aperçu tous ces dômes, ces drapeaux, et les jardins ? dit-elle d'un air ravi.

C'étaient ses premières paroles depuis plusieurs heures. Ginny remarqua son regard émerveillé devant les dômes d'or vieilli qui brillaient à la lumière du soleil couchant. Le château, en effet, était magnifique. Il était niché au cœur de jardins fermés et de vergers, et perdu au milieu de collines verdoyantes. Lorsqu'elles y entrèrent, elles découvrirent avec ravissement les luxueuses salles. Désertes depuis des mois, elles dégageaient quelque chose de précieux et d'abandonné qui leur donnait un grand charme. Oui, Anne finirait peut-être par trouver ici la paix et le bonheur.

— Ce genre d'endroit me correspond, confia-t-elle à Ginny. Je serai plus heureuse à Richmond qu'à la cour. Pourvu que le roi me permette de rester ici ! Je n'ai aucune envie de retourner à Clèves. Si le roi me renvoie là-bas, mon frère sera furieux ! Mais le roi sera peut-être clément, depuis qu'il a la compagnie de miss Howard…

Elle resta silencieuse quelques instants. Ginny savait que Kat Howard n'avait pas été correcte avec la reine ces derniers temps. Elle avait négligé de la servir et s'était montrée impolie à plusieurs reprises. La reine devait penser à la même chose, car elle haussa les épaules.

— Elle est très jeune, dit-elle simplement. Oublions cela. Ici, nous sommes tranquilles…

Les doutes d'Anne au sujet de son avenir furent levés bien plus vite que prévu. Le lendemain de leur arrivée à Richmond, une délégation du roi, menée par l'archevêque de Canterbury, se présenta et demanda à s'entretenir en privé avec Sa Majesté.

Redoutant le pire, Ginny regarda la porte du salon se refermer derrière eux. Ils restèrent enfermés une heure. Enfin, Anne en ressortit, pâle, les yeux rouges et gonflés. D'une voix tremblante, elle fit ses adieux à la délégation qui repartit aussitôt. Ce fut seulement lorsqu'elle se retrouva avec Ginny qu'elle fondit en larmes.

— Je ne suis plus l'épouse de Sa Majesté, lâcha-t-elle dans un souffle.

Elle s'effondra sur un coffre et enfouit son visage dans ses mains, les épaules secouées par les sanglots.

— Le mariage sera annulé. Ils l'ont décidé il y a dix jours déjà, à votre Chambre des Communes. Pourquoi... *Pourquoi* ne me l'a-t-il pas dit lui-même ? Ai-je donc si peu d'importance à ses yeux ?

Emue, Ginny s'assit à ses côtés et la prit dans ses bras pour apaiser le tremblement de ses épaules. Que pouvait-elle faire de plus ?

— Je suis vraiment désolée. Vous ne méritez pas ça. Vous ont-ils dit ce qui allait se passer ensuite ? Le roi ne va tout de même pas vous renvoyer à Clèves ?

Anne se redressa en essuyant ses larmes.

— Sa Majesté est bonne envers moi. Il m'accorde une rente généreuse, et il m'autorise aussi à garder tout ce que je possède. Il me donne aussi ce château, un autre à Hever, et un troisième, je ne sais plus où... Il veut m'appeler sa sœur, Ginny.

Elle laissa échapper un rire nerveux mêlé de larmes à cette demande rocambolesque.

— Sa sœur ? répéta Ginny, incrédule.

— Oui, dit Anne en riant de nouveau. Au moins, les choses sont claires : il ne me voyait vraiment pas comme une épouse ! Peut-être est-ce mieux ainsi, Ginny. On m'accorde une liberté complète, je n'ai pas à retourner à Clèves... Et puis, je garde un rang supérieur aux autres femmes nobles, à l'exception de la reine et des princesses. Tout ce que le roi me demande, c'est de ne pas m'élever contre lui comme ses anciennes épouses. C'est une condition que je n'aurai aucun mal à honorer.

Anne lui sourit, l'air un peu plus calme. Ginny hocha la tête sans rien dire. Elle recevait une grande leçon d'humilité. Au lieu de réagir avec colère et amertume, Anne s'efforçait de voir le bon côté des choses. D'autres femmes n'auraient vu dans ce marché qu'une action basse et laide, une tentative de Henri pour s'assurer de sa docilité. Avec sa sagesse, Anne savait voir plus loin.

Peut-être a-t-elle raison : les choses sont mieux ainsi, songea Ginny. Le premier choc passé, Anne se rendrait compte qu'elle venait d'échapper à un bien triste époux. Quelle différence avec son propre mariage ! Bien sûr, Ginny non plus ne s'était pas mariée par amour. Mais, contrairement à Anne, elle avait appris à aimer l'homme qu'on lui avait ordonné d'épouser. Si Jon l'avait répudiée, elle aurait sans doute eu le cœur brisé.

Henri envoya ses conseillers à Richmond quelques jours plus tard. Il insista pour qu'Anne signe deux lettres officialisant la séparation, une pour lui et une pour son frère, le duc de Clèves, dans lesquelles elle s'étendait largement sur la générosité de son ancien époux. Anne accepta toutes les conditions qui lui furent imposées, avec sagesse. La seule chose qui lui importait était de rester en Angleterre. Sans grande surprise, Ginny et elle apprirent l'exécution de Thomas Cromwell, duc d'Essex, et le mariage de Henri avec cette tête de linotte de Kat Howard le même jour. Ginny avait du mal à croire que le roi puisse se montrer aussi insensible.

Jon vint la voir à Richmond peu après l'exécution. Ses traits étaient tirés et son teint gris. La mort de Cromwell avait été un coup dur pour lui. Son maître n'était certes pas aimé de tous, mais il s'était toujours montré juste envers ses alliés. Malgré sa prudence, il n'avait pas pu anticiper le retour au pouvoir des Howard, et sa propre perte d'influence. En voyant la mine hagarde de son époux, Ginny craignit qu'il tombe malade de nouveau.

— Reste un peu, dit-elle doucement. Tu as l'air épuisé. Quelques jours à Richmond te feront le plus grand bien.

Mais Jon secoua la tête.

— Je vais pouvoir rester cette nuit, mais pas plus longtemps. Il faut que je retourne au bureau de Cromwell pour trier ses affaires et ses papiers. Je lui ai promis de le faire avant que les Howard ne mettent la main dessus.

Sa voix était basse, comme s'il craignait qu'on les écoute. Ils se promenaient dans les jardins et de nombreux serviteurs y travaillaient, coupant les haies ou ratissant les allées. Les jardins de Richmond étaient magnifiques mais, faute d'occupants, ils avaient été négligés pendant de nombreux mois. Voyant que Jon ne se sentait pas à l'aise au milieu de toutes ces oreilles indiscrètes, Ginny changea de sujet.

— Est-ce que tu as vu Etta, ces derniers jours ?

— Oui, hier. Je l'ai confiée à ta sœur puisque je ne suis jamais à Tyburn House. Sir George m'a dit que Paul leur avait rendu visite.

— Mon frère ? demanda Ginny éberluée. Qu'a-t-il encore fait ?

Jon haussa les épaules.

— Paul n'a rien fait. Il est seulement inquiet. Depuis l'exécution de Cromwell, Culpeper redoute que le roi lui fasse subir le même sort, puisqu'il a eu une aventure avec Kat Howard. Maintenant qu'elle est la reine, Henri est très possessif envers elle. Alors, Culpeper essaie de mettre toute l'histoire sur le dos de Paul.

— Comment est-ce que Culpeper implique mon frère exactement ? Il lui demande de mentir pour lui ?

— Il le charge de transmettre des messages et des cadeaux à la fille Howard. Il utilise l'amitié de ton frère pour lui demander tout ce qu'il veut.

— Et qu'est-ce que Paul attend de Maeve et de George ? lança-t-elle plus sèchement.

— Qu'ils l'accueillent. Il leur a demandé la permission de vivre là où Culpeper ne pourra pas l'atteindre. Ils pensent tous les deux que Paul revient finalement à la raison.

Qu'on puisse avoir encore confiance en Paul la dépassait. C'en était trop !

— Vraiment ? Oui, il revient à la raison quand c'est *lui* qui est en danger ! Moi, je ne me laisse pas duper et il est hors de question qu'il s'approche d'Etta. On ne peut pas se fier à lui, crois-moi. Je le connais mieux que toi.

— Ne sois pas sotte, Ginny. Comment pourrait-il faire du mal à Etta ? Paul a des défauts, mais ce n'est pas une mauvaise personne.

Ginny s'arrêta au milieu de l'allée, estomaquée. Que lui arrivait-il ? C'était bien la première fois qu'il prenait la défense de Paul devant elle !

— Si on le laisse faire, répliqua-t-elle, il viendra bientôt chez nous. Seigneur, as-tu déjà oublié à quel point il peut être irresponsable ?

— Il ne viendra pas chez nous. Pourquoi le ferait-il, puisque ta sœur a accepté de l'aider ? As-tu donc si peu confiance en lui ? N'es-tu donc pas prête à accueillir ta propre famille lorsque le besoin s'en fait sentir ?

Ginny resta bouche bée.

— Alors ça, c'est la meilleure ! Paul a essayé de m'utiliser pour avoir une récompense, il l'a fait sans aucun égard, et maintenant, c'est moi que tu traites d'égoïste ? L'accueillir ? Il n'a qu'à refuser les demandes de Culpeper. Et s'il le faut, il peut toujours rentrer à Arvall Hall !

Ils passèrent sous un tunnel de treillage où s'entremêlaient des rosiers grimpants. Le visage de Jon fut masqué par l'ombre des plantes mais, lorsqu'ils sortirent du tunnel, Ginny vit qu'il serrait les mâchoires. Il finit par se tourner vers elle, le regard froid et dur.

— Je sais mieux que toi ce qu'il convient de faire. Tu restes à Richmond, bien à l'abri, tu ignores complètement ce qui se passe à la cour. Je n'arrive pas à croire que tu fasses passer tes rancœurs avant ta famille. Paul est en danger, Ginny. Tu tiens vraiment à le laisser entre les griffes de Culpeper ? Cela te dérange si peu ?

Ginny tressaillit. Les paroles de Jon étaient blessantes, sûrement parce qu'elles contenaient un fond de vérité.

— Jon, je dis seulement...

Mais il ne la laissa pas finir.

— Excuse-moi, je dois partir.

— Non ! Je t'en prie, ne t'en vas pas ! Tu as dit que tu pouvais rester...

Mais il ne l'écoutait plus. À grands pas, il traversa l'allée et passa sous l'arche qui menait à la cour. Quelques instants plus tard, Ginny entendit son cheval s'éloigner le long de la route. La gorge nouée, elle demeura figée sur place, les larmes aux yeux.

Le remords rongea Ginny pendant tout le reste de la journée. La nuit venue, elle fut incapable de trouver le sommeil. Sa conversation avec Jon tournait et retournait dans sa tête, l'emplissant de culpabilité. En se souvenant de ses derniers mots, elle fondit en larmes. Jon la voyait-il comme une ingrate ? Devraient-ils reconstruire leur relation depuis le début ?

Épuisée, elle finit par s'assoupir, mais ces questions continuèrent à la hanter, troublant son sommeil. Lorsque le parquet grinça sur le seuil de sa chambre, elle crut à une illusion. Mais soudain la porte se ferma, la tirant du sommeil.

— C'est toi, Molly ? chuchota-t-elle.

— Non, répondit une voix grave et familière. C'est moi.

Le cœur de Ginny s'emballa. Elle se redressa, osant à peine croire à ce qu'elle voyait. Dans la pénombre, la silhouette de Jon se découpait faiblement. En quelques gestes, il se déshabilla avant de se glisser contre elle dans le lit. Son corps chaud sentait le cuir et le cheval. Il avait dû chevaucher à bride abattue pour revenir à une telle heure. Ginny se blottit contre lui, de nouvelles larmes coulant sur son visage.

— Oh ! mon amour ! Tu es revenu… Repose-toi, à présent, tout contre moi…

Sans un mot, Jon serra Ginny contre lui et l'embrassa doucement. La culpabilité l'avait assailli très peu de temps après son départ de Richmond. Mais, trop orgueilleux pour revenir si vite sur sa décision, il avait chevauché longtemps avant de tourner bride. Il s'était mal comporté envers elle et en avait pris conscience trop tard. Il avait été incapable de voir les choses selon son point de vue, et l'avait blessée sans égards.

Alors, tout contre elle, il relâcha toute sa détresse, toute la douleur qui le torturaient depuis plusieurs jours. Il avait souffert de la mort de Cromwell, de l'insécurité qu'elle avait entraînée, mais également de son éloignement forcé de Ginny. Comprenait-elle ce qu'il ressentait ? Sans doute pas, puisqu'il ne savait pas lui-même comment le lui expliquer. Il attira donc son corps contre lui et le couvrit de baisers brûlants. Ginny était son dernier garde-fou, le seul moyen qu'il avait d'oublier la barbarie dont il avait été témoin...

Lorsqu'il la prit vivement, Ginny ne se plaignit pas. Ils étaient rongés par le même manque depuis leur séparation. Elle se laissa emporter par une vague de passion féroce, oubliant leur dernière dispute. Le premier instant de plaisir de Jon vint rapidement. Plus calme, il prit ensuite son temps pour lui faire atteindre l'extase en même temps que lui. Enfin, épuisé et rassasié, il s'endormit entre ses bras. Ginny lui caressa longuement le front et embrassa doucement son visage. Cette fois, elle avait découvert une étreinte d'un genre nouveau, encore plus intense qu'auparavant.

La lueur du matin la réveilla avant Jon. Sans bruit, elle se leva et s'habilla, puis quitta la chambre. Lady Anne, comme elle devait être appelée désormais, l'attendait pour partager le petit déjeuner. Mais, lorsque Ginny revint, Jon était déjà parti. Les draps défaits restaient les seuls souvenirs de leur nuit. À cette vue, elle fut envahie par un vide triste, déchirant. Elle avait l'impression qu'elle ne s'habituerait jamais à ses absences. Aurait-elle dû retourner à Londres avec lui ? Qu'aurait fait la précédente lady Raemon ? Elle l'ignorait, de même qu'elle ne savait pas comment Jon avait réagi en apprenant qu'elle partait pour Richmond. Et, jusqu'à ce qu'il accepte de se confier à elle, elle en serait réduite à faire de simples hypothèses.

Les semaines passèrent et, enfin, août arriva. La pluie ne venait toujours pas et la peur de la peste devenait de plus en plus forte. Craignant sans doute une épidémie à Londres, Henri envoya la princesse Mary et sa petite sœur Elizabeth à Richmond. Elles furent accueillies par Anne et toutes trois firent rapidement bon ménage.

Il faisait une telle chaleur qu'Anne, les princesses et Ginny passaient le plus clair de leur temps à l'extérieur. Elles se réfugiaient dans les endroits ombragés des jardins et au bord de l'eau. Maître Holbein venait souvent les rejoindre. Comme Anne était bien entourée, Ginny lui demanda quelques jours de liberté pour retourner à Londres. Jon lui manquait et, surtout, elle s'inquiétait de ce que devenait Etta.

Elle partit avec une petite escorte et arriva rapidement à Tyburn House. Cependant, toute sa joie s'évanouit lorsqu'elle passa le seuil de sa maison. Maeve était là, en train de s'occuper des enfants... aidée par Paul.

Ginny garda son calme. Elle prit Etta dans ses bras et demanda à parler à Maeve en privé. Là seulement, elle laissa libre cours à sa colère.

— De quel droit fais-tu entrer Paul chez moi, Maeve ? Jon a dû te dire que j'y étais formellement opposée !

Maeve ne se démonta pas. Elle fit face à sa sœur et la prit doucement par les épaules.

— Je le sais, ma chérie. Cependant, Jon m'a dit qu'il acceptait d'accueillir Paul si George et moi pensons qu'il essaie réellement de se racheter. Je dois t'avouer, Ginny, qu'il paraît sincère à mes yeux. De plus, il sait très bien s'occuper des enfants, et ils l'adorent. C'est bon signe, tu ne trouves pas ?

Par la porte ouverte, Ginny apercevait le verger. Paul jouait avec les enfants, se laissant pourchasser par les plus grands montés sur leurs chevaux de bois. Ils riaient aux éclats et même Paul semblait s'amuser. Maeve avait peut-être raison, mais Ginny ne se laisserait pas persuader aussi facilement.

— L'habit ne fait pas le moine, Maeve. Tu ne sais pas ce que Paul est capable de faire, mais moi, si.

— Ginny, arrête ! coupa Maeve. Je sais exactement de quelle histoire tu parles.

— Comment cela ?

— Je le sais parce que Paul nous l'a dit, à George et à moi. Il nous a aussi dit que tu avais l'air de le croire aussi coupable que les autres. Il est blessé que tu penses cela de lui...

— Ah ! Blessé ! Et la femme du garde, Maeve, comment crois-tu qu'elle s'est sentie ? Il était là ! Il n'a même pas essayé de le nier !

— Oui, il était là, mais il m'a juré qu'il a tout fait pour empêcher le viol, en vain. Ses compagnons ont tué le seul autre homme qui a essayé de les arrêter, et ils sont tous plus âgés que Paul. Ils lui ont fait jurer le secret mais, je ne sais pas comment, le roi a eu vent de cette affaire et a considéré que ce n'était qu'un amusement masculin. Ce que je veux te dire, c'est que Paul n'a pas fait partie des agresseurs.

— Et toi, tu le crois ? demanda Ginny, incrédule.

— Oui, et George aussi. Paul est immature et irresponsable, mais il n'a jamais été malfaisant, Ginny. Et il regrette que tu croies ces horreurs sans même le laisser s'expliquer. Il voulait te raconter toute l'histoire, mais il m'a dit que tu lui as tourné le dos. C'est vrai ?

— Il a rougi comme une fillette, Maeve. Pour moi, c'est un signe de culpabilité !

— Bien sûr, puisque tu l'as jugé sans procès.

— Qu'aurais-je dû faire d'autre, après la mauvaise farce qu'il m'a fait subir à Arvall Hall ? Après ses critiques ?

— Il regrette tout cela, crois-moi. Il veut faire amende honorable...

— Oui, en s'attirant ta sympathie, celle de George et même celle de Jon grâce à Etta !

Maeve soupira.

— Souviens-toi d'une chose, petite sœur : George et moi, nous avons vécu dans le monde. Nous sommes habitués aux mensonges, aux dissimulations, et Jon aussi. Paul a bien des défauts et il n'a pas toujours été un frère idéal, c'est vrai. Toutefois, je le connais depuis longtemps, tout comme toi, et je suis persuadée que c'est Culpeper qui l'a entraîné sur la mauvaise pente.

— Tu es donc prête à...

— Paul est influençable, Ginny, coupa Maeve. Cela ne l'excuse pas, mais explique bien des choses. Pour autant, il n'est pas stupide. Il sait comment les choses fonctionnent à la cour, et il sait aussi que père ne lui sera jamais d'aucune aide pour arriver à ses fins. C'est sans doute pour cela qu'il a cherché d'autres alliés. Culpeper et ses amis étaient les seuls qui voulaient bien de lui, alors que père ne lui a jamais trouvé de place comme il l'a fait avec Elion. C'est pour cela que George a décidé de l'employer à la garde-robe royale.

— Comment ? Depuis quand ?

— Depuis qu'il est venu nous trouver. Nous y avons réfléchi avec Jon, et il a dit qu'il était temps que sa famille donne une chance à Paul. George et moi, nous sommes les derniers vers qui Paul peut se tourner, et je pense être assez lucide pour savoir si ses excuses sont sincères ou non.

— Et tu crois que c'est sage ? demanda Ginny, encore sceptique.

— George le croit. Paul a d'ailleurs déjà prouvé ses talents en négociant les meilleurs prix avec les marchands de la ville. Il en sait plus que tu ne le crois au sujet des tissus et des modes !

Encore indécise, Ginny préféra ne pas répondre. Toutefois, elle garda l'œil sur Paul jusqu'à ce qu'il reparte avec Maeve. Peut-être que sa sœur avait raison. Peut-être que Paul, lui aussi, s'était senti en danger, et abandonné par son père qui avait toujours avantagé Elion. Oui, il retrouvait sûrement un peu de sens commun. Mais elle savait qu'elle aurait besoin de beaucoup de temps avant de lui faire confiance.

Ginny resta à Tyburn House jusqu'au début de septembre. Elle n'avait pas revu Jon depuis son départ abrupt de Richmond. Encore blessée, elle avait décidé de ne pas aller le chercher à la cour. Cependant, elle avait sous-estimé sa propre patience et, au bout de quelques semaines, la tentation de le retrouver fut de plus en plus grande.

Elle était sur le point de partir pour le château quand Jon vint lui rendre visite à Tyburn House. Dès qu'elle le vit, toute la rancœur qu'elle éprouvait se volatilisa. Elle se précipita dans ses bras, mais Jon se contenta de l'étreindre brièvement.

— Qu'est-ce que tu fais là ? demanda-t-il sans même lui sourire.

— Je vis ici, répliqua-t-elle.

— Vraiment ? Je croyais que tu vivais à Richmond.

Ginny le dévisagea et éprouva un choc. En quelques semaines, il avait beaucoup changé. Ses cheveux noirs étaient devenus longs, comme lors de leur première rencontre à Sandrock. Il semblait sombre et préoccupé. Elle ravala sa contrariété pour lui dire plus doucement :

— Viens t'asseoir. Tu as l'air épuisé. Combien de temps peux-tu rester ?

— Je ne peux rester qu'une nuit. Je pars quelque temps à Lea Magna.

Sans plus d'explications, il s'assit sur un tabouret et étendit ses jambes en soupirant.

Il semblait à bout de forces, et Ginny sentit aussitôt qu'il ne supporterait pas davantage de questions. Pourtant, elle mourait d'envie d'en savoir plus. Pourquoi retournait-il à Lea Magna ? Toutes ses relations étaient ici, à Londres. Qu'est-ce qui l'attirait si fort là-bas ? Était-ce la nostalgie de sa première femme ?

— Oui, reste ce soir, finit-elle par dire, la gorge nouée. Le roi t'a finalement libéré de tes obligations ?

Il acquiesça.

— Oui. J'ai aussi fini la tâche que Cromwell m'avait confiée. Tout est fait.

— Bien, dit-elle simplement. Je vais faire préparer un bain dans ta chambre et te faire chercher des vêtements propres. Ensuite, tu pourras manger et dormir. Je pense que cela te fera du bien.

Elle surprit un éclat de désir sous ses paupières lourdes.

— J'aurai besoin d'autre chose, avant de dormir, murmura-t-il d'une voix faible. Toute épouse dévouée aurait dû y penser, tu ne crois pas ? Est-ce sur ta liste de devoirs à accomplir aussi ?

Ginny serra les dents devant la méchanceté de sa remarque.

— Ce à quoi tu penses n'a rien à voir avec ma « liste » de devoirs conjugaux, tout comme le fait de te préparer un bain. Cela n'a jamais été une contrainte. Depuis le temps, je pensais que tu l'aurais compris.

Jon poussa un profond soupir et détourna les yeux.

— Pardonne-moi, ma douce, je ne suis plus moi-même. Ces derniers mois ont été...

— Chut, ne dis rien. Nous aurons tout le temps de parler quand tu te seras reposé.

Lorsqu'elle vint le voir après son bain, Ginny s'aperçut avec horreur que sa blessure de tournoi s'était rouverte. Elle lui barrait l'épaule d'un trait rouge et brûlant, qui devait le faire atrocement souffrir. Soudain, elle comprit sa fatigue ainsi que sa pâleur. Toutefois, elle ne dit rien et l'aida à se coucher. Il s'endormit aussitôt, trop épuisé pour lui faire l'amour malgré ses intentions.

Allongée à côté de lui, elle resta longtemps éveillée. Enfin, elle prit sa décision. Elle accompagnerait Jon à Lea Magna. Il était hors de question de le laisser voyager seul dans un tel état. Dès leur arrivée, elle enverrait un message au père Spenney. Il avait été apothicaire avant d'être le prieur de Sandrock, et saurait comment soigner Jon.

Lorsqu'elle lui annonça sa décision, le lendemain, Jon protesta, mais il était visiblement trop éreinté pour résister longtemps. Ils partirent avant midi. La chaleur était abrutissante, et ils durent faire des pauses régulières pour ménager Etta. Ils passèrent la nuit dans une auberge, mêlés à des pèlerins, et durent voyager une demi-journée encore avant d'arriver à Lea Magna. Le cœur de Ginny bondit quand, au bout d'une éternité, elle vit le domaine apparaître face à eux.

— Regarde ! dit-elle à Jon en saisissant sa main. Nous sommes de retour chez nous !

Jon leva à peine la tête. Les traits creusés, il se tenait courbé sur son cheval, comme s'il avait pris vingt ans en deux jours. L'espace d'un instant, elle eut peur qu'il s'écroule, mais il s'agrippa au pommeau de sa selle et acquiesça tandis qu'ils passaient sous le grand portail. Dès qu'ils arrivèrent dans la cour, plusieurs valets accoururent pour les aider. Ginny mit pied à terre sans attendre leur aide. Inquiète, elle vit que Jon avait fermé les yeux. Son teint avait pris la couleur de la cendre.

— Emmenez mon époux dans sa chambre, ordonna-t-elle. Faites attention, il est blessé à l'épaule. Que l'un de vous aille chercher le père Spenney. Dites-lui que je l'attends au plus vite ici.

Le père Spenney arriva en fin d'après-midi. Il se rendit aussitôt dans la chambre de Jon où Ginny attendait, de plus en plus angoissée.

— Seigneur ! dit-il en découvrant la plaie purulente. Que s'est-il passé ? Vous avez bien fait de m'appeler aussitôt, Virginia !

Il se mit au travail sans tarder. Jon gémit lorsqu'il retira les fibres de son bandage qui s'étaient prises dans la plaie infectée, mais il avait à moitié basculé dans l'inconscience. Le père Spenney nettoya la blessure avec soin et la banda de nouveau. Enfin, il alla se laver les mains dans une bassine dont l'eau se teinta aussitôt de rouge. Devant l'inquiétude de Ginny, il lui fit un sourire rassurant.

— N'ayez crainte. La blessure est impressionnante, mais votre époux est solide. Il s'en remettra.

— Seulement, je ne comprends pas, murmura Ginny. Il a pourtant été soigné, et cette blessure est vieille de quatre mois ! Pourquoi n'y a-t-il pas eu d'amélioration ?

— J'ai déjà vu ce genre de chose, dit le père Spenney avec gravité. Même lorsque le corps est fort, il est parfois incapable de lutter contre la maladie si l'esprit ne va pas bien. Non, n'ayez pas l'air si alarmée, Virginia. Je ne dis pas que sir Jon a l'esprit dérangé, loin de là. Seulement, s'il est préoccupé par quelque chose, il mettra plus de temps à se rétablir. C'est une bonne chose de l'avoir ramené à Lea Magna. Il a besoin de calme et de repos pour oublier les derniers événements.

— Vous êtes donc au courant de ce qui est arrivé à Cromwell ?

Toujours à voix basse, pour ne pas déranger son patient, le père Spenney répondit :

— Tout le monde le sait, Virginia. Ce genre de nouvelle traverse le pays comme une traînée de poudre. Cromwell n'était pas très aimé, mais je sais que votre époux l'admirait. Je pense que son exécution le hante encore... Tout le monde se doutait pourtant de ce qui allait arriver, après l'échec du dernier mariage royal.

Ginny acquiesça. Oui, il fallait que Jon se confie enfin. Depuis qu'elle l'avait retrouvé, elle avait l'impression qu'il ployait sous le poids d'un secret trop lourd, qui l'empoisonnait lentement. Il fallait qu'elle le persuade d'avoir confiance. Seule une conversation à cœur ouvert pourrait leur permettre de bâtir leur mariage sur des bases saines.

La seule bonne chose de la journée fut la visite de Ben. Ginny sauta à son cou lorsqu'il entra dans la chambre, à la fois ravie et surprise de le voir. Il était venu aider le père Spenney, qui lui enseignait la médecine. Assis près de la fenêtre, ils discutèrent longuement à voix basse, retrouvant leur complicité d'antan. Ben lui confia qu'il souhaitait entrer à Oxford, ce qui lui permettrait sans doute de trouver une bonne place dans le monde. Ginny l'écouta attentivement, observant son visage. Le crépuscule le plongeait dans l'ombre, et seule la lumière de la bougie l'éclairait par à-coups. Oui, plus elle le regardait, plus elle le trouvait changé et mûri, mais autre chose l'intriguait. Comme si, en regardant Ben dans cette pénombre, elle voyait une autre personne. Une personne qu'elle connaissait bien...

Elle chassa cette pensée et poursuivit sa discussion, sans remarquer que Jon s'était réveillé et les fixait étrangement, Ben et elle.

Le lendemain, sitôt habillée, Ginny s'empressa de se rendre dans la chambre de Jon. Elle le trouva éveillé et en pleine conversation avec le père Spenney. Dès qu'elle entra, les deux hommes se turent. Ginny fit mine de ne rien remarquer et déposa un baiser sur le front de son époux.

— Tu as l'air d'aller mieux, lança-t-elle. Etes-vous satisfait de votre patient, mon père ?

Les deux hommes se contentèrent d'échanger un rapide coup d'œil. Un silence inconfortable s'installa dans la pièce. Ginny se sentit pâlir.

— Qu'est-ce qui se passe ? La plaie s'est infectée ?

— Non, dit enfin le père Spenney à mi-voix, la plaie cicatrise bien. Notre patient a déjà retrouvé une partie de ses forces. Tout va bien.

Ginny soupira de soulagement. Cependant, le malaise qui planait dans la pièce ne se dissipa pas pour autant. Elle attendit que le père Spenney ou Jon ajoute quelque chose, puis fronça les sourcils.

— Tout ne va pas bien, insista-t-elle. Pourquoi faites-vous ces têtes ? Que s'est-il passé de grave ?

Le moine s'assit sur un petit tabouret, l'air résigné. Ginny s'attendait à ce qu'il lui répondre, mais au lieu de cela, il se tourna vers Jon.

— Je pense que c'est à vous de parler, sir Jon. Cependant, si vous voulez mon avis...

— Je connais déjà votre avis là-dessus, mon père, coupa Jon. J'essaie seulement de trouver un moyen d'annoncer cela à mon aimée sans lui faire de mal. Elle a déjà trop souffert, ces derniers mois, et je ne peux pas me résoudre à...

— Bon sang ! Qu'est-ce que c'est ? s'écria Ginny, à bout de patience. De toute évidence, il s'est passé quelque chose que je devrais savoir. Est-ce Etta ? Ou ma mère ? Est-ce Paul ? Dites-moi !

— Ginny, ma chérie, ne t'en fais pas, ce n'est rien de tout cela. Il s'est passé quelque chose, oui, mais rien que nous ne puissions régler à présent. Tu te souviens d'avoir parlé avec Ben près de la fenêtre, hier soir ?

— Ben ? Que lui est-il arrivé ? demanda Ginny, complètement paniquée à présent.

— Rien, mon amour, rien du tout, répondit Jon. Seulement, tu vois, je n'étais pas endormi, contrairement à ce que tu croyais...

Soudain, elle comprit le terrible soupçon de Jon.

— Notre discussion était parfaitement innocente, je te le jure ! protesta-t-elle. Demande à Ben, si tu veux. Il n'y a jamais rien eu d'autre que de l'amitié entre nous !

— Virginia, interrompit le père Spenney, votre époux le sait. Seulement, vous et moi, nous savons aussi que les sentiments de Ben pour vous ont toujours été plus profonds qu'une simple amitié.

Elle voulut protester, mais il leva la main pour la faire taire.

— Écoutez-moi, s'il vous plaît. Hier, votre époux a vu ce que j'essayais de cacher depuis des années au sujet de Ben. Vous ne vous en êtes jamais rendu compte et vos frères non plus, mais c'est un détail qui n'échappe pas à une personne extérieure à votre famille. Ben et votre frère Paul se ressemblent tellement que, dans la pénombre, on pourrait presque les confondre.

Ginny se remémora brusquement le visage de Ben, la veille. Alors, l'évidence la frappa. Elle aussi, elle avait songé que Ben lui rappelait quelqu'un d'autre... Paul. Qu'est-ce que cela voulait dire ?

Jon lui prit la main gentiment, comme pour l'apaiser.

— Ce genre de chose arrive, Ginny. Par exemple quand les hommes sont à la cour, séparés de leurs épouses, contraints à des mariages de convenance. Ils ont besoin d'aimer, pas uniquement d'assurer leur descendance.

Ginny secoua lentement la tête, incrédule. Ce n'était pas possible. Cela ne pouvait pas arriver, pas dans sa famille ! Mais elle se souvint de la conversation qu'elle avait eue avec lady Seymour, et elle se sentit pâlir.

— Est-ce que tu veux dire que Ben et Paul sont liés par le sang ? Comment ? Cela voudrait-il dire que père... ?

— Oui, répondit Jon. Hier soir, j'ai cru que tu parlais avec Paul jusqu'à ce que je remarque les vêtements de Ben. C'est pour cela que j'en ai parlé avec le père Spenney, ce matin. Paul et Ben sont tous les deux les fils de ton père, mais pas de ta mère.

— Votre père n'est qu'un homme, comme nous tous, dit gentiment le père Spenney devant le silence de Ginny. Il s'est marié avec votre mère en échange de terres, comme cela arrive souvent. Dans ces cas-là, de nombreux hommes recherchent l'amour hors de leur mariage. Hélas ! votre père a trouvé l'amour au mauvais endroit : auprès de la prieure de St Clare.

— La *prieure* ? balbutia Ginny, abasourdie. Est-ce que... Est-ce que ma mère l'a su ?

— Oui. Elle aimait votre père, vous savez.

Incapable de soutenir plus longtemps le regard des deux hommes, Ginny enfouit sa tête dans ses mains.

— Parlez-moi de cette femme, murmura-t-elle. Le prieuré de St Clare a été fermé il y a quatre ans par les hommes de Cromwell. Où est-elle, maintenant ?

Elle ne parvint pas à effacer le ton accusateur de sa voix et, en levant de nouveau les yeux sur le moine, elle vit un éclair de douleur traverser son regard fatigué. St Clare avait été officiellement fermé pour comportement déplacé de la part des sœurs. Cette excuse était souvent injustifiée, mais pas dans ce cas.

— Virginia, cette femme était ma sœur, dit finalement le père Spenney. Elle est morte quatre ans après la naissance de Ben.

— Alors, Ben est... mon *frère* ?

— Demi-frère, précisa le moine. Il est venu me rejoindre à Sandrock après la mort de sa mère. Peut-être comprendrez-vous maintenant pourquoi votre père était si impatient d'acheter le prieuré de Sandrock. Il voulait le transmettre à Ben, pour compenser l'héritage qui lui serait toujours refusé. Les fils cadets ne reçoivent que peu de chose à la mort de leur père, vous savez.

Et les fils illégitimes sont souvent oubliés, à moins que le père ait prévu un arrangement pour eux.

Ginny ferma les yeux, essayant de se ressaisir. Tout tournait autour d'elle.

— Alors..., commença-t-elle d'une voix blanche. Alors, si père tenait tant à Sandrock, c'était pour pouvoir le léguer à Ben ? Il m'a utilisée pour cela ?

— J'en ai peur, admit le père Spenney. Et je pense qu'il a aussi fait tout cela pour la mémoire de ma sœur.

— Elle devait être très importante pour lui, dans ce cas.

— En effet. C'était une femme remarquable, mais elle n'était pas faite pour les ordres, même si on l'a nommée prieure.

— Et combien de temps leur histoire a-t-elle duré ? demanda encore Ginny. Des années, j'imagine. Paul est plus âgé que Ben.

— Votre sœur n'avait que quatre ans à la naissance de Paul, et Elion, seulement deux. Ils étaient trop jeunes pour se poser la moindre question lorsqu'un petit frère a jailli de nulle part. Votre père a demandé à lady Agnès d'accepter ce fils comme le sien, et elle l'a fait.

— Bien sûr qu'elle l'a fait ! Elle fait tout ce que père veut ! Mais il n'avait aucun droit de lui demander cela.

— Quoi qu'il en soit, elle a pris Paul à la naissance et l'a élevé comme un membre de la famille. Ce sont des choses qui se font.

Ginny haussa les épaules, trop en colère pour pouvoir parler. Cette révélation aggravait le mépris qu'elle éprouvait pour son père. Non content d'utiliser sa propre fille, il avait été assez lâche pour tromper son épouse à plusieurs reprises. Il avait beau clamer haut et fort son attachement aux valeurs morales, il les ignorait allègrement chaque fois que cela l'arrangeait !

— Seulement, poursuivit le moine, lorsque Ben est arrivé, sir Walter n'a pas pu le ramener chez vous comme il le voulait : lady Agnès était enceinte de vous et personne n'aurait cru que Ben était aussi son fils. Elle a eu peur des commérages et a refusé d'accueillir Ben.

— C'est sans doute la seule fois de sa vie qu'elle s'est élevée contre mon père... Et je la comprends.

— Ma sœur a donc gardé l'enfant avec elle, comme deux autres nonnes le faisaient. À sa mort, Ben m'a rejoint à Sandrock. Il n'avait que quatre ans. Il nous arrivait parfois de nous occuper de jeunes enfants, si les parents nous offraient une pension, ce que votre père a fait avec générosité.

— Donc, Ben et Paul n'ont jamais vécu dans le même foyer. C'est sans doute pour cela qu'ils sont si différents...

— Cela ne m'a jamais étonné. Lady Agnès a toujours eu tendance à gâter Paul, sans doute pour compenser son illégitimité et la perte de sa vraie mère. Ce genre de compassion est rare, Virginia. Votre mère est une femme au grand cœur.

— C'est comme cela que vous l'appelez ? lança sèchement Ginny. Moi, je dis qu'elle était faible de gâter Paul de la sorte !

— Comme je l'ai dit, elle aimait votre père. Les femmes font beaucoup de choses par amour. Et votre père n'a jamais montré beaucoup d'affection pour Paul. Il ne cessait de lui rappeler sa faute, et il voyait beaucoup de lui en Paul. Quant à Ben, il ne l'a jamais vraiment côtoyé.

— Vous aussi, vous vous rendiez compte de son comportement ?

— Oui, chaque fois que je venais chez vous, c'était évident pour moi. Cela m'attristait pour ma sœur, mais Ben a au moins reçu son amour pendant quatre ans. Rassurez-vous, je ne trahis aucune confidence en vous disant cela. Je n'ai jamais été le confesseur de votre mère ou de votre père, même en tant que chapelain à Arvall Hall. Je vous dis tout cela en tant qu'oncle de vos deux demi-frères, et parce que votre époux et moi sommes persuadés que vous avez droit à la vérité.

Tandis que cet aveu commençait à faire son chemin dans son esprit, Ginny revit soudain le visage de Ben, la veille, dans la lumière du crépuscule. Il était si bon, si généreux envers tout le monde. Il ne méritait pas d'être écarté ainsi de sa famille, sans même être mis au courant.

— Qu'arrivera-t-il à Ben ? demanda-t-elle. Avez-vous l'intention de lui dire tout cela aussi ?

— Oui, répondit le père Spenney. Tout homme a le droit de savoir qui sont ses parents. Il doit aussi arrêter de vous adorer comme il le fait.

— Oui...

Ginny tourna la tête vers la fenêtre. Des larmes irrépressibles lui montèrent aux yeux. Elle n'avait jamais été amoureuse de Ben, malgré toute l'affection qu'elle avait pour lui. Mais l'amour inconditionnel que Ben lui montrait avait toujours été un grand réconfort. Si seulement Jon pouvait l'aimer comme Ben… Si seulement elle pouvait lui faire définitivement oublier Magdalen…

Elle n'entendit pas le père Spenney quitter la chambre en silence, sans doute pour aller révéler à son neveu le secret qu'il aurait pu lui avouer des années plus tôt. Elle resta face à la fenêtre, luttant contre son chagrin, bouleversée par ce qu'elle venait d'apprendre. Puis, soudain, elle entendit le parquet craquer derrière elle. Jon vint l'enlacer avec douceur, caressant son visage comme pour effacer ses larmes.

— Ma chérie, murmura-t-il, ne pleure pas. Tout cela n'aura aucune influence sur notre amour. C'est arrivé il y a des années, et nous deux, nous partageons un amour que nos parents n'ont jamais connu… Chut, ma douce. Oublie tout cela.

10

Peu à peu, les sanglots de Ginny se calmèrent, mais elle ne quitta pas les bras de Jon, si apaisants. Là, au moins, elle se sentait rassurée. Là, elle ne risquait pas de perdre pied, quoi qu'il arrive encore autour d'elle. Jon s'écarta légèrement pour l'examiner d'un air inquiet.

— Cela ne te ressemble pas, Ginny, dit-il en lui caressant doucement le visage. Je me serais plutôt attendu à de la colère de ta part, et même à quelques jurons... Tu m'as habitué à plus de feu et de rage. Pourquoi cette nouvelle te bouleverse-t-elle autant ? Tu sais pourtant que ce genre de chose arrive.

— Non, pas dans ma famille, murmura-t-elle.

— Ma chérie, au contraire, c'est courant dans beaucoup de familles nobles.

Ginny essuya ses joues d'un revers de main. Elle devait se ressaisir. Jon avait raison, il n'y avait rien d'étonnant dans cette histoire. Elle aurait facilement pu s'en douter après les indiscrétions de lady Seymour... La meilleure chose qu'elle pouvait faire, désormais, c'était accepter la situation. Elle chassa son père de ses pensées et reporta son attention sur Jon. Pour la première fois depuis leur arrivée à Lea Magna, elle prit conscience de l'état dans lequel il était.

— Seigneur, Jon, tes cheveux... Depuis combien de temps ne les as-tu pas coupés ? Ils sont beaucoup trop longs et emmêlés. Et tes mains ! Jon, regarde donc tes ongles !

Elle saisit sa paume pour l'examiner de plus près, surprise de voir sa peau si abîmée. Elle l'avait toujours connu propre et élégant.

Mais, depuis quelques semaines, il cessait de s'occuper de lui. La fièvre avait creusé ses traits et il avait l'air subitement vieilli.

Il ne lui répondit pas. Il dégagea doucement sa main pour l'enlacer de nouveau, les yeux brillant d'une autre sorte de fièvre.

— Peu importe, ma douce. Sais-tu que tu es charmante, aujourd'hui ? murmura-t-il. Je crois que je vais m'habiller pour rester avec toi ; je n'en peux plus de rester allongé.

Ginny sourit tandis que les mains de Jon descendaient lentement sur ses courbes.

— Non, recouche-toi, dit-elle néanmoins. Le père Spenney a dit que tu avais besoin de repos.

— Alors si je reste au lit, je préfère ne pas être seul, souffla-t-il à son oreille.

Il caressa doucement sa poitrine, qui s'épanouissait plus que jamais depuis quelques jours. Ginny l'empêcha rapidement de poursuivre son exploration : ses seins étaient sensibles et un peu enflés. Elle s'en était tout d'abord inquiétée, avant d'en parler à Molly. Celle-ci n'avait pas eu beaucoup de mal à deviner la raison de ce changement : elle était enceinte.

Ginny avait éprouvé une foule de sentiments contradictoires en apprenant la nouvelle. Joie, incrédulité, impatience, peur. Elle gardait le secret depuis de longues semaines, redoutant la réaction de Jon. Ces derniers temps, il était si distant qu'elle craignait que l'annonce de cette grossesse lui rappelle celle de sa première femme. Leur couple reposait sur des bases encore fragiles, et dès qu'elle annoncerait sa grossesse, tout risquait d'être bouleversé. Elle devrait quitter la cour et retourner à Lea Magna. Jon serait de nouveau seul à la cour, au milieu de toutes ces femmes qui lui tournaient encore autour. Et si cette séparation brisait leurs liens ? S'il lui devenait infidèle ?

À cette pensée, elle se sentit pâlir. Cela n'échappa pas à Jon.

— Ginny, ma chérie... Que se passe-t-il ? demanda-t-il. Ces révélations t'ont-elles tellement choquée ? Mon amour, dis-moi tout.

Il tourna doucement son visage vers lui, mais elle resta muette. Incrédule, elle le dévisagea un moment. Avait-elle bien entendu ?

— Ginny ? insista-t-il, le regard plus inquiet à présent. Qu'y a-t-il ?

— Tu… Tu viens de m'appeler « mon amour », balbutia-t-elle, le cœur battant.

Il avait prononcé ces mots d'une façon si naturelle et si sincère qu'elle se demandait si elle avait bien entendu.

— Tu as dit aussi que nous partagions un amour que nos parents n'ont pas connu… Est-ce vrai ? Le penses-tu vraiment ?

Le visage de Jon se fit plus sérieux, mais elle ne lui laissa pas le temps de parler. Elle se sentait soudain fébrile. Elle avait l'impression que si elle se taisait maintenant, elle n'oserait jamais lui parler à cœur ouvert.

— Peut-être ai-je mal entendu, mais Jon, je veux que tu le saches : je t'aime. Je t'ai toujours aimé, dès notre première rencontre à Sandrock. Je n'en ai pris conscience qu'après notre mariage. J'aurais tellement aimé que toi aussi…

Jon lui souleva le menton, l'interrompant gentiment.

— Ma chérie, tu as très bien entendu. Tu *es* mon amour et je t'adore. Serait-il possible que nous soyons tombés amoureux tous les deux le jour de notre rencontre, à Sandrock ? Je croyais être le seul à…

Ginny l'interrompit, stupéfaite.

— Comment ? Mais tu t'es montré si froid, si arrogant ! Je me souviens de ce jour-là comme si c'était hier ! Tu m'as dit que je n'avais aucune idée du monde dans lequel je vivais…

— Et toi, tu m'as réprimandé alors que je ne faisais que mon devoir, répliqua Jon avec un sourire. Tu m'as presque traité de monstre et d'égoïste, comme si j'avais personnellement décidé de détruire tous ces livres et de fermer le prieuré. Moi aussi, je me souviens parfaitement de notre discussion. C'était la première fois que je rencontrais une personne comme toi, aussi passionnée et franche, malgré ta jeunesse. Ce jour-là, j'ai dit à ton père que je voulais ta main. Je te désirais de toute mon âme.

Ginny resta bouche bée. C'était impossible. Cela n'avait pas pu se passer ainsi !

— Mais…, fit-elle. Je pensais que c'était mon père qui t'avait proposé ma main ! Et que tu lui avais dit que tu ne voulais pas te décider tout de suite !

— C'est vrai. Je préférais attendre avant de te faire officiellement ma demande. Je traversais une phase difficile, à ce moment-là, et je voulais pouvoir t'offrir une situation stable. Et ensuite…

— Ensuite, tu as épousé Magdalen Osborn.

Le silence tomba entre eux. Jon ne nia rien. Son expression devint grave.

— Alors, tu as cru que j'avais changé d'avis ?

Ginny lutta quelques instants pour ne pas fondre en larmes une nouvelle fois.

— Tu m'as brisé le cœur. J'ai attendu ta réponse pendant des semaines, avant d'apprendre que tu avais épousé une femme plus riche et plus jolie. J'ai su que tu te mariais lorsqu'il était déjà trop tard ! J'ai eu l'impression d'être négligée, méprisée. Oui, Jon, je t'en ai voulu. Je t'ai détesté pour cela.

— Pourtant, je n'ai jamais cessé de t'aimer, murmura-t-il. Je n'ai jamais cessé de te désirer. J'ai pensé à toi à chaque instant depuis ce jour-là.

— Alors, pourquoi…

Sa question resta en suspens. Le silence flotta de nouveau dans la chambre. Jon et elle restèrent face à face devant la fenêtre, illuminés par le soleil matinal qui réchauffait progressivement les jardins en contrebas. Ginny sut alors qu'ils étaient sur le point d'aborder la conversation qu'ils fuyaient depuis des mois. Depuis le début de leur mariage, en réalité.

— J'ai gardé le secret trop longtemps, dit enfin Jon. J'avais l'intention de ne jamais te parler de ma précédente union. Mais je me rends compte que ce n'est pas juste pour toi. Tu as le droit de savoir.

— Je sais déjà quelque chose, Jon. Etta n'est pas ta fille. Plus elle grandit, plus je vois la ressemblance avec son vrai père. Pourquoi ne m'en as-tu pas parlé ? J'ai fini par découvrir la vérité par moi-même, mais j'aurais préféré l'apprendre de ta bouche. J'aurais pu te soutenir.

— Hélas ! ma chérie, l'histoire d'Etta est plus compliquée que tu le penses. Et celle de mon mariage aussi.

Le voyant hésiter, Ginny lui prit les mains.

— Le jour de notre première rencontre, tu m'as dit que les

choses sont rarement aussi simples qu'elles le paraissent. Dis-moi la vérité, Jon. Je suis prête à l'entendre.

En prononçant ces mots, Ginny sentit son ventre se nouer sous l'effet de l'appréhension. Cependant, elle ne détourna pas les yeux. Elle ignorait si elle était réellement prête à savoir la vérité, mais il était temps de crever l'abcès. Elle se sentait incapable de vivre encore dans l'ignorance. Jon soupira profondément, comme s'il ne savait par quoi commencer.

— Je t'écoute, Jon, murmura-t-elle pour l'encourager.

— Tout a commencé lorsque mon père a été pris en otage, dit-il enfin. Comme tu le sais, il était prisonnier en France quand nous nous sommes rencontrés. Cette année-là, le climat politique était tendu. Cromwell faisait démanteler les églises et les prieurés pour asseoir la puissance de Henri sur le royaume. Je l'aidais dans cette tâche et j'ai fait beaucoup de choses dont je n'étais pas fier. J'ai vu dans tes yeux que tu ne l'approuvais pas non plus. C'est la première chose qui m'a incité à attendre avant de te demander ta main. J'avais peur que tu m'en veuilles si je t'épousais trop tôt, sans te laisser la moindre chance de te rétracter. Je craignais aussi que mes actes te déplaisent trop pour que nous puissions vivre heureux ensemble. Je t'ai traitée de façon honteuse, mais j'avais mes raisons, même si cela ne m'excuse pas. Je sais aussi à quel point il a été douloureux pour toi de te voir rejetée au profit de Magdalen. Je l'ai vu dans tes yeux dès que tu es arrivée à la cour.

De nouveau, il poussa un profond soupir. Chaque mot semblait difficile à prononcer.

— J'espérais te séduire, mais quand je t'ai revue, j'ai compris que tu me détestais. Alors, j'ai décidé d'attendre avant de te courtiser. Je ne connaissais pas les desseins de Henri, et j'ignorais qu'il t'avait invitée à la cour dans un but précis qui n'avait rien à voir avec les besoins de la reine. Il m'a offert une chance de t'avoir et je l'ai saisie. Tu n'étais pas consentante, et je craignais que tu me haïsses encore plus après cela. Mais je t'aimais trop pour te laisser entre les griffes de Henri. Et même après notre mariage, j'ai longtemps cru que tu te méfierais de moi jusqu'à la fin.

Toujours pressée contre son torse ferme et chaud, Ginny sentait la vibration de sa voix tandis qu'il lui faisait ces aveux. Mais il avait l'air de tourner autour de la vraie révélation, comme s'il ne savait pas comment lui présenter les choses.

— Si je te répétais que je t'ai aimé dès notre première rencontre, malgré tes airs supérieurs, serais-tu rassuré ? murmura-t-elle. Est-ce que tu me croirais, si je te disais que tu as hanté tous mes rêves et que, même à seize ans, je n'imaginais ma vie qu'à tes côtés ? Peux-tu seulement imaginer ce que j'ai ressenti lorsque père m'a annoncé que tu épousais une riche héritière au lieu de moi ? Elle devait occuper tes pensées depuis longtemps...

Jon la serra plus fort contre lui, mais il ne répondit pas à sa question implicite.

— Mon père est resté longtemps otage, dit-il, reprenant le fil de son récit. La rançon exigée pour sa libération était colossale, mais j'ai réussi à réunir les fonds. Henri m'avait promis de m'aider à payer la rançon, mais il a reporté ce moment jusqu'à ce que je me décide à tout payer moi-même. Hélas ! mon père est mort quelques jours après le paiement de sa rançon, à l'automne 1536. Lorsque j'ai hérité des biens de père, j'avais cinquante mille livres de dettes. J'ai trouvé Lea Magna à l'abandon, mal gérée par l'intendant et l'huissier de père qui ne faisaient pas leur travail. Je n'avais plus d'autre choix que vendre Lea Magna et toutes mes terres... Quand j'en ai parlé au roi, il a proposé de m'aider.

— Oh ! Seigneur ! chuchota Ginny.

Elle commençait à deviner la suite. Avec Henri, ce genre d'offre avait toujours un prix.

— En effet. Il m'a offert une épouse, l'une de ses pupilles, suffisamment riche pour rembourser mes dettes et plus encore. C'était Magdalen Osborn. Elle était récemment arrivée à la cour et elle cherchait un époux titré issu d'une ancienne famille. Je n'avais pas le choix, je ne pouvais pas refuser si je voulais préserver mon domaine. J'étais déchiré, Ginny, car ton père venait de m'accorder ta main et j'étais amoureux de toi...

— Pourtant, dit Ginny qui avait encore un peu de mal à le croire, tout le monde ne cesse de me répéter que ta femme était magnifique, intelligente et pleine d'esprit !

— C'est vrai. Mais Henri ne m'a pas caché ses motivations en me proposant sa main. Il la voulait pour lui.

— Pourtant, il venait d'épouser Jane Seymour, à l'époque !

— Oui, mais il avait l'intention de la mettre enceinte au plus vite et de prendre ensuite une maîtresse. Or, tu sais bien toi-même qu'il préfère que ses maîtresses aient un mari. Magdalen devait m'épouser et attendre qu'il l'appelle dans son lit, le moment venu.

Ginny l'écouta en silence. Tout ce qu'elle avait cru savoir sur le mariage de Jon prenait tout à coup un sens très différent. Elle avait cru à un mariage d'amour, mais la réalité semblait moins simple. Elle pensa à Magdalen avec un pincement au cœur. La première femme de Jon s'était retrouvée dans la même situation qu'elle. Comment avait-elle vécu cela ? Lui avait-on forcé la main, à elle aussi ?

— Était-elle au courant ? demanda-t-elle finalement.

— Oh ! bien sûr ! lâcha Jon. Magdalen était intelligente. Elle savait parfaitement comment marchent les choses à la cour. Elle avait très vite compris que les maîtresses royales ont le pouvoir : pour une femme, séduire le roi est le moyen le plus sûr de gravir les échelons. Cependant, Henri ignorait totalement cette facette de son caractère. Il était attiré par son air virginal et par sa grande beauté, sans deviner qu'elle était beaucoup plus rusée qu'il n'y paraissait. C'était une femme aux mœurs légères et sans scrupule. Henri m'a donc offert plus de terres et a payé les funérailles de mon père. Puis il m'a donné une femme riche pour que je lui serve d'assurance, au cas où il engendrerait un bâtard. Ne te trompe pas : il ne me l'a jamais caché. C'était le prix de son aide, à prendre ou à laisser. J'ai accepté. Je ne pouvais pas me permettre d'écouter ma fierté. J'ai épousé Magdalen en janvier 1537.

Il s'interrompit un instant, le regard sombre.

— Elle n'ignorait rien de ce marché. Elle était même tout aussi impliquée que moi. Elle a impatiemment attendu que la reine Jane tombe enceinte et, dès le mois de mai, elle a pris à cœur sa tâche de maîtresse royale. Je suis même étonné qu'elle ne soit pas tombée enceinte plus tôt. Elle n'a jamais été fidèle, pas même au début de notre mariage. Elle changeait sans cesse de conquêtes, d'amants. Culpeper en a fait partie, notamment. C'est sans doute ce qu'il essayait de te dire lorsque je vous ai interrompus dans les jardins. Culpeper et Magdalen étaient bien de la même engeance. Vantards, roublards, prêts à tout pour arriver à leurs fins...

Il s'interrompit. Sa bouche avait un pli amer.

— Très vite, Magdalen est tombée enceinte. Après huit mois, elle a donné naissance à Henrietta, en janvier. Elle est morte une semaine plus tard, tout comme Jane Seymour, l'année d'avant, quand elle avait donné naissance au prince Edward. J'étais enfin libre, maître de mon domaine, riche...

— Et père, ajouta Ginny.

— Oui. Pauvre petite Etta ! Elle ressemble tellement à Henri. Voilà pourquoi je ne voulais pas d'elle à Londres. Si les gens l'avaient vue, ils auraient immédiatement fait le lien avec le roi. Or, il refuse d'entendre parler de ses bâtards. Henri est imprévisible et ses colères sont souvent meurtrières. Il valait donc mieux qu'Etta reste à Lea Magna.

Ginny médita ces paroles, troublée. Tout prenait sens, sauf un détail.

— Je croyais que Magdalen avait été piégée, comme moi. Je croyais que vous vous aimiez, mais qu'elle avait éveillé l'intérêt du roi et que tu n'avais pas pu la protéger. J'ai cru que, si tu ne supportais pas de voir Etta, c'était parce qu'elle te rappelait cette femme que tu aimais...

— L'aimer ? Non ! s'écria Jon d'un air à la fois indigné et dégoûté. L'amour n'a jamais fait partie de ce mariage factice. Magdalen représentait tout ce que je méprisais à la cour. Je l'ai épousée, certes, mais elle n'a jamais été mienne. C'était un marché qui nous arrangeait tous les deux, mais à quel prix ! J'ai eu l'argent dont j'avais besoin pour régler mes dettes, mais j'ai dû endurer les commérages et les moqueries de la cour pendant des années. Etta était innocente, mais toi seule as su me le rappeler. C'est toi aussi qui m'as fait prendre conscience que ni Magdalen ni Henri n'auraient été capables d'élever Etta comme de vrais parents. Tu as été un ange pour moi. Tu as su me conduire sur le droit chemin, et je t'aime, Ginny.

Elle sourit à moitié. Il y avait encore quelque chose qu'elle ne comprenait pas.

— Malgré tout, tu as tout recommencé avec moi. Ce complot odieux, ce marché dont j'étais l'objet… Pourquoi ?

Instinctivement, elle serra les poings. Elle avait beau savoir que Jon l'aimait, elle ne comprenait pas comment il avait pu refaire la même erreur. S'il l'avait aimée vraiment, l'aurait-il sacrifiée ?

— J'ai accepté en désespoir de cause, dit-il à mi-voix. Je rêvais toujours de conquérir cette jeune femme si belle, si pure, dont j'étais tombé amoureux à Sandrock. Mais tu étais si distante que j'avais l'impression qu'il faudrait un miracle pour que je puisse t'épouser. Lorsque Henri m'a suggéré une seconde fois de me marier…

— Pour qu'il puisse de nouveau te voler ta femme…

— Non, répondit Jon avec fermeté. Car, cette fois, l'épouse proposée était Virginia d'Arvall. Or, tu ignorais tout du marché que ton père avait accepté à ta place. Les choses étaient différentes.

— Mais tu as accepté malgré tout ! répliqua Ginny.

Qu'avait-il donc espéré, lorsqu'il avait fait ce choix une seconde fois ?

— Ma chérie, si je n'avais pas accepté, Henri t'aurait trouvé un autre époux. C'est aussi simple que cela. Tu aurais été mariée de force à un homme du même genre que Culpeper. Il t'aurait acceptée par pure convoitise et t'aurait rendue malheureuse. J'ai accepté la proposition de Henri, mais j'étais fermement décidé à ne pas te mettre en danger. Ton père a accepté le marché, mais ce n'était pas mon cas. Pas explicitement, du moins, et je comptais jouer là-dessus.

— Il y avait donc bel et bien un marché !

— J'avais une dette envers Henri. Il m'avait donné des terres, il avait été généreux et était venu à mon secours quand j'en avais eu besoin. Il attendait une contrepartie. Seulement, je n'étais pas disposé à le remercier à n'importe quel prix. Je savais que le roi était intéressé par Kat Howard. Pour te sauver, j'ai manœuvré pour la pousser dans les bras de Henri. Cependant, je n'avais pas prévu que cela apporterait autant de pouvoir à la famille Howard, au point de menacer la vie de mon maître et ami…

— Thomas Cromwell, le comte d'Essex, dit-elle à voix basse.

— Oui. Le duc de Norfolk et Cromwell étaient des ennemis jurés. J'ai réussi à te protéger en utilisant Kat Howard, mais Cromwell l'a payé au prix fort. Dès que Henri a annoncé la fin de son mariage avec Anne de Clèves et sa future union avec Kat Howard, les Howard se sont ligués pour envoyer mon maître à la Tour de Londres. À partir de ce moment, tout a été perdu pour lui, et nous le savions tous les deux. J'ai dû rester là, à le regarder quand ils le tuaient…

La voix de Jon se brisa à ces derniers mots.

— Ces dernières semaines n'ont pas été faciles pour moi, Ginny. Je suis navré d'avoir été dur avec toi. Pourras-tu me pardonner ?

Ginny leva les yeux vers lui et rencontra son regard anxieux. Elle comprit soudain son attitude durant ces dernières semaines. Il s'était senti coupable de la mort de Cromwell, mais n'avait rien osé lui dire, car cela l'aurait contraint à tout lui avouer.

— Il n'y a rien à pardonner, mon amour, murmura-t-elle. Il est seulement dommage que Kat ait été une Howard, et que cette famille en ait voulu à Cromwell. S'il était né noble et non fils d'un brasseur, je suis certaine qu'ils l'auraient moins méprisé. Mais ces gens-là n'aiment pas ceux qui grimpent les échelons à la force de leurs bras. Ils préfèrent les hommes qui, comme eux, sont nés dans l'opulence.

— C'est vrai. Et les rancœurs, à la cour, peuvent entraîner les pires des vengeances. Norfolk n'a jamais pardonné à Cromwell d'avoir fermé l'abbaye de Thetford, où ses ancêtres étaient enterrés. La crypte a été détruite et les Howard ont dû déplacer les dépouilles dans le Suffolk. Ils l'ont vécu comme une véritable humiliation. C'est sans doute cela qui a poussé Norfolk à se venger si cruellement. Le mariage de Kat Howard n'a été que l'élément déclencheur.

Ginny hocha la tête, troublée. Magdalen, les complots de Henri, les vengeances et les haines… Plus que jamais, la cour lui apparaissait comme un guet-apens qui broyait les faibles comme les puissants. Derrière les sourires et le luxe, tout était si dangereux, si compliqué ! Non, elle ne voulait pas d'un tel lieu pour élever ses enfants. Et ce n'était pas là que Jon et elle pourraient vivre heureux. Il y aurait toujours la méfiance, la peur d'une trahison ou d'une décision imprévisible du roi.

— Jon, dit-elle au bout d'un instant, nous n'avons plus besoin de vivre à la cour, n'est-ce pas ?

À ces mots, elle vit le regard de son époux s'illuminer d'amour et de désir.

— Vraiment ? souffla-t-il. Tu voudrais retourner à Lea Magna, quitter la cour ?

— Oui, Jon, c'est ce que je veux. Et je pense que ce sera le mieux pour ce qui nous attend, ajouta-t-elle après une hésitation.

Elle s'interrompit et, cherchant comment lui annoncer la nouvelle, passa machinalement la main sur son ventre. Jon se figea en voyant son geste. Ses yeux sombres plongèrent en elle, et Ginny soutint son regard en silence. Finalement, elle n'avait même pas besoin de mots pour qu'il comprenne.

Lentement, il dénoua les lacets de sa chemise et glissa sa main chaude dans son décolleté, effleurant sa poitrine sensible, aux tétons plus sombres que d'habitude. Il embrassa avec tendresse sa chair sensible.

— Est-ce pour cela que tu pleurais, ma douce ? murmura-t-il. Craignais-tu ma réaction ? Seigneur, dire que je n'ai rien soupçonné ! Pendant tout ce temps, tu t'es occupée de moi sans prendre de repos, tu as fait tout le chemin depuis Londres à cheval pour me soigner... Tu aurais dû te ménager, ma chérie.

— Tu n'allais pas bien, Jon, coupa-t-elle. Je t'aime et je n'allais pas te laisser retourner à Lea Magna dans cet état. Je devais d'abord m'assurer que tu sois guéri avant de te parler de tout cela.

— Ma chérie... Mon amour... Quelle merveilleuse nouvelle !

Avec précaution, il la serra dans ses bras.

— Oui, retournons à Lea Magna, dit-il d'une voix émue. Nous offrirons des frères et des sœurs à Etta. De belles filles au caractère de feu comme leur mère, et de grands garçons comme leur père. Et toute cette sombre histoire de complot sera oubliée je te le promets.

Ginny sentit de nouvelles larmes lui monter aux yeux. Mais, cette fois, c'étaient des larmes de joie. Jon l'embrassa avec fougue et enfin ses derniers doutes, ses dernières craintes, s'évanouirent.

— Et que Henri se débrouille sans moi, dit simplement Jon.

Ginny et Jon passèrent le reste de la journée avec Etta. Ils lui apprirent de nouveaux mots et jouèrent à la balle avec elle, profitant du soleil de l'après-midi. Même Molly, Ben et le père Spenney se prêtèrent au jeu. Lady Agnès vint les rejoindre. C'était la première fois depuis son mariage que Ginny revoyait sa mère. Cependant, la perspective de commencer une nouvelle vie à Lea Magna la rendait si heureuse qu'elle l'accueillit aussi chaleureusement que les autres.

Ils passèrent la soirée sur le gazon, profitant de la douceur de l'air. Lorsque la lune apparut dans le ciel sombre, les invités partirent. Ginny et Jon s'attardèrent dans le jardin, main dans la main. En cet instant, Ginny était plus heureuse qu'elle ne l'avait jamais été. Elle s'appuya sur l'épaule de Jon, souriante.

— J'ai peine à croire que cela m'arrive bel et bien, murmura-t-elle. Tu as hanté mes nuits pendant si longtemps ! Je crains toujours de me réveiller un matin dans mon lit, seule, et de réaliser que tout cela n'était qu'une illusion.

Jon la serra un peu plus contre lui, l'enveloppant de sa chaleur.

— Ma chérie, ce n'est pas un rêve. Je suis vraiment là, et je te tiens dans mes bras. Nous avons partagé le même rêve et, enfin, nous pouvons le vivre. Peut-être le destin a-t-il voulu mettre à l'épreuve notre amour… C'est ainsi que la vie joue avec le cœur des amants. Mais à présent nous sommes réunis. Nous resterons ensemble pour toujours, et nous vieillirons à deux. Et je promets de tout faire pour te rendre heureuse.

Ginny l'écouta en silence. C'était les mots qu'elle rêvait d'entendre depuis une éternité. Elle n'aurait jamais pensé que Jon les lui dirait un jour. Ils revenaient de si loin, tous les deux. Dans une succession d'images, elle revit leur première rencontre, leurs retrouvailles glaciales à la cour, leur mariage, et sourit de nouveau.

— Est-ce que tu te souviens de notre première nuit ensemble ?

— Oh oui ! dit Jon en riant doucement. Tu étais fermement décidée à ne pas me laisser approcher.

— Et durant le bal du 1er mai…

— Quand tu portais le mauvais costume, acheva-t-il.

— Ce soir-là, tu as clairement poussé Kat Howard dans les bras du roi. C'est après cela qu'il a pris la décision de changer d'épouse.

« Que se serait-il passé, sinon ? », se demanda Ginny. Elle n'eut pas l'occasion d'y réfléchir plus longtemps, car Jon l'embrassa. Elle répondit à ses baisers avec passion, s'autorisant enfin à exprimer pleinement l'amour qu'elle ressentait pour lui. Toutefois, elle nota avec amusement qu'il l'étreignait avec prudence, comme s'il avait peur de la briser. Elle décida de prendre les devants et murmura :

— Mon amour, je pense que nous devrions continuer cela dans notre chambre. Je ne peux plus attendre. J'ai envie de toi... Ce soir.

— Dans ce cas, montons. Je te promets d'être le plus tendre des futurs pères.

Quelques minutes plus tard, ils se retrouvèrent dans la douce pénombre de leur chambre. L'éclat argenté de la lune perçait à travers les rideaux, rendant la scène presque irréelle. Sans un mot, Jon la coucha sur le lit et entreprit de la caresser avec plus de passion que jamais. Elle répondit à ses étreintes et à ses baisers avec la même fougue. Libérés de leurs secrets, ils pouvaient s'abandonner à leur amour sans craindre d'être séparés. Les aveux de Jon, loin de fragiliser leur couple, les rendaient plus unis et plus amoureux que jamais.

— Je t'ai aimée dès la première seconde, murmura Jon en caressant doucement son corps. Dès le moment où je t'ai vue dans un rayon de soleil, à Sandrock. Tu étais si belle qu'à partir de cet instant, mon plus grand désir a été de te prendre dans mes bras, de t'embrasser et de te chérir jusqu'à ce que tu acceptes d'être mienne. J'ai si longtemps cru t'avoir perdue, mon amour La seule chose qui m'importe, à présent, c'est de vivre avec toi jusqu'à la fin de mes jours. Je ne veux plus de secrets entre nous, plus de méfiance, plus de honte. J'ai réussi à te retrouver, et je ne laisserai personne nous séparer de nouveau.

Pour toute réponse, Ginny le guida lentement en elle. Lorsqu'ils s'unirent, elle retint sans respiration, comme pour résister aux frissons brûlants qui la traversaient comme un feu invisible. Lorsqu'elle relâcha son souffle dans un long gémissement, Jon s'immobilisa, l'air inquiet.

— T'ai-je fait mal, ma chérie ? Suis-je trop brutal ?

Ginny secoua la tête, les yeux fermés.

— Non, non... C'est juste si... merveilleux...

Ils cessèrent de parler pour savourer le même plaisir et l'extase vint enfin, entraînant une vague de bonheur si puissante que Ginny eut l'impression que la terre tremblait sous eux.

Le calme revenu, ils demeurèrent immobiles, l'esprit vidé, baignant dans un bien-être absolu. Ginny se blottit contre son époux et, tandis que les battements de son cœur s'apaisaient lentement, elle s'endormit dans une félicité complète.

La terrible sécheresse qui sévissait depuis le mois de juin persista les jours suivants. Les terres gorgées de soleil commencèrent à roussir, la terre se mit à s'effriter sous les pas comme de la poussière. Lady Agnès, Ben et le père Spenney retournèrent à Arvall Hall au bout de quelques jours. Jon et Ginny les raccompagnèrent, puis poursuivirent leur route vers Richmond. Partout, les mêmes paysages brûlés défilaient autour d'eux et, lorsqu'ils parvinrent enfin à Richmond, Ginny eut l'impression d'entrer dans un véritable havre. En effet, l'arrivée de lady Anne avait entraîné un incroyable changement dans le domaine. Soignés et entretenus, les jardins entouraient le château comme un écrin de verdure et les lieux étaient devenus pleins de vie.

Ils trouvèrent l'ancienne reine dans son jardin, occupée à jouer aux quilles avec maître Holbein, les deux jeunes princesses et nombre de leurs suivantes. Jamais Ginny n'avait vu Anne si heureuse. Son visage avait retrouvé ses couleurs, à présent qu'elle était libérée de son mariage désastreux. Elle les convia aussitôt à passer plusieurs jours à Richmond. En la voyant si à l'aise, et visiblement aimée par ses nouveaux domestiques, Ginny sut aussitôt qu'Anne avait trouvé un endroit où elle pourrait vivre heureuse. Elle attendit néanmoins le souper pour lui annoncer la raison de sa venue.

— En réalité, je ne vais séjourner à Richmond que quelques jours, dit-elle lorsque Anne lui demanda combien de temps elle comptait rester. Ces mois passés à vos côtés ont été très précieux, Anne. J'ai beaucoup d'attachement pour vous, et je suis heureuse de voir que vous vous épanouissez dans votre nouveau quotidien. Seulement...

Elle s'interrompit, cherchant comment expliquer la chose à Anne. Celle-ci reposa ses couverts, l'air soudain désappointé.

— J'ai besoin de passer plus de temps avec mon époux, expliqua Ginny. Nous devons fonder une famille, et j'attends mon premier enfant. Je n'ai pas l'intention de retourner à la cour, et je souhaite que mes enfants grandissent à Lea Magna. Comprenez-vous ?

Le doux visage d'Anne fut illuminé par un sourire, et elle inclina la tête.

— Je comprends tout à fait, Ginny. Vous m'avez loyalement servie et il est temps que vous viviez votre propre vie. Mais vous allez beaucoup me manquer. Qui pourra bien me conseiller, si vous n'êtes plus là ?

— Anne, vous n'avez plus besoin d'être conseillée, à présent. Vous êtes gracieuse et élégante. Vous possédez tout ce que la nouvelle épouse de Henri n'a pas.

Ce compliment parut faire grand plaisir à Anne. Lorsque Ginny et Jon partirent le lendemain matin, elles s'embrassèrent comme des sœurs.

— Venez souvent me voir, murmura Anne. Je veux être tout de suite au courant, lorsque l'enfant naîtra. Et écrivez-moi. Vous le promettez ?

Ginny promit de bon cœur.

— Et maître Holbein ? demanda-t-elle en demeurant volontairement évasive. Reste-t-il ici avec vous ?

Anne rougit légèrement.

— Oui, pour le moment. Il fait le portrait de la princesse Elizabeth. Après cela, il en commencera peut-être un autre.

Elle sourit, laissant Ginny interpréter son sous-entendu.

— Pensez-vous au mariage ?

— Oh non ! Maître Holbein a une épouse et des enfants en Allemagne. Mais nous sommes bons amis. Savez-vous que Henri vient souvent me voir, lui aussi ? Il trouve cet endroit paisible...

Elles s'embrassèrent de nouveau. Il n'y avait plus rien à dire, songea Ginny, Anne était un exemple à suivre pour tous les sujets d'Angleterre.

Ginny et Jon retournèrent à Tyburn House avec Etta, mais ils n'y restèrent que deux semaines. Ils passèrent beaucoup de temps avec Maeve, George et leurs enfants, et observèrent avec surprise la transformation de Paul. Satisfait de son travail, George n'avait pas tardé à lui confier de nouvelles responsabilités. Paul était devenu un grand acheteur au sein de la garde-robe royale, et avait bientôt abandonné son comportement de gamin irresponsable. À Westminster, personne n'avait à se plaindre de lui, pas même les marchands qui avaient essayé en vain de l'escroquer.

Ginny s'étonnait aussi beaucoup de sa relation avec les enfants. Ceux-ci l'accueillaient chaque fois avec des cris de joie, et Paul semblait éprouver pour eux une affection sincère. Ginny avait l'impression de redécouvrir son frère. C'était comme si la confiance de George le poussait enfin à donner le meilleur de lui-même. Loin de la mauvaise influence de Culpeper, Paul devenait une tout autre personne.

Ginny et Maeve discutèrent beaucoup de leur père et de la véritable origine de Paul et Ben. Tout comme Ginny, Maeve supposa que la froideur de leur père envers Paul était causée par son statut de bâtard. Toutefois, Elion parut moins surpris que Maeve en apprenant que Paul n'était que son demi-frère.

— Paul et moi, nous avons toujours été les deux fils de la maison, expliqua-t-il. J'avais déjà remarqué que père était beaucoup plus sévère envers Paul qu'envers moi. Seule mère nous a toujours traités comme ses deux fils. C'est quelque chose que je ne m'explique pas. La plupart des femmes n'ont pas ce dévouement envers les bâtards de leurs époux.

Jon, qui écoutait leur conversation, poussa un profond soupir.

— En tout cas, je vois mal mon épouse m'accorder cette même obéissance absolue ! Tout ce qu'elle accepte de faire, c'est recoudre mes boutons quand ils sont arrachés. Et pas toujours, regardez ! ajouta-t-il en brandissait sa manche à laquelle il manquait un bouton. Quelle femme accepterait de négliger son mari à ce point ?

— C'est une honte ! renchérit George avec un sourire en coin. Hélas ! ma propre femme ne fait pas mieux.

Jouant les offusquées, les deux sœurs entreprirent de protester à pleine voix. Leurs éclats de rire couvrirent le grondement lointain d'un premier coup de tonnerre.

Épilogue

La sécheresse disparut enfin au mois d'octobre, mais fut remplacée par des pluies diluviennes. Brûlées par le soleil, les terres furent recouvertes par de nombreuses inondations qui allèrent jusqu'à noyer des troupeaux. Par chance, Jon et Ginny et Etta voyagèrent très peu à cette époque. Ils restèrent en sécurité à Lea Magna pour commencer leur nouvelle vie de propriétaires et de parents dévoués. La demeure retrouva rapidement la vie et la chaleur qui l'habitaient avant la mort du père de Jon. Ginny mit à profit ses talents de maîtresse de maison pour réaménager les grandes salles et diriger les serviteurs. La nursery d'Etta fut déplacée dans une pièce plus accueillante, et Ginny fit préparer la chambre voisine pour son futur enfant.

Ginny ne retourna pas à la cour, mais revint régulièrement à Tyburn House pour rendre visite à ses amis. Elle passa aussi beaucoup de temps avec Maeve, George et leurs enfants. Elle resta aussi en excellents termes avec lady Anne et lui rendit régulièrement visite à Richmond. Ce fut l'une des dernières fois qu'elle vit maître Holbein, qui mourut de la peste trois ans après la fin de ce récit. Anne, quant à elle, demeura célibataire toute sa vie.

Suivant la prédiction de Molly, Ginny donna naissance à des jumeaux le jour de la Saint Valentin. Tous deux possédaient les cheveux sombres de leur père et ils furent baptisés par le père Spenney à Arvall Hall.

Paul échappa définitivement à la mauvaise influence de Culpeper lorsqu'il tomba amoureux d'une jeune femme bien élevée, fille d'un marchand de soie, et l'épousa. Il se consacra dès lors pleinement à son travail au sein de la garde-robe royale et trouva l'équilibre qui lui avait manqué pendant si longtemps. Sir Elion, lui, connut un parcours bien différent. Il fut fait chevalier, mais ne se maria pas et quitta Londres pour faire de nombreux voyages. Toutefois, il ne perdit jamais le contact avec sa famille.

Ben poursuivit avec succès ses études de médecine. Il demeura l'assistant de son oncle au prieuré de Sandrock, puis il voyagea jusqu'à Leyden pour achever ses études. Il fut diplômé en 1547 avant d'entrer à l'Université de Médecine, sur Knightrider Street, à Londres.

Le père Spenney mourut en 1550, à Arvall Hall. Lady Agnès le soigna avec dévotion jusqu'à la fin. Il fut enterré à Sandrock, qui devint la demeure du Dr Ben Spenney.

MICHELLE WILLINGHAM

Conquise par un guerrier irlandais

Traduction française de
ANNIE LEGENDRE

Les Historiques

HARLEQUIN

Titre original :
SURRENDER TO AN IRISH WARRIOR

Ce roman a déjà été publié en 2019

Note de l'autrice

Malgré les sujets ingrats qu'ils abordent, ou à cause de cela, certains livres doivent absolument voir le jour. En mettant le point final à *L'insoumise et l'Irlandais*, je savais déjà que le personnage de Trahern MacEgan exigerait d'avoir sa propre histoire. Barde et conteur, Trahern, malgré son goût pour les voyages et ses longues absences, a toujours bénéficié de l'amour et du soutien d'une grande famille. Pourtant, quand une tragédie le frappe, il se replie sur lui-même et s'isole. Mais, alors qu'il ne se croyait plus capable de manifester le moindre intérêt pour quiconque, il rencontre une femme qui ranime en lui la flamme de l'amour.

Lorsqu'il vient au secours de Morren O'Reilly, qui s'est sacrifiée pour sauver sa sœur, ils trouvent très vite ensemble un réconfort mutuel. Trahern représente pour la jeune femme le roc sur lequel elle peut s'appuyer dans la tourmente. Quant à lui, lorsque de lourds secrets surgiront du passé, de façon tout à fait inattendue, il trouvera en Morren un soutien indéfectible. Leur amour rencontrera de nombreux obstacles, mais même la nuit la plus opaque peut receler de grands espoirs.

Ce roman est probablement le livre que j'ai eu le plus de mal à écrire mais je crois profondément dans cette histoire. J'espère que vous aimerez lire le récit des aventures de Morren et Trahern qui constitue le dernier volet de la saga des frères MacEgan. Le premier en était *La promesse d'Iseult*, le deuxième *La fiancée de l'Irlandais* (Patrick), le troisième *La dame de Rionallis* (Connor) et l'avant-dernier *L'insoumise et l'Irlandais* (Ewan).

Vous en trouverez des extraits, agrémentés de quelques bonus, sur mon site Internet www.michellewillingham.com. Et n'oubliez pas de m'écrire à michelle@michellewillingham.com. J'adore avoir l'avis de mes lecteurs.

1

Irlande — 1180

Le vent d'automne qui transperçait sa cape aurait dû inciter Trahern MacEgan à trouver un abri. Mais il ne sentait pas la froide morsure de la bise. Depuis le début de l'été, il était devenu insensible à toute chose et ses émotions étaient aussi glacées que l'air ambiant.

Seul un violent désir de vengeance l'habitait et il ne vivait plus que pour retrouver la trace des hommes qui avaient tué Ciara. Quittant une fois de plus sa maison et sa famille, il retournait dans le sud-ouest de l'Irlande, à Glen Omright, berceau du clan O'Reilly.

Ses frères ignoraient son intention de traquer les auteurs du raid au cours duquel sa fiancée avait trouvé la mort. Ils le croyaient de nouveau sur les routes pour aller chanter dans les villages les histoires des héros des temps anciens.

Mais cette fois, il avait insisté pour partir seul. Ses frères avaient à veiller sur leur famille et leurs biens. Il n'était pas question de leur demander de se mettre en danger.

La région était plus accidentée et, ici et là, des sommets d'un vert intense se détachaient dans la brume. Sa jument, les naseaux fumants, avançait avec ardeur sur la route étroite qui sinuait dans la vallée. Trahern aimait sa solitude, car il avait le cœur blessé.

Au début de l'été, le frère de Ciara, Aron, avait envoyé un messager pour informer le chef de clan que son *sept*[1] venait de

1. *Sept* : unité familiale d'un clan. (Toutes les notes sont de la traductrice.)

subir un raid viking. Faite prisonnière, Ciara avait perdu la vie en tentant de s'échapper.

Cette tragédie avait tenu Trahern éloigné de Glen Omright pendant des semaines. Il ne voulait pas voir la tombe de Ciara ni entendre les condoléances de ses amis. Et plus que tout, il cherchait l'oubli.

Mais le temps n'avait pu apaiser sa douleur. Bien au contraire, il n'avait fait que l'exacerber. Un terrible sentiment de culpabilité avait progressivement envahi Trahern, faisant de lui l'ombre de celui qu'il avait été. Il n'aurait jamais dû quitter sa fiancée.

À ce souvenir, un flot de haine le submergea, le suffoquant presque. Il serra les poings. La peine avait été remplacée par la fureur. Il trouverait les coupables et leur ferait subir le même sort qu'ils avaient infligé à la douce et frêle jeune fille qu'il aimait.

Quand le soleil atteignit la ligne d'horizon, Trahern arrêta son cheval qu'il envoya paître d'une claque sur l'arrière-train. Puis, après avoir fait partir un feu encerclé de pierres, il jeta à terre le lourd paquet de sa tente qu'il entreprit de déballer. Il aurait pu arriver à Glen Omright avant que la nuit soit totalement tombée mais il préférait passer la soirée dans la solitude et le recueillement.

Quand son campement fut installé, Trahern, allongé sur sa cape, se restaura, le regard perdu dans la contemplation du feu dont les flammes orange dansaient sur le ciel sombre. Demain, il atteindrait le *cashel*[1] et se lancerait à la recherche des coupables. Il mangeait tout en écoutant les bruits de la nuit et perçut tout à coup un léger bruissement dans les fourrés. Bah ! Sans doute un animal qui regagnait son terrier. Par précaution, il s'empara de son couteau, toujours glissé dans sa botte.

Le bruit persistait, plus fort que celui émis par un renard ou un écureuil. Ce ne pouvait être qu'un humain. Bondissant sur ses pieds, Trahern se tint accroupi, prêt à s'élancer.

Une mince silhouette sortit des arbres. Il s'agissait d'une toute

1. En Irlande, le *cashel* est à l'origine un simple village fortifié. Mais au fil des siècles, il peut atteindre la dimension d'un grand ensemble de bâtiments regroupés autour du donjon central. Le plus célèbre, le Rock of Cashel, se trouve dans le comté de Tipperary, dans le sud-est du pays. Il constitue l'un des plus grands sites d'art celtique et d'architecture médiévale d'Europe.

jeune fille, presque une enfant. Douze ou treize ans, guère plus. Elle portait un *léine*[1] de lin blanc en lambeaux et un surcot de coton vert qui ne valait guère mieux. Son visage amaigri était maculé de terre et, dès qu'elle vit le feu, elle tendit les mains vers les flammes. Ses longs cheveux bruns tombaient jusqu'à sa ceinture et elle était pieds nus.

Dieu du ciel ! Mais elle devait être glacée jusqu'à l'os.

— Qui es-tu ? demanda-t-il d'une voix douce.

Elle détourna le regard, le visage empourpré.

— Viens te réchauffer, insista-t-il. J'ai de quoi manger. Veux-tu partager mon repas ?

Elle s'avança encore d'un pas vers le feu mais, secouant la tête, pointa un doigt vers la ligne sombre des arbres derrière elle. Trahern suivit son regard mais ne vit rien. La fillette, qui se réchauffait avidement les mains à la flamme, désigna encore les bois, son petit visage dévoré par l'inquiétude.

— Qu'y a-t-il ? Que veux-tu me montrer ?

Elle toussa d'une voix rauque puis articula avec difficulté, comme quelqu'un privé de parole depuis trop longtemps :

— Ma... Ma sœur. Là-bas...

Trahern se leva.

— Va la chercher. Elle peut venir se réchauffer et se sustenter. J'ai assez pour nous trois.

Ce n'était pas tout à fait vrai mais peu importait. Il pourrait toujours chasser pour les prochains jours.

La jeune fille secoua encore la tête.

— Elle... Elle est blessée.

— Gravement ?

Sans répondre, elle lui fit signe de la suivre et regagna le sous-bois. Trahern lança un coup d'œil à sa monture qui broutait paisiblement à quelques pas de là. Qu'importe où la mènerait la petite inconnue, il serait certainement plus rapide d'y aller à cheval. Toutefois, la végétation était fort dense dans la forêt et il serait difficile de progresser.

1. *Léine* : terme gaélique pour désigner la tunique ou la cotte, vêtement médiéval.

Il n'avait pas la moindre envie de s'y aventurer. Dans moins d'une heure, il ferait nuit noire. Mais il ne pouvait laisser deux femmes sans défense dans un endroit aussi sauvage. Il se décida à allumer une torche improvisée au feu du campement et, avec une grimace, jeta la sacoche de provisions sur son épaule. Pas question de l'abandonner à la merci des bêtes sauvages.

S'enfonçant tous les deux l'un derrière l'autre dans le bois qui escaladait les flancs de la colline, ils se mirent à progresser lentement.

Ils traversèrent un torrent et, peu de temps après, l'œil exercé de Trahern repéra une hutte rudimentaire, visiblement construite à partir des vestiges d'une cabane en rondins. Il suivit son jeune guide à l'intérieur.

— Quel est cet endroit ? s'enquit-il, étonné.

— Une hutte de chasseur, expliqua la gamine dans un chuchotement. C'est Morren qui l'a découverte, il y a de ça pas mal de temps.

L'intérieur était sombre et froid. Soudain, dans un coin, il entendit les gémissements d'une femme.

— Va chercher du bois et fais-nous un feu, intima-t-il à la fillette en lui tendant sa torche.

Puis il se pencha sur la femme qui gisait sur un bat-flanc recouvert de feuilles mortes. À sa vue, la pauvre créature, le corps secoué de violents frissons, tira jusqu'à son menton la mince couverture qui recouvrait son corps. Il posa précautionneusement une main sur son front trempé de sueur. Il était brûlant de fièvre.

Trahern ne put retenir un juron. Malheureusement, il n'avait aucun talent de guérisseur. Il pouvait recoudre une plaie ou pommader quelques contusions mais il ne connaissait rien aux maux qui dévastaient l'intérieur du corps. La pauvre femme était gravement malade et il n'avait pas la moindre idée de ce qu'il devait faire.

Il lança un coup d'œil inquiet en direction de la fillette, occupée à faire du feu.

— Ta sœur a besoin d'une guérisseuse. Il faut aller en chercher une au plus vite. Glen Omright n'est qu'à quelques heures de route et…

— C'est trop loin. Je ne puis aller là-bas, rétorqua son interlocutrice en baissant la tête.

Se laissant tomber sur la souche qui faisait office de siège,

Trahern entreprit de retirer ses chaussures. Elles seraient trop grandes, bien sûr, mais c'était mieux que rien.

— Mets ça. Noue bien les lacets autour de tes chevilles.

Comme elle hésitait, il poursuivit d'un ton radouci :

— Retourne à mon campement et prends mon cheval. En te dépêchant, tu peux atteindre le *cashel* avant le milieu de la nuit. Emporte la torche avec toi.

Dans des circonstances normales, il ne lui serait jamais venu à l'idée d'envoyer une fillette seule en forêt dans le noir. Mais à tout prendre, il se jugeait le plus capable de maintenir sa sœur aînée en vie, au moins le temps qu'arrivent des secours. Nul doute que le clan O'Reilly enverrait une guérisseuse entourée d'une bonne escorte sitôt qu'ils apprendraient l'état de la malade.

La fillette secoua énergiquement la tête, visiblement affolée, mais Trahern leva vers elle un regard sombre.

— Je ne pourrai pas la sauver seul. Si tu ne penses pas être capable d'aller aussi loin, va demander de l'aide à l'abbaye Saint-Michel.

Qu'était-il advenu de la famille des deux sœurs ? Avaient-ils tous été tués lors du raid ? C'était le plus probable car la fillette n'avait mentionné personne d'autre que son aînée.

Elle finit par opiner du chef, les mâchoires serrées.

— Je trouverai quelqu'un.

Elle fixa solidement les lanières des chaussures de Trahern autour de ses chevilles, s'empara du flambeau qu'il lui tendait et, sans un mot, s'enfonça dans la nuit.

De longues heures pouvaient s'écouler avant son retour. Il ne restait plus qu'à s'en remettre à Dieu. Trahern fouilla sa mémoire pour se souvenir de ce que la femme de son frère, Aileen, guérisseuse de leur clan, aurait fait dans de telles circonstances. Il se rappela que son premier geste était d'examiner le patient de la tête aux pieds.

— *On découvre parfois une blessure dans des parties du corps tout à fait insoupçonnées*, lui avait-elle dit un jour en examinant un jeune page tombé par inadvertance d'un créneau sur lequel il batifolait pour éblouir une jolie servante.

Il s'approcha de la couche sur laquelle gisait la blessée. Quand il lui effleura la main, elle frémit longuement, les yeux clos.

— Là... Cela va aller, maintenant... Je suis là, murmura-t-il.

Il étudia de plus près la jeune femme. Son visage était pâle, amaigri par la faim. Mais elle avait des lèvres pleines et ses cheveux blonds, longs et soyeux, miroitaient autour d'elle tel un halo doré. On percevait une force latente sous les traits délicats et il sentait presque physiquement la jeune femme se battre contre la fièvre.

Un *léine* en haillons recouvrait son torse et la fine couverture ne pouvait lui tenir chaud. Trahern, cherchant la source du mal, lui effleura doucement le visage, descendit jusqu'à sa gorge palpitante, palpa les côtes et les bras trop minces.

— Cessez ! gémit-elle en le repoussant de ses deux mains qui retombèrent aussitôt sans force à ses côtés. Cessez, je vous en prie...

Les yeux de la malade étaient toujours clos et il n'aurait su dire s'il avait ravivé ses souffrances par le contact de ses mains ou si elle faisait un mauvais rêve. Il s'interrompit, attendant qu'elle reprenne conscience.

Comme elle ne bougeait plus, enfermée dans sa douleur, il souleva doucement la couverture. Et c'est alors qu'il comprit l'origine de sa blessure. Une large tache d'un sang épais et noir maculait le drap au niveau du bassin de la pauvre créature. Une grossesse encore précoce gonflait son ventre et elle serrait les genoux, comme pour éviter l'irréparable.

Doux Jésus... Il murmura une prière silencieuse car il était évident qu'il arrivait trop tard. Elle allait perdre son enfant... et sans doute aussi la vie.

Il faut que tu l'aides ! intima une voix ferme au fond de lui. Pas question de s'enfuir lâchement sous prétexte qu'il se sentait impuissant. Quoi qu'il fasse, ce serait toujours mieux que la souffrance que la jeune femme endurait.

Il la découvrit avec réticence, ne sachant comment préserver son intimité.

— Tout va bien se passer, *a chara*[1]. Je vais faire ce que je peux pour vous aider.

Morren O'Reilly ouvrit les yeux et poussa un hurlement.

Pas seulement à cause de l'atroce douleur qui lui déchirait les

1. *A chara* se rapproche de « mon petit » en gaélique.

entrailles. Il y avait cette présence soudaine à ses côtés. Cet homme qui lui tenait la main.

Trahern MacEgan.

Une peur panique s'empara d'elle. Elle s'arracha à son étreinte et, grâce au ciel, il la laissa faire. Son cerveau était toujours embrumé par la fièvre et elle n'avait aucun souvenir du jour écoulé.

Sainte Marie, Mère de Dieu, que pouvait bien faire Trahern ici ? Son visage ne recelait pas une onde de douceur. Bien qu'il fût toujours l'homme le plus grand qu'elle ait jamais rencontré, son apparence s'était radicalement modifiée. Il avait rasé son crâne et sa barbe, ce qui lui conférait un air dur et froid. Des yeux d'un gris minéral étaient posés sur elle, dans lesquels elle ne lut qu'indifférence.

Des muscles vigoureux tendaient l'étoffe sous sa tunique de jute, révélant la puissance d'un guerrier. Elle enfonça ses ongles dans le matelas, retenant un gémissement. Était-ce sa sœur qui l'avait amené ici ? Mais au fait, où était Jilleen ? Il n'y avait nul signe de sa présence dans la hutte.

— Le pire est passé, dit encore Trahern, d'une voix sourde.

Mais ce n'était pas vrai. Loin de là ! Morren se roula en boule pour amortir la vague de douleur qui l'assaillait de nouveau. Son ventre était maintenant quasiment plat, comme une outre flétrie. Le bébé avait dû partir avec tout ce sang qui s'était écoulé.

Des larmes gonflèrent ses paupières. C'était son châtiment pour tout ce qui était arrivé. Cet enfant, souvenir terrible de cette nuit maudite, elle ne l'avait pas voulu. Mais maintenant qu'il n'était plus là, elle ressentait un terrible sentiment de vacuité. Le sentiment de la perte irrémédiable d'une pauvre petite vie innocente qui n'avait pas demandé à naître d'un tel moment de sauvagerie.

Je t'aurais aimé, pensa-t-elle. *Malgré tout.*

Réalisant soudain qu'elle était nue, elle enfouit son visage dans la couverture.

— Qu'avez-vous fait ! protesta-t-elle, le rouge au front. Donnez-moi mes vêtements.

— Ils sont souillés. Je devais vous les retirer. Je... Je suis navré... pour l'enfant.

Il parlait d'une voix rocailleuse, comme si les mots avaient du mal à sortir. Ces mots furent comme un coup de couteau en plein cœur. Morren éclata en sanglots. Une main chaude lui caressa le visage, écartant ses cheveux. Il voulait l'aider mais elle ne supportait plus le moindre contact.

— Arrêtez !

Elle se recroquevilla sur elle-même pour lui échapper.

Il leva les deux mains pour lui montrer qu'il ne lui voulait aucun mal.

— J'ai envoyé votre sœur chercher des secours... Je vais tâcher de trouver quelque chose à vous mettre.

Il fouilla dans le baluchon qui contenait quelques vêtements. Morren, qui allait protester, se mordit la langue. Une autre contraction s'annonçait et elle ne put retenir un long gémissement. La pièce se mit à tourner autour d'elle et elle s'abattit sur le lit, à demi inconsciente.

Trahern se précipita aussitôt sur elle et, s'emparant d'une cruche, lui humecta le front avec un linge humide.

— Je vous ai déjà vue quelque part mais je ne me souviens pas de votre nom, dit-il après l'avoir scrutée longuement.

Il lui tendit un *léine* couleur safran trouvé dans un coin, qu'il l'aida à revêtir. Et il conclut :

— Je suis Trahern MacEgan.

Morren éprouva une fugitive déception. Mais après tout, quand il était au village, il n'avait d'yeux que pour Ciara. Il était normal qu'il ne se souvienne pas d'elle.

Elle le connaissait assez bien. Pendant son séjour parmi eux, elle avait souvent écouté les histoires que l'élégant barde racontait autour du feu. Plus d'une fois son cœur s'était réjoui en l'écoutant chanter. Trahern maniait avec virtuosité la magie des mots.

— Morren O'Reilly est mon nom.

Il ne manifesta aucun signe de reconnaissance et elle s'y résigna.

— Votre mari est-il toujours en vie ?

Il avait formulé la question avec précaution, comme s'il se doutait déjà de la réponse.

— Je n'ai pas de mari, rétorqua-t-elle d'une voix dure.

Et elle n'en aurait jamais, Dieu l'en préserve. Sa sœur, Jilleen, était la seule famille qui lui restait. Et la seule dont elle ait besoin.

Le regard de Trahern croisa le sien mais il n'émit aucun jugement. Elle n'éprouva pas le besoin de s'expliquer davantage.

— Depuis quand n'avez-vous plus rien à manger ?

— Je ne m'en souviens pas. Je n'ai pas faim.

La nourriture était le cadet de ses soucis en ce moment, surtout quand les convulsions la reprenaient.

— Cela vous ferait pourtant du bien.

— Non ! s'exclama-t-elle d'une voix forte en tirant la couverture sur son visage. Laissez-moi, je vous en supplie. Ma sœur va bientôt revenir.

Pour toute réponse, il tira un tabouret jusqu'à sa couche et s'assit.

— Vous souffrez, c'est évident. Dites-moi ce que je peux faire pour vous.

— Rien.

Morren serra les lèvres, priant ardemment pour que l'intrus s'en aille. Elle ne pensait pas pouvoir maintenir plus longtemps le faible contrôle qu'elle avait sur la douleur.

Trahern croisa les bras sur son torse.

— Votre sœur va ramener avec elle la guérisseuse de votre clan.

Morren parvint à ouvrir les yeux entre deux contractions qui lui cisaillaient l'abdomen :

— Non, articula-t-elle entre ses dents serrées. Ce n'est pas possible. La guérisseuse, c'était notre mère. Et elle est morte l'an passé.

Trahern se pencha sur elle, l'air consterné.

— Dans ce cas, elle fera comme je lui ai dit. Elle ira demander secours à l'abbaye.

— Je ne pense pas que les moines se déplacent…

Les braves frères de Saint-Michel apporteraient sans barguigner tous leurs soins à qui viendrait leur demander de l'aide. Mais ils étaient tous très âgés. Alors, de là à faire le trajet jusqu'ici en pleine nuit…

Les yeux de Trahern avaient viré au noir. Sa bouche n'était plus qu'une ligne dure au milieu de son visage éclairé par les flammes. Morren, qui avait gardé de lui le souvenir d'un homme affable et paisible, eut peur soudain de sa colère. Elle se rétracta dans son lit comme un animal blessé.

— Il ne faut pas en vouloir à Jilleen. Je la connais bien. C'est ma sœur. Elle ne reviendra pas tant qu'elle n'aura pas trouvé de l'aide.

Mais tout en prononçant ces paroles, elle commençait à douter de leur bien-fondé. Sa sœur était partie. Et qui sait si, soulagée de retrouver les siens, elle déciderait de revenir ? Depuis la nuit du raid, la fillette n'était plus la même.

Tout comme elle.

Morren referma frénétiquement ses bras autour de sa poitrine. Elle ne voulait plus penser à ça. Ce qui était fait était fait. Cela n'avait été qu'un sacrifice nécessaire.

— Y a-t-il beaucoup de survivants à Glen Omright ? s'enquit Trahern sans la regarder.

Morren secoua la tête.

— Je ne sais pas. Nous nous sommes enfuies, ma sœur et moi, et j'ignore ce que les autres ont fait. Sans doute la plupart de nos frères ont-ils rejoint un autre clan.

— Combien étaient-ils, ceux qui vous ont attaqués ?

Morren ouvrit la bouche puis la referma, incapable de proférer un son. Serrant très fort ses paupières closes, elle s'efforça de se ressaisir.

Mais Trahern insista doucement :

— Combien, Morren ? Les avez-vous vus ?

Alors, elle rouvrit les yeux et regarda son interlocuteur bien en face.

— Je sais exactement combien ils étaient, vous pouvez m'en croire.

Elle vit naître sur son visage une soudaine compréhension. Il lâcha un juron brutal et son regard, lourd de commisération, parcourut le jeune corps brisé.

Morren n'en dit pas plus. Ce n'était pas nécessaire.

Quand il tendit la main, elle retira la sienne. Et cette fois, quand l'obscurité s'empara de son cerveau, elle s'y abandonna.

Elle avait recommencé à saigner.

Devoir s'occuper de la jeune femme de manière si intime

gênait terriblement Trahern. C'était pour lui une étrangère et il n'avait pas la moindre idée de ce qu'il convenait de faire dans une situation aussi dramatique. Il faisait de son mieux mais il doutait que ce fût assez.

Elle avait le front brûlant de fièvre et il fut soulagé de pouvoir lui faire boire quelques gorgées d'eau. Mais il n'osa plus lui toucher la main, ni n'importe quelle partie de son corps, de peur de susciter de nouveau en elle une violente réaction.

Sa colère contre les Vikings s'accrut encore. C'était les Lochlannah[1] qui avaient violé Morren. Et ils avaient probablement fait subir le même sort à la pauvre Ciara. Il renouvela muettement le serment de venger sa fiancée. Les raiders paieraient œil pour œil, dent pour dent, pour ce qu'ils avaient fait. Si ce que Morren disait était vrai, si le reste de son *sept* s'était dispersé chez les clans amis, alors elle seule pouvait l'aider à retrouver les coupables.

Les heures de la nuit s'étiraient, interminables, tandis que Trahern veillait sans faiblir sur la malade. Vers minuit, la jeune femme se mit à trembler violemment. Une expression de terreur déforma son visage et il regretta de tout cœur de ne pouvoir soulager ses maux, autant ceux de l'âme que ceux de son corps meurtri. Mais il ne disposait d'aucun remède et ne pouvait même pas la prendre dans ses bras. Et pas question de l'abandonner pour aller chercher du secours. Elle avait perdu trop de sang et, si elle s'affolait en réalisant qu'elle était seule, qu'elle tentait de se lever, elle risquait d'y laisser la vie.

Désemparé, incapable de refouler les sinistres pensées qui l'assaillaient, il contemplait intensément le visage de la jeune femme, comme s'il pouvait lui insuffler un peu de ses forces. Ciara avait-elle souffert ainsi les tourments de l'enfer avant de mourir ? Ou bien avait-elle perdu la vie soudainement ?

De nouveau, son regard se posa sur ses mains impuissantes. La seule chose qu'il savait faire, le seul réconfort qu'il pouvait offrir,

1. En gaélique, le terme Lochlannah désigne les habitants du Lochlan, littéralement « la terre des lacs », c'est-à-dire la Scandinavie, et plus particulièrement la Norvège. De manière plus générique, il s'agit des Vikings.

c'était ses ballades. Bien qu'il fût barde depuis son plus jeune âge, il n'avait pas chanté ni raconté une seule histoire depuis la mort de Ciara. C'était comme si les mots l'avaient fui. Comme si sa gorge nouée ne pouvait plus proférer autre chose que des injures ou des gémissements. Comment apporter aux autres la joie et le divertissement quand on avait perdu son amour ? Quand on savait que jamais plus on ne pourrait bercer la femme qu'on aimait de ses contes et de ses chants ?

Mais cette nuit-là, alors qu'une autre femme luttait sous ses yeux contre la mort, il trouva en lui assez de force pour lui apporter du réconfort sans la toucher physiquement.

La légende de Dagda et Eithne jaillit de sa bouche, ses paroles s'enchaînant l'une après l'autre comme un collier de perles, telles qu'il les proférait depuis des années le soir autour du feu. Et, au fur et à mesure qu'il parlait, les tremblements de Morren s'apaisaient.

— Dagda était un dieu qui invoquait le bien sur la terre et dans le ciel, commença-t-il. Mais un jour, il rencontra une femme pour laquelle il éprouva un désir sans pareil. Cette femme s'appelait Eithne.

Trahern racontait l'histoire en utilisant chaque nuance de sa voix pour maintenir l'attention de la patiente. Il disait comment Dagda avait réussi à séduire Eithne et comment elle lui donna un fils. Il poursuivit ainsi jusqu'à en avoir la voix cassée, inventant des détails et des péripéties, lorsque enfin le soleil se leva.

Morren se redressa soudain sur sa couche de feuilles mortes, le visage tendu par la souffrance. Puis elle s'effondra de nouveau, les yeux clos, le visage blanc comme de la craie.

— Non ! hurla Trahern, alarmé. Il ne faut pas ! Vous avez résisté jusque-là. Tenez bon. Encore un moment, je vous en prie ! Les moines vont venir, votre sœur... !

— Je ne veux pas mourir, murmura-t-elle entre ses lèvres pâles. Il faut que je m'occupe de Jilleen... Elle n'a plus que moi...

Rouvrant les yeux, elle lui lança un regard brillant de fièvre. Ses yeux étaient d'un bleu profond, comme celui de la mer dans les hauts-fonds. Il y lut une force, une volonté qui rivalisait aisément avec la sienne.

— Vous allez vivre, Morren. Promettez-le-moi.

Elle battit des paupières à plusieurs reprises, comme pour acquiescer.

— Trahern… Quand ma sœur reviendra, ne lui parlez pas de l'enfant, voulez-vous ?

Il ne s'attendait pas à cela. Il secoua la tête d'un air sceptique.

— Ne croyez-vous pas qu'elle le sache déjà ?

— Je… Je le lui ai caché. Jilleen a été témoin de ce qui m'est arrivé la nuit du raid. Elle n'a pas besoin de savoir ce qui vient de se passer… Elle n'a que treize ans.

— Elle est assez âgée pour comprendre. Et ce sera à elle de s'occuper de vous, pendant les jours à venir.

Il ne pouvait rester indéfiniment ici, n'est-ce pas ?

— Je vous en prie, chuchota Morren. Ne dites rien.

Trahern serra les poings.

— Je ne peux vous le promettre. Il va bien falloir que ces gens-là paient pour ce qu'ils ont fait.

2

La matinée et l'après-midi du lendemain s'écoulèrent sans que la sœur de Morren ne donne signe de vie. Torturée par sa conscience, elle pressait Trahern de partir à sa recherche.

— Jilleen n'est qu'une enfant. Elle n'aurait pas dû partir seule. Il faut me la ramener.

Ses propres peurs revenant l'assaillir, elle imaginait tout ce qui pouvait arriver à la fillette.

Mais Trahern résistait.

— Encore un jour. Je ne vous laisserai pas seule dans cet état.

— Je suis très inquiète, Trahern... Je vous en prie.

— Pas avant que vous soyez assez forte pour vous lever. Essayez de manger.

Il lui tendit un plat de nourriture mais Morren ne put se résoudre à goûter aux pommes vertes et au gibier fumé qu'il avait dénichés pour elle alentour.

Elle se força cependant à mordre dans un filet de viande et dut se contraindre à l'avaler.

— Pourquoi êtes-vous revenu ?

— Pour la venger.

Il parlait de Ciara, bien sûr.

— Comment avez-vous appris ce qui lui était arrivé ?

— Son frère a envoyé un messager. Je veux savoir comment ça s'est passé

Voyant son regard hanté, elle se mordit la langue. Il valait mieux ne pas raviver certains souvenirs.

— Dites-moi tout, Morren. Vous étiez là.

— Non. Je n'ai rien vu.

Elle ne voyait aucune raison de le tourmenter.

Un éclair de contrariété traversa son regard.

— J'ai le droit de savoir ce qui s'est passé. Ciara était ma promise.

Elle resta muette, affrontant son regard avec un égal entêtement.

— Je veux tout savoir, insista-t-il. Et je rendrai au centuple ce que les coupables lui ont fait subir.

La férocité de son expression convainquit Morren de sa détermination.

— Demain, murmura-t-elle. Aidez-moi d'abord à retourner à Glen Omright et à retrouver Jilleen. Ensuite, je vous dirai ce que vous voulez savoir.

— Maintenant ! Vous parlez sinon...

De nouveau, elle le défia du regard.

— Sinon, quoi ?

Il ne pouvait plus lui faire de mal. Elle avait déjà connu le pire.

Trahern sortit à grands pas de la hutte et Morren referma les yeux, les genoux ramenés sous son menton. Les contractions avaient cessé mais elle se sentait infiniment lasse. Elle saisit un autre morceau de viande et s'obligea à manger.

— Tu dois vivre, s'intima-t-elle. Pour Jilleen.

Ses mains se posèrent sur ses flancs. Après la grave hémorragie dont elle venait d'être victime, elle doutait de pouvoir avoir d'autres enfants.

Peu importe. Après ce qui était arrivé, aucun homme ne voudrait d'elle. Et l'idée qu'un homme puisse la toucher lui était insupportable.

Doucement, avec d'infinies précautions, elle sortit un pied de sous la couverture et le posa sur le sol de terre battue. Puis, prenant appui sur le rebord du lit, elle tenta de se lever.

La porte s'ouvrit brutalement et Trahern s'arrêta sur le seuil.

— Quelle mouche vous a piquée ? Vous êtes encore trop faible pour vous lever !

Il se précipita vers Morren et, instinctivement, elle se recroquevilla sur sa couche.

— Je ne vous ferai pas de mal, je vous le jure. Mais vous ne pourrez jamais retourner jusqu'à Glen Omright si vous ne vous montrez pas plus prudente.

Il alla rajouter du bois dans le feu. Les muscles de ses épaules jouaient sans effort sous sa tunique tandis qu'il soulevait et disposait les lourdes bûches.

— Ce n'est qu'une méchante fièvre. Dans deux jours, elle n'y paraîtra plus.

S'agenouillant devant le foyer, il se retourna vers elle.

— Votre mère était guérisseuse, disiez-vous. Qu'aurait-elle fait pour vous soulager ?

— Elle m'aurait fait boire une infusion de feuilles de framboises. Ou, si la fièvre était trop forte, d'écorce de saule pleureur.

Il haussa les épaules.

— Je n'ai vu ni l'un ni l'autre dans le coin.

— J'irai moi-même, quand je pourrai sortir.

Les saignements semblaient s'apaiser bien que la fièvre battit toujours son tempo douloureux contre ses tempes.

Trahern s'interrompit un instant dans sa tâche. La lumière des flammes luisait doucement sur son crâne tondu et Morren se demanda fugacement pourquoi il avait sacrifié sa chevelure. Sa tunique elle-même était pareille à celle du plus humble des serfs, comme s'il n'accordait plus la moindre importance à son apparence.

Soudain, elle comprit. Il portait le deuil de Ciara. Il l'avait profondément aimée.

Morren poursuivit son examen en silence. Comment un homme d'un tel tempérament, d'une telle vigueur physique, avait-il pu passer la plus grande partie de la nuit à lui raconter des histoires ? Elle avait entendu sa voix profonde murmurer à ses oreilles des heures durant sans faiblir. Une voix qui avait pénétré jusqu'à sa conscience, lui fournissant un repère, quelque chose à quoi s'accrocher dans le délire provoqué par la fièvre. Étudiant son beau visage, elle remarqua les lignes dures creusées par la fatigue. Il n'avait pas pris une minute de repos et elle ne put réprimer un élan de reconnaissance.

— Où sont les autres ? demanda-t-il soudain. Les autres membres du *sept* ?

— Jilleen et moi n'avons plus personne. Tous nos parents sont morts.

S'approchant de nouveau, il lui présenta le plat de nourriture.

— Mangez. Il faut reprendre des forces… Depuis combien de temps vivez-vous ici ?

Elle prit une pomme, sans l'entamer.

— Depuis le raid, au début de l'été.

— Et vous êtes restées tout ce temps-là seules dans cet endroit délabré, toutes les deux ?

Morren soutint son regard.

— Oui. Je ne sais pas combien des nôtres ont pu demeurer au village.

La seule personne dont elle supportait la présence à ses côtés, depuis cette nuit fatale, était Jilleen. Elle n'était jamais retournée au *cashel*. Personne ne devait savoir ce qu'elle avait subi. Connaître l'étendue de son déshonneur.

— Quand nous aurons retrouvé votre sœur, il vous faudra vous installer de nouveau à Glen Omright. Il n'est pas bon pour deux jeunes filles de vivre loin des leurs. Seules au fond des bois comme des bêtes.

Morren faisait tourner le fruit entre ses deux paumes. Elle ne désirait pas songer à l'avenir. Vivre au jour le jour, glisser lentement d'une heure à l'autre était tout ce dont elle se sentait capable.

— Je trouverai bien un refuge pour nous deux. Quelque part loin d'ici.

Il la fixa une longue minute, comme s'il essayait de bien comprendre.

— Votre mère vous a-t-elle légué son savoir ? Vos talents de guérisseuse seraient très appréciés dans un autre clan.

Elle secoua la tête.

— Je connais les vertus des arbres et des plantes. Mais je ne saurais pas comment les utiliser pour soigner une maladie.

Le seul talent qu'elle possédait, c'était celui de faire croître les plantes. Elle savait ce qu'il fallait planter, où et quand, et comment faire prospérer n'importe quelle plantation. Mais à quoi cela pouvait-il lui servir au milieu de la forêt ? Et comment cela pourrait-il éviter la guerre et la violence ?

Dehors, le vent soufflait dans les branches. L'air sentait l'humidité. Morren se blottit sous sa couverture. Un changement de temps était imminent.

— Si vous ressortez, vous devriez mettre votre cape, suggéra-t-elle. Il va bientôt pleuvoir.

Comme pour lui donner raison, le crépitement de la pluie ne tarda pas à se faire entendre. Quelques minutes plus tard, le toit de chaume commençait à fuir et l'eau, ruisselant sur la terre battue, eut vite fait de la transformer en bourbier. Trahern mit sa cape sur sa tête pour protéger son crâne nu.

Morren leva son visage vers le ciel, appréciant la fraîcheur de l'eau sur sa peau brûlante.

— Couvrez-vous avec ceci, lui proposa son compagnon en lui tendant l'autre extrémité de son vêtement. Vous allez être trempée.

Elle ne bougea pas.

— J'ai l'habitude...

Mais il insista. S'asseyant à côté d'elle sur le lit, il lui présenta sa cape.

Morren s'écarta vivement, impressionnée par la haute taille et la forte carrure de Trahern.

— Je ne veux pas vous faire de mal, grommela-t-il. Quel mal y a-t-il à utiliser le même vêtement pour s'abriter ?

Et, sans attendre sa réponse, il lui couvrit la tête d'un pan de sa cape. Le lourd vêtement conservait son odeur masculine, infiniment rassurante. Elle pouvait sentir la chaleur de son corps et ses joues brûlèrent d'une chaleur qui n'avait rien à voir avec la fièvre.

Trahern ne semblait pas lui prêter attention. Il regardait les flammes crépiter dans l'âtre. Des gouttes de pluie glissaient sur son visage et elle distingua une barbe naissante sur ses joues.

Jadis, elle l'avait trouvé beau, avec ses épais cheveux blonds qui lui tombaient sur les épaules et sa barbe soigneusement taillée.

Mais aujourd'hui, il n'y avait plus trace du jeune homme qu'elle avait connu. Froid et austère, il semblait un parfait étranger. Presque une menace. Et pourtant, il avait manifesté à son égard la plus grande compassion. Depuis qu'il l'avait découverte, gisant sur sa couche, il ne l'avait pas quittée un instant.

Morren songea à la dévotion qu'il manifestait à Ciara. C'était comme si aucune autre femme n'avait existé. À cette époque, il n'avait sans doute pas même dû la remarquer.

— Je me souviens de la première fois où vous êtes venu au *cashel*, murmura-t-elle. Vous êtes resté jusqu'à l'aube dans la grande salle, à nous raconter vos histoires, à chanter vos chansons…

Il eut comme un sursaut et elle regretta presque d'avoir parlé.

— J'étais un barde, à l'époque, et je faisais mon métier de barde, en effet.

— Et vous avez séjourné parmi nous tout l'hiver… À cause de Ciara ?

Il hocha la tête et s'allongea à côté d'elle, les recouvrant tous les deux de sa cape. Elle remarqua ses pieds nus. Qu'avait-il pu bien faire de ses chaussures ?

— Il faut dormir, Morren. Si vous allez mieux, demain matin, nous pourrons partir à la recherche de votre sœur.

Elle lut dans son regard une immense fatigue. Il n'avait pas dormi depuis deux jours.

Il la rassura avec un sourire las.

— Je ne vous toucherai pas. Vous avez ma parole.

Curieusement, elle ne mettait pas sa parole en doute. Du reste, dans son état, elle ne l'intéressait visiblement pas. Et elle éprouvait en sa présence une paix réconfortante.

— Il faut que vous preniez du repos, vous aussi. C'est à cause de moi si vous n'avez pas dormi la nuit dernière.

— Il fallait bien que quelqu'un veille sur vous, murmura-t-il, déjà à moitié endormi.

Quand elle se retourna vers le mur, la cape enveloppant son corps d'une douce chaleur, Morren sentit se relâcher les mâchoires de la peur.

Peut-être pourrait-il la protéger, après tout.

Peu de temps avant l'aube, Trahern perçut des sanglots étouffés. Morren, blottie dans sa cape, lui tournait toujours le dos et ses épaules tremblaient.

— Morren ! appela-t-il, alarmé. Souffrez-vous ?

Elle lui répondit sans bouger :

— Un mauvais rêve… Ce n'est rien.

Il ne sut que répondre. Devant les épreuves que la jeune femme avait traversées, les mots étaient bien faibles. Rien d'étonnant à ce que son sommeil fût perturbé par des cauchemars.

— Et la fièvre ?

Elle se retourna vers lui. Ses cheveux étaient emmêlés et ses traits tirés trahissaient une mauvaise nuit.

— Cela va mieux. Du moins, il me semble.

Il ne la crut pas et tendit le bras pour lui tâter le front. Aussitôt, elle se recula loin de lui, se collant contre le mur comme un animal affolé. Il laissa retomber sa main. Il éprouvait une incompréhensible contrariété en constatant qu'elle ne supportait pas le moindre contact de sa part.

— Cela ira, insista-t-elle. Il le faut. Nous devons absolument retrouver Jilleen aujourd'hui.

Elle avait meilleure mine, en effet, mais Trahern insista pour qu'elle se repose une journée de plus.

— Je préfère que vous restiez encore ici jusqu'à demain. Je vais vous laisser de la nourriture, de l'eau et du bois pour le feu.

Morren lui décocha un regard imperturbable.

— Si vous partez sans moi, je vous suivrai dès que vous aurez quitté les lieux. Il s'agit de ma sœur et j'ai besoin de savoir ce qui lui est arrivé.

Elle se mit sur son séant, l'air décidé

— J'irai la chercher, avec ou sans vous.

Trahern s'assit à son tour et, ce faisant, s'aperçut que la couverture recouvrait ses jambes. À un certain moment dans la nuit, Morren l'avait couvert. Il ne s'attendait pas à ce geste bienveillant.

Bondissant sur ses pieds, il alla inspecter le ballot de vêtements qu'il avait trouvé la veille dans un coin de la hutte. Il en tira une longue tunique, de celles qui se passaient par-dessus la chemise. Les couleurs en étaient fanées, la laine rugueuse, mais, au moins, cela tiendrait chaud à la jeune femme.

Quand il aurait retrouvé la sœur de Morren, il les conduirait toutes deux dans un endroit sûr.

Une froide colère s'empara de lui en imaginant l'attaque qu'avaient subie les O'Reilly. Pourquoi diable les Lochlannah s'en étaient-ils pris à leur clan au point de dévaster leur village et d'en massacrer les habitants ? Un vol de bétail, c'était une chose... Mais le meurtre ?

Il fallait qu'il comprenne la raison de ce forfait. Et une fois qu'il aurait retrouvé les coupables, il vengerait Ciara.

S'emparant de la sacoche qui contenait ses vivres, Trahern utilisa son couteau pour y tailler des chaussures rudimentaires. Puis il les bourra de paille pour les rendre plus confortables. Il en présenta une paire à Morren et lui tendit l'un des lacets de sa tunique, coupé en deux, pour les fixer autour de ses chevilles.

— Mettez ça, intima-t-il en lui mettant sa cape sur les épaules.

— Mais il fait froid, protesta-t-elle. Vous en aurez besoin. Je peux utiliser la couverture.

Haussant les épaules, Trahern s'empara de la couverture qu'il mit sur ses épaules.

— L'abbaye Saint-Michel n'est qu'à quelques miles vers l'ouest. Nous nous y arrêterons pour que vous vous reposiez, décréta-t-il d'un ton définitif. J'emprunterai des chevaux aux moines. Ce sera plus facile pour vous.

Il était contrarié d'avoir perdu sa jument Barra, sa complice depuis de longues années. Mais il était bien décidé à la retrouver.

Morren se dirigeait déjà vers la porte mais il la retint par le bras.

— Mangez d'abord un peu. Je ne vous laisserai pas partir tant que vous n'aurez pas repris des forces. Vous allez en avoir besoin.

La viande froide n'était guère appétissante mais c'était mieux que rien.

Quand ils eurent fini, il lui emboîta le pas.

— Si vous éprouvez de la fatigue, dites-le-moi. Nous nous arrêterons aussitôt.

— Tout ira bien, répondit Morren d'une voix ferme.

Trahern voulait lui prendre le bras pour l'aider à marcher, mais elle avançait devant lui, le pas décidé et la tête haute, sa respiration légère faisant comme un panache dans l'air automnal. Ils descendirent la colline et, bientôt, la jeune femme manifesta quelques signes de faiblesse. Son visage était aussi gris que le ciel et elle avançait en se tenant aux troncs pour soutenir sa marche.

Quand ils atteignirent la lisière de la forêt, elle paraissait sur le point de s'évanouir.

— Vous tenez à continuer ?

— Je n'ai pas le choix.

Soudain, sans crier gare, Trahern se pencha sur elle et la souleva dans ses bras.

Paniquée, Morren se débattit avec l'énergie du désespoir.

— Lâchez-moi ! Immédiatement !

— L'essentiel, c'est d'avancer ! Si je vous repose sur le sol, vous allez tomber.

Comme elle résistait toujours, il la serra plus fort.

— Cette situation vous déplaît, je le sais. Mais dans moins d'une heure, nous serons à l'abbaye.

Elle croisa son regard mais, cette fois, ne répondit pas.

D'un geste assuré, Trahern la jeta sur son épaule et allongea le pas. La pauvre fille ne pesait presque rien. Qu'un homme digne de ce nom puisse s'en prendre à une créature aussi fragile était au-delà de son entendement.

— Savez-vous si les Lochlannah s'en sont pris à l'abbaye ? s'enquit-il tout en avançant.

Si un danger les attendait là-bas, il préférait s'y préparer.

— Pour autant que je sache, seul notre *cashel* a subi une attaque, déclara Morren, essayant de se redresser pour regarder la ligne lointaine des collines. Je ne comprends toujours pas pourquoi ils ont fait ça. Cela fait si longtemps que nous vivons en paix. Plusieurs de nos femmes ont même conclu un mariage avec eux.

Trahern progressait rapidement dans l'herbe haute, assurant sa charge de temps à autre.

— Racontez-moi la fin de l'histoire, murmura Morren au bout d'un instant. Celle de Dagda et Eithne.

Tout naturellement, il reprit son récit là où il l'avait interrompu, heureux de cette distraction. Au fur et à mesure que l'action évoluait, il sentait la tension décroître dans le corps de sa compagne.

— Quand son fils Oengus eut atteint sa majorité, le dieu Dagda voulut lui donner une terre. Mais celle sur laquelle il avait jeté son dévolu appartenait à un guerrier appelé Elcmar. Oengus ne voulait pas tuer Elcmar ni aucun de ses hommes. Aussi agit-il par la ruse en prenant la cité d'assaut pendant la célébration de la fête de la Samain[1]...

Trahern s'interrompit un moment pour regarder le ciel. De gros nuages sombres s'amassaient à l'horizon. Il fallait arriver avant la pluie. Pressant le pas, il reprit le fil de son histoire :

— Une fois reconnu vainqueur, Oengus demanda à Elcmar qu'il le laisse régner sur sa terre un jour et une nuit. Ensuite, ils iraient ensemble demander à Dagda lequel d'entre eux possédait vraiment la terre. Quand ils arrivèrent devant le dieu, celui-ci déclara que, puisque son fils avait conquis la terre, elle lui appartenait de plein droit et pour toujours. En effet, pendant la Samain, le temps n'a plus le même sens que lui donnent les mortels. Régner sur une terre ne serait-ce qu'un jour et une nuit, c'est régner sur elle pour l'éternité.

Trahern prononçait les derniers mots de son récit quand les hautes murailles de Saint-Michel apparurent devant eux, à moins d'un mile. Il reposa doucement Morren sur le sol. Commençant à connaître son caractère fier et indépendant, il songea qu'il était peu probable qu'elle veuille paraître aux yeux des moines sous un jour défavorable, comme une pauvre invalide.

— Dois-je vous porter jusque là-bas ou vous sentez-vous assez forte pour marcher ?

— Je vais marcher.

L'abbaye, flanquée d'une tour ronde, dressait ses murailles de granite très haut au-dessus de la lande. Des fenêtres en ogive, aussi hautes qu'un homme debout, s'alignaient sur la façade des bâtiments. Mais pas un frère n'était en vue.

Au pied de la colline, une rivière sinuait au travers de la campagne. Morren serrait la cape de Trahern autour d'elle pour se protéger du froid.

— Vous avez l'intention de me laisser à l'abbaye, n'est-ce pas ?

Il opina du chef. Mettre la jeune femme sous la protection de l'Église était la meilleure chose à faire.

1. Dans le calendrier celtique, la Samain est la première des quatre grandes fêtes religieuses de l'année celtique. Elle se situe aux environs du 1er novembre de notre calendrier. C'est une fête qui marque le début de la « saison sombre » (l'hiver) et c'est aussi un temps d'ouverture vers l'Autre Monde (monde des dieux et des morts).

— Vous n'êtes pas encore assez valide pour aller jusqu'au *cashel*. Je vous ramènerai votre sœur, je vous le promets

Le visage de Morren s'assombrit.

— J'aimerais vous croire. Hélas... J'en doute.

Trahern se rebiffa.

— Vous pensez que je la laisserais là-bas si je la trouvais en mauvaise posture ? C'est moi qui l'ai envoyée chercher de l'aide. C'est à moi de la ramener auprès de vous.

Morren laissa échapper un long soupir tremblant.

— Jilleen n'est encore qu'une enfant... Imaginez que les Lochlannah aient décidé de s'en prendre à elle ?

— Pour le moment, nous ne savons rien de ce qui s'est passé. Pourquoi envisager le pire ?

Mais Morren tenait à son idée.

— Que ferez-vous si vous les rencontrez ? Vous êtes un barde, pas un guerrier.

Trahern, se tournant vers elle, la toisa du haut de sa haute taille. Morren rencontra son regard. Il posa la main sur le pommeau de son glaive.

— Je sais me battre, Morren, soyez-en bien persuadée.

Il avait passé toute sa jeunesse à s'entraîner avec ses frères et, même s'il n'était plus un jouvenceau, il n'avait rien perdu de ses compétences. Son instinct s'était même aiguisé.

Morren battit des paupières et détourna son regard. Parfait. Il n'avait pas l'habitude que les femmes doutent de lui.

— Si j'avais été là cette nuit maudite, articula-t-il d'une voix ferme, les Lochlannah qui s'en sont pris à vous seraient tous morts, les uns après les autres. Ils n'auraient pas eu le temps de vous toucher, ni vous ni Ciara.

Morren baissa la tête.

— S'il avait pu en être ainsi ! soupira-t-elle.

Elle reprit son chemin, soulevant le pan de la cape qu'il lui avait prêtée pour ne pas être gênée dans sa marche.

Ils cheminèrent en silence jusqu'à la chapelle de pierre qui se dressait à côté du portail. Trahern s'apprêtait à frapper à la lourde porte quand une odeur de fumée assaillit ses narines.

Morren, alarmée, montait déjà la colline. Il la rejoignit à grands pas, et ils regardèrent ensemble, le cœur serré, les gros nuages de fumée qui s'élevaient au loin dans le ciel. Des flammes montaient du *cashel* dont les ruines se blottissaient dans le creux d'un vallon.

— Mon Dieu ! s'exclama Morren en joignant les mains. Ils sont revenus.

Trahern la poussa sans ménagement vers la chapelle d'où montait le chant des moines.

— Allez vous mettre sous leur protection. Je vais me rendre jusque là-bas pour voir ce qui se passe.

— Mais vous n'avez pas de cheval ! Ils vous poursuivront sans pitié.

Trahern, qui vérifiait ses armes, lui lança un dernier regard.

— Ils ne me verront pas. Pas tant que ce ne sera pas nécessaire, en tout cas.

— Soyez prudent, je vous en supplie.

Plongeant ses yeux dans l'émouvant regard bleu, il prit les deux mains de la jeune femme dans les siennes.

— Attendez-moi ici, Morren. Je serai de retour avant le coucher du soleil.

3

Les vestiges fantomatiques de Glen Omright se dressaient au milieu des champs dévastés. Les palissades de bois étaient effondrées par endroits, l'air était lourd de fumée.

Trahern, couché dans les hautes herbes, regardait venir vers lui deux cavaliers. Il lui avait fallu près d'une heure pour atteindre le village fortifié que le terrain vallonné faisait croire plus proche, et le soleil commençait déjà à descendre vers l'horizon.

Les attaquants portaient les vêtements des Lochlannah. Il s'agissait plus précisément de Vikings, d'après leur harnachement. Leurs longues capes étaient fixées par de grandes broches de bronze ouvragé et, bien que le plus grand des deux ne portât aucune armure, Trahern pressentait que ce serait un adversaire redoutable. Son compagnon, plus petit, avait des cheveux clairs, lui aussi, mais d'un blond plus sombre. Refermant la main sur la poignée de sa dague, Trahern se demanda si, à lui seul, il avait des chances de venir à bout des deux hommes. C'était peut-être prendre un risque inutile.

L'une des cabanes en rondins brûlait encore et de son toit de chaume s'échappaient des étincelles et des flammes. La fumée, âcre et piquante, s'élevait en volutes noirâtres dans le ciel maintenant limpide de cette fin d'après-midi.

Les deux hommes allaient d'une cabane à l'autre, inspectant leur contenu. Le village paraissait abandonné par ses habitants. Tous les survivants du clan avaient déserté ce lieu maudit.

Quand les deux rôdeurs se rapprochèrent, Trahern se rassembla sur lui-même, prêt à bondir. Ils paraissaient mécontents et il les entendit discuter en langue norroise.

Ils n'étaient pas là pour attaquer, cela paraissait évident, ni même pour piller le peu de biens qui restait dans le village abandonné. Non, ils avaient l'air simplement contrariés, comme si ce qu'ils voyaient ne leur plaisait pas.

Trahern se rapprocha en rampant sur le sol. L'herbe sèche lui picotait le visage, la terre glacée le pénétrait de son humidité. Quand il atteignit la palissade extérieure, il se glissa jusqu'à l'une de ses brèches pour inspecter d'un bref coup d'œil l'intérieur du camp.

L'un des cavaliers était juché sur une monture familière. Trahern eut comme un coup au cœur. C'était Barra, le destrier qui lui avait coûté une fortune. Une fière jument bai brune au regard de feu et au pied sûr. L'animal, que l'odeur de la fumée rendait nerveux, s'agitait en tous sens. Si le Lochlannah ne se tenait pas bien en selle, il ne tarderait pas à se retrouver par terre.

Trahern aurait bien voulu passer à l'attaque, ne serait-ce que pour récupérer sa jument. Mais son bon sens le retint. Il avait besoin de quelques réponses à ses questions. Et ces deux-là pourraient les lui donner.

Au bout de quelques minutes, les Vikings quittèrent le camp fortifié et prirent la direction de l'ouest. Trahern, déchiré entre l'envie de les suivre et celle de fouiller le *cashel* de Jilleen O'Reilly, hésita un instant. Puis, après un dernier regard à la silhouette lointaine des deux cavaliers, il se faufila par la brèche et s'introduisit dans le camp. Une fumée épaisse lui emplit les poumons. L'air chaud semblait vouloir se refermer sur lui comme un mur. Il n'avait que quelques minutes pour fouiller les cabanes avant que tout ne s'effondre. Ensuite, il partirait sur la piste des Vikings.

Le destin lui était favorable car, très vite, il repéra l'une des chaussures qu'il avait données à la fillette. Soit Jilleen l'avait laissée là à dessein, soit elle l'avait perdue en se débattant. Il savait en tout cas maintenant qu'elle était parvenue jusque-là. Et il connaissait l'identité de ceux qui l'avaient empêchée de revenir.

De nouveau, il étreignit avec force le pommeau de son glaive.

Les Lochlannah auraient aussi à répondre de ce dernier forfait. Ramassant l'une des chaussures, Trahern fit volte-face et partit sur la piste des deux hommes. Il trouva la seconde chaussure à peine un mile plus loin sur le sentier suivi par les cavaliers. Quand il fut en haut de la colline, il scruta l'espace pour y repérer les pillards. Il les aperçut tout de suite. Ils suivaient le chemin qui menait à la station viking, sur la côte. Il connaissait l'endroit. Il ne pourrait pas y arriver avant la nuit.

Pas sans son cheval.

Trahern jura, contrarié. Il ne lui restait plus qu'à faire demi-tour pour emprunter une monture aux moines. Il parcourut le trajet en sens inverse jusqu'à l'abbaye, non sans avoir remis ses chaussures familières. Et, chemin faisant, il commença à mettre au point sa stratégie.

Le père abbé de Saint-Michel accorda l'hospitalité à Morren sans barguigner. Après lui avoir souhaité la bienvenue, il la confia aux bons soins d'un vieux moine, frère Chrysoganus, qui la conduisit jusqu'à la maison des hôtes. Ils pénétrèrent dans l'ombre froide du vestibule et, lui faisant signe de s'asseoir sur le grand banc de chêne, il entreprit de remplir un bassin avec l'eau du chaudron qui tiédissait dans l'âtre à moitié éteint. Quand Morren comprit qu'il voulait procéder au bain de pieds traditionnel en signe de bienvenue, elle s'interposa :

— Pardonnez-moi, frère Chrysoganus, mais je préférerais le faire moi-même.

Elle ne pouvait supporter qu'on la touche, même si c'était pour répondre à de pieux usages.

Le vieil homme parut surpris mais se plia à sa demande.

— Si c'est là votre souhait… Je dois rejoindre mes frères pour l'office de Tierce[1]. Si vous avez besoin de quoi que ce soit, il suffit de demander.

Morren, occupée à délacer ses souliers de fortune, hocha la tête sans le regarder.

1. Dans la liturgie des Heures, selon la règle de saint Benoît fixée vers 530, l'office de Tierce (troisième heure après le lever du soleil) correspond à 9 heures du matin.

— Merci, mon frère, dit-elle simplement en plongeant avec délice ses pieds dans l'eau chaude.

Après le départ du vieux moine, elle baigna ses pieds un long moment, les laissant reposer dans l'eau pendant plusieurs minutes.

Les cloches sonnèrent l'office et elle entendit la voix grave des moines s'élever en un majestueux plain-chant. Les notes simples et pures apaisèrent son oreille mais, quand elle frotta doucement la peau nue de ses pieds, elle se mit à trembler.

De sombres souvenirs refaisaient surface, peuplés de silhouettes noires gesticulant autour d'elle avec violence. Elle se recroquevilla sur elle-même, refoulant la nausée qui lui montait dans la gorge. Mon Dieu ! Elle ne pouvait plus supporter cela. Ses mains se posèrent d'elles-mêmes sur son ventre déserté, et un grand froid l'envahit.

N'y pense pas ! s'intima-t-elle. *Oublie !*

Elle retira ses pieds du bassin de métal et se mit à genoux, les yeux clos. Les voix quasi surnaturelles des moines résonnaient en écho dans la chapelle de pierre, envahissant peu à peu tout l'espace sacré de l'abbaye. Bientôt, le froid qui montait des dalles de pierre l'encercla de son étreinte de fer. Pourquoi avait-elle survécu ? Pourquoi avait-il fallu qu'elle subisse cette épreuve jusqu'au bout sans que personne ne la prenne en pitié ? Elle avait dû subir son supplice en silence, les yeux levés vers le ciel sombre... et elle en était ressortie brisée à jamais. À ce souvenir, Morren sentit la honte l'envahir. Elle aurait dû se battre, utiliser ses dents, ses ongles...

Au lieu de cela, elle avait prié le Ciel qu'il veuille bien la laisser mourir.

Son regard tomba sur les souliers grossièrement taillés dans le cuir que Trahern lui avait confectionnés pour lui éviter de souffrir du froid. Sa gorge se serra. Il s'était montré si bon pour elle. Et elle ne le méritait pas.

Il ne reviendrait pas, bien sûr. Il avait promis qu'il serait là avant le coucher du soleil, mais pourquoi tiendrait-il sa promesse ? Il s'était assuré de la mettre en lieu sûr et il était rentré chez lui. Quant à sa pauvre petite sœur, elle était perdue à jamais. Alors, pourquoi un homme comme lui reviendrait-il se charger du fardeau qu'elle représentait maintenant pour tout le monde ?

Morren se remit sur ses pieds, les dents serrées. Laissant derrière elle le hall désert et froid, elle gagna le seul endroit qui pour elle avait toujours été un sanctuaire, le jardin.

À l'intérieur du cloître, parfaitement entretenu, se tenait en effet un petit jardin divisé en quatre carrés mal entretenus. Dans l'un d'eux, de rares légumes résistaient à la venue de l'hiver, dans les deux autres verdissaient quelques pieds de simples[1], et dans le dernier fleurissaient encore des rosiers. Au fond, derrière les arcades qui fermaient l'un des côtés, s'étendait la perspective d'un potager.

Malheureusement, il était envahi par les mauvaises herbes. Sans doute les bons moines n'avaient-ils plus la force de le cultiver. Mais la bonne odeur de terre et d'herbe réveillait en Morren ses talents de jardinière et elle avait besoin de s'occuper.

Durant les heures qui suivirent, elle s'occupa donc à désherber et à éclaircir les plantations de manière à donner aux légumes qui subsistaient de la place pour s'épanouir. Choux, carottes et navets feraient merveille dans cette terre fertile et agrémenteraient généreusement la soupe des moines jusqu'au cœur de l'hiver. Quelques conseils judicieux donnés aux pères bienveillants leur permettraient de faire repartir le potager du bon pied au printemps.

Pourtant, tout en s'activant, elle ne cessait de penser à Trahern. Il était vraisemblable qu'un nouveau raid était en train de se dérouler au *cashel* en ce moment. Même s'il était un homme vigoureux et plein de courage, il était seul et si les Lochlannah découvraient sa présence, nul doute qu'ils le massacreraient sans pitié.

Profondément abattue, Morren formula pour lui une prière muette. Trahern n'était pour elle qu'un étranger, mais il lui avait sauvé la vie. S'il ne l'avait pas nourrie, s'il n'était pas resté auprès d'elle pour la soigner, elle se serait vidée de son sang.

Elle se mit à arracher les mauvaises herbes avec une énergie accrue, comme si elle pouvait en même temps extirper d'elle-même ses peurs et ses regrets. Il fallait qu'elle aille se rendre compte par elle-même de ce qui s'était passé au *cashel*. Mais pour le moment,

1. Plantes médicinales.

elle en était incapable. Sa vue se brouillait déjà de la fatigue du jour et elle sentait une grande faiblesse l'envahir.

Une ou deux heures s'écoulèrent encore et frère Chrysoganus vint lui apporter un frugal repas de fromage et de pain.

— J'ai pensé que vous deviez avoir faim, après tout votre exercice dans le potager, plaisanta-t-il avec un bon sourire.

Morren essuya sur sa robe ses mains souillées de terre.

— Merci, mon frère. Vous ne voyez aucun inconvénient à ce que je travaille un peu dans votre jardin ?

Chrysoganus, s'appuyant lourdement sur le bâton orné qui lui servait de canne, inspecta ses efforts.

— Pas le moins du monde. Avec tous ces événements, je crains que nous ayons laissé notre potager aller à vau-l'eau. Mais maintenant que vous nous avez donné l'exemple, nous ne pourrons faire autrement que d'en tirer un bon parti. Je suis trop vieux, hélas ! Mais nous avons ici quelques jeunes moinillons à qui cela fera passer utilement le temps. Encore merci, ma fille.

Rose de plaisir, Morren adressa au vieil homme un sourire hésitant. Elle n'avait aucune richesse, rien qui pût dédommager le monastère pour l'hospitalité qui lui était si généreusement offerte. Au moins pouvait-elle les payer de ses modestes talents.

— Je vais faire un tas de toutes ces mauvaises herbes, reprit-elle. Couvrez-les avec des feuilles et, au printemps, utilisez le terreau obtenu pour recouvrir vos plantations. Votre potager vous donnera des fruits et des légumes en abondance.

Le visage de son interlocuteur, ridé comme une vieille pomme, se plissa en un nouveau sourire.

— Vraiment ? Nous ferons selon vos désirs, mon enfant. Que Dieu vous en rende grâce.

Elle hocha la tête. Puis osa poser la question qui la torturait :

— Merci, mon père... Les feux allumés dans le *cashel* se sont-ils enfin éteints ?

Le sourire de Chrysoganus s'évanouit. Il se laissa tomber sur un vieux banc de pierre moussu.

— Non, pas encore hélas. Nous ne savons pas qui les a allumés, mais cela a dû commencer très tôt, ce matin. À l'office de prime, il y avait déjà de la fumée.

Morren prit son courage à deux mains.

— Lorsque les Vikings ont attaqué, au début de l'été, il y a eu des survivants. Pourquoi ne sont-ils pas venus ici, au monastère ?

Son interlocuteur branla du chef.

— Je n'en sais trop rien. Nous avons préparé la maison des hôtes pour les accueillir mais votre compagnon et vous êtes les seuls étrangers que nous avons reçus depuis des mois.

Comment pouvait-il se faire que personne n'ait songé à se réfugier à Saint-Michel ? L'appréhension qui taraudait Morren depuis la veille monta d'un cran. Elle avait voulu se persuader qu'elle pourrait ramener Jilleen à la maison, qu'elles pourraient reconstruire un foyer. Mais il semblait que le village soit définitivement déserté.

Elle rencontra le bienveillant regard brun de frère Chrysoganus, empli de compassion.

— Mon compagnon de voyage, Trahern MacEgan, est parti à la recherche de ma sœur. Il m'avait promis de revenir avant le coucher du soleil...

— Je vais veiller à ce qu'on prépare un lit pour lui.

Le moine la salua d'un signe de tête et s'éloigna.

Après son départ, et malgré sa fatigue, Morren trouva encore la force de monter au sommet de la colline. Elle avait un besoin presque physique de revoir son village, de repérer sa maison, ou ce qu'il en restait.

Chaque pas était une torture. Quand elle parvint enfin au point le plus haut des terres de l'abbaye, ce fut pour voir au loin la silhouette minuscule d'un cavalier qui approchait.

Il avait une épée à la main.

Et ce n'était pas Trahern.

Gunnar Dalrata savait qu'ils étaient suivis. Toujours aux aguets, il avait vu du coin de l'œil les hautes herbes s'écarter fugitivement, de l'autre côté de l'enceinte de bois qui protégeait le *cashel*. Et il avait deviné que quelqu'un les espionnait.

Serrant plus fort son épée, il jeta un coup d'œil à son frère.

Hoskuld semblait ne s'être aperçu de rien. Volontairement, Gunnar ralentit son allure. Jetant un coup d'œil par-dessus son épaule, il vit l'homme émerger de son repaire et s'élancer pour les suivre.

Un Irlandais. Il le devina au premier coup d'œil. Était-ce un survivant de Glen Omright ?

Gunnar faillit alerter Hoskuld. Mais à quoi bon ? L'Irlandais ne faisait rien d'autre que les observer. Peut-être cherchait-il la fille qu'ils avaient attrapée la veille ?

Ils étaient arrivés au sommet de la colline et l'homme était toujours là. S'imaginait-il pouvoir les suivre à pied jusqu'à leur campement ? Un autre coup d'œil apprit à Gunnar que l'inconnu s'était arrêté. Il les suivit du regard un moment puis fit demi-tour.

Gunnar amena son cheval à la hauteur de celui de son frère.

— On était suivis. Je veux savoir pourquoi.

— Veux-tu que je vienne avec toi ?

— Non. L'homme est à pied et sans armes, pour autant que je puisse l'affirmer. Je vais me contenter de lui faire peur... pour voir ce qu'il a dans le ventre.

— Rapporte-le ici avec toi, suggéra Hoskuld.

Un mince sourire fendit le visage de Gunnar.

— J'aviserai.

Faisant pivoter sa monture, il s'élança à la poursuite de leur espion. Il allait l'atteindre quand, portant les yeux au loin, il vit que l'homme se dirigeait tout droit vers l'abbaye Saint-Michel. Et il en comprit la raison.

Une femme se tenait debout au sommet de la colline sur le flanc de laquelle était bâtie l'abbaye. Visiblement, elle attendait son compagnon. Et, quand il le dépassa, Gunnar vit une soudaine expression de fureur et d'inquiétude marquer le visage de celui qu'il pourchassait.

Cela l'intrigua. S'il voulait avoir des réponses à ses questions, le mieux était d'attendre l'inconnu chez les bons moines. L'épée toujours à la main, il pressa les flancs de sa monture et galopa vers Saint-Michel.

En s'approchant, il distingua nettement la femme qui guettait du haut de la colline. Elle était encore très jeune et, avec ses cheveux blonds et son fin visage, elle pouvait donner envie à n'importe quel homme de se battre pour elle. Mais, en l'apercevant qui venait vers elle, elle s'enfuit.

Gunnar s'arrêta net et, faisant pivoter son cheval, il attendit l'Irlandais de pied ferme.

Trahern parcourait la distance à longues enjambées. La colère lui donnait des ailes. Par saint George, si le Viking touchait à Morren, il le tuerait immédiatement.

Ce fut le mile le plus long qu'il lui ait jamais été donné de franchir. La peur de ce qui pouvait arriver à Morren, le remords de l'avoir laissée seule l'aiguillonnaient douloureusement.

Jésus ! Jamais il n'aurait dû l'abandonner derrière lui.

Comme il arrivait au sommet de la colline, il vit Morren s'éloigner en direction de la chapelle. Grâce à Dieu, elle avait eu le bon sens d'aller se mettre à l'abri. Indifférent à sa fatigue, il se précipita vers le cavalier qui l'observait toujours, parfaitement immobile. Et, sans crier gare, s'emparant d'un de ses éperons, il le fit basculer cul par-dessus tête.

Mais l'ennemi ne s'avouait pas vaincu. Presque aussi grand et vigoureux que Trahern, il se remit sur pied d'un brusque coup de reins.

— Je n'aime pas qu'on me suive, lança-t-il avec un fort accent norrois en se jetant sur lui de tout son poids.

— Moi non plus, rétorqua Trahern.

Et, de ses deux bras lancés en avant, il envoya voler son agresseur dans les airs.

Quand le Viking se releva, Trahern constata qu'ils étaient exactement de la même taille et de la même carrure. Il fronça les sourcils. Peu d'hommes pouvaient se vanter de jouir de la même stature. Et moins encore pouvaient se targuer d'avoir la même habileté au combat.

Son adversaire le contempla un long moment en silence, le regard étréci. Leur évidente ressemblance parut les frapper en même temps.

— Par exemple ! s'exclama l'étranger. Si je m'attendais à cela ! Tu es un des nôtres, n'est-ce pas ?

Trahern tira son glaive de sa ceinture.

— Moi, un Lochlannah ! Une de ces charognes sanguinaires ? Tu plaisantes.

L'homme brandit son épée dans les airs. Mais il ne faisait pas mine d'attaquer.

— Si tu ne me crois pas, c'est que tu ne t'es pas regardé depuis longtemps dans un miroir d'étain. Pourquoi me suivais-tu ?

— Où est la fille ? rétorqua Trahern en portant un coup de son glaive.

Le Normand para l'estocade sans difficulté. Une longue lame au tranchant aigu fit un demi-cercle au-dessus de la tête de Trahern qui, pliant les genoux à la vitesse de l'éclair, l'évita habilement.

— Je suppose que tu fais allusion à la gamine que nous avons trouvée hier en train d'errer dans le *cashel* ? Nous l'avons amenée chez nous. Mais je ne pense pas que je vais te conduire jusque là-bas. Ta manière de te comporter devant un paisible étranger ne me dit rien qui vaille.

Plongeant en avant, il pointa sa lame contre la gorge de Trahern.

Trahern dévia le coup sans peine et, de nouveau, passa à l'attaque. Il se concentra sur le combat, rendant coup pour coup. La sueur coulait sur son visage et il commençait à sentir la fatigue de ces derniers jours. Mais il parvint à faire reculer son adversaire.

Quand sa lame effleura l'épaule du Viking, entamant l'épais tissu de sa tunique, une joie sauvage l'envahit. Cela faisait près de six mois qu'il attendait ce moment.

Il mit toute sa rage, toute sa colère dans leur rixe. Peu importait qu'ils fussent en train de se battre sur une terre consacrée. L'homme qu'il avait devant lui avait tué des innocents. Il avait violé des femmes et des jeunes filles sans défense.

Il méritait la mort.

Soudain, derrière la haute silhouette du Viking, il vit Morren réapparaître. Elle avançait lentement, les pans de la cape qu'il lui avait prêtée enroulés autour de ses épaules. La capuche avait glissé, révélant son épaisse chevelure blonde. Elle les regardait tous les deux, une expression horrifiée déformant ses traits.

Cette vision décupla les forces de Trahern qui, d'un grand coup de son glaive, fit sauter l'épée de la poigne du Viking.

D'abord surpris, l'homme tomba à genoux, la tête inclinée en signe de défaite. L'empoignant par les cheveux, Trahern posa la lame de son glaive sur sa gorge.

Puis, plantant son regard dans celui de Morren, il demanda d'une voix dure :

— Cet homme fait-il partie de ceux qui vous ont déshonorée ?

4

Morren sentit le sang lui quitter le visage. Le jeune Normand allait mourir sous ses yeux par la main de Trahern. Il suffisait d'un mot.

— Non, murmura-t-elle d'une voix rauque.

Puis, s'éclaircissant la gorge, elle répéta plus fort :

— Non, ce n'est pas lui. Il n'était pas là la nuit du raid.

Elle s'efforça de raffermir son regard, dans l'espoir qu'il la croirait.

Le regard métallique de Trahern la transperça.

— Ne mentez pas, Morren. Si cet homme est coupable, il mérite la mort. Rien de moins.

La lame du glaive était toujours appuyée sur la gorge du Viking. Une fine goutte de sang commençait à perler...

Morren répugnait de s'approcher. Mais il fallait bien s'y résoudre.

Quand elle ne fut plus qu'à une longueur de bras, elle dit d'une voix forte :

— Libérez-le, Trahern. Cet homme est innocent. Du moins pour ce qui me concerne.

Mais cette idée répugnait visiblement à son compagnon. Comme elle avançait encore d'un pas, il aboya :

— Reculez ! Immédiatement.

Une expression implacable durcissait son visage. Aucune parole ne paraissait l'atteindre. Plongeant son regard dans les durs yeux gris, Morren attendit. Il fallait qu'il admette qu'elle disait vrai. Une sorte de folie sauvage s'était emparée de lui. Il tremblait violemment, comme s'il se battait contre l'instinct de tuer.

— Lâchez-le, Trahern, répéta-t-elle enfin d'une voix douce.

Les minutes se firent une éternité. Après un long moment,

Trahern baissa enfin son glaive. Puis, repoussant brutalement le Viking, il remit son arme dans son fourreau.

L'étau qui enserrait la poitrine de Morren se desserra. Le Viking essuya le sang qui coulait sur son cou d'un revers de manche.

— Vous m'avez sauvé la vie, belle dame, dit-il avec un regard reconnaissant. Soyez-en remerciée.

Elle perçut la sincérité dans sa voix et le regarda plus attentivement. Lui aussi était beau, avec ses yeux gris et ses cheveux blonds.

Mais plus aucun homme n'avait la moindre chance de susciter son intérêt. Et surtout pas un Viking.

— Qui êtes-vous et que faisiez-vous au *cashel* ?

— Mon nom est Gunnar Dalrata. Nous obéissions aux ordres de notre chef.

Tout en parlant, il essuyait le sang qui sourdait de la blessure que lui avait infligée Trahern. Ce n'était visiblement qu'une égratignure et il ne paraissait pas s'en soucier.

— ... Nous cherchions des survivants, comme la fille que nous avons recueillie hier.

Le sang de Morren ne fit qu'un tour.

— Jilleen ? Où l'avez-vous emmenée ?

— Chez nous, dans notre *longphort*[1], expliqua Gunnar avec complaisance. Vous y êtes aussi la bienvenue. Nous vous escorterons volontiers jusque là.

— Morren n'ira nulle part avec vous, s'interposa Trahern en faisant à la jeune fille un bouclier de son corps.

— La fillette que vous avez trouvée est ma sœur. Laissez-la partir, je vous en prie. Elle n'a rien fait de mal et je suis sa seule famille.

— Mais elle n'est pas notre prisonnière, protesta Gunnar. Nous avons jugé qu'il était dangereux pour elle d'errer ainsi seule dans le pays. Quand elle a demandé si nous connaissions une guérisseuse, nous avons sauté sur l'occasion pour l'amener chez nous.

Le jeune Viking la dévisageait de ses grands yeux gris, l'air sincère.

1. Le *longphort* est une place forte viking évoquant la forme d'un bateau renversé bâtie sur les côtes irlandaises et servant de base pour les raids et les pillages jusqu'au XIe siècle environ. Ensuite les Vikings se mélangeront avec la population et se fondront au sein du peuple d'Irlande par une politique de traités et de mariages.

Morren se tut un instant. Les saignements avaient cessé mais elle se sentait encore très faible. C'était comme si l'intérieur de son corps n'était plus qu'un grand vide.

Elle perçut le regard inquiet de Trahern peser sur elle.

— Nous irons chez vous demain matin dès la première heure et nous ramènerons Jilleen, décréta-t-il, l'informant ce faisant elle aussi de sa volonté.

— Mais c'est maintenant qu'il faut y aller, insista Morren. Elle doit s'inquiéter.

— Vous êtes trop faible pour voyager davantage. Une nuit encore, et vous irez mieux.

Jetant un regard noir au jeune Viking, Trahern ajouta :

— À moins que vous vouliez que j'aille jusque là-bas avec lui ?

Morren hésita. Il lui répugnait de laisser une nuit de plus Jilleen seule et sans nouvelles au milieu de ces étrangers. Mais, avec son tempérament impulsif, Trahern était capable de provoquer une bagarre et de se faire tuer.

Gunnar revint à la charge :

— Votre sœur est saine et sauve, demoiselle. Je vous en fais le serment.

Morren le dévisagea de nouveau. Il avait un regard franc et honnête et, trouvant spontanément les mots qu'il fallait pour achever de la rassurer, il ajouta encore :

— C'est chez nous que la plupart des survivants du clan O'Reilly ont trouvé refuge. Pas ici, dans cette soi-disant « maison de Dieu ».

Il ponctua ses propos inattendus d'un regard hostile en direction de la chapelle.

Les moines en sortaient après la prière et, en les apercevant, le père abbé pressa le pas. Son visage était empourpré de colère et sa main se referma sur la croix qu'il portait sur sa poitrine. Quand ils passèrent devant eux, plusieurs moines se rassemblèrent silencieusement autour de lui, comme pour le protéger. Morren recula d'un pas pour prendre ses distances d'avec les hommes.

Gunnar se contenta de saluer froidement l'abbé d'un signe de tête.

— Je vais rentrer au *longphort* et les prévenir de votre arrivée, annonça-t-il après avoir sifflé son cheval.

Mais il n'avait pas eu le temps de mettre le pied à l'étrier que Trahern l'interrompit :

— J'aimerais bien récupérer ma jument.

La bouche du Viking se retroussa en un sourire moqueur.

— Viens la chercher, dans ce cas.

Vif comme l'éclair, Trahern porta la main sur son glaive.

Un nuage voila le soleil couchant, assombrissant davantage encore le visage du père abbé.

S'arrêtant net dans sa marche, il toisa les deux hommes d'un air sévère.

— Verser le sang sur une terre consacrée est un péché !

Le ton réprobateur de l'abbé parut fouetter la colère de Trahern. Morren recula encore d'un pas tandis que l'Irlandais et le Viking s'affrontaient du regard, telles deux statues taillées dans le même marbre.

Puis Trahern tourna lentement la tête vers le minuscule abbé. Son regard se fit minéral.

— Je lui ai fait grâce à l'instant.

— Mais la haine habite toujours ton cœur, mon fils.

— Mon cœur sera plein de haine jusqu'à ce que ceux qui doivent mourir le soient tous de ma main, l'un après l'autre.

Pour toute réponse, l'abbé fit un signe de croix. Déjà, les deux adversaires s'affrontaient de nouveau du regard. Mais Morren avait vu dans les yeux de Trahern, derrière la haine, une profonde souffrance. Il se souciait sans doute fort peu du salut de son âme.

Il est aussi perdu que moi, songea-t-elle.

Pendant la soirée, Trahern adressa à peine la parole à Morren. Par Dieu, il n'aurait su dire ce qui lui arrivait. Il ne s'appartenait plus. Il avait failli tuer le Normand simplement à cause de son origine.

Peu lui importait que Gunnar Dalrata n'ait pas participé au raid de la nuit maudite. La seule vue de cet homme lui était aussi douloureuse que du sel versé dans une blessure ouverte.

Des femmes et des enfants innocents avaient perdu la vie cette nuit-là à cause d'hommes comme Gunnar.

Le goût du sang, mêlé au désir de vengeance, avait longtemps tourmenté Trahern. Mais la douce voix de Morren avait apaisé sa folie, calmé la bête sauvage qui se tapissait au fond de lui.

Il alla s'asseoir à la longue table de chêne qui occupait le centre de la pièce. La maison des hôtes n'était pas très grande mais six lits d'un confort sommaire l'occupaient, disposés de part et d'autre de la table.

Un jeune moinillon encore imberbe leur avait apporté deux bols de soupe, du pain et du fromage. Morren y avait à peine touché. Depuis deux jours, elle avait mangé moins qu'un petit enfant. Comment pourrait-elle reprendre des forces ? Continuer à vivre ?

Il aurait voulu suivre les Lochlannah cette nuit même. Mais sa compagne n'aurait pu l'accompagner. Elle se serait vite effondrée.

Se dirigeant vers le lit le plus éloigné, elle s'y étendit, le dos tourné. Elle paraissait si délicate, si fragile ! Comment avait-elle pu supporter seule le fardeau de son malheur ? Nul doute que sa faiblesse physique déterminait une force de caractère hors du commun.

Trahern versa de l'eau dans un bol en bois et s'éclaboussa le visage. L'eau ruisselait sur ses joues creuses et, en se passant les mains sur le crâne, il sentit ses cheveux qui repoussaient. Si la plupart des Irlandais étaient fiers de leur chevelure, qu'ils portaient souvent longue, et de leur barbe, ce n'était pas son cas.

Il n'avait que faire de son apparence physique, de la chaleur et du confort d'une abondante toison. Il ne désirait que le rappel triste et glacé de ce qu'il avait perdu.

Tirant son coutelas de sa ceinture, il rasa les cheveux naissants, sans se soucier des blessures qu'il s'infligeait dans sa hâte. Sans cheveux, avec ses joues hâves et ses yeux enfoncés dans ses orbites, il avait l'air presque effrayant. Et c'était exactement ce qu'il cherchait. Si son changement d'apparence repoussait ses semblables, c'était tout aussi bien.

Quand il eut achevé sa tâche, il reposa son couteau sur la table. Des taches de son propre sang en maculaient la lame, mais peu importait.

Versant de nouveau de l'eau dans le bol, il lava son crâne. Quand la surface de l'eau s'apaisa dans le bol, il put y voir son reflet. Celui d'un homme au visage dur, au regard sombre et à la bouche amère.

Un homme qui ressemblait par trop à ces damnés Vikings.

Furieux, il dut se retenir d'envoyer son reflet voler au travers de la pièce. Il ne voulait rien avoir de commun avec eux. C'étaient des bêtes sauvages, qui ne pensaient qu'à piller et à tuer. Il s'était mis à haïr la ressemblance qu'il paraissait avoir avec certains d'entre eux.

Cela n'aurait pas dû le surprendre, pourtant. Son grand-oncle Tharand était un Lochlannah, tout comme le père de sa mère. Il n'avait jamais songé à se comparer à eux. Mais lorsqu'il avait affronté Gunnar, pour la première fois, il n'avait pas eu l'impression de se trouver en face d'un étranger. Tous deux étaient trop semblables, et cela le préoccupait plus qu'il ne l'aurait imaginé. Il comprit brusquement que sans Morren, il ne pourrait identifier les raiders. Trahern, jouant machinalement avec sa lame, grinça des dents. Il n'avait d'autre choix que de l'emmener.

Il glissa un œil furtif en direction de la forme endormie contre le mur opposé. Morren, tel un spectre, semblait prisonnière entre le monde des vivants et celui des morts. Bien qu'elle revendiquât son désir de vivre pour pouvoir s'occuper de sa sœur, après les horreurs qu'elle avait subies, il se demandait si, dans cette vie du moins, elle pourrait jamais retrouver le repos et la sérénité.

Elle se retourna vers lui, le visage barré d'une épaisse mèche de cheveux blonds. Elle dormait, les doigts crispés sur sa couverture tirée jusqu'au menton, comme pour se protéger d'une éventuelle attaque.

Aurait-elle préféré qu'il aille reposer loin d'elle ? Ou au contraire devait-il rester au plus près, au cas où d'autres voyageurs venaient demander asile au monastère pour la nuit ?

Ne sachant que décider, Trahern entreprit de débarrasser la table. Un silence complet régnait maintenant sur l'abbaye, qui ne serait troublé que vers minuit, quand les moines se lèveraient pour l'office des Vigiles[1].

Afin de ne pas incommoder Morren, il avait finalement jeté son dévolu sur la couche la plus éloignée. Et, allongé sous sa couverture telle une statue, les yeux clos, il cherchait en vain le sommeil.

1. Au milieu de la nuit.

L'image de Ciara le hantait. Son sourire tendre, qui lui tordait le cœur, ses yeux clairs, son visage rieur...

Je t'aime, lui avait-elle murmuré à l'oreille le matin où il l'avait quittée. Pour toute réponse, il lui avait baisé les lèvres, sans se douter que ce serait la dernière fois. Il y avait tant de choses qu'il aurait voulu partager avec elle. Lui avait-il assez dit à quel point il l'aimait ?

Maintenant, il était trop tard.

Il s'agitait sur sa couche, incapable de trouver le repos. Et quand, exaspéré, il ouvrit les yeux, il rencontra le regard de Morren de l'autre côté de la salle.

— Je ne puis dormir, confessa-t-elle. Je me fais trop de souci pour Jilleen.

Se levant, Trahern alla s'allonger sur le lit voisin du sien. Appuyé sur un coude, il étudia un instant la jeune femme.

— Appréhendez-vous d'aller chez les Lochlannah ?

Elle hocha la tête, la bouche crispée.

— Oui. Gunnar a dit que ma sœur n'était pas prisonnière. Mais dans ce cas, pourquoi n'est-elle pas revenue ? Et, s'ils ne voulaient pas qu'elle voyage seule, pourquoi ne nous ont-ils pas envoyé leur guérisseuse ?

— Nous le saurons demain. Si vous préférez rester ici, je peux y aller seul. Votre sœur me connaît. Elle me suivra sans problème.

S'asseyant sur sa couche, Morren appuya sa tête sur ses genoux relevés.

— Vous ne pouvez y aller seul...

Elle regarda fixement le sol. Visiblement, elle ne lui faisait pas confiance.

— J'aimerais me rétablir plus vite, continua-t-elle. Plus nous attendons, plus je crains pour la sécurité de Jilleen. C'est à cause de moi qu'elle est là-bas.

— Demain, promit Trahern. Je vous promets que, demain, nous la ramènerons.

Il ajouta, contrarié :

— J'aurais dû garder Gunnar en otage.

Elle releva la tête.

— Non, vous avez bien fait de le relâcher. Et de toute façon, les moines ne vous auraient sans doute pas laissé faire.

Il lui adressa un lent sourire.

— Non ? Peut-être qu'avec un don généreux pour le monastère, ils auraient fermé les yeux…

Morren secoua la tête, son visage s'éclairant d'un sourire. Elle croyait à l'évidence qu'il plaisantait et même si ce n'était pas tout à fait vrai, cela détendait un peu l'atmosphère.

— Gunnar a envers vous une dette d'honneur, annonça-t-elle. Peut-être cela suffira-t-il à nous protéger ?

— Les Lochlannah n'ont pas d'honneur.

Elle ouvrit la bouche, puis parut se raviser.

Trahern se rallongea sur sa couche, le regard levé vers le plafond.

— L'idée de vous emmener là-bas ne me plaît guère. J'ai l'impression de vous jeter dans la gueule du loup.

— Tout ira bien, affirma Morren d'une voix forte. Je me sens mieux de jour en jour.

— Nous allons emprunter des chevaux. Et au moindre danger, je vous ramène.

Il était capable de se battre assez longtemps pour lui laisser le temps de s'échapper. De cela, au moins, il était sûr.

Morren se rallongea sur sa couche. Pourquoi les moines les avaient-ils hébergés dans la même pièce ? La promiscuité était trop intime. Il pouvait sentir le parfum de la jeune femme, une douce fragrance de lavande. Son regard se perdit dans la contemplation de son visage. Ses traits étaient fins, ses cheveux faisaient comme une auréole de lumière autour de sa tête et son nez, mince et droit, attirait l'attention sur sa bouche, délicate et sensible comme un bouton de rose.

Trahern se contraignit à détourner le regard. Se levant, il alla rajouter de la tourbe sur le feu qui baissait. Que lui arrivait-il ? Bah ! Il n'avait eu aucune relation amoureuse depuis la mort de Ciara. C'était sans doute ce qui expliquait son intérêt soudain pour cette inconnue. Il n'était qu'un homme, après tout.

— Tout va bien ? s'enquit Morren en se remettant de nouveau sur son séant.

Il se mit à tisonner le feu qui n'en avait guère besoin.

— Oui. Je m'assurais seulement que le feu tiendrait toute la nuit.

Puis, retournant sur son lit, il roula sur le ventre et enfouit son visage dans ses bras. Il avait beau s'efforcer d'oublier Morren, il sentait qu'elle le regardait toujours.

— J'aimerais bien que vous me racontiez une autre histoire, l'entendit-il murmurer dans la pénombre. Mais vous devez être fatigué...

Le sommeil était bien la dernière chose à laquelle il pensait.

— Demain matin, peut-être.

Il avait assez de contes et de légendes dans son escarcelle pour tenir un auditoire en haleine jusqu'à la nuit des temps. Mais parler était une autre manière de rester en connexion avec la jeune femme. Et il ne le voulait pas. Pas plus qu'il ne voulait qu'elle continue à le regarder de ses grands yeux couleur d'aigue-marine. Il ne la toucherait pas, il le savait, mais il ne pouvait nier qu'elle était diablement séduisante.

— C'est un coup d'épée, l'entendit-il chuchoter encore.

— Quel coup d'épée ? De quoi parlez-vous ?

— Ciara. Vous m'avez demandé comment elle est morte et je vous avais promis de vous le dire si vous m'aidiez à retrouver ma sœur.

La respiration de Trahern se bloqua. Ses doigts étreignirent frénétiquement les montants du lit. Il ne pouvait plus parler. Une pierre énorme lui écrasait la poitrine. Mais son besoin de savoir fut le plus fort.

— Elle a été tuée d'un coup d'épée par l'un des attaquants. Il ne voulait pas sa mort. Du moins, je ne crois pas. C'est juste qu'elle courait pour s'échapper et que, dans le noir, elle est tombée sur lui. Il a cru qu'on l'attaquait et il a riposté.

— A-t-elle souffert ?

La question lui avait échappé bien qu'il redoutât la vérité.

— Ce fut une mort rapide.

Cette réponse lui procura un bref sentiment de soulagement. Mais il étreignait toujours les montants du lit, si fort qu'il avait mal à en crier. Il aurait tout donné pour que Ciara soit toujours en vie. Mais, grâce à Dieu, elle était morte sans souffrance.

— Merci, dit-il simplement.

Il avait été obsédé des nuits durant par l'agonie de Ciara, par ses cris et ses larmes. Connaître la vérité l'aidait, d'une certaine manière, à mieux supporter qu'elle ne soit plus là.

— Nous étions amies, ajouta Morren. Vous l'avez rendue heureuse. Elle parlait souvent de vous.

La main qui comprimait le cœur de Trahern resserra son étreinte. Il éprouva l'envie soudaine de quitter la pièce.

Sans un mot d'explication, il ouvrit la porte et sortit dans la nuit froide. Trébuchant dans la pénombre, il se dirigea vers la croix solitaire qui surmontait la colline, éclairée par la lune.

Mais, suffoqué par la douleur, il se laissa tomber à genoux avant d'y parvenir. Demain, peut-être, il perdrait la vie en exécutant les vauriens qui avaient tué Ciara. Mais, Dieu lui en soit témoin, il ne s'en souciait guère.

Quelques minutes s'écoulèrent, ou peut-être une heure. Il sentit la présence de Morren derrière lui. La main de la jeune femme se posa sur son épaule dans un geste de réconfort. Il avait conscience de l'effort qu'elle faisait en s'imposant ce simple contact.

— Rentrez vous coucher, intima-t-il. Je vous rejoindrai plus tard.

Elle lui pressa doucement l'épaule et obéit.

Trahern entendit au loin le pas des moines qui retournaient à la chapelle pour l'office de Vigiles.

En se réveillant, dès l'aube, Morren sentit qu'elle avait recouvré un peu de ses forces. Cette fois, elle était certaine de pouvoir terminer leur voyage. Trahern avait réussi à emprunter deux chevaux aux moines en leur promettant de les rapporter dans les jours suivants.

Au fur et à mesure de leur progression vers le sud, elle voyait le visage de son compagnon s'assombrir. Il ne disait mot mais il était facile d'imaginer qu'il élaborait des stratégies pour mener à bien sa vengeance.

Dans son regard brillait la haine froide du justicier. Il espérait que les coupables de la mort de Ciara étaient au campement de Gunnar et qu'elle pourrait les identifier.

Un frisson la secoua. Les meurtriers méritaient leur châtiment mais elle ne se plaisait guère dans le rôle de justicier. Déchirée entre son besoin de vengeance et l'envie d'oublier, elle fit ralentir sa monture.

Se retournant, Trahern lui tendit la gourde remplie d'eau.

— Vous êtes très pâle. Souhaitez-vous retourner à l'abbaye ?

— Non, cela ira.

Ce n'était pas sa santé qui la tracassait mais ce qui se passerait quand ils arriveraient au *longphort*.

Après avoir bu une longue gorgée, elle lui rendit la gourde et pressa les flancs de sa monture.

— Ce n'est pas loin. Nous serons là-bas dans moins d'une heure.

Et avant que Trahern puisse émettre la moindre objection, elle mit son cheval au trot, le contraignant à adopter la même allure. Quel que soit le danger, elle ne pouvait laisser Jilleen seule plus longtemps.

Trahern la rejoignit sans peine et, bien qu'il ne fît aucune remarque, elle le surprit en train de l'observer. Des coupures marquaient son crâne et son menton après la séance de rasage qu'il s'était de nouveau imposée. Avec son apparence de guerrier sauvage et fier, nul doute qu'il ferait grand effet au campement viking.

Pourtant, la veille au soir, elle avait pu voir un aspect fort différent de sa personnalité. Il était resté dehors bien après la fin des Vigiles, prostré au pied de la croix. Loin du guerrier implacable dont il offrait le spectacle depuis qu'elle l'avait vu entrer dans sa hutte, deux jours plus tôt, il n'était plus qu'un homme accablé par le chagrin. Impulsivement, elle avait tendu la main vers lui.

Le corps du jeune homme était chaud ; ses muscles étaient noués. Il avait sursauté mais s'était aussitôt détendu quand il avait vu que c'était elle.

Morren avait failli retirer sa main mais, se reprenant, elle avait pressé doucement son épaule. Son visage s'était soudain empourpré. Comprendrait-il qu'il ne s'agissait que d'un geste d'amitié ?

Elle tourna la tête vers l'horizon, aspirant avidement l'air frais qui venait de la mer. La blessure qu'elle avait subie était grave, elle le savait. Elle avait conscience qu'elle ne pourrait plus jamais être la même.

Sa main gauche se posa sur son ventre dans un geste devenu maintenant familier et une vague de détresse la submergea. Un jour, elle avait rêvé de devenir mère, de sentir des bras frais s'enrouler autour de son cou, une joue ronde se presser contre la sienne.

La nostalgie se métamorphosa en une douleur physique qui lui tordit le ventre dans un spasme douloureux.

Puis une âpre colère l'emporta sur la peine.

Cette nuit-là, des hommes lui avaient peut-être volé à jamais l'espoir d'avoir des enfants. Et cela, elle ne le pardonnerait jamais.

Ses mains se resserrèrent sur les rênes tandis qu'elle luttait contre la rage qui menaçait de balayer le calme qu'elle avait su recouvrer.

N'y pense plus ! Chasse ces souvenirs dans le passé.

Mais quand elle rencontra le regard sombre de Trahern, elle y lut la même révolte, le même désir de vengeance.

5

Le *longphort* s'étendait à quelques miles de Bheanntrai[1], face à la côte sud-ouest, au bord de la rivière. L'eau d'un bleu vif contrastait avec la ligne verte de la montagne à l'horizon. La station avait été bâtie plusieurs siècles plus tôt et, avec le temps, de nombreuses maisons s'étaient ajoutées en cercle autour des remparts.

Trahern s'arrêta à une centaine de mètres pour observer les lieux avec le regard d'un envahisseur, à la recherche de leurs points faibles. De l'endroit surélevé où il se tenait, il pouvait voir l'intérieur du camp fortifié. Trois remparts circulaires formaient plusieurs systèmes de défense, avec un fossé profond entre chacun. Les maisons intérieures, de longues bâtisses dans lesquelles logeaient plusieurs familles, étaient disposées en carrés. La plupart étaient sur pilotis pour prévenir des inondations.

En y regardant de plus près, Trahern vit qu'une douzaine de sentinelles étaient disposées le long de la palissade. Cela ne semblait guère facile de s'infiltrer sans se faire repérer.

Mais en l'occurrence, ils n'en auraient pas besoin. Gunnar les avait invités à venir rejoindre les autres réfugiés. Pourtant, l'attention de Trahern s'accrut. Au moindre signe de danger, il renverrait Morren à l'abbaye sans hésitation.

Il vint se mettre botte à botte.

— Êtes-vous prête ?

— Oui.

1. Bheanntrai ou Bantry : ville du comté de Cork située en bordure de la baie de Bantry, au sud-ouest de l'Irlande.

Il lut dans son regard une volonté nouvelle. Bien que pas tout à fait rétablie, elle semblait prête à livrer bataille pour récupérer sa sœur.

Avant qu'elle ait pu s'élancer, Trahern retint sa monture par les rênes.

— Restez près de moi. Ne prenez aucun risque. Si vous reconnaissez l'un des auteurs du raid, prévenez-moi immédiatement. Discrètement, bien sûr. Je m'occuperai de lui.

Ils avancèrent ensemble vers l'une des portes, Trahern la protégeant de son corps. Le visage fermé, le regard sombre, il semblait insensible au froid et au vent.

Quand ils atteignirent le rempart extérieur deux gardes les bloquèrent de leurs lances croisées, en une menace silencieuse. Trahern affronta leur regard sans broncher. Quand ils aperçurent Morren, une brève expression d'étonnement traversa leurs yeux du même bleu céruléen.

Trahern attendit que leur arrivée parvienne aux oreilles du chef du campement. Il restait parfaitement immobile, la main sur le pommeau de son glaive. Les gardes ne le quittaient pas des yeux.

Lui non plus.

Il se passa un bon quart d'heure avant de voir arriver Gunnar, marchant à grandes enjambées. Le Viking s'arrêta devant eux, la main sur sa hache de combat, apparemment peu impressionné par le fait que les visiteurs le toisent du haut de leur monture.

— Je vois que vous vous êtes décidés à vous joindre à nous, dit-il avec un demi-sourire.

Il ajouta à l'intention de Morren :

— Votre sœur vous attend dans la maison de mon frère.

La bouche de Morren se durcit.

— Je veux voir Jilleen, tout de suite.

— Suivez-moi.

Gunnar fit un signe à deux jeunes garçons qui vinrent prendre leurs chevaux.

Trahern sauta à terre et aida sa compagne à en faire autant. Il ne laissa pas ses mains autour de sa taille plus longtemps qu'il n'était nécessaire mais Morren, comme brûlée par une lame incandescente, s'écarta aussitôt, serrant étroitement sa cape autour d'elle. Elle ne le regarda pas une seule fois.

Il n'était bon pour personne de se retirer ainsi au-dedans de soi-même et la colère de Trahern contre ceux qui lui avaient fait du mal ne fit que s'accroître. Il marchait derrière elle, ignorant les regards curieux des habitants. Personne ne leur adressait la parole et la tension était tangible.

— Morren !

Un jeune homme se précipitait vers eux, agitant le bras. Un O'Reilly, sans doute, songea Trahern.

Morren sursauta et détourna aussitôt le regard, comme si elle craignait qu'il veuille lui parler.

Trahern l'entraîna par le bras, suivant Gunnar qui les conduisait plus avant à l'intérieur du *longphort*. Sur leur passage, d'autres membres du clan saluèrent Morren et plusieurs eurent l'air surpris de la voir. Savaient-ils ce qui lui était arrivé la nuit du raid ?

Trahern avait prévu de réunir les survivants de Glen Omright pour leur parler en privé. Il voulait savoir ce qui les avait poussés à se réfugier chez les Vikings. Leur sérénité était visible, et pour le moins surprenante. Ils se comportaient comme s'ils étaient au sein de leur famille ou avec des amis.

Comment était-ce possible ?

Quand ils atteignirent l'une des *longhouses* situées au cœur du camp fortifié, Gunnar pénétra dans l'une d'elles, leur faisant signe de le suivre. Un feu brûlait dans le foyer et une bonne odeur de pain chaud envahissait la vaste pièce. Deux hommes étaient plongés dans une conversation animée et une femme encore jeune, à l'épaisse tresse blonde, était occupée à couper des légumes en morceau, aidée par Jilleen. Elle leva vers les arrivants un regard froid.

Se précipitant sur Jilleen, Morren l'étreignit follement. La fillette, d'abord figée, s'agrippa ensuite à sa sœur, des larmes silencieuses coulant sur son visage.

— Comment te sens-tu, ma chérie ? s'enquit Morren, sur le point d'éclater en sanglots. As-tu été bien traitée ?

Jilleen, très pâle, se contentait de hocher la tête.

— Tout va bien, dit-elle enfin d'une voix étranglée.

Trahern s'approcha du petit groupe.

— Que s'est-il passé ?

— Gunnar l'a trouvée errant dans Glen Omright, expliqua leur hôtesse, l'œil réprobateur. Comment avez-vous pu laisser une fillette de cet âge voyager seule ? N'avez-vous pas songé à ce qui pouvait lui arriver ?

— Comment aurais-je pu l'ignorer ? Mais je n'avais pas le choix, hélas...

Pas question de se justifier devant une Lochlannah, cependant. Aussi, ravalant ses explications, il demanda d'un ton brusque :

— Qui êtes-vous ?

— Mon nom est Katla Dalrata, répondit son interlocutrice, dont les fines rides qui marquaient les yeux et le front lui firent supposer qu'elle devait avoir quelques années de plus que lui.

Elle étreignit affectueusement l'épaule de Jilleen et ajouta :

— Vous avez de la chance que nos hommes l'aient retrouvée dans ce village en ruine.

Trahern prit cette réprimande pour ce qu'elle était. L'expression d'une inquiétude. Aussi ne releva-t-il pas le gant.

Jilleen leva vers sa sœur un regard noyé de larmes.

— Je suis désolée, Morren. Tu as dû t'inquiéter. Ils ne voulaient pas me laisser partir.

Morren reprit sa sœur dans ses bras.

— Chut ! Tout va bien, maintenant. Je me sens beaucoup mieux. Trahern s'est occupé de moi.

Elle adressa à son compagnon une prière muette, espérant qu'il n'en dirait pas plus. Il ne fallait pas que la pauvre enfant sache ce qui lui était arrivé. Il répondit d'un léger signe de tête et Morren lui sourit, soulagée.

La loyauté farouche qu'elle éprouvait vis-à-vis de sa sœur était quelque chose qu'il pouvait comprendre. Les liens familiaux étaient sacrés. Mais, tandis qu'elle murmurait à l'oreille de la fillette, tout en lui caressant le dos, les yeux de Morren ne quittaient pas les siens.

Il put y lire de la reconnaissance, et une douceur qu'il n'y avait encore jamais vue. Il se surprit à s'arrêter sur sa bouche, à l'expression maintenant tendre et souriante.

Sentant ses joues s'empourprer, il reporta brusquement son attention sur Gunnar.

— Pourquoi les O'Reilly se sont-ils réfugiés chez vous ? Comment pouvaient-ils vouloir se jeter dans la gueule du loup ?

Gunnar se raidit.

— Quand nous avons appris ce qui est arrivé, nous leur avons proposé notre aide pour reconstruire leur *cashel*. La plupart des maisons étaient détruites et ils n'avaient nul endroit où aller.

Trahern n'en crut pas un mot.

— Quand je vous ai rencontré hier au village, n'étiez-vous pas en train de mettre le feu à ce qui était encore debout ?

Le Viking ne nia pas.

— Il est plus facile de reconstruire quand il ne reste plus rien. C'est pourquoi notre chef nous a envoyés nettoyer le terrain.

C'était trop facile !

— Pourquoi ne pas l'avoir fait plus tôt, dans ce cas ? Nous sommes à l'entrée de l'hiver et rien n'est reconstruit.

Le regard de son interlocuteur s'étrécit. Il était visiblement contrarié de devoir s'expliquer :

— Les survivants sont venus se réfugier chez nous les uns après les autres. Nous sommes allés au village et dans les bois environnants pour leur proposer de nous rejoindre.

— Combien sont-ils, maintenant ?

— Une quinzaine. Peu importe que vous mettiez en doute nos intentions. Les O'Reilly sont ici de leur plein gré et nous avons choisi de les aider.

— Ils auraient pu se réfugier dans l'abbaye !

Visiblement excédé, Gunnar souffla bruyamment par les narines.

— Oui, mais ils ne l'ont pas fait. Ils ne voulaient pas être tributaires du père abbé.

— Pourquoi ?

— La dîme est déjà bien assez forte, répondit-il d'une voix brève.

Puis, posant sa main sur sa hache d'arme, il conclut :

— Maintenant que vous avez retrouvé la gamine, si c'est là tout ce que vous voulez, prenez-la et partez.

Trahern, à son tour, posa ostensiblement la main sur le pommeau de son glaive.

— Ce n'est pas tout, malheureusement. Je veux aussi débusquer les hommes qui ont attaqué Glen Omright et faire justice. S'ils sont parmi vous, je peux vous garantir que je les retrouverai.

Grâce à l'aide de Morren.

Son cœur se serra en songeant à l'épreuve supplémentaire qui attendait la jeune femme. Elle ne méritait pas cela.

— Nos hommes ne sont pour rien dans tout ça. Nous les avons déjà envoyés mener une enquête dans les campements de la région.

— Pourquoi ? Si vous n'y êtes pour rien, vous n'avez pas à vous en mêler !

— Il me semble que si, quand mes frères sont accusés d'avoir essayé d'anéantir un clan irlandais.

— Non sans raison.

Gunnar, avec un air dégoûté, ouvrit la porte de la *longhouse* et la tint grande ouverte.

— Les O'Reilly nous font assez confiance pour accepter notre hospitalité et notre aide. Je regrette que vous n'agissiez pas de même.

Trahern haussa les épaules. Il avait bien l'intention de quitter les lieux dès qu'il aurait accompli sa mission. Pourtant, en attendant, Morren et lui devaient eux aussi accepter de dormir sous le toit des Lochlannah.

— Je commence à me demander si Gunnar n'a pas dit la vérité, chuchota Morren à son compagnon tandis qu'ils partageaient le repas du soir à la table de leurs hôtes. Dieu m'en garde, mais je n'ai vu aucun des Vikings qui ont participé à l'attaque.

Malgré sa répulsion, elle avait passé en revue tous les visages inconnus qui s'offraient à sa vue, mais n'avait reconnu aucune des faces brutales qui hantaient ses cauchemars. Quant aux survivants de son clan, ils paraissaient tristes mais pas inquiets. Tous les siens avaient pu voir leurs attaquants, cette nuit-là, et s'ils les avaient reconnus, ils auraient fait justice eux-mêmes.

Pourtant, elle ne parvenait pas à se détendre. Elle ne pouvait s'empêcher de scruter les visages inconnus, l'estomac noué.

Trahern, lui aussi, touchait à peine à la nourriture, abondante et savoureuse. Il surveillait les Vikings d'un œil dur, comme s'il s'attendait à ce qu'ils passent à l'attaque d'un moment à l'autre.

Il piqua un morceau de poisson de la pointe de son couteau mais sa main resta serrée sur le pommeau de sa dague.

— C'est le campement le plus proche de Glen Omright, Morren. Il y a forcément ici quelqu'un qui est impliqué dans le raid.

Son air sombre, son insistance, arrachèrent à Morren un long frisson. Les larmes lui montèrent aux yeux. Elle avait tant besoin de se sentir enfin en sécurité, parmi les siens.

— J'espère que vous vous trompez, répondit-elle simplement.

Elle reporta son attention sur son écuelle et, pour se distraire de ses sombres pensées, acheva son poisson et but une longue gorgée de bière.

Jilleen, assise à côté d'elle, ne parlait pas. Depuis leurs retrouvailles, elle paraissait retirée en elle-même, comme une ombre.

La fillette, la tête baissée, ne regardait personne, et Morren réalisa à quel point elle avait eu tort de s'isoler ainsi au fond des bois avec sa sœur. Jilleen paraissait incapable de se mêler aux autres.

Mais à quoi bon les regrets ? Maintenant, la vie devait reprendre. Le devoir de Morren était de retourner vivre avec les siens et d'assurer à sa sœur un avenir heureux. Leurs parents étaient morts, et il fallait aller de l'avant.

Morren tendit machinalement la main vers un gâteau de miel surmonté de fines tranches de pommes. La bouchée du délicieux gâteau fondit sur sa langue, harmonieux mélange de fruits et de miel. Elle se lécha les doigts, les yeux clos, pour mieux savourer les goûts intenses dont elle avait perdu l'habitude depuis longtemps.

Quand elle rouvrit les yeux, l'expression de Trahern s'était radicalement transformée. Sa bouche s'était durcie et le gris de ses yeux avait pris la couleur d'un ciel d'orage.

— Que se passe-t-il ?

— Rien, dit-il en détournant le regard.

Mais la colère assombrissait son visage.

Embrassant la salle du regard, Morren rencontra le regard de Katla, la femme qui les avait accueillis à leur arrivée.

La Norroise, qui les avait d'abord reçus avec des reproches, lui adressa un chaud sourire, ses yeux bleus rayonnants d'amitié.

Elle portait une longue tunique de couleur pourpre et une sorte de veste à manches courtes fermée par une lourde broche en or.

Se levant, Katla vint les rejoindre à leur table.

— Je suis désolée pour tout à l'heure. Mais j'étais si inquiète pour votre sœur. Je tiens à vous souhaiter la bienvenue chez nous. Vous pouvez résider ici, si cela vous convient.

Le souvenir de l'attaque dut lui traverser l'esprit car elle ajouta avec bienveillance :

— Nous sommes nombreux, ici. Nous saurons vous défendre.

Morren hocha la tête.

— Je ne vous ai pas encore remerciée d'avoir recueilli Jilleen.

Le sourire de Katla se figea mais elle adressa à la fillette un sourire affectueux.

— Elle me rappelle ma propre fille.

Il y avait de la douleur dans sa voix, mais Morren n'osa la presser de questions.

Découpant une large tranche de pain, Katla la posa dans l'assiette de Jilleen. Son regard vif avait sans doute remarqué la maigreur anormale de l'enfant.

— Vous auriez dû nous rejoindre plus tôt, ne put-elle s'empêcher de gronder gentiment. Par les temps qui courent, il n'est pas bon pour les femmes de vivre seules.

Morren hésita, ne sachant quoi répondre. À part Jilleen, personne ne savait ce qui lui était arrivé. Et seul Trahern était là lorsque la fausse couche était survenue.

— Nous ne voulions pas rejoindre les ennemis...

Elle se mordit la langue, regrettant déjà des paroles injustes à l'égard de gens qui les avaient si bien accueillis. Mais, se penchant sur elle, Katla lui tapota la main avec un bon rire.

— Des ennemis, nous ? Et qui a prodigué abri et nourriture aux O'Reilly pendant ces longs mois ? Qui a envoyé des hommes chaque jour que Dieu fait à Glen Omright pour nettoyer et reconstruire ?

— Devons-nous vous remercier de bien vouloir réparer ce que les vôtres ont détruit ? intervint Trahern, sarcastique.

Katla se pencha sur lui, les deux mains posées bien à plat sur la table. Ses yeux bleus lançaient des éclairs et sa lourde tresse blonde s'agitait comme un serpent furieux.

— Qui êtes-vous pour nous accuser sans savoir, Irlandais ?

Pour faire diversion, Morren s'empressa de mettre un gobelet de bière entre les grandes mains de Trahern. Jilleen, hagarde, avait repoussé son assiette à laquelle elle avait à peine touché. Elle regardait fixement devant elle, comme si elle voulait disparaître.

— C'est pourtant votre peuple qui a tué la femme que j'aimais.

Le visage de Katla vira à l'écarlate.

— Notre peuple est grand et tous n'ont pas compris qu'on ne se rend pas chez les tribus voisines en ennemis, déclara-t-elle en lui retirant brutalement son assiette. Nous sommes ici pour faire du commerce, pas pour tuer. Si vous n'avez pas compris cela, vous pouvez partir.

— Katla, intervint d'une voix douce un homme derrière elle en replaçant l'assiette devant Trahern. Cet homme a l'âme blessée. Laisse-le tranquille.

À la manière protectrice dont il posa les mains sur les épaules de leur hôtesse, Morren supposa qu'il devait être son mari.

Katla ne s'excusa pas pourtant, et, se levant, Trahern quitta la salle.

Morren lança un coup d'œil inquiet en direction de sa sœur, qui n'avait pas levé les yeux de son assiette.

— Attends-moi un moment, Jilleen. Je reviens.

La fureur que Trahern recelait en lui depuis de si longs mois, l'animosité qui le poussait à considérer tous les étrangers comme des ennemis potentiels le transformaient en menace pour quiconque l'approchait. Il finirait par trouver un adversaire qui ne demandait qu'à en découdre et cela se terminerait de nouveau en tragédie.

Peut-être valait-il mieux qu'il s'en aille, en effet.

Contre toute attente, cette perspective déplaisait fortement à Morren. Ces derniers jours, Trahern l'avait soignée, protégée, nourrie. Sa présence tranquille avait apaisé ses peurs. S'il partait, elle devrait affronter seule avec Jilleen les épreuves qui les attendaient.

Dehors, le vent giflait violemment les toits de chaume. Le ciel étoilé couvrait de son dais sombre le village où se mêlaient les voix irlandaises et norroises.

Trahern, dont la haute silhouette se découpait dans la pénombre, lui tournait le dos. Les feux qui brûlaient dans le camp fortifié permettaient à peine d'y voir. Un poids invisible semblait peser sur les épaules du jeune homme et, comme Jilleen, il semblait coupé du reste du monde.

Morren s'arrêta à quelques pas. Après tout, cet homme avait le droit à sa liberté. Rien ne l'autorisait à lui demander de rester.

— Vous n'êtes pas obligé de demeurer avec nous, dit-elle d'une voix douce. Plus rien ne vous retient ici.

Il pivota sur lui-même, la dominant de sa haute taille. Tandis qu'il la regardait, la fureur qui assombrissait son regard parut se dissiper. Il respirait à grands coups, s'apaisant peu à peu.

— Ce n'est pas tout à fait vrai.

Morren s'empourpra. Elle n'était rien pour lui, bien sûr. Mais il parlait comme s'il pensait le contraire.

— Tout ira bien pour nous, Trahern. Ne vous inquiétez pas.

— C'est aussi ce que disait Ciara quand je l'ai laissée à Glen Omright la dernière fois. Je suis parti en la croyant en sécurité au milieu des siens, répliqua-t-il en s'approchant d'un pas.

L'air nocturne la fit frissonner. Elle reprit ses distances.

— Vous ne pouviez prévoir ce qui est arrivé. Nous sommes en paix avec les Vikings depuis longtemps. Personne ne s'attendait à cette attaque.

— Et vous me demandez de répéter la même histoire ? Vous imaginez que je pourrais vous laisser seules, vous et votre sœur, au milieu de ces sauvages ?

Morren serra les pans de son *brat* autour de ses épaules. Le visage de son interlocuteur était si dur, presque féroce. Et il y avait une telle douleur dans ses yeux.

— La situation n'est pas la même. Nous avons ici des cousins et des amis.

— J'ai promis à votre sœur de veiller sur vous.

Tendant le bras, Trahern lui releva son *brat* sur la tête, comme pour mieux la protéger. Morren le laissait faire, paralysée. Quelque chose dans le regard de Trahern la figeait sur place.

— Préférez-vous que je vous raccompagne toutes les deux à l'abbaye ? suggéra-t-il.

Morren secoua la tête. Sa sœur et elle ne pouvaient se cacher toute leur vie chez les moines. Il fallait qu'elles rejoignent leur clan, ne serait-ce que pour Jilleen. Et cela impliquait de rester au *longphort* aussi longtemps que leur village ne serait pas reconstruit.

— Merci, mais je dois refuser. Il est préférable pour ma sœur de rester parmi les siens. Quand ceux qui restent des O'Reilly retourneront à Glen Omright, nous irons avec eux.

— Je n'aime pas cela, Morren.

— Mes frères font confiance aux Dalrata et ils habitent chez eux depuis plusieurs mois.

De toute façon, elle n'avait pas le choix.

— Qu'est-il arrivé à votre chef ?

Morren haussa les épaules.

— Lucas est mort, je suppose. J'ignore qui est le chef, maintenant.

— Et eux aussi, semble-t-il.

Désignant la *longhouse* qui avait abrité leur repas, Trahern insista encore :

— N'avez-vous pas remarqué la façon dont les uns et les autres se regardent, attendant qu'un nouveau chef émerge du groupe ? Les fils de Lucas sont-ils morts, eux aussi ?

— Je l'ignore. Ils ne sont pas ici, en tout cas. Mais il reste encore quelques hommes capables de prendre le relais.

Leur chef ne s'était pas montré l'homme de décision qu'ils espéraient. Il laissait trop souvent à d'autres le soin de commander. Et souvent pour le pire. Morren ne lui avait jamais fait complètement confiance. Il était sans doute préférable, pour le moment, qu'ils restent avec les Lochlannah.

Trahern la raccompagna jusqu'à la demeure d'Hoskuld.

— Tant que vous n'aurez pas de chef, votre clan sera aux mains des Lochlannah.

— Les Dalrata ne sont pas nos ennemis. Plusieurs des nôtres ont conclu un mariage avec eux. Nous avons des liens de sang, maintenant.

Interrompant sa marche, Trahern enveloppa du regard le camp fortifié qui dominait le paysage. Probablement aussi vastes que le royaume de son frère, les terres des Vikings descendaient jusqu'à la mer.

— Il est hors de question que je leur fasse confiance. Et vous seriez bien inspirée de suivre mon exemple.

Croisant les bras, elle décréta, les yeux plantés dans les siens :
— Vous ne faites plus confiance à personne.
Comment la mort d'une femme avait-elle pu l'affecter à ce point ? Elle se souvenait de sa manière d'être, jadis. Toujours prêt à raconter des histoires, à jeter en l'air un enfant ravi qui hurlait de rire, à jouer et plaisanter avec les jeunes gens du *cashel*. Cet homme-là n'existait plus.
— J'ai de bonnes raisons, il me semble. Tant que je n'aurai pas vengé Ciara, peu m'importe ce que pensent les autres... Et vous, croyez-vous que vous n'avez pas changé ?
Ces paroles la prirent au dépourvu. Elle le regarda un moment, désemparée.
— Aucun d'entre nous ne sera plus jamais le même. Mais j'ai décidé de refouler dans le passé ce qui m'est arrivé. Je n'ai pas le droit de m'enfoncer dans la douleur. Il faut regarder vers l'avenir.
— Pensez-vous vraiment pouvoir oublier ?
— Je n'ai pas le choix.
Le regard de Trahern s'adoucit.
— Le mal qu'on vous a fait est comme un poison, Morren. Il s'infiltre lentement en vous, jusqu'à vous rendre fou.
Elle frissonna, car ces paroles ne manquaient pas de vérité. Elle avait beau chasser ses cauchemars, ils revenaient toujours en force.
— J'ai essayé d'oublier, reprit Trahern. De reprendre le cours de ma vie. J'ai une grande famille, quatre frères, tous mariés et pourvus d'enfants. Mais à chaque fois que je suis témoin de leur bonheur, je pense à Ciara. On me l'a prise avec la plus grande cruauté, et je ne trouverai pas la paix tant que je n'aurai pas puni les coupables.
Elle s'écarta de lui et le froid parut s'accroître.
— Votre désir de vengeance a fait de vous un autre homme... Ciara n'aurait pas voulu cela.
Pivotant sur elle-même, elle retourna vers la maison où elle avait laissé sa sœur. Le vent soulevait ses cheveux, lui glaçant le cou. Elle entendit les pas de Trahern dans son dos. Il ne la laisserait donc jamais tranquille ?
Elle n'avait pas encore atteint la porte quand elle l'entendit appeler :
— Morren ! Attendez.

Elle s'arrêta sans se retourner. Peu importe ce qu'il avait l'intention d'ajouter. Cela ne changerait pas sa décision.

— Si vous tenez vraiment à séjourner ici, je resterai avec vous. Du moins tant que je n'aurai pas la certitude que vous êtes en sécurité.

Cet homme-là avait un tel sens de l'honneur qu'il ne l'abandonnerait pas. Morren était prête à en mettre sa main au feu. Cette idée lui donna le sentiment d'être pour lui un terrible fardeau.

— Vous ne me devez rien. Si vous restez, c'est pour vos propres intérêts. Je ne vous demande ni d'avoir pitié de moi, ni de me servir de garde du corps.

Elle reprit sa marche mais, pressant l'allure, Trahern lui barra le passage.

— Êtes-vous certaine de ne pas avoir besoin d'être protégée ?

— Oui. Ou en tout cas, pas par un homme qui passera son temps à maugréer et à faire la tête.

La bouche de Trahern se retroussa en un demi-sourire.

— Je ne fais pas la tête.

— Si. Et si vous demeurez ici, nul doute que vous allez vous lamenter à chaque heure que Dieu fait.

Il parut blessé mais elle ne s'en souciait guère. Après tout, c'était exactement le fond de sa pensée.

— Vous me faites paraître un enfant.

Pour la première fois, Trahern souriait franchement, et il en était radicalement transformé. Elle avait devant elle non plus un guerrier farouche, mais le poète charmeur et plein d'empathie qu'elle avait connu jadis, quand il venait leur rendre visite au village. Un homme très séduisant, il lui fallait bien le reconnaître.

Elle n'y avait jamais sérieusement réfléchi, mais, durant ses brefs séjours de l'année précédente dans le clan, Trahern MacEgan avait conquis plus d'un cœur. À l'époque, ses cheveux cascadaient en longues boucles brunes et ses yeux gris pétillaient d'humour et de joie de vivre.

Elle réalisa soudain qu'il la dévisageait avec ce même regard pétillant. Se moquait-il d'elle ? À moins qu'il ne reconnaisse ses propres torts et veuille se faire pardonner ?

— Je promets de ne plus jamais maugréer ni me lamenter,

déclara-t-il en lui faisant signe de passer devant lui. Mais je n'en fais pas pour autant davantage confiance à nos hôtes.

Morren hocha la tête. Elle n'en doutait pas une seconde.

— Nous avons le même but. Trouver les coupables du raid. Et je suis persuadée qu'il y a des hommes ici qui pensent comme nous.

— Qu'ils le prouvent.

Poussant la porte de la *longhouse,* il s'effaça pour la laisser entrer. Morren lança un bref coup d'œil à son compagnon. Son sourire avait disparu mais il paraissait plus détendu. Il n'avait plus cet air farouche qui pouvait laisser croire qu'il allait agresser le premier venu.

— Où allez-vous dormir cette nuit ? s'enquit-elle avant de rejoindre le reste de la tablée.

Elle vit que Jilleen était maintenant assise à côté du chef du campement. Mais la fillette n'avait pas l'air à son aise. Quand Morren s'approcha d'elle, Gunnar se leva respectueusement. Il lui adressa un sourire qui ne manquait pas de séduction.

La main de Trahern se posa aussitôt sur son épaule. Le message était clair. Morren se contraignit à ne pas rompre le contact, bien qu'elle en mourût d'envie.

— Je ne vous quitterai pas d'un pas, Morren. Cette nuit, où que vous dormiez, je serai près de vous.

6

Jilleen O'Reilly était une poltronne. Une créature faible, égocentrique. Et c'était bien pour cela qu'elle se haïssait.

Cela faisait maintenant plusieurs jours qu'elle séjournait chez les Dalrata, et pourtant, elle les laissait la traiter comme une gamine. Katla lui avait procuré des vêtements mais, bien qu'elle l'ait introduite dans un groupe de filles du même âge, Jilleen savait qu'elle ne pourrait s'entendre avec elles. Elle était une étrangère.

Et d'emblée, les filles l'avaient traitée comme telle. Non qu'elles fussent désagréables à son égard. Mais elle sentait qu'elles la tenaient à distance. Et pourquoi auraient-elles voulu pour amie une Irlandaise ? Elle n'était pas des leurs et ne le serait jamais. Bien sûr, certaines femmes de son clan avaient épousé des Vikings. Mais tout cela était une vieille histoire, maintenant. Et cela n'avait plus tellement d'importance. Après le raid, peu des siens avaient survécu. À peine plus d'une douzaine, semblait-il.

Les souvenirs de cette nuit de cauchemar la submergèrent soudain et son estomac se noua. Si seulement elle pouvait chasser de sa mémoire toutes ces horribles images ! Elle avait vu tout ce que ces hommes avaient fait à sa sœur et depuis ce jour, la haine bouillonnait dans ses veines.

Pas seulement à cause de ce qu'ils avaient fait subir à Morren, mais aussi parce qu'elle, Jilleen, avait été incapable de se comporter correctement. Elle s'était cachée sous les arbres au lieu d'aller chercher de l'aide. Elle n'avait rien fait pour arrêter ces sombres individus, ce qui faisait d'elle l'être le plus vil et le plus méprisable du monde.

Ce soir-là, en voyant Morren au milieu des autres, elle avait compris que quelque chose avait changé. Sa sœur ne souriait plus jamais. Et là encore, c'était sa faute. Si elle, Jilleen, ne s'était pas fait prendre par ces hommes en retournant à Glen Omright, Morren aurait pu trouver refuge à l'abbaye. Elle ne serait pas obligée de fréquenter des ennemis.

Il fallait qu'elle se rachète. Qu'elle trouve le moyen de compenser les terribles souffrances endurées par Morren.

Le regard de Jilleen se porta sur Trahern MacEgan. Au premier abord, quand elle était tombée sur lui par hasard dans la forêt, le géant lui avait fait très peur. Mais elle l'avait reconnu tout de suite. Elle avait aimé écouter ses histoires et il avait l'air si gentil ! Dès la première minute où elle avait jeté le regard sur lui, elle avait su, instinctivement, qu'il pourrait aider sa sœur.

Et c'était ce qu'il avait fait. Non seulement, il l'avait guérie, mais maintenant, il la protégeait. Jilleen voyait bien la manière dont il regardait Morren en ce moment.

Elle n'avait rien d'une marieuse, elle était bien trop jeune pour cela. Mais une chose était sûre. Si elle faisait en sorte de les empêcher de se séparer, il y avait de bonnes chances que Trahern s'occupe de Morren et veille sur elle.

Peut-être cela compenserait-il la lâcheté dont elle avait fait preuve.

Peut-être.

— Nous allons nous réunir ce soir avec quelques hommes de Glen Omright pour parler de ce qui s'est passé, annonça Gunnar quand la foule eut commencé à se disperser. Aron a pensé que tu voudrais être là.

En entendant le nom du frère de Ciara, Trahern se raidit. Il n'avait pas encore vu Aron. Il ignorait même qu'il faisait partie des survivants qui avaient choisi de se réfugier au *longphort*. N'était-il pas étrange que le jeune homme ne se soit pas manifesté plus tôt ?

Il lança un coup d'œil à Morren qui répondit à sa question muette :

— Allez rejoindre les autres, Trahern. Je reste ici, avec Jilleen.

— Je n'aime pas vous savoir sans protection.

— Elles peuvent rester toutes les deux auprès de Katla, proposa

Gunnar. Ma belle-sœur s'occupera d'elles. Et elle les protégera s'il le faut. Mais vous êtes en sécurité, ici.

Trahern ne put retenir un sourire. Nul doute que la solide Norroise serait capable d'embrocher le corps d'un ennemi avec le même coutelas dont elle se servait pour ouvrir, vider et débiter un poisson.

— Tout ira bien, Trahern, insista Morren. Allez avec eux. C'est le seul moyen de trouver les réponses que vous cherchez.

Il aurait préféré que la jeune femme l'accompagne, mais elle était encore très faible. Elle avait besoin de repos physique et moral. Il fallait qu'elle consulte la guérisseuse dès le lendemain matin afin que celle-ci s'assure que sa fausse couche n'avait pas entraîné de séquelles.

— Je ne rentrerai pas tard, promit-il.

— Je le sais. Ne vous inquiétez pas.

Elle leva vers lui un regard ferme. Elle n'était pas si tranquille, il en était certain, mais elle prenait sur elle pour le paraître.

Impulsivement, il lui caressa la joue. Elle s'écarta aussitôt, avec une telle vivacité qu'il laissa retomber sa main.

— Je suis désolée, murmura-t-elle. Je sais que vous ne me vouliez aucun mal.

Trahern marmonna que ce n'était rien. Mais il était malgré tout ennuyé et presque contrarié qu'au moindre contact elle ait une telle réaction.

Emboîtant le pas à Gunnar, il quitta la pièce sans un mot.

Dehors, l'air chargé de pluie était glacé.

Le Normand s'arrêta devant l'entrée de la hutte dans laquelle se tenaient les réunions du clan.

Il regarda un instant son interlocuteur d'un œil pensif avant de demander :

— As-tu réclamé Morren comme épouse ?

— Pas dans le sens où tu l'entends. Mais je lui ai promis ma protection. Alors, si toi-même ou l'un des tiens ose l'importuner, il me trouvera sur son chemin.

Gunnar poussa la porte.

— Fichu égoïste ! Tu ne veux pas d'elle mais tu souhaites également que personne d'autre n'en profite.

— Exactement.

Trahern n'éprouva pas le besoin de s'expliquer davantage. Morren avait assez souffert comme cela.

Quand ils poussèrent le rideau de cuir qui protégeait l'entrée, il vit cinq hommes assis autour d'un brasero de tourbe, parmi lesquels Aron, le frère de Ciara. Triste et abattu, le jeune homme semblait vouloir éviter son regard.

Était-ce du fait de son chagrin ? Ou parce qu'il se sentait coupable ?

— Voici Dagmar, notre chef, annonça Gunnar.

L'homme, un individu à la carrure particulièrement imposante, portait autour de ses biceps de lourds bracelets d'or ouvragé qui indiquaient son rang. Ses yeux bruns observaient le nouvel arrivant en le jaugeant. Trahern ne baissa pas les yeux, défiant sciemment son hôte.

— Bienvenue à toi, Trahern, dit-il en utilisant la langue d'Irlande, par courtoisie pour ses hôtes. D'après ce qui m'a été rapporté, tu crois que nous, la tribu des Dalrata, sommes responsables du raid mené sur Glen Omright au printemps dernier. C'est bien cela ? Mais tu te trompes. En fait, nous nous efforçons nous-mêmes de trouver les coupables.

Prenant place à côté d'Aron, Trahern passa en revue l'un après l'autre les Lochlannah assis en face de lui. L'attitude d'un homme, sa physionomie, en disaient souvent plus long sur sa bonne foi que ses paroles.

— Un émissaire est revenu hier soir de Corca Dhuibhne, reprit Dagmar. Les Irlandais et les Normands ne font plus qu'une seule et même tribu, là-bas. Il n'y a aucune raison pour qu'ils se soient attaqués à Glen Omright.

Trahern le savait mieux que quiconque car son propre grand-père, Kieran, avait passé un bon moment à Corca Dhuibhne avec la famille O'Brannon.

— Et Port Laïrge[1] ? suggéra-t-il. Il y a un important *longphort* par là.

Le chef hocha la tête, dubitatif.

1. Port Laïrge se trouve actuellement dans le comté de Waterford, principale ville de la région sud-est de l'Irlande et fondée en effet en 914 par les Vikings.

— C'est à une bonne distance d'ici, mais pourquoi pas ? Occupe-t'en, Gunnar.

Se tournant vers ses compagnons, il ajouta :

— L'hiver arrive à grande vitesse. Si nous attendons les gelées, le sol sera trop dur pour qu'on entreprenne de rebâtir. Je veux que, dès demain, des hommes commencent à creuser les fondations. Les O'Reilly ont besoin de rentrer chez eux.

La conversation tourna autour de l'organisation des travaux tandis que Trahern écoutait ses compagnons avec une feinte attention. En fait, il s'efforçait de déterminer le degré de sincérité des Vikings. Chez les clans irlandais, il était courant de s'aider les uns les autres. Mais pourquoi les Lochlannah voudraient-ils payer de leur personne pour des gens qui leur étaient plus ou moins étrangers ?

Finalement, comme la discussion avait pris fin et que tout le monde se levait pour rentrer chez soi, il interrogea Aron.

— Ils ont l'intention d'étendre leur territoire, lui expliqua le jeune homme. Nous leur avons accordé une partie de nos terres en échange de leur aide. Nous sommes si peu nombreux, maintenant, que nous serions bien incapables de les occuper de toute façon.

Trahern sourcilla.

— Quelle quantité de terre, exactement ?

Aron lui lança un regard inquiet.

— Pas autant que tu ne le crains, Trahern, lui répondit-il à demi voix tandis qu'ils revenaient vers le centre du *longphort*. Sans eux, nous serions morts ou bien mal en point. Nous avons perdu toutes nos moissons dans l'incendie et je ne vois pas comment nous aurions survécu à l'hiver.

— À ta place, je me méfierais quand même, Aron.

Le jeune homme s'arrêta net, secouant la tête.

— Nous n'avons pas le choix. Non seulement je leur fais confiance, mais je leur suis reconnaissant. Si tu veux venir demain au *cashel*, ton aide sera la bienvenue.

— Je viendrai peut-être.

Ce n'était pas une mauvaise idée, après tout.

Plus il passerait de temps avec les hommes du clan viking, plus il en apprendrait sur ce qui s'était réellement passé la nuit du raid.

Aron se tourna soudain vers lui, le visage dur.

— Pourquoi es-tu venu ici, Trahern ?

— Pour venger Ciara. J'ai bien l'intention de faire sortir de leur trou les assassins de la femme que j'aimais et de leur faire payer ce qu'ils ont fait.

Aron se dandinait sur ses pieds, visiblement mal à l'aise. Trahern était plus que jamais convaincu qu'il savait quelque chose.

— Tu aimais ma sœur, je le sais, articula-t-il lentement. J'aurais été heureux de t'avoir pour beau-frère. Mais rien ni personne ne pourra la ramener à la vie. Et trouver les coupables, en imaginant qu'on y parvienne, ne changera rien à cela.

Trahern marcha sur son interlocuteur, la colère qu'il retenait en lui depuis si longtemps émanant de lui comme une nuée incandescente.

— Moi, je les trouverai, Aron. Et ils répondront de leur forfait, je te le jure.

Aron opina du chef, fuyant toujours son regard. Il lança un coup d'œil en direction de la hutte où dormaient les femmes non mariées.

— Comment se fait-il que tu sois arrivé ici avec Morren ? Elle avait totalement disparu après le raid et nous nous demandions ce qui lui était arrivé.

Trahern se reprit. Il n'avait pas l'intention de trop en dire, dans l'intérêt même de la jeune fille.

— Je les ai découvertes, sa sœur et elle, dans une hutte abandonnée dans la forêt. Je les ai d'abord conduites à l'abbaye. Ce sont les moines qui nous ont appris que les survivants de Glen Omright étaient ici.

— Nous les avons cherchées, en vain. Nous pensions qu'elles étaient mortes.

Aron affichait une expression peinée mais Trahern en percevait la fausseté. Personne ne s'était soucié du sort des deux pauvres filles, c'était évident. Dans le cas contraire, il y aurait eu des recherches, des battues en forêt. Et on aurait fini par les retrouver.

Son malaise s'accrut.

— Quand j'ai vu les Vikings courir après Jilleen, poursuivit Aron, j'ai craint le pire.

— Et qu'as-tu fait pour l'aider ! riposta Trahern, son poing se crispant sur le panneau de bois qui fermait la hutte. Ce n'est qu'une enfant, pour l'amour du ciel !

Le visage d'Aron se ferma.

— Tu n'étais pas là cette nuit-là ! Toutes les maisons étaient en flammes, et les champs aux alentours aussi. Nous avons d'abord fait sortir les enfants. Nous avons été totalement pris au dépourvu. Plusieurs d'entre nous ont disparu lors du raid. La plupart sont morts, brûlés vifs.

— Et personne ne s'est donné la peine de faire des recherches, trancha Trahern d'une voix âpre. Vous avez abandonné Morren et sa sœur à leur sort.

— J'ai perdu ma propre sœur et mes parents cette nuit-là, objecta Aron. J'avais mes morts à enterrer.

Cette réponse n'apaisa en rien la fureur de Trahern. Y avait-il si peu de solidarité dans ce clan pour qu'on ne prenne pas le temps de se compter et de se préoccuper du sort des éventuels survivants ?

— Qu'est-il advenu des parents des deux filles ?

— Elles étaient orphelines. Leurs parents sont morts l'an passé au cours d'une épidémie de fièvres, et si elles avaient des oncles et des tantes, ils ne se sont jamais manifestés.

Aron réfléchit un instant puis ajouta :

— Il y avait bien l'un des nôtres qui courtisait Morren. Adham O'Reilly. Oui, c'est ainsi qu'il s'appelait.

Trahern essaya de se rappeler s'il avait vu Morren en compagnie de quelqu'un lors de ses séjours dans le *cashel*. Mais, à dire vrai, en dehors des veillées au cours desquelles il racontait ses histoires, il avait passé fort peu de temps avec le reste du clan, trop occupé en compagnie de Ciara.

— Qu'est-il arrivé à Adham ?

— Il est ici.

Trahern ne répondit pas. Mais soudain, un flot de bile lui monta à la gorge. Visiblement, cet Adham n'avait pas entrepris grand-chose lui non plus pour retrouver celle qu'il convoitait.

Pourquoi le clan n'avait-il fait aucun effort pour retrouver Morren, si ce n'était par pur égoïsme ?

— Je viendrai avec vous quand vous partirez, annonça-t-il à son interlocuteur, qui ne parut pas particulièrement ravi de cette nouvelle. Et j'ai bien l'intention de récupérer le cheval que Gunnar m'a volé.

Pour la première fois, Aron sourit.

— Là, je peux sans doute t'être utile.

Les deux hommes traversèrent le *longphort* puis Trahern quitta Aron pour se rendre chez Katla, où résidaient Morren et sa sœur. Mais il n'avait pas franchi le seuil que la grande et forte Norroise l'interceptait d'une poigne énergique.

— Impossible d'entrer ici, mon garçon. C'est une hutte réservée aux femmes.

Trahern essaya de se dégager.

— Mais ton mari habite bien avec toi, que je sache ?

Katla se carra devant lui, les poings sur les hanches.

— Je fais confiance à Hoskuld plus qu'à moi-même. Je ne peux pas en dire autant à ton égard.

— J'ai juré à Morren et Jilleen de rester auprès d'elles pour les protéger. Si cela t'ennuie d'avoir un étranger chez toi, je les emmène immédiatement.

— Tu n'es pas de la famille, objecta Katla en secouant furieusement sa tresse blonde. Tu n'as pas le droit.

— Je suis la seule personne qui leur a montré un peu d'intérêt depuis le raid. Les gens de leur clan ne se sont pas même donné la peine de les chercher.

Il n'allait tout de même pas s'en laisser conter par une marâtre viking, eût-elle la langue bien pendue !

— Fichue tête de mule irlandaise ! jura la Norroise, essayant de lui rabattre la porte sur le nez.

— Exactement, rétorqua Trahern, la défiant du regard tout en bloquant la porte.

Morren s'était levée, le regard ensommeillé, ses cheveux soigneusement nattés.

— Tout va bien, Katla. Trahern est un ami. Il a toute ma confiance.

— Et les autres filles ? Elles n'ont pas à être dérangées par un inconnu.

Se rapprochant, Morren posa sa main sur l'épaule de son hôtesse dans un geste apaisant.

— Trahern ne ferait rien pour importuner les femmes. Mais si tu préfères, je peux aller dormir ailleurs.

En voyant la jeune fille prête à tout pour rester à ses côtés, Trahern s'émut. La confiance qu'elle avait en lui était tout à fait inattendue même si l'expérience était humiliante.

La maîtresse de maison toisa le visiteur d'un œil peu amène puis, pointant un index rageur dans l'angle le plus sombre et le plus éloigné de la *longhouse*, elle ordonna :

— Allez par là, et que je ne vous entende plus.

Trahern attendit que leur hôtesse ait disparu dans la pénombre avant de s'approcher de Morren. Peut-être ne désirait-elle pas plus que Katla qu'il reste ici ?

— Je ne voulais pas vous réveiller, dit-il en la scrutant attentivement.

— Je ne dormais pas vraiment. Je n'aime pas mes rêves.

Il préféra ne pas approfondir cette réponse énigmatique.

— Préférez-vous que je m'en aille ? Je peux dormir dehors, si cela vous convient mieux.

— Êtes-vous fou ? Cette nuit, il va peut-être geler. À quoi me serviriez-vous, une fois mort ?

Sa remarque, d'un humour macabre, lui arracha un sourire.

— Vous êtes sûre ?

Elle hocha la tête et, regagnant sa couche, tapota le sol à côté d'elle, recouvert d'une fourrure de loup.

— Venez vous asseoir et dites-moi ce que vous avez appris des autres.

Trahern se mit alors à raconter à voix basse tout ce que lui avait confié Aron, sans toutefois faire mention d'Adham. Il ne le connaissait pas mais, d'emblée, parce que le jeune homme avait laissé Morren derrière lui sans s'inquiéter de son sort, il éprouvait à son égard la plus grande méfiance. Quels sentiments éprouvait-elle exactement pour lui, du reste ?

— Les O'Reilly retournent avec quelques Lochlannah au *cashel* dès demain matin pour commencer à reconstruire. Voulez-vous les accompagner ?

Morren hésita.

— Irez-vous ?

Il opina du chef.

— J'ai prévu d'y aller, oui. Je veux parler du raid avec les hommes de votre clan.

Il ajouta d'un ton radouci, en pensant aux sombres souvenirs que ne pouvait manquer d'éveiller chez la jeune fille le retour à Glen Omright.

— Mais si vous préférez rester ici…

— Non, répliqua-t-elle d'une voix ferme après un coup d'œil à sa sœur endormie. Et il faudra que Jilleen vienne avec nous. Ce sera mieux pour elle.

Elle s'appuya contre le mur. Comme ils devaient parler tout bas, leur promiscuité était inévitable. Cela lui était-il désagréable ?

— Trahern, combien de temps resterez-vous avec nous ?

Aussi longtemps que vous en aurez besoin, faillit-il répondre. Mais il se retint à temps. Elle pouvait mal interpréter ses propos.

Protéger Morren et sa sœur, c'était à ses yeux compenser un tant soit peu ses torts vis-à-vis de Ciara. Il tenait à s'assurer que le clan O'Reilly ne serait pas victime d'un abus de pouvoir de la part des Vikings, ni absorbé par la tribu des Dalrata. Et cela risquait de lui prendre plus de temps qu'il n'en avait.

L'idée de devoir hiverner chez les Lochlannah ne lui souriait guère mais il serait bientôt trop dangereux de voyager.

— Assez longtemps pour aider votre clan à se réinstaller chez lui. Je tiens aussi à m'assurer que les Lochlannah n'en profitent pas pour accaparer vos terres. Quelque chose me dit que les intentions de leur chef ne sont pas aussi claires qu'il veut bien le dire.

Il lança un coup d'œil dans la direction où Katla avait disparu.

— Je pense en apprendre davantage sur ce qui s'est passé lors du raid en demeurant avec les O'Reilly. Et si nous mettons les bouchées doubles, vous pourrez rentrer chez vous pour l'hiver.

Morren secoua la tête.

— Même si nous pouvons reconstruire, nous n'aurons pas assez de provisions pour passer l'hiver. Nos récoltes ont été brûlées, notre bétail pillé…

— Les hommes pourront toujours chasser. En s'y mettant tous, ils pourront fumer assez de gibiers et de poissons.

Morren, les sourcils froncés, posa son menton sur ses genoux rassemblés.

— Mais nous n'avons pas de céréales. Et il est trop tard pour en faire croître. Comment ferons-nous nos galettes d'avoine, qui sont l'essentiel de nos repas ?

— Nous pourrons toujours en acheter, suggéra-t-il en lui tendant la main, la paume ouverte. Il y a toujours des solutions.

Elle tourna vers lui un regard à la fois doux et déterminé. Puis, dans un geste très lent, elle posa sa main dans la sienne.

— Vous avez raison. Il y a toujours de l'espoir.

Trahern referma ses doigts sur ceux de Morren, conscient de l'effort qu'il avait fallu à la jeune fille pour accepter ce contact. La beauté sereine de son visage lui transperça le cœur. Ses yeux clairs avaient vu trop d'horreurs. Il se surprit à souhaiter qu'elle trouve enfin le bonheur.

Mais pas avec Adham O'Reilly.

Trahern s'ébroua. D'où lui venaient de pareilles idées ? Morren avait besoin d'un homme solide et stable, capable de lui assurer une vie paisible, qui seule pourrait effacer les cauchemars du passé. Mais que lui importait que cet homme soit Adam O'Reilly, Gunnar ou qui que ce soit d'autre ?

Pourtant, ces hommes-là ne savaient pas ce qu'elle avait enduré. Ils n'avaient pas tenu son enfant mort dans la paume de leur main. S'ils l'apprenaient, sauraient-ils faire montre d'assez de compassion ?

Mais fallait-il qu'ils l'apprennent ?

Le regard de Morren se posa sur ses chaussures. Elle se pencha sur lui pour les lui retirer.

L'effleurement de ses mains sur sa peau accéléra soudain la course de son sang dans ses veines. C'était un geste simple, familier, et pourtant terriblement excitant. Le parfum léger des cheveux de Morren, son air à la fois fragile et puissant lui donnaient l'envie de la prendre dans ses bras.

Que diable lui arrivait-il ? Avait-il à ce point besoin d'une femme qu'il envisageait de s'en prendre à une pauvre victime ?

Il jura intérieurement, se maudissant de vouloir trahir si vite la mémoire de Ciara.

— Il faut dormir, décréta-t-il en se débarrassant de ses chaussures d'un coup de talon. Nous devons nous lever tôt demain matin.

Sans un mot d'explication, il s'allongea sur la peau de loup, le plus loin possible, et ferma les yeux.

Mais il avait beau chercher le sommeil, sa seule pensée était pour elle.

L'aube pointait à peine entre les arbres quand la troupe, d'une certaine importance, se dirigea vers Glen Omright. Morren, le cœur serré, se demandait avec appréhension ce qu'elle allait trouver.

Trahern avait envoyé deux gamins reconduire les vieux chevaux empruntés au monastère. Maintenant qu'il montait de nouveau sa jument, il paraissait plus détendu et presque heureux.

Pourtant, il n'avait pas dit mot depuis leur lever. Sa froideur gênait Morren. La veille au soir, quand elle avait voulu lui retirer ses chaussures, il l'avait repoussée comme un poison virulent. Elle avait agi machinalement, comme elle l'aurait fait pour un enfant. Comme sa mère le faisait pour son père.

Mais, depuis, Trahern se comportait de manière étrange. Il l'évitait, se refusant même à croiser son regard. Si ce n'était son comportement protecteur, elle aurait juré qu'il n'aspirait qu'à se débarrasser d'elle.

Il avait dû croire qu'elle lui faisait des avances, comme lorsqu'une femme désire un homme. Mais comment cela aurait-il pu être ? À cette pensée, elle s'empourpra violemment. Et même si cela avait été le cas, il l'avait repoussée comme une marchandise corrompue. Une femme impure.

Comme un coutelas, cette pensée entailla sa chair et son cœur, ravivant sa peine et sa colère. *Ce n'était pas ma faute. Nul ne peut me blâmer pour ce qui m'est arrivé.*

Morren en était convaincue, jusqu'au tréfonds d'elle-même. Mais à quoi bon ? Qui l'écouterait, désormais ? Refoulant ses émotions, elle étreignit les rênes de sa monture et se concentra sur le chemin. Trahern lui avait sauvé la vie, certes, mais, elle en était convaincue maintenant, il la considérait comme un fardeau.

Pourquoi ? Lui avait-elle demandé quoi que ce soit ? Plus elle y pensait, plus elle sentait croître son ressentiment. Il la traitait comme une enfant, ou une sœur cadette. Mais elle était une femme faite, maintenant. Elle était parfaitement capable de subvenir aux besoins de sa sœur et d'elle-même. Elle n'avait pas besoin de Trahern.

Fermant les yeux, Morren s'exhorta au calme. Jamais elle ne serait un fardeau pour quiconque. Jamais elle ne laisserait ses peurs la transformer en une ombre. Elle devait penser à Jilleen.

Tandis qu'ils poursuivaient leur chemin, son regard se posa machinalement sur le petit groupe de cavaliers qui avançait à ses côtés. Les seuls survivants du clan O'Reilly... Soudain, un visage familier retint son attention. Adham O'Reilly ! Un jeune homme qui, jadis, lui avait manifesté de l'intérêt.

Il l'avait saluée à son arrivée au *longphort*. Elle n'avait pas répondu, incapable de lui faire face. Elle espérait qu'il abandonnerait son espoir de la conquérir. Elle ne voulait plus retenir l'attention d'un homme.

Plus jamais.

Le dos droit, bien en selle, elle avançait à côté de Trahern, adoptant la même attitude silencieuse. Jamais elle ne s'était sentie aussi seule, malgré l'importance de leur escorte.

L'air du matin était froid, des nuages bas s'amassaient au sommet des collines. Ils cheminèrent dans la direction nord-est pendant une heure avant d'atteindre l'abbaye, juchée au sommet d'une colline ronde et ventrue. Puis, après avoir progressé vers le nord pendant encore une demi-heure, ils atteignirent enfin le *cashel* en ruine de Glen Omright.

L'âcre odeur de fumée qui collait encore aux vestiges du village assaillit les narines de la jeune femme. Son cœur se serra devant le spectacle des pierres noircies et, tout de suite, son regard fut attiré par les champs alentour. Les raiders avaient mis le feu aux moissons. L'orge, encore vert, n'aurait pas dû prendre aussi facilement, mais le printemps avait été anormalement sec et le champ jauni ne demandait qu'à s'enflammer.

Il était peu probable qu'on puisse sauver quoi que ce soit. Les maisons pouvaient toujours se reconstruire, mais une terre martyrisée mettait longtemps à renaître.

Les hommes mirent pied à terre et, les imitant, Morren conduisit son cheval jusqu'à la rivière qui encerclait le nord des remparts.

Pas question de jeter le moindre coup d'œil derrière le mur nord des fortifications. Les terribles images étaient encore trop fraîches dans sa mémoire. Elle attendit que sa monture se soit abreuvée, les yeux rivés sur le sol noirci.

Quand ses compagnons pénétrèrent dans l'enceinte du donjon, elle resta en arrière. Trahern, qui accompagnait une Jilleen pâle et hésitante, s'arrêta pour l'attendre.

C'était stupide, bien sûr, mais Morren avait besoin de ce moment de solitude. Elle lui fit signe de continuer mais il ne bougea pas. Il l'observait à présent, aussi parfaitement immobile qu'une statue.

S'enfonçant dans le champ d'orge, Morren s'agenouilla pour en examiner les vestiges. Comme par miracle, quelques tiges avaient survécu au milieu du chaos. Leur belle hampe, lourde de grains dorés qui contrastaient avec la couleur grise de la cendre, s'agitait dans le vent comme un signe d'espérance. Sans autre aide que la pluie et le soleil, l'orge s'était battu pour survivre et il avait vaincu.

Plongée dans ses réflexions, Morren avait perdu toute notion du temps. Un mouvement attira pourtant son attention. Trahern se tenait maintenant au bord du champ. Il la regardait sans mot dire, la main sur le pommeau de son glaive.

Le vent gonflait sa cape, rendant sa haute silhouette plus imposante encore. Morren caressa la tige d'orge, si vigoureuse dans le soleil levant et, se redressant, marcha vers lui. Quand elle s'arrêta à quelques pas, il lui tendit la main.

Elle hésita, se souvenant de l'émotion qu'elle avait éprouvée la veille quand leurs mains s'étaient rejointes, paume contre paume. Ce geste, pourtant si simple, avait suscité en elle un long frisson. Ce n'était ni une menace, ni une contrainte. Au contraire, la chaleur des doigts de Trahern se refermant sur les siens avait été comme une promesse, l'assurance qu'il serait toujours là pour elle.

Mais c'était faux, n'est-ce pas ? Leurs chemins se sépareraient bientôt et on n'y pouvait rien changer.

Comme s'il percevait sa gêne, Trahern laissa retomber sa main.

Elle craignait de l'avoir blessé, mais, déjà, il avait remis son masque de froide indifférence.

— Venez, dit-il d'une voix sourde. Je veux vous montrer quelque chose.

7

— De quoi s'agit-il ?

Suivant Trahern le long des remparts, elle y trouva Jilleen qui les attendait. La fillette, le visage toujours figé, adressa pourtant un bref signe de tête à Trahern.

— C'est quelque chose que Jilleen vient de découvrir, expliqua-t-il. J'ai pensé que vous voudriez être là.

Une nuance dans sa voix, une certaine gravité, lui fit prendre conscience de l'importance du moment.

— Comme vous voudrez...

Il y avait pourtant une expression de soulagement sur le pâle visage de Jilleen tandis qu'ils pénétraient dans l'enceinte du village. Des hommes avaient commencé à évacuer le bois et les pierres brûlés, tandis que d'autres s'activaient déjà à tailler de nouvelles charpentes. Katla dirigeait la manœuvre, comme si elle avait fait ça toute sa vie. Les Irlandais paraissaient contrariés et Morren retint un sourire. Être commandé par une femme n'était guère chose facile à accepter. C'était pourtant fréquent chez les Vikings.

Jilleen avançait toujours, les conduisant vers l'angle le plus éloigné de la cour. Elle se dirigeait tout droit vers l'entrée cachée du souterrain. S'ils continuaient à progresser ainsi, Morren se trouverait obligée de fouler de ses pieds l'endroit où...

Instinctivement, sa main s'empara de celle de son compagnon.

La poignée énergique de Trahern l'entraîna loin du lieu terrible. Lui seul pouvait la protéger de ses cauchemars et de la présence de tous ces étrangers.

Écartant d'épais buissons de buis, Jilleen dégagea l'entrée

du souterrain. Le tunnel avait été construit pour y entreposer des vivres et servir d'issue en cas d'attaque. La nuit du raid, les assaillants avaient mis le feu à la hutte qui couvrait son entrée, la dissimulant ainsi sans le savoir.

— Pourquoi venir ici ?

Morren ne comprenait pas la raison qui avait poussé sa sœur à les mener au souterrain alors qu'ils pouvaient entrer dans la forteresse par le portail hersé.

Mais Trahern lui pressa la main.

— Vas-y, Jilleen. Nous te suivons.

À l'intérieur, l'obscurité était complète. L'air sentait la terre humide et la putréfaction. Retenant son souffle, Morren suivit ses guides. Trahern la tirait en avant vers un puits de lumière.

S'arrêtant enfin, Jilleen leur montra deux coffrets éventrés.

— Regardez !

Morren retint son souffle en voyant ce que sa sœur désignait du doigt. Une poignée de pièces d'argent jonchait le sol, comme rassemblées là en hâte.

— D'où cela vient-il ?

Saisissant une pièce entre ses doigts, Trahern la brandit vers la lumière.

— On dirait bien que nous avons là le paiement de quelque chose. D'un raid, par exemple ?

Se retournant vers Jilleen, il ajouta :

— Tu as eu raison de nous conduire ici par l'extérieur des remparts. Les autres n'ont pas pu nous voir.

Se baissant, il prit une poignée de pièces qu'il versa dans la paume de Morren. Quand le froid métal toucha sa paume, elle ne put réprimer un frisson de répulsion.

— Comment pouvez-vous savoir que cet argent appartient aux Lochlannah ?

— Parce que ces pièces sont anciennes. Ou bien elles viennent d'ailleurs. Regardez cette croix allongée qui figure sur l'une des faces. Non, elles ne peuvent être de chez nous.

Morren prit la pièce qu'il lui tendait et l'examina. Il avait raison. Elle n'avait jamais vu une telle monnaie jusqu'à présent.

— Faut-il les montrer au chef des Dalrata ?

Lui ouvrant tout grand la paume, Trahern y plaça une pleine poignée de pièces en argent.

— Non. N'en parlez à personne. Nous devons en savoir plus. Quand les Lochlannah seront retournés chez eux et que vous aurez retrouvé vos maisons, vous pourrez acheter du grain et des vivres pour l'hiver.

Il ne faisait pas confiance à Dagmar. Mais Morren était persuadée que le chef viking n'avait rien à voir avec l'attaque. S'il était responsable de quoi que ce soit, pourquoi se donnerait-il tant de mal pour les aider à reconstruire ?

Le frisson qu'avait suscité le contact de la main de Trahern sur sa peau dura un temps anormalement long. Pourquoi réagissait-elle ainsi ? Ce n'était pas de la peur, elle en était certaine. Plutôt quelque chose d'autre... Quelque chose de tout à fait inattendu.

Rompant le contact, elle s'agenouilla pour rassembler les pièces, autant pour dissimuler son embarras que pour les remettre en lieu sûr.

— Je retourne auprès de Katla avant qu'elle ne remarque mon absence, annonça Jilleen.

Trahern approuva d'un sourire.

— Brave petit soldat ! Nous te rejoignons bientôt, assura-t-il.

Jilleen sortit du souterrain par le tunnel qui menait dans le donjon tandis que Morren achevait de ramasser leur trésor.

Quand elle se redressa, un coup de vent lui souffla au visage un tourbillon de neige glacée. Si tôt dans la saison ? Il neigeait rarement dans cette région de l'Irlande. On était plutôt habitué à la pluie.

Trahern tendit la main et les flocons se posèrent sur sa paume, fondant aussitôt.

— Jeunes flocons d'automne, dit-il avec un sourire. L'hiver sera précoce. Quand j'étais gamin, mes frères et moi, les rares hivers où il neigeait, nous jouions pendant des heures dans la neige. Nous faisions les boules les plus grosses possible et rations rarement notre cible.

Sa bouche s'adoucit tandis qu'il se souvenait.

Morren hocha la tête.

— J'ai connu ça. Les garçons du village étaient impitoyables à ce petit jeu. Mais je n'étais pas la dernière.

Elle tendit la main à son tour et un flocon s'évanouit au bout de ses doigts.

— Vous vous battiez, vous aussi ? s'enquit-il en la conduisant hors du souterrain, dans la direction opposée à celle qu'avait prise Jilleen.

— Parce que j'étais un excellent tireur. Jilleen n'arrêtait pas de provoquer les garçons. Il fallait bien ensuite la défendre.

Son compagnon la regarda avec intérêt.

— Voilà un talent précieux, remarqua-t-il, son regard gris s'adoucissant.

Morren rougit. Ce n'était pas la première fois qu'un homme la dévisageait ainsi, avec cette curieuse expression à la fois affamée et tendre. Mais elle ne s'attendait pas à cette marque d'intérêt venant de sa part. Surtout après la froideur qu'il lui avait manifestée depuis le matin.

S'arrachant à son regard, elle indiqua l'entrée du *cashel* d'un geste du menton.

— Allons rejoindre les autres. Ils doivent se demander ce que nous devenons.

Les flocons étaient plus denses mais la neige fondait sitôt qu'elle atteignait le sol. Une fois dans la cour du donjon, Morren prit le temps d'évaluer les dégâts.

Le sol était jonché de poutres à moitié consumées et de pierres arrachées aux murailles. Les magasins de vivres étaient éventrés, les portes des enclos des bestiaux arrachées. La gorge serrée, elle se rappelait, les unes après les autres, les familles qui avaient vécu ici. Elle tournait sur elle-même, les mains vides et les yeux brûlants de larmes.

Tant de violence en si peu de temps ! Et sans autre motif qu'un peu d'argent.

Trahern la rejoignit. Il restait silencieux, respectant sa peine. Elle lut dans son regard qu'il partageait sa douleur. Le froid de la neige brûlait ses joues, aussi glacées que l'était devenu son propre cœur. Elle ferma le poing dans un geste rageur. Comme elle comprenait maintenant son besoin de vengeance !

Des amis, des membres plus ou moins proches de sa famille... Tous partis, maintenant.

Étreignant le coffret qui avait contenu les pièces, elle leva les yeux vers Trahern.

— Il faut trouver ceux qui ont fait ça. Je vous en supplie, Trahern. Trouvez-les !

— Je le ferai.

Il avait répondu d'une voix calme mais il n'y avait pas à se méprendre sur sa volonté d'y parvenir.

Et Morren le crut. Trahern n'était pas le genre d'homme à lâcher prise avant d'avoir atteint son but. Les coupables devraient rendre des comptes devant la justice du comté.

— En attendant, rangez cela soigneusement, insista-t-il en refermant les mains de la jeune femme sur le coffret. Vous en aurez besoin pour aider votre peuple à se nourrir.

Une nausée secoua Morren quand elle prit pleinement conscience qu'elle tenait entre ses mains l'argent qui avait servi à payer ceux qui avaient mis à mort les gens de son clan. Mais il avait raison. Ces pièces d'argent seraient bien utiles pour prendre un nouveau départ.

— Gardez-les pour moi, supplia-t-elle. Au moins pour le moment.

Il vida le contenu du coffret dans la bourse accrochée à sa ceinture.

— Cet argent est à vous. Vous n'aurez qu'à le demander.

Tournant les talons, Morren s'éloigna d'un pas vif. L'idée qu'un des siens ait pu payer les services des raiders lui était insupportable. Mais c'était chose possible. Elle regarda un groupe de Vikings en train de travailler aux côtés d'Aron et de quelques autres survivants. Ils avaient déjà achevé l'infrastructure de quelques huttes et nul doute que, dans quelques jours, la tâche de reconstruction serait quasiment achevée.

Gunnar, perché sur le faîte d'un mur, fixait la charpente à grands coups de marteau. Jilleen avait rejoint Katla et les autres femmes occupées à confectionner la couverture de chaume.

Elle vit Adam lever les yeux vers elle, le sourire aux lèvres. C'était un regard interrogatif, plein d'espoir. Mais elle se détourna, la gorge serrée et le cœur lourd.

En vérité, elle n'avait guère envie de lui parler. Il n'avait rien fait, ce fameux soir, pour les protéger, sa sœur et elle. Et, pour autant qu'elle le sache, il n'était pas non plus parti à leur recherche. Comment pourrait-elle ne pas lui en vouloir ?

De nouveau, Trahern la prit par la main, comme pour l'éloigner du groupe des travailleurs. Elle sentait son impatience.

— Qu'y a-t-il ?

— Vous êtes très pâle, Morren. Sans doute devriez-vous prendre un peu de repos. Il ne faut pas vous surmener.

Il la fit entrer dans l'une des huttes et tira vers elle un trépied afin qu'elle puisse s'asseoir.

Il s'installa en face d'elle.

— Cessez de me traiter comme si j'allais tomber en poussière à vos pieds, protesta-t-elle. Je me sens très bien.

— Cela fait si peu de jours, lui rappela-t-il. Et quel mal y a-t-il à prendre un peu de repos ?

Il l'inspecta d'un bref coup d'œil et s'enquit :

— Vous n'avez pas encore consulté la guérisseuse des Dalrata, n'est-ce pas ?

— Non. À quoi bon ?

S'imaginait-il qu'elle allait révéler sa honte à une étrangère ?

— Morren, vous devez vous ménager. Vous avez perdu beaucoup de sang...

Le cœur de Morren se serra douloureusement. Pourquoi lui rappeler cet enfant qui n'avait pu voir le jour ? Elle lutta pour retenir ses larmes.

— Je me sens très bien, assura-t-elle d'une voix étranglée.

C'était loin d'être vrai. Pourtant, elle conclut d'une voix forte :

— Cessez de me traiter comme une invalide.

Trahern la considéra pensivement.

— Prendre un peu de temps pour se remettre n'est pas un signe de faiblesse... Je n'aurais pas dû vous amener ici.

— Tôt ou tard, il aurait fallu que je revienne. Je vais même aller travailler avec les autres. Sinon, quel sens aurait ma présence ici ? Et il y a tant à faire !

— Pas pour vous. Vous n'êtes pas assez forte.

— Je ne peux rester assise ici à rien faire, Trahern, protesta Morren en se tordant les mains. Sinon, je vais commencer à repenser à cette nuit-là... Il faut que je m'occupe. Ce sera plus facile.

Se levant, elle alla jusqu'à lui.

— Pouvez-vous comprendre cela ?

Une ombre passa sur le visage de Trahern.

— Je comprends votre besoin d'oublier, en effet. Plus que vous ne l'imaginez.

— Alors, laissez-moi faire. Je vais voir dans les champs si on ne peut pas en tirer encore quelque chose.

Il lui effleura les cheveux d'une impondérable caresse. Du même geste que feraient les parents à l'égard d'un enfant fragile, pour le réconforter. Morren n'avait plus peur de lui, mais ce simple contact la déstabilisa. Elle se surprit à éprouver l'envie de se blottir dans ses bras, contre ce large torse si rassurant. Elle avait besoin de sa force car elle n'avait plus rien en elle. Plus aucun espoir. Plus aucune énergie.

— Je viens avec vous, proposa-t-il. Je vous aiderai. Et si besoin, je trouverai bien le moyen de vous arrêter.

Morren sentit naître sur ses lèvres l'ombre d'un sourire.

— Est-ce une menace ?

— Oui, rétorqua-t-il en sortant dans la cour.

Quand ils rejoignirent les autres, Jilleen s'approcha d'eux. Repoussant derrière l'oreille de la jeune fille une des boucles d'or sombre qui retombaient sur ses joues, Morren la dévisagea, inquiète. Depuis la veille au soir, sa sœur et elle avaient à peine échangé quelques paroles.

— Je retourne aux champs avec Trahern. Viens-tu nous aider ?

Une étrange lueur traversa le regard de Jilleen. Elle adressa un bref coup d'œil à Trahern.

— Non, je préfère rester ici.

Morren fronça les sourcils. Sa sœur avait-elle peur de Trahern ? À moins qu'elle n'essaie d'échapper à ce qu'elle devait considérer comme une corvée ?

— Pourquoi ? Quelque chose ne va pas ?

Jilleen baissa la tête, le feu aux joues.

— Non, non, pas du tout. Mais Katla m'a demandé de l'aider. Nous avons presque achevé le toit de chaume.

Voyant Morren hésiter, elle insista :

— S'il te plaît ! C'est si ennuyeux de travailler dans les champs ! Et puis, tout a brûlé, là-bas. Alors, à quoi bon ?

Le ton de Jilleen possédait un peu trop de ferveur. Comment la fillette, qui connaissait à peine les femmes norroises, pouvait-elle préférer rester avec elles ?

— Trahern te sera bien plus utile que moi, conclut sa sœur avec un sourire mal assuré. Il fera tout ce que tu lui demandes, j'en suis sûre.

Morren eut une moue dubitative. Cela restait à démontrer ! Mais elle commençait à discerner les intentions de sa sœur. Les yeux brillants et les joues rouges de Jilleen étaient un message assez clair.

— J'aimerais parler seule à seule avec ma sœur, Trahern. Juste un instant.

Dieu merci, il parut ravi de pouvoir s'échapper.

— Je vais donner un coup de main par là-bas, dit-il en montrant un petit groupe occupé à redresser un des murs de pierre de l'enceinte.

Quand il fut hors de portée de voix, Morren se pencha sur sa sœur.

— Jilleen, peux-tu m'expliquer ce qui se passe dans cette fichue petite tête ?

La fillette haussa les épaules.

— Tu vois bien qu'il s'intéresse à toi. Il pourra te protéger.

Levant les yeux vers le ciel, d'où la neige avait cessé de tomber, elle précisa :

— Il nous protégera toutes les deux, toi et moi.

Enlaçant sa sœur, Morren sourit affectueusement.

— Tout ira bien, maintenant, Jilleen. Nous avons retrouvé les nôtres et je ne laisserai personne te faire du mal.

— Mais… Et Trahern ?

— Il m'a sauvé la vie, voilà tout.

Jilleen n'avait pas l'air convaincue.

— Il t'apprécie beaucoup, Morren. Il est toujours à tes côtés.

Elle ajouta d'un air songeur :

— Il pourrait être beau, s'il laissait pousser ses cheveux.

Morren n'en croyait pas ses oreilles. Jilleen, sa petite sœur, en train de jouer les entremetteuses ? Mais c'était impossible, de toute façon. Trahern aimait toujours Ciara.

— Ce n'est pas comme cela que ça se passe, ma chérie. Il ne faut pas rêver.

Jilleen reporta son attention sur les hommes qui travaillaient sur le mur extérieur.

— Tant que tu n'auras pas essayé, tu ne peux pas savoir.

Morren la dévisageait, sidérée.

— Après tout ce qui est arrivé, crois-tu seulement que j'aie envie « d'essayer » ?

Jilleen se figea. Morren s'apprêtait à répéter sa question quand elle vit l'expression paniquée qui avait envahi le visage de la fillette. Elle ouvrit les bras et Jilleen s'y réfugia, tremblant de tous ses membres.

— Oh ! Morren. C'est ma faute ! Tout ce qui est arrivé est ma faute. Et je ne veux plus que ça recommence. Tu ne dois plus être seule. Plus jamais.

Morren la berçait doucement, lui caressant les cheveux.

— Non, ma douce. Tu n'es pour rien dans tout ce qui s'est passé. Ce qui est arrivé cette nuit-là est derrière nous. Je vais bien, maintenant.

Elle répétait inlassablement ces paroles, espérant apaiser la fillette. Mais les mots paraissaient glisser sur elle comme l'eau sur la pierre.

Elle vit que Trahern les observait de loin, l'air inquiet. Il voyait la manière dont elle tenait Jilleen entre ses bras et une question muette brillait dans son regard.

Elle lui adressa un signe de tête qu'elle espérait rassurant et lui enjoignit d'un geste de se remettre à l'ouvrage. Le regard de Trahern resta posé sur elle encore un instant, son expression indiquant clairement qu'elle pouvait compter sur lui. Elle n'avait qu'à faire un geste.

Une douce chaleur envahit Morren. C'était bon de ne plus se sentir si seule. Et le comportement du jeune homme depuis la veille au soir devenait plus clair. Il ne voulait pas franchir la limite invisible qui les séparait. Il appartenait encore à une autre femme.

Mais il était là, à ses côtés, et il veillait.

Morren, l'esprit confus, libéra Jilleen. Les intentions de sa sœur étaient bonnes mais il ne se passerait rien entre elle et Trahern.

Tant que tu n'auras pas essayé, avait dit Jilleen.

Morren, affectant une indifférence qu'elle n'éprouvait pas, se dirigea vers les champs, sa sœur sur ses talons. S'occuper des plantes avait toujours eu le don de l'apaiser, de la mettre en communion avec le ciel et la terre.

Les hommes continuaient à monter le mur, plus haut qu'il n'avait jamais été. Il commençait à ressembler aux murailles défendant le *longphort* des Lochlannah mais cela ne la rassurait pas pour autant.

— Ce mur est trop haut, fit-elle remarquer à Jilleen. C'est un mur en pierre sèche. Il n'est pas stable.

Devait-elle aller le leur dire ? Au vu du magnifique *longphort* qu'ils avaient bâti des années plus tôt, ces hommes-là savaient ce qu'ils faisaient, n'est-ce pas ? Ce n'était pas la première fois qu'ils exerçaient le métier de maçon. Du reste, l'expression déterminée de Dagmar lui faisait douter qu'il l'écouterait.

Mais Trahern le pouvait, lui. Elle avait sa confiance.

Elle se dirigea d'un pas vif vers le mur... au moment où il commençait à s'ébranler.

Trahern n'eut que le temps d'intervenir.

— Reculez ! hurla-t-il en la repoussant violemment.

Et, se précipitant de concert avec Gunnar, ils s'appuyèrent de tout leur poids contre la muraille pour laisser aux autres le temps de s'écarter.

Puis, lestes comme des cabris, ils bondirent en arrière et le reste du mur s'écroula dans un nuage de poussière.

8

Trébuchant en avant, Trahern tomba à genoux devant Morren, qui le regardait, les yeux dilatés, les mains jointes. Profondément bouleversé par l'émotion que la jeune fille manifestait, il dut se retenir de la serrer dans ses bras.

Se relevant, il lui toucha la joue.

— Ça va aller ?

Elle hocha la tête.

— Je... Je n'ai pas fait exprès d'être dans le passage. Je voulais juste vous avertir. Quand j'ai vu le mur s'écrouler, je... Oh ! mais...

Elle lui effleura la tempe et il vit sur sa main une tache de sang.

— Mon Dieu ! s'exclama-t-elle. Vous êtes blessé ?

S'essuyant d'un revers de main, il enserra ses doigts et fut surpris quand elle lui répondit par une pression légère.

— Je suis si contente, murmura-t-elle, si contente que vous soyez indemne.

Morren lui relâcha la main avec un demi-sourire et sortit d'un pas pressé hors de l'enceinte, suivie de sa sœur.

— Tu as manqué une occasion, Irlandais, retentit une voix forte dans son dos. Tu aurais dû lui demander de soigner ce petit bobo. Les femmes adorent jouer aux guérisseuses.

La voix moqueuse de Gunnar rappelait par trop à Trahern celles de ses frères, toujours prêts à chahuter. Il lui décocha un regard furibond.

— Je ne me joue pas des femmes.

— Ma parole, Irlandais ! Une de ces pierres a dû te frapper

durement le crâne ! Pourquoi ne pas profiter de ta chance ? Tu as vu les regards qu'elle te lançait ?

— Morren O'Reilly a confiance en moi. J'ai promis de la protéger, rien de plus.

— Dans ce cas, si l'un de mes hommes veut s'occuper d'elle à ta place, je suppose que tu n'y verras pas d'inconvénient ?

Trahern, de nouveau, foudroya le jeune homme du regard. En vain. Le regard bleu du Normand pétillait d'une joie sardonique.

— Si peu, en effet, que s'il osait poser ses mains sur elle, je les lui trancherais du fil de mon glaive.

Gunnar, dieu blond dans la lumière du jour, poussa un gloussement aigu.

— Ouvre les yeux, Irlandais ! C'est une jolie fille. Si tu n'as pas envie d'y goûter, laisse au moins ce plaisir-là aux autres.

Trahern soupira. Comment faire entrer des sentiments délicats dans cette rude tête de Viking ?

— Je la connais depuis peu.

— Parfois, c'est suffisant et même préférable ! Mais je n'ai pas de leçon à te donner... Va l'aider dans les champs. Sa sœur et elle ne devraient pas y aller seules, de toute façon. Et si elle t'envoie promener, viens noyer ton chagrin ce soir dans une bonne bière. On a apporté ce qu'il faut.

— J'ai voulu te tuer il n'y a pas quarante-huit heures et tu veux boire de la bière avec moi ? Par Belenos[1], tu n'es pas rancunier !

Le rire vigoureux du jeune Viking retentit de nouveau.

— Je boirais avec le diable lui-même, si la bière était bonne.

Trahern ne put retenir un sourire. Dagmar était sympathique, on ne pouvait le nier. Et il n'était pas rancunier.

— Un jour, je regretterai peut-être de t'avoir épargné, riposta-t-il d'une voix rude. En attendant, je suis content que Morren soit intervenue pour t'éviter de prendre ce mur sur la tête.

— Eh bien, pour une fois, rétorqua son interlocuteur en se massant le crâne avec une grimace de douleur feinte, nous sommes d'accord.

1. Belenos est un dieu celte. Divinité brillante, dieu solaire pour certains, il a les mêmes pouvoirs curatifs que le dieu irlandais Diancecht. Souvent assimilé au dieu grec Apollon.

Et, ramassant un caillou, il le lança très haut dans l'air, le suivant dans sa course comme un gerfaut suit sa proie du regard, le rattrapa prestement et conclut :

— Quand elle t'aura rembarré, tu seras bien content de venir boire avec nous.

Sans répondre, Trahern s'employa à aider les hommes à rassembler les pierres tombées. Puis, de concert, les mains sur les hanches, ils étudièrent le mur, débattant de la meilleure manière de le reconstruire.

— Il nous faudrait du mortier, déclara enfin Gunnar. Les pierres d'ici sont friables et peu stables.

— Laissez ça pour le moment, les gars, interrompit la voix grave de Dagmar. Nous allons dormir ici cette nuit. Cela nous fera gagner du temps... Il y a assez de huttes reconstruites pour nous tous. Une pour les femmes, deux pour les hommes.

Trahern lança un coup d'œil vers les champs.

— Va les rejoindre, je te dis, répéta Gunnar, ses dents blanches éclatant dans son visage hâlé. Sinon, j'y vais à ta place.

— Pas si tu tiens à rester entier, rétorqua Trahern sans un sourire.

Le jeune Viking rit d'un air entendu et lui montra des outils de jardinage jetés contre un mur.

— Cela pourrait t'être utile.

Trahern ramassa deux faucilles et sortit de la cour. Après tout, ils n'avaient pas vraiment besoin de lui. La troisième hutte était presque achevée et il y avait assez de bras pour accomplir la tâche. Gunnar avait raison. Il valait mieux éviter de laisser Morren et sa sœur seules en dehors de l'enceinte.

Morren avançait dans le champ d'orge dévasté, effleurant du bout des doigts le grain carbonisé. Quelques hautes tiges d'orge bien blond luttaient bravement dans le froid d'automne. Il était trop tard pour la moisson, mais on pouvait sans doute sauver quelques grains pour les semences prochaines. Il allait falloir se mettre au travail au plus vite.

Après l'avoir suivie pendant quelques minutes, Jilleen marmonna une vague excuse. Elle devait se rendre auprès de Katla qui avait besoin de son aide. Morren faillit s'y opposer mais Jilleen était déjà loin. Elle haussa les épaules. Après tout, c'était aussi bien. Il était bon pour la fillette de se mêler aux autres femmes. Elle avait été trop longtemps privée de la compagnie de ses semblables.

Elle observait les épis, les bras croisés, regrettant de ne pas s'être équipée convenablement. Par où commencer ? La partie est du champ semblait être celle qui avait subi le moins de dommages. Alors que celle qui bordait le *cashel* était réduite en cendre.

Une voix familière interrompit ses réflexions :

— Avez-vous besoin d'aide ?

Se retournant, elle vit Trahern au bord du champ. Il tenait dans une main deux faucilles à la lame rouillée.

Elle lui adressa un sourire reconnaissant.

— Volontiers. Ma sœur a trouvé mieux à faire, semble-t-il. Elle n'a jamais aimé les travaux des champs.

La bouche de Trahern s'incurva dans une ébauche de sourire.

— À son âge, je faisais tout pour éviter les corvées, moi aussi.

— J'ai du mal à vous imaginer en tire-au-flanc !

Elle ne voulait que plaisanter mais Trahern lui retourna un lent sourire.

— En règle générale, mon charme suffisait à persuader les filles d'effectuer le travail à ma place.

— Je ne me serais pas laissé faire !

Il parut prendre cette réponse comme un défi et, soudain, son expression changea. La lueur qui brillait dans son regard aurait fait rougir toutes les filles, même les plus audacieuses. Il la regardait comme si plus rien d'autre ne comptait au monde. Comme s'il était sur le point de lâcher ses faucilles et de la prendre dans ses bras. Et quelque chose disait à Morren qu'elle aurait du mal à résister.

Beaucoup de mal.

Elle détourna le regard, le visage empourpré. Pour se donner une contenance, elle ramassa la faucille, qu'elle soupesa dans sa main.

Puis elle reporta son attention sur le champ.

— Nous allons essayer de faucher l'orge qui est encore bon. Si certaines tiges sont brunes, c'est qu'elles sont contaminées par l'ergot de seigle[1] qui s'en prend aussi à d'autres céréales. Il ne faudrait pas que toute notre récolte soit touchée.

— Par où voulez-vous que je commence ?

— Prenez cette extrémité du champ, et moi je prendrai l'autre.

Dégrafant son manteau, Trahern le jeta sur le sol.

— Nous transporterons notre récolte là-dedans.

Morren n'aimait pas l'idée qu'il travaille en tunique dans ce froid, mais ils n'avaient rien d'autre et, à son crédit, le jeune homme avait compris combien ce travail était important pour elle.

Se mettant aussitôt à la tâche, il s'empara d'une poignée de tiges qu'il trancha net de sa faucille au ras du sol.

Il avait déjà exécuté cette besogne, c'était évident. Quelqu'un lui avait appris à prendre dans sa main la bonne quantité de tiges, préservant ainsi celles qui nourriraient le bétail en hiver.

S'éloignant un peu dans le champ, Morren commença à faucher. Poignée après poignée, l'orge tombait sous la lame et elle le ramassait à intervalles réguliers pour aller l'empiler sur le manteau de son compagnon. S'absorber dans cette tâche monotone et répétitive était d'un infini réconfort.

— Quand j'étais petite, nous avions un grand jardin derrière la maison, se mit-elle à raconter quand Trahern vint la rejoindre pour verser sa moisson sur le tas. J'adorais voir croître les graines que nous avions semées. Un jour, ma grand-mère m'a raconté que c'étaient les lutins et les fées qui veillaient sur les récoltes.

Trahern se dirigea vers une autre section tout en lui répondant :

— Gamin, je croyais à la magie de ce monde. C'est comme cela que je me suis intéressé aux histoires que venaient nous raconter les bardes. Je les ai apprises par cœur, j'en ai inventé aussi...

Tournant la tête vers elle, il sourit, le regard pétillant, et ajouta :

— Je croyais vraiment qu'en apprenant ces histoires je deviendrais un peu magicien, moi aussi.

Il s'empara de sa faucille avec la même dextérité qu'il devait avoir pour manier une arme et, de nouveau, les beaux grains dorés

1. L'ergot du seigle est un champignon qui attaque un grand nombre de céréales, surtout lors de récoltes tardives. Il contient des alcaloïdes qui provoquent des convulsions (mal des ardents, feu de saint Antoine...).

tombèrent sur le sol. Morren travaillait maintenant sur la même ligne, essayant de suivre son rythme.

— Mais vos histoires possèdent leur propre magie, en effet. Elles permettent aux gens d'oublier leurs soucis, et parfois de trouver une solution à leurs problèmes.

Le compliment parut l'embarrasser, comme s'il n'avait pas l'habitude d'en recevoir. Ils travaillèrent encore un long moment en silence et Morren ne s'arrêta que lorsque ses bras lui firent mal.

Trahern continuait à faucher, son corps souple se balançant au rythme de son geste. Morren se surprit à le regarder se mouvoir, comme fascinée par l'harmonie de ses mouvements.

Un léger frisson courut sur son épiderme, qu'elle prit pour ce qu'il était. Du désir. Se remettant aussitôt à la tâche, tête baissée, elle feignit de s'absorber dans son effort. Mais elle ne pouvait s'empêcher de lui jeter de brefs coups d'œil de côté.

Malgré l'énergie qu'il mettait dans ce qu'il faisait, il semblait perdu dans les songes du passé, pensant probablement à Ciara. Une autre femme trouverait-elle jamais grâce à ses yeux ? Laisserait-il quelqu'un d'autre soigner ses blessures, apaiser son chagrin ?

Trahern était au milieu de sa troisième rangée quand il s'aperçut que Morren le regardait. Elle rougit et tourna la tête.

— Quelque chose ne va pas ?

Il s'approcha et elle vit la sueur qui coulait sous la fine étoffe de sa chemise. Elle baissa sa faucille. Dieu sait pourquoi, elle se sentait horriblement vexée de n'avoir pas fauché la moitié de ce qu'il avait fait.

— Non, tout va bien, dit-elle en ajustant son *brat* sur sa tête pour se protéger du vent. Mais je commence à avoir les bras endoloris, il est vrai.

— Vous ne devriez pas travailler aussi dur, riposta-t-il. Il est beaucoup trop tôt.

Il avait l'air contrarié, comme s'il venait seulement de se souvenir de ce qu'elle avait subi.

Quand il se rapprocha, son cœur manqua un battement. Il la dominait de toute sa haute taille et, loin d'en être oppressée, elle se sentait curieusement excitée. Sa main se resserra sur le manche de la faucille.

— Il fallait que ce soit fait.

— Mais pas obligatoirement par vous, protesta-t-il en lui prenant l'outil des mains. Allez rejoindre les autres. Je vais finir.

Morren s'essuya les mains sur sa jupe.

— Vous n'en aurez jamais terminé aujourd'hui. Pas tout seul ! Et puis, il commence à se faire tard. Rentrons.

Retournant au tas d'orge qu'ils avaient coupé, Trahern l'aida à en étaler une autre couche puis replia sa cape pour en faire un ballot.

Tout de suite, Morren se précipita pour le soulever. Elle tituba sous son poids, qu'elle avait largement sous-estimé. Son compagnon essaya de le lui prendre des mains, mais elle s'obstina.

— Ça ira. Je devrais pouvoir me débrouiller.

— À votre gré.

Il la regarda faire, les bras croisés, une lueur inquiète dans le regard.

Elle ajusta de nouveau le ballot sur son épaule, voulant à toute force lui prouver qu'elle allait mieux. Mais il glissa aussitôt et son doux chargement odorant retomba sur le sol.

— Ce ballot pèse plus lourd que vous, remarqua-t-il calmement. Et il faudrait aussi rapporter les faucilles.

— J'ai l'air ridicule, n'est-ce pas ?

Morren reposa le ballot sur le sol avec un sourire.

À son tour, Trahern se pencha et le souleva sans aucun effort tandis que, mortifiée, elle prenait les outils.

— Ridicule, non, mais trop ambitieuse, certainement.

Ils allaient franchir les portes du *cashel* quand ils virent Adham O'Reilly s'approcher d'eux. Ses cheveux bruns étaient humides et soigneusement lissés en arrière, comme s'il avait fait en sorte de paraître à son avantage. Trahern prit le coude de Morren d'un geste protecteur.

— Je suis content de voir que tu vas bien, Morren, lança Adham avec un sourire aimable.

Elle le salua d'un bref signe de tête.

Pourquoi venait-il la relancer ainsi ? S'imaginait-il pouvoir reprendre sa cour comme si de rien n'était ?

— Je me suis dit que tu avais peut-être besoin d'aide...

Deux heures après ? Cela ne manquait pas de sel.

— Comme tu le vois, Adham, intervint Trahern, nous avons fini. Pour aujourd'hui, en tout cas.

Il dominait d'une bonne tête le pauvre Adham et il le toisa d'un regard expressif en jetant son ballot sur le sol.

— J'aimerais entendre cela de la propre bouche de Morren, rétorqua Adham, hargneux comme un petit chien.

Elle savait qu'il suffisait d'un mot pour renvoyer le jeune homme à ses affaires. Il était obstiné, mais pas téméraire. Toutefois, elle ne voulait pas se montrer impolie.

Comme Adham se rapprochait d'un pas, elle recula, effleurant involontairement la main de Trahern. Ses doigts se refermèrent sur les siens, comme la muette promesse qu'il veillerait sur elle. Adham fronça les sourcils.

— Tout va bien, Adham. Je suis avec Trahern, comme tu le vois.

— Mais...

— Tu peux retourner avec les autres, intima Trahern, ne se gênant plus.

Il serra la main de Morren plus fort, toisant son interlocuteur d'un regard minéral.

— Désolé, Morren, bafouilla Adham. Je ne te trouvais pas et... Oh ! j'ai vraiment cru que tu étais morte, cette nuit-là.

Il la dévisageait de ses yeux bruns, comme pour lui demander pardon. Elle le vit tel qu'il avait toujours été. Un bon garçon, tranquille et sans envergure. Le genre d'individu qui, en cas d'attaque, était plutôt du genre à se faufiler dans son terrier comme un lièvre, plutôt qu'à prendre les armes. Elle ne put s'empêcher d'éprouver un bref sentiment de déception, elle qui l'avait considéré un moment comme un prétendant potentiel.

— On ne peut pas dire que tu te sois donné beaucoup de mal, attaqua Trahern, cette fois sans ménagement. Si Jilleen et elle sont encore en vie, on ne peut pas dire que c'est grâce à des gens comme toi.

Morren, mal à l'aise, se sentait comme un morceau de viande que se disputeraient deux chiens. Mais Trahern avait raison. Aucun homme du *cashel* n'avait rien fait pour les protéger, sa sœur et elle.

Adham lui lança un regard gêné. Elle soutint son regard et, baissant enfin les yeux, il la salua d'un signe de tête.

— Nous parlerons de tout cela plus tard. À bientôt, Morren.

— Nous verrons.

Mais Morren n'avait pas l'intention de faire de concessions. Trahern lui serrait toujours la main, comme pour la conforter dans sa décision. Quand Adham fut parti, il la tenait toujours.

Elle n'était pas très certaine de vouloir qu'il la libère de son étreinte.

Pourtant, lui mettant les deux faucilles dans la main, Trahern reprit son ballot.

— Avez-vous l'intention de discuter plus avant avec lui ?

— Je ne crois pas, non, répliqua Morren qui reprit sa marche en évitant son regard. Je ne devrais sans doute pas lui en vouloir, mais c'est difficile. Si Adham tenait vraiment à moi...

— Aucune force au monde ne l'aurait empêché de vous protéger cette nuit-là.

Elle leva les yeux. Son regard était d'une telle intensité qu'elle dut détourner la tête. Un instant, elle crut qu'il parlait de lui. Et, bien qu'ils fussent en réalité des étrangers, elle comprit que Trahern était un être de passion. Un homme qui, quand il aimait une femme, l'aimait de toutes les fibres de son être.

Elle perçut la douleur qui faisait vibrer sa voix. Nul doute que s'il avait été là, lui, la nuit du raid, il aurait protégé la femme qu'il aimait au péril de sa vie.

Émue par sa peine, et ne trouvant pas les mots pour le lui dire, elle effleura son visage du bout des doigts.

Puis elle s'enfuit.

Quand ils pénétrèrent dans la cour intérieure du *cashel*, une bonne odeur de *stobhach gaelach*[1], provenant d'un grand chaudron posé sur un trépied, assaillit les narines de Morren. Son estomac

1. Le *stobhach gaelach* est une spécialité irlandaise de ragoût d'agneau agrémenté de pommes de terre, oignons et carottes, que les Anglais appellent communément *l'irish stew*.

criait famine et elle dut se retenir pour ne pas courir vers le foyer installé au beau milieu de la cour.

Trois huttes étaient à présent achevées, munies chacune d'un toit de chaume, et une quatrième était en bonne voie. À ce rythme-là, le *cashel* serait entièrement reconstruit d'ici une dizaine de jours. En allant reposer à leur place les faucilles qu'ils avaient empruntées, suivie de près par Trahern, Morren tomba nez à nez avec Gunnar. Il l'enveloppa d'un regard impénétrable avant de constater d'une voix brève :

— Vous avez bien travaillé.

— Nous avons sauvé tout le grain que nous avons pu, expliqua-t-elle.

— C'est bien.

Puis Gunnar ajouta, en désignant les huttes :

— L'une des huttes est pour les femmes, les hommes se répartiront dans les deux autres. La dernière, celle que nous allons terminer demain, est pour la nourriture et les outils.

Trahern alla jeter son ballot d'orge dans la hutte indiquée par Gunnar, sans quitter tout à fait Morren des yeux.

Nul doute qu'elle pouvait compter sur sa vigilance. Aujourd'hui, il avait baissé sa garde, lui révélant l'homme sensible et attentionné qu'il pouvait être. Les moments qu'ils venaient de passer ensemble dans le champ étaient de ceux qui resteraient gravés dans sa mémoire. Car, quand elle était avec lui, Morren retrouvait une part d'elle-même qu'elle croyait à jamais perdue. Par sa seule présence, il parvenait presque à lui faire oublier les heures sombres.

Mais combien de temps encore serait-il à ses côtés ?

— Votre sœur est avec Katla, continuait d'expliquer Gunnar. Elle aide à préparer le dîner.

Pourquoi Jilleen les avait abandonnés pour aller travailler avec des quasi-étrangers, c'était un mystère. Mais au moins, la fillette n'avait pas été privée de compagnie.

— Je vais les rejoindre. Si j'ai bien compris, nous ne rentrons pas au *longphort* ce soir ?

— Non. Dagmar préfère que nous soyons à pied d'œuvre dès demain matin.

— Pourquoi ne pas aller demander l'hospitalité à l'abbaye ?

s'étonna Morren. Ce n'est pas bien loin et ils ont tout l'espace qui convient.

Le sourire de Gunnar se rétrécit.

— C'est que... Nous ne sommes pas en odeur de sainteté auprès des bons moines. Le père abbé essaie en vain de nous convaincre de lui céder un peu de nos terres. Et de lui payer une bonne dîme.

Il ajouta avec une grimace dégoûtée :

— C'est déjà bien assez qu'ils se soient approprié une grande partie de celles des O'Reilly.

Morren se demanda s'il y avait un contentieux entre son clan et l'abbaye. Cela expliquerait pourquoi leurs rapports étaient si distendus.

Le père abbé aurait-il quelque chose à voir avec le raid ? Dieu du ciel ! Comment croire une chose pareille ? Un homme d'Église aurait-il pu commettre un tel forfait ? Frère Chrysoganus l'avait si bien accueillie !

Mais si la plus grande partie de son clan était morte, si le chef lui-même n'était plus là pour revendiquer ses terres, l'Église pouvait tenter de mettre la main dessus. Et les Lochlannah aussi, du reste.

Trahern semblait avoir lu dans ses pensées.

— Dis-moi, Gunnar, ta tribu n'est-elle pas en train de faire la même chose en réclamant des terres appartenant au clan O'Reilly en échange de votre aide ?

— Certains des nôtres ont épousé vos femmes. Ce n'est pas comparable. La terre appartient légitimement au couple.

Le visage de Trahern se ferma.

— Il ne reste plus qu'à l'espérer. Le rapport de force est par trop en leur défaveur...

Sur ces mots, il tourna les talons et se dirigea vers un amas de huttes en ruine.

— Ne faites pas attention, Gunnar. Trahern est très tendu. Cela le rend inquiet.

— Peut-être simplement un peu contrarié, rétorqua Gunnar en lui adressant un sourire taquin.

Saisissant le sous-entendu, Morren expliqua après un coup d'œil à son compagnon :

— C'est plus grave que cela, Gunnar. Sa fiancée a été tuée par les raiders. Il n'aura de cesse d'avoir vengé sa mémoire.

Le sourire de Gunnar s'évanouit.

— Je l'ignorais. Je suis désolé.

Sentant soudain le froid qui tombait avec le soir, Morren se frotta énergiquement les bras.

— Il faut que j'aille lui parler.

Gunnar sourit gentiment.

— Vous pouvez faire davantage pour lui que simplement lui parler, Morren. Une jolie fille comme vous ferait oublier ses chagrins à n'importe qui.

Sur ces mots, il reprit son chemin.

Elle lança un coup d'œil à Trahern, qui se tenait près de la palissade extérieure comme un étranger.

Le vent traversait maintenant la cour en sifflant, apportant un froid mordant. Un brouillard opaque descendait des collines, si épais qu'on ne discernait plus qu'à peine les remparts de l'abbaye. De légers flocons se mirent à tourbillonner, et, quand elle l'eut rejoint, Morren rattacha la cape de Trahern autour de son cou avec des gestes inconsciemment maternels.

Trahern murmura un bref remerciement, son visage empreint d'une insondable mélancolie. Prenant son courage à deux mains, Morren plongea dans le gris lointain de ses yeux.

— Qu'y a-t-il, Trahern ? À moi, vous pouvez parler, vous le savez.

Il secoua la tête.

— Je ne dois pas passer l'hiver ici, à vous aider à reconstruire le *cashel*. J'ai l'impression d'oublier la mission que je me suis donnée.

Ce que Morren voyait surtout, c'était que l'amertume rongeait son cœur, et que, s'il continuait ainsi, il ne serait plus jamais le jeune homme souriant et charismatique qu'il avait été.

— Et votre objectif, c'est la vengeance ? C'est donner la mort pour faire payer celle de Ciara ?

Il opina du chef.

— Je perds mon temps ici. Il faut que je parte à leur recherche.

Ses épaules contractées, son visage durci, son regard lointain, tout trahissait son anxiété et sa souffrance. Morren se sentait impuissante.

— Moi aussi, Trahern, je veux que les coupables soient punis.

Elle lui effleura la main et il ne se retira pas.

— Mais voyez-vous, ce que je crains, c'est que même si vous retrouvez les hommes qui ont accompli ce forfait, cela ne vous apporte pas la paix à laquelle vous aspirez.

— Je n'aspire plus à rien sur cette terre. Je veux seulement que justice soit faite.

— Je ne veux pas y croire, Trahern. Vous pouvez apporter encore tellement aux autres.

La main de Trahern se referma sur la sienne et il répondit dans un souffle, sans la regarder :

— N'essayez pas de me sauver, Morren. Il est déjà trop tard.

9

Contre toute attente, Trahern ne partit pas. Il l'aurait dû. Il se méprisait d'être ainsi attiré par la jeune femme. Par son visage auréolé de cheveux blonds, par son regard empli de compassion et de sollicitude. Elle méritait sa confiance et sa protection, la seule chose qu'il pouvait lui donner. Il n'avait pas le droit de s'abandonner à des idées coupables. Même si elle avait éveillé en lui des sentiments, des sensations, qu'il avait cru morts à jamais.

Il fallait qu'il s'en aille. Plus il restait à son côté, plus la vengeance qu'il avait promise à la mémoire de Ciara s'éloignait.

Grand Dieu ! Que lui arrivait-il ? Il arracha sa main à l'étreinte de Morren, furieux contre lui-même. Il fallait lutter contre l'étrange attirance qui les liait.

— Et une fois que justice sera faite, reprit calmement sa compagne, avez-vous l'intention de mourir ?

Il ne répondit pas. À dire vrai, il n'en savait rien lui-même.

Chaque jour était une torture. Et vivre ici, là où avait grandi Ciara et où elle était morte, éveillait des images qu'il n'avait plus la force d'affronter.

Il sentit la main de Morren se poser sur son épaule. Elle rencontra son regard avec une froide détermination.

— Vous vous trompez, Trahern. Vous avez assez de force en vous pour survivre à cette épreuve. Tout comme moi.

Il frappa si fort du poing contre la palissade de bois que des échardes s'enfoncèrent dans sa chair. Elle le regardait, les yeux emplis d'une compassion immense et, d'une main légère, caressa son crâne tondu, ses joues où commençait à renaître une barbe drue, lui rappelant qu'il n'avait pu se défaire tout à fait de lui-même.

Il était encore un homme, même s'il n'était plus qu'un homme qui souffrait.

Trahern lui saisit la main au vol, dans l'intention de la repousser. Mais elle était si douce, si chaude qu'elle apaisait le froid qui le faisait trembler. Et ses doigts se refermèrent sur les siens.

Elle le repoussa vivement.

— Il faut que j'y aille.

L'instant d'après, elle était déjà au milieu de la cour, rejoignant les autres avec leur bière, leurs rires et leurs chants, tandis qu'il restait là, comme un écueil isolé dans la tourmente.

Par Belenos, que s'était-il passé ? Il la regarda se diriger vers sa sœur, puis, paraissant changer d'avis, prendre une autre direction.

Les paroles de Gunnar lui revinrent à l'esprit. *Si tu n'as pas envie d'y goûter, laisse au moins ce plaisir-là aux autres.*

Mais il n'y avait rien entre eux, n'est-ce pas ? Trahern aspira à longues goulées l'air frais du crépuscule. Il irait dès ce soir interroger les Vikings et en tirerait les informations qu'il pourrait.

Il guettait toujours Morren du coin de l'œil et il la vit s'arrêter. Très pâle, elle paraissait figée sur place. Que se passait-il ? Souffrait-elle de nouveau ? Un malaise, peut-être ?

Puis il vit la raison de son comportement. Une jeune femme était assise près d'un des foyers allumés dans la cour. C'était une O'Reilly, qui avait épousé récemment un Dalrata. Son mari se tenait près d'elle, et, dans ses bras, elle tenait un enfant.

Trahern retint un juron.

La douleur qui habitait le regard de la jeune femme était presque palpable. Un regard empli d'une poignante nostalgie. Il se surprit à désirer de tout son cœur pouvoir lui apporter un peu de réconfort, lui assurer qu'un jour elle aussi serait mère à son tour.

S'il avait ne serait-ce qu'une once de bon sens, il irait parler à Adham. Il le pousserait à s'occuper de Morren. Mais la seule idée qu'un autre homme puisse l'approcher lui donnait envie de gronder comme un animal défendant sa femelle.

Elle ne t'appartient pas, se morigéna-t-il. *C'est de quelqu'un d'autre dont elle a besoin, pas de toi.*

Comme en réponse à ses pensées, Morren se retourna vers lui et parut se rasséréner. Le reste de la scène devint flou et il ne vit plus qu'elle. Oui, elle avait souffert plus que son compte. Mais, tout au fond de son regard clair, il y avait une lueur d'espoir. Trahern traversa la cour. La nuit allait tomber mais, peu importe, il avait une idée en tête qui soulagerait quelque peu la jeune femme.

— Venez avec moi, dit-il en lui offrant la main.

Elle le regarda, étonnée, puis mit sa main dans la sienne.

— Où allons-nous ?

— Vous verrez bien.

Il l'entraîna en dehors de l'enceinte, prenant au passage l'une des torches fichées dans le mur.

Il l'entraîna vers les champs dans lesquels ils avaient travaillé une bonne partie de l'après-midi. La terre était brûlée, certes, mais elle n'en serait que plus fertile.

— Pourquoi m'avez-vous ramenée ici ?

Il la retenait toujours, de ses doigts enlacés dans les siens.

— J'ai vu la façon dont vous regardiez cet enfant.

Elle hocha la tête, le visage éclairé par la flamme.

— J'ai eu tort. Cela ne fait que rendre les choses plus difficiles.

— J'aurais voulu pouvoir le sauver, murmura-t-il.

Elle secoua la tête.

— Cela ne devait pas être...

Elle tenta de se libérer mais il ne la laissa pas faire. Pas encore.

— Vous aurez d'autres enfants, Morren. Un jour, quand le temps sera venu. Votre vie ne fait que commencer.

— Aucun homme ne voudra plus jamais de moi, répliqua-t-elle avec un sourire las. Pas après ce qui est arrivé. Vous êtes le seul à savoir ce qui s'est passé, pour le moment. Mais admettez-le, même s'il n'y avait pas eu Ciara, auriez-vous voulu d'une femme comme moi ?

Il lui enserra la joue de la paume de sa main.

— Vous vous trompez.

Les mots étaient sortis tout seuls. Il voulait seulement la rassurer. Mais à sa grande surprise, il sut qu'il disait vrai. Il y avait quelque chose dans la personne de Morren O'Reilly qui avait su l'émouvoir, sous l'épaisseur de sa carapace.

Ses cheveux blonds brillaient sous le feu de la torche, ses lèvres étaient entrouvertes, comme pour un soupir. Quel effet cela produirait-il d'embrasser une jeune fille aussi douce, pour le seul plaisir du contact ?

Dieu ! Cela faisait si longtemps, maintenant, qu'il n'avait pas embrassé de femme. Et malgré la protestation qui germait dans son cerveau, son corps répondait tout seul.

Trahern lut l'hésitation dans le regard de sa compagne. Il y avait de la honte aussi.

— Vous n'êtes pas responsable de ce qui vous est arrivé, Morren. Je vous le répète.

Elle redressa fièrement la tête.

— Si, je le suis.

— Comment pouvez-vous dire une chose pareille ?

— Parce que c'est moi qui l'ai choisi.

Se reculant brusquement, elle enserra son ventre de ses mains.

— J'ai dit à ces hommes que je ne leur résisterais pas. Qu'ils pouvaient faire ce qu'ils voulaient avec moi.

Trahern eut l'impression qu'on lui versait un tonneau d'eau glacée sur la tête. Il n'en croyait pas ses oreilles. Mais le visage de Morren était si serein, son regard si droit, que tout à coup il comprit.

— C'était pour Jilleen, n'est-ce pas ? Vous vouliez éviter qu'ils s'en prennent à votre sœur ?

— Oui. Ils se sont jetés sur moi et elle s'est cachée. Quand ils en ont eu fini, ils l'avaient oubliée... Je ne regrette rien.

Que répondre à cela ? Jamais Trahern n'avait entendu parler d'un tel courage, d'un tel esprit de sacrifice. Peu de femmes auraient fait preuve d'un tel dévouement.

— Vous comprenez maintenant ?

Oui, il comprenait, bien sûr. Mais il ne la laisserait pas se dénigrer davantage.

— Bien sûr, mais je ne vois là aucune raison de vous blâmer. Au contraire.

Il ajouta, montrant d'un geste large les champs autour d'eux.

— On peut toujours reconstruire ce qui a été détruit. Une vie nouvelle peut renaître des cendres.

Elle leva vers lui un regard noyé de larmes.

— Je ne veux plus penser au passé, Trahern. Je veux oublier ce qui m'est arrivé.

— Vous oublierez, Morren. Je vous le promets.

Il avait essayé de donner un ton ferme à ses propos mais il voyait bien dans son regard qu'elle ne le croyait pas. D'une main, il essuya ses larmes et, posant son front contre celui de la jeune femme, il la regarda dans les yeux. Le silence était tel qu'il l'entendait respirer.

Alors, sans réfléchir, il effleura ses lèvres d'un baiser.

Un baiser léger, presque évanescent, pour la réconforter. Mais la douce tiédeur de ses lèvres agit comme un charme. L'espace d'une seconde, il s'était senti comblé.

Morren le repoussa sans un mot, le regard élargi.

— Pardon, murmura-t-il.

Et, sans rien ajouter, il l'entraîna vers le *cashel*, parmi les siens. Au fond de lui-même, il se condamnait avec force. Morren venait de lui confier son douloureux secret et, pour toute réponse, il n'avait rien trouvé de mieux que de lui voler un baiser.

Alors, autant aller se cogner la tête contre un mur. C'est tout ce qu'il méritait. Imbécile. Pauvre idiot. Mieux valait tenir ses distances, maintenant, s'il ne voulait pas se déconsidérer davantage.

Morren alla s'asseoir devant le feu à côté de sa sœur et il s'installa à l'extrémité opposée.

Elle mangeait à peine, ne parlant à personne, et il fallut à Trahern toute la maîtrise qu'il pouvait avoir encore sur lui-même pour ne pas bondir quand Adham vint s'asseoir à côté d'elle.

— Puis-je ? demanda Adham.

Morren hésita. Mais comment lui refuser ? Après tout, il n'avait rien fait de mal. Elle hocha la tête.

— Je t'en prie.

Elle avait besoin d'une distraction, de toute façon. Tout plutôt que de penser à ce baiser volé. C'était arrivé si vite qu'elle était certaine que Trahern avait agi avant même d'y avoir pensé. C'était un simple geste de réconfort, pourtant. Comme une accolade à un ami dans la peine.

Mais, avec ce baiser, quelque chose avait changé entre eux. Aussi léger qu'un flocon de neige, il avait fondu sur sa peau, pénétré en elle-même comme une rosée bienfaitrice. Morren sentait ses lèvres frémir encore sous le contact de la bouche de Trahern. Il s'était montré tendre, mais aussi attentif, presque concentré, comme s'il prenait un plaisir sincère à cette brève étreinte.

Il avait éveillé en elle des sensations endormies depuis longtemps.

Elle éprouva une soudaine envie de pleurer. Elle n'avait pas cru Trahern quand il lui avait affirmé que sa vie n'était pas terminée. Et elle avait raison. Car elle sentait le poids de sa honte peser sur ses épaules chaque matin en se levant, et chaque soir au moment de se mettre au lit. Maintenant, il savait tout. Il connaissait son secret le plus intime.

Une chose positive, pourtant, était ressortie de leur conversation. Il avait compris qu'elle ait voulu protéger Jilleen.

Morren se força à considérer le pauvre Adham, qui faisait ce qu'il pouvait pour attirer son attention. Il la regardait, la bouche ouverte, comme s'il répétait son discours.

Finalement, il déclara tout à trac :

— MacEgan a raison. J'aurais dû partir à ta recherche.

Je suis heureuse que tu ne l'aies pas fait, se dit-elle *in petto*. Pour rien au monde elle n'aurait voulu qu'on apprenne sa grossesse.

Mais elle répondit poliment :

— Tout est bien qui finit bien. Je suis là, maintenant, et le passé est derrière nous.

Il parut soulagé et reposa son écuelle vide sur le sol.

— Tant mieux... Je veux dire... C'est mieux comme ça. J'espère que tu resteras ici, en attendant que le village soit reconstruit.

Son regard la parcourut de manière explicite. Morren réprima un frisson. La question l'avait irritée. Où pourrait-elle aller ? Le choix était restreint. Soit elle habitait ici, avec les gens de son clan, soit elle retournait chez les Moriarty, où sa sœur avait été élevée. Mais la perspective de devenir une charge pour un autre clan ne l'enchantait guère.

Et Trahern, tôt ou tard, finirait bien par rentrer chez lui.

Elle risqua un coup d'œil vers lui. Il paraissait tendu, comme prêt à bondir sur Adham pour l'arracher à son siège. Pourtant, il ne bougea pas.

C'était lui qui l'avait encouragée à commencer une nouvelle vie. Adham était indubitablement quelqu'un de sérieux, à défaut d'être courageux. Il serait prêt à tout pour la rendre heureuse. Mais s'il apprenait toute la vérité sur ce qui lui était arrivé, il risquait de prendre peur. Il ne comprendrait pas les raisons qui l'avaient incitée à agir ainsi, à l'instar de Trahern. Il la verrait comme une femme souillée, comme une paria. Alors, rester ainsi à côté d'Adam, c'était un peu comme un mensonge. Plus elle restait là, plus son malaise s'accroissait.

Les femmes commençaient à ranger les reliefs du repas et Morren en profita pour souhaiter bonne nuit à son compagnon. Elle devait aider aux tâches communes, comme tout le monde. Elle s'empressa de se mêler au groupe des femmes, mais elle resta consciente le reste de la soirée des regards fugitifs qu'il posait sur elle, comme pour la surveiller.

Quand elle suivit les femmes dans la hutte qui leur était réservée, elle vit Trahern quitter sa place auprès du feu. Déjà, les hommes se répartissaient dans les deux autres huttes tout en discutant de leurs projets de travaux pour le lendemain.

Il avança vers elle, puis s'arrêta net. Leurs regards se croisèrent une brève seconde. Morren éprouva soudain l'envie de se cacher, de disparaître.

Mais il avança encore de quelques pas, s'arrêtant à une distance respectueuse.

— Je suis confus de ce qui s'est passé tout à l'heure, Morren. Je n'aurais pas dû.

— Tout va bien, Trahern, allons dormir...

Elle ne voulait entendre ni regrets ni excuses pour ce baiser.

Le regard de Trahern s'assombrit.

— Non, tout ne va pas bien. Et je voulais que vous sachiez que cela ne se reproduira pas.

Son ton était dur, tranchant comme le froid de la nuit. Ne sachant que répondre, Morren se contenta de hocher la tête. Un inexplicable sentiment de tendresse monta du fond d'elle-même. Ils se connaissaient à peine, et cependant, un lien les unissait : celui de la douleur.

— Je comprends, murmura-t-elle. Pour vous aussi, être à Glen Omright ce soir est une épreuve. Vous pensez à Ciara…

Elle plongea son regard dans le sien, désireuse de lui faire sentir sa compassion.

Et, quand il tourna le dos, elle essuya furtivement la larme qui coulait sur sa joue.

Jilleen se réveilla brusquement. Morren pleurait encore. Sa sœur avait-elle conscience qu'il en était ainsi toutes les nuits ? Si ce qui lui était arrivé avait été son destin, à elle, Jilleen souffrirait-elle de cet inépuisable tourment ? Nuit après nuit, jour après jour ?

Un terrible sentiment de culpabilité, maintenant familier, se dressa devant ses yeux comme une ombre terrifiante.

C'est ma faute, se répéta-t-elle pour la millième fois. *Rien de tout cela ne serait arrivé si je ne m'étais pas laissée attraper par les Vikings.*

Cette nuit-là, les flammes étaient montées très haut dans le ciel noir, brûlant totalement les huttes et les granges. Une odeur de cendre et de sang s'était bientôt répandue dans l'atmosphère. Et, quand les Vikings s'étaient emparés d'elle, les cris des mourants avaient noyé ses appels au secours.

Mais Morren l'avait entendue, elle. Sans armes et sans défense, elle avait fait face aux assaillants et s'était proposée en ultime sacrifice. Grâce à son choix, Jilleen en était sortie indemne.

Des larmes tièdes coulaient sur ses joues. Elle s'était montrée si lâche. Incapable même d'aller chercher du secours. N'aurait-elle pu au moins s'emparer d'une arme pour tuer l'un de leurs assaillants ?

Elle prit la main de sa sœur et la serra convulsivement. Aussitôt Morren tourna vers elle un regard inquiet.

— Que se passe-t-il, Jilleen ?

— Tu pleurais, tu appelais dans ton sommeil, Morren. Encore un de tes cauchemars ?

Morren hocha la tête.

— Et toi ? Tu n'arrives pas à dormir ?

— Si… C'est juste que… Que je me fais du souci à ton sujet.

Morren l'étreignit fiévreusement.

— Tu n'as plus besoin de t'inquiéter pour moi, ma chérie. Nous sommes en sécurité, désormais.

Mais Jilleen savait que ce n'était pas suffisant. Tant que les cauchemars de Morren subsisteraient, rien ne serait comme avant. Et si elle pouvait aider sa sœur d'une quelconque manière, elle le ferait, sans aucune hésitation.

Un étrange sentiment de puissance l'envahit, remplaçant sa peur. C'était peut-être ça, le vrai courage. Non pas l'absence de peur, mais la détermination à agir, au lieu de fuir en avant.

Elle s'étira dans le lit, flanc contre flanc avec Morren, se sentant soudain beaucoup mieux. Il était clairement impossible de revenir sur le passé. Mais peut-être pourrait-elle faire quelque chose pour changer l'avenir.

Cette nuit-là, Trahern ne parvint pas à dormir. Il contemplait depuis des heures le plafond de la hutte, pensant à Morren. Il aurait tellement voulu qu'elle retrouve la paix après ce qu'elle avait vécu.

Éprouvant le besoin de respirer l'air frais, il enfila prestement ses chaussures et sortit. Il traversa les ruines silencieuses, éclairées par un rayon de lune. Une odeur de brûlé flottait encore dans l'air froid, tenace et entêtante.

Quand il atteignit la limite nord-est des remparts, un son éveilla son attention. Le bruit lointain, étouffé, des sabots d'un cheval. Un cavalier solitaire chevauchait dans les collines.

Personne n'était censé être dehors à pareille heure de la nuit. À moins que ce ne soit un voyageur égaré allant demander l'hospitalité au monastère ? Pourtant, son instinct lui disait qu'il s'agissait d'un intrus.

Il retourna furtivement à la hutte pour y prendre son épée, réveillant malgré lui Gunnar qui bondit sur ses pieds.

— Qu'est-ce que c'est ?

— Il y a un cavalier dehors, dit Trahern à voix basse pour ne pas déranger les autres. Je vais voir ce qui se passe.

Gunnar s'empara aussitôt de son arme, une version légère de la hache de combat.

— Je viens avec toi.

Il suivit Trahern jusqu'à l'endroit où celui-ci avait entendu le bruit la première fois.

Le temps parut s'étirer interminablement.

Puis Trahern perçut un léger craquement, à quelques mètres à peine. Mais le bruit était étouffé.

Et soudain il comprit.

Le souterrain.

Un frisson d'excitation le parcourut. Il était plus que probable que l'intrus était venu chercher les pièces jadis cachées là. Il alluma une torche à l'un des feux de la cour et se dirigea vers l'entrée intérieure du souterrain, maintenant dégagée.

— Attends-moi ici, chuchota-t-il à son compagnon.

Il préférait affronter son ennemi seul, Gunnar servant de sentinelle à l'arrière et prêt à intervenir.

Trahern descendit précautionneusement l'échelle, silencieux comme un chat. Gunnar, debout au-dessus de l'entrée, tenait la torche d'une main, évitant d'en laisser la lumière pénétrer dans l'orifice, et sa hache de guerre de l'autre.

Sous terre, l'air était glacé et, posant la main sur les parois, Trahern sentit le givre sous sa paume. Il se mit à avancer lentement, brandissant son glaive.

Le bruit des pas s'approchait, sans ralentir, comme si l'inconnu connaissait exactement l'endroit où se trouvait l'argent. Trahern gardait le dos tourné contre le mur, sur la défensive. L'obscurité était complète et il attendit que le bruit se précise. L'homme atteignait maintenant le coffret encore ouvert sur le sol de terre battue. Trahern l'entendit pousser une exclamation. Il venait de découvrir qu'il était vide.

Plus aucun doute. L'intrus était lié au raid.

Se jetant en avant, il propulsa l'homme contre la paroi opposée. L'individu poussa un grognement et le coffret s'écrasa à ses pieds. Le prenant à la gorge, Trahern le poussa sur le sol où il l'immobilisa. Puis il l'assomma d'un coup de poing bien senti.

— Viens nous éclairer avec ta torche, appela-t-il à l'intention de Gunnar. Je veux voir sa face de rat.

Aussitôt, la flamme illumina l'étroit passage. Saisissant l'homme par les cheveux, Trahern lui tourna la tête vers la lumière.

Ce n'était pas l'un des O'Reilly, ni un moine du monastère. Pas davantage un Dalrata, du moins parmi ceux que Trahern connaissait. Mais une chose était sûre, il s'agissait bien d'un Viking.

Trahern le hissa sur son épaule et entreprit de remonter l'échelle. Sous le poids, l'un des barreaux céda.

— Aide-moi, Gunnar, enjoignit-il. Sors-le de là.

Le saisissant par les aisselles, Gunnar traîna leur proie hors du souterrain.

— Le connais-tu ? demanda Trahern dès qu'ils furent dans la cour.

À son tour, Gunnar se pencha sur l'intrus dont Trahern éclairait le visage.

— Encore jamais vu. On dirait un Danois.

Une voix calme, étrangement lointaine, les interrompit :

— Moi, je le connais.

Se retournant brusquement, Trahern vit Morren debout sur le seuil de la hutte des femmes. Elle les regardait, les yeux élargis, le visage aussi gris que la cendre.

Avant même qu'elle en ait dit davantage, il avait compris.

— Il faisait partie des raiders, ajouta-t-elle en étreignant le chambranle de la porte d'une main aux jointures blanchies. C'est un de ceux qui...

10

Trahern assena à l'homme un coup de poing à l'estomac qui le fit tomber à terre. Puis avec l'aide de Gunnar, il lui attacha les mains derrière le dos tandis que Morren restait là, les yeux écarquillés, tremblant de tout son corps. Du sang coulait du nez du Norrois et, quand il reprit conscience, il se débattit comme un animal furieux mais comprit vite que ses efforts pour se libérer étaient vains.

Bien qu'elle ignorât son nom, Morren reconnaissait parfaitement son visage. Elle avait le sentiment étrange de s'être dédoublée, comme si son corps n'était plus qu'une ombre sans chair tandis que son esprit hurlait sa douleur. Elle avait lutté pendant des mois pour refouler tout ce qui concernait le raid.

Mais dès qu'elle avait vu l'intrus, tous les souvenirs avaient reflué en masse.

Une bile amère lui remonta dans la gorge et elle lutta contre une violente nausée. L'individu qu'elle avait sous les yeux était l'un des deux hommes qui la tenaient plaquée sur le sol pendant que leur complice était occupé à la violer.

Elle se mordait si fort les lèvres pour ne pas crier qu'elle avait dans la bouche le goût âpre du sang.

Trahern poussa sans ménagement leur prisonnier jusqu'à une poutre à laquelle il l'attacha solidement.

— Mais je n'ai rien fait de mal, protesta l'intrus. J'étais perdu et je cherchais un abri.

Menteur ! protesta-t-elle. Mais aucun son ne sortit. Elle ne pouvait plus parler. Elle respirait à peine.

— Tu fouinais dans les resserres du souterrain, accusa froidement

Trahern en arrachant la bourse que l'homme avait à sa ceinture, pour y chercher... cela !

Il fit glisser dans sa main les pièces d'argent qu'elle contenait.

Morren aurait voulu rester figée sur place, se volatiliser dans la nuit. Mais, malgré elle, ses pas la conduisirent plus près. Elle voulait l'affronter. Se prouver à elle-même autant qu'à lui qu'elle était assez forte pour cela.

Quand elle émergea dans la lumière vacillante des torches, il la vit enfin. Un léger sourire retroussa ses lèvres et son regard s'étrécit.

— Où sont les autres ? demanda Trahern. Parle !

Comme l'homme ne répondait pas, un nouveau coup de poing lui fendit la lèvre.

Malgré son dégoût, Morren avança encore d'un pas. Ses ongles s'enfonçaient dans la paume de ses mains.

Trahern leva une main pour l'arrêter.

— Vous n'êtes pas obligée d'assister à cela, Morren. Rentrez dans la hutte.

Il avait un regard dur, minéral. Et Morren sut que l'homme allait mourir. Ils allaient l'interroger jusqu'à ce qu'il parle. Puis ils l'achèveraient. Pour le fiancé de Ciara, l'heure de la vengeance avait sonné et il était prêt à aller jusqu'au bout.

Gunnar se tourna vers elle.

— Allez chercher le chef. C'est à lui de décider du sort de cet homme.

— Non, décréta Trahern d'une voix implacable. Cet individu a tué Ciara et il m'appartient.

Ce n'était pas lui, Morren le savait. Mais elle ne parvint pas à ouvrir la bouche. Sa terreur se transformait en quelque chose de terrible qui, bouillonnant en elle, la transformait complètement.

Ce qu'elle éprouvait maintenant, c'était une fureur froide à l'encontre de la brute sans âme qui l'avait souillée dans son intimité, blessée à jamais. Qui avait joui de son corps sans se soucier de son innocence. Lui et ses complices lui avaient fait vivre la pire épreuve qu'une femme puisse subir.

Et, s'il le pouvait, nul doute qu'il recommencerait.

Il ne méritait pas de vivre.

Elle aurait voulu le frapper, le faire souffrir comme elle avait souffert.

— Où est ta tribu ? demanda Trahern.

Le sang coulait sur le cou du raider mais il ne répondit pas.

Lançant un regard lourd de sens à Morren, il donna un violent coup de pied à l'entrejambe de leur ennemi. L'homme hurla de douleur. Il ne se cachait pas qu'il avait voulu l'émasculer délibérément, la vengeant par là où il l'avait offensée.

— Gall Tir, lâcha-t-il d'une voix étranglée.

Cette station viking était loin d'ici, plutôt du côté du domaine de la famille de Trahern, à Laochre, à proximité de Port Laïrge.

Étrange. Pourquoi cet individu était-il si loin de son clan ? Morren n'en voyait pas la raison.

Reculant d'un pas, Trahern laissa le raider reprendre son souffle. Toute cette agitation avait fini par attirer l'attention des autres occupants du *cashel*. Des têtes étonnées surgissaient à la lueur des torches, des murmures commençaient à s'élever.

On savait maintenant qui était l'intrus. Mais on ignorait la raison de sa présence. Était-il revenu seul sur le lieu de son forfait ou d'autres raiders l'avaient-ils accompagné ? Se penchant vers Gunnar, Trahern échangea quelques mots avec lui. Aussitôt, celui-ci alla ordonner à quelques-uns de ses compatriotes de fouiller le terrain.

Quand Morren aperçut le visage livide de sa sœur dans la pénombre, son sang ne fit qu'un tour. Jilleen regardait le Viking à terre, les yeux exorbités. Des larmes se mirent à couler silencieusement et, lentement, elle s'approcha de Trahern.

Tout arriva si vite que Morren ne comprit que trop tard l'intention de la fillette. En un éclair, Jilleen avait saisi le coutelas que Trahern portait toujours à sa ceinture et bondissait sur le raider.

Trahern tendit le bras pour l'arrêter. Mais trop tard. Le coutelas était planté dans la gorge de l'homme dont la vie sortait à gros bouillons de son sang.

Morren contemplait la scène, figée sur place. Jilleen se jeta sur elle, lançant ses bras autour de sa taille. Elle tremblait de tous ses membres.

— Je suis désolée, Morren. C'était ma faute, cette nuit-là. Je regrette tellement...

Morren se mit à la bercer doucement, lui caressant les cheveux.

Derrière elles, on entendit un bruit sourd. Le raider venait de tomber sur le côté, mort.

— Que va-t-il arriver à Jilleen ? demanda Trahern d'une voix calme au chef des Dalrata qui hocha lentement la tête.

Jilleen avait commis un meurtre, et ce devant plusieurs témoins. Le chef des Vikings appliquerait-il les lois des Juges[1] ? Si c'était le cas, Jilleen devrait payer le prix du sang et compenser auprès de sa famille la mort du raider par sa propre mort.

Mais, étant donné les crimes du jeune Danois, cela ne serait probablement pas nécessaire. Pas un de ceux qui étaient au *cashel* cette nuit-là ne regretterait sa mort. Étant donné le nombre de vies qu'il avait prises, il devrait payer ses fautes en Enfer jusqu'à la nuit des temps.

— L'acte dont cette jeune fille est responsable est tout à fait clair, décréta Dagmar. Elle vient de commettre un meurtre.

— Cet homme faisait partie de la bande de raiders qui a attaqué le *cashel* au printemps, expliqua Trahern. Il a pillé, tué et violé. Plusieurs personnes ici présentes peuvent en témoigner.

— Cela se peut. Nous nous réunirons demain matin en assemblée et déciderons de son châtiment. Pour ce soir, elle restera enfermée dans la hutte où nous avons rangé le matériel avec deux femmes qui la garderont.

— Ce n'est qu'une enfant, rétorqua Trahern. Une fillette de treize ans qui a vu plus de violences en une seule nuit que la plupart dans toute une vie.

Il n'évoqua pas ce qu'avait enduré Morren, par respect pour elle. Mais, à dire vrai, si Jilleen n'avait pas tué le raider, lui, Trahern, l'aurait fait de ses propres mains. Sans aucune hésitation.

— Il est tard, MacEgan. Et dans notre société, personne n'a le

1. Les lois des Juges, ou *Brehon Laws* en anglais, ont régi la vie politique et sociale en Irlande jusqu'à l'invasion normande en 1171. Ces lois très anciennes (VIe au XIXe siècles) reflètent à la fois les valeurs de l'Irlande préchrétienne et l'influence du christianisme.

droit de se faire justice soi-même. Nous reparlerons de tout cela demain matin.

— Il faut enterrer cet homme, remarqua encore Trahern, ou rapporter son corps à Gall Tir et débusquer ses complices pour qu'ils reçoivent eux aussi le châtiment qu'ils méritent.

Dagmar fronça ses sourcils touffus.

— Ce n'est pas notre combat.

— T'ai-je demandé quelque chose ?

Craignant de perdre le contrôle de lui-même, Trahern tourna les talons et s'éloigna. On était encore à quelques heures du lever du soleil mais la colère qui courait dans ses veines tel un torrent tumultueux lui ôtait toute envie de dormir.

Lorsque Morren avait reconnu le raider, il avait lu dans ses yeux qu'elle revivait son cauchemar. Il aurait voulu la réconforter, l'assurer de sa protection, mais, sur le moment, sa principale préoccupation était d'obtenir des informations.

Le raider avait dit venir de Gall Tir, une station viking à quelques miles seulement des terres de sa famille. Pourquoi lui et ses complices étaient-ils venus de si loin ? Quelqu'un avait-il loué leurs services ?

Et qui diable cela pouvait-il être ?

Trahern avait besoin de trouver les réponses à ces questions. Et il avait bien l'intention de traquer ces hommes jusque dans leur repaire. Certes, ce n'était pas la saison idéale pour voyager mais l'hiver n'était pas encore là.

Il pouvait recruter des hommes parmi les O'Reilly, qui avaient eux aussi à venger les leurs. Le frère de Ciara, Aron, viendrait peut-être. Il passa en revue les hommes susceptibles de le suivre, échafaudant déjà un plan d'action.

Comme il regagnait la hutte des hommes, il aperçut la mince silhouette de Morren près du mur d'enceinte. Elle lui tournait le dos, mais, au vu des soubresauts qui secouaient ses épaules, il comprit qu'elle pleurait.

Sans hésiter, il franchit en quelques foulées la distance qui les séparait et la prit dans ses bras. Elle continua à sangloter, inondant de larmes sa tunique.

— Que va-t-il arriver à Jilleen ? s'enquit-elle enfin, levant vers lui ses beaux yeux gonflés de larmes.

— Rien, assura Trahern d'une voix vibrante de certitude. Je ne permettrai pas qu'il lui arrive quoi que ce soit.

Lui caressant doucement les cheveux, il la cala confortablement contre lui.

— Elle est tout ce qui me reste, Trahern, murmura-t-elle en s'écartant enfin pour s'essuyer les yeux. Je ne supporterai pas qu'on lui fasse du mal… Mais je ne pourrai pas l'approcher, avec toutes ces femmes autour d'elle !

Lui prenant la main, Trahern la reconduisit à sa hutte.

— Je vais leur parler. Faites-moi confiance.

— Je ne comprends pas pourquoi elle a agi comme ça. Jamais elle n'a fait de mal à quiconque. Jilleen a toujours été une enfant si douce, si discrète…

L'angoisse contenue dans sa voix serrait le cœur de Trahern. S'arrêtant de marcher, il souleva sa main dont il baisa la paume.

— Elle vous aime, Morren. Là est la réponse.

— Et je l'aime, moi aussi. Mais jamais je ne lui aurais demandé de commettre un tel acte.

— Vous vous êtes sacrifiée pour elle. Ne pensez-vous pas qu'elle est capable d'en faire autant pour vous ? Elle a voulu punir le raider pour ce qu'il a fait.

— J'étais tellement en colère, admit Morren. Je ne savais pas à quel point jusqu'à ce que je l'aie reconnu. Oserai-je avouer que je suis heureuse qu'il soit mort ?

— Moi non plus.

Elle parut réaliser au bout d'un certain temps qu'elle tenait toujours sa main. Sa rougeur s'accrut dans la lumière de la torche et elle le relâcha.

— Vous allez les pourchasser, n'est-ce pas ? insista-t-elle encore. Jusqu'à Gall Tir ?

Trahern inclina la tête.

— Sitôt que j'aurai rassemblé assez d'hommes pour venir avec moi.

— Je veux vous accompagner.

Trahern se serait plutôt coupé une main que de faire encourir le moindre danger à la jeune femme.

— Non. D'autres que vous, qui les ont vus, pourront les reconnaître. C'est trop dangereux.

— Croyez-vous qu'ils les reconnaîtront ? J'en doute. La nuit était particulièrement sombre et l'attaque a été si rapide ! Tous les hommes étaient occupés à éteindre les feux.

Elle se redressa, carrant les épaules, comme pour se convaincre elle-même.

Mais Trahern secoua la tête.

— Restez ici avec les vôtres et participez à la reconstruction de votre *cashel*. Laissez Adham vous protéger.

Il savait qu'il avait raison. C'était l'attitude la plus raisonnable pour Morren. Elle resterait au sein de son clan, auprès d'un homme qui prendrait soin d'elle. Et qui pourrait l'aimer.

Mais, tout au fond de ses entrailles, Trahern était intimement convaincu qu'un homme comme Adham O'Reilly ne pouvait avoir assez de courage ni assez de finesse pour apprécier Morren à sa juste valeur.

— Je n'ai pas l'intention de laisser Adham ou qui que ce soit d'autre me courtiser, trancha Morren. Je vous accompagnerai à Gall Tir parce que j'ai le droit de réclamer justice, tout comme vous. Cela fait assez longtemps que j'attends ce moment-là.

Elle poursuivit, le dardant de son regard sans ciller :

— Je veux les regarder droit dans les yeux et leur dire qu'ils ne m'ont pas détruite. Je veux les voir châtiés. Et quand ce sera fait, les cauchemars cesseront.

— Cette nuit où je suis arrivé, vous avez eu un fils, annonça-t-il tout à trac, éprouvant le soudain besoin de tout lui dire.

Morren le dévisagea, les yeux pleins de larmes. Il reprit, sentant lui-même ses yeux le brûler :

— Il était trop petit pour survivre. À peine plus large que la paume de ma main. Je l'ai baptisé avec un peu d'eau et j'ai dit une prière pour son âme.

Il acheva dans un souffle :

— Il est enterré dans les bois, près de la hutte.

Des larmes silencieuses coulaient sur le visage de Morren et il la prit dans ses bras. Beaucoup étaient morts la nuit du raid, nombreuses étaient les femmes qui avaient dû subir le même outrage que Morren, mais il sentait sa douleur comme si elle était sienne.

— J'ai bien cru mourir, cette nuit-là, chuchota-t-elle.

Prenant le visage de la jeune femme entre ses mains, Trahern posa son front contre le sien.

— Mais vous avez eu la force de vous battre.

Il resta ainsi une longue minute, le visage de Morren tout près du sien. Son odeur le pénétrait comme la rosée de l'aube en été.

Les bras de sa compagne s'enroulèrent autour de son cou. Elle le serrait contre elle comme pour tirer de lui la force de continuer. Et, en l'étreignant, il n'avait pas l'impression de trahir Ciara. Morren avait besoin de lui et il n'y avait nul péché à cela.

Mais, la tenant ainsi contre son corps, quelque chose s'émouvait doucement en lui. Il n'avait plus envie de la laisser partir. C'était une jeune et jolie femme, infiniment désirable et qui avait perdu autant que lui, sinon davantage.

Et quand elle leva son visage vers lui, Trahern éprouva de nouveau le besoin de l'embrasser. Sa bouche couvrit la sienne, y cherchant à apaiser sa douleur. Lui offrant ce qui restait de son être brisé.

D'abord hésitante, puis soudain plus assurée, elle lui rendit bientôt ses baisers. Comme une pluie douce, sa bouche fraîche commença à apaiser une soif que Trahern ignorait éprouver.

Il lui avait promis qu'il ne s'abandonnerait plus ainsi. Pourtant, il ne se sentait pas coupable. Ce baiser n'avait pas obéi à une pulsion sexuelle. Il ne voulait que lui offrir un peu de réconfort. Sa raison lui intimait d'interrompre cette étreinte avant qu'il ne s'oublie davantage. Mais s'il repoussait Morren maintenant, elle pourrait croire qu'elle ne lui plaisait pas. Qu'elle lui répugnait, peut-être.

Grand Dieu. Loin de là ! Trahern goûtait ses lèvres, la douceur de sa langue. Ciara n'avait jamais fait montre d'un grand savoir-faire dans ce domaine. Elle le provoquait gentiment, le gratifiait d'un rapide baiser avant de le serrer dans ses bras. Ce qu'elle appréciait en lui, c'était la force avec laquelle il l'emportait soudain à l'écart, dans un endroit clos, afin de l'aimer. Cette force dont elle attendait amour et protection.

Avec Morren, c'était différent. Elle semblait avoir besoin de ses baisers, comme pour chasser les ténèbres dans lesquelles elle avait été engloutie. Il la laissa l'embrasser aussi longtemps qu'elle le désirait, répondant à son élan avec douceur.

Les mains de Morren montèrent jusqu'à son crâne, caressèrent ses cheveux, qui commençaient à repousser.

Puis, le relâchant soudain, elle constata :

— C'est plus doux que je ne l'aurais cru. Vos cheveux, je veux dire...

Ses lèvres étaient gonflées, ses joues colorées. Mais elle le regardait franchement.

Et il ne sut quoi répondre.

— Vous devriez les laisser repousser, Trahern. Cela vous allait bien.

Il n'était pas sûr de le vouloir. Pas avant d'avoir accompli la mission qu'il s'était imposée. Il fallait d'abord faire vengeance.

Paraissant sentir sa réticence, elle laissa tomber ses deux mains, et, ce faisant, frôla son corps. Elle pâlit en comprenant la réaction que ses baisers avaient provoquée.

— Ne dites rien, balbutia-t-elle. C'est moi qui ai voulu que vous me preniez dans vos bras. Vous n'avez pas rompu votre promesse... Tout est de ma faute.

Il planta son regard dans celui de la jeune femme.

— Non. Mais voilà une raison de plus pour que vous ne m'accompagniez pas. Je dois me concentrer sur ma tâche.

Plus il restait auprès d'elle, plus il sentait s'enflammer un désir sensuel dont il ne voulait pas.

La pâleur de Morren s'accrut encore mais elle ne recula pas.

— Avec vous, je me sens en sécurité, Trahern. J'en oublie presque ce qui s'est passé.

Elle baissa les yeux sur le sol et ajouta dans un souffle :

— Mais je comprends parfaitement que ma présence vous indispose. Vous répugne, peut-être. Ces hommes ont...

Fouetté par une soudaine colère, Trahern l'interrompit :

— Croyez-vous vraiment que je vous méprise à cause de ce que ces gredins vous ont fait ?

— Non, mais...

— Je vous ai embrassée parce que vous étiez en souffrance. Parce que je voulais que vous sachiez que, en dépit de ce qui est arrivé, vous êtes une jolie femme qui mérite de fonder une famille et de trouver le bonheur.

Il se passa rageusement la main sur le crâne et poursuivit :

— Et je m'en veux car je suis ici pour venger la mémoire de Ciara. Mais son image s'estompe chaque jour davantage et je n'aime pas ça. J'ai l'impression de la trahir parce que, quand vous êtes avec moi, je ne peux plus penser à elle.

Elle le dévisagea, stupéfaite. Puis, tendant la main de nouveau, elle caressa son crâne, ses joues hérissées de barbe naissante, ses lèvres.

— Je suis navrée, murmura-t-elle enfin. Pour nous deux.

Quel idiot il était ! Pourquoi diable attacherait-elle de l'importance à ce qu'il racontait ?

Il lui prit la main et répondit, choisissant ses mots avec soin :

— Moi aussi. Vous ne pouvez savoir à quel point.

— Cela fait très longtemps qu'un homme ne m'a pas embrassée, reprit-elle, mal à l'aise mais se contraignant à aller jusqu'au bout de sa pensée. Et, jusqu'à maintenant, je ne supportais plus qu'on me touche.

Jusqu'à maintenant ? Ces mots éveillèrent en Trahern une étincelle d'intérêt. Mais avant qu'il ne trouve les mots pour lui répondre, elle s'écarta.

— Et je vous rends grâce pour cela..., conclut-elle.

Puis, rajustant son *brat* autour de ses épaules, elle s'enquit :

— M'aiderez-vous à voir Jilleen ? Je veux être auprès d'elle cette nuit.

Et le moment privilégié s'évanouit, comme si rien n'avait eu lieu de particulier. Trahern hocha la tête et la raccompagna vers la hutte des femmes.

Sans un regard. Sans même s'attarder sur ce qui venait de se passer.

Il n'y avait aucune raison d'y attacher une quelconque importance.

11

Elle ne saurait jamais comment Trahern y était parvenu, mais il avait tenu parole. Grâce au talent de persuasion de Katla, ils avaient pu pénétrer dans la hutte et, tandis que Trahern dormait sur le seuil, gardant l'unique issue, les deux sœurs avaient pu rester ensemble, dans les bras l'une de l'autre, jusqu'à l'aube.

Dès l'entrée de Morren, Jilleen, blottie dans un coin de la hutte, avait levé son petit visage aux yeux immenses vers elle.

— Je ne regrette pas ce que j'ai fait.

— Chut ! Ne parlons pas de cela maintenant, avait protesté Morren en lui prenant les mains. Essaie de dormir, si tu le peux.

Le regard de Jilleen n'avait plus rien de l'innocence d'une fillette de treize ans. Rassemblant ses genoux sous son menton, elle planta son regard dans celui de sa sœur.

— Je suis contente qu'il soit mort.

S'accroupissant, Morren écarta une mèche de ses cheveux.

— Celui-là au moins ne pourra plus nous faire de mal.

La bouche de Jilleen trembla.

— J'aurais dû courir plus vite cette nuit-là, dit-elle en se tordant les mains. S'ils n'avaient pas réussi à m'attraper, nous nous en serions sorties toutes les deux saines et sauves.

Morren refoula ses larmes.

— Ce n'est pas ta faute, ma chérie. Tu ne pouvais rien faire.

— Si. Je n'ai pas su leur échapper. Mais maintenant, j'ai enfin pu agir pour me faire pardonner.

Elle vit Trahern traverser la pièce. Il la dominait de toute sa taille, mais, loin d'être menaçante, sa présence était infiniment rassurante.

— Ce n'était pas à toi de le tuer, Jilleen. Même si je comprends ton désir de venger ta sœur.

Elle le dévisagea tandis qu'une légère rougeur colorait son visage. Trahern s'agenouilla devant elle pour ne pas l'intimider. Il jeta un coup d'œil à Morren qui comprit qu'il voulait aider la fillette.

— Quand mon frère cadet Ewan était gamin, il nous suivait mes frères et moi absolument partout, se mit à raconter le jeune homme. Que ce soit une bonne galopade à travers la lande ou un dangereux rassemblement de troupeau, il voulait être là.

Il avait pris sa voix de conteur d'histoires et Morren vit qu'il avait conquis l'attention de Jilleen.

— Nous étions plus que des frères. Des amis aussi. Et puis un jour, ou plutôt une nuit, il y a une dizaine d'années, nous avons dû faire face à une attaque de Vikings. Des douzaines d'archers à cheval, protégés par des cottes de maille, nous ont attaqués. C'est cette nuit-là que notre frère aîné, Liam, a été tué.

L'émotion qui fit un instant faiblir la voix de Trahern fut presque imperceptible, mais Morren la sentit.

— Et vous avez essayé de le sauver, intervint Jilleen d'une voix douce.

— En effet. Nous nous sommes tous portés à son secours, comme un seul homme. Mais aucun de nous n'a été assez rapide pour arrêter à temps le coup d'épée qui l'a transpercé et jeté à terre.

Morren ignorait tout de cette tragédie, car il ne parlait jamais de sa famille.

— Alors, dit encore Jilleen, vous avez voulu tuer les Normands.

— Oui. Mon frère Bevan, devenu l'aîné après la mort de Liam, était le plus enragé, car Liam était son compagnon de jeu depuis toujours. Il garda longtemps le désir de vengeance dans son cœur, le laissant grossir comme un ouragan, parce qu'il avait aussi perdu sa femme dans le combat.

Une larme coulait lentement sur la joue de Jilleen. Elle serra plus étroitement ses genoux sous elle. Morren écoutait, le cœur serré, consciente que Trahern ne parlait pas seulement de son frère.

— Bevan vivait chaque jour un peu plus enfermé dans sa peine.

Consumé par le chagrin et la haine. Et nous nous en voulions tous de n'avoir pas su protéger notre aîné.

La voix de Trahern n'était plus qu'un murmure tandis qu'il ajoutait, comme pour lui-même :

— Mais devions-nous lancer une attaque groupée contre la station viking la plus proche, au risque de perdre encore davantage des nôtres et de tuer des innocents ? Il fallait bien reprendre notre vie, devenir plus forts, créer des alliances. C'est là ce que Liam aurait voulu.

Morren serrait sa sœur dans ses bras, les yeux plongés dans les calmes yeux gris de son interlocuteur. Elle y lisait de la tristesse, mais aussi une sorte de résignation.

— Il faut que tu dormes un peu, dit-elle à sa sœur, la faisant s'allonger sur sa couche, la tête sur ses genoux.

Puis, quand les yeux de la fillette se furent refermés sur sa peine, elle posa la main sur l'avant-bras de Trahern dans un bref geste de remerciement. Après des pertes aussi graves que celle de son frère et de sa fiancée, pourrait-il lui aussi retrouver la paix ?

Et elle, le pourrait-elle ?

Le chef lochlannah, Dagmar, tint son assemblée le lendemain dès l'aube. Morren avait veillé sa sœur toute la nuit et des cernes mauves soulignaient son regard.

Les hommes s'étaient réunis au centre de la cour principale autour du raider, dont le cadavre, face dévoilée, regardait le ciel. Un par un, hommes et femmes défilèrent devant lui pour tenter de l'identifier.

Et tous les O'Reilly qui avaient été présents la nuit du raid s'accordèrent pour reconnaître en lui l'un des Normands qui les avaient attaqués. Avant que l'on ne recouvre de nouveau le corps, Trahern vit Gunnar retirer quelque chose de la ceinture du Viking. Son poignard, probablement.

— Il a eu ce qu'il méritait, décréta Adham O'Reilly. Et s'il était encore vivant, il devrait payer pour les dommages qu'il nous a fait subir.

Trahern attendit, immobile, que le brouhaha approuvant ces

dires se soit apaisé. Son regard s'adoucit en se posant sur la sœur de Morren, petite silhouette immobile et fière. Quand il parla, ce fut avec sa voix de conteur, cette belle voix profonde et musicale qui suscitait l'attention et savait créer l'émotion.

— Il est vrai que Jilleen O'Reilly n'aurait pas dû se faire justice elle-même. Mais il n'y a pas un homme ici qui, s'il l'avait pu, n'aurait pas voulu en faire autant.

Le chef leva la main pour l'interrompre :

— C'est à moi de parler d'abord, il me semble. Cette jeune fille mérite une sanction...

Morren serra plus fort la main de sa cadette tandis que Trahern faisait un pas en avant, prêt à intervenir de nouveau.

Mais Dagmar ajouta :

— Mais une sanction mineure. Elle n'aura pas à payer le prix du sang.

Il montra les bâtiments délabrés et dicta calmement sa sentence :

— Jilleen O'Reilly est condamnée à aider aux travaux de reconstruction du *cashel* aussi longtemps que ce sera nécessaire, et dans la mesure de ses moyens.

— Elle ne devrait pas lever le petit doigt pour cela, protesta Trahern. Jilleen est une victime, pas une coupable.

Dagmar marcha sur lui, le regard courroucé. Il prenait visiblement l'attitude de Trahern comme une insulte personnelle.

— Remets-tu en question mon jugement, Irlandais ? Et par là même les lois qui nous gouvernent ?

Mais Trahern n'en avait cure.

— On ne peut considérer une gamine de treize ans comme une meurtrière. Par contre, si nous ignorons les mobiles du raider, tous ont pu témoigner ici qu'il a bien participé à l'attaque et qu'il est donc responsable de tous les forfaits endurés par le clan O'Reilly cette nuit-là.

— Tout va bien, Trahern, intervint Jilleen.

S'interposant entre les deux hommes, elle les regarda l'un après l'autre.

— J'accepte mon châtiment. J'en suis fière, même. J'aiderai à la reconstruction de mon village.

La fillette glissa sa main dans celle de Trahern, comme pour le rassurer. Le chef le fusillait toujours du regard. D'un signe de tête, il donna enfin congé à Jilleen puis, reportant son attention sur le reste de l'assemblée, commença à débattre de la façon de faire venir plus d'hommes et de vivres au *cashel* pour accélérer les travaux.

Jilleen, se détachant de Trahern, retourna près de sa sœur. Quelques minutes plus tard, Katla les rejoignait. Elle scruta un long moment les deux femmes, sans mot dire. Entourant la fillette de son bras, Morren l'attira contre elle sans regarder la Norroise.

Et soudain, comme si elle avait eu la réponse à une question qu'elle n'avait pas posée, Katla se tourna vers Trahern et déclara tout à trac :

— Quand vous serez parti, je veillerai sur elles. Vous avez ma parole.

Son regard brillait de chaude compréhension, mais, à son crédit, elle eut la finesse de ne pas en dire davantage.

En tant que femme mariée, Katla avait la possibilité d'ouvrir sa maison et y recevoir des hôtes. Trahern avait la conviction que Morren et Jilleen y seraient bien reçues.

Pourtant, il hésitait encore. Il avait l'impression d'abandonner Morren et Jilleen comme il avait autrefois abandonné Ciara. Il avait beau faire, il ne parvenait pas à chasser un désagréable sentiment de malaise.

L'assemblée commença à se disperser, le chef reprenant lui-même avec quelques hommes le chemin de retour pour le *longphort*. Durant les heures qui suivirent, Trahern, Morren et Jilleen travaillèrent avec les autres pour achever les huttes.

Mais sa tâche n'empêchait pas Trahern de jeter de temps à autre un coup d'œil vers l'endroit où se tenaient les deux jeunes filles. Les cheveux couleur de blé mûr de Morren étaient soigneusement tressés et elle avait entouré son *brat* autour de ses épaules pour se protéger de la bruine qui tombait depuis le lever du jour. Il avait plu toute la nuit et le sol était couvert de boue.

Morren avait tenu à rester auprès de sa sœur mais, à sa manière de regarder vers les champs, il la soupçonnait d'avoir envie de reprendre le travail de fauchage qu'elle avait commencé la veille.

— Voulez-vous retourner faucher le reste du champ d'orge ? lui demanda-t-il. Nous pourrions demander aux autres de nous aider.

Cela exigerait d'eux encore quelques heures de travail mais, au moins, ce serait fini.

— Je ne veux pas quitter Jilleen.

— Mais je ne suis plus une enfant, Morren, protesta Jilleen. Tu n'as pas besoin de me surveiller sans cesse.

Morren leva vers elle un regard dubitatif que la fillette balaya d'un geste de la main.

— Tout ira très bien. Du reste, je préfère travailler ici plutôt que d'avoir de la boue jusqu'aux chevilles. Vas-y, toi, si c'est ce que tu veux.

Morren ne paraissait pas convaincue et il fallut le sourire encourageant de Katla pour qu'elle se décide.

— Entendu. Mais seulement pour un moment.

Elle tira son *brat* sur son front pour se protéger du vent et de la pluie et, prenant les faucilles au passage, Trahern essaya de susciter quelque enthousiasme parmi les autres membres du clan. En vain. Personne ne se souciait d'aller se crotter les pieds dans les champs pour récolter quelques épis d'orge alors qu'il y avait tant à faire dans l'enceinte du *cashel*. Si ce n'était la peur de Morren que leur maigre récolte pourrisse sur pied, Trahern aurait été bien tenté d'en faire autant.

Mais pour elle, ce qui se passait dans les champs était important. Il y avait une évidente connexion entre la jeune femme et les éléments naturels.

Quand ils eurent franchi la palissade, le sol se révéla moins glissant. L'herbe les empêchait de déraper. Ils se mirent chacun sur une ligne et commencèrent à travailler.

— Merci, dit soudain Morren au bout de quelques minutes.

Comme il tournait vers elle un regard étonné, elle précisa :

— Merci de m'avoir permis de passer la nuit auprès de Jilleen.

— Vous n'avez plus à vous inquiéter pour elle, Morren. Les autres vont veiller sur elle. Katla elle-même la considère comme sa propre fille.

Morren eut un sourire plein de compassion.

— Je sais qu'elle a perdu sa propre enfant. S'occuper de Jilleen est une sorte de réconfort. C'est comme si ma sœur avait retrouvé un vrai foyer.

— Et vous ? Pensez-vous que vous êtes de nouveau chez vous ?

Le sourire de Morren s'évanouit.

— Non, répliqua-t-elle en s'emparant d'une poignée d'épis dont elle trancha la tige d'un coup sec. Pas réellement. Tous ici pensent que je suis la même Morren qu'ils ont connue. Mais c'est faux.

Elle jeta l'orge sur le tas puis s'empara d'une autre poignée.

— Vous êtes plus forte, parce que vous avez survécu.

Le regard de Morren rencontra le sien.

— Pas tout à fait. Il m'arrive souvent de penser que, cette nuit-là, une part de moi a disparu à jamais.

S'appuyant sur sa faucille, Trahern l'observa un instant. Il cherchait ses mots avec soin, désireux de l'aider :

— Vous ai-je fait peur, hier soir, quand je vous ai embrassée ?

Lâchant l'orge qu'elle tenait à la main, elle s'immobilisa.

— Un peu.

— Pensiez-vous que je vous contraindrais à satisfaire mes désirs ?

Elle fit un geste de dénégation, sans parler.

— Parce que vous savez que je ne le ferai pas, observa-t-il en posant doucement une main sur son épaule.

La main de Morren couvrit la sienne, sa chaleur pénétrant sa peau. L'envie de la prendre dans ses bras s'empara de nouveau de lui. Il recula d'un pas, ne voulant pas l'inquiéter et son pied dérapa dans la boue. Il chuta lourdement sur son arrière-train.

— Fichue pluie, maugréa-t-il en se remettant aussitôt sur ses pieds, non sans enregistrer le rire étouffé de Morren.

— Vous feriez mieux de faire attention, ou vous aussi...

Il n'eut pas le temps d'achever sa phrase. Elle glissait à son tour, tombant la tête la première dans la meule. Elle se retourna en riant, bras et joues couverts de boue.

— Quel spectacle affreux ! On dirait que nous avons voulu prendre un de ces bains de boue, vous savez, dans cet endroit réputé, dans les marais.

Il se pencha pour l'aider à se relever.

— On se croirait plutôt sur un étang gelé. Faites attention.

— Ne me touchez pas, je suis couverte de boue des pieds à la tête, se défendit-elle.

Mais une étincelle joyeuse brillait dans ses yeux, qu'il n'avait encore jamais vue auparavant.

— Je ne crois pas que ce soit le bon jour pour les travaux des champs, décréta Trahern en jetant un regard autour de lui. De toute façon, nous avons fait l'essentiel. Il n'y a plus grand-chose à tirer de ce champ.

Mais Morren était une ouvrière zélée.

— Je vais terminer cela pendant que vous allez vous changer... Oups... !

Une fraction de seconde plus tard, elle dérapa de nouveau dans la boue et tomba à la renverse tandis que sa faucille, lui échappant des mains, filait droit sur lui.

— Jésus, souffla-t-il en se baissant juste à temps pour éviter la lame. M'en voulez-vous à ce point ?

Morren se redressa laborieusement, d'abord à quatre pattes, puis à genoux.

— Oh ! Je suis désolée... C'est un accident.

— Je sais que mon crâne a besoin d'un bon rafraîchissement. Mais je préfère une manière plus douce.

Trahern s'avança prudemment vers elle, la main tendue.

— Pas question de continuer à jouer de la lame, aujourd'hui ! Je tiens à la vie.

Morren essaya de prendre appui sur un pied pour se remettre debout mais glissa de nouveau, s'étalant cette fois de tout son long sur le dos.

— C'est sans espoir, se lamenta-t-elle. Je ne vois pas comment rentrer au *cashel* autrement qu'à quatre pattes. Tant pis pour ma dignité.

Posant prudemment le pied sur une touffe d'herbe pour y trouver un appui incertain, Trahern lui tendit une main secourable.

— Je vais vous aider.

L'extirpant de la boue, il la prit dans ses bras et entreprit de traverser le champ à pas prudents. Elle lui passa les bras autour du cou et se blottit contre son torse.

— J'aurais bien dû savoir que ce n'était pas un temps à travailler par ici.

— Cela dit, remarqua-t-il avec un rire contenu, ces peintures de guerre vous vont plutôt bien.

Elle rit doucement, elle aussi, et, quand ils parvinrent au bord du champ, se remit sur ses pieds avec grâce. Puis elle le parcourut de la tête aux pieds d'un regard horrifié.

— Il va falloir trouver le moyen de se laver. Jamais on ne nous laissera entrer dans les huttes dans cet état.

Il la regarda à son tour et une chaleur soudaine s'alluma dans ses reins. La boue avait plaqué les légers vêtements de la jeune femme sur son corps, moulant ses seins et ses hanches de manière suggestive. Ses cheveux humides s'étaient détachés, retombant en boucles humides sur ses seins.

Il se souvint de leurs baisers et de la sensation qu'il avait éprouvée quand elle avait glissé sa langue dans sa bouche. Jamais il ne l'avait vue aussi désirable.

Tournant les talons, il se dirigea tout droit vers la rivière. Ce qu'il lui fallait maintenant, et vite, c'était un bon bain glacé. Plongeant depuis la rive, il fendit l'écume d'un crawl rapide, avec la sensation délicieuse que l'eau froide nettoyait son esprit autant que son corps.

Morren le regardait avancer dans la rivière, étonnée d'un tel enthousiasme. Mon Dieu la rivière devait être glaciale ! Mais la boue commençait à durcir et si elle ne se décidait pas, elle ressemblerait bientôt à ses petites idoles de boue séchée avec lesquelles la guérisseuse du clan soignait ses patients.

Oserait-elle plonger à son tour ?

— Est-ce si froid que cela ? s'enquit-elle quand Trahern refit surface, des gouttelettes ruisselant sur son visage.

— Oui, beaucoup trop pour vous.

Il sortit de la rivière, ses vêtements détrempés plaqués sur son corps puissant.

Piquée dans son orgueil, Morren le brava du regard. Comment osait-il présumer de son courage ?

Elle laissa tomber son br*at* sur la rive et sauta dans l'eau, les pieds en avant. Le contact brutal avec l'eau glacée lui coupa la respiration. Elle refit surface, claquant des dents.

— Au nom de Danu[1], qu'est-ce qui vous a pris de faire une chose pareille ? hurla Trahern.

Retournant dans l'eau, il la rattrapa par les aisselles.

— Il-il fa-fallait que je-je me rince le visage et les-les cheveux.

— Mais l'eau est si froide que, ce matin, elle était presque gelée ! Vous auriez pu avoir une commotion.

Morren se dégagea.

— Je-je suis assez gr-grande pour savoir ce que je fais, articula-t-elle, claquant des dents.

Se penchant en avant, elle commença à se rincer les cheveux, avec des mouvements si lents qu'elle crut se transformer en statue. Trahern se mit à lui frotter le crâne à grands gestes rapides, l'aspergeant d'eau pour dissoudre la boue.

— Nous aurions pu vous faire chauffer une bassine. Vous n'étiez pas obligée de faire cela, grondait encore son compagnon, la faisant sortir de la rivière précipitamment.

Quand elle fut dehors, le vent glacé la fit trembler encore davantage. Trahern l'enveloppa dans son *brat* mais le fin tissu de laine d'agneau était bien impuissant à la protéger de la bise.

— À dire vrai, admit-elle, claquant des dents de plus belle, je ne pensais pas que c'était aussi froid. Cela n'avait pas l'air de vous déranger...

— Je suis plus corpulent et plus musclé que vous.

Tout en parlant, il la ramenait à grandes enjambées vers l'enceinte du *cashel*, traversant rapidement la vaste étendue herbeuse sans effort apparent. Morren se blottissait contre lui, essayant désespérément de saisir la moindre parcelle de chaleur émanant de son corps.

Il était presque arrivé à la poterne quand, s'arrêtant net, il la posa sans ménagement sur le sol.

Pensant qu'il manifestait ainsi sa réprobation, elle s'excusa encore en frissonnant.

— Je suis désolée. Je n'aurais pas dû me conduire ainsi. C'était stupide, vraiment...

1. Danu ou Dana est l'une des plus importantes déesses de la mythologie celtique. Aujourd'hui, c'est aussi un groupe irlandais de musique traditionnelle.

Mais ce qu'elle vit dans le regard de Trahern, ce n'était pas de la colère mais la flamme dure du désir. Le contrôle qu'il avait de lui-même était arrivé à son terme. Son regard la parcourait avidement, s'attardant sur sa poitrine, ses cuisses. Morren sentit la pointe de ses seins se durcir sous l'étoffe de sa robe, tandis qu'une douce chaleur se répandait dans son ventre.

Le regard de Trahern MacEgan éveillait en elle des sensations qu'elle croyait disparues à jamais.

Elle n'avait plus qu'une envie. Retourner dans ses bras. Retrouver l'abri chaud et rassurant de son torse.

— Excusez-moi, murmura Trahern en se rapprochant d'un pas.

Son crâne encore humide brillait sous la pâle clarté du ciel, son visage était blême sous la morsure du froid.

— De quoi vous excusez-vous, Trahern ?

La voix de Morren était enrouée, mais ce n'était pas à cause de son bain glacé.

— Pour cela.

Joignant le geste à la parole, il l'attira contre lui et lui prit brutalement les lèvres.

12

Un instinct primitif, irrésistible, attirait maintenant Trahern vers sa compagne. Il n'avait plus de pensée consciente mais savait, tout au fond de lui, qu'il avait tort d'agir ainsi.

Il s'attendait à ce que Morren le repousse. Il l'espérait, même. Il se comportait précisément comme les raiders qui s'en étaient pris à elle.

Mais sentir sa bouche contre la sienne, ses bras enroulés autour de son cou… C'était comme un baume apaisant pour son âme. Le corps souple de la jeune femme paraissait fait pour le sien et elle lui rendait ses baisers avec la même ardeur.

Il sentait la peau de Morren se réchauffer doucement au contact de la sienne et il resserra son étreinte.

Pourtant, son bon sens lui revint enfin et il la relâcha.

Elle le dévisageait intensément, son regard exprimant le même désir que le sien. Mais Trahern y lisait aussi de la peur. Et de la honte. Elle s'entoura de ses bras comme pour se protéger.

— Trahern…

— Chut ! Ne dites rien. Je suis désolé. Je n'aurais pas dû faire ça.

Il se passa nerveusement la main sur le crâne, se sentant aussi coupable qu'un criminel. Une fois de plus, il avait enfreint les règles

— Rentrez vite, lui enjoignit-il sans la regarder. Katla sera certainement à même de vous prêter des vêtements secs. Et vous pourrez vous réchauffer devant le feu. Je vais aller chercher notre récolte.

Comme il lui tournait brusquement le dos, désireux de jouir d'un moment de solitude, elle lui adressa un regard hésitant.

— On dirait que vous voulez mettre le feu au *cashel* à votre tour, remarqua-t-elle.

— Je commence à avoir froid, c'est tout. Allez vous réchauffer. Je vous rejoins.

Elle opina du chef, l'air dubitatif.

— Je rêve moi aussi d'un bon feu. Mais personne n'a apporté de vêtements supplémentaires et les vivres que le chef devait nous faire parvenir ne sont certainement pas encore arrivés.

Quand il pénétra dans la cour, il constata que Morren s'était trompée. Des vivres étaient arrivés mais pas de la part des Lochlannah.

Un groupe de quatre moines était venu de l'abbaye Saint-Michel accompagné du père abbé. C'était lui qui donnait les ordres pour distribuer les provisions et les vêtements.

Contre toute attente, Trahern sentit ses soupçons renaître. Les moines auraient-ils eu vent de la mort du Viking ? Il eut du mal à leur faire bonne figure.

Morren, en revanche, était déjà en train de discuter chaleureusement avec frère Chrysoganus. Après avoir adressé un bref salut au petit groupe, Trahern alla jeter leur récolte dans la grange sur le tas déjà haut puis se dirigea vers le feu allumé dans la cour, désireux de se réchauffer. Aron, le frère de Ciara, était déjà là, buvant une bière qu'il s'était lui-même servie au tonneau que les moines avaient apporté.

Aron le regarda, le visage fermé.

— Il paraît que tu nous quittes.

— Je retourne à Gall Tir, en effet. Je veux retrouver les autres.

— Et tu l'emmènes ?

Trahern savait qu'il parlait de Morren.

— Non… J'espérais que quelques-uns des O'Reilly m'accompagneraient.

— J'irai, moi, lança une voix sonore.

Gunnar Dalrata les rejoignit près du feu. Il fronça les sourcils en voyant les vêtements détrempés de Trahern.

— Que t'est-il arrivé ?

— Oh ! Juste une petite baignade, histoire de passer le temps.

Cette fois, Gunnar sourit franchement.

— Ah bon ? Par ce froid... Je suppose que si je passais quelque temps en compagnie de Morren O'Reilly, j'aurais besoin d'un bon bain glacé, moi aussi.

Son regard pétillait d'amusement et Trahern remarqua l'air furibond d'Aron.

— Tu ferais mieux de te taire, Lochlannah. Ça t'éviterait de faire montre de ton manque de cervelle.

Il n'avait pas fini sa phrase que la main de Gunnar le saisissait à la gorge. Le serrant sans ménagement, le jeune Viking le plaqua contre le mur.

— Je pourrais sans peine faire sortir la tienne de ton crâne, Irlandais.

— Laisse-le tranquille, Gunnar.

Trahern se rapprocha du jeune homme, prêt à intervenir. Le Norrois avait un fichu caractère qui pouvait lui jouer des tours. Mais il savait se révéler également très utile dans certaines circonstances.

— Tu peux venir avec nous, Gunnar. Mais à condition de n'exercer tes talents qu'à l'encontre de nos ennemis. Je n'ai pas besoin que tu t'en prennes au clan O'Reilly.

Aron, enfin libéré, se frotta la gorge.

— Je ne vois pas pourquoi tu voudrais avoir avec toi un de ces Norrois. Il retournera sa veste à la première occasion.

Trahern haussa les épaules. Il faisait autant confiance à Gunnar qu'à un bon nombre des O'Reilly. Avaient-ils su défendre Ciara et Morren ?

— Viens-tu avec nous, Aron ? se contenta-t-il de répéter.

Aron toussa.

— Remarque, je comprends que vous vous entendiez comme larrons en foire, tous les deux. Bon sang ne saurait mentir.

— Que veux-tu dire ?

Aron fit mine de s'en aller.

— Regarde-toi, Trahern, lança-t-il par-dessus son épaule. Tu as du sang lochlannah dans les veines, que tu le veuilles ou non.

— Je suis un MacEgan. De ce fait, il y a du sang norrois dans mes veines de la part de mon grand-père maternel, certainement mais...

Aron, qui se dirigeait vers l'une des huttes réservées aux hommes, s'arrêta net.

— Comme tu voudras. Mais reconnais que la ressemblance est frappante.

Avant que Trahern ait pu le rattraper, Aron était entré dans la hutte, où il savait retrouver les siens.

Trahern aurait pu le rejoindre et lui faire rentrer ses paroles dans la gorge. Mais à quoi bon ? Ce n'était que des mots, et il se refusait à y accorder le moindre crédit. Il savait que plusieurs MacEgan descendaient de mariages mixtes entre Irlandais et Vikings. Et, finalement, n'était-ce pas le meilleur moyen de mettre fin à toutes ces guerres ?

Il s'aperçut soudain qu'il pleuvait. Quand il se retourna, Gunnar le dévisageait, son regard bleu étincelant.

— Tu ne crois tout de même pas ce qu'il raconte ? s'étonna Trahern.

Gunnar soutint son regard.

— Non… Enfin, pas tout à fait.

— Par tous les saints, alors, pourquoi me regardes-tu comme cela ?

Gunnar haussa les épaules.

— Pour rien, MacEgan.

Mais dans son œil clair brillait une étrange lueur, comme un sous-entendu.

— Pour rien, répéta-t-il. Après tout, cela n'a aucune importance.

Cette fois, Trahern était sûr que Gunnar mentait. Mais pourquoi ? Tout cela le plongeait lui-même dans la plus grande confusion.

La pluie tomba toute la soirée, détrempant le sol. Les moines n'ayant pas pensé à apporter des vêtements pour les femmes, Morren était restée dans ses vêtements humides. Tout le campement leur était pourtant reconnaissant pour le pain frais et la viande. Le père abbé retourna au monastère avec deux de ses moines et frère Chrysoganus bénit le repas avec les formules consacrées, leur souhaitant à tous courage et succès pour leurs travaux.

Puis, alors qu'ils étaient rassemblés dans l'une des huttes autour du feu, la pluie continuant à tomber, il entreprit de leur raconter des épisodes des croisades destinées à délivrer Jérusalem.

— Chemin faisant, expliqua-t-il, ils chantaient la louange de Dieu et priaient pour que Le Très-Haut leur accorde la victoire contre les Turcs. Hélas ! Beaucoup sont tombés sur le champ de bataille et ont rejoint le Père Éternel.

Tandis que le moine leur exposait les mérites de ceux qui étaient morts pour leur foi, Morren vit Trahern s'agiter sur son siège. Plusieurs jeunes O'Reilly regardaient vers la porte, impatients de s'échapper.

Comme frère Chrysoganus s'interrompait à la fin de l'un de ses récits pour avaler une bonne goulée de bière, Morren s'approcha de Trahern et lui murmura à l'oreille :

— Si cela continue ainsi, le pauvre frère va se retrouver à parler dans le vide. Pourquoi ne nous raconteriez-vous pas l'une de vos histoires ? Parmi celles qui nous ont tant fait rire, l'an passé.

Il commença à faire un geste de dénégation, mais se penchant plus près, elle ajouta, sa joue effleurant la sienne :

— S'il vous plaît, Trahern ! Je crois que nous en avons tous assez d'entendre ces histoires de croisés.

Et, avant même qu'il ait pu l'en empêcher, elle se précipita vers le brave moine.

— Merci, frère Chrysoganus. Vous devez avoir faim après toutes ces histoires. Pourquoi Trahern ne prendrait-il pas la relève pendant que vous vous restaurez ?

Le visage du vieux moine se plissa en un bon sourire.

— Comme c'est gentil de votre part, ma fille.

Trahern la suivant du regard, l'air renfrogné. Certes, il y avait longtemps qu'il n'avait pas conté ses légendes au coin du feu. Mais elles devaient bien être encore là, dans les méandres de son cerveau, n'est-ce pas ?

Morren alla se rasseoir et lui fit signe de prendre place près du feu pour être au centre de l'attention.

En allant s'installer, Trahern jaugea l'assistance du regard, comme s'il déterminait le genre d'histoire susceptible de l'intéresser.

Il commença par la légende de Lug au Long Bras[1], sa riche voix de baryton remplissant aussitôt l'étroit espace. Il évoqua le long voyage que fit Lug pour rencontrer le roi Nuada. Et, tout de suite, il emporta l'auditoire dans un autre monde, constitué de légendes et de merveilles.

— Mais, avant que Lug, encore très jeune, obtienne le droit d'entrer dans le royaume, il fallait qu'il fasse preuve d'au moins un talent.

Trahern brandit son glaive comme un champion. Plusieurs femmes laissèrent échapper des cris de délicieuse frayeur. Morren, silencieuse, le menton posé sur ses mains croisées, le regardait. Elle songeait à ces bras puissants qui l'avaient enveloppée de leur chaleur. Elle se pencha pour mieux l'entendre.

— L'heure était venue pour Lug de montrer son aisance à se servir de sa lance. Il exhiba ses talents devant le portier qui barrait l'entrée du royaume de Nuada mais celui-ci lui rit au nez. Nous avons des hommes d'armes qui savent bien mieux se servir de leur épée que toi, lui dit-il en se détournant.

Trahern rengaina son glaive et se rassit avant de reprendre :

— Bien décidé à pénétrer dans le royaume de Nuada, il proposa ses talents de harpiste. Puis de poète. Et encore de sorcier. Comme on le rembarrait de nouveau, il en fut fort dépité car il ne voyait aucun autre talent dont il aurait pu impressionner le portier. Pourtant, il avait aperçu de loin la jeune et jolie Nas et aurait bien voulu faire sa connaissance…

Son regard se posa sur Morren, sa voix baissa d'un ton, enveloppant l'assemblée de ses volutes mélodieuses. Il commença à peindre les vertus de la jolie Nas sans la quitter des yeux, tandis que la jeune fille, inconsciemment, portait ses mains à ses lèvres, qu'il avait si bien baisées.

L'imagination de la jeune femme se mit à vagabonder. Que se passerait-il s'il la caressait, si ses longues et fortes mains se posaient

1. Dieu majeur de la Création pour les Celtes, il maîtrise tous les arts, dont celui de la guerre, mais aussi la danse et la musique. Son nom signifierait le « lumineux ». Il possède une lance magique avec laquelle il procède aussi aux adoubements. On le qualifie de dieu au Long Bras car il défend son territoire en gesticulant d'un bras, sautant à cloche-pied et fermant un œil.

sur son corps ? Tomberait-elle sous l'emprise de ses charmes comme elle l'était quand il racontait ses histoires ?

Tandis que Trahern poursuivait son récit, décrivant en détail tous les efforts de Lug pour entrer dans le palais, Morren se laissa prendre à la tension dramatique des aventures de Lug, heureuse de voir que le jeune homme avait rendu toute sa bonne humeur au campement. Le jeune dieu dansa, chanta, exécuta quelques tours de magie, joua même une partie d'échecs avec le portier, en vain.

Elle écoutait avidement toutes les péripéties, les genoux repliés sous son menton. Oui, Trahern était un conteur-né. Un barde si talentueux que, malgré le lamentable décor des ruines trempées de pluie d'un *cashel* incendié, on se sentait emporté dans un monde enchanté.

De nouveau, elle se pencha en avant pour mieux entendre la fin de l'histoire.

— Finalement, quand Lug eut achevé sa démonstration, le portier conclut qu'ils avaient dans le palais tous les hommes qu'il fallait pour accomplir chacun de ces talents. Certes, rétorqua Lug, imperturbable, mais en avez-vous un seul qui les possède tous ? Le portier, désarçonné, convint qu'il n'y en avait aucun qui puisse se targuer d'un tel avantage. Et c'est ainsi que Lug fut autorisé à pénétrer dans le royaume de Tara.

Trahern quitta son siège, chaleureusement applaudi par ses auditeurs et, reprenant sa place dans le cercle, inclina la tête à plusieurs reprises en guise de remerciement. Son visage reflétait une telle satisfaction qu'on voyait bien que ses fonctions de barde lui manquaient.

La pluie s'était apaisée et les femmes retournèrent dans leur hutte. Avant de les suivre, Morren s'arrêta devant Trahern.

— Vous avez un vrai don, Trahern MacEgan. Je me languissais de vos histoires.

Il lui adressa un chaud sourire et, en voyant ce beau visage libéré de l'expression de colère rentrée qu'il affichait depuis qu'elle l'avait revu, quelque chose de doux et de tendre s'éveilla en elle.

Quand il fut parti, elle garda son récit en elle, comme si son conteur était toujours là, à ses côtés, veillant sur elle dans le silence de la nuit.

Une heure plus tard, inquiet et pris d'une désagréable agitation, Trahern sortit dans la cour.

C'était lors d'une soirée comme celle-ci qu'il avait fait la connaissance de Ciara. Tandis qu'il contait ses histoires, il avait vu son joli visage fin et expressif briller d'intérêt dans la pénombre. Ils avaient un peu parlé après la veillée et les jours suivants, leur amitié s'était tout naturellement transformée en amour.

Il s'appuya contre le mur en cours de reconstruction, noyé dans l'obscurité de cette nuit sans lune. Penser à la jeune fille n'était plus si douloureux. Il voyait encore son sourire, pouvait presque sentir ses bras autour de son torse. C'était une jeune fille tendre et joyeuse qui savait communiquer aux autres sa joie de vivre.

Mais elle n'était plus là et ne reviendrait plus jamais. C'était difficile à accepter mais, bien que vivant le plus souvent dans l'univers des fables, Trahern était assez lucide pour comprendre le caractère inébranlable de la réalité. Il ferma les yeux, laissant le chagrin le submerger. Morren avait raison. Si Ciara était toujours de ce monde, elle n'aimerait pas l'homme qu'il était devenu. Il avait laissé la haine s'emparer de lui et avait perdu toute conscience de lui-même.

Ce soir, en racontant la légende de Lug, il avait retrouvé une partie de ce qu'il était. Et il s'en trouvait satisfait. Quand il avait vu le sourire de Morren, c'était comme s'il redécouvrait la mission du barde, à laquelle il avait été préparé bien des années plus tôt. La pauvre créature avait traversé de telles épreuves qu'il était heureux d'avoir pu remettre un peu de lumière dans ses yeux.

Les baisers qu'ils avaient échangés ne ressemblaient à aucune autre expérience. Pas même à celle qu'il avait partagée avec Ciara. La manière dont Morren s'était abandonnée dans ses bras, la confiance dont elle faisait preuve... Tout cela était merveilleusement émouvant.

Il n'avait pas envie de la quitter, même s'il le fallait. Pourtant, comme à l'aller, il était bien décidé à voyager seul.

Et s'il lui arrivait malheur pendant ton absence ? murmura la voix de sa conscience. *Es-tu certain qu'elle soit en sécurité ?*

Un léger bruit attira l'attention de Trahern. Il s'immobilisa, l'oreille en alerte, et aperçut soudain, à la lumière vacillante des torches, une silhouette voûtée qui circulait entre les huttes. Alarmé, il s'approcha à pas de loup pour mieux voir.

Le rôdeur, qui s'appuyait sur un bâton de marche, était vêtu de laine sombre et la corde qui entourait sa taille révélait un solide embonpoint. Quand la lune sortit un instant des nuages, Trahern reconnut frère Chrysoganus.

Quelle mouche avait piqué le bon moine pour qu'il erre ainsi dans la nuit ? Cherchait-il l'entrée du souterrain, lui aussi ? Espérait-il trouver quelques pièces tombées par mégarde ?

S'avançant d'un pas furtif, il tomba sur le moine par surprise. Frère Chrysoganus fit un bond en arrière avec un rire étranglé.

— Trahern ? Vous m'avez surpris, mon fils.

— Avez-vous perdu quelque chose, mon frère ? s'enquit Trahern d'une voix dont il ne put dissimuler la brutalité.

Le moine s'était hasardé sur un territoire privé et il était bien décidé à savoir pourquoi.

— Non... Enfin, oui. Ce n'est sans doute rien de grave mais j'ai pensé que je pouvais me rendre utile en cherchant de mon côté.

Trahern approcha son visage tout près de celui de son interlocuteur et insista encore, les yeux dans les yeux.

— Et que cherchez-vous, exactement ?

— Il ne s'agit pas de quelque chose, mais de quelqu'un. C'est Katla qui a donné l'alerte.

Le moine s'éclaircit la gorge et s'essuya le front d'un revers de manche.

— ... Morren O'Reilly a disparu.

13

Il ne s'attendait pas à cela.

— Depuis combien de temps ?

— D'après Katla, une bonne demi-heure. Elle a quitté la hutte et n'est toujours pas rentrée.

Le moine ajouta avec un haussement d'épaules, perplexe :

— Je devisais avec sa sœur, Jilleen, qui me semble avoir besoin qu'on l'aide à cultiver son âme... Et quand j'ai raccompagné la fillette jusqu'à sa hutte, Morren était partie. Vous ne l'avez pas aperçue, je suppose ?

Trahern secoua la tête. Et, sans prendre le temps de saluer le moine, il courut jusqu'à la hutte des femmes. En voyant le visage terrifié de Jilleen, il sentit sa peur redoubler. Dans l'état actuel des choses, rien au monde n'aurait pu contraindre Morren à partir sans sa sœur.

Faisant le tour du campement, il scruta le visage de chacun de ses habitants, Irlandais tout autant que Viking. Quand il s'aperçut qu'Adham était absent, une colère froide s'empara de lui. Tandis qu'il se lamentait dans son coin sur la disparition de Ciara, le gredin s'était emparé d'elle et l'avait entraînée Dieu sait où.

Mais Adham O'Reilly ne s'en tirerait pas comme cela. Dût-il y passer la nuit, il le retrouverait. Et que Dieu le prenne en pitié quand il mettrait la main sur lui !

— Où donc est passée Jilleen ? murmura Morren pour elle-même, dévorée par l'angoisse.

Sa sœur s'était éclipsée pendant que Trahern racontait ses histoires et personne ne savait où elle était allée. Morren était partie à sa recherche et Adham avait offert de l'accompagner. Comme ils rentraient bredouille, il suggéra :

— Et si elle était tombée dans le souterrain ? Elle a pu ne pas voir l'ouverture dans le noir et tomber dans le puits ?

Morren secoua la tête.

— Non, Jilleen n'a aucune raison de retourner là-bas.

— Nous avons cherché partout, constata son compagnon, écartant les bras dans un geste d'impuissance. Elle pourrait s'être blessée en tombant ? Peut-être est-elle incapable d'appeler à l'aide ?

L'idée était peu vraisemblable mais elle ne se pardonnerait pas de quitter le périmètre du souterrain sans l'avoir exploré. Elle descendit la première par l'échelle, tremblant sous l'haleine froide qui montait des profondeurs de la terre. Adham suivait, levant bien haut sa torche. Quand ils arrivèrent en bas, il la promena dans l'étroit goulot qui s'éclaira de grandes ombres dansantes. Mais ce n'était que les leurs.

— Mon Dieu ! gémit Morren. Où peut-elle bien être ?

Adham entoura ses épaules d'un bras compatissant.

— Nous la trouverons, Morren. Je te le promets.

Morren eut un geste de recul.

Tu es stupide, se dit-elle. *Il veut simplement se montrer amical.*

Elle se dirigea vers l'échelle.

— Morren, attends !

La retenant par le bras, son compagnon lui caressa les cheveux et un frisson de répulsion la secoua tout entière.

— Tu es si belle, murmura-t-il. Je voulais seulement te le dire.

— Me-merci, balbutia-t-elle en claquant des dents.

Mais Adham n'avait pas l'intention de s'arrêter là. Une main enlaça sa taille, la retenant en équilibre sur le premier échelon.

— Tu as passé la soirée à dévorer des yeux MacEgan, Morren. Je désespérais de trouver une occasion de te parler en tête à tête.

Elle sentait dans son dos l'âpre odeur de bière qui se dégageait de l'haleine du jeune homme. C'était cela, sans doute, qui expliquait son audace.

Quand, la faisant pivoter sur elle-même, il approcha sa bouche de la sienne, elle crut défaillir. Le souvenir des brutalités que les raiders lui avaient fait subir lui revint violemment en mémoire. Assaillait son corps tremblant. Elle revivait la douleur, la terrible humiliation. Et la fureur qui bouillonnait en elle depuis trop longtemps éclata comme une digue qui se rompt sous la poussée des eaux. Elle le repoussa durement en martelant son torse de ses poings serrés.

— Ne me touche pas ! hurla-t-elle. Surtout, ne me touche pas !

Le pauvre Adham, stupéfait, se mit à bafouiller quelques excuses, en vain. Incapable de retenir le flot de rage qui jaillissait d'elle, elle se mit à crier :

— Je ne veux pas de toi, Adham. Sors d'ici et ne m'approche plus jamais.

Lui arrachant la torche des mains, elle lui montra l'échelle d'un doigt tremblant. Plus jamais elle ne laisserait un homme essayer de prendre ce qu'elle ne voulait pas lui donner.

Il commença à gravir l'échelle, se tournant de temps à autre, l'air hésitant, et elle agita encore la torche sous lui.

— Va-t'en, Adham !

Il se remit à monter, le dos raide, s'interrogeant probablement sur le sens à donner à cette scène. Morren le regarda disparaître dans la nuit, la respiration haletante.

Elle commençait à retrouver un semblant de calme quand elle entendit un bruit de voix. Une querelle, puis un bref bruit de lutte.

Trahern. Il était parti à sa recherche et avait dû entendre une partie de la scène.

Quelques secondes plus tard, en effet, Trahern dévalait l'échelle et se précipitait sur elle. Elle tremblait si fort que la lumière de la torche dessinait des ombres erratiques sur le mur.

— Il est parti, maintenant, murmura-t-il. Je crois que, désormais, il vous laissera tranquille.

La torche échappa des mains de Morren. Elle éclata en sanglots, s'entourant de ses bras comme pour se protéger.

— Vous a-t-il fait du mal ?

— Non... Oh ! non. Il a seulement essayé de m'embrasser... Je sais que, pour lui, ce n'était qu'un jeu, il n'avait pas prévu tout cela.

Mais je ne voulais pas qu'il me touche. Je ne le veux plus. Subir cela, encore. Oh ! mon Dieu... Plus jamais !

Ses paroles n'avaient pas grand sens mais, serrant les poings, Trahern marmonna quelque chose au sujet des reins d'Adham qu'il envisageait de lui casser.

— Non, Trahern, je vous en prie...

Elle respira un grand coup, tentant de se ressaisir. Sa colère s'évanouit, remplacée bientôt par la gêne.

— Il ne voulait que me voler un baiser. Il ne sait pas ce qui m'est arrivé. Il a dû me prendre pour une folle.

Des yeux gris la scrutèrent intensément puis Trahern lui demanda de l'attendre. Il escalada l'échelle en sens inverse et cria aux autres hommes que Morren était retrouvée et qu'ils pouvaient rentrer se coucher.

— Elle va bien. Je la raccompagne dans quelques minutes.

Quand elle entendit la voix claire de sa sœur répondre à Trahern, Morren sentit ses genoux trembler. À nouveau près d'elle, Trahern la fit asseoir sur le sol de terre battue et prit place à côté d'elle.

— Frère Chrysoganus a invité Jilleen à parler avec lui un moment, sans doute pour l'aider à voir plus clair dans son acte. Elle n'a jamais quitté le *cashel*.

— Va-t-elle bien ?

Il hocha la tête et, rassemblant ses genoux sur sa poitrine, il resta un moment sans parler.

— Vous n'avez pas besoin de rester avec moi, dit-elle au bout d'un moment, s'essuyant les yeux. Je suis désolée d'avoir dérangé tout le monde.

Il attendit qu'elle poursuive, s'abstenant de formuler le moindre jugement. Morren se sentait épuisée. Complètement vidée.

— Jamais je ne l'aurais laissé me toucher, ajouta-t-elle enfin. Je me suis débattue, comme j'aurais dû le faire cette nuit-là.

Elle frissonna et Trahern lui enveloppa les épaules de sa cape.

— J'ai eu peur, reconnut-elle en resserrant le lourd vêtement autour d'elle. Jamais je n'aurais pensé réagir ainsi. Et maintenant... Maintenant, il va raconter à tout le monde ce qui s'est passé. On va se moquer de moi.

— Ce n'est pas votre faute.

— Je sais.

À présent, Morren ne pouvait plus interrompre les questions qui l'assaillaient. N'était-ce vraiment pas sa faute ? Si elle s'était débattue, comme ce soir, les hommes l'auraient-ils laissée partir ? Tout se serait-il passé différemment ?

— Je ne veux pas que vous ayez peur de moi, Morren, déclara Trahern d'une voix calme.

Elle leva les yeux vers lui. À la lueur de la torche, elle vit que son regard était empli de compassion. Sa mâchoire bien dessinée s'était durcie, mais il n'y avait aucun mépris dans sa voix. Quand il ouvrit les bras, Morren alla à lui. Il l'étreignit avec force, chassant tout le reste, et elle lui rendit son étreinte. Il était venu la chercher et Morren comprit que c'était ce qu'elle attendait.

Cet homme était le seul à posséder le pouvoir de chasser ses démons, de la protéger. Ce qui restait de barrières entre eux céda soudain et, se serrant plus fort contre lui, elle huma son odeur. Comment pourrait-elle le laisser partir, après tout ce qu'ils avaient partagé ? Cette seule perspective lui était infiniment douloureuse.

— Trahern, murmura-t-elle.

Trahern, je tiens à toi plus que je n'aurais osé le penser. J'ai besoin d'être près de toi.

— Oui, *a chara* ?

« Mon petit » ! Il ne l'appelait pas « ma chérie » ou « mon amour » mais simplement « mon petit » comme on le ferait d'une amie ou de quelqu'un dans la détresse. Le cœur de Morren se serra. De quel droit se permettait-elle d'exiger des sentiments d'un homme au cœur blessé ? C'était à une autre qu'il avait donné son amour. Pas à elle.

Pourtant, elle se blottit plus étroitement contre lui.

— Serrez-moi plus fort. Juste encore un peu.

Ce qu'il fit, sans poser de question. Et bien qu'elle le voulût à ses côtés cette nuit, Morren ne dit pas un mot des désirs cachés au fond de son cœur. Le temps lui filait entre les doigts comme le sable dans la main d'un enfant sur la plage et elle craignait de ne plus jamais revoir l'homme qui avait su lui rendre le goût de la vie.

— Trahern s'en va aujourd'hui, remarqua Jilleen. N'est-ce pas, Morren ?

L'aube pointait déjà du côté de la mer et la jeune fille observait en silence un groupe d'hommes en train de s'activer autour du jeune barde.

— C'est ce qu'il a annoncé, en effet.

Morren enfila prestement son surcot, regrettant qu'il ne soit pas en meilleur état. Elle aurait eu bien besoin d'en tailler un nouveau, mais n'avait nulle étoffe de laine pour le faire.

Jilleen s'approcha d'elle, l'air soucieux.

— Pourquoi ne pars-tu pas avec lui ?

Morren secoua la tête sans répondre. Puis, attirant sa sœur dans ses bras, elle lui caressa doucement les cheveux.

— Il ne désire pas que je le suive. Et puis, comment pourrais-je te laisser derrière moi ?

Jilleen la serra dans ses bras.

— Il ne faut pas te soucier pour moi. Je serai très bien ici.

La jeune fille ajouta, plantant ses yeux bleus dans ceux de sa sœur :

— Tu sais, Morren… Je ne regrette pas d'avoir tué cet homme. Et je veux que les autres aussi soient punis. Si je pouvais y aller moi aussi, je le ferai. Mais je suis encore trop jeune, n'est-ce pas ?

Morren dévisageait sa sœur, les yeux pleins de larmes. Si jeune et déjà si courageuse ! Dieu merci, le chef des Dalrata ne la laisserait pas partir. Mais Morren n'aimait pas l'idée de savoir sa sœur seule, même avec ce qui restait du clan O'Reilly.

— Je ne te laisserai pas ici. Point final.

— Tu es en train de tomber amoureuse de lui, non ? remarqua Jilleen, l'air songeur. Et lui aussi. Il t'a cherchée partout hier soir. J'ai cru qu'il allait tuer Adham, quand il l'a attrapé.

Morren sentit son visage s'empourprer violemment.

— Tu te trompes. Il n'y a rien entre nous.

Jilleen secouait doucement la tête, sa petite bouche rouge esquissant un gentil sourire.

— Pars avec lui, Morren. Même si vous ne trouvez pas les raiders, Trahern est un homme bon. Il prendra soin de toi.

La porte s'ouvrit et Katla entra, portant dans les bras un paquet de vêtements. Son expression indiquait clairement qu'elle avait surpris une partie de la conversation.

— Personnellement, Jilleen, je ne te blâme pas d'avoir tué ce vaurien. Comment vivre en sécurité chez nous avec de pareils sauvages dans la nature ?

S'approchant de Morren, elle lui prit la main.

— Et crois-moi, ma fille, je n'aurais pas dû surprendre votre conversation mais, à mon avis, Jilleen a raison. Il faut que quelqu'un se charge de faire justice. Aucun d'eux ne mérite de vivre après... ce qu'ils ont fait.

La voix de la brave femme se brisa. Allant vers Jilleen, elle lui tapota doucement la joue. Elle avait le même sourire tendre et ému que si elle s'adressait à sa fille défunte.

Morren, le rouge aux joues, comprit soudain que Katla savait. Jilleen avait-elle compris ? Avait-elle parlé à cette femme qui se comportait avec elle de manière si amicale ?

— Pars avec eux, Morren, intima la Norroise. Trahern aura besoin de ton aide.

— Il ne veut pas que je le suive.

Katla eut un sourire plein de compassion.

— Tu te trompes, Morren. Tu comptes beaucoup pour Trahern. Tout le monde ici l'a bien compris, sauf ce pauvre Adham, qui en a pris pour son grade. Trahern aurait retourné tout le campement pour te retrouver hier soir.

Levant le paquet qu'elle tenait, elle expliqua :

— Tu trouveras là-dedans une robe et une chemise de rechange. Et quelques provisions pour le voyage. Je te promets de veiller sur Jilleen comme s'il s'agissait de ma propre fille.

Morren prit le ballot, la gorge serrée. Trouverait-elle assez de courage en elle pour affronter ses agresseurs ? Même si c'était pour les traduire en justice ?

Quant à Trahern... Son cœur stupide se mit à battre plus vite à la seule évocation de son nom. Ils étaient entrés jusqu'à la hutte des femmes, main dans la main et il avait déposé un léger baiser sur sa joue avant de la quitter.

Comme pour un adieu.

— Il ne me laissera pas l'accompagner, répéta-t-elle. C'est impossible.

— Demande toujours, rétorqua Katla. Cela ne coûte rien.

Morren cherchait une autre excuse quand elle rencontra le regard suppliant de Jilleen.

— Je t'en prie, Morren, dit la jeune fille en lui prenant les mains. Trouve-les. Pas seulement pour nous, mais pour tous les autres. Pour tous ceux et celles à qui ils ont fait du mal.

Trahern achevait d'attacher les provisions fournies par les Dalrata sur son cheval. Quatre hommes avaient décidé de l'accompagner, dont Aron et Gunnar.

On était au tout début de la matinée et il fut surpris de voir Morren s'approcher, tenant par la bride un cheval. En voyant la houppelande qui enveloppait sa mince silhouette et les paquets fixés à sa selle, il comprit ses intentions.

S'avançant aussitôt vers elle, il s'empara des rênes de sa monture avec autorité.

— Non. Pas question. C'est trop dangereux.

Sans le regarder, Morren bondit en selle d'un geste souple.

— Je suis la seule à pouvoir identifier les raiders qui m'ont agressée.

— Imaginez-vous que je vais vous laisser courir le moindre danger ?

— Non. Vous allez me protéger, je le sais. Et quand nous aurons retrouvé ces criminels, je rentrerai chez moi.

Comme il s'apprêtait à la faire descendre de force de sa monture, elle planta son regard dans le sien.

— Je suis grande maintenant, vous savez. Je prends mes décisions toute seule.

Il allait protester encore mais elle posa sa main sur la sienne.

— Moi aussi, j'ai le droit de réclamer vengeance. À chaque fois que je vois un enfant, je pense à ces malfrats. Ils m'ont tout pris, Trahern, même cette espérance-là, qui est ce qu'il y a de plus cher pour une femme. Je ne dors plus parce que leurs visages m'obsèdent.

Chaque nuit, je me rappelle ce qu'ils ont fait. Il faut que cela cesse, Trahern. Je n'en peux plus.

Quand il plongea son regard dans celui de la jeune femme, Trahern y lut la même expression hantée qui était la sienne depuis des mois. Le même désespoir qui le consumait chaque jour un peu plus, lui ôtant toute aspiration au bonheur.

Ce dont elle avait besoin, c'était de retrouver les siens, de vivre de nouveau dans la chaleur et la sécurité de son clan. Mais c'était ce qu'il avait fait lui-même. Et où cela l'avait-il mené ? Il était retourné chez lui, dans le château de ses aïeux, aux côtés de ses frères et de leur famille. Il avait tout fait pour oublier Ciara. Et la seule chose qu'il avait gagnée, c'était cette rage froide qui ne s'apaiserait que dans la vengeance.

Morren se remit en selle, se carrant solidement sur sa monture. Son expression était déterminée. Sans la moindre trace de peur.

Sautant sur sa jument, la fidèle Barra, Trahern vint se mettre à la hauteur de la cavalière. Morren regardait loin devant elle, comme s'il n'était pas là.

— Vous ne vous éloignerez pas de moi, articula-t-il entre ses dents serrées. Vous dormirez sous ma tente. Pas un seul des hommes qui m'accompagne n'aura le droit de vous approcher.

Elle lui adressa un regard surpris mais ne fit aucun commentaire.

— Bien sûr, poursuivit-il, ils penseront que nous sommes amants. Inutile de prendre la peine de le nier. Cela ne servirait à rien.

— Peu m'importe ce qu'ils croient. Je sais que vous me protégerez, et que… vous non plus, vous ne me toucherez pas.

Trahern flatta de la main l'encolure de Barra. Il aurait voulu promettre, jurer même qu'il ne poserait pas un doigt sur Morren. Mais, quand il ouvrit la bouche, aucun son n'en sortit.

Il finit par formuler la seule vérité dont il se sentait capable.

— Je préférerais mourir plutôt que de vous faire du mal.

14

Ils cheminèrent côte à côte tout le jour, parlant à peine. Craignant que son compagnon ne change d'avis, Morren avait adopté une attitude effacée. Les autres membres de la petite troupe restaient à distance autant par crainte du regard féroce que leur lançait Trahern dès qu'ils faisaient mine d'approcher que par respect pour elle.

Elle lui jeta un coup d'œil de côté tandis qu'il regardait au loin. Il n'avait pas rasé ses cheveux depuis qu'ils avaient quitté l'abbaye et un épais duvet blond commençait à recouvrir son crâne bien dessiné.

Elle se rappela comment elle l'avait caressé alors. Puis elle chassa aussitôt cette idée.

Ils étaient amis et rien de plus. Et encore l'étaient-ils à peine car Trahern dissimulait si bien ses pensées et ses émotions qu'elle avait le sentiment de ne pas le connaître vraiment. Le seul moment où il se dévoilait un peu était lorsqu'il racontait ses histoires.

C'était alors un homme tout à fait différent. Il se transformait en un gentil géant, chaleureux et plein d'humour, qui savait réjouir les cœurs et faire oublier les soucis quotidiens.

Il amena sa monture tout contre la sienne.

— Pourquoi me regardez-vous ainsi ? Qu'y a-t-il ?

Elle secoua la tête.

— Rien. Rien du tout. Je me demandais si, ce soir, vous nous raconteriez une histoire.

Le visage de Trahern retrouva son masque impassible.

— Non, pas ce soir.

Et de nouveau il se retrancha dans sa forteresse. La tentative de

Morren pour renouer des liens d'amitié se brisait contre un mur. Elle tourna la tête, feignant la plus grande indifférence.

Mais c'était loin d'être le cas. Elle ne cessait de penser à la perspective de devoir partager la tente de Trahern. Il l'avait embrassée, et plus d'une fois, mais jamais elle n'avait eu la sensation de la moindre violence. Sous l'ardeur de ses baisers, elle sentait le contrôle qu'il avait de lui-même.

Je préférerais mourir plutôt que de vous faire du mal.

Elle le croyait. Et la gravité, le sérieux qu'il mettait en toute chose, son désir de la protéger l'attiraient vers lui sans qu'elle puisse s'en défendre. La prendrait-il contre lui pour l'aider à s'endormir, cette nuit ? Ou, au contraire, lui tournerait-il le dos pour bien lui montrer son indifférence ?

À cette pensée, sa gorge se serra. Trahern avait eu beau l'inciter à oublier le passé, elle ne s'en croyait pas capable. Frappée, violée, profondément humiliée, elle ne ressemblait plus guère à la jeune fille naïve et gaie qu'elle avait été.

Morren se ressaisit. Il n'y avait aucune chance pour qu'un homme comme Trahern veuille panser ses plaies. Il avait sa propre croix à porter.

Lorsqu'ils firent enfin halte pour la nuit, elle fut envahie par un profond désappointement. Ils étaient assis l'un à côté de l'autre pendant le dîner mais il ne l'avait pas regardée une seule fois. Devant l'indifférence de tous, elle se sentait pareille à une ombre.

Les hommes discutaient de leur voyage jusqu'à Laochre, une place forte habitée par le frère de Trahern, le roi Patrick.

Soudain, Trahern déclara, se tournant à peine :

— Vous resterez avec mon frère et son épouse, au château. Nous aurons besoin de votre témoignage au procès.

En d'autres termes, elle n'irait pas jusqu'à la station viking. Gunnar parut conscient de sa déception. Tandis que Trahern continuait à débattre de leurs plans avec les autres, il vint prendre place en face d'elle. Trahern fronça les sourcils mais, occupé à tracer un plan sur le sable, il ne fit pas de remarque.

— Vous avez une bonne raison de nous suivre, je le crois, souffla-t-il en se penchant vers elle. Vous aussi avez été une de leurs victimes.

Morren se figea, incapable de prononcer la moindre parole.

— Ne vous inquiétez pas, Morren, ajouta-t-il, une flamme noire traversant son regard. Nous avons tous nos secrets. Moi aussi, j'ai mes raisons pour me rendre à Gall Tir. Des raisons qui n'ont rien à voir avec le raid de Glen Omright.

L'interruption brusque de Trahern, qui vint prendre Morren par la main, l'empêcha de fournir plus ample explication.

— Allez dans notre tente, Morren. Il se fait tard.

Quand elle se retourna pour rabattre le pan de la toile qui obturait l'entrée de la tente, Trahern lui adressa un sourire d'excuse. Sa mauvaise humeur était dirigée contre Gunnar et non contre elle. Il semblait toujours se méfier du jeune Norrois.

À l'intérieur de la tente étaient déjà disposées une fourrure de couchage et une couverture de laine brute. Après avoir retiré ses chaussures, Morren s'allongea aussitôt, épuisée. Quelques minutes seulement s'écoulèrent avant que le rabat de la tente ne s'ouvre, livrant passage à Trahern.

— Bonne nuit, marmonna-t-il, s'étendant immédiatement à côté d'elle, non sans prendre soin de ménager un écart respectable entre eux.

Il n'avait pas de couverture et disposait d'une surface très réduite du matelas de fourrure.

— Prenez cela, offrit-elle en lui tendant un pan de la couverture. La nuit va être froide.

Il ne bougea pas et elle se sentit stupide. Finalement, elle la laissa retomber entre eux.

— Trahern, que se passe-t-il ? demanda-t-elle en se redressant sur un coude. Qu'est-ce qui ne va pas ?

— J'ai commis une erreur, répondit-il d'une voix sourde, sans se retourner. Je n'aurais pas dû suggérer de partager une tente avec vous.

Son mécontentement, presque tangible, semblait flotter dans l'air glacé. Elle ne comprenait pas cette soudaine réticence. Lui répugnait-elle à ce point ?

— Je suis désolée… Si nous nous arrêtons quelque part demain, j'essaierai de me procurer une autre tente. Je ne pensais pas vous indisposer à ce point.

Se rallongeant, elle se mit en boule pour tenter de se réchauffer. Il se retourna vers elle d'un brusque coup de reins et se haussa sur son bras, le visage grave.

— Vous m'avez mal compris, Morren. Vous n'avez rien fait qui me déplaise.

— Dans ce cas, insista-t-elle en s'asseyant, qu'y a-t-il en moi qui vous répugne à ce point ?

Trahern, un léger sourire aux lèvres, enroula une boucle de ses cheveux autour de son index. Puis, la portant à ses narines, il en huma longuement le parfum.

— Vous me considérez comme un être invincible, pourfendeur de dragons et grand défenseur de la veuve et de l'orphelin. Mais je ne suis pas un saint, Morren.

Elle sentit un long frisson lui descendre le long du dos. C'était donc cela ! Voilà ce qu'il éprouvait. Non du dégoût, mais du désir. Un désir d'homme, âpre et exigeant. Elle aurait voulu se blottir dans ses bras, qu'il l'étreigne follement contre lui. Mais déjà il roulait sur lui-même et, la seconde d'après, il gisait parfaitement immobile, lui tournant le dos.

Peut-être Trahern avait-il raison, après tout. Elle n'aurait pas dû se trouver si près de lui au cœur de la nuit. Mais le bon sens ne faisait rien à l'affaire.

Un homme la désirait. Et elle avait tout simplement le cœur brisé.

Des pleurs étouffés rompirent le silence de la nuit. Se retournant sur sa couche, Trahern vit sa compagne s'agiter sous la couverture de laine. Il ne pouvait voir son visage mais son souffle était inégal, entrecoupé par les sanglots.

— Ce n'est rien, murmura-t-il. Juste un mauvais rêve.

Mais sa voix ne put interrompre le cauchemar. Morren se mit à hurler, d'une voix déchirée par les sanglots :

— Cours, Jilleen. Cours, je t'en supplie !

Il la secoua doucement pour essayer de la réveiller. Une seconde plus tard, elle était dans ses bras. Sa peau était froide, son corps raidi tremblait violemment. Trahern la serrait contre lui, la réchauffant comme il pouvait.

— Mon Dieu, Trahern ! gémit-elle soudain. Pourquoi cela ne s'arrête-t-il pas ? Pourquoi dois-je subir ce cauchemar nuit après nuit ?

— Il faut lutter, Morren. Il faut vaincre vos peurs.

Il aurait voulu l'enrouler avec lui dans les fourrures. La bercer doucement contre lui. Morren O'Reilly était parvenue à percer ses défenses. Elle avait besoin de lui autant qu'il avait besoin d'elle. Mais pas comme ça. Une simple relation sexuelle ne contribuerait en rien à les apaiser, ni l'un ni l'autre.

Elle commençait à se calmer, sa respiration redevenait normale.

— Restez avec moi, supplia-t-elle. Serrez-moi plus fort.

Le danger était là. S'il continuait à la tenir ainsi dans ses bras, partageant avec elle la chaleur de son corps, Trahern ne savait s'il pourrait se contenir. La tentation risquait de devenir insupportable.

Mais le besoin d'aider Morren fut le plus fort. Il s'allongea sur les fourrures, la tenant toujours dans ses bras.

Et serra les dents. La privation de relations sexuelles commençait à se faire cruellement sentir.

Il s'apprêtait à l'envelopper dans la couverture quand, se tournant soudain vers lui, sa bouche s'offrant presque au baiser, elle murmura :

— Trahern, pourriez-vous me raconter une histoire ?

Trahern ferma les yeux. Une histoire, oui. C'était la meilleure solution pour tous les deux, avant qu'ils ne fassent quelque chose qu'ils auraient tout lieu de regretter ensuite.

— Il y avait jadis au royaume de Cornouailles un chevalier appelé Tristan. Il aimait une princesse irlandaise qu'on appelait Iseult la Blonde...

Passant ses doigts dans les longs cheveux de Morren il poursuivit dans un doux chuchotement :

— Iseult la Blonde était une femme qu'il n'avait pas le droit d'aimer. Une femme qu'il ne pouvait désirer...

Son pouce redessina les lèvres de sa compagne. Elle retint son souffle, ses yeux plongeant dans les siens.

— Mais elle l'aimait, n'est-ce pas ? s'enquit-elle. Même si c'était interdit ?

Trahern lui caressa la joue.

— Oui, il l'aimait.

La bouche de Morren effleura la sienne et le désir qu'ils éprouvaient l'un pour l'autre s'enflamma soudain. Le besoin de vengeance qui tenaillait Trahern depuis la mort de Ciara, le visage même de la jeune morte parurent s'estomper. Il n'y avait plus que Morren.

Son corps doux et souple se colla contre le sien. Elle l'embrassait maintenant avec une ferveur inattendue. Le baiser s'approfondit, elle se débattit sous les couvertures, comme pour supprimer toute barrière entre leurs deux corps.

Instinctivement, la main de Trahern se posa sur le sein de Morren, son pouce caressant doucement son mamelon dressé. Mais aussitôt, la jeune femme gémit et le repoussa.

— Je... Je ne peux pas. Excusez-moi.

Lui tournant le dos, elle se roula en boule, les genoux sous le menton. Il se maudit de n'avoir pas su la respecter. D'avoir été trop loin.

— Morren... Je ne voulais pas que cela se passe ainsi. Je vous le jure.

Il s'était remis sur son séant, se demandant s'il devait quitter la tente.

— Ce n'est rien. Je croyais seulement que je serais capable de vaincre mes peurs... Je voulais savoir ce que cela me ferait si jamais un homme digne de ce nom me touchait.

Il entendit le tremblement de sa voix mais Morren ne pleurait pas. Elle paraissait simplement triste et résignée.

— C'est à moi que j'en veux, dit-elle encore dans un souffle.

Elle tendit la main vers lui et, de nouveau, il la prit dans ses bras.

— L'histoire de Tristan et Iseult est belle et triste à la fois, reprit-il à mi-voix. Elle commence par la magie car c'est un philtre magique qui les a réunis...

Il s'interrompit, croyant que Morren s'était endormie.

— Continuez, Trahern...

Trahern tira la couverture sur elle et y ajouta sa lourde cape de laine.

— C'est à Tristan qu'avait été confiée la tâche de ramener d'Irlande Iseult la Blonde pour qu'elle s'en aille épouser le roi Marc en Cornouailles. Mais au cours de la traversée, il faisait si chaud qu'Iseult, ayant grand soif, but par erreur le boire herbé[1] qui devait la faire tomber amoureuse à coup sûr du roi déjà mûr...

Morren l'écoutait maintenant avec attention, le regard levé vers lui. Elle paraissait si innocente, si jeune...

Trahern refoula l'envie de l'embrasser de nouveau, de caresser ce corps agile et chaud. Il aurait voulu montrer à Morren que l'acte d'amour pouvait être une fête.

— Et Tristan et elle... S'aimèrent-ils ?

— Ils s'aimèrent, en effet. Dans la touffeur de l'été, au milieu des barriques d'eau douce et des cordages, par une belle nuit d'été.

Tendant la main, Morren lui effleura le torse. Ce fut comme si, pénétrant sous sa peau, elle lui touchait le cœur. Le passé s'écroula sans bruit comme un mirage, ne laissant rien d'autre que la femme qu'il avait devant lui. Cette jeune femme si fragile, qui attendait tellement de sa force et de son équité.

Une étrange émotion s'empara de lui.

— Et le roi Marc ? chuchota encore Morren. Que fit-il ?

Elle le caressa encore. Les pensées de Trahern étaient de plus en plus confuses.

— Je vous raconterai la suite de l'histoire demain, promit-il.

Faisant appel à toute sa volonté, il refoula le désir qui lui brûlait les reins et se rallongea sur sa couche, immobile comme un gisant de pierre.

Et comme il fermait les yeux, cherchant un peu de sommeil, il sentit la chaleur d'une couverture dont on le recouvrait doucement.

Les jours suivants, Trahern l'évita comme il put. La nuit, il restait de son côté de la tente et Morren du sien. De temps en temps, elle se réveillait en sursaut et se rendormait, rassurée, en sentant alors le corps chaud de son compagnon pressé contre le sien.

Comme si, inconsciemment, dans son sommeil, il l'avait recherchée.

La dernière nuit de leur voyage, certaine qu'il dormait, c'était

1. Au Moyen Âge, potion faite avec des plantes à qui l'on attribuait des vertus miraculeuses. Voir les récits du Normand Béroul et de Thomas d'Angleterre reconstitués par Joseph Bédier sous le titre : *Le roman de Tristan et Iseult*.

elle qui s'était collée à lui pour sentir sa chaleur. Les nuits étaient maintenant si froides qu'il était de plus en plus difficile de dormir sur le sol. Et la présence de ce grand corps contre elle était infiniment réconfortante.

Elle restait là, blottie contre ce large torse, se rappelant la nuit au cours de laquelle il avait osé des caresses intimes. Sa main sur son sein, ses baisers...

Sa réaction immédiate avait été de le repousser. Mais au souvenir des sensations qu'il avait suscitées en la caressant, elle commençait à se demander si elle n'avait réagi trop vite. Trahern ne lui aurait jamais fait de mal.

Que se serait-il passé si elle l'avait autorisé à aller plus loin ? Fermant les yeux, Morren tenta d'imaginer les grandes mains brunies par le soleil courant sur sa peau. La réveillant doucement. Au cours de son adolescence, elle avait surpris les conversations de quelques jeunes filles plus audacieuses qu'elle qui avaient connu l'expérience de l'amour. Elles riaient et se trémoussaient en évoquant leurs expériences. Et jamais elles n'évoquaient la douleur ni le sentiment d'avoir été abusées.

Elle, Morren, se sentait flouée.

On lui avait volé ce droit à la première fois dans les bras d'un jeune amant attentionné.

Calant sa tête dans le creux de l'épaule de son compagnon, Morren serra les paupières, comme pour forcer le sommeil. Un bras solide s'enroula autour d'elle et l'étreignit.

Alors, un sourire secret se forma sur ses lèvres tandis qu'elle s'endormait enfin.

15

Dès l'aube, Morren avait regagné sa place à l'extrémité de leur couche commune. Et quand Trahern s'était réveillé, elle n'avait fait aucune allusion à la nuit qui venait de s'écouler.

Ils avaient repris leur route, comme si de rien n'était. Pourtant, ce matin-là, il paraissait plus nerveux que de coutume. Une ou deux fois, elle le surprit à la regarder pensivement. Mais elle ne put rien lire dans ses yeux clairs.

Ils atteignirent Laochre, le domaine du roi Patrick, le frère de Trahern, au milieu de la matinée. Quand ils en franchirent les frontières, Morren remarqua chez son compagnon une soudaine métamorphose. Pressant les flancs de sa jument, il s'élança en avant, manifestant une vive impatience à revoir sa famille. Elle se hâta elle aussi, la tête levée vers les hautes murailles de pierre qui paraissaient boucher l'horizon.

Laochre lui rappelait les forteresses normandes qu'elle avait vues dans le Nord et aussi en Angleterre. Le haut bâtiment à la silhouette menaçante aurait repoussé sans peine des hordes d'envahisseurs.

Quand ils pénétrèrent dans le hall, une femme vint vers eux, les mains tendues. Ses cheveux étaient couverts d'un voile blanc maintenu par un cercle d'argent qui faisait écho à la lourde torque ciselée qui ornait son cou. Elle adressa à Trahern un chaud sourire et ses beaux yeux bruns brillaient de la joie de le revoir.

— Trahern ! Enfin, te voici revenu.

Elle l'examina d'un regard critique.

— Tu sembles en meilleur état que la dernière fois que nous nous sommes vus.

Ignorant l'œil interrogatif que la jeune femme dirigeait vers Morren, Trahern s'empressa de surenchérir :

— Ma reine, vous êtes plus belle que jamais.

Son interlocutrice lui adressa un sourire amusé.

— Pourquoi t'obstiner à me donner mon titre, Trahern ? Tu sais très bien que je préfère que tu m'appelles par mon prénom.

— Isabel, je vous présente Morren O'Reilly. Et voici quelques hommes qui ont bien voulu m'accompagner dans ma mission.

Il présenta les quatre hommes à tour de rôle et, quand ce fut le tour de Gunnar, le regard d'Isabel s'étrécit. Mais elle parut chasser aussitôt sa méfiance. Pourtant, elle réclamerait des explications, Morren n'en doutait pas. Et elle-même ignorait si elle serait capable d'y répondre.

— Je vais envoyer une servante préparer ta chambre, Trahern, déclara la reine. Morren, vous résiderez dans les appartements de mes suivantes… Combien de temps comptes-tu rester, Trahern ?

Le visage de Trahern se ferma.

— Le temps qu'il faudra pour faire ce pour quoi nous sommes là.

La reine donna quelques ordres puis, prenant Trahern par le bras, l'entraîna avec elle. Morren s'apprêtait à leur emboîter le pas, suivant humblement derrière quand, se retournant, Trahern lui tendit sa main libre. Elle la prit, réconfortée par ce geste.

— Pour l'heure, expliqua la reine, Patrick est avec Ewan. Ils sont occupés avec leurs hommes à achever la muraille d'enceinte de son château. J'imagine qu'Ewan ne s'arrêtera pas avant qu'elle ait atteint la hauteur de celle de Laochre.

Elle ajouta à l'intention de Morren avec un sourire aimable :

— Il n'y a pas un mois qu'Ewan a épousé sa jolie fiancée normande. Et déjà, il veut devenir le plus grand propriétaire terrien de ce pays ! Vous arrivez juste à temps pour le repas de midi, que nous prenons dans la grande salle. Morren, si vous voulez vous changer et faire un peu de toilette, Deirdre, ma chambrière, va vous conduire dans l'appartement des femmes.

Le sourire de Morren se figea. Bien sûr, Katla lui avait prêté une robe de rechange, mais la vigoureuse Norroise était plus grande et plus forte qu'elle et elle risquait de faire piètre figure devant cette assemblée de nobles chevaliers et de belles dames dans leurs beaux atours.

Mais déjà Trahern, saisissant une servante par la manche, lui murmurait quelques mots à l'oreille. Aussitôt, la jeune fille se précipita vers une porte.

Dans la grande salle, deux hommes avaient déjà pris place avec leurs femmes et leurs enfants dont les plus petits jouaient avec les chiens. La scène était bon enfant et il irradiait de chaque convive un véritable contentement.

Morren, le cœur serré, vit devant la cheminée où ronflait un grand feu une autre femme en train d'allaiter un nourrisson.

À l'entrée des nouveaux arrivants, les deux hommes déjà attablés se levèrent d'un bond et se précipitèrent sur Trahern. À leur ressemblance, Morren comprit qu'ils étaient frères.

Trahern entreprit les présentations.

— Voici mon frère Brevan, dit-il en administrant une claque dans le dos du jeune homme brun. Et, poursuivit-il en gratifiant le jeune blond du même geste, voici mon autre frère, Connor,

— Grand Dieu, mais il a de nouveau des cheveux ! s'exclama Connor avec un enthousiasme exagéré. Vu ton âge, mon vieux, je me demandais s'ils repousseraient jamais.

— Tu n'as qu'un an de moins que moi, fiston. Quant à mes cheveux, les nuits sont de plus en plus froides. Il était grand temps de les laisser repousser.

Bevan opina du chef.

— Tu ressembles davantage à celui que tu étais. Et tu m'en vois ravi.

Trahern, visiblement mal à l'aise, poursuivit ses présentations.

— Morren, je vous présente Geneviève, l'épouse de Bevan, annonça-t-il en la conduisant près de la jeune femme allaitante.

Une autre jeune épouse s'approchait déjà pour les saluer et Trahern la présenta comme étant Aileen, la femme de Connor.

— Aileen est l'une des plus habiles guérisseuses de la contrée, précisa-t-il.

Morren salua Aileen puis reporta son attention sur Geneviève. La belle-sœur de Trahern lui adressa un sourire las. Sans doute n'avait-elle pas beaucoup dormi de la nuit, avec un nouveau-né à allaiter.

— Pardonnez-moi de ne pas me lever pour vous saluer, expliqua la jeune mère, mais Alanna ne l'apprécierait certainement pas. Et personne ici n'a envie de profiter de l'un des concerts dont elle sait nous gratifier.

— Ne vous dérangez pas, je vous en prie…

Morren s'arracha un sourire mais, en voyant le nourrisson, avec sa jolie petite tête fine et ses menottes, son cœur saignait.

Geneviève tapota le banc, à côté d'elle.

— Vous devez être transie après toute cette route. Venez vous réchauffer au coin du feu.

Morren, reconnaissante, vint prendre place devant le foyer aux flammes crépitantes et sifflantes. Et, tout de suite, l'un des enfants qui jouaient vint l'examiner d'un œil curieux.

— Je m'appelle Liam MacEgan. Et toi, qui es-tu ? Qu'est-ce que tu es venue faire ici ? Vas-tu épouser mon oncle Trahern ?

La question, par trop directe, fit ciller Morren.

— Non, je ne viens pas pour épouser ton oncle.

Liam la dévisageait toujours, les poings sur les hanches.

— Alors, que fais-tu ici ?

Geneviève réprima un sourire.

— Liam, tu sais bien qu'il n'est pas poli de poser des questions à quelqu'un qu'on ne connaît pas. Excuse-toi, veux-tu ?

— Je m'excuse, dit Liam.

Mais son regard signifiait clairement qu'il n'était en rien contrit. Simplement curieux.

Morren, les mains croisées dans son giron, se retenait de rire, elle aussi. Elle avait toujours aimé les enfants et le sourire du petit Liam était aussi séduisant que celui de son oncle. Elle comprit soudain qu'on lui avait donné le prénom de l'aîné des frères MacEgan, mort quelques années plus tôt.

Soudain, s'emparant de sa main d'un geste vif, l'enfant y déposa un baiser.

— Liam ! protesta sa mère. Mais que fais-tu ?

— Oncle Ewan dit que, quand on veut obtenir quelque chose d'une femme, il faut l'embrasser.

Geneviève roula comiquement des yeux.

— Ça ne m'étonne pas de lui. Mais tu n'es pas encore en âge de...

— Et est-ce que cela marche ? intervint Trahern, une lueur amusée dans le regard.

Liam fronça les sourcils.

— Pas encore. J'aimerais bien avoir un gâteau au miel ou des confitures. Mais je sais que ni maman ni Geneviève ne voudront m'en donner.

Se tournant vers Morren, il demanda avec un grand sourire :

— Est-ce que tu en as ?

Elle ne put s'empêcher de sourire à son tour.

— Désolée, mais je n'ai pas emporté de nourriture avec moi.

— Le mieux, mon garçon, intervint encore Trahern, c'est que tu ailles jusqu'aux cuisines. Je suis sûr que si tu essaies le coup du baisemain sur une des servantes, elle te donnera tout ce que tu veux.

Comme pour lui donner sa bénédiction, la reine Isabel, qui venait de s'approcher, le baisa sur le front. Il fila aussitôt hors de la grande salle comme une hirondelle.

— Liam est l'aîné de mes garçons, expliqua Isabel. Il est élevé au foyer de Bevan et Geneviève qui sont venus ici pour les fêtes de la Samain.

Morren savait que beaucoup de clans irlandais tenaient aux anciennes traditions, bien que cela déplût fortement à l'Église.

— Je ne vois pas où serait le mal si nous fêtons la Samain selon les règles, pourvu que cela soit en famille et entre amis. Ici, tout ce qui est l'occasion de bien manger, de bien boire et de raconter des histoires est le bienvenu, ajouta Isabel en se tournant vers Trahern.

— Je ne connais pas de meilleur barde que Trahern, s'exclama Morren dans un élan incontrôlé. J'ai toujours aimé l'écouter.

Trahern parut apprécier le compliment, et, se tournant vers elle, il l'enveloppa d'un regard reconnaissant. Morren rosit, se rappelant ses baisers, et Connor décocha à son frère un coup de coude.

— Liam a raison, savez-vous. Rien de tel qu'un baiser pour obtenir ce que vous voulez d'une femme. À condition de savoir embrasser, évidemment.

Joignant le geste à la parole, il se pencha sur sa femme dont il effleura les lèvres d'une bouche experte.

— Peut-être manques-tu d'entraînement, Trahern.

Cette fois, les joues de Morren virèrent au cramoisi, ce qui n'échappa pas à Connor qui ajouta :

— Ou peut-être pas...

— Cesse de plaisanter, Connor, intervint Isabel en le châtiant d'une tape sur le bras. Morren, si vous voulez faire un peu de toilette avant le repas, je vous emmène tout de suite à l'étage.

Heureuse de cette diversion, Morren s'empressa de suivre la reine qui, accompagnée d'une servante, la mena à l'appartement des femmes non mariées.

Elles grimpèrent un large escalier de pierre, empruntèrent un couloir qui divisait l'étage en deux parties égales et, enfin, la servante poussa une porte.

— Entrez, ma chère, dit Isabel en donnant l'exemple.

Puis elle ajouta, après avoir demandé à la servante d'apporter un bassin d'eau chaude, un *léine* propre et une robe :

— Geneviève nous rejoindra dès qu'elle aura fini de nourrir Alanna. Elle voudra tout savoir.

— Tout savoir ?

Un sourire entendu joua sur les lèvres de la jeune reine.

— Jamais encore Trahern n'avait amené une femme avec lui à Laochre. Vous devez beaucoup compter pour lui.

Morren secoua la tête.

— Non. Nous sommes amis. Rien de plus.

Isabel claqua la langue, dans une amusante mimique.

— T-t-t-t... Vous m'en direz tant... Il ne cesse de vous couver du regard. Peut-être n'êtes-vous que des amis, mais à mon avis, cela pourrait bien changer...

Morren, mal à l'aise, décida de donner à Isabel une version épurée de ce qui lui était arrivé.

— Trahern a perdu sa fiancée, Ciara, lorsque notre *cashel* a subi l'attaque des Vikings. J'ai survécu à ce raid et j'ai promis d'identifier les raiders, voilà tout. Nous pensons qu'ils se cachent dans la station de Gall Tir.

Isabel fronça les sourcils.

— C'est impossible. La tribu des Hardrata est alliée avec nous depuis longtemps. Le grand-oncle de Patrick, Tharand, a séjourné chez eux pendant des années. Les Lochlannah de Gall Tir n'ont aucune raison de s'en prendre au *cashel* d'un clan irlandais. Surtout si loin d'ici. Avez-vous des preuves que ce sont eux ?

— Trahern vous en dira davantage.

Sentant sa réticence, Isabel changea obligeamment de sujet :

— Ma servante vous aidera à vous baigner et à vous changer pour le repas. Vous êtes la bienvenue ici. N'hésitez pas à demander ce que vous voulez.

Quand la reine s'en fut allée, la servante l'aida à faire une toilette sommaire puis à revêtir la robe qui lui était prêtée.

Elle la fit enfin s'asseoir et entreprit de démêler ses cheveux. Bientôt, sous le mouvement répété de la brosse, une douce torpeur l'envahit. Elle se sentait bien au sein de la famille de Trahern, comme si elle était des leurs depuis longtemps.

Quelques minutes plus tard, la porte s'entrouvrit et Aileen, la guérisseuse, passa sa tête dans l'entrebâillement. Derrière elle se profilait la haute silhouette de Trahern. Quand elle vit le visage grave d'Aileen, Morren comprit. Trahern lui avait tout dit.

Elle détourna son regard, rouge de honte. Comment avait-il pu trahir ainsi sa confiance ?

Aileen renvoya la servante et Morren gratifia son compagnon d'un regard noir.

— J'ai pris sur moi de demander à Aileen de vous examiner, expliqua Trahern d'une voix posée. Étant donné la fausse couche dont vous avez été victime...

— Je vais très bien. Merci.

— Trahern m'a expliqué que vous avez perdu votre bébé il y a quelques jours à peine, intervint Aileen d'une voix douce. Il voulait seulement s'assurer que vous vous rétablissiez normalement.

— C'est le cas, il me semble, rétorqua Morren d'un ton rude. Je n'ai nul besoin qu'on m'examine.

Elle était parfaitement consciente de se montrer impolie et désagréable, mais Trahern n'avait pas le droit de révéler son secret.

— Laisse-nous, Trahern, veux-tu ? ordonna Aileen.

La voix de la jeune femme était posée mais ferme. Trahern regarda les deux femmes, visiblement réticent, mais il finit par obéir.

Aileen referma soigneusement la porte derrière lui.

— C'est qu'il a peur, dit-elle soudain.

— Peur ? Grand Dieu, mais de quoi ?

— Il vous a assistée, cette nuit-là, et il craint d'avoir peut-être commis des erreurs. Il veut seulement s'assurer que tout va bien.

Morren se frotta vigoureusement les bras, comme pour se réchauffer.

— Je le répète, tout va bien.

Aileen la considéra pensivement, son joli visage maintenant creusé des rides d'une souffrance cachée.

— Je sais ce que c'est que perdre un enfant, croyez-moi. J'ai attendu six ans pour avoir enfin un bébé. Et j'ai subi plusieurs fausses couches.

La belle-sœur de Trahern respira un grand coup, refoulant son émotion. Puis, tirant une escabelle, elle s'assit à côté de Morren.

— Je ne vous poserai pas de questions indiscrètes. Je veux seulement que vous sachiez que, désormais, vous avez une amie à qui vous pouvez vous confier.

Morren, la gorge serrée par l'émotion, opina lentement du chef.

— Merci. C'est très gentil de votre part.

Affrontant le calme regard d'Aileen, elle ajouta :

— Les saignements ont cessé il y a plusieurs jours déjà. Cela devrait aller.

— Si vous avez des accès de fièvre ou si vous souffrez de crampes dans le bas-ventre, prévenez-moi. J'ai ce qu'il faut pour y remédier.

Puis, changeant de conversation, elle ajouta :

— Cela vous plairait-il d'aider aux préparatifs de la Samain ? Isabel serait ravie d'avoir du renfort, j'en suis sûre.

Morren hocha la tête, contente de s'occuper les mains autant que de se changer les idées.

— Cet après-midi, nous allons aider les enfants à confectionner des masques. Les adultes aussi vont en porter. Et, le soir de la fête, une fois les enfants couchés, les festivités pourraient prendre un tour plus audacieux... Mais il faut descendre. Chez les MacEgan, les plaisirs de la table sont une affaire sérieuse.

Rouvrant la porte, Aileen fit passer leur invitée devant elle et la suivit dans l'escalier. Soudain, elle s'arrêta à mi-étage.

— Il tient vraiment à vous, vous savez. Si vous attendez de lui plus que de l'amitié, vous n'avez qu'à lui tendre la main. Il la prendra.

Morren ne répondit pas. Que répondre, à dire vrai ? Et elle en voulait toujours à Trahern d'avoir trahi son secret.

Dans la grande salle, les longues tables montées sur tréteaux étaient maintenant chargées de nourriture. Du poisson grillé, des tourtes à la viande et des œufs d'oie bouillis s'offraient à qui voulait se servir. Aileen la conduisit à la table où siégeait la famille et Morren remarqua que Trahern, lui aussi, s'était changé. C'était vraiment un bel homme, qui devait beaucoup tenir de son grand-père car, maintenant qu'elle le voyait au milieu de ses frères, il lui paraissait évident qu'il n'avait pas grand-chose de commun avec eux. Seule la couleur de leurs yeux était semblable.

Quand Trahern la vit arriver, il se leva pour aller l'accueillir. Lui prenant la main, il la conduisit à son siège, juste à côté du sien, et l'aida à prendre place.

— Vous êtes très belle, *a chara*.

Son compliment la surprit. « Belle » n'était pas le qualificatif qu'elle se serait appliqué à elle-même. Elle le remercia, les yeux baissés.

— J'ai seulement dit à Aileen que vous aviez perdu votre bébé, lui murmura-t-il à l'oreille, comme s'il avait lu dans ses pensées. C'est tout.

Un flot de soulagement la submergea. Il avait compris ce qui la troublait.

— J'aurais préféré que vous ne disiez rien du tout, rétorqua-t-elle en appuyant fugitivement sa joue contre celle de son compagnon.

— Je tenais à m'assurer que tout allait bien. Et comme vous aviez refusé de consulter la guérisseuse des Lochlannah, il m'a semblé qu'ici...

Morren se redressa vivement.

— Je suis navrée de vous avoir parlé sur ce ton. J'étais convaincue que vous aviez tout révélé à votre belle-sœur. Le raid, le... Enfin, tout.

Le beau regard gris l'enveloppa tout entière.

— Je vous respecte trop pour cela.

Bientôt, dans le tumulte des conversations, ils ne purent s'entendre et ils se laissèrent aller à rire aux pitreries des enfants, répondant par monosyllabes aux questions que leur posait le reste de la tablée. La bonne humeur générale était contagieuse et Morren se retrouva bientôt avec Alanna, le bébé de Geneviève, dans les bras.

La petite fille la regardait de ses yeux gris-bleu avec le sérieux que les bébés mettent à regarder toute chose, sa bouche serrée en un mignon bouton de rose. Quand Morren la souleva doucement pour la caler contre son épaule, elle émit un petit rot contre son cou.

Quelle sensation douce-amère que de serrer le corps tiède d'un enfançon dans ses bras ! Si le sien avait vécu, elle aurait désormais le ventre bien rond. Peut-être même commencerait-elle à ressentir quelques coups de pied dans les flancs...

— Excusez-la, dit Geneviève avec un sourire. Elle vient juste de téter.

Comme pour contredire sa mère, Alanna se fourra le poing dans la bouche et commença à le sucer énergiquement. Mais le sommeil la prit soudain et elle s'endormit dans les bras de Morren.

— Voulez-vous que je la prenne ? demanda une voix derrière elle.

Se retournant, Morren vit Aileen penchée sur elle.

— Non, pas encore, murmura-t-elle, incapable de lâcher le petit corps blotti dans ses bras.

Berçant le bébé, elle se mit à lisser les fins cheveux qui ornaient son crâne.

Trahern lui adressa un sourire plein de douceur. Il ferait un bon père, ne put s'empêcher de penser Morren. On le voyait dans la tendresse nostalgique de son regard.

Mais sans doute avait-il renoncé aussi à cela, lui qui ne songeait qu'à venger sa fiancée défunte.

Elle rendit Alanna à sa mère et tenta de se concentrer sur la nourriture, malgré son manque d'appétit. Sous la table, une jambe se pressa contre la sienne.

Si vous attendez de lui plus que de l'amitié, vous n'avez qu'à lui tendre la main. Il la prendra.

Après le repas, plusieurs des hommes se levèrent pour aller discuter par petits groupes. De nouveau, Trahern se pencha sur elle.

— Nous partons pour Gall Tir.

— Quand ?

Le visage de son interlocuteur s'assombrit.

— Maintenant.

— Voulez-vous que… que je vienne avec vous ?

Morren savait que c'était nécessaire, mais, à cette perspective, elle se figea, glacée jusqu'au tréfonds de son être.

— Pas cette fois. Nous allons prétexter une simple visite de voisinage. Votre présence susciterait leur méfiance.

Elle lui prit la main sous la table, qu'elle serra très fort. Une prière lui vint aux lèvres, pour lui et pour ses hommes.

Trahern lui rendit son étreinte.

— Je rentrerai ce soir.

Le regard entendu qu'Isabel et Aileen échangèrent ne lui échappa pas. Elle ne voulait pas penser à ce qui se passait entre Trahern et elle. Le retour parmi les siens avait métamorphosé le jeune homme. Petit à petit, il ressemblait davantage à celui qu'elle avait connu autrefois.

Il s'apprêtait à rejoindre ses frères quand il parut se raviser. Revenant sur ses pas, il se pencha sur Morren et lui prit la bouche dans un geste possessif.

— À ce soir, *a mhuirnin*[1].

Plus tard, Morren rejoignit Isabel, Geneviève et Aileen occupées à confectionner des masques pour les enfants. Cette activité lui rappelait douloureusement sa propre enfance et les préparatifs de la Samain, qui était sa fête préférée.

Faits d'écorce et de feuillages, ces objets fragiles ne tiendraient pas plus d'un soir ou deux. Liam, qui avait fini son masque, travaillait maintenant à évider une citrouille pour en faire une lanterne.

— Comme ça, Cavan et moi, nous allons pouvoir attraper des *sidhe*[2] pendant la veillée d'*All Hallow's Eve*[3]. Et obtenir beaucoup de friandises.

1 *A mhuirnin* : « ma chérie » en gaélique.

2. Dans la mythologie celtique, le *aes sidh* est une créature fantastique habitant l'Autre Monde. On l'associera plus tard aux fées et aux elfes…

3. On reconnaît dans *All Hallow's Eve* la fête d'Halloween, à vocation beaucoup moins spirituelle aujourd'hui.

À cette perspective, il lui décocha un sourire ravi.

— C'est plutôt vous qui deviendrez des *sidhe* si on vous surprend à rôder la nuit dans les couloirs du château, menaça la reine.

Liam gratifia sa mère d'un sourire repentant mais Morren ne manqua pas de voir le clin d'œil malicieux qu'il envoya à son ami Cavan. Quand il en eut fini avec sa lanterne, il apporta à Morren un morceau d'écorce de bouleau pour qu'elle se confectionne un masque.

— Je possède un masque d'argent que je pourrais vous prêter, Morren, proposa gentiment Isabel. Après la fête, il y aura des danses et des jeux et peut-être parviendrons-nous à convaincre Trahern de nous raconter des histoires.

— Il le fera sans doute avec plaisir.

Manipulant avec délicatesse la fragile écorce de bouleau, Morren sourit au petit garçon.

— Cette écorce est très jolie. Je n'aurai besoin de rien d'autre.

Un grand sourire éclaira le visage de l'enfant.

— Je vais vous trouver des plumes d'oie. Vous pourrez décorer votre masque avec.

Et, joignant le geste à la parole, il se précipita dans la cour.

Mais, penchée sur sa tâche, Morren ne pouvait s'empêcher de s'inquiéter pour Trahern.

Quand les enfants eurent déserté la salle et que le calme fut revenu, la reine invita ses compagnes à se rassembler auprès du foyer.

— Et si nous lisions un peu dans l'avenir ? suggéra-t-elle.

Aileen jeta un coup d'œil circonspect au panier de noisettes posé sur le sol.

— Oh ! Isabel, tu sais très bien que c'est totalement absurde ! On ne saurait déterminer l'avenir d'une femme avec une poignée de noisettes.

— Mais c'est si amusant, insista Geneviève, le regard brillant. Allez Isabel, je veux bien commencer.

Morren avait déjà entendu parler de ce genre de jeu et n'y voyait aucun mal. Geneviève posa d'une main précise deux noisettes sur la pierre du foyer, assez loin du feu. En se réchauffant, les deux coques se rapprochèrent l'une de l'autre.

— Eh bien, la chose est claire, décréta la reine avec un sourire.

Bevan et vous allez continuer à être heureux ensemble. À moi, maintenant.

Elle installa côte à côte deux nouvelles noisettes et Morren se surprit à se pencher en avant comme les autres. La chaleur devenait de plus en plus intense et, quand les deux baies s'enflammèrent, Isabel éclata d'un rire joyeux.

— Je connais quelqu'un qui va passer une nuit de passion et de flamme, prédit Aileen avec le plus grand sérieux.

Isabel rougit.

— Patrick ne renâcle pas à la tâche, il faut bien l'admettre. Et son tempérament se révèle avec une énergie particulière quand il revient de voyage...

Elle ajouta avec un petit rire :

— Mais je ne m'en plains pas...

Morren rougit à son tour, choquée par la franchise de ses compagnes et curieuse en même temps. Bien qu'elle n'ait pas encore expérimenté le plaisir avec un homme, la pensée du corps chaud et dur de Trahern sur le sien l'émouvait de manière troublante.

— À Morren, maintenant, dit la reine.

Elle lui tendit deux autres noisettes, lui enjoignant de les disposer elle-même devant le feu. Morren obtempéra, le cœur battant.

Les deux noisettes roulèrent d'abord l'une vers l'autre mais, en se réchauffant, s'écartèrent très nettement.

L'humeur de ces dames s'assombrit et Morren lut le verdict dans leur regard. Trahern et elle finiraient par aller chacun son chemin.

— Bah... Ce n'est qu'un jeu, voulut la rassurer Isabel.

Morren le savait bien. Elle avait toujours été convaincue qu'elle retournerait vivre au *cashel*, parmi les siens, si c'était possible. Mais l'étrange sentiment de déception qui l'avait assaillie mit un certain temps à s'évanouir.

— Trahern va revenir avec les autres, déclara Aileen, tentant de la rasséréner. La station de Gall Tir n'est pas si loin. Ils seront là d'ici une heure ou deux, j'en suis sûre.

Morren tenta de sourire.

— Bien sûr, ils vont revenir...

Geneviève lui tendit la petite Alanna qui venait de s'endormir. Le corps du bébé était chaud et doux entre ses bras et Morren savait que la jeune femme avait agi ainsi pour la consoler. Mais ce qu'elle tenait là, contre son cœur, c'était aussi son espoir brisé.

Comme le temps s'écoulait et que Trahern ne revenait toujours pas, ce qui lui restait de courage et de bonne humeur s'évanouit.

16

Se glissant furtivement dans l'appartement des femmes, Trahern réveilla Morren en posant une main légère sur son épaule. Il murmura contre son oreille :

— Si vous souhaitez entendre le récit de mon entrevue avec les Lochlannah, il vous faut descendre avec moi maintenant.

Morren hocha la tête et, bondissant de son lit, revêtit rapidement son surcot. La prenant par la main, son compagnon l'entraîna dans les escaliers. Ils franchirent des corps d'hommes endormis, saluèrent des gardes et franchirent la lourde porte d'entrée qui s'ouvrait sur la cour.

Toujours main dans la main, ils se glissèrent furtivement jusqu'au jardin aux simples où Trahern fit asseoir la jeune femme sur un banc.

Elle ne l'interrogea pas mais Trahern savait ce qu'elle voulait entendre.

— Ils étaient tous là, aucun doute là-dessus. Aron O'Reilly jure avoir reconnu au moins deux d'entre eux.

— Avez-vous rencontré leur chef ? s'enquit Morren, enregistrant machinalement les plantes aux diverses propriétés qui s'offraient à sa vue.

— Non. Pas encore. Je voulais d'abord en débattre avec mon frère Patrick. En tant que roi de Laochre, il saura réclamer justice.

À dire vrai, en voyant les impressionnantes fortifications du camp viking, il avait préféré reconsidérer ses plans. Bien que Gall Tir fût composé d'une population mêlée, sa défense était solidement assurée par des guerriers vikings. Et, malgré son profond désir de vengeance, Trahern n'avait pas le droit de remettre en cause la sécurité de sa famille en provoquant une guerre entre les deux tribus. Il était de loin préférable de demander une audience au chef des Lochlannah et de revenir avec son frère, le roi Patrick.

Un grand rocher de granit recouvert de mousse s'élevait derrière le banc. S'asseyant à côté de Morren, Trahern s'appuya contre le flanc humide de la pierre. Elle avait oublié son *brat* et il posa sa cape sur ses épaules.

— Il fait froid et humide, dit-elle doucement. Rapprochez-vous de moi. Nous nous tiendrons chaud.

Aussitôt, ouvrant les bras, il l'attira contre lui et referma la cape sur eux.

— Je préfère vous parler discrètement. Que personne ne nous entende.

Elle eut un long frison et il la serra plus fort.

— Tenez-vous à venir avec nous jusque là-bas ?

— Oui, murmura-t-elle.

Sa voix était si incertaine qu'il insista :

— Si vous hésitez, je ne vous y contraindrai pas.

Morren posa la tête sur son épaule.

— Je viendrai avec vous, Trahern. Demain, si vous voulez.

Trahern se pencha sur elle. La douceur de ses cheveux lui chatouillait le nez et il respira son odeur. C'était bon de la tenir ici. Comme si les choses et les événements avaient pris leur juste place.

La main de Morren caressait son torse en doux mouvements circulaires et ce simple geste lui apportait une paix qu'il n'avait pas connue depuis longtemps.

— Morren, dit-il tout bas en lui capturant la main.

Lui soulevant le menton, il leva le visage de la jeune femme vers lui et la lumière argentée de la lune en souligna délicieusement les traits.

— Morren, répéta-t-il. Je voulais vous dire que... Si je veux que ces sauvages soient punis, ce n'est pas seulement pour Ciara. C'est aussi pour vous.

Sans répondre, Morren lui caressa le dos de la main.

La légèreté des doigts de la jeune femme, leur magnétisme le retenaient captif. Savait-elle que c'était grâce à elle qu'il était redevenu un homme ? Que la bête féroce qu'il était devenue avait disparu ? Grâce à elle, il éprouvait de nouveau des émotions, comme un homme normal.

— Vous aimiez Ciara, remarqua Morren d'une voix tranquille.

— Oui, c'est vrai.

— Vous manque-t-elle ?

Il était difficile d'oublier la présence d'une jeune femme comme Ciara. Mais le lien qu'il tissait désormais avec Morren avait aussi ses bienfaits. Elle faisait partie de ces femmes qui, instinctivement, savent panser les blessures et guérir du passé.

— Oui, elle me manque. Mais ce manque est beaucoup moins douloureux qu'avant.

Il attira Morren à lui jusqu'à ce que leurs deux fronts se touchent.

— Tu m'apportes du réconfort, petite fée, ajouta-t-il dans un souffle.

Il la sentait trembler sous sa paume, et quelque chose lui disait que ce n'était pas seulement de froid.

Sa bouche était maintenant si près de celle de la jeune femme que c'était comme un baiser. Il murmura contre ses lèvres :

— Sois-en remerciée, *a chara*.

Elle s'ouvrit aussitôt sous son baiser, s'abreuvant à ses lèvres comme un jeune animal assoiffé. Et, bien qu'il fût dévoré par l'envie d'approfondir son étreinte, il ne la pressa pas, se contentant d'une simple invite.

— Quand tout cela sera fini, je rentrerai chez moi, déclara Morren en s'écartant soudain.

Déjà, elle paraissait prête à s'envoler, tel un oiseau effarouché.

— Je le sais bien. Mais quel mal y a-t-il à vouloir jouir de votre présence ? À moins que vous ne préfériez être seule ?

Morren se redressa pour le regarder bien en face.

— Trahern... Vous êtes fait pour être père. Je vois bien l'amour que vous portez à vos neveux et à vos nièces. Et moi... Je ne suis pas sûre de pouvoir vous offrir cela.

— Cessez de penser à ce qui pourrait arriver ou pas plus tard. Qui sait ce que nous réserve l'avenir, Morren ?

Il enserra son visage entre ses paumes.

— À moins que vous ne vouliez plus que je vous touche ?

Morren ne sut que répondre. Elle sentait le désir qu'il tentait de refouler. Son propre corps s'échauffait malgré le froid de cette nuit d'automne. Elle ne pouvait nier les sensations qu'il éveillait en elle.

Son hésitation fit renaître une méfiante froideur sur le visage de Trahern. D'une main ferme, il l'aida à se remettre debout.

— Je vous raccompagne jusqu'aux appartements des femmes.

Mais ce n'était pas ce qu'elle désirait. Elle ne voulait pas qu'il s'éloigne. Pas maintenant.

Elle le retint par la main.

— Attendez !

D'une ferme pression sur les épaules, elle le fit rasseoir sur le banc de pierre. Puis, se penchant lentement, elle lui prit la bouche. Alors l'attirant à lui, Trahern l'embrassa comme si elle était l'unique femme au monde. Celle qui l'avait ramené du royaume de la démesure et de la folie.

— Assieds-toi, murmura-t-il en l'installant sur ses genoux.

Et, capturant la sienne, sa langue se mit à jouer avec elle, mordant et suçant jusqu'à lui arracher des cris de plaisir.

Puis, se glissant entre ses jambes, la main de son compagnon se mit à la caresser, jouant doucement avec le petit bouton de chair si sensible qui occupait le centre brûlant de son intimité.

Une sensation enivrante montait en elle et elle essaya de s'enfuir, en vain. Il la tenait bien.

— Laisse-toi faire, ma douce. Cela ne te fera aucun mal, souffla Trahern contre son cou.

Il la caressa de nouveau et elle sentit son sexe humide se gonfler de plaisir. La bouche de son compagnon jouait toujours avec la sienne, et, quand un spasme la secoua tout entière, il but ses cris tandis qu'il la caressait encore, plus fort, plus vite, la laissant pantelante.

Puis Morren s'effondra contre son torse, le cœur battant à se rompre.

— Que m'est-il arrivé ? demanda-t-elle en levant vers lui un regard perdu.

Sa phrase s'acheva dans un gémissement rauque tandis que la main de Trahern la fouillait doucement.

— Non, oh non, par pitié…

Il caressa de sa main humide ses lèvres, son visage, son nez et elle sentit l'odeur de son intimité se répandre dans l'air nocturne.

— Voilà ce qu'est le plaisir, *a stor*[1], murmura-t-il, ses dents blanches trouant la nuit noire. Et ne me dites pas que cela vous a été désagréable.

La pensée de Morren revint à ce moment de l'après-midi où, devant toutes les femmes réunies au coin du feu, la reine Isabel avait fait allusion au plaisir qu'un homme pouvait apporter à une femme. Était-ce donc ainsi que les choses devaient être ?

Scrutant le visage de son interlocuteur, elle lui demanda tout à trac :

— Et vous ? Qu'en a-t-il été de votre plaisir à vous ?

— Ne vous souciez pas de cela. Cet instant n'était rien qu'à vous.

Elle lui effleura les lèvres d'un baiser. Trahern le lui rendit puis la remit doucement sur ses pieds.

— Je vous raccompagne.

Morren le suivit, tandis que de délicieuses sensations continuaient à parcourir son corps.

Quand ils furent arrivés devant la chambre des dames, il lui caressa la joue.

— Dormez bien, *a mhuirnin*. Si vous le pouvez…

Morren s'empourpra, mais sa réponse fut brève.

— Vous aussi.

— Nous retournerons à Gall Tir dans quelques jours, ajouta-t-il. Après le retour du roi Patrick et les fêtes de la Samain.

Morren réprima un frisson. Elle devait se confronter à ses agresseurs, elle le savait, mais tout au fond d'elle-même, elle n'aspirait qu'à une chose : oublier.

— Vous ne serez pas seule, assura Trahern. Le roi et ses chevaliers seront là. Et c'est moi qui veillerai sur vous en personne.

Morren le savait bien. Mais, en se retrouvant face à face avec ces bandits, elle avait peur d'être brutalement ramenée en arrière.

Et d'être définitivement prisonnière du passé.

1. Terme d'affection équivalent en gaélique à « ma chérie », « ma douce », « mon cœur ».

Le jour suivant, c'est à peine si Trahern eut le loisir de la voir. Lorsque le roi Patrick fut revenu avec le plus jeune de leurs frères, ils se réunirent tous ensemble pour discuter du problème des raiders présumés de Gall Tir.

— Il s'agissait de mercenaires, déclara Trahern. Payés pour faire autant de morts que possible parmi les O'Reilly.

— Mais si tu parviens à les retrouver parmi les Hardrata, comment pourras-tu le prouver ? s'enquit Patrick. Ce sera ta parole contre la leur.

— Ce ne sont pas les témoins qui manquent. Et il sera facile de démontrer que les présumés coupables s'étaient absentés de Gall Tir au moment de l'attaque.

— Et Morren, quel est son rôle dans cette affaire ? demanda encore le roi.

Trahern hésita. Bien sûr, il pouvait leur cacher la vérité à tous, mais ils le connaissaient trop bien. Et s'ils croyaient qu'elle avait seulement perdu sa maison et sa famille, ils pourraient penser que ce n'était pas à eux de se charger de demander justice.

Lui savait ce qui s'était passé et il voulait la mort de ces hommes. Mais ses frères ne comprendraient jamais pourquoi, s'il ne leur donnait pas toutes les raisons.

— Morren fait partie de ces témoins, commença-t-il d'une voix lente. À elle seule, elle est mieux à même que tous les autres d'identifier les auteurs de ce raid. Elle les a vus et subis de très près... Un par un.

Se levant, il dévisagea ses frères à tour de rôle et conclut d'une voix brève :

— Parce qu'ils lui ont fait du mal. Beaucoup de mal.

Il n'eut pas besoin d'en dire plus, de parler explicitement du viol. Il vit les regards briller d'une flamme dure, les mâchoires se serrer. Ses frères avaient compris.

— Si l'un de ces sauvages touchait un seul cheveu de Geneviève, je lui arracherais la peau pouce par pouce, articula Bevan entre ses dents serrées.

— Alors, tu comprends pourquoi je veux que ces hommes-là soient châtiés.

Trahern se rassit, attendant que Patrick donne son opinion.

Comme celui-ci ne parlait toujours pas, paraissant mûrir de sombres pensées, il revint à la charge.

— Comment approcherons-nous le chef ? Si cela ne tenait qu'à moi, je retournerais là-bas avec mes témoins et je tuerais les coupables. Mais ce serait la guerre entre notre tribu et la leur. Et ce n'est certainement pas ce que nous voulons.

Patrick se laissa aller contre le haut dossier de son fauteuil.

— Les O'Reilly doivent faire part de leurs accusations devant les *Brehons*, dit-il enfin. Si la preuve est faite de la culpabilité de ces raiders, ils peuvent demander réparation. Quant à Morren...

Il scruta Trahern avant d'ajouter :

— Elle aussi peut demander justice. Tu n'as pas besoin de t'en mêler.

— Elle s'est mise sous ma protection. Je ne l'abandonnerai pas. Je lui ai promis que les MacEgan lui apporteraient leur soutien.

Le visage de Patrick s'assombrit.

— Tu n'avais pas à faire ce genre de promesse, Trahern. Il s'agirait de Geneviève ou d'Isabel ou de n'importe quelle autre de nos femmes, je ne m'y opposerais pas. Mais Morren n'est pas des nôtres. Il n'est pas question de compromettre la paix de notre peuple et la vie de mes hommes pour une étrangère.

— Mais Morren n'est pas une étrangère !

— Elle n'appartient pas à notre tribu et elle n'est pas ton épouse.

Ces paroles mettaient un terme à la discussion. Il était clair que Patrick ne s'engagerait dans aucune entreprise qui risquerait de mettre en péril son clan.

Trahern le regardait, le souffle coupé. Les frères MacEgan ne faisaient-ils pas toujours front ensemble ?

— Et si elle l'était ? souffla-t-il. Ma femme, je veux dire.

— Dans ce cas, nous la traiterions comme les nôtres. Et nous prendrions sa défense.

— Que nos hommes se préparent, déclara Trahern d'une voix forte en se levant brusquement. Je l'épouserai le soir de la Samain. Ensuite, nous irons demander raison aux Lochlannah.

Patrick pouvait se sentir manipulé, mais Trahern était dans son bon droit, il en était convaincu. Et, de là où elle se trouvait, il savait que Ciara lui donnait raison. Maintenant, comment convaincre Morren de devenir sa femme ?

C'était une autre affaire.

— Alors ? s'enquit Isabel d'une voix pressante. A-t-il accepté ? Va-t-il l'épouser ?

Son mari, qui la précédait dans l'escalier à vis menant à leur appartement, se retourna vers elle.

— Ne serais-tu qu'une petite intrigante, ma femme ?

Ils arrivaient dans leur chambre, et, voyant une petite flamme bien connue s'allumer dans le regard de son époux, Isabel laissa glisser son *brat* sur le sol.

— Trahern mérite d'être heureux. Et il est grand temps qu'il se marie. Nul d'entre nous ne rajeunit.

— Mais Morren O'Reilly est-elle la femme qui lui convient ?

— Serais-tu devenu aveugle, mon mari ? Ne vois-tu pas la manière dont il la regarde ? Et elle, comment elle le regarde, également ? Et comme ils sont toujours collés l'un à l'autre ? La pauvre enfant s'est fait un sang d'encre tout le temps qu'il a passé à Gall Tir.

— Je les ai bien vus dans le jardin hier soir, en effet, reconnut Patrick.

— Oh ? Et que faisaient-ils par une nuit si...

Ses mots furent interrompus par un baiser vorace. Se collant au corps de son époux avec un soupir, Isabel se laissa allonger sur le lit matrimonial sans trop se débattre.

Quand il la libéra enfin, ce fut pour dire :

— C'est précisément ce qu'ils faisaient qui me laisse penser que tu as raison, ma mie. Il est grand temps que mon cadet se marie.

Isabel entreprit de lui retirer sa tunique sans se soucier qu'on ne fut qu'à mi-journée. Même après toutes ces années, elle aimait son mari comme au premier jour.

— Je vais faire en sorte que leurs noces soient célébrées comme il se doit.

— À condition qu'elle dise oui.

— Quelle femme serait assez folle pour refuser d'épouser un MacEgan ? chuchota Isabel dans son cou.

Et, sur ces mots, elle attira son mari dans ses bras.

17

Pour le premier soir des festivités de la Samain, l'air était froid et piquant. Le soleil se couchait derrière les collines quand Morren aperçut au fond de la cour intérieure du château une gerbe faite de tiges de blé habillée comme une femme. La *Cailleach*[1] était entourée d'une ronde de jeunes filles qui jouaient à qui oserait toucher la première la vieille sorcière.

Annle, une femme âgée qui avait été longtemps la guérisseuse du clan MacEgan avant qu'Aileen ne lui succède, s'amusait à observer le manège des jeunes filles, sa vieille bouche édentée étirée en un mince sourire. C'était certes la plus respectée parmi les anciennes du clan. À plus de soixante-quinze ans, elle avait vu plusieurs générations grandir.

Assise sur son escabeau, elle observait le manège des enfants tout en fixant avec précaution leur masque sur le visage des plus jeunes. Bien qu'il soit assez inconfortable et pas très joli, le masque de Morren était fait avec l'écorce de bouleau que Liam lui avait donnée. Pour rien au monde elle n'aurait voulu décevoir le jeune garçon.

Trahern avait jeté son dévolu sur un masque doré qui dissimulait la partie supérieure de son visage, laissant seulement la bouche à découvert. Il avait un comportement étrange, ce soir. Il paraissait

1. Divinité celte appartenant au folklore gaélique le plus ancien, la *Cailleach* est souvent vue comme une déesse sorcière régnant sur l'hiver, depuis la Samain (1er novembre et premier jour de l'hiver) jusqu'à Beltaine (1er mai et premier jour de l'été). C'est elle qui règne sur la neige et le mauvais temps.

distrait et lui parlait à peine. Était-ce à cause de ce qui s'était passé la veille dans le jardin ? Peut-être s'en repentait-il déjà ?

En tout cas, il gardait par-devers lui quelque chose qui risquait peut-être de remettre en question leur relation.

Liam apporta cérémonieusement la citrouille creuse où brûlait déjà une chandelle.

— Tu vois, déclara-t-il en lui montrant la lumière. Ma citrouille va chasser les mauvais esprits.

Morren feignit d'avoir peur.

— Que me dis-tu là ? Des mauvais esprits ? Mais c'est horrible.

Liam lui adressa un sourire ravi puis alla rejoindre son cousin Cavan, à qui il manquait deux incisives.

— Filons vite, déclara Cavan. Sir Anselm nous a promis des galettes fourrées avec des canneberges.

Les deux jeunes garçons rejoignirent le petit groupe qui passait d'adulte en adulte pour récolter des friandises. Plus loin, des enfants plus âgés concouraient pour attraper des pommes.

Connor, l'un des frères de Trahern, avait en effet attaché une corde à la branche d'un arbre et y avait fixé transversalement une branche qui supportait à chaque extrémité une pomme et une bougie allumée. Chaque concurrent devait sauter le plus haut possible en mordant la pomme sans se brûler à la chandelle.

Trahern avait pris place autour de l'un des feux qui brûlaient haut dans le soir tombant. Bientôt, un groupe d'auditeurs se massa autour de lui et il entreprit de raconter la légende de Nera, l'homme qui avait épousé la fille d'un roi de l'Autre Monde et avait ainsi sauvé son clan d'un terrible *sidhe*[1]. Morren allait s'approcher quand elle entendit Annle dire dans son dos :

— Sa mère aurait été si fière de le voir.

Se retournant, elle vit la vieille femme la regarder de ses yeux délavés, profondément enfoncés dans leurs orbites. Son *brat* était tombé sur le sol et ses épaules maigres et voûtées tremblaient sous la morsure du froid.

1. « Sidh » appartient à l'expression gaélique « aes sidh » qui désigne un habitant du « sidhe », lieu d'entre-deux-mondes. Il s'agit d'une créature du folklore irlandais dont la notion disparaîtra à la fin du Moyen Âge au profit de la fée et des elfes.

— Une honte, vraiment, qu'elle soit morte si jeune, reprit encore Annle, cherchant à serrer autour d'elle de ses vieilles mains nouées de veines bleues l'étoffe de laine qui avait glissé.

La rejoignant d'un pas vif, Morren ramassa le *brat* et lui en entoura les épaules, aussitôt remerciée par un bon sourire.

— Trahern ressemble à son père. C'est pour cela qu'il n'est pas comme les autres.

— Que veux-tu dire, Annle ?

La vieille femme eut un sourire mystérieux.

— Rien. Ce ne sont là que radotages de vieille bique. Va t'amuser avec les autres, ma fille. Et n'oublie pas qu'il t'attend.

— Nera prévint son peuple que les *sidhe* allaient bientôt attaquer *Rath Cruachan*[1]. Il demanda à ses guerriers de se préparer mais, au moment de partir pour le combat, il pensa à son épouse et à son enfant nouveau-né qui l'attendaient derrière les grilles d'or du pays des fées.

Trahern se posa sur elle, l'emprisonnant de son regard.

— Sa femme était tout pour lui et, malgré la trahison des autres, jamais il ne l'abandonnerait.

Morren sentit ses joues s'empourprer. Parlait-il pour elle ?

En entendant le faible vagissement du bébé d'Alanna, elle frémit. Le regard de Trahern s'adoucit. Il acheva l'histoire de Nera, qui finit par vaincre les immortels et retrouver sa femme et son enfant.

Quand son récit fut terminé, Trahern se leva. Mais il attendit que la foule se fût dispersée pour retirer son masque d'or.

— Est-ce lourd ? demanda Morren en désignant l'objet du doigt.

— Un peu. Plus qu'un masque d'écorce ou de lichen, en tout cas. Mais les enfants aiment que je le porte... Voulez-vous marcher un peu avec moi ? Il y a quelque chose dont je dois vous parler.

Il n'y avait plus rien en lui du conteur plein de verve et d'assurance. Morren savait qu'il s'était concerté avec ses frères ce matin même à propos de ce qui se passait à Gall Tir. Il était plus que probable qu'ils ne l'autoriseraient pas à les accompagner jusque là-bas. Mais elle ne se laisserait pas faire. Pas maintenant, alors qu'ils étaient

1. « Rath Cruachan » à venir.

près de toucher au but. Elle emboîta le pas à Trahern, après avoir retiré elle aussi son masque qui se balançait maintenant au bout de ses doigts. Il la conduisit à travers champs jusqu'au chenal qui séparait le domaine d'une petite île située à quelques encablures.

Trahern avait emporté une torche avec lui et, tout en marchant, il entreprit de ramasser des broussailles et un peu de bois. Quand ils atteignirent le bord de la falaise, ils rassemblèrent des pierres pour former un foyer.

— Je tiens à vous accompagner chez les Lochlannah, insista Morren tandis qu'ils s'asseyaient devant le feu. Quoi que vous ayez à me dire, rien ne changera ma décision.

Trahern regardait la mer sans répondre.

— Mon frère Patrick refuse d'envoyer des hommes auprès d'eux pour plaider notre cause et réclamer justice, dit-il enfin.

— Mais nous n'avons pas besoin d'eux, s'obstina Morren. Nous sommes parfaitement capables de défendre notre cause nous-mêmes. Surtout quand il s'agit d'une cause juste.

Se rapprochant de Trahern, elle posa une main sur sa manche.

— Nous le pouvons, en effet. Mais nous n'avons guère de chance de réussir. Avec le roi Patrick et ses hommes pour nous soutenir, nos arguments auront plus de poids. Mais mon frère y met une condition.

Morren attendit, mais rien ne venait. Enfin, la dévisageant intensément, Trahern dit sans ambages :

— Que nous nous mariions.

— Quoi ? Que dites-vous ?

Les mots étaient sortis avant qu'elle n'ait pu les retenir. Épouser Trahern seulement pour avoir l'appui des soldats du roi de Laochre ?

— Vous ne parlez pas sérieusement ?

— Je ne m'attendais pas à cette suggestion, poursuivit son interlocuteur. Mais je dois reconnaître qu'il a raison. Si vous acceptiez de devenir ma femme, les MacEgan deviendraient votre famille. Et les Hardrata sont très attentifs à s'assurer de bonnes relations avec leur voisinage.

Morren le dévisageait, bouche bée. Trahern lui demandait-il sérieusement de l'épouser pour respecter leurs alliances avec leurs voisins normands ?

Une colère froide s'empara d'elle.

— Non, déclara-t-elle. Il n'est pas question que je vous épouse. Aucune raison parmi celles que vous évoquez ne me semble le justifier.

Elle respira profondément à plusieurs reprises pour retrouver son calme. À ses yeux, le mariage avait conservé une valeur sacrée. Et rien ne parviendrait à la convaincre d'épouser un homme simplement parce que le frère de celui-ci le lui avait demandé.

Trahern était de nouveau absorbé dans la contemplation de la mer.

— Je pensais bien que vous refuseriez, reprit-il en refermant sa main sur la sienne. Mais j'ai d'autres arguments. Si vous m'épousez, je vous protégerai et aucun homme ne pourra plus vous faire de mal.

Elle se libéra doucement.

— Pensez-vous que ma sécurité soit la seule chose qui compte pour moi ?

Se remettant sur ses pieds, elle alla jusqu'au bord de la falaise. Loin au-dessous d'elle, l'eau noire tourbillonnait et frappait les rochers à grand fracas.

— Non, bien sûr. Mais il me semblait...

— Il ne vous semble rien du tout. Si j'avais besoin d'un gardien, je pourrais en louer un. Je n'ai nul besoin d'un mari.

Elle fit volte-face, les yeux pleins d'éclairs, manquant trébucher. Lui prenant les mains, Trahern la ramena près du feu.

— Vous avez peur du mariage.

— Non. Mais je suis en colère. Comment votre frère peut-il me mépriser à ce point pour me traiter comme un objet ou une simple femme sans courage ni volonté ? Et vous, comment pouvez-vous accepter de vous laisser manipuler ? Mon frère pense que je dois me marier... Donc, je me marie !

Trahern secoua la tête avec un soupir.

— Ce n'est pas mon frère qui mène la danse. Je suis assez grand pour prendre mes décisions tout seul. Et je pense sincèrement que nous pourrions faire un bon couple.

Décidément, il ne comprenait rien.

— Qu'en savez-vous ? protesta-t-elle, des larmes de colère et d'humiliation se pressant sous ses paupières.

Il posa doucement ses mains sur ses épaules.

— J'aimerais que vous partagiez ma couche, Morren. Vous le savez.

De vieux rêves brisés remontèrent du fond d'elle-même. Elle refoula un sanglot.

— Je ne veux pas d'un mariage de raison, Trahern. Ni simplement pour le plaisir. Je veux un mari qui m'aime, ou pas de mari du tout. Ne croyez-vous pas que j'y ai droit, malgré tout ?

Au lieu de s'écarter, comme elle le craignait, Trahern la serra plus fort, massant doucement ses épaules aux endroits les plus douloureux.

— Et, bien sûr, vous ne pensez pas pouvoir vous attacher à un homme comme moi...

Elle laissa tomber sa tête sur sa poitrine, s'abandonnant à ses mains apaisantes.

— Ce n'est pas ce que j'ai dit.

Les mains de Trahern se glissèrent dans son cou, remontèrent dans ses cheveux en une lente caresse.

— Vous comptez plus pour moi que quiconque, murmura-t-elle Mais je sais que je ne comblerai jamais le vide laissé par la mort de Ciara.

Levant les yeux vers lui, elle ajouta :

— Je ne serai jamais un substitut, Trahern. Et encore moins un instrument pour votre politique. Même si je devenais la femme du frère d'un roi, cela ne me suffirait pas.

Le regard de Trahern était impénétrable.

— Je vous raccompagne, dit-il enfin.

Nourriture et boissons continuaient à être apportées en quantité tandis que les enfants dormaient depuis longtemps dans leur lit. Trahern avait remis son masque et Morren l'avait imité. Les adultes riaient et plaisantaient, tandis que la vieille Annle les régalait d'histoires de son cru.

Mais le cœur de Trahern n'était pas à la fête. Morren avait raison. Il lui avait demandé de l'épouser non parce qu'il la voulait pour femme mais pour mieux assouvir sa vengeance. Il savait pertinemment que le soutien de son frère pèserait lourd dans la balance pour l'aider à obtenir justice.

Il n'avait pas pensé une seconde que le mariage était une affaire sérieuse, et qui durait longtemps. Morren avait le droit d'être en colère.

Ce qui le surprenait, c'était que le refus de la jeune femme ait suscité en lui une telle déception. Dans son esprit, ce n'était qu'une stratégie.

Et une stratégie qui lui permettait en outre de ne pas avoir l'impression de trahir la mémoire de Ciara. Ce qui était d'autant plus perturbant qu'il ne pensait plus beaucoup à la jeune morte depuis quelque temps. Un autre visage, d'autres yeux avaient pris sa place. Et il n'aurait su dire quand cela était arrivé.

Oui, décidément, il était bien coupable. Et Morren avait vu clair dans sa piètre machination.

Il la poussa doucement au milieu des participants. Gunnar se tenait un peu à l'extérieur du cercle, comme s'il avait envie de se joindre aux MacEgan mais n'osait pas. Il dominait tous les autres hommes de sa haute taille et semblait fasciné par l'histoire que racontait Annle.

La vieille femme parlait des parents de Trahern et de la manière dont son père s'était battu pour gagner le cœur de sa mère, Saraid.

Trahern se rapprocha, sa curiosité soudain éveillée, serrant toujours la main de Morren dans la sienne.

— Un soir, alors que Saraid était enceinte de son quatrième enfant, poursuivait Annle, elle vit une étrangère qui errait de l'autre côté des murailles. Comme elle, la femme attendait un enfant et Saraid, prise de pitié, l'invita à séjourner avec eux.

Annle marqua une pause, comme pour s'assurer de l'attention de l'assistance, puis reprit :

— L'étrangère ne proférait pas un mot et tous commençaient à se demander qui elle était. Venait-elle par hasard de la contrée de *Tir na nOg*[1] ? S'agissait-il d'une fée grimée en humain ?

1. La Terre de l'Éternelle jeunesse, *Tir na nOg*, en gaélique, est l'un des territoires les plus connus des Autres Mondes de la mythologie celtique. Il est essentiellement peuplé d'elfes et d'autres créatures merveilleuses.

Gunnar se fraya un passage dans la foule, le regard rivé sur la vieille conteuse.

— À quoi ressemblait-elle ?

Sa question rompit le charme et quelques auditeurs poussèrent des « chut ! » virulents.

Mais Annle se contenta de lui faire signe de s'asseoir parmi les autres.

— Elle était comme toi, grande et blonde, avec une tresse qui lui descendait jusqu'à la taille et des yeux bleus. Sur le coup, nous avons cru qu'elle venait de la station de Gall Tir.

Elle marqua une nouvelle pause, but une longue gorgée de petite bière, puis ajouta :

— Mais nous nous trompions, vous le verrez plus tard. Il est dit dans la légende que ceux qui offrent l'hospitalité aux étrangers reçoivent la bénédiction des *Tuatha Dé Danann*[1]. Saraid, qui le savait, accueillit la pauvre femme. Et quand le temps fut venu, l'étrangère mit au monde son enfant.

Une pause, de nouveau, et Annle embrassa tout son public du regard.

— Mais, à la première lueur de l'aube, la mère et l'enfant avaient disparu. Simples mortels ou divinités, nul ne le sut jamais. Toujours est-il que, dès lors, les MacEgan ont joui de la plus grande prospérité.

Les applaudissements de ses auditeurs arrachèrent à la vieille femme un sourire édenté. Elle prit la main que lui tendait respectueusement une jeune fille et se laissa conduire jusque chez elle.

Trahern ne bougea pas. Il vit le doute s'inscrire dans le regard de Gunnar puis le jeune Norrois se tourna vers lui.

Un malaise soudain s'empara de Trahern. Il s'excusa auprès de Morren et, instinctivement, s'élança à la poursuite d'Annle.

Elle avançait lentement en s'appuyant sur l'épaule de la jeune fille pour maintenir son fragile équilibre. Les rattrapant en quelques enjambées, Trahern se proposa :

— Laisse, Clervie. Je vais raccompagner Annle chez elle.

La vieille guérisseuse lui prit le bras avec un sourire.

1. *Tuatha Dé Danann* à venir à venir à venir à venir à venir à venir à venir à venir à venir à venir à venir à venir à venir à venir à venir à venir à venir.

— Et comment vas-tu, mon garçon ? Tu as meilleure mine que la dernière fois que je t'ai vu.

Ralentissant le pas, il la remercia pour son compliment.

— Annle, à propos de l'histoire que tu as racontée tout à l'heure...

— Tu veux savoir si elle est vraie.

Annle s'interrompit dans sa marche et reprit dans un chuchotement, ses yeux délavés par le temps le dévisageant sans ciller :

— Mais quelle importance, Trahern ?

— Tu sais ce qui est arrivé à cette femme, n'est-ce pas ?

— Oui, en effet.

Annle reprit sa marche et, s'arrêtant enfin devant sa hutte, agita le bâton qui lui servait de canne, lui faisant signe d'ouvrir sa porte. Obtempérant, il ouvrit la porte de la petite hutte et vit que quelqu'un avait déjà déposé des pierres chaudes dans le foyer pour réchauffer l'atmosphère. Annle, la femme la plus âgée de la tribu, était aimée et respectée de tous.

— Je ne ressemble à aucun de mes frères, dit-il quand il eut refermé la porte sur le froid de la nuit. J'ai toujours pensé que je tenais de mon grand-père. Mais c'est plus compliqué que cela, n'est-ce pas ?

— Tu connais ceux à qui tu ressembles, expliqua Annle en s'asseyant lourdement sur son escabeau. Et c'est cela qui te déconcerte.

Les Lochlannah !

Trahern eut l'impression qu'une main de glace lui enserrait le cœur. Tout son sang se retira de ses veines.

— Non. Ce n'est pas vrai.

Annle croisa ses mains dans son giron.

— La femme lochlannah est arrivée chez nous il y a de nombreuses années. Elle mit son enfant au monde juste la nuit d'après que Saraid eut accouché. Mais le fils de ta mère ne survécut pas longtemps à sa naissance. Il était venu au monde bien trop tôt et je n'ai rien pu faire pour le sauver.

Annle prit la main de Trahern dans sa vieille main parcheminée.

— Tu devines la suite, n'est-ce pas ? L'étrangère est morte des fièvres mais son garçon était beau et fort et ne demandait qu'à vivre. Saraid a pris l'enfant et s'en est occupée comme elle l'aurait fait de son propre fils.

Il aurait voulu nier, crier que ce n'était pas possible. Mais au fond de lui, il savait que c'était vrai.

Tu es l'un des leurs, avait dit Aron. *Tu es un Lochlannah*. Même Gunnar avait pressenti qu'ils appartenaient au même peuple. Lui seul avait refusé de voir la vérité.

Il aurait voulu enfoncer son poing dans l'un des murs de torchis. Mais la main menue d'Annle serrait toujours la sienne. Alors, il prit une profonde inspiration.

— Tu as dit que la femme ne venait pas de Gall Tir ?

— Elle n'appartenait pas à la tribu des Hardrata. Elle avait fui leur station pour nous demander asile.

— Et qu'avez-vous fait de son corps, après sa mort ?

— Nous avons enterré son corps sur la falaise et avons recouvert sa tombe de pierres, comme nous le faisons pour les nôtres... Trahern, cette femme t'a peut-être donné la vie, mais c'est Saraid qui t'a nourri et t'a donné une famille.

S'interrompant, elle posa une main sur son torse, à la place du cœur en disant non sans une certaine solennité :

— Le sang des MacEgan ne coule peut-être pas dans tes veines, mais tu as grandi parmi nous et tu es des nôtres.

Trahern n'écouta pas le reste de son discours, des paroles d'apaisement et de consolation. À quoi bon se bercer de mensonges ? Il avait toujours cru que Saraid et Duncan étaient ses parents. Qu'il était la chair de leur chair. Et c'était ainsi que sa mère et son père l'avaient toujours traité.

Et maintenant, qui était-il ?

— Mon père savait-il cela ?

Annle opina du chef.

— Oui. Mais ils ont choisi de te considérer comme leur fils, ils t'ont reconnu comme tel et tu portes leur nom. N'oublie pas que Saraid avait vécu une tragédie. Elle venait de perdre son enfant et tu étais sa consolation.

Elle ajouta en lui tapotant affectueusement la main :

— Ne te laisse pas assombrir par cette découverte, mon garçon. Tu as fait le bonheur de tes parents, comme tes frères, et ils étaient fiers de toi.

Mais Trahern était atteint en plein cœur. Non seulement il ne connaîtrait jamais ses vrais parents, mais il devenait un imposteur. Il n'était pas un MacEgan. Et cette idée, fichée dans sa poitrine comme un couteau, l'empêcherait de respirer normalement jusqu'à la fin de ses jours.

Il souhaita bonne nuit à Annle et sortit de chez elle. L'heure était toujours à la fête mais il n'avait plus la moindre envie de se divertir. Il vit Connor rire avec sa femme, du rire clair de l'homme gâté par le destin et conscient de son bonheur. Son frère le salua gaiement de la main.

Non. Ce n'était plus son frère. Lui, Trahern, était un Lochlannah. Il portait en lui le sang de leurs ennemis.

Il s'éloigna de la foule, avec l'impression d'avoir reçu un coup de massue sur le crâne. Soudain, il perçut des pas légers qui le suivaient. Mais, loin de ralentir ou de se retourner, il poursuivit son chemin jusqu'au donjon, sachant de qui il s'agissait.

Morren.

Mais désormais, que pouvait-il lui dire ?

— Trahern ? appela-t-elle tandis qu'il atteignait l'escalier menant à la salle haute. Tout va bien ?

Non, tout allait mal, au contraire.

— J'ai seulement besoin d'un peu de solitude, se contenta-t-il de répondre.

Il lui fallait décider de ce qu'il devait faire des révélations d'Annle. C'était pour lui comme si l'on venait d'effacer son passé.

Morren le rejoignit, inquiète.

— Depuis que vous êtes sorti de la hutte d'Annle, vous n'êtes plus le même.

— Cela n'a rien à voir avec les raiders, la rassura-t-il. Allez rejoindre les autres et profitez de la fête.

Passant devant lui, Morren s'arrêta sur le degré de pierre.

— Je suis votre amie, Trahern, dit-elle en lui caressant la joue du doigt. Vous pouvez me parler.

Il aurait voulu la repousser. Il devait garder pour lui son secret, ne pas perturber la jeune femme avec ses sombres pensées. Pourtant, sa présence l'apaisait. Elle le connaissait mieux que n'importe quelle autre femme. Et il savait qu'elle, elle ne porterait pas de jugement.

— Venez, lui enjoignit-il en la prenant par la main.

Et il la conduisit jusqu'à la partie du donjon où se répartissaient les appartements de la famille. Ouvrant l'une des lourdes portes de chêne, il la fit pénétrer dans une pièce sombre.

Maintenant, il ne pouvait plus reculer. Il fallait parler. Par où commencer ? Comment lui raconter ? Morren demeurait silencieuse. Elle se contentait de le regarder de ses grands yeux clairs.

— Annle vient de m'expliquer qui était la femme dont elle racontait l'histoire, tout à l'heure...

Il parla à Morren de l'enfant que Saraid avait perdu et comment lui, Trahern, avait pris la place du bébé défunt.

— Saraid m'aimait, je le sais. J'ai grandi dans une famille aimante, persuadé que j'avais cinq frères.

— Mais vous les avez toujours, s'exclama Morren, qui l'écoutait, le regard agrandi. Que vous soyez du même sang ou non, vous appartenez tous à la même famille.

Trahern se mit à arpenter la pièce.

— Je dois leur dire la vérité... Mais au fond de moi, je préférerais continuer à vivre dans le mensonge. Je ne veux pas savoir que le sang des Lochlannah coule dans mes veines. À chaque fois que je pense à eux, je revois Ciara. Et vous.

S'emparant d'une mèche des cheveux de sa compagne, il l'attira doucement à lui.

— Cette pauvre femme venait de s'enfuir de Gall Tir. Il est plus que probable que j'ai été enfanté par l'un d'eux.

Elle l'étreignit doucement dans un geste de réconfort.

— Rien n'a changé, Trahern. Tout est comme avant.

Elle se trompait. Une chose au moins avait changé. Leur relation. Elle avait beau se déclarer son amie, elle était pour lui beaucoup plus que cela. Quand cela était-il arrivé ? Il n'aurait su le dire. Mais elle comptait beaucoup pour lui. Il la serrait étroitement contre lui, humant le léger parfum floral qui émanait de ses cheveux, de sa peau.

Il s'apprêtait à la repousser quand il sentit deux mains légères se poser sur sa nuque. Ce simple contact fut comme une braise sur un lit de feuilles sèches.

Il voulait coller son corps contre le sien, retirer un à un ses vêtements. Mais au lieu de cela, il dénoua les mains de Morren et se libéra doucement.

Le sourire de la jeune femme s'évanouit.

— Vous m'en voulez... Mais de quoi ?

— Non. C'est à moi que j'en veux.

Elle fut secouée par un tremblement.

— Vous m'en voulez parce que j'ai refusé de vous épouser.

Il secoua la tête.

— J'ai promis de venger Ciara. Au lieu de cela, je suis ici avec vous, dans cette chambre. Et j'ai cessé de penser à elle. Je vous veux, beaucoup trop pour notre bien à tous les deux.

Comme elle ne disait mot, il la poussa vers la porte.

— Partez, Morren. Partez vite avant que je ne fasse quelque chose que je pourrais regretter.

Il n'était plus capable de penser clairement. La colère et la frustration sexuelle le privaient de toute raison.

— Vous ne trahissez pas Ciara, déclara Morren en revenant vers lui. Elle vous aimait. Elle voudrait que vous continuiez à vivre.

Avant qu'il n'ait pu répondre, Morren se hissa sur la pointe des pieds et posa sa bouche sur la sienne.

Dieu ! Comme il avait besoin de cela. Il avait un besoin quasi vital de la douceur de Morren, de la paix qu'elle apportait. Et c'était comme si elle le savait.

— Alors, savez-vous ce que je vais faire ? murmura-t-il en la pressant contre lui.

— Qu'allez-vous faire ? souffla-t-elle.

— Je vais soulever votre robe et unir mon corps au vôtre, dit-il en ouvrant la cotte de Morren pour poser une bouche gourmande sur l'un de ses seins. Je vais sucer et lécher ceci...

Joignant le geste à la parole, il se mit à taquiner son mamelon dressé. Elle gémit, le visage tendu de désir.

— Puis vous monterez sur moi et je vous posséderai, lentement, profondément...

18

Il prit sa bouche dans un baiser féroce, sa main descendit plus bas, entre les cuisses de la jeune femme.

Mais soudain, elle se débattit.

— Trahern… Il faut que je vous dise.

Il la laissa lui échapper et la regarda, silencieux.

— Je sais que vous aviez d'autres raisons pour me demander en mariage. Que ce n'était pas par amour… Mais, même si j'avais accepté, jamais je n'aurais pu être celle que vous vouliez.

— Et qu'est-ce que je voulais, à votre avis ?

— Une femme qui vous donne des enfants, qui vous permette de perpétuer votre lignée…

Trahern eut un rire amer.

— Ma lignée ? De quelle lignée parlez-vous ? Étant donné les circonstances…

Balayant l'air de sa main, il ajouta d'un ton qui se voulait définitif :

— De toute façon, ce n'était qu'un mariage temporaire. Un simple arrangement.

Sa voix était aussi froide que les murs de pierre qui les entouraient.

— Je… Je sais, bégaya Morren. Je pensais pourtant que vous attendiez de moi que j'agisse comme les autres épouses.

Elle baissa la tête, les yeux pleins de larmes. Quelle sotte elle était ! Trahern était un homme comme les autres. Elle s'était jetée à sa tête et il avait pris ce qu'elle lui offrait. Et il voudrait davantage, bien sûr. À la manière dont il l'avait caressée, il n'avait pas l'intention de s'en tenir là.

— Je ne suis pas un animal, Morren. Je peux me contrôler. Cesser de vous embrasser, de vous toucher…

Dieu du ciel ! Voilà qu'elle l'avait vexé.

Levant les yeux, elle affronta son regard irrité.

— Je le sais bien, Trahern. J'essaie simplement de vous dire que… que je ne me sens pas capable de rester là, allongée, pendant qu'un homme me touche, me…

Il serra la mâchoire.

— En vous proposant le mariage, je n'avais pas l'intention de profiter de la situation. Mais, ajouta-t-il avec une flamme chaude dans le regard, je suis sûr, pourtant, que vous ne le regretteriez pas.

Un frisson la parcourut. Ce qu'elle avait éprouvé jusqu'à présent dans ses bras était au-delà de tous les mots. Une jouissance infinie.

— Peut-être. Mais je ne suis pas sûre de réagir comme il faut. Si je me débats, si je crie, comme avec Adham…

Lui prenant la main, il en caressa la paume de son pouce.

— Vous en apprécieriez chaque moment, j'en suis certain. Mais je respecterai vos souhaits. Quand notre contentieux avec Gall Tir sera réglé, je vous raccompagnerai à Glen Omright.

Morren fut saisie d'un moment de panique. Elle ne voulait pas sortir de sa vie ainsi. Elle ne voulait pas le voir disparaître.

— Mais, Trahern, ce n'est pas ce que je veux…

Sa voix n'était plus qu'un souffle et Trahern, l'emprisonnant de ses deux mains appuyées contre le mur, posa son front contre le sien.

— Si vous voulez davantage…

La bouche de son compagnon s'empara du lobe de son oreille, sa langue en redessina savamment le contour. Des frissons la secouèrent tout entière.

— Je peux vous apprendre tout ce que vous voulez savoir, ma douce.

Incapable de réfléchir clairement, elle se pressa contre lui, avide de sa chaleur.

Mais ce qu'il proposait n'était qu'un arrangement. Pas un vrai mariage. Même s'il parvenait à faire fuir les démons de son passé, leurs chemins n'étaient pas faits pour se rejoindre.

Fermant les yeux, elle le repoussa résolument.

— Descendons rejoindre votre famille, Trahern. Profitons avec eux de cette première soirée de la Samain.

Il la fixa un long moment puis hocha la tête. Rouvrant la porte, il la fit passer devant lui et ils redescendirent les degrés de l'escalier à peine éclairé par un flambeau.

Une fois dans la cour, Trahern remit son masque de feuilles d'or. Aussitôt, comme pour deux planètes qui se seraient croisées par hasard et s'éloigneraient à jamais, Morren sentit la distance croître entre eux à une vitesse quasi sidérale.

Son masque commençait à se défaire et elle le laissa tomber sur le sol.

L'atmosphère s'était modifiée pendant leur absence et elle en éprouva un curieux malaise. Des couples s'enfonçaient dans les coins sombres, Connor regardait sa femme avec la même étincelle de désir dans le regard que Trahern, tout à l'heure, quand il la tenait dans ses bras.

Les feux montaient haut dans la nuit noire, chaque hutte avait à sa porte une lanterne aux couleurs vives. D'autres festoyaient encore autour des tréteaux installés dans la cour, riant et buvant. Au milieu d'un petit cercle de convives, un couple, mains liées par des rubans de couleurs, s'embrassait à bouche-que-veux-tu, encouragé par les applaudissements et les sifflets.

Ils avaient dû souscrire à cet étrange rituel du ruban qui unissait les deux candidats au mariage pour un an et un jour[1].

N'était-ce pas là ce que Trahern lui avait offert ? Une union temporaire. Rien d'offensant à cela, réalisa-t-elle. Non, ce qui la perturbait, la blessait profondément même, c'était qu'il n'avait pas manifesté la moindre intention de mettre leur union à l'épreuve. Il l'avait clairement annoncé. Sitôt après leur confrontation avec les Lochlannah de Gall Tir, leur mariage serait annulé.

1. En fait, il y avait jusqu'à treize rubans de couleurs différentes, chacune correspondant à une symbolique particulière. Le vert pour la fertilité, le rouge pour la passion, etc. Le *handfasting* ou rituel du ruban n'était pas toujours aussi romantique qu'il peut le paraître ici. Le mariage, prévu pour un an seulement, pouvait être rompu par le mari si l'union n'était pas couronnée par une naissance. La femme était ainsi répudiée. Souvent très innovants, les Celtes prévoyaient aussi que ce mariage ne dure qu'autant que l'amour serait présent. Il était ensuite rompu d'un commun accord.

Pourtant, se trompait-elle quand dans ses bras elle se sentait protégée ? Aimée, même ? Elle savait maintenant que, lorsque leurs chemins devraient se séparer, ce serait pour elle une grande souffrance.

Ils passèrent devant une table chargée de victuailles et Trahern saisit au vol des galettes d'orge et un pichet de vin. Morren compléta leur repas par deux brochettes en buis chargées de morceaux de viande au fumet appétissant. Puis ils allèrent prendre place devant un feu, un peu à l'écart.

Rompant l'une des galettes encore chaudes en deux parts égales, Trahern lui en tendit une. Morren mangea le pain et la viande et but une longue gorgée de vin clairet. Puis elle lui présenta le pichet.

Leurs doigts se frôlèrent et son sang s'accéléra dans ses veines. À la lueur du feu, les cheveux courts et drus de Trahern formaient comme une auréole blonde autour de son crâne. Son regard gris la scrutait intensément et, quand soudain il sourit, le monde qui les entourait parut s'évanouir, les laissant seuls dans le cercle mouvant dessiné par les flammes.

— Vous ressemblez à l'une de nos divinités païennes, avec ça, dit-elle en désignant son masque.

Il retira le masque d'or sans un sourire.

— Je ne suis qu'un homme, Morren. Pas un dieu.

Un homme qu'elle venait de repousser. Le regret l'envahit fugitivement. Trahern n'avait-il pas essayé de lui montrer que l'acte d'amour pouvait être quelque chose de beau ?

Tout autour d'eux, des hommes et des femmes paraissaient heureux d'être ensemble. Elle s'aperçut que le regard de Trahern était posé sur le nouveau couple dont les mains, gauche pour l'homme et droite pour la femme, étaient toujours liées. Il ne dit rien mais elle crut lire quelque chose dans son regard. Du regret ?

Morren se trouvait à présent dans la plus grande confusion. Son refus avait blessé Trahern. Ou du moins, il l'avait touché dans son amour-propre.

Mais elle lut autre chose dans les calmes yeux clairs. Comme un sentiment d'intense solitude. Il avait toujours été un voyageur, allant de *cashel* en *cashel*, de clan en clan, tandis que ses frères faisaient souche au château ou non loin, fondant une famille et accroissant leur pouvoir et leur fortune. Lui n'était qu'un barde, un conteur d'histoires. Et même si cette fonction était fondamentale dans leur société, aux yeux de tous, il n'était jamais qu'un passant.

Et maintenant, en apprenant qu'il n'appartenait pas par son sang au clan puissant des MacEgan, il avait perdu les seules racines qu'il possédait.

Morren partageait sa souffrance. Et, soudain, elle prit conscience de l'importance que cet homme occupait maintenant dans sa vie. Elle aurait voulu oser lui proposer le réconfort de son étreinte.

Certes, sa demande en mariage était maladroite mais quelque chose disait à Morren que, aussi brève eût-elle été, Trahern aurait respecté leur union. Peut-être même qu'avec le temps il aurait appris à l'aimer.

Était-ce ce qu'elle voulait vraiment ? S'endormir tous les soirs dans les bras d'un homme et se réveiller le lendemain matin à ses côtés ? Serait-elle capable de vaincre ses peurs, de sortir des ténèbres dans lesquelles la nuit du raid l'avait plongée ?

— Trahern, dit-elle soudain en se tournant vers son compagnon, les joues rougies par la gêne. Si j'acceptais votre demande en mariage, il ne faudrait pas que vous me méprisiez. Je... Je ne suis pas comme les autres femmes.

— Me faites-vous confiance ?

— Oui.

— Alors, sachez que jamais je ne vous mépriserai ni ne vous ferai du mal, quoi qu'il arrive.

Elle leva son visage, s'approchant si près que leurs lèvres se touchaient presque. Elle voulait tant le croire ! Et, bien que cela aille contre son instinct, elle déclara spontanément :

— Je vous épouserai, Trahern. Dès que nous aurons réglé cette affaire avec les Lochlannah.

Il se contenta de hocher la tête mais Morren ne lut sur son visage aucune expression de contentement. Elle détourna son regard pour dissimuler sa déception.

L'après-midi suivant, Trahern se surprit à arpenter la grande cour avec impatience. Il n'avait pas vu Morren depuis qu'elle avait accepté son offre de mariage. Quand elle avait dit oui, il avait feint de ne pas y attacher d'importance mais ce n'était pas vrai. Il avait éprouvé un infini sentiment de soulagement. Pas seulement parce qu'il gagnerait ainsi le soutien de Patrick mais aussi pour des raisons personnelles, qu'il se refusait à concevoir clairement.

Il n'aimait pas l'idée de se séparer d'elle.

La veille au soir, quand Morren s'était réfugiée dans ses bras, il avait éprouvé l'envie primitive de la protéger du reste du monde. Mais, malgré le désir qu'il avait d'elle, il n'avait pas le droit de la toucher. La nuit dernière, il avait failli perdre tout contrôle. Il désirait Morren avec une telle intensité qu'il en tremblait.

Son humeur s'assombrit. Il n'était pas raisonnable de se laisser aller à de telles pensées. Par tous les saints, ce mariage n'était qu'une affaire de convenances. Il n'était pas fait pour durer.

Il se passa nerveusement la main sur le crâne, reprenant le geste familier qu'il avait lorsqu'il portait encore les cheveux longs. Pourtant, ne pas toucher Morren lui paraissait au-delà de ses forces.

La reine Isabel et Aileen n'avaient rien dit du rituel du *handfasting* qui était prévu pour ce soir. Morren les avait-elle informées de leurs projets ? En avait-elle parlé à quiconque ? Connaissant la réserve habituelle de la jeune femme, il en doutait.

Pourtant, cet après-midi-là, Trahern avait revêtu sa meilleure tunique, de velours rouge sombre relevé d'un liseré de fil d'or, et avait fixé sa cape avec une fibule d'or en forme de serpent. Il se sentait aussi embarrassé qu'un jeune godelureau sur le point d'embrasser sa première fille. Le prochain cérémonial du *handfasting*, qui concernait quatre couples, devait avoir lieu au coucher du soleil, avec la bénédiction du père Brian. Morren le rejoindrait-elle pour y participer ?

— Tu me parais bien nerveux, mon garçon, dit une vieille voix familière dans son dos.

Se retournant, il salua Annle d'un sourire. Elle se rapprocha de lui en clopinant.

— J'ai quelque chose pour toi. Cela fait des années que je le garde précieusement et je crois que tu seras content de le posséder. Il lui appartenait.

Joignant le geste à la parole, Annle pressa dans sa main un petit paquet enveloppé d'un morceau d'étoffe.

Trahern n'avait pas besoin de lui demander à qui elle faisait allusion. Du reste, la vieille femme s'éloignait déjà pour rejoindre les enfants. Un petit garçon s'agrippa à sa main et, se penchant sur lui, elle lui déposa un baiser sur le front.

Trahern attendit d'être seul pour ouvrir le paquet. À l'intérieur, il découvrit une pierre ovale, d'un vert translucide, sur laquelle était gravé un poisson. Le motif était si vivant qu'on aurait dit que l'animal allait s'échapper. Quelqu'un avait troué l'une des extrémités de la pierre et y avait glissé un lacet de cuir pour en faire un collier.

Trahern effleura pensivement du pouce la fine gravure ciselée. Qui sa mère avait-elle pu être ? Comme la pierre percée d'un trou, il sentait maintenant en lui une pièce manquante. Un mystère qu'il ne pourrait jamais résoudre.

Et si son père était vraiment l'un des Lochlannah de Gall Tir ? Si, en se rendant là-bas pour réclamer justice, il y trouvait un homme à son image ?

Passant le lacet de cuir autour de son cou, il le glissa sous sa tunique. Si seulement il avait pu connaître la femme qui lui avait donné le jour ! L'impression était étrange de porter quelque chose qui lui appartenait.

— Trahern ! appela une autre voix familière. Viens-tu assister au *handfasting* ?

Connor MacEgan s'approchait à grands pas. Remarquant soudain les efforts de toilette de son frère, il s'arrêta net, un sourire moqueur étirant sa bouche généreuse.

— Eh bien, mon vieux… Quelle élégance !

Occupé à chercher Morren parmi la foule qui commençait à envahir la cour, Trahern haussa les épaules.

— Que veux-tu ?

— Ce que je veux ? répéta Connor en étouffant un bâillement. Si tu souhaites réellement le savoir, ce qu'il me faudrait vraiment, c'est une bonne nuit de sommeil.

Il expliqua en se frottant le visage de ses deux larges mains :

— Cette nuit, Finn a fait irruption dans notre chambre en

pleurnichant parce qu'il avait peur du noir. Et une minute plus tard, Dylan débarquait à son tour. Tu ne sais pas la chance que tu as de ne pas avoir encore d'enfants. C'est à la fois la plus extraordinaire bénédiction et le plus grand fléau que le ciel puisse nous accorder.

Comme Trahern ne répondait pas, Connor ajouta en riant :

— Ne t'inquiète pas, mon frère, si Morren accepte de t'épouser, tu sauras bientôt de quoi je parle.

— Elle..., commença Trahern.

Mais Connor l'interrompit :

— Bien sûr, tu es trop grand et pas aussi beau que le reste de la nichée, dit-il en tendant le bras pour donner une petite tape sur le crâne de son cadet, geste familier de leur enfance. Mais tu as tes chances...

Trahern le saisit par le poignet. Il savait que Connor ne cherchait qu'à détendre l'atmosphère. Toute sa vie, Trahern avait été taquiné sur sa taille de géant. Et, plus d'une fois, quand il chahutait avec Bevan et Connor, sa haute stature avait tourné à son avantage. Mais aujourd'hui, les mots de Connor lui rappelaient cruellement qu'il n'appartenait pas réellement à cette famille. Depuis la révélation d'Annle, la veille au soir, il se sentait désormais un imposteur. Et le collier de sa mère, caché sous sa tunique, lui brûlait la peau.

— Ce n'est pas un sujet de plaisanterie, Connor... As-tu vu Morren ?

— Elle est avec les autres femmes. Aileen et elle se sont entretenues ce matin, mais c'est tout ce que je sais.

Connor poursuivit, les yeux brillants :

— Alors, a-t-elle accepté ta demande ? Tu lui as bien demandé de t'épouser, n'est-ce pas ?

— Oui, et je crois qu'elle veut bien.

La joie remplaça la surprise dans le regard de son frère.

— Épatant ! s'exclama-t-il en assénant une nouvelle claque amicale sur l'épaule de Trahern. Il était grand temps que tu t'aperçoives de la chance que tu as.

— Que veux-tu dire ?

— Que c'est la femme parfaite pour toi. Depuis que tu l'as amenée ici, tu parais enfin heureux... Je sais, poursuivit-il, son visage mobile redevenant grave, combien ces derniers mois ont été éprouvants pour toi.

Posant une main affectueuse sur l'épaule de son frère, il conclut :

— Nous sommes de la même famille, Trahern et, que tu le veuilles ou non, tes joies comme tes peines sont les nôtres. Si Morren te rend heureux, toute la famille lui en sera reconnaissante.

Et, sur ce, il l'entraîna vers la cour intérieure.

Le moral de Trahern était maintenant au plus bas. Ses frères croyaient évidemment qu'ils avaient les mêmes parents, que le même sang coulait dans leurs veines.

Mais en réalité, la seule chose qu'ils avaient en commun, c'étaient les souvenirs.

Il se retint de tout révéler, désireux de maintenir vivante encore un peu cette illusion. Il ne se sentait pas prêt à abandonner son nom. Et encore moins son passé.

Dans la petite cour, juste à côté de la chapelle, plusieurs couples attendaient, regroupés autour du prêtre. Parmi eux, Trahern reconnut son plus jeune frère, Ewan, qui tenait par la main sa toute nouvelle épouse, Honora.

En l'apercevant, celle-ci se précipita vers lui pour le serrer dans ses bras.

— Ewan m'a dit que tu étais revenu, Trahern. Je suis si heureuse de te revoir.

Elle lui caressa la tête et remarqua en riant :

— Tu es infiniment plus séduisant avec tes cheveux, il faut bien l'avouer.

Trahern ne put s'empêcher de rire à son tour.

— Mais que diable ont les femmes en ce moment à me caresser le crâne ?

— Profite ! s'exclama Ewan qui venait de le rejoindre. Si les femmes voulaient en faire autant avec moi, je me raserais le crâne tous les jours.

Honora roula des yeux furibonds.

— Et moi, je leur courrais après avec ton rasoir ! Prends garde à toi, MacEgan.

Ewan baisa sa femme sur le bout du nez.

— Tu sais bien que tu peux me caresser la tête, ou quoi que ce soit d'autre, quand bon te semble, *a stor*.

La jolie figure d'Honora tourna au rouge vif.

— Ewan ! Comment peux-tu dire des choses pareilles !

Trahern rit encore, heureux du bonheur des jeunes gens, et il se joignit à eux pour assister à la cérémonie du *handfasting*.

Les couples échangèrent leurs promesses l'un après l'autre et le père Brian, combinant habilement les traditions païennes et chrétiennes, bénit leur mariage.

Quand la dernière union fut enfin bénie, Trahern s'efforça de refouler sa déception. Morren n'était pas venue. Avait-elle de nouveau changé d'avis ? Il tourna le dos résolument aux bons effluves qui s'échappaient des plats qu'on apportait des cuisines.

— Trahern ! appela une voix.

C'était Aileen qui, le visage pâle, l'entraîna un peu à l'écart.

— J'ai parlé avec Morren tout à l'heure...

Son expression dévastée l'alarma.

— Quelque chose ne va pas ? Est-elle souffrante ?

— Non, non. Elle va venir vous rejoindre, le père Brian et toi, d'un moment à l'autre... Elle... Elle m'a tout dit, commença à expliquer la femme de Connor, les yeux pleins de larmes.

Le cœur de Trahern s'arrêta de battre. Tout ? Sur les révélations d'Annle ? Sur le fait qu'il n'était pas vraiment un MacEgan ?

— Tout ce qui lui est arrivé, acheva la jeune guérisseuse dans un souffle. Il faut que je te dise, Trahern... Je n'ai pas le droit de te cacher cela. Si les blessures de l'âme sont en voie de guérison, je crains que le corps reste lésé à jamais... Morren est en bonne santé, s'empressa-t-elle de le rassurer en le voyant pâlir. Mais... Il est fort probable qu'elle ne pourra jamais avoir d'enfant.

De soulagement, Trahern souffla bruyamment.

— Cela n'a aucune importance.

Et c'était la vérité. Il ne possédait aucune terre en propre et n'avait pas besoin d'un héritier.

— Dans ce cas, je vous offre tous mes vœux de bonheur.

La jeune femme s'interrompit et, se retournant, Trahern vit que Morren était en train de parler au prêtre. Avec ses cheveux blonds couronnés de bruyère en fleur et sa robe de soie verte, elle semblait l'une de ces créatures magiques des forêts.

— C'est la toilette que vous avez commandée pour elle, murmura Aileen. Isabel s'est occupée de faire venir la soie après que vous avez envoyé cette bourse pleine d'argent.

— Mais ce n'était pas assez pour de la soie ! s'étonna Trahern.

— Isabel a tenu à contribuer de sa propre bourse. Elle était persuadée que Morren aurait l'occasion de porter un costume de cérémonie. Elle avait raison.

Comme Trahern, ému, ne disait rien elle reprit :

— Nous avons cousu hier presque tout le jour. Et encore ce matin. Mais le résultat en valait la peine. Morren est superbe, n'est-ce pas ?

Trahern fit un pas vers le petit groupe que le prêtre et Morren formaient auprès du puits. Puis un autre pas. Les cheveux de sa promise étaient entrelacés de rubans dorés qui en rehaussaient la couleur.

— Elle l'est, en effet.

N'y tenant plus, il salua le père Brian et prit les mains de Morren. Il resta là, à la contempler pendant une longue minute, comme frappé par un sort. Puis il articula enfin :

— Vous êtes belle comme le jour.

Elle eut la grâce de rougir et lui pressa doucement les mains.

— Merci.

Quand ils se tournèrent vers le prêtre, main dans la main, toute la famille était là pour les écouter prononcer leurs vœux. Comme il énonçait d'une voix forte les paroles qui le liaient à sa compagne pour un an et un jour, il nota du coin de l'œil que Patrick serrait Isabel contre lui, et ses autres frères en faisaient de même comme pour faire écho à son propre bonheur. Malgré le poids du secret de sa naissance, il était heureux qu'ils soient tous là.

Morren lui serra la main, ses lèvres ébauchant un sourire. Quand il rencontra son regard, il fut surpris d'y lire une joie sincère.

Tant de choses avaient changé entre eux. À peine quelques semaines plus tôt, elle n'aurait pu supporter qu'il la touche. Et maintenant, il lisait dans son regard confiance et sérénité. Alors, se penchant sur elle, il lui baisa les lèvres dans une silencieuse promesse.

Quand les trois rubans furent noués autour des poignets des nouveaux mariés, les MacEgan applaudirent avec des cris de joie.

— Embrasse-la mieux que ça, s'écria Ewan.

Trahern s'apprêtait à refuser, ne voulant pas gêner son épousée. Mais, se hissant sur la pointe des pieds, Morren lui offrait déjà ses lèvres, une expression amusée sur le visage. Alors, quand leurs lèvres se touchèrent, il l'embrassa comme seul un mari en avait le droit aux yeux de tous. D'un baiser gourmand et autoritaire qui la sommait de se rendre.

Ils restèrent ainsi bouche contre bouche une longue minute, puis Morren se dégagea, le visage empourpré, tandis que Trahern la retenait par la taille.

Le reste de l'après-midi s'écoula dans un brouillard et Trahern n'aurait su dire ce qui s'était passé sinon qu'ils avaient bu et mangé avec toute la famille réunie. Puis les musiciens étaient venus et on avait dansé comme tous les soirs pendant les fêtes de la Samain.

Comme il ne pouvait quitter des yeux sa femme, elle finit par lui dire avec un sourire taquin :

— On a beau être le soir de la Samain, je n'ai pas l'intention de me volatiliser, Trahern. Et même si je le voulais, ajouta-t-elle en soulevant leurs deux poignets liés par les rubans multicolores, nous sommes attachés l'un à l'autre, souvenez-vous !

Pourtant, derrière la plaisanterie, il sentait une certaine tension, comme si quelque chose la tracassait.

Il demanda dans un murmure :

— Qu'est-ce qui ne va pas, Morren ? Je vous promets de ne pas vous toucher, si c'est cela qui vous inquiète.

Elle s'arracha un sourire, soudain très pâle et, se levant, Trahern l'emmena à l'écart de la joyeuse tablée.

— J'ai réfléchi à ce qui s'est passé entre nous hier soir, Trahern. Vous m'avez expliqué ce qu'il en serait, si vous vous abandonniez à votre désir… Et bien que cela me terrifie, ajouta-t-elle la bouche tremblante, il faut que je me débarrasse de mes hantises.

Posant leurs deux mains nouées contre son cœur, la jeune femme conclut :

— Je veux devenir pleinement votre épouse, aussi longtemps que cela dure, dans ma chair comme devant le prêtre.

19

Très tard dans la nuit, Trahern conduisit sa femme dans l'appartement qui serait désormais le leur. Contrairement à d'autres mariages auxquels elle avait assisté, Morren n'avait pas de femme avec elle pour bavarder, rire et l'aider à quitter sa robe d'apparat. Aileen avait eu la délicate attention de tenir les chambrières à l'écart afin de préserver l'intimité des deux époux.

Elle se surprit à contempler longuement le lit. Il était si étroit que Trahern et elle se frôleraient et se toucheraient toute la nuit.

Elle se mordit les lèvres pour les empêcher de trembler. La peur était si forte qu'elle se sentait paralysée. Serait-elle capable d'aller jusqu'au bout de la décision qu'elle avait prise ? N'allait-elle pas risquer de décevoir Trahern ?

Celui qui était devenu son mari était occupé à dénouer les rubans qui les reliaient. Quand il en eut terminé, à sa grande surprise, il la souleva dans ses bras et elle se blottit contre le torse de celui qui, peu à peu, était devenu le seul refuge qu'elle put désirer.

— Vous êtes lasse, ma mie, n'est-ce pas ?

C'était une invite à s'échapper de ses bras, de l'étreinte à venir. De se contenter pour ce soir de trouver refuge dans le sommeil. Mais elle s'entendit protester :

— Non, je me sens très bien.

Il retira sa couronne de bruyère et de feuilles de vigne et dénoua ses cheveux qui retombèrent sur ses épaules. Les fraîches odeurs apaisèrent la jeune femme, lui rappelant la paisible promenade en compagnie d'Aileen au cours de laquelle elle les avait cueillies.

— Asseyez-vous, Morren, offrit-il en la conduisant vers un

banc de bois garni de coussins aux couleurs vives. Un bassin d'eau chaude fumait sur les dalles, posé là par une servante attentionnée. Morren reconnut à sa surface des fleurs de lavande séchées, sans doute prévues par la bienveillante Aileen pour apaiser son anxiété.

Elle s'apprêtait à retirer ses chaussures mais Trahern l'interrompit.

— Laissez-moi faire.

Il la déchaussa prestement et immergea lui-même ses pieds fatigués dans l'eau bienfaisante. Ses grandes mains massèrent doucement chaque orteil, puis la plante douloureuse de ses pieds, remontant ensuite jusqu'à ses mollets. S'emparant du grand pichet posé à portée de main, il versa de l'eau chaude sur sa peau frissonnante et recommença à la masser.

Envahie d'un immense bien-être, Morren ferma les yeux. Puis elle les rouvrit et regarda son compagnon. Il était concentré sur sa tâche, comme un loyal serviteur. Quand il rencontra son regard, ses mains s'immobilisèrent.

— N'ayez pas peur de moi, Morren. Je ne vous demanderai rien que vous ne vouliez vraiment.

S'emparant d'une serviette, il entreprit de lui sécher les pieds et ajouta avec un sourire tranquille :

— Comme vous le disiez hier, rien n'a vraiment changé.

Morren ne s'attendait pas à cela. Pensait-il à Ciara ? Regrettait-il de devoir partager le lit d'une femme qu'il n'avait épousée que par devoir ?

— Si vous ne voulez pas partager ma couche, je le comprendrai très bien.

Il répondit lentement, comme s'il cherchait ses mots.

— En effet, déclara-t-il en se redressant. Il me semble préférable de vous laisser dormir tranquille.

Un désagréable sentiment de frustration envahit Morren. Elle avait pris sur elle pour affronter la nuit qui l'attendait… et elle allait se retrouver seule.

Seule dans ce lit qui lui paraissait soudain trop grand.

— Très bien, mentit-elle. Comme vous voudrez…

Où était l'élan de désir qui, la veille, avait poussé Trahern vers elle ? Pourquoi fallait-il qu'il ait choisi cette nuit-là pour se comporter avec honneur ?

Ce matin, Morren avait tout raconté à Aileen. Elle avait parlé des cauchemars qui la terrifiaient nuit après nuit. La guérisseuse l'avait serrée dans ses bras, comme pour lui communiquer sa force, puis lui avait dit que Trahern était capable de guérir des blessures que lui seul pouvait voir. Qu'elle pouvait lui demander ce qu'elle voulait en toute confiance. Jamais il ne l'abandonnerait.

Et pourtant, c'était ce qu'il était en train de faire.

— Je vous ai blessée, n'est-ce pas ?

Se levant, Morren se dirigea vers le lit. Le sol jonché de foin et de fleurs séchées était doux sous ses pieds nus.

— Non. Seulement, je voulais oublier ce qui m'est arrivé... Et je croyais que vous pourriez m'aider.

Elle s'entendait parler et n'en croyait pas ses oreilles. Comment pouvait-elle dire des choses pareilles ?

Mais elle continuait :

— Pourtant, vous me vouliez, hier soir. Vous m'énonciez tout ce que nous ferions une fois dans le même lit.

Morren se sentait trembler d'un mélange de peur et de désir. Comme Trahern la dévisageait sans l'interrompre, elle acheva très vite :

— Je sais que ce mariage n'est qu'un leurre... Qu'il n'est pas fait pour durer. Mais j'ai cru que...

Elle s'arrêta net, rouge de confusion.

— Oh ! N'en parlons plus. Oubliez tout ce que je viens de dire.

Mais Trahern la regardait toujours. Une lueur s'était allumée dans ses yeux mais elle le sentait hésiter.

— Il y a longtemps que je n'ai pas été avec une femme, *a chara*.

— Oh !

Réponse ridicule, s'il en était, mais ce fut tout ce que Morren trouva.

— Je ne veux pas que vous ayez des regrets, précisa-t-il.

Elle haussa les épaules.

— Vous avez raison. N'y pensons plus.

Elle s'efforçait de se convaincre qu'elle le pensait vraiment. Après tout, elle n'aurait probablement pas été capable de traverser cette épreuve.

— Ne me regardez pas comme cela, ma douce. J'essaie de faire ce qui me semble juste.

— Je préférais quand vous ne réfléchissiez pas autant. J'aimais vous embrasser. C'était très agréable.

Il s'était assis à côté d'elle et lui lança un regard de côté.

— Agréable ? répéta-t-il.

Il avait l'air à la fois surpris et blessé. Pourtant, que dire d'autre ?

— Mais oui. Vous savez très bien embrasser.

Il la regarda un moment puis, sans ajouter un mot, entreprit d'ôter sa tunique, révélant un torse musclé. Le regard de Morren détailla les muscles pectoraux, l'estomac plat et la peau hâlée. L'envie brutale la prit de caresser ce torse lisse et doux mais elle croisa vivement ses mains dans son giron.

Son pouls battait sur un tempo fiévreux, comme un tambour primitif. Il la regardait sans bouger et, pour échapper à son embarras, elle retira non sans peine son surcot de velours, ne gardant que sa chemise de lin. Le léger vêtement la recouvrait de la tête aux pieds et pourtant, sous le regard brûlant de Trahern, elle ne put réprimer un tremblement. Cela irait mieux quand elle serait au chaud sous la courtepointe doublée de fourrure.

Mais l'heure ne semblait pas être au sommeil.

— Venez dans mes bras, Morren, que je vous souhaite la bonne nuit.

C'était une manière de faire la paix tout en établissant des frontières.

Avant qu'elle ne pût répondre, la bouche de son compagnon frôla la sienne et se retira aussitôt. S'appuyant de ses deux mains sur la poitrine de Trahern, Morren percevait les battements de son cœur. Immobile, elle écoutait dans la nuit ce bruit lent et régulier qui évoquait la paix.

Trahern eut un frisson et elle se retira vivement.

— Non, continuez, l'encouragea-t-il en remettant ses mains à leur place.

D'elles-mêmes, les mains de Morren, hésitantes, le caressèrent doucement. Ses doigts coururent sur sa cage thoracique, descendirent jusqu'à sa taille. La respiration de Trahern devenait plus forte, son regard brillait comme une flamme grise.

Se retournant, les mains croisées sous son front, il lui présenta son dos.

— Allongez-vous à côté de moi, proposa-t-il. Et si vous voulez continuer votre petite expérience, je ne m'en plaindrai pas.

Morren hésita. Il serait plus confortable d'être allongée, en effet. Et Trahern semblait si calme, si peu pressé. Peut-être même allait-il finir par s'endormir ?

Quand elle atteignit le creux de ses reins, il eut un long frisson. Avait-elle réellement ce pouvoir-là ? L'envie lui prit soudain de goûter cette belle peau couleur de bronze. Elle posa sa bouche sur lui et il frémit encore.

Morren se redressa, inquiète.

Roulant sur lui-même, Trahern la regarda, une expression énigmatique sur le visage.

— Pourquoi vous arrêter ? J'ai survécu à pire...

Il la taquinait bien sûr et, s'enhardissant, elle déposa de légers baisers sur sa nuque. Il gémit, enfonçant ses doigts dans le fin duvet. Encouragée par sa réaction, elle lui massa doucement les épaules et sentit la tension de ses muscles se relâcher. Mais quand elle se mit à lécher la peau douce de son cou à petits coups de langue, il se retourna brusquement et, l'attirant sur lui, lui prit les lèvres. Son baiser pénétra Morren comme une pluie douce jusque dans les parties les plus intimes de son corps. Elle sentit sa poitrine se gonfler sous sa camisole.

Glissant dans son corsage, la main de Trahern se mit à taquiner la pointe de l'un de ses seins.

— Je... Il faut que je... que j'ôte ces vêtements, balbutia-t-elle.

Se redressant, Trahern la dévisagea d'un air grave.

— Es-tu sûre de vouloir tout cela, *a chara* ?

Quoique terrifiée par ce qui allait survenir, Morren lui faisait confiance.

— Oui. Tourne-toi, Trahern.

Se levant, il pivota face au mur. Morren retira sa chemise aussi vite qu'elle put et, les yeux fermés, se glissa sous la courtepointe. La laine rêche frottait désagréablement sa peau et elle tremblait de froid et de peur mêlés.

— Je suis prête, dit-elle en se tournant du côté opposé.

Elle perçut le poids de son compagnon peser sur le matelas puis un grand corps se colla contre le sien, nu lui aussi.

— Détends-toi, *a mhuirnin*. Allonge-toi sur le ventre.

Quand elle eut obéi, Trahern abaissa la couverture, révélant ses reins. Il commença à la masser, comme elle l'avait fait pour lui et une douce chaleur l'envahit peu à peu. Elle roula sur elle-même, lui présentant ses seins et le regard de Trahern se posa sur eux, assombri par le désir.

— Je veux te toucher, Morren. Goûter jusqu'aux moindres parcelles de ton corps.

Elle aspira un grand coup, se préparant à tous les assauts. Mais elle ne s'attendait pas au tourbillon de plaisir qui jaillit en elle quand, saisissant son mamelon dressé, il entreprit de le caresser. Une vague de jouissance la submergea, se répercutant jusqu'entre ses cuisses. Puis elle sentit la bouche de Trahern s'emparer de ses seins, les léchant et les suçant l'un après l'autre. Et son souffle s'accéléra.

— Tes seins ont le goût des dernières fraises de l'été, ma douce, murmura-t-il tandis que sa bouche descendait plus bas, explorant son ventre.

Elle frémit longuement. La main de son compagnon s'aventurait vers le triangle blond de sa toison et, instinctivement, elle serra les jambes. Trahern s'immobilisa, la main posée sur son bas-ventre.

— Je n'ai jamais désiré une femme autant que je te désire, dit-il d'une voix sourde. Je veux t'entendre crier de plaisir, te cambrer sous mes caresses.

Son doigt s'introduisit dans les plis de son intimité et, desserrant imperceptiblement les jambes, elle gémit doucement. Bientôt, le rythme de son doigt devint un tourment délicieusement insupportable. Elle leva ses hanches, prête à l'accueillir.

— Veux-tu aller plus loin, Morren ? demanda-t-il en plongeant son regard dans le sien. N'oublie pas... C'est toi qui décides.

Il comprenait ses peurs et il était prêt à se priver de son propre plaisir pour ne pas l'effrayer. Si Morren le repoussait maintenant, il comprendrait bien sûr. Mais ce qu'elle voulait, c'était un vrai mariage avec lui.

Un an et un jour, se rappela-t-elle. Peut-être moins. La perspective de devoir le quitter provoqua en elle un surprenant désespoir.

Mais cette nuit, en tout cas, ils avaient réussi à se rejoindre.

— Je veux tout de toi, Trahern. J'en éprouve un grand effroi mais mon désir est encore plus fort.

Il se plaça au-dessus d'elle et elle sentit son sexe dressé battre délicatement contre son ventre.

— Doucement, supplia-t-elle.

Et Trahern l'écouta. Chaque seconde paraissait durer une éternité tandis qu'il s'introduisait en elle, avec d'infinies précautions. Il fallut à Morren tout son contrôle pour ne pas crier.

Il lui baisait les lèvres, le visage, les yeux, l'apaisant de mots tendres, comme on le ferait pour un petit animal sauvage. Un autre frisson la parcourut et elle s'ouvrit encore davantage.

— Tout va bien ? murmura-t-il, le front luisant de sueur tant son effort était grand pour ne pas la blesser.

Morren sourit, bouche contre bouche.

— Oui. Tout va bien.

À sa grande surprise, l'acte sexuel ne provoquait en elle aucune douleur. La sensation était même très agréable.

Il commença à bouger en elle doucement. Il ne lui prenait rien, ne songeait qu'à lui apporter du plaisir. Chaque pénétration excitait Morren un peu plus et il accéléra encore, guettant sa réaction du regard.

Comme il s'arrêtait un instant, elle supplia d'une voix rauque, qu'elle ne se connaissait pas :

— Encore !

Elle voulait son plaisir à lui aussi.

Il n'en demanda pas plus. Le rythme s'accrut, l'emportant dans des spirales de jouissance. Et enfin, le corps de Trahern se tendit, il la pénétra dans un dernier assaut et s'effondra sur elle avec un cri d'extase.

Puis, l'étreignant, il roula sur le flanc tandis qu'elle éclatait en sanglots.

En l'aimant, Trahern venait de réveiller une part d'elle-même qu'elle croyait morte.

20

— Êtes-vous prête, ma femme ? demanda Trahern d'une voix posée.

— Oui, Trahern. Je le suis.

Morren se tenait très droit sur sa selle, les doigts serrés sur les rênes de sa monture. Elle portait la robe de toile grise que Katla lui avait donnée, qu'elle avait ajustée à sa taille. La capuche de sa houppelande protégeait ses cheveux soigneusement nattés. Le froid était mordant et Trahern se surprit à rêver qu'il était partout ailleurs que devant les portes de la station de Gall Tir.

Il ne pouvait s'empêcher de penser à la chambre qu'il partageait maintenant à Laochre avec sa jeune épousée. Une chambre dans laquelle, durant ces trois derniers jours, il lui avait fait l'amour nuit et jour, s'endormant ensuite le visage emprisonné dans le fil d'or de ses cheveux, son corps doux et tiède pressé contre le sien.

Ce mariage n'avait jamais été pour lui qu'un simple arrangement. Mais chaque jour qui s'écoulait paraissait renforcer les liens entre eux et il se débattait contre cet amour naissant, se rappelant combien la mort de Ciara l'avait presque détruit, faisant de lui un monstre sans âme.

Il ne voulait pas que cela recommence. Déjà, il se sentait prisonnier des liens que tissait Morren autour de lui, comme une magicienne cherchant à faire prisonnier son amant. Plus tôt la jeune femme aurait identifié les hommes qui lui avaient fait du mal, mieux ce serait. Elle retournerait chez elle, parmi les gens de son clan, et la page serait tournée.

Amenant son cheval au niveau de celui de sa compagne, il lui adressa un sourire rassurant.

— Tout sera bientôt fini pour toi, Morren. Nous allons identifier les coupables et je te renverrai sous bonne escorte à Laochre.

Elle hocha la tête mais, tandis qu'elle franchissait les portes, son visage était très pâle.

C'était Patrick qui menait leur délégation entouré de ses hommes d'armes. À ses côtés chevauchaient leur frère cadet, Ewan, et sa femme Honora. Trahern était heureux que la jeune femme ait pu les accompagner car, les Hardrata l'ignoraient, mais c'était une redoutable guerrière.

Quand il aida Morren à mettre pied à terre, ses nerfs étaient aussi tendus que les cordes d'un arc. Elle garda sa capuche sur la tête afin qu'on ne la reconnût point. On sentait dans l'air une tension impalpable. Bien qu'on leur fît bon accueil, la présence du roi de Laochre et de ses hommes était ressentie comme une menace.

La première visite, faite par Trahern, avait laissé clairement entendre que, s'il revenait, cette fois, ce ne serait pas une visite amicale.

Morren, qu'il tenait par la main, lui pressa les doigts. Elle fouillait la première cour du regard sous l'abri de son capuchon.

Il lui adressa un sourire encourageant.

— Si vous en reconnaissez un, murmura-t-il sans se pencher vers elle, dites-le-moi immédiatement. Et vous savez qu'un mot de vous suffit pour qu'Ewan vous raccompagne chez nous.

Ils suivirent l'un des gardes qui les accompagna jusqu'à la demeure du chef, au centre de la station.

Gunnar restait derrière et Trahern remarqua l'expression tendue de son visage. Le Lochlannah détenait un secret, il n'en doutait plus maintenant. Une raison pour être là alors qu'il n'était pas concerné par l'attaque subie par le clan O'Reilly. Mais il ne dirait rien, et il n'était plus temps de le faire, de toute façon.

Ils n'avaient pas encore atteint la hutte du chef quand Morren lui serra les doigts à lui briser les os. Trahern repéra aussitôt l'un des gardes qui s'esquivait rapidement derrière les tentes.

— Suis-le, intima-t-il à Ewan, qui avait le don de se faufiler partout sans qu'on le remarque.

Il aurait voulu se lancer lui aussi à sa poursuite, mais il faisait partie des plaignants et, à ce titre, il devait se présenter devant le chef de la tribu.

Vigus Hardrata siégeait sur un haut fauteuil richement sculpté, au bois patiné par les ans. Trahern connaissait bien l'objet car c'était un cadeau de son grand-père Kieran, fait de ses propres mains, à sa sœur Aisling quand elle avait quitté Laochre pour épouser l'un des Hardrata.

Sans en avoir conscience, le chef exhibait ainsi le symbole même de l'union de leurs deux clans.

Se levant pour les accueillir, le chef invita Patrick à prendre place dans l'un des fauteuils disposés à ses côtés.

— Je vois bien que l'affaire est grave, commença Vigus en se lissant la moustache. Sinon, tu ne serais pas venu avec tes hommes d'armes.

Opinant du chef, Patrick fit signe à Trahern de s'approcher. Et quand Trahern prit la main de Morren, tous les regards se tournèrent vers eux. Elle baissa son capuchon, découvrant son visage aux yeux de tous. Sous sa fausse assurance, Trahern devina la peur qui l'étreignait.

— L'été dernier, le *cashel* de ma femme, Glen Omrigh, a été attaqué par cinq de tes hommes, Vigus. Ils ont brûlé les maisons et tué des innocents.

— Et d'où te vient la certitude que ces gens-là sont des nôtres ?

— L'un des raiders est revenu sur les lieux de son crime pour récupérer l'argent qui lui a été donné en paiement. Avant de mourir, il a affirmé qu'il était de Gall Tir.

Le visage du chef ne trahissait aucune émotion.

— Si ce que tu dis est vrai, cet acte ne peut rester impuni.

Se penchant en avant, il ajouta d'une voix forte :

— Mais il nous faut des preuves.

Ses yeux bleus ne cillaient pas et il avait fière allure avec son épaisse barbe blonde, sa tunique de laine blanche serrée à la taille par un ceinturon orné de plaques de métal ciselé et les bracelets d'or et d'argent qui enserraient ses biceps.

Tel qu'il était, Vigus Hardrata rappelait à Trahern son grand-oncle

Tharand, un homme droit et courageux qui mettait l'honneur au-dessus de tout.

Fouillant dans sa bourse, Trahern en sortit une poignée de pièces d'argent qu'il brandit dans la paume de sa main ouverte.

— Peu d'hommes possèdent ce genre de monnaie.

L'un des Lochlannah s'avança pour examiner les pièces. Puis il alla chuchoter quelques mots à l'oreille du chef dont le visage s'assombrit.

— Un homme peut avoir ce genre de pièces dans sa poche sans que cela fasse de lui un meurtrier.

— Nous avons des témoins qui ont vu ces hommes, poursuivit Trahern. Des témoins qui ont perdu dans ce raid un père ou un fils.

Sa voix se fit plus dure tandis qu'il ajoutait :

— Des femmes ont été également violées. Nous sommes là pour demander justice.

— Pourquoi le chef des O'Reilly n'est-il pas venu lui-même demander justice ? demanda Vigus.

La voix de Trahern monta d'un ton.

— Parce qu'il est mort… Je viens aussi demander justice pour ma femme, poursuivit-il en posant une main sur l'épaule de Morren.

Un silence inconfortable envahit la pièce. Ce fut au tour de Patrick de reprendre la parole :

— En tant que chef des Hardrata, tu dois bien savoir qui a quitté le *longphort* pour quelques jours l'été dernier.

Le chef eut un bref hochement de tête.

— Il va falloir les interroger.

Patrick inclina la tête à son tour.

— Et nous serons là pour écouter ce qu'ils ont à dire. Fais-les venir et qu'ils s'expliquent.

La menace d'une guerre entre les deux tribus planait dans la salle, comme une lame prête à tomber.

Le chef échangea quelques mots avec un serviteur puis se retourna vers eux, l'air furieux.

— Il est exact que plusieurs de nos hommes ont quitté le campement cet été pour rendre visite à l'une de nos tribus dans l'Ouest. L'un d'eux n'est pas revenu.

Gunnar avança d'un pas, brandissant un poignard, le manche en avant.

— Je pense que ceci appartenait au raider en question. Il était attaché à sa ceinture.

Trahern décocha un regard approbateur au jeune homme. Il se souvenait l'avoir vu détacher l'arme, qui constituait une preuve évidente contre l'intrus.

Le chef l'examina et son humeur s'assombrit encore davantage.

Une lueur de satisfaction brilla dans le regard de Gunnar qui adressa un bref signe de tête à Trahern, comme pour lui confirmer son soutien. Trahern était soulagé, car les pièces d'argent ne constituaient pas une preuve suffisante.

Vigus se leva lentement.

— Les quatre hommes seront présentés en jugement cet après-midi. Si la preuve de leur culpabilité est faite, ils seront durement châtiés.

Soudain, des cris et un bruit de lutte se firent entendre à l'entrée de la salle. Trahern vit son cadet entrer, poussant devant lui l'homme que Morren pensait avoir identifié dans la cour.

— Lâchez-moi, hurla le Lochlannah en se débattant.

Mais quand il rencontra le regard accusateur de son chef, il se figea. Son regard effaré parcourut les visiteurs avant de s'arrêter sur Morren.

Elle le défia du regard, le menton levé.

— Elle ment ! cria l'homme. Quoi qu'elle prétende, je ne lui ai rien fait.

Ignorant les protestations de l'homme, Vigus ordonna d'une voix brève.

— Qu'on attache Brael et qu'il subisse l'épreuve du feu.

Il ajouta, le visage déformé par la fureur :

— Tu t'es trahi toi-même. La femme n'avait encore rien dit... Emmenez-le !

Morren assista à l'ordalie, le visage caché dans l'épaule de son mari. L'un des accusés, qui regardait le charbon de bois devenir incandescent, s'effondra, prêt à tout avouer avant que l'épreuve ne commence. Les Hardrata lui tournèrent aussitôt le dos, faisant comme s'il n'avait jamais existé.

Une indignation horrifiée s'empara de Morren. Ils se contentaient donc de le laisser partir ? Sans autre châtiment que d'être banni de sa tribu ?

Le réprouvé passait devant eux quand tout à coup Aron O'Reilly bondit sur lui et, l'empoignant par les cheveux, lui trancha la gorge de son poignard.

Puis, se retournant vers Trahern, il lui dit d'une voix forte :

— Pour Ciara !

Du côté des Hardrata, aucun d'eux ne fit mine d'avoir vu quoi que ce soit. Morren, horrifiée, couvrit sa bouche de ses mains pour ne pas crier.

Trahern l'attira contre lui.

— Un criminel peut être mis à mort sans aucune conséquence pour le meurtrier. C'est pour cela que les autres ont refusé d'avouer leur crime.

Le spectacle était insupportable mais Morren ne pouvait se détourner de la scène. Un par un, les trois raiders survivants furent contraints de traverser le lit de braises incandescentes. Et malgré les efforts de Trahern pour la serrer contre lui, leurs cris de douleur se frayaient un chemin jusqu'à sa conscience.

C'était un supplice terrifiant, au cours duquel Dieu était le seul juge de la culpabilité de l'inculpé. Un homme dont la chair n'était pas marquée par le feu était considéré comme non coupable et recouvrait la liberté. Mais elle, dans son cœur et dans sa chair, savait qu'ils étaient coupables.

L'un des suppliciés tomba dans les braises et ses vêtements prirent feu. Il appela à l'aide et essaya de s'enfuir. En un instant, son corps s'embrasa tout entier et ses cris s'éteignirent.

C'est alors que Morren rencontra le regard de l'un des deux raiders survivants fixé sur elle. Elle le reconnut tout de suite. Son visage hantait ses cauchemars depuis des mois. C'est lui qui avait lancé l'assaut sur elle, visage cramoisi et regard étincelant, et elle ne l'avait jamais oublié. Il l'enveloppa d'un regard lourd de mépris et de haine. Bien qu'il ait accepté son épreuve, son visage n'exprimait aucun remords. Seule la colère d'avoir été pris.

À sa demande, le chef lui indiqua qu'il s'appelait Egill Hardrata et que c'était un mercenaire déjà puni pour de nombreux forfaits. Mais le dénommé Egill était resté silencieux pendant l'interrogatoire, le visage dur et fermé. Ni lui ni son dernier complice survivant n'avaient voulu révéler qui les avait payés pour lancer ce raid sur une population vulnérable.

Egill et son acolyte s'éloignèrent en titubant vers le portail, les pieds en sang. Mais cette fois, quand Aron passa à l'attaque, le Lochlannah para au coup et arracha le poignard des mains du frère de Ciara.

Puis il repartit à grands pas, ignorant la douleur de ses pieds torturés. Rien ne paraissait pouvoir l'atteindre derrière la muraille d'indifférence dont il s'était entouré.

Les derniers rayons de soleil de l'après-midi s'éteignaient lentement, laissant place au crépuscule. La tension douloureuse qui contractait le corps de Morren depuis leur arrivée à Gall Tir était toujours là, même après le départ des deux hommes. Maintenant que l'hiver s'annonçait, il était peu probable qu'ils survivent au froid et à la faim dans cette région désolée. Mais leurs visages resteraient à jamais gravés dans sa mémoire.

Elle ne se rendit compte qu'elle pleurait que lorsque la main de Trahern essuya doucement ses larmes.

— C'est fini, *a stor*, murmura-t-il. Ils ne pourront plus te faire de mal, maintenant.

Elle le savait, mais une grande lassitude s'était emparée d'elle et elle ne pouvait s'empêcher de trembler. Elle était lasse de toute cette violence.

— Je voudrais rentrer.

Trahern releva sa capuche sur ses cheveux pour la protéger du froid.

— Il est trop tard pour aujourd'hui, Morren. Ewan te raccompagnera à Laochre avec Honora demain matin.

Elle eut un frisson d'appréhension.

— Et toi ?

Inconsciemment, Trahern porta la main à sa dague tandis que son regard fixait le chemin que les bannis avaient pris pour quitter Gall Tir.

— Patrick reste encore un ou deux jours pour consolider la paix entre nos deux tribus. Quant à moi, ajouta-t-il, le regard posé sur Aron qui, monté sur son cheval, s'apprêtait à suivre les fugitifs, je n'ai pas encore tout à fait fini ma besogne.

— Je vous accompagne, décréta Gunnar d'un ton sans réplique.

Trahern secoua la tête.

— Ce n'est pas ton combat, Gunnar.

Il ajouta en rejoignant sa monture :

— Aron O'Reilly veut la tête de ces hommes et je ne le laisserai pas y aller seul.

Il ne voyait pas pourquoi Gunnar se joindrait à eux. Du reste, le jeune homme n'avait donné aucune raison pour expliquer son désir de participer à cette expédition punitive à Gall Tir. Depuis qu'ils avaient quitté le *cashel* des O'Reilly, il était resté étrangement silencieux.

Cette fois, il lui fallait des réponses.

— Tu ne nous as jamais expliqué pourquoi tu nous as accompagnés jusqu'ici ?

Gunnar éluda la question.

— Cela me regarde.

— Si tu tiens à venir avec nous, il va falloir que tu en dises un peu plus.

Le Norrois le dévisagea un instant, comme s'il pesait le pour et le contre.

— Ma mère a été enlevée, déclara-t-il enfin. Nous l'avons perdue alors que je n'étais qu'un gamin. Nous marchions dans les bois, elle me tenait par la main, et, une seconde plus tard, elle avait disparu. Des hommes à cheval l'avaient emportée.

Il expulsa bruyamment l'air de ses poumons et reprit :

— Je me suis toujours demandé ce qu'elle avait pu devenir. Nous avons fouillé tous les environs, visité toutes les stations, les villages et les places fortes. Jusqu'aux moindres cabanes dans les bois. Mais elle avait disparu.

— Et tu penses que ce sont les gens de Gall Tir qui l'ont prise ?

Gunnar haussa les épaules.

— Je ne l'ai jamais su. Mais sitôt que j'ai vu ton visage, j'ai commencé à me douter de quelque chose.

Un grand froid envahit Trahern. Il pensait à l'histoire d'Annle, à propos de la jeune Norroise qui était venue accoucher chez eux.

— Quand ces sauvages l'ont enlevée, poursuivait Gunnar, elle était enceinte. C'est mon père qui me l'a appris plus tard.

Sans répondre, Trahern sortit le pendentif qu'il portait sous sa tunique. Quand Gunnar vit l'image gravée du poisson, il tendit la main.

— Elle aimait la mer, expliqua-t-il d'une voix étranglée. C'est mon père qui lui a offert cette pierre.

Il sortit de sa bourse une pierre identique à celle que Trahern lui avait montrée et les mit toutes les deux dans sa paume. Elles étaient parfaitement identiques et gravées de la main du même artiste.

— ... C'est tout ce qu'il me reste d'elle. J'étais trop jeune pour m'en souvenir mais j'ai juré à mon père de découvrir ce qui s'était passé et de la venger.

— Ton père est-il toujours vivant ?

Gunnar secoua la tête.

— Non. Il est mort il y a quelques années.

Le visage de Trahern se ferma. Ainsi, il ne connaîtrait pas non plus l'homme qui lui avait donné le jour... Et pourtant, bien qu'ils aient grandi séparément, Gunnar Dalrata était incontestablement son vrai frère de sang.

— Notre mère est morte à ma naissance, expliqua-t-il à son tour. Mais elle avait trouvé refuge chez les MacEgan. Et Saraid MacEgan a élevé son fils comme son propre enfant.

Gunnar opina du chef, l'air grave.

— Le roi Patrick le sait-il ?

Trahern fit un geste de dénégation.

— Je le lui dirai, quand tout cela sera terminé. Ainsi qu'à mes autres fr... Aux autres MacEgan.

Gunnar se mit en selle.

— Si tu veux que je te parle de notre père, tu n'as qu'à demander.

Il ajouta, une expression triste dans le regard :

— C'était un poète et un conteur. Comme toi.

Ils passèrent la nuit à Gall Tir. Trahern était rentré à la tombée de la nuit et avait dormi d'un sommeil agité. Morren l'avait serré contre elle, à la fois pour l'apaiser et réchauffer son corps glacé.

— As-tu trouvé Aron ? avait-elle demandé.

— Oui. Il est là avec les autres. Mais nous n'avons pas trouvé les raiders. Ils connaissent le coin mieux que nous et ont dû se cacher.

Ces bandits étaient donc toujours vivants ! Savoir la vérité n'avait pas rendu le sommeil de Morren plus facile. Maintenant que tout était fini, quelle décision Trahern allait-il prendre à son encontre ? C'en était-il fini de leur mariage ?

Il partit dès l'aube et, quelques heures plus tard, Morren quitta Gall Tir avec Ewan et Honora. Ewan était convaincu que Trahern, Gunnar et les représentants du clan O'Reilly rattraperaient les deux fugitifs. Mais, après deux heures de chevauchée, ni lui ni ses hommes ne les avaient rejoints.

Une demi-heure plus tard, la neige commença à tomber. Drus et poussés par un vent glacé, les flocons formèrent rapidement une couche épaisse qui effaçait les chemins. Morren soufflait sur ses mains dépourvues de gants pour les réchauffer.

Ewan les conduisit à l'abri d'un épais bosquet de hêtres.

— Voulez-vous rebrousser chemin ou continuons-nous jusqu'à Laochre ? demanda-t-il à Morren.

Morren hésita. Il serait plus sage de retourner à Gall Tir, bien sûr, mais elle n'avait nulle envie de revoir le *longphort*.

— Attendons un peu. Cela va peut-être se calmer.

Son visage devait trahir son inquiétude car Ewan se pencha sur elle pour lui tapoter l'avant-bras.

— Trahern est parfaitement capable de veiller sur lui-même, Morren. Il va bientôt nous rejoindre.

Morren, peu convaincue, acquiesça d'un bref hochement de tête. Elle se méfiait tout particulièrement d'Egill. Tel un loup blessé, le Lochlannah se montrerait sans pitié. S'il en avait l'occasion, il tenterait de prendre sa revanche sur ceux qui l'avaient confondu.

Ils se mirent à l'abri et l'attente commença, dans le plus grand silence. La neige était si dense qu'il était impossible d'allumer un feu. Se blottissant contre un tronc immense, Morren scrutait la forêt, y cherchant le moindre signe de l'arrivée de Trahern. Elle priait silencieusement pour qu'il lui revienne sain et sauf.

Devant elle, Ewan se tenait à côté de sa femme qu'il enserrait par la taille. Ils devisaient d'une voix calme, et Morren ne put réprimer un brusque élan de jalousie. Comme elle aurait voulu connaître une telle entente avec Trahern ! Mais c'était seulement sur la confiance et le temps que l'on pouvait construire une telle complicité.

Soudain, une petite voix murmura au fond de son cerveau : *Pourquoi ne te bats-tu pas pour le conquérir ?*

Elle s'immobilisa, son souffle se figeant dans l'air froid. Était-ce possible ? Pouvait-elle conquérir le cœur de Trahern ? Indéniablement, c'était un homme pour qui il valait la peine de lutter. Un homme qu'elle aimait. Ne regretterait-elle pas plus tard de l'avoir laissé s'éloigner d'elle comme cela ?

Il faut que j'essaie.

Le froid était plus vif et son anxiété s'accrut. Trahern et Gunnar ne rebrousseraient pas chemin tant qu'ils n'auraient pas retrouvé les deux derniers coupables du raid.

Elle allait rejoindre Ewan et Honora pour leur confier son inquiétude quand une tache sombre attira son attention.

Du sang.

— Ewan ! Voulez-vous venir, s'il vous plaît ?

La trace sanglante suivait un sentier montant à flanc de colline.

— Qu'est-ce que cela, à votre avis ?

Mon Dieu, supplia-t-elle en son for intérieur. Faites que Trahern ne soit pas blessé.

Comme elle s'apprêtait à suivre la trace, Ewan l'arrêta d'une voix nette.

— Morren ! Ne bougez plus.

Elle obtempéra, le cœur battant.

— Mais... Et si c'était Trahern ?

— Je vais voir.

Se retournant vers sa femme, il lança d'une voix brève :

— Honora ! Protège Morren, veux-tu ?

Et, dégainant son épée, il se lança sur la piste, l'oreille aux aguets. On entendait maintenant un bruit de voix étouffé.

Morren tremblait de tous ses membres. De quel droit mettait-elle la vie de tant de monde en danger ? Trahern d'abord, puis Ewan et sa jeune femme... Elle lisait l'écho de son inquiétude dans le regard d'Honora qui tournait dans leur abri comme une lionne en cage.

— Je ne risque rien, Honora. Allez rejoindre votre époux pour assurer ses arrières.

— Mais vous...

— Il court plus de danger que moi. Il ne faudrait pas qu'il se jette dans la gueule du loup. Je promets de ne pas m'exposer.

Honora hésita un instant, visiblement déchirée entre son devoir et son amour, puis tira à son tour son épée.

— Je ne serai pas absente longtemps.

Morren les regarda suivre la piste au flanc de la colline et disparaître dans les sous-bois. Puis elle s'accroupit pour se protéger du vent, pétrifiée par la peur.

— Tu as tué mon frère, articula une voix rauque dans son dos.

Faisant volte-face, elle se trouva nez à nez avec Egill. Il la dévisageait, les yeux exorbités, un couteau de chasse à la main. Elle voulut crier mais aucun son ne sortit de sa gorge nouée.

— Sale putain, lança-t-il en brandissant son arme devant son visage. J'ai vu mon frère brûler vif sous mes yeux à cause de tes accusations.

Morren recula d'un pas. Si elle parvenait à atteindre la clairière, Ewan se rendrait compte de la situation et viendrait à son secours. Mais déjà Egill saisissait son bras et la plaquait contre lui, la lame sous sa gorge.

Mon Dieu ! Je vais mourir.

Toute la terreur qu'elle avait éprouvée lorsque cet homme s'était emparé d'elle la nuit du raid la submergea de nouveau. Une nausée la secoua violemment. Elle aurait voulu se débattre mais ses membres ne lui répondaient plus. Des cris silencieux restaient prisonniers dans sa gorge.

Egill Hardrata n'aurait aucune pitié. Il ne pensait qu'à venger son frère. Et, dans sa sauvagerie quasi primitive, Morren reconnut celle de Trahern quelques semaines plus tôt.

Elle n'était alors qu'une coquille vide. Une victime inerte et résignée. Mais, par son exemple, et grâce à l'amour qu'il lui inspirait,

Trahern lui avait communiqué un peu de son énergie. Grâce à lui, elle avait retrouvé l'estime d'elle-même.

Cette fois, je ne me laisserai pas faire.

Utilisant le point faible de son agresseur, Morren marcha de tout son poids sur ses pieds brûlés. Aussitôt, il la relâcha avec un hurlement de douleur. Elle sentit la lame du couteau entamer son cou, mais, dans un ultime sursaut d'énergie, elle le piétina encore furieusement. Pas question de se laisser égorger comme un agneau.

Enfin libre, elle poussa un cri perçant qui ramena Ewan et Honora au pas de course.

S'emparant d'une pierre, Morren l'asséna de toutes ses forces sur le crâne du malfrat qui s'effondra sur le sol. C'est alors qu'elle vit le couteau fiché dans son dos.

Derrière l'homme maintenant étendu à ses pieds se tenait Trahern. Elle n'aurait su dire quand et par où il était arrivé mais, bénissant Dieu et tous ses saints, elle se laissa tomber dans ses bras.

— Vas-tu bien ? murmura-t-il contre sa tempe. Tu saignes, on dirait ?

Morren porta la main à son cou et la retira tachée de sang.

— Ce n'est rien, assura-t-elle en utilisant son *brat* pour étancher la légère estafilade. Mais comment as-tu fait pour le retrouver ?

Trahern étudiait anxieusement son visage, son cou, ses mains, à l'affût d'une autre blessure.

— Je le pistais. Je voulais mes réponses.

— Et l'autre ? s'enquit Morren, le regard élargi. Il rôde toujours… Il peut arriver d'un moment à l'autre.

— Tu ne risques plus rien, répondit Ewan qui venait de les rejoindre en lui montrant les traces de sang qui s'enfonçaient dans les collines. Aron s'est occupé de lui.

Trahern lança un coup d'œil mécontent à son cadet.

— Tu n'aurais jamais dû laisser Morren seule. Elle aurait pu se faire tuer.

— C'est ma faute, intervint Honora, le rouge au front.

Morren prit son mari par la taille.

— Ils ne sont coupables ni l'un ni l'autre, bien au contraire. Ewan voulait débusquer les fuyards et c'est moi qui ai dit à Honora d'aller l'aider.

Gunnar les rejoignit à son tour, le visage sombre.

— Que se passe-t-il ? Qu'avez-vous, Gunnar ? s'inquiéta Morren aussitôt.

Les deux hommes échangèrent un regard entendu. Puis Trahern reprit la parole :

— Avant de mourir, le dernier raider a révélé qui les avait payés pour lancer un raid sur le clan O'Reilly.

Morren recula, redoutant d'entendre la réponse.

— Et qui était-ce ?

— Katla, intervint Gunnar. La femme de mon propre frère.

21

Quelques heures plus tard,
au château de Laochre

— Il faut que nous retournions là-bas, déclara Morren, arpentant nerveusement leur chambre.

Trahern, la voyant rongée d'inquiétude pour sa sœur, s'empressa de la rassurer.

— C'est ce que nous allons faire, mais pas ce soir. La neige continue à tomber.

Ils avaient eu beaucoup de chance d'arriver au château avant le paroxysme de la tempête.

Elle se tourna vers la fenêtre, le visage tourmenté.

— Crois-tu que ce soit vrai, Trahern ? Katla peut-elle avoir fait une chose pareille ?

Trahern eut un geste d'impuissance.

— Je ne sais pas. Cela paraît invraisemblable mais sinon, comment l'homme de Gall Tir aurait-il su son nom ?

C'était pourtant Katla qui avait recueilli les survivants du clan O'Reilly, leur fournissant nourriture et abri. Elle s'était indignée des soupçons de Trahern, proclamant haut et fort l'innocence de sa famille. Tout cela n'était-il qu'une sinistre comédie ?

S'asseyant sur le lit, Morren rassembla ses genoux sous elle.

— Je n'aurais jamais dû la laisser seule là-bas.

Que répondre à cela ?

L'attention de Trahern se porta sur la fine ligne rouge qui

soulignait la base du cou de la jeune femme. La blessure était superficielle mais il s'en était fallu de peu que Morren y laisse la vie. À cette pensée, sa gorge s'assécha, son cœur s'arrêta un instant de battre. Il n'aurait pu supporter de la perdre.

De perdre un être qu'il aimait. Pas encore une fois.

Allant s'asseoir à côté de sa femme, il lui passa un bras autour des épaules.

— Je ne laisserai rien arriver de mal à Jilleen. Je te le promets. Et il n'y a aucune raison que Katla s'en prenne à elle.

Elle s'abandonna contre son épaule, un bras autour de sa taille.

— Trahern, quand tu m'auras ramenée chez moi...

Sa voix se brisa, comme si elle ne savait comment achever sa question. Il attendit patiemment qu'elle se ressaisisse.

— ... As-tu l'intention de m'y laisser... et de repartir, seul ?

Il y avait de l'inquiétude dans sa voix, mais aussi une sorte de résignation. Elle croyait qu'il avait l'intention de se débarrasser d'elle ainsi, de mettre un terme à leur bref mariage.

Et c'était bien ce qu'il avait eu l'intention de faire, en effet. Leur mariage n'avait été qu'un arrangement après tout, dont le seul but était de découvrir et punir les coupables de l'attaque de Glen Omright. Maintenant que sa mission était accomplie, Trahern devait raccompagner la jeune femme chez elle.

Et pourtant, la perspective de la laisser là-bas lui semblait inimaginable. Non, décidément, il ne voulait pas la quitter. Mais pas question non plus de faire pression sur elle.

— Et toi, que souhaites-tu exactement ?

Elle lui caressa la joue d'une main hésitante.

— Aujourd'hui, tandis que tu étais parti à la poursuite des deux raiders, j'ai eu très peur.

Elle n'avait pas répondu à sa question et il ne savait que penser de cela.

— Je n'aurais pas dû te laisser seule derrière moi. Je faisais confiance à mon frère...

Il s'interrompit brusquement. Ewan n'était pas vraiment son frère. Seul Gunnar l'était. Et il le connaissait à peine, pas plus que son autre frère, Hoskuld, le mari de Katla. Il ne connaissait rien de sa vraie famille.

Un désagréable sentiment d'incertitude l'envahit. Trop de choses étaient brutalement remises en question. Trop de secrets venaient de surgir du passé.

Il devait y voir clair dans tout cela. Et il devait la vérité à sa famille d'adoption.

— Ewan est toujours ton frère, Trahern. Et je n'ai rien à te reprocher. Tu m'as sauvé la vie et tu m'as permis de sortir de mon cauchemar...

Morren ajouta dans un murmure presque inaudible :

— Je ne suis pas Ciara, je le sais bien... Mais je ne veux pas que nous mettions fin à ce mariage. Pas tout de suite.

Une émotion inattendue serra la gorge de Trahern. Comme il avait fallu du courage à la jeune femme pour prononcer ces mots !

— Tu n'es pas un substitut de Ciara, ma douce. Tu ne l'as jamais été.

Il serra sa compagne dans ses bras avec l'impression qu'il avait enfin dit les mots qui convenaient. Pour lui comme pour Morren. Ses doigts redessinèrent le visage de la jeune femme, ses joues si douces, ses lèvres frémissantes, ses tempes où battait son sang. Elle était là, tout contre lui, si merveilleusement vivante.

Comme un homme aveugle à qui la vue était rendue, il apprenait à la redécouvrir.

— Quand j'ai vu que ce Lochlannah s'apprêtait à te tuer, murmura-t-il contre sa bouche... Mon Dieu ! J'ai su que je ne voulais pas te perdre.

Il effleura ses lèvres d'un léger baiser avant d'ajouter :

— Je ne veux pas te laisser partir, ma femme. Je resterai avec toi aussi longtemps que tu voudras de moi.

Elle s'écarta un peu pour plonger son regard dans le sien.

— Nous nous sommes mariés le soir de la Samain, dit-elle avec un petit rire. N'est-ce pas toi qui nous as raconté dans une de tes histoires que ce qui avait lieu ce soir-là durait pour toujours ?

L'évocation de la légende d'Oengus, le fils de Dagda, le fit sourire à son tour.

— C'est vrai. Tu as raison.

Trahern éprouva le brusque désir de la faire sienne, par le corps comme elle l'était déjà par le cœur.

L'attirant de nouveau dans ses bras, il lui prit fougueusement les lèvres.

Le roi Patrick arriva très tard le lendemain soir. Il avait voyagé tout le jour malgré la neige qui continuait à tomber. Trahern demanda aussitôt à le voir ainsi que ses autres frères.

— Je voudrais vous parler à vous tous, en la présence d'Annle.

— Je croyais que nous en avions terminé avec les affaires de Gall Tir, rétorqua son frère, las de son voyage. Quelque chose ne va pas ?

Trahern préféra ne pas aborder d'emblée le rôle de Katla. Patrick avait fait tout ce qui était en son pouvoir et c'était à lui de régler ce dernier rebondissement.

— Ce n'est pas pour cela que je veux vous consulter.

Patrick leva vers lui un regard réprobateur.

— Est-ce au sujet de Morren ? Songes-tu déjà à la répudier ?

— Non. Cela n'a rien à voir. Disons dans une heure, chez toi ?

Trahern sortit de cet entretien avec une désagréable sensation de vide. Il agissait selon sa conscience en s'apprêtant à révéler qui étaient ses vrais parents. Mais Annle s'était peut-être trompée.

Et s'il les perdait tous en leur apprenant qui il était ?

Ils entrèrent l'un après l'autre dans la salle. Connor d'abord, puis Ewan et Bevan. Patrick était déjà là, assis sur une chaise haute près de l'étroite fenêtre. Des hommes courageux et fiers, tous autant qu'ils étaient. Bevan, guerrier impavide, dont les actes disaient souvent ce qu'il ne savait exprimer. Patrick, le roi de cette province, toujours prêt à faire passer ses intérêts après ceux des autres. Connor, un garçon plein d'humour qui avait perdu l'usage d'une main et restait pourtant un excellent combattant. Et Ewan enfin, le plus jeune, qui, après un chemin difficile, avait enfin pu faire preuve de son courage et de sa droiture.

Ils attendaient qu'il parle, les uns assis sur l'épais tapis de laine, les autres appuyés contre un coffre ou perchés sur un escabeau. Leur regard affectueux lui disait que, quoi qu'il advienne, ils seraient toujours là pour lui. Comme ils l'avaient toujours été.

Annle fut la dernière à arriver. Elle devait bien se douter de la raison pour laquelle on l'avait fait venir. Pourtant, son visage ridé comme un vieux coing restait placide.

— Raconte-leur, Annle, ordonna Trahern d'une voix brève.

La vieille femme prit place sur l'escabeau que lui offrait Bevan. Puis, les mains croisées sur son giron, elle commença son histoire. Trahern, le seul à être resté debout, comme pour un jugement, l'écoutait, les poings serrés.

Quand elle eut terminé, il fut le premier à prendre la parole :

— Voilà. Vous savez tout. Je ne suis pas l'un des vôtres. Je porte le nom des MacEgan et j'ai été élevé parmi vous mais Saraid et Duncan ne furent pas mes vrais parents.

La bouche de Patrick n'était plus qu'une ligne dure.

— Cela fait déjà plusieurs jours que tu sais cela. Et tu ne nous as rien dit ?

Trahern regarda ses auditeurs l'un après l'autre.

— J'aurais pu ne jamais rien vous révéler. Annle n'aurait pas parlé, je le sais. Mais la confiance a toujours été de règle entre nous.

Bevan ouvrit la bouche, comme pour parler, puis parut se raviser. Les cicatrices de ses joues se tendirent, tant il avait les mâchoires serrées et il lança un coup d'œil au plus jeune, le beau parleur.

— Que veux-tu que nous te répondions, Trahern ? intervint Ewan. T'attends-tu par hasard à ce que nous te jetions dehors ? Que nous fassions comme si toutes ces années n'avaient pas existé ?

— Je ne sais pas si cela compte pour vous. Tout ce dont je suis sûr, c'est que toute ma vie n'a été qu'un mensonge. Je croyais que Saraid était ma mère...

— Mais elle l'était, intervint Annle, les yeux brillants. Elle t'a élevé tout nourrisson et t'a aimé comme les autres.

— Plus, peut-être, dit Patrick à son tour.

Il se frotta le menton et Trahern remarqua quelques fils d'argent dans sa barbe.

— À la moindre égratignure, elle en faisait toute une histoire et te cajolait à n'en plus finir. Plus d'une fois j'ai failli te noyer comme un petit chat rien que pour ça.

Un rire rauque s'échappa de la gorge de Trahern.

— Tu n'as pas manqué d'essayer, si ma mémoire est bonne.

— Nous avons tous essayé d'en finir avec chacun d'entre nous pour une raison ou pour une autre, rappela Bevan en riant lui aussi. Vous souvenez-vous du jour où Liam a essayé de nous convaincre que nous pouvions voler ?

— J'avais sept ans, se rappela Trahern. C'était le soir de la fête de la Saint-Jean.

— Nous avons grimpé sur l'arbre le plus haut…

L'émotion le gagna soudain au souvenir de leur aîné, mort au combat quelques années plus tôt.

— Liam m'a dit de fermer les yeux, reprit-il d'une voix étranglée. De battre des bras aussi vite que je le pouvais…

Bevan sourit d'une oreille à l'autre.

— C'est seulement quand tu t'es retrouvé accroché à la dernière branche que tu as compris qu'il se payait ta tête. Papa a battu Liam, maman l'a mis au pain et à l'eau et l'a tenu enfermé dans le grenier à grain pendant une bonne semaine. J'ai bien cru qu'elle ne lui pardonnerait jamais. J'ai eu du mal à lui pardonner, moi aussi. Cet été-là, je me suis tout de même cassé le bras à cause de lui… Mais reconnais que c'était tout de même amusant de te voir agiter les bras comme un oisillon sorti du lit.

Les cinq frères rirent en chœur.

Ce n'était pas une mais dix, voire cent anecdotes qui les reliaient ainsi les uns aux autres. Trahern en prit soudain conscience. Et c'était grâce à tout cela que s'étaient élaborés les liens indestructibles de la fratrie.

— Tout ça, Trahern, déclara Patrick, cette nouvelle famille qui te tombe du ciel, ça a de l'importance pour toi, bien sûr. Mais tu seras toujours mon frère, par le sang ou non. Ma vie durant.

Annle se glissa fugitivement hors de la pièce, un léger sourire aux lèvres. Ce n'était pas par envie de tromper qu'elle avait gardé le silence sur le secret de la naissance de Trahern. Ses parents, Duncan et Saraid, avaient toujours connu la vérité et, pour eux, cela n'avait rien changé. Saraid n'avait jamais traité son fils adoptif autrement que les cinq autres. Si Trahern s'était toujours senti appartenir au clan MacEgan, c'était parce qu'il avait été élevé comme tel.

— En tout cas, dit encore Trahern en se grattant le crâne, quel est mon nom, maintenant ? MacEgan ou Dalrata ?

— Tu connais la réponse, rétorqua Patrick. Penses-tu que nous allons t'exclure après toutes ces années ?

Trahern sentait monter en lui une joie incoercible. Il était toujours des leurs. Il était un MacEgan. Ou du moins, il était aussi un MacEgan.

— Non, en effet. Vous ne le feriez pas.

Il venait de comprendre que prendre un autre nom risquait même d'être une insulte à leur égard.

— Bien, conclut Ewan en se levant de son tabouret. L'affaire est close. Il est tombé pas mal de neige dans la cour. On pourrait en faire quelque chose.

Ils quittèrent la chambre en chahutant comme au bon vieux temps, heureux d'aller jouer dans la neige comme des gamins.

Patrick, qui était resté en arrière, retint Trahern par la manche.

— As-tu l'intention de raccompagner Morren chez elle ou reste-t-elle avec nous ?

— Je la raccompagne. Après, je ne sais pas.

— Tu auras peut-être envie de passer un peu de temps avec les Dalrata cet hiver ? Faire connaissance avec ton autre famille ne serait pas une mauvaise idée, qu'en penses-tu ?

— Tu as raison, opina Trahern.

Il s'élança dans les escaliers, lançant par-dessus son épaule en riant :

— Mais d'abord, il me semble qu'Ewan a besoin d'une petite leçon.

Isabel, qui montait l'escalier suivie de sa chambrière, surprit leur conversation.

— Si j'ai bien compris, vous avez l'intention de rouler mon mari dans la neige... et de me le rendre trempé ?

Trahern, heureux et soulagé comme après une longue maladie, étreignit vigoureusement la jeune femme.

— Nous y allons tous, et votre mari comme les autres, Isabel. Et quand on vous le rendra, vous pourrez vous charger de le réchauffer.

Un léger incarnat teinta les joues de la jeune femme.

— Eh bien ! Dépêchez-vous, dans ce cas !

Patrick décocha à son épouse une œillade qui se voulait séductrice.

— Dis-moi, ma belle, quand t'es-tu roulée dans la neige pour la dernière fois ?

Elle eut un rire perlé.

— Il y a bien longtemps… C'est décidé. Je viens avec vous.

Morren, postée dans l'angle d'une fenêtre, regardait les frères MacEgan se lancer des boules de neige. La valse des flocons était un spectacle magique et, en apercevant Trahern parmi ses frères, elle eut un sourire mélancolique.

— Venez avec nous, Morren, dit la douce voix d'Aileen dans son dos. En tout cas, moi, j'y vais.

La jeune guérisseuse s'était emmitouflée dans une chaude houppelande fourrée de martre et ses yeux brillaient d'une excitation enfantine.

Honora et Isabel étaient déjà avec les autres et s'en donnaient à cœur joie.

— Je ne sais pas… Trahern ne me l'a pas demandé.

— Vous êtes sa femme. Bien sûr que vous devez venir.

Elle enveloppa la tête de Morren de son *brat.*

— Allez chercher une cape. Je vous attends.

22

Une boule de neige glacée s'abattit dans le cou de Trahern, s'infiltrant dans ses vêtements. Il fit volte-face, prêt à contre-attaquer. En apercevant Morren, il resta sidéré.

— Est-ce toi qui… ?

Une autre boule de neige lui coupa la parole, s'écrasant sur son épaule.

— Grave erreur, ma belle ! s'exclama-t-il. Et tu vas t'en repentir.

Il se précipita sur elle et lui lança une boule de neige, pas trop fort, qui s'abattit sur son visage, lui poudrant le bout du nez.

Elle éclata d'un rire joyeux.

— Je ne regrette rien du tout !

Mais déjà une autre boule l'atteignait dans le dos. C'était Ewan le fautif, cette fois. Mais il n'eut pas le temps de répliquer. Morren visait Ewan en plein visage et la boule de neige explosa sur le front du jeune homme, le coiffant d'un chapeau d'un blanc immaculé. Avec sa barbe brune et ses yeux bleus, il avait l'air d'un joyeux lutin.

— Bien visé, murmura-t-il.

Elle lui adressa un sourire complice et se lança de nouveau dans la bataille, faisant preuve d'une étonnante adresse. Même quand les frères s'enfuyaient loin devant, son tir les atteignait avec une implacable régularité.

Gunnar se joignit à eux et le Lochlannah démontra qu'il avait au moins autant d'adresse que le clan MacEgan.

Au bout d'une heure, ils étaient tous trempés, pieds et mains gelés.

— Heureux diable ! lança Gunnar à son frère à mi-voix tandis qu'ils rentraient. Au moins, toi tu as une femme pour te réchauffer la nuit. Moi, je vais dormir par terre dans la grande salle avec les chiens.

Trahern lui administra une légère tape sur l'épaule.

— Ne t'inquiète pas, Gunnar. Si tu sais la prendre du bon côté, la chienne est plutôt aimable avec les messieurs.

Lui décochant une bourrade, Gunnar lui lança un juron qui, pour être en danois, n'en était pas moins significatif.

Il leur fallut une bonne quinzaine de jours pour atteindre Glen Omright. Les tempêtes de neige et le froid glacial rendaient le voyage souvent impossible et ils durent s'arrêter à plusieurs reprises chez des clans amis.

Morren avait traversé bravement les épreuves, mais ces derniers jours, elle se faisait un tel souci pour Jilleen qu'elle s'en rendait malade.

Ils approchaient enfin du *cashel* et la vue des champs familiers, soigneusement labourés et prêts pour une nouvelle récolte, lui réjouissait le cœur. Si les récoltes étaient bonnes, les habitants reviendraient et le village reprendrait vie.

Quand ils parvinrent en vue de Glen Omright, elle s'aperçut que le village était quasiment reconstruit et que la fumée rassurante d'un bon feu de tourbe s'échappait des cheminées. La palissade était achevée et des visages familiers et souriants les accueillaient sur leur passage.

Morren avait la bouche sèche et le cœur battant mais Trahern chevauchait à son côté, tranquille, droit sur sa selle.

Quand ils atteignirent la cour intérieure, Jilleen était là, en train de parler vivement avec une autre jeune fille. Dès qu'elle aperçut sa sœur, elle se précipita vers elle, radieuse. Sautant à terre, Morren la prit dans ses bras, se retenant pour ne pas éclater en sanglots.

— Ma chérie ! Je suis si heureuse.

Derrière Jilleen se tenaient Gunnar et Trahern. Ils observaient le *cashel*, le visage sombre.

— Où est Katla ? demanda-t-elle à Jilleen.

— À la maison, avec Hoskuld. Je l'aidais justement à préparer la soupe. Veux-tu...

La jeune fille adressa un regard à la fois méfiant et curieux aux deux hommes et ajouta :

— Voulez-vous entrer ?

Morren posa la main sur la manche de son compagnon et sourit.

— Trahern est mon mari, maintenant.

Un sourire heureux éclaira le visage de Jilleen.

— Je suis si heureuse ! J'espérais bien qu'il s'occuperait de toi.

Prenant la main de son aînée, elle la conduisit à l'intérieur. Trahern et Gunnar leur emboîtèrent le pas et ils furent tous agréablement accueillis par une délicieuse odeur de ragoût.

— Morren ! s'exclama Katla, s'essuyant les mains sur son tablier. Je ne m'attendais pas à te revoir si vite. Entrez ! Entrez !

La joie de la Norroise ne semblait pas feinte et elle poussa Gunnar et Trahern à l'intérieur avant de refermer la porte.

— Hoskuld et Dagmar sont en déplacement depuis ce matin, mais ils ne seront pas absents longtemps. Asseyez-vous près du feu. Vous allez me dire ce que vous pensez de ce ragoût. Il y en a pour tout le monde.

Trahern échangea un bref regard avec Gunnar et détacha une bourse de sa ceinture.

— Merci, Katla. Mais en fait, nous sommes venus pour vous parler de ceci.

Versant quelques pièces de la monnaie trouvée dans le souterrain dans la paume de sa main, il les montra à Katla.

Le visage de leur hôtesse s'altéra.

— Je n'ai jamais vu des pièces comme celles-là jusqu'à présent, dit-elle en posant les écuelles devant eux.

Elle parlait vite, trop vite. Et ses yeux trahissaient sa culpabilité. Morren, qui s'était assise, repoussa son écuelle fumante.

Jilleen dévisageait la Norroise, désorientée.

— Mais ce sont les pièces que nous avons trouvées dans le souterrain ! Celles qui ont servi à payer les raiders.

Retournant à ses fourneaux, Katla se mit à fourrager dans sa marmite de ragoût, qui n'avait guère besoin de ses soins.

— Egill Hardrata vous connaissait. Il a donné votre nom.

La cuillère frappa bruyamment le rebord de la marmite mais la Norroise ne se retourna pas.

— Bon sang, mais dis quelque chose ! exigea Gunnar en la saisissant par le bras. Pourquoi connaissait-il ton nom ?

— Que voulez-vous que je vous dise ? chuchota-t-elle.

Elle se retourna, les larmes ruisselant sur son visage.

Trahern s'approcha d'elle, usant de sa haute taille pour l'intimider.

— C'est vous qui avez payé ces hommes pour détruire le clan des O'Reilly, n'est-ce pas ? Ils ont brûlé leurs maisons, tué des femmes et des enfants. La femme que je devais épouser est morte à cause de vous.

Katla, le visage dans les mains, sanglotait.

— Je ne voulais pas que cela arrive.

— Alors, que vouliez-vous ? insista-t-il d'une voix tranchante.

— Ils ont agi selon leur propre initiative. Ce n'est pas moi qui les ai embauchés pour ça.

Elle pleurait si fort, ses mains maintenant crispées sur sa poitrine déchiquetant presque sa robe, que Morren fut encline à la croire.

Elle tenta une autre approche :

— Comment avez-vous pu rencontrer ces hommes ? Leur station est si loin d'ici...

— Ils sont passés par ici le printemps dernier pour faire du commerce, répondit Katla dans un nouveau sanglot.

— Est-ce que Dagmar ? commença Trahern.

Mais Morren l'interrompit :

— Non. Laissez-la terminer.

Un souvenir surgissait du fond de sa mémoire.

— Vous aviez une fille, n'est-ce pas ? À peu près de l'âge de Jilleen ?

Le visage de Katla parut s'affaisser, comme sous l'effet d'une émotion trop forte.

— Notre chef lui a parlé une ou deux fois, dit encore Morren, le regard lointain. Je me souviens parfaitement de la visite de quelques-uns des vôtres. Il l'aimait bien.

Comprenant soudain, elle refoula sa propre colère, attentive à l'horreur de ce qui s'était passé.

— Notre chef était beaucoup trop âgé pour elle, chuchota-t-elle comme si elle ne parlait qu'à Katla. Il lui a accordé plus d'attention qu'il n'aurait dû.

Katla se mit à sangloter de plus belle. Sa voix était si rauque, maintenant, qu'elle en était douloureuse à entendre.

— Il lui a fait tellement de mal ! Ma petite fille, qui n'avait jamais nui à personne ! Elle revenait tout juste de chez sa nourrice. Et nous avons eu si peu de temps ensemble. Ce monstre l'a violée et il l'a menacée de la tuer si elle en parlait à qui que ce soit. Mais elle m'a tout dit, à moi, sa mère, parce qu'elle savait que je ne laisserais pas le crime impuni.

Katla serra les poings.

— J'ai retrouvé son corps inerte quelques jours plus tard dans les champs. Et j'ai juré que le coupable le paierait de sa vie.

Une flamme sauvage brillait maintenant dans le regard de la pauvre femme et Morren prit la main de Trahern dans la sienne. Sa chaleur lui apportait un peu de réconfort.

— Quand Dagmar a reçu les Dalrata, je leur ai demandé de les rencontrer en secret et leur ai promis de l'argent s'ils tuaient le chef de votre clan. J'avais pris l'argent de la dot que m'avait donné mon grand-père et je leur ai dit qu'ils trouveraient le reste dans le souterrain, une fois leur tâche accomplie. Comme ça, j'étais sûre qu'ils iraient bien jusque là-bas.

Elle s'arrêta, à moitié asphyxiée par les larmes, respira un grand coup, puis reprit :

— Mais jamais je n'aurais imaginé qu'ils allaient tuer des innocents. C'est de leur propre initiative qu'ils ont massacré et brûlé tout ce qui leur tombait sous la main.

S'effondrant sur un escabeau, elle se prit la tête entre les mains.

— J'ai réellement pensé mettre fin à mes jours. Mais qui s'occuperait d'Hoskuld et de mes autres enfants ? Je reconnais ma culpabilité, ajouta-t-elle en dévisageant à tour de rôle ses interlocuteurs de ses yeux rougis. Je ne me pardonnerai jamais ce que j'ai fait. Et je ne vous demande aucune indulgence.

Attirant sa sœur dans ses bras, Morren l'étreignit avec force. Puis elle jeta un regard, comme un appel, à Trahern, dont le visage restait impassible.

— Je vous crois, déclara-t-il enfin. Cela ne remet pas en question votre culpabilité mais je comprends vos raisons.

— Je ne veux pas quitter ma famille, dit Katla d'une voix sourde. Mais j'ai toujours su qu'un jour ma faute me rattraperait.

C'est à ce moment précis qu'Hoskuld réapparut. Quand elle vit son mari, Katla pâlit. Gunnar expliqua en quelques mots à son frère ce qui s'était passé.

Le choc fut si rude qu'Hoskuld se laissa tomber sur un banc.

— Mais... Pourquoi ne m'as-tu rien dit ? Tu connaissais les coupables et tu ne m'as pas cru capable de venger ma propre fille ?

— Mais je voulais te protéger, gémit-elle en se tordant les mains. Si tu étais allé affronter le chef O'Reilly, c'était la guerre. J'étais convaincue que mon rôle passerait inaperçu, que seuls les raiders seraient punis si on les prenait sur le fait.

Elle voulut se jeter dans les bras de son époux, mais, se levant, il recula, le visage contracté par la colère.

Finalement, ce fut Trahern qui reprit la parole :

— Vous avez eu tort d'agir ainsi, Katla. Hoskuld, votre chef et moi devons nous réunir pour prendre une décision.

Morren étudiait le visage rougi de la pauvre Katla. Ce n'était pas le visage d'une coupable. Elle n'était qu'une pauvre mère souffrante qui avait voulu venger sa fille. Et elle devrait vivre avec cette souffrance et cette faute jusqu'à la fin de ses jours.

— Je crois Katla, dit-elle à Trahern. Ce sont les raiders qui sont coupables, pas elle.

Trahern hocha la tête.

— Envoyez chercher Dagmar. Qu'il revienne au plus vite.

Dagmar arriva le jour suivant et écouta attentivement la confession de Katla. Quand elle eut achevé, un mélange de colère et de pitié se fit jour sur son visage. Après plusieurs heures de délibération, lui et son conseil auquel Trahern avait été invité rendirent leur verdict. Katla vivrait, mais elle devrait habiter chez les O'Reilly pour ne jamais oublier ce qu'elle avait fait. Personne ne serait informé de sa faute à condition qu'elle dispense le bien dans le clan sans compter.

— Tu travailleras pour eux, Katla. Tu répareras ce que tu as contribué à détruire et tu resteras là-bas aussi longtemps que nous le déciderons. Il se peut que tu ne puisses jamais revenir parmi nous.

Il ajouta à l'intention d'Hoskuld :

— À toi de veiller à ce que la peine que nous venons de prononcer soit suivie d'effet.

C'était un exil mais pas une condamnation à mort. La sentence parut juste à Trahern et son respect pour Dagmar s'accrut. Il lui paraissait toujours aussi étrange que ces hommes fussent de sa famille mais son antipathie première disparaissait.

Quand ils eurent quitté la demeure du chef, Gunnar lui dit :

— Les O'Reilly ont besoin d'un nouveau chef. N'as-tu point songé à jouer ce rôle ?

Trahern le dévisagea.

— Je ne suis pas un O'Reilly.

— Tu serais pourtant un beau symbole, avec tes deux origines. À moins que tu ne te sentes aucun talent pour le commandement ?

Le défi que lui lançait Gunnar tomba à plat. Trahern ne se sentait pas l'âme d'un leader. Mais il était vrai que, d'une certaine manière, à la fois irlandais et lochlannah, il était un pont entre les deux peuples.

— Si les Dalrata et les O'Reilly veulent bien de moi, je resterai parmi vous.

— Diras-tu à Hoskuld que nous sommes frères ? demanda-t-il à Gunnar.

Gunnar hocha la tête.

— Oui, je crois qu'il sera heureux de l'apprendre, après tout ce qui s'est passé.

Trahern le dévisagea, involontairement ému.

— Les frères devraient toujours rester des alliés, dit-il simplement.

— Oui, en effet.

Gunnar ajouta avec un regard dans la direction de Morren :

— Et je pense que cela fera plaisir à ta femme de savoir que tu vas rester parmi nous.

Trahern hocha lentement la tête. Que voulait Morren exactement ?

Il ne le savait guère. Et lui ? Était-il fait pour le mariage, la paternité et toutes ses angoisses ?

— Et toi ? s'enquit-il d'un ton léger. Quelles sont tes intentions ?

Gunnar lui décocha une grimace moqueuse.

— Je vais me construire une hutte dans le coin et la remplir de jolies filles. Il est grand temps que je m'installe moi aussi, n'est-ce pas ?

Il s'interrompit, soudain alarmé, et ajouta précipitamment :

— En attendant, tu ferais bien de t'occuper de la tienne.

Morren, qui venait vers eux, vacilla soudain et se retint contre la margelle d'un puits.

Trahern se précipita.

— Que se passe-t-il, *a stor* ?

Elle posa ses mains sur ses flancs.

— J'ai mal... Très mal... Comme l'autre fois.

Elle se plia en deux avec un cri de douleur.

Un terrible soupçon assaillit Trahern.

— Quand as-tu eu tes règles pour la dernière fois ? Je voulais qu'Aileen t'examine et tu n'as pas voulu !

— Je... Je ne suis plus réglée depuis notre... notre mariage.

Mon Dieu ! Elle portait leur enfant. Et, s'il ne faisait pas quelque chose, elle allait le perdre, lui aussi.

Aucun mot ne pouvait définir la panique qui s'était emparée de lui.

23

Trahern souleva précautionneusement sa femme et se dirigea à grands pas vers la hutte la plus proche. Morren, luttant contre la douleur, formulait de silencieuses prières pour la vie de son enfant.

Dès qu'elle fut allongée, la jeune femme se sentit mieux. Elle se mit sur le côté, les genoux serrés contre sa poitrine et se contraignit à respirer calmement. Oui, la douleur s'apaisait, devenait enfin supportable. Et elle ne saignait pas, semblait-il.

Trahern, quant à lui, paraissait sur le point de s'évanouir. Ses cheveux qui avaient repoussé dru, ainsi que sa barbe, lui donnaient l'air d'un homme des bois.

— Je me sens mieux, souffla-t-elle entre deux spasmes, moins forts que les précédents. La douleur m'a prise par surprise.

— Depuis combien de temps es-tu au courant ?

— Honnêtement, je ne saurais le dire. Je n'ai pas eu mes dernières règles, c'est tout. Et c'est là quelque chose de très banal.

— Plus jamais je ne te toucherai, jura férocement Trahern. Tout cela est de ma faute.

Il paraissait si sérieux que Morren le crut.

— Trahern ! Pourquoi dramatiser ? C'est tout ce dont je rêvais. Avoir un enfant de l'homme que...

Elle s'interrompit, écarlate. Ils avaient tellement souffert, tous les deux. Et il avait toujours été à ses côtés, même aux pires moments. Elle ne pouvait imaginer passer sa vie avec qui que ce soit d'autre.

— ... De l'homme que j'aime, acheva-t-elle en le regardant droit dans les yeux.

S'asseyant à côté d'elle sur le lit, Trahern lui prit la main.

— Je suis prêt à tout pour t'éviter de souffrir, mon amour.

Se remettant sur son séant, elle s'appuya contre lui.

— Je le sais bien. Mais si Dieu veut m'accorder une seconde chance d'avoir un enfant, je ferai tout pour cela.

Trahern la dévisageait intensément et elle lut la peur dans ses yeux. Elle lui sourit avec tout l'amour qu'elle éprouvait pour lui.

— C'est toi qui m'as fait ce merveilleux cadeau, Trahern. Et je t'en remercie.

Il la serra contre lui, comme s'il avait peur qu'elle se volatilise.

— Quoi qu'il arrive, je reste à tes côtés, murmura-t-il en lui effleurant la tempe d'un baiser. Je ne te quitterai pas, même si nous devons nous confronter au pire. Je t'aime, Morren.

S'écartant un peu, elle plongea son regard dans celui de son époux. Il l'aimait ! Cela faisait deux cadeaux en un jour.

— Tout ira bien, Trahern, j'en suis sûre.

Les douleurs n'étaient pas les mêmes que lors de sa fausse couche. Elle ne souffrait pas plus maintenant que pendant ses règles.

— En tout cas, annonça-t-il en se remettant sur ses pieds, je vais chercher la guérisseuse.

Les saisons se succédèrent, l'hiver laissant place au printemps. Dans les champs que l'incendie avait rendu encore plus fertiles, les semences poussaient dru comme en écho au bébé que portait Morren. Trahern veillait sur elle avec une vigilance sans faille.

L'inquiétude l'empêchait quasiment de dormir et, quand l'été arriva, il envoya chercher Aileen, bien avant le terme de la grossesse de sa femme.

— Tu as une tête épouvantable, remarqua Connor en sautant de son cheval. Ton rôle de chef ici est-il si épuisant ?

— Ce n'est pas aussi difficile que je le croyais.

Les survivants de Glen Omright avaient fusionné avec quelques Dalrata, formant un nouveau clan riche de traditions mêlées.

— Hoskuld et Gunnar m'ont bien aidé, poursuivit-il avec un sourire.

Il avait découvert avec plaisir que ses nouveaux frères n'étaient pas à court de conseils et ne manquaient pas de donner leur avis, qu'il le leur demande ou non.

— Aurez-vous assez de vivres pour le prochain hiver ?

— Oui. Regarde !

Il montra les champs d'un geste du menton et expliqua en conduisant son frère vers la maison forte :

— Nous avons encore trouvé là-bas, en labourant le champ, un coffre empli de pièces d'argent. Il semblerait que le chef des O'Reilly était le seul responsable du conflit avec l'abbaye Saint-Michel. Il exigeait un impôt des habitants du *cashel*, laboureurs et artisans, prétendant que c'était l'abbé qui réclamait une trop forte dîme.

— Et il se constituait un petit pécule à l'insu de tous, conclut Connor avec une grimace de mépris.

Ils pénétrèrent dans la cour intérieure, bourdonnante d'activités.

— En tout cas, nous avons retrouvé son trésor et c'est l'essentiel. Nous avons pu acheter des semences et du bétail et nous aborderons l'hiver sans crainte. Je me sens bien, ici. C'est comme de s'occuper d'une grande famille.

Connor opina du chef.

— Un peu comme un père de famille. Et je crois que tu es taillé pour ça.

Quand Aileen mit le nouveau-né vagissant, un fort garçon muni d'une belle crête de cheveux blonds, sur le ventre de sa mère, Trahern ému aux larmes ne put que les regarder sans mot dire.

— Il est magnifique, murmura Morren en soulevant précautionneusement son fils pour baiser son petit front ridé. Et il est à nous.

Trahern caressa la petite tête dodelinant contre l'épaule de sa mère avec d'infinies précautions et leurs doigts se frôlèrent.

La gratitude remplissait maintenant son cœur, prenant le pas sur la peur. En baisant Morren sur la bouche, il en était encore à s'étonner qu'un homme puisse être aussi heureux.

Vint le temps de la moisson, aussi belle qu'elle le promettait, puis ce fut l'automne qui teinta de rouge et d'or les arbres de la forêt alentour.

Morren gravissait le coteau boisé, suivie de Trahern qui portait leur enfant. Quand ils arrivèrent à la cabane de chasseurs, ils se dirigèrent tout droit vers le petit tumulus édifié sous un chêne. Morren y avait planté de la bruyère qui était maintenant en fleur.

S'agenouillant, elle murmura une prière pour son enfant perdu. Elle médita un long moment, se demandant s'il aurait ressemblé au petit Iain. Ses yeux auraient-ils été gris, comme ceux de leur fils ? Sa bouche aurait-elle été pareille à un bouton de rose ?

Des larmes douces-amères coulaient sur ses joues.

— Il me manque, bien qu'il n'ait pas vécu.

Se penchant sur elle, Trahern la releva doucement.

— C'est lui qui m'a mené à toi, Morren. Et c'est le plus beau cadeau que la vie m'ait fait. Qu'il en soit remercié.

Et, par-dessus le petit Iain endormi, Trahern embrassa sa femme avec la ferveur d'un homme enfin heureux.

— Tu es mienne, Morren. Maintenant et pour toujours.

Enserrant de ses paumes le fier visage de son époux, Morren murmura, les yeux dans ses yeux :

— Tu es mien, Trahern. Pour toujours.